Für alle,
die daran glauben,
dass Liebe und Freundschaft
den Tod überdauern können

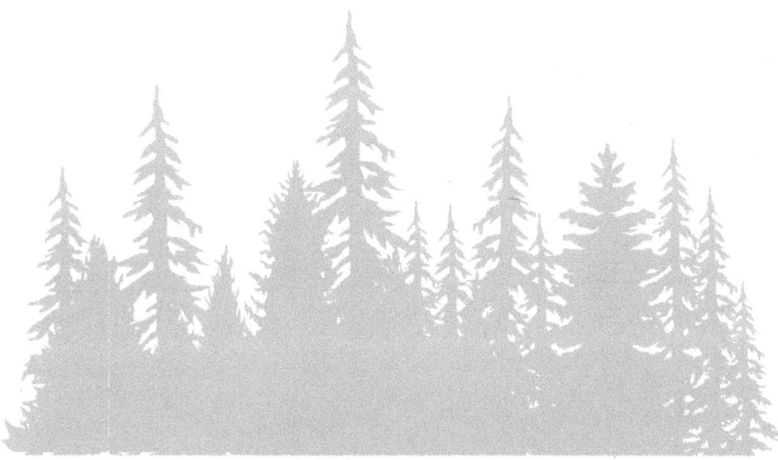

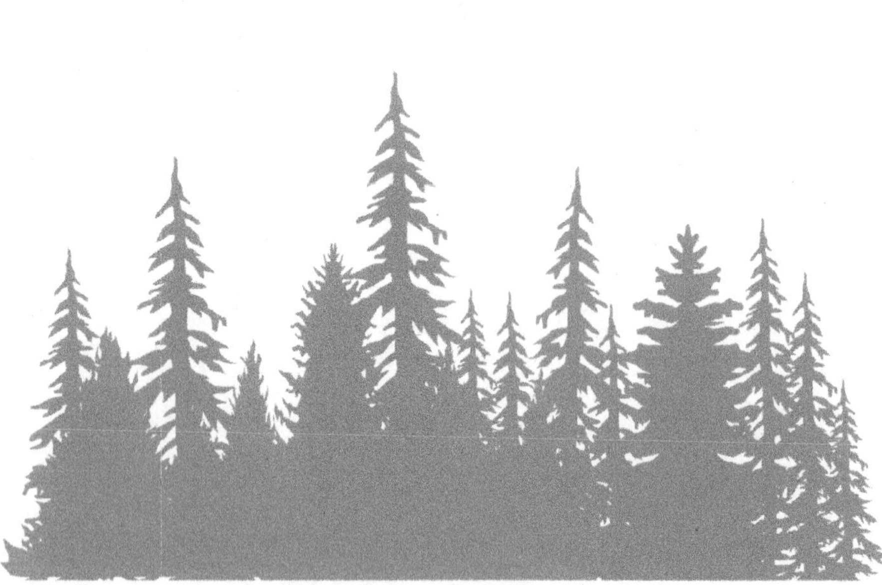

Kapitel 1

Ich glaube nicht an Geister. Auch nicht an Monster, Hexen, die Existenz von Fabelwesen oder Besessenheit. Allerdings bin ich davon überzeugt, dass man eine Teenagerseele nachhaltig durch einen Umzug zerstören kann. In diesem Fall – meine.

Das wiederum könnte dazu führen, dass ich Dinge sehe, die eigentlich nicht existieren. Womit wir wieder bei den Geistern sind.

Mein Herzschlag setzt kurz aus. Für einen Moment vergesse ich sogar, wieso meine Augen brennen. Dort drüben, am anderen Ende des Innenhofes, schwebt er aus dem Haupteingang von Schloss Düsterstein.

»Ein Geist!«, ruft mein Bruder Max euphorisch und klettert über Omas Beine hinweg aus der offenen Autotür. Typisch für einen Achtjährigen verfügt er über schier endlose Energie.

»Ellie, kannst du den nehmen?«, bittet mein Vater, ohne das Zauberwort zu benutzen, wie er es umgekehrt immer von uns verlangt. Schwungvoll reicht er einen Koffer an mich weiter, doch ich reagiere zu langsam und er landet auf meinen Zehen. Ein dumpfer Schmerz, der kaum zu mir vordringt. Viel mehr beschäftigt mich, dass der Geist, den ich sehe, so sehr dem Klischee entspricht, dass es lächerlich ist: weiß, bettlakenartig, mit zwei dunklen Löchern als Augen. Darüber hinaus befindet er sich in Begleitung meiner Tante, ihres Mannes sowie meiner Cousine.

»Bei allen Auren des Mondes!« Mum zischt an mir vorbei wie eine ferngesteuerte Drohne. Ihre gelockte braune Haarpracht wippt fast senkrecht hinter ihr her. »Spürt ihr dieses Karma? Diesen Duft von Legenden? Romantik, Ballsäle! Einfach märchenhaft!«

Habe ich schon erwähnt, dass es sich manchmal wie in einer Sitcom anfühlt, mit meiner Familie zusammenzuleben? Nein? Mum ist der Beweis. Einer von vielen.

Dass irgendetwas hier jemals Karma besessen hat, bezweifele ich. Höchstens im 17. Jahrhundert. Und seit wann kann man Legenden riechen?

Halb im Sprung steuert meine Mutter auf ein verwildertes Beet in der Mitte des Innenhofes zu. Abgesehen von diesem graubraunen Unkrauthaufen sind innerhalb der Schlossmauern keine Pflanzen zu entdecken. Das goldgelbe Laub, das den Boden vor meinen Füßen sprenkelt, muss von außerhalb stammen. Ein Zeichen, dass es hier ziemlich windig werden kann.

»Oh, Herzchen, da seid ihr ja!«, tönt Tante Theas schrille Stimme herüber, was ein dumpfes Echo an allen Seitenflügeln erzeugt. »Wir haben uns schon Sorgen gemacht, nachdem wir von diesem Unfall auf der A7 gehört haben. Mel, was machst du da? Hast du was verloren?« Sie wirkt ebenfalls ein bisschen so, als hätte sie einen Geist gesehen. Oder einfach Mum, die jetzt bäuchlings auf dem sandigen Boden liegt und mit dem Smartphone in der Hand ein Foto schießt.

Der Geist neben ihnen hat sich zwischenzeitlich als mein Cousin Finn entpuppt. Mir ist nicht klar, warum er sich ein Bettlaken übergestülpt hat. Vielleicht, um Max eine Freude zu machen. Oder mir Angst. Oder beides.

»Hallo, Thea. Bei uns ist alles gut«, erwidert Mum krächzend und schießt noch ein paar weitere Fotos aus ihrer Liegeposition. Über Kopf.

Während sich Thea und ihr Mann zu Mum begeben, um am Boden nach etwas zu suchen, das ihr nie heruntergefallen ist, schlendern ihre Kinder mit Max im Schlepptau zu uns. Das dauert eine Weile. Gefühlt sind sie unglaublich weit weg. Der quadratische Innenhof ist riesig, zweiundzwanzigtausendfünfhundert Quadratmeter, um genau zu sein. Ich habe es gegoogelt.

Für mich fühlt es sich trotzdem an wie ein Gefängnis. Weil zwischen mir und meinen Freunden knapp fünfhundert Kilometer liegen. Weil ich mich als Küstenkind hier, mitten im Thüringer Wald, wie ein Shrimp auf dem Trockenen fühle. Meer gegen Bäume, Fische gegen Klöße. Ich möchte schreien.

Und die Anwesenheit der Familie von Mums Schwester macht es noch schlimmer.

»Loretta! Finn! Was für eine Freude, euch zu sehen!«, grüßt Dad überschwänglich, als die beiden endlich bei uns angekommen sind. Als wäre unsere Begegnung hier rein zufällig. »Wie waren die ersten Nächte als vornehme Herrschaften?«

Sein Flachwitz führt dazu, dass sich das Gesicht meiner Cousine Lory noch mehr verfinstert. Abgesehen vom gleichen Alter haben wir beide nicht viel gemeinsam. Max kriecht in der Zwischenzeit unter das Geisterlaken, das Finn ihm überreicht hat.

»Hii«, presst Lory widerwillig hervor. Sie sagt es immer so, mit Betonung auf dem zweiten *i*, was ein bisschen klingt, als würde sie Japanisch üben. Ihr mürrischer Gesichtsausdruck steht im krassen Gegensatz zu ihrem restlichen Aussehen. Helle Bluse, Markenjeans, die schulterlangen Haare zu niedlichen Zöpfen geflochten, jedes Hautglänzen mit Puder niedergekämpft. Optisch würde ihre ganze Familie super auf einen Ausflugsdampfer vor Mallorca passen.

Ich will gar nicht wissen, wie ich daneben aussehe. Nach der durchweinten Nacht, sechs Stunden Fahrt und einer Pause, die wir damit verbracht haben, Opa aus einem Rasthofklo zu befreien, weil er die Tür nicht mehr aufbekommen hat.

»Hallo«, erwidere ich höflich und weniger japanisch. Oma hat es ebenfalls geschafft, aus unserem Familien-Van auszusteigen, und gibt beiden die Hand. Dad kämpft mit Opa, der sich mit einer Hand auf der Motorhaube abstützt. Die erwartete Moralpredigt über Fettschichten auf Lack bleibt jedoch aus.

»Passt schon«, erwidert Finn auf Dads Frage, schlägt sich einen türkisfarbenen Schal über die Schulter und verlagert sein Gewicht lässig auf ein Bein. Optisch könnten er und Lory zweieiige Zwillinge sein. Die gleichen blonden Haare, bei Finn bloß lockig und mit Pony, der ihm ständig in die Stirn fällt. Die gleichen graublauen Augen. Lediglich seine Haut ist eine Nuance dunkler als jene seiner Stiefschwester, und er ist schlaksiger. Sie sind keine Zwillinge, nicht mal gleich alt. Mein Onkel hat den neunzehnjährigen Finn aus erster Ehe mitgebracht, als wir alle Kleinkinder waren.

»Hast du etwa geheult?« Finn mustert mich unverhohlen.

Autsch.

Etwas in mir zieht sich zu einer stacheligen Kugel zusammen, als er mich mit seiner Frage daran erinnert, warum mein Magen in dieser Mischung aus Völlegefühl und totaler Leere drückt. Warum ich seit zwei Tagen nicht ordentlich gegessen habe und warum mein Kopf platzen möchte vor Schmerz.

Ich hasse Veränderungen. Diese hier ist so krass, dass ich mich fühle wie ein zerknülltes Stück Papier. Oder etwas, das mit zerknülltem Papier ausgestopft wurde.

Etwas zu dramatisch für eine Siebzehnjährige? Mag sein, aber wie soll ich auch sonst denken? Immerhin wurde unser gesamter Besitz auf drei Umzugstransporter komprimiert, die unter einem der Arkadenbögen parken. Und auf ein paar Koffer mit dem Nötigsten, von denen einer immer noch auf meinen Zehen steht. Außerdem haben wir auf dem Weg hierher die deprimierendsten Ortsschilder passiert, die ich je gelesen habe. Ich meine, Düsterstein, Finsterwald oder Grabsleben? Das klingt ja schon nach Tod und Verderben.

Eine Brise ungewohnt salzlose Luft bläst ein paar dunkle Haarsträhnen auf meine Wange. Mühsam unterdrücke ich einen neuen Schwall Tränen und zwinge mich zu einem Lächeln. »Nein. Wahrscheinlich habe ich durch die ganzen Schimmelsporen hier schon eine Erkrankung der oberen Atemwege entwickelt.«

So stolz ich auf meine schlagfertige Antwort bin, so verräterisch glühen meine Wangen. Ganz kurz ertappe ich mich bei dem unfairen Wunsch, dass ihm der Umzug genauso schwergefallen ist wie mir.

»Was ist mit Wadenwickel?«, fragt Opa und greift an sein Ohr.

»Egon, wo ist dein Hörgerät?« Oma redet übertrieben laut.

»Ich hör euch doch«, gibt Opa genauso laut zurück.

Dad stöhnt. »Ich such es.«

In der Mitte des Innenhofes zieht meine Tante Mum wieder auf die Beine, die ihr aufgeregt plappernd etwas auf ihrem Handy zeigt.

»Hast dich bestimmt erschrocken, als du den Geist gesehen hast, was?«, höhnt Finn so leise, dass nur meine Cousine und ich es hören. Dabei deutet er auf Max, der neben uns im Kreis hüpft und Mühe hat, nicht auf das viel zu lange Laken zu treten. Das hält ihn allerdings nicht davon ab, uns zu verkünden, dass er morgen auf Geisterjagd gehen wird. Mithilfe seines Protonenstrahlers aus Plastik.

»Ist mir egal«, murmele ich, ohne zu definieren, was genau. Weil mir quasi alles egal ist. Meine Freunde für sehr lange Zeit nicht wiederzusehen und stattdessen mit dem größten Mobber meiner Kindheit unter einem Dach zu leben, erdrückt mich. Nicht mal die Volljährigkeit hat ihn erwachsen gemacht.

Der Gedanke sorgt dafür, dass ich mich abwende, um scheinbar hochinteressiert zu beobachten, wie mein Vater einen kleinen Gegenstand aus dem Handschuhfach des Wagens holt, an Opas Ohr befestigt und sich anschließend am Kofferraum zu schaffen macht. In Wahrheit will ich die einzelne Träne verbergen, die sich ihren Weg über meine Wange bahnt.

Ich möchte einfach nur zurück nach Kiel. Schloss Düsterstein ist verlassen und grau. Nichts an diesem Ort besitzt Karma oder etwas Märchenhaftes. Im Gegenteil. Der muffige Geruch des schimmeligen Außenputzes weht quer über den Innenhof, sodass eine Atemwegserkrankung auf Dauer tatsächlich nicht ausgeschlossen ist. Davon abgesehen komme ich mir schrecklich beobachtet vor. Wegen der gefühlt drei Millionen Fenster um uns herum, deren Scheiben zum Großteil zerschlagen sind. Zusätzlich habe ich den Eindruck, dass man mich bis zur gegenüberliegenden Seite des Innenhofes atmen hören kann. Jedes Wort verursacht ein merkwürdiges Echo, als würden die fleckigen Wände flüstern. Als würde das Gebäude uns nicht nur beobachten, sondern auch eine Warnung entgegen hauchen. Die ganze Kulisse erzeugt ein beklemmendes Gefühl, das ich von Museumsbesuchen kenne. Schwermut, weil alles, was man betrachtet, irgendwann mal war, jedoch nicht mehr ist. Als wäre man fehl am Platz, weil die Dinge eigentlich verstorbenen Menschen gehören.

Natürlich können wir uns kein eigenes Schloss leisten, nicht mal ein dermaßen baufälliges wie dieses. Schlimmer noch: Weil Dads Betrieb vor einigen Wochen Insolvenz anmelden musste und Mum mit ihrer Selbstständigkeit als spirituelle Raumausstatterin nicht genug verdient, hätten wir bald nicht mal mehr unsere Miete zahlen können. Zum Glück – oder wie auch immer man es bezeichnen möchte – besitzt meine Mutter eine reiche Schwester, die einen noch reicheren Mann gefunden hat, der an der Börse handelt und in Immobilien investiert. Aufgrund der ganzen Gerüchte und Legenden war das fast fünfhundert Jahre alte Düsterstein ein Schnäppchen. Da hier nachweislich Menschen gestorben sind. Durch die Hand eines Geistergrafen.

Dad stellt eine Transportbox mit übel gelauntem Inhalt neben dem Auto ab. Das permanente Miauen nehme ich schon gar nicht mehr wahr, weil mein Gehirn in den letzten sechs Stunden gelernt hat, es auszublenden wie eine lästig tickende Pendeluhr. Trotz Bachblütentropfen im Nacken übertrumpft unser Kater Capkin meinen Widerwillen gegen diesen Ort deutlich.

»Das Paranormale hier ist ohnehin nicht erwiesen«, meint Onkel Henry, als er, Thea und Mum sich in diesem Moment wieder zu uns gesellen. Nach wie vor strahlen die Augen meiner Mutter, wie sie es seit Wochen beinahe ununterbrochen tun.

Wie bereits erwähnt: Ich glaube nicht an Übernatürliches. Trotzdem ist Düsterstein ein Gruselschloss mit dunkler Vergangenheit. Jeder bisherige Besitzer kam auf mysteriöse Weise ums Leben. Das halbe Bundesland ist überzeugt davon, dass der Geist eines rachsüchtigen Barockgrafen über das Gelände streift. Darum steht das Schloss seit fast vierhundert Jahren leer. Trotzdem haben meine Eltern uns das angetan. Dad, weil er die Legenden für Quatsch hält. Und Mum, weil sie den Geistern helfen möchte.

Am liebsten würde ich einfach wegrennen.

Bevor ich das tun kann, bemerke ich Opas leeren Blick. Aufgrund seiner Schwerhörigkeit kann er unseren Gesprächen manchmal nicht folgen. Dieser Blick hier wirkt trotzdem anders. Sein altersfleckiges Gesicht ist kreidebleich, die Lippen zittern. Er sieht zu mir herüber und doch irgendwie nicht. Unheimlich. Als wäre es nicht mein Großvater, der durch seine trüben Augen blickt, sondern jemand anderes. Ein Gedanke, der so nach Mum klingt, dass es mich erschüttert, ihn in meinem eigenen Kopf zu hören.

Außer mir bemerkt es niemand.

Dad plappert mit heller Stimme auf unseren Kater ein, Thea kommentiert etwas auf Mums Handy. Max stolpert über das Laken. Finn fängt ihn auf und wuschelt ihm kumpelhaft durchs Haar. Lory wirkt nach wie vor genervt und gelangweilt.

Wie ferngesteuert öffnet Opa den Mund. Als er redet, klingen seine Worte ungewohnt hohl. Als würde jemand anderes ihn bloß als Marionette benutzen.

Besessenheit.

Das Wort ist so abwegig und zugleich zutreffend, dass mein Herz zu rasen beginnt. Es ist allerdings nicht der Klang von Opas Stimme, der dafür sorgt, dass sich jeder Zentimeter meiner Haut mit Gänsehaut überzieht. Seine Worte sind es. Worte, die er unmöglich selbst erfunden haben kann. Worte wie aus einem Gedicht. Einem ziemlich schlechten, das sich nicht reimt, mein Blut dennoch zu Eis erstarren lässt.

Der Koffer kippt von meinen Zehen und plumpst auf die Seite. Ich stoße ein hilfloses Keuchen aus.

»Wenn hörbar wird, was nie gehört,
wenn Liebe weicht unerweichbar Herz,
des Meeres Brise weckt die Sehnsucht.
Doch ist's der Wälder Fürst allein,
zu welchem trägt die Asche hin.
Dann wird für einen einz'gen Tage,
sich öffnen das Tor zu der Ewigkeiten Pfade.«

Kapitel 2

Eine Stunde später sitze ich in meinem neuen Zimmer, starre jenem Grafen in die Augen, der angeblich seit fast vierhundert Jahren Menschen ermordet, und fühle mich so einsam wie noch nie in meinem Leben.

Onkel Henry hat mir erklärt, dass neben dem Haupttrakt nur zwei Zimmer im Osttrakt, über dem alten Stall, auf die Schnelle hergerichtet werden konnten, weil sich Löcher in Boden und Wänden hier in Grenzen halten. Im Gegensatz zu den meisten anderen Gängen, bei denen jeder unbedachte Schritt dafür sorgen kann, dass man sich eine Etage tiefer wiederfindet. Trotzdem wollte ich mir vor Finn nicht die Blöße geben, darum zu betteln, mit meinen Eltern und Max ein Schlafzimmer zu teilen.

Nun befinde ich mich über einhundert Meter von den anderen entfernt. Mutterseelenallein, abgesehen von einem schrecklichen Wandbild des ehemaligen Schlossgrafen. Der Vorfall im Innenhof hat gereicht, um mich nachhaltig an meiner Einstellung zweifeln zu lassen, dass man alle Dinge rational erklären kann.

Nach Opas Gedicht war eine eigenartige Ausdruckslosigkeit in seine Augen getreten. Als stünde er unter Betäubungsmitteln. Ein paar Sekunden beklemmende Stille später hat er geblinzelt, geschluckt und uns verwirrt gefragt, in welchem Koffer sich seine Stützstrümpfe befinden. Er beteuert, sich an kein einziges Wort erinnern zu können! Im Gegensatz zu uns anderen. Mum, Oma und Max sind seitdem vor Freude ganz außer sich. Eine verstorbene Seele könnte meinen Großvater als Medium benutzt haben, meinen sie.

Dad dagegen hat uns versichert, dass man frühe Anzeichen von Demenz oft an seltsamem Verhalten und Aussetzern erkennt. Jedoch bezweifele ich, dass das fehlerfreie Vortragen barock klingender Gedichte zu den Symptomen von Alzheimer zählt.

Und ich selbst? Habe keine Ahnung mehr, was ich glauben soll. Ich meine, ich glaube ja auch nicht an negative Frequenzen im Kleiderschrank, wenn ich aus Versehen einen blauen Schlüpfer zur weißen Jeans lege. Mum schon, sie besitzt sogar ein Buch darüber.

Das mit Opa war allerdings wirklich gruselig.

Erschöpft ziehe ich mich um und beschließe, dass ich nicht sofort Karies bekommen werde, wenn ich heute Abend ausnahmsweise nicht die Zähne putze. Das zweite hergerichtete Zimmer, mein persönliches Badezimmer, befindet sich direkt nebenan. Um dort hinzugelangen, müsste ich allerdings über einen Gang, in dem mehr Spinnen leben als in ganz Australien. Wobei selbst meine Spinnenphobie lächerlich wirkt im Angesicht dieses stechenden Blickes.

Nur ein Bild, es ist nur ein Porträt. Doch egal, wie oft ich diesen Satz in Gedanken wiederhole, egal, wie sehr ich mich bemühe, nicht zum Kamin zu sehen: Ich kriege sein Gesicht einfach nicht aus meinem Kopf. Oder das eisige Gefühl seiner Anwesenheit.

Was ist nur los mit mir?

Mit einem übergroßen Schlafshirt bekleidet, kuschele ich mich unter die Daunendecke des Himmelbettes. Ein riesiges, klobiges Teil, laut Thea der Prototyp für die Betten der späteren Luxussuiten. Das ist nämlich der Grund für das alles hier. Weil Thea und Mum finden, dass Düsterstein eine super Investition ist, um es zu einem Hotel umzubauen und *barocke Ferien* anzubieten. Mit Dienern, Kutschfahrten, Zimmern im Barockflair und dressierten Geistern. Natürlich mit Strom und warmem Wasser. Das Beste aus zwei Epochen sozusagen.

Der erste Eindruck kann sich sehen lassen. Blumenranken und andere aufwendige Schnörkel verzieren das edle Eichenholzgestell des Bettes. Was eines davon kostet, mag ich mir gar nicht ausmalen. Der Baldachin fehlt. Das kommt mir allerdings recht. Wenn ich nachts aufwache, sehe ich lieber die Decke.

Fröstelnd ziehe ich mir die Bettdecke bis unters Kinn. Henry hat versprochen, dass der vorgesehene Heizstrahler morgen geliefert wird. Ich hoffe es. Die Feuerstelle des massiven Kamins gegenüber meinem Bett ist weder mit Holz gefüllt noch überhaupt funktionsfähig. Darüber hinaus entspricht der Schornstein vermutlich keiner gängigen Feuerschutzvorschrift mehr. Für die späteren Gäste wäre offenes Feuer ohnehin viel zu gefährlich, darum wird er bloß eine Attrappe bleiben. Mit flackernder LED-Beleuchtung zusätzlich zur modernen, eingebauten Heizung. Ich mag das eiserne Gitter und die kleinen eingravierten Schlosswappen in jedem zweiten Stein des breiten Simses. Jemand, vermutlich Thea, hat drei Teller dort aufgestellt. Schwarzes Porzellan mit goldenen Verzierungen. Definitiv neu gekauft, auch wenn ich keinen Schimmer habe, was ich hier oben mit Geschirr soll. Ich besitze ja nicht mal einen Abwaschlappen.

Trotzdem ist der Kamin eines der wenigen Dinge, die mich irgendwann mit meinem neuen Zuhause aussöhnen könnten … würde nicht das gruseligste Porträt, das ich je gesehen habe, direkt über dem Sims hängen.

Jeder, der schon mal ein Schlossmuseum besucht hat, kennt diese düsteren Bilder von bleichen Gestalten irgendwelcher Adeligen, die man nicht im Schlafzimmer hängen haben möchte. Erst recht nicht, wenn darauf die Person abgebildet ist, die angeblich als Geist regelmäßig die neuen Besitzer ermordet.

Missmutig frage ich mich, wem ich seine Anwesenheit zu verdanken habe. Thea? Lory und Finn? Wer von ihnen war der Ansicht, dass der Graf ausgerechnet in meinem Zimmer hängen soll? Zutrauen würde ich es allen dreien.

Der Hintergrund des Bildes verläuft von Grau in fröhliches Schwarz. Aber auch ohne den deprimierenden Untergrund jagt mir das abgebildete Gesicht frostige Schauer über den Rücken, die nicht mal mein Federbett aufhalten kann.

Balthasar von Düsterstein, der letzte Graf des Schlosses vor fast vierhundert Jahren. Viel weiß ich nicht über ihn. Bisher hat mein Selbstmitleid verhindert, dass ich mich mit den schaurigen Legenden rund um das Gebäude befasst habe. Ein Umstand, den ich allmählich bereue, jetzt, da ich quasi ein Zimmer mit ihm teile. Wobei: Vielleicht ist es auch besser so. Von den wenigen Fakten, die ich aus Omas Erzählungen aufgeschnappt habe, weiß ich, dass er ein grausamer Choleriker gewesen sein soll, der seine Bediensteten ungerecht behandelt und in jungen Jahren Selbstmord begangen hat. Mit Anfang zwanzig.

Was immer an den Geschichten über ihn stimmt – wenn er zu Lebzeiten so ausgesehen hat wie auf diesem Bild, litt er entweder an einer zehrenden Krankheit oder der Künstler konnte ihn nicht leiden. Seine Gesichtsfarbe wirkt so blass, als hätte er selten Tageslicht gesehen. Wenn mich mein spärliches Geschichtswissen nicht täuscht, war Blässe zu seiner Zeit ein Schönheitsideal und der Einsatz von Puder oder sogar Quecksilber selbst bei männlichen Adligen an der Tagesordnung. Allerdings muss ich dabei automatisch an rundwangige, wohlgenährte Personen denken.

Balthasar ist weder das eine noch das andere. An Wangen und Schläfe sind die Knochen deutlich sichtbar. Unter seinen Augen prangen dunkle Ringe, die Beweis genug sind, dass keinerlei Puder seine wahre Hautfarbe kaschiert. Darüber hinaus trägt er eine dieser typischen Barockperücken, die ihn ein bisschen wirken lassen wie aus einer Scripted-Reality-Richtersendung gepurzelt. Sie ist nicht weiß, sondern grau und ausgefranst, als hätte er nächtelang damit geschlafen.

Okay, die Leinwand ist uralt, die Farben im Laufe der Jahrzehnte getrübt. Ein Wunder, dass das Bild überhaupt so gut erhalten ist. Nach so vielen Jahren in einem leer stehenden Schloss, Kälte, Hitze und Antiquitätenhändlern ausgesetzt …

Obwohl unter der Decke bereits wohlige Wärme herrscht, lässt genau dieser Gedanke mich erneut frösteln. Warum existiert das Bild noch? In beinahe tadellosem Zustand? Ist es eine Fälschung? Oder wurde es restauriert?

Der herablassende Ausdruck seiner stechend grauen Augen scheint mich zu fixieren. Überhaupt sind sie das Markanteste an ihm. Unheimlich lebendig, gleichzeitig tot. Ab heute werden sie mich bei allem, was ich in diesem Zimmer tue, verfolgen. Beim Schlafen, beim Umziehen … Vielleicht sollte ich es einfach abhängen und in den Gang stellen, dann kann er die Spinnen beobachten.

Ich schließe die Augen, versuche krampfhaft, meine Atmung zu beruhigen. Jetzt denke ich schon genau so paranoid wie Mum. Es sind bloß Farben auf einer Leinwand, mehr nicht. Dass Augen einen verfolgen, denkt man bei solchen Bildern immer. Wie bei Puppen.

Die ich deswegen schon seit frühester Kindheit nicht leiden kann. Ab heute dann offiziell auch keine barocken Porträts.

Dennoch übt der Graf eine Faszination auf mich aus, die ich nicht genau beschreiben kann und die mich den Gedanken verwerfen lässt, ihn aus meinem Zimmer zu verbannen. Er war ein junger Mann, kaum älter als ich, mit Augen, die wirken, als hätte er mehr gesehen, als jemand in unserem Alter es sollte.

Ist er wirklich der Geist, der hier sein Unwesen treibt? Wenn ja, warum?

Grimmig drehe ich mich auf die Seite und greife nach meinem Handy, auf dem ungelesene Nachrichten blinken. Eigentlich wollte ich Infos über den Grafen suchen, doch das Internetsymbol fehlt. Dad hatte so etwas angedeutet. Dass wir hier wieder lernen werden, uns mit den *wirklich wichtigen Dingen* zu beschäftigen, weil das Netz im Thüringer Wald nicht flächendeckend ausgebaut ist. Na toll.

Enttäuscht öffne ich die *Freak-Labergruppe*, die nur aus drei Leuten besteht und in der sich im Laufe des Tages, als ich noch Empfang hatte, meine besten Freunde Danielle und Adrian nach mir erkundigt haben. Das heißt, weniger direkt nach mir. Katzenliebhaberin Dani will wissen, ob Capkin die Fahrt gut verkraftet hat. Adrian fragt, wie es den Geistern geht. Außerdem erklärt er mir, dass ein Umzug vergleichbar damit ist, als würde das Leben auf Werkseinstellungen zurückgesetzt. Mit unvollständigem Back-up. Leider hilft das gar nicht. Ich bin kein Laptop, auch wenn ich gerade einiges dafür tun würde, so wenig Emotionen wie eine gelöschte Festplatte zu besitzen – nämlich gar keine.

Wenn ich eine Skala erstellen müsste, was mir am meisten fehlt, gewinnen definitiv diese beiden Nerds, die mir mehr bedeuten als die gesamte restliche Oberstufe unserer Schule. Ihrer Schule. Meine ist es ja nicht mehr. Sie sind die Art von Freunden, die dir ins Gesicht sagen, wie blöd du dich anstellst, hinter deinem Rücken aber niemals ein böses Wort über dich verlieren. Die ihre Zeit lieber im Informatikraum oder Bastelladen verbringen als auf einer Beachparty. Die in Online-Games ohne zu zögern Ressourcen schicken, selbst wenn es bedeutet, dass sie ihr eigenes Gebäude nicht upgraden können. Die mich wegen meiner früheren Zahnfehlstellung nie *Hasenfresse* gerufen haben wie Finn oder Lory, und sich auch nicht daran stören, dass ich Steine mehr mag als Menschen – sogar wortwörtlich. Meine Mineraliensammlung umfasst beinahe fünfhundert verschiedene Arten, allesamt in den Tiefen der Umzugskartons verschollen, die jetzt in einem der ehemaligen Lagerräume des Schlosses stehen.

Ich schlucke einen neuen Schwall Tränen herunter.

Mein Magen drückt vor Verlangen, den beiden zu erzählen, was in mir vorgeht. Dass ich mich fühle wie in winzige Schnipsel zerfetzt. Dass ich mir so verloren vorkomme wie in meinem ganzen Leben noch nicht, obwohl ich, auch ohne die Geister und Spinnen eingerechnet, nie zuvor mit so vielen anderen Menschen in einem Gebäude gelebt habe. So still und dunkel, wie sich der Wald vor meinem Fenster erstreckt, fühlt sich auch mein Inneres an. Mit nicht ganz so vielen Tannennadeln. Wobei auch das nicht auszuschließen ist, so wie es sticht und pikt.

Morgen werde ich Dani anrufen und mir alles von der Seele reden, bis mein Gesicht vor lauter Tränen rot und verquollen ist. Wie vorgestern, als wir uns das letzte Mal für lange Zeit im Arm gehalten haben …

Ich kann nicht verhindern, dass sich zwei feuchte Rinnsale ihren Weg über meine Wange bahnen. Um mich abzulenken, schieße ich zwei Fotos. Eines vom Grafen an der Wand. Das andere von der Finsternis unter meinem Bett, wo irgendwo zwei riesige Katzenaugen glänzen. Beides stelle ich, dem fehlenden Empfang zum Trotz, in die Gruppe. Wenn es erst morgen gesendet wird, ist das auch okay. Die beiden haben schließlich Schule und sollen sich keine Sorgen um mich machen. Während ich die Fotos mit einem grinsenden Emoji und zwei Daumen hoch ergänze, fällt mir auf, dass es erst sieben Uhr abends ist. Der aufregende Tag und der frühe Oktoberabend sorgen dafür, dass es sich deutlich später anfühlt.

Umständlich schiebe ich mein Handy zurück auf den Nachttisch und probiere noch einmal, meinen verstörten Kater unterm Bett hervorzulocken. Es bringt nichts, außer dass nun Katzenleckerlis auf meinem Zimmerboden liegen und der Geruch in meine Nase steigt. Sein rostrotes Fell sträubt sich weiter, bis er aussieht wie eines dieser Viecher aus Star Trek, die nichts können, außer sich zu vermehren. Die neue Umgebung verunsichert ihn.

Resigniert drehe ich mich auf die Seite und ziehe an einer dünnen Strippe über meinem Kopf, um die Wandbeleuchtung in Kerzenhalteroptik auszuschalten.

Finsternis löscht den Grafen aus meinem Sichtfeld und damit gleichzeitig einen Teil meiner eigenen Anspannung.

Nicht jedoch den überwiegenden.

Das ist sie nun, die erste Nacht meines neuen Lebens. Die erste von unendlich vielen. Nicht bloß zwei Wochen in einem Hotelzimmer, bevor ich wieder in meinem eigenen Bett liegen darf. Mein altes Bett existiert nicht mehr. Wie alle anderen Möbel, die einen Umzug nicht überlebt hätten, befindet es sich in diesem Moment auf irgendeinem Bauhof, wo es demnächst geschreddert wird.

Ich werde nicht so schnell nach Kiel zurückkehren. Irgendwann vielleicht, weil ich mir geschworen habe, nach meinem Abschluss dort ein Studium zu beginnen. Mit Adrian und Dani in einer lustigen WG voller Funko-Pop-Figuren und Bücherregalen. Ob es so kommen wird, ist leider ungewiss. Das Schloss soll ein Familienunternehmen werden. Meine Eltern verlangen, dass ich mich am Hotelprojekt beteilige. Im schlimmsten Fall muss ich an einer Thüringer Hochschule Betriebswirtschaft studieren und später mit Lory und Finn Gewinn- und Verlustrechnungen erstellen. Oder noch schlimmer: jeden Morgen die Gästebetten aufschütteln, weil ich aus meiner aktuellen Lebenskrise nie wieder rauskomme und keinen Schulabschluss schaffe.

Mein Herz zieht sich zusammen, während sich meine Augen an die Dunkelheit gewöhnen. Überhaupt ist mir die Anwesenheit meines Herzens seit einigen Tagen permanent bewusst. Als wäre es eingesperrt in einen winzigen Käfig, in dem es nicht mehr ordentlich schlagen kann. Eingezwängt, wie auch mein Magen. Beim bloßen Gedanken an das belegte Brötchen auf meiner Kommode, das Mum an einer Raststätte gekauft hat, wird mir übel.

Das hier ist kein Urlaub. Nie wieder werde ich unsere gemütliche Vierzimmerwohnung in Kiels Altbauviertel betreten. Nie wieder kichernd mit Dani über meinen Zimmerteppich rollen und dabei heiße Schokolade verschütten.

Ich habe alles verloren.

Kapitel 3

Als ich aufwache, weiß ich zunächst nicht, wieso. Definitiv herrscht Nacht. Sterne glänzen am tiefschwarzen Himmel.

Es ist aber kein langsames Erwachen, wie wenn man auf Toilette muss oder so. Nein, diesmal bin ich mit einem Schlag hellwach und alarmiert.

Verstört komme ich in eine sitzende Position, taste nach meiner Brille, die ich nur nachts trage oder wenn mich keiner sieht. Tagsüber verwende ich Kontaktlinsen.

Sofort fröstele ich.

Die Verwirrung darüber, wo ich mich befinde, verfliegt nach wenigen Sekunden. Automatisch wandert mein Blick zum Porträt des Grafen, doch das Einzige, das ich erkennen kann, sind das Weiß seiner Augen und ganz schwach seine blass schimmernde Haut.

Was hat mich geweckt? Ein Albtraum? Oder das Gefühl, zu fallen, das man manchmal beim Einschlafen spürt? An nichts davon erinnere ich mich. Für eine ganze Menge Schläge meines jagenden Herzens halte ich die Luft an.

Im Zimmer herrscht Stille. Zumindest so viel Stille, wie man erwarten kann in einem Gebäude, das so alt ist, dass wahrscheinlich sogar schon die Holzwürmer an Altersschwäche gestorben sind. Alle paar Sekunden knackt oder klappert irgendwo etwas, aber das beunruhigt mich nicht. Es ist nur Holz, das arbeitet.

Ein wenig entspannter reibe ich mir übers Gesicht und ertaste meine verquollenen Tränensäcke. Meine Haarspitzen sind tränenfeucht, was darauf hindeutet, dass ich nicht besonders lange geschlafen habe. Vermutlich hat mich genau so ein Altes-Gebäude-Geräusch aus dem Schlaf gerissen, weil sich mein Unterbewusstsein noch an die neue Umgebung gewöhnen muss.

Was sonst sollte es gewesen sein?

Skeptisch betrachte ich die Tür meines Zimmers, die in den Gang führt. Ein viereckiger schwarzer Schemen an der Wand.

Gerade will ich mich wieder ins Kissen sinken lassen, weil mein Rücken auskühlt, als ich es höre.

Ein Geräusch, das nicht zum Gebäude gehört.

Es ist alles andere als leise.

Genau genommen führt es dazu, dass ich einen filmreifen Sprung aus meinem Bett direkt an die gegenüberliegende Wand mache. Sämtliche Härchen auf meinem Körper stehen steil. Mein Herzschlag droht, meinen Brustkorb zu zersprengen.

Capkin!

Mein Kater schreit in auf- und abschwellender Tonlage. Völlig hysterisch. Grausame Erinnerungen werden wach. Erinnerungen an einen Ast mit Blut, an die diabolisch grinsenden Jungs, von denen einer Finn ist …

Ich vertreibe den Gedanken, denn er lähmt mich.

Capkin sitzt nicht mehr unter meinem Bett, sondern irgendwo neben dem Kamin. Zumindest kommen seine Schreie von dort.

Zittrig schwanke ich zurück zum Bett und ziehe an der Schnur, um das Wandlicht zu entzünden. Nach den üblichen ersten Sekunden, in denen ich nur Farbblitze sehe, gewöhnen sich meine Augen langsam an die Helligkeit.

Ich versuche, das haarsträubende Katzengeschrei auszublenden, während ich den Raum nach einer Ursache für seine Panik abscanne. Doch ich finde nichts. Vom Spiegel über der Kommode starrt mir mein eigenes geplättetes Ich entgegen, was jedem mordenden Geist Konkurrenz macht. Meine Augenringe stehen jenen des Grafen in nichts nach. Meine zu große Nase erscheint durch den Schatten des Wandlichts besonders hakig und meine dunkelblonden Haare wirken wie das Nest einer Taube. Dass sie mir bis über die Schulter reichen, lässt sich aktuell nicht erkennen. Irgendwann am Morgen hatte ich mir einen Zopf gebunden, doch höchstens ein Drittel der Haare befindet sich tatsächlich noch im Gummi. Der Rest klebt irgendwo an meinem Kopf, als hätte ich eine Mütze getragen und geschwitzt. Schnell wende ich den Blick wieder ab und versichere mich, dass sich nichts und niemand Ungewöhnliches im Raum befindet. Also, abgesehen von einer hysterischen Katze und einem verängstigten Mädchen, das langsam an seinem Verstand zweifelt.

»Cap, es ist alles gut.« Ich klinge nicht halb so beruhigend, wie ich gern möchte.

Verzweifelt suche ich nach einer Erklärung für Capkins Verhalten. Seit dem Vorfall damals ist er ohnehin sehr schreckhaft. Ein Angstkater, wie die Tierpsychologin meinte. Ist er bloß hochgeschreckt, weil er nicht weiß, wo er sich befindet?

Bestimmt.

Während der Adrenalinschub nachlässt und sich meine Beine in Pudding verwandeln, taumele ich ums Bett herum. Die Schreie meines Katers verwandeln sich in tiefes Grollen, als er mich sieht. Und ich ihn. Zusammengekauert neben dem Kamin.

Sein rotes Fell steht senkrecht in die Höhe, als würde er brennen. In Kombination mit seinem irren Blick und den gefletschten Zähnen wirkt er wie ein bösartiger Gremlin.

Dann wird mir bewusst, dass seine Augen wieder starr auf eine bestimmte Stelle meines Zimmers gerichtet sind: auf die Tür zum Gang.

Natürlich ist sie verschlossen. Von innen steckt ein schwerer Messingschlüssel, und obwohl ich mir bewusst bin, dass eine Menge andere Leute jetzt wimmernd zusammenbrechen würden, bin ich nicht übermäßig beunruhigt.

Tatsächlich mag ich Horrorfilme. Einfach weil ich es lustig finde, wie alle vor Angst ins Kissen beißen. Dani zum Beispiel ist furchtbar schreckhaft. Mehr als einmal mussten Adrian und ich sie aus dem Kino direkt ins Hüpfburgenparadies schleppen. Ein paar Tage später entdeckt sie dann meist den nächsten Horrorstreifen, den sie unbedingt ansehen will.

Das hier ist leider kein Horrorfilm, sondern real. Trotzdem bin ich nicht bereit, meine Überzeugung, dass sich alles logisch erklären lässt, vorschnell aufzugeben.

»Falls du etwas damit zu tun hast, lass es«, zische ich das Grafenporträt vorwurfsvoll an, auch wenn es albern ist. Glücklicherweise hört mich niemand. Und eine Antwort bekomme ich natürlich auch nicht.

Wenigstens macht mein Körper wieder das, was er soll. Langsam nähere ich mich der Tür.

Die Gänsehaut auf meinen Armen rührt jetzt bloß noch von der Kälte. Ich erschrecke nicht, als der Parkettboden unter meinen Füßen knarzt, obwohl ich keine Schuhe, sondern nur blaue Kuschelsocken trage. Mein Herz klopft auch wieder annähernd normal, als ich den Schlüssel drehe und die Tür zum Gang öffne.

Nur um das klarzustellen: Das ist nicht lebensmüde. Das Unheimlichste, das mich erwarten könnte, ist Lory im karierten Bademantel.

Netterweise befindet sich direkt neben meiner Tür ein Lichtschalter. Mit einem vernehmbaren Klacken springt Licht über eine provisorische Überputzleitung in die nackte Glühbirne an der Decke.

Mein Blick wandert nach links, dann nach rechts. Die Gänge im gesamten Schloss sind muffig und größtenteils fensterlos. Einst waren sie mit rotem Samt ausgekleidet, aber davon sind nur fleckige Fetzen geblieben, zwischen denen großflächig nackter Putz schimmert.

So modrig die Luft, so tief die Stille. Einsam und verlassen liegt der Gang vor mir. Kein Geist, kein Massenmörder, nicht mal ein hässliches Bild an der Wand. Und auch keine schlafwandelnde Lory.

Na also. Kein Grund zur Panik. Ein paar Sekunden lang betrachte ich die Türen zu den Räumen gegenüber. Natürlich werde ich nicht hineingehen, so lebensmüde bin ich dann doch nicht. Und wenn es nur wegen der kaputten Bodenbretter ist.

Zufrieden schalte ich das Licht wieder aus und will gerade die Tür schließen, als mich ein Luftzug streift. Ein wirklich eisiger Luftzug, der deutlich aus der Masse der allgemeinen Luftzüge heraussticht, die einem hier um die Nase wehen, sobald man irgendeine Tür öffnet. Er fährt unter mein Schlafshirt, verleiht der Gänsehaut neuen Schub und kühlt meine tränenverquollenen Augen auf gleichzeitig angenehme wie auch beunruhigende Art.

Mit trommelndem Herzen will ich das Licht wieder anschalten. Leider scheint der Schalter einen Wackelkontakt zu haben. Diesmal muss ich ihn mehrmals betätigen, bis die Glühbirne erstrahlt. In der Zwischenzeit spüre ich den Luftzug ein weiteres Mal.

Capkin knurrt. Das ist kein normaler Luftzug. Es ist eine Präsenz. Mein ganzer Körper prickelt. *Aura*, schießt mir das Wort durch den Kopf, das Mum so gern benutzt.

Endlich ist es wieder hell. Immer noch bin ich allein. Fröstelnd, erstarrt und plötzlich doch nicht mehr so mutig. Mit einer einzigen Bewegung lösche ich das Licht erneut, schmeiße meine Zimmertür ins Schloss und drehe den Schlüssel zweimal um.

Dann stehe ich einfach da, den Rücken gegen die Tür gelehnt. Starre mit rasselndem Atem das Grafenporträt über meinem Kamin an.

»Was soll das?«, frage ich mit schwacher Stimme. Gleichzeitig ringe ich verzweifelt um Kontrolle über meine Gedanken.

Verdammt, verdammt, verdammt! Was war das gerade?

Das Bild erwidert ... nichts. Logischerweise.

»Das war nur ein Luftzug«, erkläre ich mir selbst und versuche, meinen Verstand aus seiner Schockstarre zu wecken. »Hier zieht's überall. Ich habe eine Tür geöffnet. Selbst in unserer alten Wohnung gab es solche Luftbewegungen, wenn man gleichzeitig ein Fenster und die Tür offen hatte.«

Hier steht aber kein Fenster offen, widerspricht eine kleine, abergläubische Ader in meinem Hinterkopf, deren Existenz mir bisher unbekannt war.

»Na und? Hier gibt es so viele Ritzen und morsche Bretter, dass das trotzdem passieren kann«, protestiere ich laut und komme mir gleichzeitig total behämmert vor. Weil ich Selbstgespräche führe. Weil alles, was hier gerade passiert, zu viel Gruselklischee ist, als dass es stimmen könnte. Ein Windzug, Licht, das nicht angeht, ein verstörtes Tier ...

Ich schließe kurz die Augen, atme einmal tief durch. Schließlich gehe ich ein weiteres Mal um mein Bett herum, zu Capkin, der für den Moment verstummt ist. Als ich eine Hand nach ihm ausstrecke, drückt er sich noch dichter an die Wand und wirft mir diesen speziellen vorwurfsvollen Blick zu, den nur Katzen draufhaben.

»Dann eben nicht«, murmele ich und wende mich zum Fenster. Warum, kann ich nicht genau sagen. Vielleicht, weil ich zu aufgekratzt fürs Bett bin. Darum klettere ich auf die breite Fensterbank und presse beide Hände gegen die Fensterscheibe, um mehr zu erkennen.

Mein Zimmer liegt in der dritten Etage, mit Aussicht auf die ehemaligen Pferdekoppeln, die zum Stall unter mir gehören, eingerahmt von fast kahlen Obstbäumen. Dahinter erstreckt sich der Thüringer Wald, als würde er die gesamte Welt bedecken. Auf der Wiese leuchtet gefallenes Laub hell im Licht des beinahe vollen Mondes am klaren Himmel. Darum kann ich erstaunlich viele Details erkennen. Zum Beispiel die halb verfallene Umzäunung rund um die Koppeln, die wahrscheinlich ebenfalls irgendwann in all den Jahrhunderten erneuert wurde. Das schiefe Tor Richtung Stall und Kiesweg steht offen und schwingt langsam auf und zu, vermutlich angeschoben durch den Wind.

In diesem Moment beginnt Capkin wieder, zu schreien.

Ein lang gezogener, schauriger Ton, von dem ich überzeugt bin, man müsste ihn bis ans andere Ende des Schlosses hören.

Wenn es nur so wäre. Dann würde vielleicht jemand aus meiner Familie kommen, um mich zu retten. Selbst Finn oder Lory wären mir gerade recht.

Ich fahre herum.

Mein Kater sitzt nicht mehr neben dem Kamin. Allmählich geht sein Schrei in gurgelndes Miauen über, das zwar leiser, jedoch umso bedrohlicher klingt und von allen Seiten des hohen Raumes zurückgeworfen wird.

Mit einem Schlag stehen sämtliche meiner Nackenhaare wieder aufrecht. Oder immer noch.

Mein Blick wandert erneut zum Fenster.

Und da sehe ich es.

Das Koppeltor ist plötzlich geschlossen. Und dahinter, auf der Wiese, steht eine Gestalt, die gerade eben ganz sicher nicht dort gestanden hat. Etwas auf vier Beinen. Ein Pferd. Es trägt einen Reiter, und doch irgendwie nicht. Eher scheint es wie … ein halber Mensch? Als würden ihm die Beine fehlen. Eine Art Zentaur, nur dass dieses Wesen sowohl Pferde- als auch Menschenoberkörper besitzt. Sein Tierkörper wirkt ebenfalls unnatürlich. Merkwürdig glänzend. Als würde das Fell fehlen.

Was zur Hölle …?

Während mir eisiges Grauen über die Wirbelsäule rinnt, steht das Ding einfach nur dort, mitten auf der Koppel. Reglos. Bedrohlich. Beide Gesichter, Pferd wie Reiter, zeigen in meine Richtung. Im selben Moment streift mich ein weiterer eiskalter Lufthauch.

Ich stoße einen Schrei aus, springe quer durch mein Zimmer zurück aufs Bett, ziehe die Decke über den Kopf und beginne, panisch in meine Hände zu hyperventilieren.

Kapitel 4

Du entwickelst Suchtverhalten«, behauptet Oma am nächsten Morgen am Küchentisch. »Schon beginnt ein ewiger Kreislauf. Du wirst schlechtere Noten bekommen, das kompensierst du mit noch mehr Sucht. Was dazu führt, dass du keinen Job findest. Daraus resultiert ein vermindertes Selbstbewusstsein, immer mehr Sucht und neue Probleme. Immer mehr und mehr, bis dein Leben verbaut ist.«

Müde blinzele ich sie an. Was ein bisschen in den Augen schmerzt. Zumindest beißt sich Omas riesige goldene Halskette schrecklich mit dem Quietschorange ihrer Bluse. Eine in Menschenform komprimierte Supernova.

»In dem Kreislauf ist sie längst drin.« Finn schnappt sich seine vierte oder fünfte Waffel vom großen Teller in der Mitte, platziert einen Klecks Himbeersoße darauf und garniert das Ganze mit Schokoladenraspeln aus einer Tüte, bis es aussieht wie etwas, das in einem Hochglanz-Küchenmagazin abgebildet sein könnte. »Ihre Noten sind doch maximal mittelmäßig. Und selbstbewusst ist sie gar nicht. Hat bestimmt die halbe Nacht am Handy gehangen, darum sieht sie jetzt auch aus wie ein Junkie.«

Seine Worte sollten mir wehtun und das hätten sie, wäre ich nicht damit beschäftigt, fanatisch auf meinem Smartphone zu tippen. In einem Punkt liegt Finn falsch: Ich habe nicht die halbe Nacht am Handy gehangen. Wie auch, ohne Internet? Ich konnte ja nicht mal das Wort *Monsterpferd* in die Suchleiste tippen, ohne dass mich ein bedröppeltes Emoji darauf hingewiesen hat, dass der Server nicht zu erreichen ist. Wie ein Junkie dürfte ich trotzdem aussehen. Nach dem Vorfall mit Capkin und dem Pferd habe ich stundenlang wach gelegen, die Decke angestarrt und verzweifelt meinen eingeschüchterten Verstand angefleht, zu beweisen, dass ich mir alles nur eingebildet habe.

Irgendwann hatten sich mein Kater und mein Herzschlag wieder beruhigt, weshalb ich mich noch einmal ans Fenster traute. Das Pferd war verschwunden und ich hätte es als Einbildung abtun können. Doch irgendwie will ich das nicht mehr. Keine Ahnung, woher mein Sinneswandel kommt, aber dieser Graf hat mich neugierig gemacht. Ich möchte mehr über die Legenden des Schlosses wissen. Selbst wenn es nur dazu dient, mich von meiner Sehnsucht nach Kiel abzulenken.

Für den Moment ist meine Gänsehaut verschwunden. Hier, in der Küche im Haupttrakt, wirkt nichts gruselig. Okay, vielleicht der Kühlschrank, der aus einer Science-Fiction-Serie stammen könnte. Thea hat ihn kurz geöffnet, um eine Flasche O-Saft für Max herauszunehmen, und nun glaube ich, dass das Ding nicht nur den erwähnten Eiswürfel-Maker, den Bierhalter und das großzügige Gefrierfach enthält, sondern auf Knopfdruck auch Tragflächen ausfahren und nach Paris fliegen kann.

Abgesehen davon und würde es hier nicht penetrant nach Holzschutzmittel riechen, könnte man denken, wir sitzen in dem Einfamilienhaus, das Theas Familie bis vor zwei Wochen in Kiel bewohnt hat.

Zunächst beobachte ich jedoch Karma beim Wirken. Ein Klecks Himbeersoße tropft auf Finns helles Hemd. Fluchend wirft er die restliche Waffel zurück auf den Teller.

»Selber Junkie«, kommentiere ich nicht besonders erwachsen und kann mir ein Lachen nicht verkneifen, als er nach einer Serviette greift und den roten Fleck damit nur verschmiert.

Warum trägt er überhaupt ein Hemd? Er muss nicht mal das Haus verlassen, weil er noch zur Schule geht wie Lory und ich. In Thüringen haben die Herbstferien gerade begonnen. Mir bleiben also zwei Wochen Zeit, bevor ich mich dem nächsten Horror stellen muss: einer neuen elften Klasse. Mindestens fünfundzwanzig Köpfe, die tuschelnd zusammengesteckt werden, wenn die Neue mit der großen Nase in ihren eingefleischten Verband stolpert. Kein Adrian, der mich jeden Morgen mit einem selbst ausgedachten Handschlagritual begrüßt. Keine Dani, die mich wenigstens einmal am Tag nach

Taschentüchern und Allergietabletten fragt, weil sie immer alles vergisst. Mir graut jetzt schon davor.

»War die erste Nacht so schlimm?« Mum holt mich deutlich empathischer zurück in die Küche.

Lory wirft mir einen Blick zu, aus dem hämische Neugier spricht, allerdings auch Verunsicherung. Sie lehnt an einer glänzenden beigefarbenen Küchenzeile vor einem Messing-Wasserkocher, der aussieht wie ein Miniatur-Raumschiff.

»Ellie, Schätzchen?«, hakt Mum nach und legt eine angebissene Waffel mit Schokoladencreme zurück auf den Teller. »Ist alles okay?«

Abgesehen von einem finsteren Reiter, einer hysterischen Katze und kalten Luftzügen? Klar.

Ich ringe mir ein Lächeln ab und schiebe mein Handy neben den Teller, bevor Oma weiterhin so tut, als hätte ich begonnen, Methamphetamin zu konsumieren. Dabei wollte ich bloß recherchieren. »Ja, alles gut. Habe mich die ganze Nacht prächtig mit den Geistern amüsiert.« Es soll ein Scherz sein, doch mir fällt selbst auf, wie hohl er klingt.

Lory schnaubt.

»Geister? Du hast welche gesehen?« Max quietscht und rutscht ungeduldig auf der Eckbank umher. Es ist untypisch für ihn, an einem schulfreien Tag um neun Uhr morgens freiwillig auf den Beinen zu sein. Vielleicht liegt es an den Waffeln, die Oma gebacken hat und die er ebenso liebt wie ich. Auch wenn ich gerade keine einzige hinunterbekomme. Wahrscheinlicher ist aber, dass er in Gedanken schon dabei ist, in dem Ghostbuster-Kostüm, das er Anfang des Jahres zum Fasching getragen hat, durch die Gänge des Schlosses zu streifen und nach Spuren von Ektoplasma zu suchen. Ein Stoff, aus dem angeblich Geister bestehen und dessen Bezeichnung ich nur deswegen kenne, weil Max es eine Zeit lang circa dreißig Mal pro Minute erwähnt hat.

Mit beiden Händen umgreife ich das warme Porzellan meiner Kakaotasse und versuche, nicht mit dem Gesicht voran hineinzukippen.

Finn murmelt etwas Unverständliches. Vielleicht geht es wieder um Handysucht. Unglaublich, dass Mum jemanden wie ihn am liebsten als Schwiegersohn hätte. Er ist so ein Ekelpaket. Genau wie seine Stiefschwester.

Die beobachtet argwöhnisch, wie Mum ihre Waffel mit drei großen Bissen verschlingt. Was ihre hochgezogene Augenbraue bedeutet, verstehe ich wortlos. Dass Mum mit Konfektionsgröße sechsundvierzig lieber die Schokocreme weglassen sollte. Und wie unvorteilhaft ihr grünes Jerseykleid mit den roten Kringeln ist. Zu ihrem Glück spricht Lory nichts davon an. Andernfalls wäre ich gerade wirklich in der Stimmung, meinen Kakao *ganz aus Versehen* über ihr Tablet zu kippen, das auf der Eckbank liegt. Allein der Gedanke an ihre Oberflächlichkeit schnürt mir den Hals zu.

Manchmal frage ich mich, ob wir tatsächlich alle verwandt sind. Vor allem Mum und Thea. Abgesehen von ihrer gemeinsamen Neigung, sich so bunt gemustert zu kleiden, dass auf ihren Rücken optische Täuschungen entstehen würden, wenn sie schnell genug auf der Stelle hüpften, sind sie sich nicht besonders ähnlich, weder charakterlich noch äußerlich oder … na ja, spirituell. Max und ich kommen nach Dad – mager, große Nasen, undefinierbare Augenfarbe. Darum könnten wir auch als Theas Kinder durchgehen, ihre Rundungen sind genauso spärlich wie meine.

Mum hat keine Modelmaße. Außerdem sind ihre Wangen immer leicht gerötet, weil sie eine Hautkrankheit hat, eine Rosazea. Na und? Dafür strahlen ihre hellen Augen zu jeder Tages- und Nachtzeit gut gelaunt. Vor allem hat sie Max und mir beigebracht, Dinge zu schätzen. Darüber hinaus gibt es keine elementare Schwingung, die ihr entgeht, keine heilsame Frequenz, die sie nicht nutzt, um Omas Spreizfuß zu behandeln. Für jede Art von Esoterik ist sie zu begeistern, egal, ob Mondphasen, Feng-Shui oder klassisches Pendeln.

»Ellie?«, drängt Oma.

Jetzt erst registriere ich, dass meine Gedanken schon wieder ganz woanders sind. »Hm, was?«

Finn schüttelt den Kopf und nimmt einen großen Schluck Kaffee.

»Ob es okay ist, dass Balthasar in deinem Zimmer hängt, wollte ich wissen.«

Es dauert kurz, ehe ich kapiere, dass sie vom Gruselgrafen redet, als wäre er ein alter Bekannter.

Das scheint Opa ebenfalls zu denken, der ein Kreuzworträtsel in einer Illustrierten löst, als wäre nicht auch sein Leben gestern auf den

Kopf gestellt worden. »Sag nicht seinen Namen, als würdest du ihn persönlich kennen. Du bist zwar alt, aber nicht *so* alt.«

Empört schnellt Omas Kopf herum, wodurch die Kreolen, die an ihren Ohren baumeln, mitsamt der daran befestigten pinken Federn wackeln. Wenn ich so was tragen würde, müsste ich mich ständig am Hals kratzen.

»Egon! Alter ist mehr als eine Zahl«, gibt sie schnippisch zurück.

Was bei ihr sogar stimmt. Die obligatorische Dauerwelle, wahlweise mit Violettstich, sucht man bei ihr vergebens. Sie trägt ihre Haare lang und zum Zopf gebunden. Mit brauner Tönung. Das lässt sie deutlich jünger wirken. Was mich spontan daran erinnert, dass ich mir auch mal wieder die Haare kämmen sollte. Das habe ich seit Kiel nicht mehr getan. Stattdessen habe ich meinen Zopf einfach unter die türkisfarbene Fleecejacke gestopft, die ich trage, weil ich nach wie vor durchgefroren bin von meinem heizungslosen Zimmer.

Oma legt ein süßes Lächeln auf und wendet sich wieder an mich. »Sollen wir das Bild weghängen?«

»Stört mich nicht.« Die Worte purzeln einfach aus meinem Mund. Ich bemerke Lorys bohrenden Blick und setze noch einen drauf. »Ist doch okay, nachts von einem überdimensionalen Toten mit stechenden Augen beobachtet zu werden, ehrlich«, versichere ich lächelnd.

Meine Cousine stößt ein Geräusch aus, das von Erschütterung bis Krampf im Bein alles bedeuten könnte.

»Thea wollte ihn nicht in der Küche haben, weil sie glaubt, dass er verflucht ist«, erwidert Oma leichthin.

Aha. Darum ist er also bei mir gelandet. »Ist das Bild wirklich original?«, will ich wissen. »Wie konnte es die lange Zeit überdauern?«

»Na, weil es verflucht ist!«, haucht Finn mit rauchiger Stimme, was deutlich eindrucksvoller wäre, wenn er keinen Waffelkrümel am Kinn kleben hätte. Oder Himbeersoße auf dem Hemd. »Jetzt holt er dich, wie alle Schlossbesitzer zuvor.«

»Dir ist klar, dass genau genommen dein Vater der Besitzer ist?«, frage ich herausfordernd. So sehr ich mich auch bemühe – die Vergangenheit kann ich nicht vergessen. In Kombination mit Schlafmangel lässt mich das gerade streitsüchtiger werden als normalerweise.

»Wie gut, dass er nicht an Geister glaubt. Genau wie ich«, kontert Finn.

»Das ist unlogisch. Erst behauptest du, er würde mich holen. Dann gibst du zu, nicht daran zu glauben. Was denn nun?«

»Kinder!«, tadelt Thea, die frisches Geschirr aus der Spülmaschine räumt. Sie unterbricht ihre Arbeit und wischt gedankenverloren mit einem Küchentuch über ihre manikürten Finger. »Das Bild ist Teil des Besitzes der Stiftung für Thüringer Schlösser. Eines der wenigen erhaltenen Originale. Wir konnten es als Dauerleihgabe zurückerlangen, damit es hier Teil seines angestammten Platzes werden kann.«

»Der Geistergraf holt nur die, die so naiv sind, an ihn zu glauben«, stichelt Finn weiter und ignoriert seine Mutter.

»Dann droht für mich ja keine Gefahr«, grummele ich, während ich mich ärgere, in diese kindische Diskussion eingestiegen zu sein.

Thea zieht eine perfekt gezupfte Augenbraue hoch.

»Hört auf damit, es gibt keine Geister«, murmelt Lory. Ihr Tonfall macht mich stutzig. Höre ich da unterschwellige Angst heraus? Die Art, die deutlich macht, dass sie das in erster Linie sagt, um sich selbst zu überzeugen?

»Falls doch – ist es wirklich dieser Graf, dem man die Morde zuschreibt?«, frage ich und steige darauf ein.

»So behauptet man«, erwidert Mum eifrig. »Zeugen wollen seine markanten Augen erkannt haben.«

Mein Herz klopft schneller. Wenn er tatsächlich diese stahlgrauen Augen besessen hat wie auf dem Porträt, dann sind sie unverwechselbar.

»Endlich zeigst du Interesse«, merkt Mum erfreut an, die ohnehin findet, dass ich mich zu wenig für das Übernatürliche begeistere. Mit einem abgedrehten Pferdewesen vor dem Fenster bleibt mir leider aktuell keine Wahl. Bevor ich allerdings nicht ausschließen kann, mir das Ganze nur eingebildet zu haben, werde ich meine Sichtung für mich behalten. In dieser Familie kann ich es sowieso niemandem erzählen, der nicht in Lachkrämpfe ausbricht, mich für bescheuert hält oder sofort mit einem Ouija-Brett in mein Zimmer rennt. Darüber hinaus wirkt es bei Tageslicht betrachtet so unrealistisch, dass es auch ein Albtraum gewesen sein könnte.

»Würdet ihr mir etwas mehr erzählen? Über das Schloss und die Gerüchte?«, frage ich und ignoriere Finn, der an dieser Stelle die Augen verdreht und »Jetzt will die auch noch die Geister dressieren« murmelt.

Opa sieht kurz von seinem Rätsel auf und wirft mir einen Blick zu, als wäre ich nicht ganz dicht.

Lory guckt zwischen Mum und mir hin und her, als hätten wir Schläger ausgepackt, um Federball zu spielen.

Max klatscht in die Hände. »Wir können doch mal den Stall erkunden! Oder die Gruft. Finn, zeigst du mir die Gruft? Bitte, bitte!«

»Es gibt eine Gruft?« Wenn ein Wörtchen gerade nicht dazu beiträgt, dass ich mich wohler fühle, dann *Gruft*.

»Klar. So was gibt es in jedem größeren adligen Anwesen.« Finn ignoriert die Bitte meines Bruders, während Oma wortlos aufsteht und den Raum verlässt.

Onkel Henry und Dad befinden sich nicht in der Küche. Mein Vater ist unterwegs zu einem Vorstellungsgespräch bei der örtlichen Talsperre. Henry ist irgendwo nebenan. Als selbstständiger Immobilienmakler kann er den Großteil seiner Arbeit im Homeoffice verrichten. Durch seinen Job kam er an Düsterstein. Obwohl er selten das Haus verlässt, kenne ich ihn nicht ohne gegelte Haare und Anzug. Da Finn offenbar in seine Fußstapfen treten will, ist allein das Grund genug, ihn von der Liste meiner zukünftigen Ehemänner zu streichen. Mal ganz abgesehen davon, dass es sich komisch anfühlen würde, meinen Cousin zu daten, selbst wenn wir nicht blutsverwandt sind. Somit ist die Liste übrigens leer.

»Mach dir keine Sorgen. Ich beschütze dich«, beteuert Max und reckt eine Faust von der Größe einer Mandarine in die Luft. Ich bezweifele, dass er damit einer untoten Seele Angst einjagen kann. Nicht mal in Verbindung mit seinem Protonenstrahler aus Plastik, der nur blinkt und nervige Laute von sich gibt.

In der Zwischenzeit hat Mum einen Bauplan auf dem Tisch ausgebreitet, wo auch immer sie den so schnell herhat. Die Zeichnung zeigt das komplette Schloss. »Hier befinden wir uns.« Sie tippt auf den Mittelteil des Gebäudes, den Haupttrakt. »Eine Hälfte des Hauptflügels wurde komplett bewohnbar gemacht. Das ist der Wohnbereich von Thea und ihrer Familie. Uns gehört später mal ein Teil des Ostflügels über dem Stall. Dein Zimmer wird auch dazuzählen.«

Beim Wort *Stall* holt Lory zischend Luft und stellt die Tasse Kaffee ab, die sie sich gerade eingegossen hat.

Okay, ein detaillierter Bauplan des Schlosses war zwar nicht Sinn meiner Bitte nach mehr Informationen, überflüssig ist dieses Wissen aber auch nicht.

»Wenn du dich zu sehr fürchtest, kannst du auf einer Matratze bei uns im Wohnzimmer schlafen.« Mum spricht mit mir, als wäre nicht nur Max sieben Jahre alt, sondern auch ich. »Oder Loretta tauscht mit dir.«

»Auf gar keinen Fall!«, ruft meine Cousine energisch. »Niemals. Das ist zu … Ich brauche die Nähe von … Also, eigentlich vor allem WLAN und …«

»Wir haben es kapiert, Lo.« Finn schnaubt. »Du hast Schiss.«

»Was ist mit dir?«, fragt Max ihn begeistert. »Spielst du nicht Baseball? Damit könntest du die Monster und Geister verprügeln.«

»Cricket«, erwidert Finn.

»Ist das nicht dasselbe?«

»Ist es nicht. Beim Cricket muss man den Ball rückwärts, vorwärts oder seitlich treffen, um mehr Runs zu holen. Beim Baseball dagegen …«

»Ich glaube, Max wollte nur auf die Schläger hinaus«, unterbreche ich ihn. Was für ein Angeber.

»*Ich* möchte im Ostflügel schlafen!« Auf dem Shirt meines Bruders klebt ebenfalls Himbeersoße. So großflächig, dass ich es bisher für einen Aufdruck gehalten habe. »Mama, darf ich? Ich gehe auch jeden Abend pünktlich ins Bett, versprochen.«

Mum lächelt milde. »Ihr könntet zusammen dort schlafen. Was meinst du, Ellie?«

»Max und ich?« Ich muss aufpassen, mich nicht an meinem Kakao zu verschlucken. Lieber lege ich mich auf die Koppel und kuschele mit dem Gruselpferd. Ich liebe meinen Bruder, möchte mein Zimmer aber keinesfalls mit einem hyperaktiven Grundschulkind teilen, das seit einem Jahr ausschließlich in Bettwäsche von *Star Wars* schläft. Im letzten Schwarzwald-Urlaub hat er mich mal nachts mit seinem Kopfkissen verprügelt, weil er geträumt hat, er wäre Darth Vader. »Balthasar leistet mir doch schon Gesellschaft«, gebe ich zurück.

Lory wirkt, als würde sie einen fiesen Kommentar loswerden wollen. Sie verkneift ihn sich, denn in diesem Moment kommt Oma zurück und lässt einen Stapel Zeitungsartikel so schwungvoll neben meinem Teller fallen, dass Puderzucker aufstiebt. »Keine gute Idee.

Es beschwört Schlafwandelei, wenn Geschwister im selben Raum schlafen.« Sie keucht, als wäre sie gerade quer durchs Schloss gerannt. »Hier. Wenn du dich belesen möchtest, das dürfte die meisten Fragen beantworten.«

»Großes Blasinstrument«, murmelt Opa, der nichts um sich herum wahrzunehmen scheint. Weder dass sich seine Enkelkinder in den nächsten Wochen gegenseitig an die Gurgel gehen werden, noch dass Oma eine Gabel vom Tisch schubst, als sie wieder Platz nimmt und ihm damit beinahe den Oberschenkel durchbohrt. Er hat Glück, die Gabel landet geräuschvoll auf dem Fliesenboden.

»Wie viele Buchstaben?«, fragt sie routiniert und bückt sich nach dem Besteck.

»Sieben. Der vorletzte ist ein N.«

»Posaune.«

Opa trägt das Wort ein. So ist das immer. Wenn Opa etwas nicht weiß, kennt Oma die Antwort. Dabei ist es egal, ob sie gerade mit anderen redet, kocht oder meditiert. Manchmal denke ich, sie hat nach all den gemeinsamen Jahren mit Opa so viel gelernt, dass sie bei einer Quizshow mitmachen sollte. Dabei hat sie selbst noch nie ein Kreuzworträtsel gelöst.

Im Moment kann ich allerdings nicht allzu viel Bewunderung aufbringen, da mich das oberste Blatt des Papierstapels anstarrt. Ein vergilbter Zeitungsausschnitt, den jemand herausgerissen hat, mit der Schlagzeile: *Mysteriöser Unfall schürt Angst vor totem Grafen.* Darunter befindet sich eine schwarz-weiße Abbildung des Schlosses aus der Zeit seiner Erbauung in Kupferstich, wie eine Zeile am unteren Bildrand verrät.

Lory wirkt, als hätte Oma statt der Zeitungsausschnitte eine Schaufel Blumenerde über den Tisch gekippt. Kreidebleich nimmt sie das Tablet von der Eckbank, lässt ihren Kaffee stehen und verlässt den Raum mit den Worten: »Ich ... muss Geige üben. Bis später.«

Völlig perplex sehe ich ihr nach und fühle mich angesichts ihres merkwürdigen Verhaltens gleich weniger seltsam.

»Manches widerspricht sich«, sagt Mum und deutet auf die Artikel. »Vor allem, wenn es um die Frage geht, was hier überhaupt spukt.«

»Okay«, erwidere ich, weil ich nicht weiß, was ich sonst sagen soll, und richte die Artikel im Neunzig-Grad-Winkel aus.

»Behauptet wird viel. Dass der Graf grausam war, cholerisch und so weiter.« Mum redet weiter. Ihr ist nicht entgangen, wie gebannt Max an ihren Lippen klebt.

»Er soll die Öffentlichkeit gemieden haben«, ergänzt Oma mit rauchiger Stimme, als würde sie eine Gruselgeschichte erzählen. Irgendwie ist es ja so. »Man sagt, er verbrachte viel Zeit damit, durch die Wälder zu streifen.«

Ich sehe sie skeptisch an. »Klingt nicht wirklich bösartig. Vielleicht mochte er einfach die Natur und war ein Einzelgänger?«

Mum und Oma tauschen einen vielsagenden Blick, von dem ich genau weiß, was er bedeutet. Dass sie es noch nie verstehen konnten, warum ich gern stundenlang allein am Meer entlangspaziere. Dass ich schon immer wenig Freunde hatte. Mal wieder möchte ich sie daran erinnern, dass ich damit keinem schade und es Menschen gibt, die eben so sind. Doch ich schweige, weil es jetzt nicht wichtig ist.

»Zu der Zeit, als Düsterstein erbaut wurde, war Thüringen in sehr viele Grafschaften gespalten. Das Schloss selbst gehörte zur Grafschaft Henneberg. Du hast sicher die Wappen draußen an den Seitenflügeln bemerkt«, fährt Mum fort, ohne auf meinen Einwurf einzugehen.

»Ja. Der unförmige Vogel.« Man hatte die Wappen im Laufe der Zeit vermutlich saniert, sonst würde man ihn nicht mehr erkennen.

»Genau. Um 1600 galt die männliche Linie nach fünfhundert Herrscherjahren als ausgestorben.« Mum bestreicht eine weitere Waffel mit Schokolade. »Man trug zwar noch den Titel im Namen, jedoch gab es keine Nachfolger mehr. Die Henneberger Linie schien dem Untergang geweiht, aber dann taucht auf einmal dieses Kind in den Überlieferungen auf.«

In der folgenden Pause denke ich an mein Wandbild. »Der Graf? Balthasar von Düsterstein?«

Mum nickt. »Er war dieser Säugling. Woher er kam, wusste keiner. Definitiv nicht von der Gräfin, die als unfruchtbar galt.«

Finn gähnt demonstrativ, steht ebenfalls auf und verlässt den Raum.

»Spekulationen gab es viele«, ergänzt Oma. »Eine Adoption. Eine Hexe, die das Kind gebracht hat. Nebenbei bemerkt dieselbe Hexe, die für den Fluch des Schlosses verantwortlich sein soll.«

»Hexe? Fluch?« Plötzlich bin ich hellwach. Auch wenn eine Hexe zur Zeit der Hexenverfolgung und des großen Aberglaubens ganz bestimmt nicht die Ursache für irgendwas gewesen ist.

Opa scheint das Gleiche zu denken. Er sieht von seinem Rätsel hoch und rückt die Brille zurecht – ein uraltes Gestell, riesig, mit dickem braunen Rand. Seit Kurzem sieht man wieder vermehrt Jugendliche mit solchen Modellen. »Glaub nicht alles, was du hörst und liest«, tadelt er, und ich bin mir nicht sicher, ob er Mum oder mich damit meint.

»Das sagt der Richtige«, widerspricht Oma. »Mit Flüchen ist nicht zu spaßen.«

»Die ganzen Ermordeten haben es bestimmt auch auf die leichte Schulter genommen.« Max kichert. »War das vielleicht der Fluch? Opas Gedicht gestern?«

Der Gedanke kam mir ebenfalls. Doch obwohl ich mich nicht an die einzelnen Worte erinnern kann, hat es nicht nach einem Fluch geklungen. Zumindest nicht nach einem, der irgendwelche Morde erklärt.

»Auch das weiß keiner genau.« Mum beißt genießerisch in ihre Waffel, was mich an das längst kalte Exemplar auf meinem Teller erinnert. Halbherzig zupfe ich an dessen Rand herum. »Auf jeden Fall soll der Fluch dazu geführt haben, dass jeder Besitzer dieses Schlosses ums Leben gekommen ist. Aber ich bin davon überzeugt, dass wir herausfinden, wie wir ihn brechen können.« Sie strahlt.

Ach ja, die Sache mit den gebeutelten Seelen, die man bloß beschwichtigen muss, damit alles wieder ins Lot kommt. Innerlich verdrehe ich die Augen. »Was ist eigentlich der Unterschied zwischen einem Grafen und einem Fürsten?«, werfe ich dann ein.

»Keiner so wirklich«, antwortet Oma. »Grafen zählen zum Fürstenstand.«

»Okay.« Ich stopfe mir ein Stück Waffel in den Mund.

»Jedenfalls war da plötzlich doch ein männlicher Nachfolger«, erzählt meine Mutter weiter. »Die benachbarten Herrscher, die scharf auf Düsterstein und die umliegenden Ländereien waren, zeigten sich wenig begeistert und unterstellten dem damaligen Grafenpaar Verrat. Balthasars Herrschaft stand also von Anfang an unter einem schlechten Stern.«

»Was zusätzlich zur allgemeinen Lage im Land natürlich alles andere als vorteilhaft war«, fügt Oma hinzu. Es ist erstaunlich, wie die beiden sich diese Erzählung aufteilen. Als hätten sie das vorher einstudiert. Thea sagt überhaupt nichts mehr. Sie räumt Geschirr an der Küchenzeile hin und her und wirkt sehr beschäftigt.

Opa schüttelt nur den Kopf und wendet sich wieder seinem Rätsel zu.

»Allgemeine Lage?«, bohre ich nach. In der Schule mogele ich mich meistens mithilfe meines Kurzzeitgedächtnisses durch die Prüfungen. Zwei Stunden vorher im Bus alles noch mal lesen und merken, beim Test oder in der Klassenarbeit aufschreiben und danach wieder vergessen. Entsprechend durchschnittlich sind meine Noten.

»Stichwort Dreißigjähriger Krieg«, antwortet Oma.

Ah, ja. Da klingelt was. »1618 bis 1648«, erwidere ich und bin selbst erstaunt, mir das gemerkt zu haben.

Oma nickt. »Hunger und Krankheiten beherrschten das Land. Die Menschen waren unzufrieden, besonders die kleinen Leute. In den Schlössern und Burgen spürte man davon zunächst nicht viel. Der Barock war eine protzige Zeit. Die Herrscher lebten im Überfluss, so wie unser Balthasar, der den Reichtum natürlich geerbt hat. Mit nur zwölf Jahren übernahm er die Regentschaft. Kurz nach Ende des Krieges.«

»Krass, dann kann ich ja auch bald«, wirft Max ein, als wäre das wirklich eine Option.

Oma schmunzelt. »Lern du erst mal ordentlich rechnen, danach sehen wir weiter.«

Schmollend sinkt mein Bruder zurück ins Polster.

»Der Hass von außen und der Druck, der durch das Leid im Land entstand, überforderten Balthasar. Er wirkte immer kränklich und betrübt. Aus heutiger Sicht litt er vermutlich unter Depressionen.«

Schon die ganze Zeit über habe ich das Wandbild vor Augen. Was Oma beschreibt, klingt zutreffend.

»Bekam man ihn mal zu Gesicht, behandelte er seine Bediensteten schlecht. Es soll sogar Hinrichtungen gegeben haben. Wobei diese damals keine Seltenheit waren, das Schloss besaß einen eigenen Scheiterhaufen. Darüber hinaus redete er wenig, mied die gehobene Gesellschaft, zu der er zählte, und neigte dazu, sich mit Wutausbrüchen zu artikulieren.«

»Was ist artikuren?«, will Max wissen und greift nach dem Glas mit der Schokoladencreme, um seinen Löffel einzutauchen.

»Reden«, erwidert Oma knapp.

»Oha, das alles mit zwölf Jahren?« Ich habe meine Waffel erfolgreich in eine Million Teigkrümel zerfasert, doch jetzt halte ich inne.

»Da war er schon älter. Anfang zwanzig.«

Nicht viel besser. Unwillkürlich wird mir erneut kalt. »Und warum spukt er jetzt angeblich noch hier rum?«

Mum hat aufgegessen und übernimmt wieder. »Er konnte dem Druck der Verantwortung nicht standhalten. Schließlich waren die Erwartungen an ihn als letzten Nachfolger immens. Man verlangte, dass er für Nachwuchs sorgte, um die Linie nicht aussterben zu lassen. Im ganzen Umkreis war er zu diesem Zeitpunkt der letzte hennebergische Nachfolger – zumindest machte man das der Öffentlichkeit weis. Ob er wirklich der leibliche Erbe war, wird bis heute angezweifelt. Das Gegenteil konnte allerdings nie bewiesen werden.«

»Er fand keine Frau«, ergänzt Oma. »Nicht aus Mangel an Interessentinnen. In ein Adelshaus einheiraten wollten viele. Nur interessierte sich Balthasar nicht für die Damenwelt. Rückwirkend betrachtet ein Segen für diese Frauen. Wer weiß, was er ihnen angetan hätte. Maxim, das ist eigentlich nichts für deine Ohren.«

»Macht mir nix«, erwidert dieser leichthin und schiebt sich den mittlerweile dritten Löffel Schokocreme in den Mund.

»Charlotte«, tadelt Opa. »Verweichliche den Jungen nicht. Als ich so alt war wie er, sind unsere Väter in den Krieg gezogen.«

»Egon!«, stöhnt Oma sofort. »Du warst fünf, als der Krieg zu Ende war. Tu nicht immer so, als hättest du ihn ganz allein begonnen, geführt und beendet.«

»Den Hunger vergisst man nicht, auch nicht die Kälte, weil wir kein Holz hatten!«, beharrt Opa.

Ich verfolge den Streit der beiden mit hochgezogener Augenbraue. Gleichzeitig hängen meine Gedanken weiter bei Balthasar. »Weiß man, wie er Selbstmord begangen hat?«

»Es gab ein paar mysteriöse Todesfälle auf dem Schlossgelände, unmittelbar vor seinem Freitod. Man schrieb sie ihm zu«, erklärt Mum.

»Wen hat er umgebracht?«

»Bedienstete. Vermutet man zumindest. Er muss ziemlich unleidlich gewesen sein in dieser Zeit. Viel mehr konnte ich nicht herausfinden. Es ist lange her, und damals gab es keine Mordkommissionen. Außerdem handelte es sich bei den Toten um Diener. Deren Schicksal hat kaum jemanden interessiert. Eines Morgens fand man Balthasar erhängt in seinen Gemächern.«

Die Temperatur in der Küche scheint zu sinken, was am rustikalen Fenster liegen könnte, weil das Schloss unter Denkmalschutz steht und die Rahmen zwar repariert, jedoch nicht gegen doppelglasige Fenster ausgetauscht werden dürfen.

»Und jetzt mordet er als Geist weiter. Oberkrass«, schließt Max.

Wieder denke ich an das Porträt in meinem Zimmer. An die grauen Augen des Grafen, sein abgemagertes Gesicht ... War dieser junge, zerbrechlich wirkende Mann wirklich ein Mörder? Ich weiß nicht, was ich fühlen soll. Einerseits bewirken die neuen Erkenntnisse, dass ich mich bei dem Gedanken, heute Nacht wieder unter seinen Augen schlafen zu müssen, noch unwohler fühle. Andererseits: Egal, was für ein schlechter Mensch er gewesen sein soll – ein Teil in mir empfindet Mitleid. Mitleid mit einem zwölfjährigen Jungen, dessen Kindheit abrupt endete. Balthasar bekam die Verantwortung einer ganzen Grafschaft aufgebrummt, wurde von allen aufgrund seiner ungewissen Herkunft verachtet und hatte hinter diesen Mauern nicht annähernd so etwas wie eine lustige Jugendzeit. Wenn ich mir Max ansehe – er kann nicht mal seine Socken zusammenlegen. Ich bezweifele, dass das in vier Jahren anders aussehen wird. Wie sollte er da ein Land regieren?

Balthasar muss daran zerbrochen sein.

»Hatte er ein Pferd?«, entfährt es mir, bevor ich weiß, was ich tue.

»Was?«, rufen Mum und Oma gleichzeitig, als hätte ich gerade gefragt, ob ich heute in der Gruft zelten darf.

»Der Graf, meine ich. Gab es ... ein Pferd, das mit ihm begraben wurde oder so? Weil äh ... Na ja, irgendjemand hat doch erzählt, dass hier ein pferdeähnliches Monster spukt«, rette ich mich. Max hat gestern tatsächlich so was erwähnt.

»Ja, viele Sichtungen berichten von einem Pferd-Reiter-Gespann«, bestätigt Mum. »Beim Reiter sind sich alle einig, dass es Balthasar sein muss. Adelsfürsten besaßen in der Regel eigene Reittiere, oft mehrere. Im Zusammenhang mit dem Grafen werden bloß Hunde namentlich erwähnt. Aber natürlich ist ein Pferd auch naheliegend, weil sich der Spuk meist in unmittelbarer Nähe des Stalles zugetragen hat.«

Wow, Mum hat sich wirklich schon viel damit befasst. Trotzdem leuchten immer mehr Fragezeichen in meinem Kopf auf.

»Krass! Darf ich in den Stall? Bitte, bitte, bitte!« Max' Augen glänzen noch deutlicher als letzte Woche. Dad hatte ihm zwei Actionfiguren seiner Wahl versprochen, wenn er beim Umzug tapfer ist. Ein sinnloser Deal. Wenn jemand keine Träne mehr an Kiel verschwendet, ist es mein Bruder. Und das nicht wegen der Actionfiguren.

»Keinesfalls allein!«, bestimmt Mum. »Nimm Finn mit, oder Ellie.«

»Äh … frag am besten Finn.« Ich weiche dem flehenden Blick meines Bruders aus. Ob ich wirklich schon bereit bin, an den Ort zu gehen, wo ich potenziell sterben könnte, weiß ich nicht. Erst will ich mehr über den Fluch in Erfahrung bringen. Am liebsten würde ich Opa schütteln, damit er die Worte von gestern wiederholt. Vielleicht war ein Hinweis dabei.

»Oder warte ein, zwei Tage, bis ich mein Ouija-Brett gefunden habe, dann will ich eine Séance im Stall abhalten«, schlägt Mum vor.

Das war zu erwarten. Als ich noch nicht bereit war, an Geister zu glauben, wäre mir das egal gewesen. Jetzt, wo ich mit eigenen Augen *irgendetwas* gesehen habe, möchte ich meine Familie am liebsten anschreien, keinesfalls in den Stall zu gehen. Oder besser, sofort wieder hier wegzuziehen. Vor allem Max mit seinem Forscherdrang macht mir Sorgen. Leider habe ich das in den letzten Wochen so oft angesprochen, dass sie mir bei dem Thema gar nicht mehr zuhören.

»Übrigens wollen wir gleich im alten Lustgarten hinter den Pferdekoppeln Schwingungen ausloten«, fährt Mum fort. »Thea meint, ab morgen soll es regnen. Deine Tante und ich könnten Hilfe gebrauchen.«

Ich muss kurz aufpassen, mich nicht zu verschlucken. *Schwingungen ausloten* bedeutet stundenlanges Herumstehen und Mum dabei zusehen, wie sie mit geschlossenen Augen um Gegenstände herumläuft. Oder kriecht.

Vermutlich bleibt mir keine Wahl. Etwas wehmütig schnappe ich mir die Zeitungsartikel, die ich am liebsten sofort lesen würde, und stehe auf. »Okay. Bin gleich wieder da, will nur schnell die Artikel in mein Zimmer bringen.«

In diesem Moment spüre ich es erneut.

Kälte. Ein eisiger Luftzug, obwohl sämtliche Türen und Fenster geschlossen sind. Mitten in der Küche, zwischen Theas Hightech-Kühlschrank und dem Tisch.

Ich halte inne, wende mich den anderen zu.

Mum, Oma und Max sitzen ausdruckslos auf ihren Plätzen. Schon an ihren Blicken erkenne ich, dass sie nichts bemerkt haben. Bilde ich mir das bloß ein? Mein Herz klopft mal wieder schneller.

Der Einzige, der sich rührt, ist Opa. Fast mechanisch setzt er seine Brille ab, legt sie neben sein Rätselheft und sieht in meine Richtung.

Schon wieder spüre ich, dass nicht er es ist, der sich in diesem Moment erhebt. Langsam, wie paralysiert und mit leeren Augen. Endlich reagieren die anderen, blicken ihm wortlos nach, als er sich abwendet.

Opa ignoriert seinen Gehstock, der neben dem Tisch an einem Pflanzengestell lehnt. Laut Arzt braucht er ihn sowieso nicht, nur nach eigener Aussage. Leute im Bus überlassen ihm dann rücksichtsvoll ihren Platz und so.

Problemlos schlurft er ohne Stock zur Tür. Dahinter befindet sich die Eingangshalle. Ich weiche ein Stück zurück.

»Egon?« Oma springt auf, klingt besorgt.

Wie in Trance öffnet Opa die Tür, ohne auf irgendwas zu reagieren. Oma läuft ihm hinterher, beide Hände erhoben, als wollte sie seine Schultern greifen, bleibt aber einen Schritt hinter ihm.

Mum folgt, dann Max, Thea und ich, was ein ziemliches Gedränge im Türrahmen auslöst.

Opa hat die Halle erreicht. Ein mit bunten Mosaiken gefliestes Stück Boden führt anschließend zum Haupteingang. An der hohen Decke hängt ein Kronleuchter – ebenfalls bereits erneuert.

Mein Großvater will jedoch nicht nach draußen, sondern bleibt stehen und dreht sich zur Wand um. Wie Henry uns erklärt hat, ist sie im Laufe der Jahrhunderte mehrfach neu verputzt worden. Die letzte Putzschicht ist nicht besonders alt und nur stellenweise fleckig. Demnächst soll sie neu gestrichen werden. Allerdings zögern Thea und Henry noch, immerhin befindet sich ein wundervoll gezeichnetes Schlosswappen darauf, das mindestens doppelt so groß ist wie ich. Genau das starrt mein Großvater jetzt an und kratzt sich gedankenverloren am Hörgerät, als wäre es ein juckendes Körperteil.

Mir ist mehr als mulmig zumute. Wird er von höheren Mächten beeinflusst? Geister sind Schwaden, meinetwegen auch Ektoplasma. In jedem Fall nichts Greifbares. Nichts, das uns berühren oder verletzen kann. Leider wankt meine Überzeugung gerade arg.

In derselben Sekunde hebt Opa eine Hand. Die Hand, an dem ihm die Kuppe des kleinen Fingers fehlt, weil er damit als junger Mann in die Kreissäge geraten ist.

Er legt sie an die Wand, auf eine Stelle, wo der Putz leicht bröckelt, und beginnt, ein paar Krümel zu lösen. Wir alle beobachten, wie der Dreck zu Boden rieselt, der auch hier mit Mosaiksteinchen ausgekleidet ist.

»Vater, was machst du da?«, fragt Mum, als er immer energischer am Putz kratzt. Ein fingernagelgroßes Stück fehlt bereits.

»Der Alte legt frei, was war verborgen, auf das uns blüht ein freudiger Morgen«, reimt er in exakt dem gleichen Tonfall, mit dem er gestern schon das Gedicht vorgetragen hat.

Mum und Oma wechseln einen bedeutungsschweren Blick. Max murmelt: »Abgefahren.« Thea ist das Ganze sichtlich unheimlich, sie weicht zurück, als Opa etwas freilegt.

Dunkle Farbe, bisher von neuen Schichten verdeckt.

Mum und Oma treten zu ihm, versperren mir und den anderen die Sicht.

»Da ist was unter dem Putz«, schlussfolgert meine Mutter.

»Ein Buchstabe«, sagt Oma.

Thea schlägt beide Hände vor den Mund.

Opa kichert. »Vergessen ist der Stalle nun, solltet heut' viel Bess're tun.« Dann hört er einfach wieder auf damit, die Wand zu zerkratzen. Taumelnd weicht er einen Schritt zurück, wo ihn Mum auffängt und stützt.

»Opa?«, frage ich scheu.

Er sieht mich nicht an. »Stadt in Süd-Norwegen mit fünf Buchstaben?«, murmelt er verwirrt.

»Utvik«, kommt es automatisch von Oma, als würde das jetzt noch eine Rolle spielen. Als hätte er dort, an der Wand, bloß das erste Feld eines Kreuzworträtsels freigelegt, über das er nun sinniert.

»Wo habe ich nur wieder meine Brille?« Opa greift sich an die Stirn.

Die Kälte, die ich in der Küche gespürt habe, ist verschwunden. Zumindest die äußerliche. Innerlich erstarre ich zum Gletschereis.

In der Wand, auf Augenhöhe, prangt ein handtellergroßes Loch, das eine längst vergangene Schicht des Schlosses zeigt. Aus welcher Zeit sie stammt, darüber muss ich nicht zweimal nachdenken.

Aus dem Loch starrt uns der Buchstabe *W* entgegen.

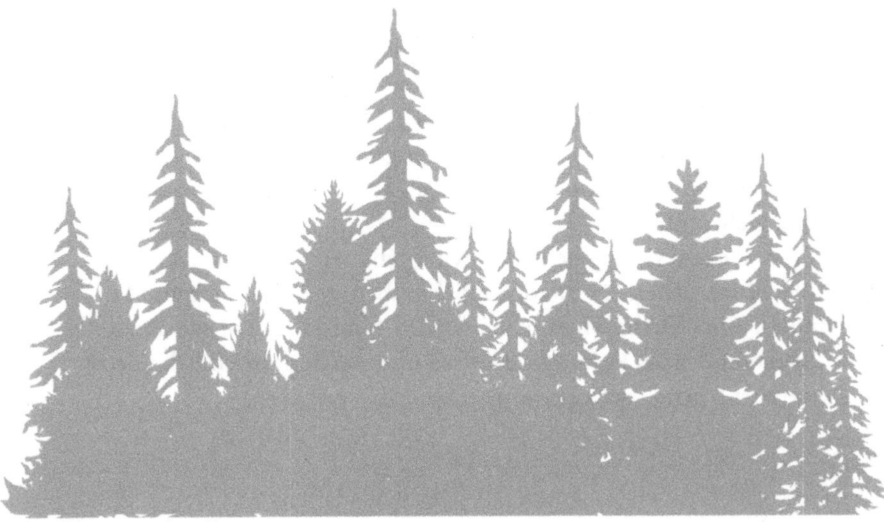

Kapitel 5

Ellie? Du musst anhalten, träum nicht!«, tönt Mums Stimme über das Außengelände hinter dem Schloss.

Gehorsam senke ich meinen Arm mit dem Maßband und achte darauf, dass das Ende mit dem Stein abschließt, den wir zur Markierung nutzen. Seit dem Vorfall in der Eingangshalle ist keine Stunde vergangen und ich kann einfach nicht fassen, dass Opas zweite Besessenheit innerhalb von nicht mal vierundzwanzig Stunden beim Großteil meiner Familie nichts als Begeisterung und Tatendrang hervorruft.

Besessenheit.

Mein Verstand sträubt sich nach wie vor, dieses Wörtchen zu akzeptieren, dennoch kann ich es nicht anders bezeichnen.

Während Oma ihren benebelten Mann ins Wohnzimmer geführt und ihm seine Lieblingsserie eingeschaltet hat, in der bärtige Männer um die Wette Waffen schmieden, hat Thea ziemlich aufgelöst mit meinem Onkel gesprochen. So schnell es geht, wollen sie die Wand freilegen, um zu sehen, was sich dahinter verbirgt. Weil Henry dafür jedoch Dads Hilfe benötigt, stehen wir jetzt trotzdem wie geplant im verwilderten Lustgarten. Unter einer gewaltigen Eiche mit so ausladender Krone, dass wir die hier geplanten Blumenbeete auch bei Regen gießen müssen.

Von Weitem sieht es bestimmt witzig aus, wie wir auf Knien durch das Gebüsch neben der Pferdekoppel robben, mit Zollstöcken, Maßbändern und Klemmbrettern bewaffnet. Und ja, genau die Pferdekoppel, auf der ich letzte Nacht Pferd und Reiter gesehen habe. Jetzt ist sie beruhigend leer, egal, wie oft ich hinüberschiele.

Die Unruhe, die mich seit Wochen gefangen hält, hat sich seit letzter Nacht vervielfacht. Mein Inneres scheint dermaßen in Bewegung zu sein, als flösse Mineralwasser durch meine Adern. Mit besonders viel Kohlensäure.

Am liebsten würde ich eigenhändig den restlichen Putz von der Wand stemmen. Oder in mein Zimmer rennen und die Zeitungsartikel lesen. Oder mein Wandbild anschreien, dass ich mein geister- und monsterloses Leben zurück möchte.

Weil Oma jedoch auf Opa aufpassen will, ist meine Hilfe hier unentbehrlich. Mum und ich messen aus, Thea schreibt. Vorbereitungen für die Erneuerung der Außenanlage. Nach Feng-Shui und anderen Energie-Adern, die meine Mutter mit Feuereifer aufspürt.

»Dort hinten würde sich eine Sitzecke gut machen«, erklärt sie überzeugt und deutet auf die entsprechende Stelle, während sie mit der freien Hand ein Zopfgummi um ihre Lockenpracht schlingt. »Dort verläuft der Familienbereich, der dem Element Erde zugeordnet ist. Der Tisch sollte aus Holz sein. Die Bäume daneben machen sich super, besonders die alte Eiche. Sie aktivieren die Energie. Wir sollten sie allerdings ein wenig stutzen, damit das Yin nicht überwiegt.«

Ich spüre das dringende Bedürfnis, meinen Kopf auf einen Stein zu schlagen. Wenigstens habe ich von hier eine schöne Sicht auf den Ostflügel des Schlosses, der imposant vor uns aufragt. Eines der vielen Fenster in der zweiten Etage gehört zu meinem Zimmer. Welches, ist nicht besonders schwer zu erraten. Die meisten Scheiben sind zersplittert oder trüb. Meines besitzt ein restauriertes Fenster.

Thea nickt verständnisvoll und macht sich eine Notiz. Ihr Minirock, den sie über eine schwarze Leggins gezogen hat, sowie die flachen beigefarbenen Schuhe wirken ziemlich deplatziert im verwilderten Garten. Wie ein Pelikan stakst sie um einen knorrigen Baum.

»Der Weg muss in einem Bogen verlaufen.« Mum geht zu einer bestimmten Stelle hinter der zukünftigen Familien-Sitzecke. »Sonst bekommen wir zu viel Sha-Chi, weil es nicht richtig fließen kann.«

»Neunzig-Grad-Winkel funktioniert nicht, denkst du?«, fragt Thea so ernst, als wäre es wirklich lebensgefährlich, den Kiesweg eckig statt rund anzulegen.

Gedankenverloren kratze ich die Erde um einen Stein beiseite, der neben meinem Knie liegt. Er weist ein interessantes Muster auf und würde sich gut in meiner Sammlung machen. Falls Mum mir erlaubt, ihn aus dem Lustgarten zu entwenden, ohne dass ich damit die Chakren-Aufteilung zunichtemache.

Verbissen schüttelt sie den Kopf und streichelt einem struppigen Busch die dunklen Blätter. »Wir sollten die Wege keinesfalls schnurgerade halten, das steigert die Fließgeschwindigkeit zu sehr.«

Zum Glück ist in unserem Feng-Shui-Garten kein Spiegel vorgesehen. Mein eigenes Gesicht beim Spazierengehen auf chi-freundlichen Wegen möchte ich niemals sehen.

Abgesehen davon brauchen wir uns über Chakren sowieso keine Gedanken zu machen, solange Max hier lebt und die liebevoll nach allen Elementen, Yin und Yang sowie Dingen wie Reichtum und Partnerschaft ausgerichteten Rosenbeete durch elefantenartiges Trampeln vernichtet.

Als hätte mein Gedanke ihn beschworen, fetzt er laut schreiend um die Schlossecke. »Ellie! Ellie!« Aus dem Sprung heraus wirft er sich in den Schneidersitz und landet so hart vor mir, dass drei Kilo Gras in alle Himmelsrichtungen rieseln. Dann beugt er sich ein Stück zu mir, hält seine Hand neben den Mund und flüstert, sodass Mum, die laut Maßband sechs Meter und siebzig Zentimeter entfernt steht, nichts hören kann: »Finn hat mir von der Kammer erzählt! Lass sie uns ansehen!«

»Maxim, nicht auf das Maßband setzen!«, tadelt unsere Mutter und mein Bruder zieht seinen Fuß ein Stück zurück. Dabei strahlt er mich weiterhin mit kindlicher Euphorie an. Selbst für seine Verhältnisse wirkt er überdreht. Seine Haare sind zerzaust, seine Windjacke steht offen und hängt auf einer Seite schief auf seiner Schulter.

Mit schmerzverzerrtem Gesicht ziehe ich meine Finger zurück. Vom Graben in der Erde sind sie schmutzig und etwas Hartes hat sich in die empfindliche Spalte zwischen Fingernagel und Daumen gebohrt. Leider steckt der Stein tiefer im Boden als gedacht.

»Welche Kammer?«, frage ich schwach, in der Hoffnung, dass er etwas Normales meint. Eine Speisekammer. Ein verborgenes Badezimmer. Bestimmt gibt es tausend harmlose Kammern im Schloss.

»*Die* Kammer. Im Stall. Von der man so viel Schlimmes erzählt«, raunt er mit geheimnisvoller Stimme. »Finn meint, da wohnt das Monster drin, und wenn man sich ihr nähert, kommt es raus, um einen zu töten.«

Ich höre auf, meine Hände an der Hose abzuwischen, und schnaube. »Hat Finn beim Cricket den Schläger abbekommen, oder warum erzählt er dir solchen Unsinn?«, knurre ich.

Natürlich muss sich beim Wort *Monster* meine Gänsehaut melden.

»Das ist kein Unsinn, die Kammer gibt es wirklich! Mum hat auch davon erzählt«, beharrt mein Bruder mit glänzenden Augen. »Lass uns heute Abend mal gucken gehen! Bitte, bitte!«

»Dein Ernst?« Ich bemerke, dass sich im Boden neben dem Stein ein Gegenstand befindet. Ein anderer Stein vielleicht, genau kann ich es nicht erkennen, es steckt ebenfalls in der Erde.

Max' Vorschlag, abends nach einer Kammer mit einem Monster drin zu suchen, ist noch sinnfreier als Mums Ansicht, dass das Rosenbeet, das wir vor zehn Minuten mit Holzstäben abgesteckt haben, mir helfen wird, mein Selbstbewusstsein zu stärken. Oder dass der Dachwurz, den wir im Bagua-Feld für Reichtum pflanzen werden, uns nächstes Jahr einen Lottogewinn beschweren wird. Ich weiß nicht mal, was ein Dachwurz ist. Geschweige denn ein Bagua-Feld.

Was ich aber sehr wohl weiß, ist, dass ich nicht riskieren werde, Max irgendetwas Gefährliches tun zu lassen, ob mit oder ohne mich. »Mäxchen, glaub doch bitte nicht immer alles, was Finn dir erzählt.«

Leider unterhalten wir uns schon lange nicht mehr in Flüsterlautstärke. Was Mum dazu veranlasst, die Ausmessung der Magnolienbeete zu unterbrechen und sich einzumischen. »Er hat recht. Die Kammer im Stall gibt es, sie ist zugemauert. In der hintersten Pferdebox sieht man die Umrisse. Die meisten Todesfälle gab es tatsächlich im Zusammenhang damit. Ich wollte dort demnächst eine Auren-Messung vornehmen. Wenn ihr wollt, können wir das zusammen machen. Mehr Personen spüren mehr Energien. Wir könnten es mit der Ouija-Séance kombinieren.«

Um Himmels willen, nein! »Max? Geh da bloß nicht noch mal hin, hörst du?«, verlange ich eindringlich, weil außer mir scheinbar keiner die potenziellen Gefahren für einen Achtjährigen sieht. Und damit meine ich nicht nur Geister und Monster, sondern zum Beispiel einfach einen losen Stein, der aus der Wand fällt.

»Mama sagt aber …«

»Für die restliche Woche haben sie Regen angesagt, da bietet sich eine Indoor-Séance an«, flötet Mum.

»Oh, sehr gern, Mel!«, ruft Thea erfreut, die ich, genau wie Mum, nicht mehr sehe, weil beide hinter verwilderten Büschen verschwunden sind. »Das Aurenmessen würde ich natürlich dir überlassen, aber Lory soll nächstes Jahr ihr eigenes Pferd bekommen, und es wäre toll, wenn der Stall bis dahin geisterfrei ist.« Sie lacht und ich kann nicht deuten, ob sie sich selbst witzig findet oder Unsicherheit überspielen will.

Meine Augen werden immer riesiger, was ich spüre, weil sie schon wehtun. Das kann alles nicht wahr sein. Ich befürchte zwar nicht wirklich, ein untoter Reiter könnte sich auf meine Familie stürzen, wenn sie sich durch den Stall pendeln. In Erinnerung an letzte Nacht schließe ich es allerdings auch nicht aus.

Kurz betrachte ich die Koppel, doch sie ist nach wie vor beruhigend leer. »Bestimmt gibt es eine logische Erklärung für die Verstorbenen«, murmele ich zu mir selbst. »Vielleicht treten im Stall chemische Dämpfe aus. Und das hat zu Unfällen oder Vergiftungen geführt.«

»Chemische Dämpfe?«, wiederholt Max langsam, als würde ich plötzlich eine andere Sprache sprechen.

Ich mache mich wieder daran, den harten Gegenstand im Boden zu untersuchen. »Klar. Durch gärendes Stroh, zum Beispiel.«

»Vierhundert Jahre alte Pferdekacke?« Er kichert.

Meine Finger lösen etwas aus der Erde. Etwas von der Größe einer Medaille und ebenso rund.

»Was ist das?«

»Keine Ahnung.« Ich reibe die Erde ab, doch auch ohne Dreck bleibt mein Fund schwarz. Als Mineraliensammlerin erkenne ich sofort, dass es sich nicht um einen gewöhnlichen Stein handelt.

»Schwarzer Turmalin«, hauche ich überrascht. »Ein Anhänger oder so.« Ich halte das Stück höher und blicke Max durch das fingernagelgroße Loch in der Mitte an.

»Krass«, kommentiert er, was irgendwie sein Lieblingswort ist, seit wir Düsterstein betreten haben. Dabei findet er mein Steinhobby sonst stinklangweilig.

Während mein Bruder das verschmutzte Mineral betrachtet, drehe ich mich nach Mum und Thea um, aber sie befinden sich am anderen Ende des Gartens außer Sichtweite. Ich höre, wie sie sich Maße zurufen.

Dafür entdecke ich etwas anderes, als ich mich wieder umdrehe. Etwas, das ich gar nicht gebrauchen kann, weder jetzt noch sonst irgendwann in meinem Leben. Das, was es gar nicht geben dürfte. Was ich für ein paar naive Stunden auf mein verzweifeltes Gehirn geschoben habe. Oder auf die Nacht.

Es ist zurück. Bei Tageslicht. In voller hässlicher Pracht. Das Pferd mit seinem unterleibslosen Reiter.

Reglos steht es unter dem Torbogen, der in den Innenhof führt, vielleicht hundert Meter entfernt.

Sein Auftauchen geschieht so plötzlich und lautlos, dass ich vor Überraschung nicht mal Angst spüre.

Max betrachtet noch immer das Mineral in meiner Hand. Er hat es nicht bemerkt.

Sprachlos starre ich das grausige Pferd-Reiter-Gespann an. Sehe die dunkle Haut des Tieres im Sonnenlicht glänzen, weil es wirklich kein Fell trägt. Kann seine großen Augen erkennen, aus denen er zu uns herüberstarrt.

Der Reiter hat die Augen geschlossen, hebt aber einen Arm. Deutet in unsere Richtung und öffnet den Mund. Der Ton, der daraus hervordringt, ist kein menschlicher, jedoch auch kein Pferdewiehern. Es ist eine Art Knarren, wie jenes einer sehr alten Tür. Ein rauer Ton, der sich an der Schlosswand bricht.

Mein Herz setzt für einen Schlag aus. Ich bin unfähig, mich zu rühren.

»Ellie, was …?« Max fährt herum, um in die Richtung zu sehen, aus der das Geräusch kommt.

Gleichzeitig muss ich blinzeln. Pferd und Reiter sind verschwunden.

»Hast du das gehört?« Meine Stimme bricht fast.

»Ja, was war das?«

Mein Bruder hat es nicht gesehen, aber gehört. Es existiert wirklich.

Meine zitternde Hand schließt sich um den Turmalin, als hinge mein Leben davon ab.

Kapitel 6

Fakt ist, dass nicht mal das Tageslicht vor dem Horror dieses Schlosses schützt, so wie man es aus der gängigen Literatur kennt.

Wie ich den restlichen Tag überstanden habe, kann ich nicht erklären, als ich bei Anbruch der Dämmerung auf der mit rotem Stoff bezogenen Fensterbank meines Zimmers sitze und die Zeitungsartikel anstarre, die Oma mir gegeben hat. Noch habe ich keinen einzigen gelesen, weil ich die Stücke, in die ich innerlich zerfalle, erst sortieren muss.

Meine Familie befindet sich im Haupthaus. Abgesehen von Dad, der nach einem positiven Vorstellungsgespräch gleich zur Probearbeit an der Talsperre bleiben durfte. Henry hat sich mit Finn daran gemacht, die Wand in der Eingangshalle freizulegen. Der Rest sitzt in der Küche und lässt sich von Mum die Zukunft aus Karten legen. Mir hat sie mal gelesen, dass ich zeitnah an einer schweren Krankheit sterben werde. Das ist jetzt vier Jahre her. In besagtem Jahr habe ich sämtliche Ärzte Kiels kennengelernt und weiß seitdem, dass sich ein Viszeralchirurg mit den Organen unterhalb des Zwerchfells befasst. Die prophezeite schwere Krankheit wird es aber vermutlich nicht mehr schaffen, mich zu meucheln, bevor es das Schloss tut.

Die restliche Ausmessung des Lustgartens habe ich wie in Trance erlebt. Mechanisch, ohne viel zu denken oder zu fühlen. Eigentlich hoffe ich immer noch, dass es nur ein Traum war. Oder dass es bei schlimmem Heimweh ganz natürlich ist, Pferde ohne Fell und Reiter ohne Beine zu sehen.

Leider kann ich nicht leugnen, dass Max das Geräusch auch gehört hat. Mehrfach hat er mich danach gefragt. Und warum ich so blass bin. Ich habe gelogen und es auf irgendeine Tür in der Nähe geschoben, froh darüber, dass er die Erscheinung wenigstens nicht gesehen hat. Im Gegensatz zu mir.

Warum ausgerechnet ich? Ich, die sich weigert, Horoskope zu lesen. Die ihre Glückskekse beim Chinesen verschenkt, um nicht diese in schlechtem Deutsch geschriebenen Zettel lesen zu müssen, an deren Weisheiten ich sowieso nicht glaube.

Am liebsten würde ich mit jemandem darüber reden. Bloß mit wem? Mum, Oma oder Max kommen nicht infrage, sie würden ihre Séance im Stall gleich heute Nacht abhalten. Und die Männer würden mich auslachen. Darum muss ich vorerst allein damit klarkommen. Das heißt – fast allein.

Das Grafenporträt blickt von schräg oben auf mich herab.

»Bist du es wirklich?«, murmele ich vor mich hin und betrachte skeptisch seine markanten Augen.

Weil die Unterhaltung einseitig bleibt, greife ich wahllos nach dem obersten Zeitungsausschnitt – eine vergilbte Seite aus einer Thüringer Lokalzeitschrift. Das Datum, das oben rechts gerade so neben dem ausgefransten Rand zu erkennen ist, ist datiert auf Dezember vor über dreißig Jahren. *Monster auf Schloss Düsterstein – Legende oder Wahrheit?*, lautet der reißerische Titel.

Schloss Düsterstein, ein Ort voller Legenden, der Menschen seit Hunderten von Jahren in Angst und Schrecken versetzt wie kein zweiter Ort. Trotzdem, oder gerade deswegen, ist das nahe der gleichnamigen Ortschaft gelegene Schloss im Herzen von Thüringen Anziehungspunkt für Investoren aus dem ganzen Land.

Kein Geheimnis ist die Überlieferung, dass der letzte dort residierende Graf, Balthasar von Düsterstein (geboren 1638, gestorben 1660), ein herzloser und grausamer Herrscher über seine Untergebenen gewesen sein soll. Nicht nur, dass man ihn längst mit Graf Dracula in einem Atemzug nennt. Mehr noch: Er soll bis in die Gegenwart Grund für Spuk am und im Schloss sein.

Eine von zahlreichen Geschichten um das Schloss und seine ehemaligen Bewohner handelt von einem pferdeähnlichen Monster, das auf dem Gelände sein Unwesen treiben soll. Manche berichten gar von einer entstellten Version eines Reittieres. Mehrere Augenzeugen wollen es gesichtet haben. Diverse Todesfälle, einer davon in jüngster Zeit (Bericht zu finden in Ausgabe 34 ›Anzeiger Mittelthüringen‹), verleihen den Legenden immer wieder neuen Auftrieb.

Die Fantasie der vermeintlichen Zeugen scheint keine Grenzen zu kennen. Handelt es sich bei dem Monster wirklich um die Stute des Grafen, die nach dem Selbstmord ihres Herrn im Jahr 1630 zurückgeblieben war und nie Ruhe gefunden hat? Oder hat der ominöse Hengst damit zu tun, der eines Tages am Hof aufgetaucht sein soll?

Professor Victor Maisen, Historiker und Geschichtstheoretiker, wollte der Sache auf den Grund gehen und schlug für zwei Wochen sein Lager im vor einigen Jahren sanierten Haupttrakt des Schlosses auf. Seine Berichte klingen wie aus einem Horrorfilm. »Ein Reiter, zur Hälfte mit dem Pferderücken verwachsen, die blanke, dunkle Haut des Tieres sichtbar, Augen und Rachen des finsteren Equiden nichts als endlose Schwärze«, lauten die kuriosen Stichpunkte im Notizbuch des Professors, das sichergestellt wurde.

Auf den Koppeln des Anwesens, jedoch überwiegend im Stall des Schlosses, soll das Tier auftauchen. Erstaunlicherweise ziehen sich die Beschreibungen von mehr als zwei Handvoll Augenzeugen quer durch die Jahrhunderte. Die Sichtungen erfolgten häufig nachts, allerdings nicht ausschließlich.

Nur Humbug? Schwer zu beurteilen. Bewiesen oder widerlegt werden konnte bisher nichts. Ton- und Videobänder Maisens brachten keine verwertbaren Aufnahmen. Hinzu kommt, dass ein Großteil der Augenzeugen zu einem späteren Zeitpunkt nicht mehr vernehmbar war. Sei es, weil sie selbst zu den Todesopfern zählten, ihre eigenen Berichte im Nachhinein abstritten, oder geistig als nicht mehr zurechnungsfähig galten. Unerklärliche Umstände, die sich wiederholen, konnten nie wissenschaftlich untermauert werden.

Ähnlich erging es Professor Maisen. Nach nur vier Tagen Aufenthalt im Schloss brach er sein Experiment aus freien Stücken ab. Bis heute schweigt er über seine Erlebnisse.

Hier ist die Seite abgerissen. Ich erkenne, dass der Absatz weitergeht. Entweder hat jemand den Rest als unwichtig empfunden oder ihn aus Versehen nicht aufbewahrt.

Mit zitternden Fingern schiebe ich den Auszug zum Rand der Fensterbank und sehe nach draußen, um meinen Herzschlag zu beruhigen. Das klappt sogar, weil die Koppeln leer sind und der Wald eine entspannende Wirkung hat. Mit etwas Schnee könnte man hier eine Neuauflage von *Drei Haselnüsse für Aschenbrödel* drehen. In Kiel gibt es zwar viel Niederschlag, doch selten Schnee, darum ist mein erster Winter in Thüringen etwas, worauf ich mich tatsächlich freue. Kurz verliere ich mich in dem Gedanken, wie gemütlich es sein wird, wenn um das Schloss schneegedämpfte Stille herrscht, Oma ihre köstlichen Plätzchen in Runenform backt und es im ganzen Gebäude nach Zimt und Butter duftet.

Okay, die Plätzchen werden kalt sein, bevor sie in meinem Zimmer ankommen. Und ob ich den Winter überhaupt erlebe, ist fraglich.

Meine Stimmung sinkt wieder gegen Null, als meine Gedanken zum Artikel zurückkehren. *Blanke, dunkle Haut, der Reiter zur Hälfte mit dem Rücken verwachsen …* Die Aussagen des Historikers decken sich exakt mit meinen eigenen Sichtungen. Etwas, wovon ich nie zuvor gehört habe, kann ich mir nicht identisch mit den Augenzeugenberichten fremder Personen einbilden. Ich muss der Wahrheit wohl oder übel ins Gesicht blicken: Dieser Reiter existiert wirklich.

Aufgewühlt greife ich nach dem nächsten Artikel. Er stammt aus dem Jahr 2010 und nennt sich *Horrorschloss Düsterstein – Mysteriöse Unglücksfälle.*

Düsterstein, ein beschaulicher Ort in Thüringen, sorgt seit Jahrhunderten für Aufruhr. Immer wieder tauchen Berichte auf, dass in den mehr als fünfhundert Jahre alten Mauern des gleichnamigen Schlosses Übernatürliches vor sich geht. Grund sind mehrere mysteriöse Unfälle, die sich in und um das Schloss zugetragen haben sollen. Doktor Ivan Dalton, langjähriger Teilnehmer einer parapsychologischen Forschungsgruppe an der Liverpool Hope University, beschäftigt sich seit fünf Jahren mit den Geschehnissen um Schloss Düsterstein. In seinen Aufzeichnungen versuchte er, die bekannten Vorfälle in einen Zusammenhang zu bringen.

Kein einfaches Unterfangen, immerhin ist der erste belegte Todesfall auf das Jahr 1703 datiert. Neben unzähligen kleineren Zwischenfällen, die von gebrochenen Gliedmaßen bis zu Gedächtnisverlust und schweren Krankheiten reichen, kristallisieren sich drei große Unfälle heraus, denen Dalton die Hauptaufmerksamkeit widmet.

Einer unsicheren Überlieferung zufolge soll das Schloss Anfang der 1770er-Jahre nach vielen Jahrzehnten Leerstand in den Besitz eines gewissen Julius Hardtsten übergegangen sein. Entsprechend verwahrlost, wollte Hardtsten eine Hofreitschule mit angeschlossener Pferdezucht auf dem Gelände errichten. Noch während des ersten Arbeitseinsatzes berichtete der für die Planung zuständige Architekt von einem vierbeinigen Ungetüm, das ihm im Stall begegnet sei. Gegenüber Hardtsten habe er geäußert, dass das Wesen eine Art übel riechenden Dampf verströmt habe. Am nächsten Morgen erwachte der Architekt ohne Augenlicht.

Hardtsten ließ sich nicht von seinem Vorhaben abbringen, bestellte weitere Handwerker ein, um den Stall zu sanieren. Dabei wollte man eine verschlossene Kammer im hinteren Teil aufbrechen, um eine geräumigere Stallung zu schaffen. Dazu kam es nie. Nur wenige Wochen nach dem Vorfall mit dem Architekten fand man Hardtsten tot in einer der alten Pferdeboxen. Kreidebleich, mit schreckensweit aufgerissenen Augen. Ob diese Ereignisse mehr sind als mangelhaft überlieferte Gerüchte, kann auch Dalton nicht mit Sicherheit ermitteln. Es ist jedoch anzunehmen. Ein Großteil der involvierten Arbeiter berichtete nach den Renovierungen im Schloss ebenfalls von gesundheitlichen Problemen. Diese reichten von Allergien über Sinnestäuschungen, Wahn, bis hin zu neu aufgetauchten Tumoren. Einiges davon hat sich laut medizinischer Unterlagen nachweislich zugetragen, dennoch hegt Dalton Zweifel am Zusammenhang mit einem Monster. Gesundheitliche Probleme könnten seiner Ansicht nach ebenso von giftigen Materialien stammen, die zu Barockzeiten beim Bau des Schlosses verarbeitet wurden. Weitere Untersuchungen blieben auch hier erfolglos.

Nachweislich belegt ist dagegen die Geschichte des 1981 verunglückten Zimmermanns Peter Arland. Nachdem das Schloss durch fast ein Dutzend Hände gewandert war, sollte es in den Achtzigerjahren zu einem Verwaltungsgebäude saniert werden. Arland, verantwortlich für Planung und Durchführung der Restauration, entschied, einen Teil des Ostflügels, in dem sich auch der Stall befindet, abzureißen. In der Nacht vor der Umsetzung verließ Arland aus unbekannten Gründen sein Zimmer, vermutlich, um das Badezimmer aufzusuchen.

In seinen Schlafraum kehrte er nie zurück. Man fand ihn am nächsten Morgen eine Etage tiefer, tot, gestürzt durch morsche Bodenbretter. Das Kuriose an diesem Unfall: Arland hatte einen Gang benutzt, den er zuvor selbst wegen Lebensgefahr sperren ließ. Eine Obduktion schloss den Einfluss von Betäubungsmitteln aus.

Was trieb Arland dazu, sich in diesem Teil des Schlosses zu bewegen, der ihm zum Verhängnis wurde, obwohl er sich der Gefährlichkeit bewusst war? Eine bis heute ungeklärte Frage.

Da dies nicht der letzte Zwischenfall im Zusammenhang mit dem Bauvorhaben blieb, verwarfen die Käufer ihre Pläne und Schloss Düsterstein stand erneut zum Verkauf.

Dalton trug insgesamt noch sechs weitere Fälle von Handwerkern zusammen, die allein im Zeitraum zwischen 1985 und 2000 an geplanten oder durchgeführten Baumaßnahmen beteiligt waren und allesamt durch Unfälle oder Erkrankungen verstarben. Ob auch diese Fälle auf Spuk zurückzuführen sind, bleibt fraglich, allein die Häufung bereitet Kopfzerbrechen.

Wenig zufällig dürfte eines der jüngsten Ereignisse im Jahr 1999 gewesen sein. Wiederholt stand Schloss Düsterstein zum Verkauf. Bei einer der Besichtigungen sprachen Kaufinteressenten und Makler von Geräuschen im Stall. Scharren und Hufgeklapper wie von einem Pferd sei zu hören gewesen, so die übereinstimmenden Berichte. Die potenziellen Käufer sahen daraufhin verängstigt vom Erwerb ab.

Der Makler M. (Name geändert) wollte diesen Misserfolg nicht auf sich sitzen lassen und der Ursache auf den Grund gehen. Da Ausgangspunkt der Geräusche eine der hintersten Pferdeboxen war und man hier schon länger von einer versiegelten Kammer wusste, entschied er, die Wand einreißen zu lassen, um zu ergründen, was sich dahinter befindet.

Dazu sollte es nie kommen. Am Tag vor der Öffnung brach ein Deckenbalken im Haupttrakt des Schlosses durch und erwischte Makler M., der sich zufällig in diesem Moment dort befand, am Kopf. M. ist seitdem schwerstbehindert und das Vorhaben um die Öffnung der Kammer wurde ein weiteres Mal verworfen.

Wieder nur Zufall? Dalton glaubt nicht daran. Doch wie so oft bei Spuklegenden existieren keine greifbaren Beweise. Zwei Aufenthalte Daltons im Schloss verliefen ohne Zwischenfälle. Vom Stall hielt er sich dabei fern.

Wie wird es nun mit Schloss Düsterstein weitergehen? Seit beinahe zwei Jahrzehnten fand sich kein geeigneter Käufer für das barocke Gebäude mit seiner sehr reizvollen Lage. Wird es noch einmal jemand wagen, das Geheimnis der Kammer hinter dem Stall zu ergründen? Und wenn ja, wird es weitere Zwischenfälle geben? Die Zeit wird es zeigen. Ruhig wird es um das Schloss so schnell bestimmt nicht.

Als ich diesen zweiten Artikel beiseiteschiebe, stelle ich fest, dass ich den Atem angehalten habe. Außerdem ist mir sehr kalt und das, obwohl ich heute meinen elektrischen Heizer bekommen habe, der auf der anderen Seite des Kamins friedlich Wärme erzeugt.

Zwei Fakten erscheinen mir nach den Infos sicher: Jeder Spuk hatte irgendwas mit dem Stall zu tun. Und nicht bloß die Besitzer fielen dem Spuk zum Opfer, sondern jeder, der … Ja, was eigentlich? Veränderungen vornehmen oder Nachforschungen anstellen wollte? Vorhatte, die Kammer aufzubrechen?

So gern ich all das weiterhin leugnen würde – die Todesfälle aus den Zeitungsartikeln kann ich nicht ignorieren. Keiner kann das.

Meine Familie wusste lange vor mir davon, schon zu dem Zeitpunkt, als sie beschlossen haben, dass wir hierherziehen. Ich möchte es nicht, doch was ich in diesem Moment spüre, ist Wut. Wut auf Thea und Henry, trotz all der Ereignisse in dieses Gebäude investiert zu haben. Wut auf Mum und Dad, dass sie uns mit diesem Umzug alle in Lebensgefahr gebracht haben. Vor allem Mum mit ihrer kindlichen Begeisterung für das Übernatürliche. Dieses unheimliche Pferd und sein Reiter sind nicht interessant. Sie sind tödlich und ich bezweifele stark, dass man sie mit ein paar Heilsteinen bekehren kann.

Darüber hinaus bin ich wütend auf die Verantwortung, die mir dadurch auferlegt wird. Denn während ein Teil meiner Familie den Spuk lustig findet und die andere Hälfte nicht mal daran glaubt, scheine ich die Einzige zu sein, die diese Bedrohung ernst nimmt.

Apropos Heilsteine. Bevor ich weiterlese, stehe ich auf und gehe zur Kommode, wo sich mein Fund von vorhin befindet. Nachdenklich betrachte ich das schimmernde Schwarz des Turmalins. Ich habe die Erde abgewaschen, darum glänzt er jetzt wie frisch poliert. Abgesehen von ein paar Kratzern, die seinem nicht gerade kurzfristigen Dasein in der Erde geschuldet sein dürften, wirkt er wie neu. Obwohl das Mineral kühl in meiner Hand liegt, schenkt mir seine schlichte Glätte ein Stück Vertrautheit. Einfach weil es ein Mineral ist, während der Rest meiner Sammlung noch immer in einem der Umzugskartons darauf wartet, entpackt zu werden.

Als ich mit dem Finger das Loch in der Mitte nachfahre, legt sich meine Wut. Wem er wohl gehört hat? Wie kam er an den Fuß der Eiche?

Ich schließe meine Hand darum und sehe zu Capkin, der friedlich auf meinem Bett liegt.

Auch ohne es nachzuschlagen, kenne ich mich gut genug aus, um zu wissen, was dem Schwarzen Turmalin als Heilstein nachgesagt wird. Ich lese so etwas gern und merke es mir. Natürlich glaube ich nicht wirklich daran. Ich meine: Fieber senken, indem man einen Karneol bei sich trägt? Läuse heilen mithilfe von Amethyst? Ziemlich unrealistisch.

Dennoch nagt etwas an mir, während der Stein in meiner Hand allmählich meine Körperwärme annimmt und sich dadurch selbst wie etwas Lebendiges anfühlt.

Schwarzer Turmalin soll schwarze Magie abwehren. Im selben Moment, als ich ihn gefunden habe, ist der Reiter kurz aufgetaucht, hat ziemlich gequält geschrien und ist wieder verschwunden.

Der Gedanke beruhigt mich so sehr, dass ich den Turmalin gegen meinen Oberkörper drücke, als könnte er mich vor einem Sturz aus dem Fenster bewahren. Heilsteine wirken angeblich am besten, wenn man sie direkt am Körper trägt. Aktuell bin ich sehr versucht, daran zu glauben. Laut Esoterik müsste ich ihn vorher noch aufladen, also zum Beispiel eine Nacht ins Mondlicht legen. Oder in die aufgehende Sonne. Schlimm genug, dass ich das überhaupt in Erwägung ziehe, aber zu verlieren habe ich nichts.

Mit dem Turmalin in der Hand gehe ich wieder zum Fenster und umfasse meine Lieblingskette. Ein Lederband, an dem ein kleines Gefäß mit bunten Steinchen befestigt ist. Auch die trage ich nicht deshalb, weil ich an ihre heilende Wirkung glaube, sondern weil ich ihre Farben mag. Doch harte Zeiten erfordern bekanntlich harte Maßnahmen, darum löse ich den Knoten, der den Anhänger hält. Letzteren lege ich vorsichtig auf meinem Nachttisch ab, bevor ich das Lederband durch das Loch des Turmalins ziehe und ihn mir als Kette um den Hals hänge. Verborgen unterm Pullover, damit keiner Fragen stellt, die ich sowieso nicht rational beantworten kann.

Anschließend widme ich mich den restlichen Artikeln. Meist sind es Wiederholungen der ersten Ausschnitte oder sogar Widersprüche. Ob der Makler zum Beispiel von einem herabstürzenden Balken getroffen wurde oder die Treppe hinabgestürzt ist, werde ich wohl nie erfahren.

Interessant ist ein Abschnitt, in dem die Lebensumstände des Grafen näher beschrieben werden.

Viele Überlieferungen rund um den Grafen werfen Fragen auf. Allem voran seine Herkunft. Galt seine Mutter, Gräfin Annerose von Düsterstein, doch bis dato als unfruchtbar. Berichte über eine Schwangerschaft fehlen ebenfalls. Wie aus dem Nichts ist in den Aufzeichnungen von einem Kind zu lesen, das sich bereits in jungen Jahren oft in den Wald zurückgezogen hat. Bälle, die in seinen Kreisen rege Begeisterung fanden, waren ihm eher Ballast, wenngleich er sich als talentierter Tänzer erwies. Schon früh entdeckte er das Sammeln seltener Mineralien für sich und ließ bald ein eigenes Zimmer einrichten, das er mit Stücken aus aller Welt füllte. Zwischenmenschlich bezeichnete man ihn als kühl und unnahbar, sich seiner Überlegenheit über das Volk stets bewusst.

Nach dem Ableben seiner Mutter, bei dem er gerade mal zwölf Sommer zählte, soll sich sein Verhalten sehr zum Negativen verändert haben. Noch im selben Jahr erhob man ihm zum Erben, da sein Vater mit dem Tod seiner geliebten Frau zu kämpfen hatte.

Wutausbrüche seien an der Tagesordnung gewesen, die Gefolgschaft des Hofes litt unter körperlichen Züchtigungen, die mit Balthasar von Düsterstein in Verbindung gebracht werden. Mysteriös bleibt auch das Schicksal einiger weiterer Familienmitglieder.

Wenige Wochen vor dem Freitod seines Sohnes soll Karl von Düsterstein, der ihm zugleich Vater wie Lehrmeister war, unter fraglichen

Umständen ums Leben gekommen sein. Der Tritt eines Pferdes sei schuld gewesen.

Auch dessen Bruder, Leopold von Düsterstein, umgibt ein Geheimnis. So findet er lediglich in vereinzelten Aufzeichnungen Erwähnung. Von Verbannung war die Rede, Trunksucht, geistiger Verwirrung und dergleichen. Eine Jahreszahl seines Ablebens ist unbekannt.

Was hat das alles miteinander zu tun? Steckt hinter dem Spuk ein Zusammenhang mit diesen Rätseln? Vermutlich wird es niemand beantworten – jene, die es könnten, nahmen die Wahrheit mit ins Grab.

Als ich diesen und alle restlichen Artikel gelesen habe, bin ich verwirrter als vorher, außerdem tun mir die Augen weh. Im Zimmer herrscht derweil eine fast bräunliche Dämmerung. Die kaputten Fenster klappern und, wie es sich anhört, generell das halbe Schloss, weil das Wetter umschlägt. Vielleicht zieht ein Herbststurm auf. Mich beunruhigt das nicht besonders. Stürme bin ich von der Küste gewohnt. Hier im Inland fallen sie oft deutlich schwächer aus, selbst im Gebirge.

Erschöpft schiebe ich die Zeitungsausschnitte zu einem ordentlichen Stapel zusammen und lasse mich mit dem Rücken voran aufs Bett fallen. Vom krummen Sitzen auf der Fensterbank tun mir Schultern und Wirbelsäule weh.

Capkin brummt protestierend, vergräbt den Kopf dann wieder an seinem eigenen Schwanz, sodass er wie ein Kringel daliegt.

Die neuen Erkenntnisse liegen so schwer in meinem Kopf, dass ich meine, er müsste explodieren. Der Graf hatte einen Onkel, der einfach verschwand? Er hat Mineralien gesammelt wie ich? So viele Fragen, die der Artikel aufgeworfen hat … Doch in einem hatten die Verfasser unrecht: Es gibt jemanden, der alles erklären könnte. Leider lebt er nicht mehr.

»Balthasar«, sage ich in die Stille hinein und verwende die gleiche Anrede wie Oma, weil es ihn irgendwie harmloser macht. Ein normaler Name für einen normalen jungen Mann. Einen Mann mit Adelstitel und Macht, aber auch das ist menschengemacht und nichts, was mich beunruhigen oder ihn bedrohlich wirken lassen sollte. Trotzdem trommelt mein Herz unangemessen stark, wenn man bedenkt, dass alles, was ich gelesen habe, Vergangenheit ist und ich bloß mit einem Bild rede. »Was immer du getan hast: Du wirst meine Familie in Ruhe lassen, hörst du? Ich werde das Rätsel um dich lösen und verhindern, dass du uns etwas antust.«

Wie gut, dass mich außer Capkin niemand hören kann. Abgesehen von meiner lächerlichen Drohung liege ich auf meinem Bett. Wenigstens eine Kampfhaltung könnte ich einnehmen, wenn ich hier schon große Töne spucke. Oder mir zumindest eine Frisur machen, die nicht aussieht wie ein Vogelnest.

Egal.

Ich starre das Bildnis des Grafen an. Er starrt zurück. Lauernd irgendwie, wissend.

Mein Kater hebt erneut den Kopf und wirft mir einen verächtlichen Blick zu.

»Was? Ich rede mit dem, der mir Antworten geben kann. Na ja, *könnte*. Wenn er mehr als ein bedröppelt dreinschauendes Bild an der Wand wäre.«

Capkin findet mein Argument wohl nicht besonders überzeugend. Zugegeben, sinnvoller wäre es, mein Handy zu nehmen, ins Haupthaus zu gehen und mit der Recherche zu beginnen. Auch wenn ich nicht mal weiß, was ich recherchieren soll. Geeignetes Zaumzeug, um ein untotes Pferd zu zähmen?

»Okay«, fahre ich ans Bild gewandt fort. »Ich finde es nicht lustig. Weder dass du deine Angestellten schlecht behandelt hast noch dass du mit deinem Pferd hier rumspukst und Leute ermordest! Jetzt guck nicht so herablassend! Ja, ich weiß, du guckst immer so, weil du ein Gemälde bist, aber trotzdem!« Normalerweise klinge ich nicht so sehr wie ein Kleinkind. Normalerweise rede ich auch nicht mit Wandbildern. Dennoch danke ich an dieser Stelle allen Göttern der Welt dafür, dass der Graf bloß aus Ölfarbe besteht.

Im nächsten Moment ist mir mein kindisches Verhalten egal. Denn der Graf auf dem Porträt räuspert sich und antwortet: »Sei dir deiner Dinge nicht so sicher.«

Um ein Haar wäre ich vom Bett gekippt. Stattdessen hechte ich mit einem Satz zum Kopfende, für den meine Sportlehrerin mir eine Auszeichnung verliehen hätte. Und der Orthopäde, bei dem ich in

Kiel wegen einer leichten Hüftfehlstellung in Behandlung war, eine Ohrfeige. Capkin verdünnisiert sich mit einem erschrockenen Hüpfer unters Bett.

»Was?« Mit aufgerissenen Augen starre ich das Porträt an. Nichts hat sich verändert. Balthasar von Düsterstein ist, was er die ganze Zeit war – ein Bild. Doch er hat etwas gesagt!

Das. Kann. Nicht. Sein.

Ich starre so intensiv in sein Gesicht, dass ich glaube, einzelne Farbverläufe zu erkennen. Die Spuren, die der Pinsel hinterlassen hat. Den Staub in den Rillen, jede einzelne Wimper.

Ein Sehtest vor zwei Jahren hat ergeben, dass mein rechtes Auge mit Kontaktlinsen auf mehr als hundert Prozent Sehschärfe kommt. Zum ersten Mal glaube ich, das bewusst wahrzunehmen.

»D-du bist ein Bild. Du kannst nicht reden«, behauptet meine zitternde Stimme, ohne dass ich mich bewusst fürs Sprechen entscheide.

Wieder antwortet das Bild. »Du sagst, ich vermag es nicht, zu reden. Ich sage, du vermagst nicht, mich zu hören.«

Es fühlt sich an, als würde mein Blut auf eine Temperatur kurz über dem Gefrierpunkt abkühlen. Meine Welt gerät immer mehr aus den Fugen. Ebenso wie meine Überzeugung, meine Vernunft. Was ist Einbildung, was real? Gerade mal einen Tag lang hocke ich in diesem Schloss und beginne, an Geister zu glauben? Schlimmer noch, mit ihnen zu *reden*?

Irritiert mustere ich das reglose Bild, auch wenn die Stimme eigentlich gar nicht von dort kommt, sondern von überallher im Raum. Als hätte jemand Dolby-Surround-Lautsprecher installiert. Wenn es doch nur so wäre. Erlauben sich Finn und Lory einen üblen Scherz mit mir? Alles wäre mir recht, wenn es nur eine logische Erklärung gäbe.

»Ist das nicht das Gleiche?«, widerspreche ich zögerlich.

»Wie kann es das sein?«, fragt er.

Das Bild ist von diesem Gespräch ebenso irritiert wie ich? Darüber muss ich unwillkürlich lächeln, es ist ein erleichterndes Gefühl. »Das frage ich mich auch.«

Kurze Stille. Dann: »Mit wem habe ich es zu tun?«

»Äh, Ellie ist mein Name. Und hi«, presse ich hervor.

»Ellie Hai?«, wiederholt er.

Ich blinzele und brauche einen Moment, ehe ich es kapiere. »Nur Ellie. Morgenroth, wenn du den Nachnamen wissen willst. Und du bist? Der Graf?«

»Dein Name berührt nichts in mir. Gleichzeitig deucht mir, dir mangelt es an Respekt.« Falls es Balthasars Stimme ist, die ich höre, dann klingt sie genau so, wie er aussieht. Arrogant, kalt, scharf. Und ein bisschen schwülstig, aber das liegt vermutlich an der fremden Zeitepoche.

Ich kann mir ein Auflachen nicht verkneifen. Allgemein spüre ich aktuell keine Angst mehr. Da ich kein Monster sehen kann, wiege ich mich in Sicherheit. Vielleicht hilft der Turmalin ja tatsächlich. Ich meine, warum sollte ich die Wirkung eines Heilsteines anzweifeln, jetzt, wo ich mich langsam damit abfinde, dass ein Bild mit mir redet?

»Du bist von geringem Stande, nehme ich an. Andernfalls wäre mir dein Name ein Begriff. Mir sind die Adelshäuser des Umfeldes wohlbekannt, doch Morgenroth kommt meines Kenntnisstandes nach nicht vor. Dementsprechend gebührt es dir nicht, mich derartig respektlos anzureden.«

»Danke für die Info«, erwidere ich tonlos. Seine Überheblichkeit ist kaum fassen. »Tut mir leid, dir das mitteilen zu müssen, aber du bist seit fast vierhundert Jahren tot. Ich glaube, was Adelshäuser angeht, bist du nicht mehr auf dem neuesten Stand. Wie soll ich dich denn deiner Meinung nach anreden?« Ich merke, dass ich gerade ziemlich vorlaut bin. Es fuchst mich, dass er so herablassend mit mir redet.

»Jenes sollte dir vertraut sein, wenn du dies' Schloss bewohnst«, gibt er beleidigt zurück.

»Dann bist du wirklich Balthasar von Düsterstein?«

»Der war, bin und werde ich immer sein.«

In diesem Moment klopft es an der Tür.

Kapitel 7

Es ist Lory. Und irgendwie bin ich froh, sie zu sehen. Darum denke ich nicht weiter nach. »Komm rein!«, rufe ich euphorisch, als ich die Tür vor ihrer Nase aufreiße.

»Ich …«, beginnt sie, doch mein Anblick lässt sie verstummen. Tatsächlich will ich gar nicht wissen, wie mein Gesicht aussieht. Irgendetwas zwischen psychopathisch und verstört?

»Er redet! Lory, bitte halt mich nicht für verrückt, aber Balthasar *redet* mit mir! Hör dir das an!« Ohne eine Reaktion abzuwarten, ziehe ich sie am Handgelenk in mein Zimmer. Mich stört nicht mal, dass die Tür zum Spinnengang noch offen steht und meine ganze wundervolle Heizstrahlerwärme nach draußen strömt.

»Was?«

»Glaub mir! Du wirst es gleich hören!« Mit einer ausladenden Geste deute ich auf das Gemälde und lasse meine Cousine wieder los, die sofort einen Schritt nach hinten weicht.

Die Verteilung der Schönheit ist ja bekanntermaßen ungerecht. Lory zum Beispiel sieht auch gut aus, wenn sie mit offenem Mund und entgleistem Gesichtsausdruck dasteht, so wie jetzt. Ich an ihrer Stelle würde aussehen wie ein Karpfen. »Was geht mit dir?«, will sie verunsichert wissen.

»Das Bild redet! Balthasar, sag was!«

Eisige Stille. Langsam zieht Lory eine in Form gezupfte Augenbraue nach oben. Ob Furcht oder doch eher Verachtung ihren Blick dominiert, kann ich nicht beurteilen. »Dein Bild redet. Na sicher«, erwidert sie tonlos.

Ah, eindeutig Verachtung. Das Ranking in puncto missmutig und verächtlich gucken gewinnt sie selbst dann, wenn Thea ihr mal wieder den neuesten, völlig überteuerten Sportrucksack gekauft hat.

Kurz fühle ich mich naiv, doch ich bin erneut überzeugt davon, dass sie mir gleich glauben wird. Warum es mir plötzlich wichtig ist, ausgerechnet Lory zu überzeugen, weiß ich nicht. Vielleicht, weil sie zufällig da ist.

»Warte eine Sekunde. Balthasar, jetzt rede bitte!«

So stehen wir da. Ich aufgeregt und ungeduldig, während ich einen toten Grafen anrede, als wäre er ein ungehorsames Kleinkind. Lory in einem Stadium größter Zweifel, was meine geistige Zurechnungsfähigkeit betrifft.

»Auf was warten wir?«, fragt Lory schließlich und weicht weiter zurück.

»Darauf, dass Balthasar antwortet.« Ich räuspere mich seriös. Natürlich hilft das jetzt auch nicht. Wenn mein Wandbild keine Lust mehr hat, wird mich Lory für verrückt halten. Und irgendwie bekomme ich selbst Zweifel, ob das gerade wirklich passiert ist. »Balthasar von Düsterstein, Wandbild. Graf. Könntet Ihr Euch bitte dazu herablassen, etwas zu sagen? Nur ein Wort, okay?«, presse ich immer zerknirschter heraus.

»Ellie, du machst mir Angst«, gesteht Lory, und es klingt ehrlich. »Ich kann ja verstehen, dass dir dieses Zimmer nicht guttut. Ums Verrecken würde ich hier drin nicht eine Nacht verbringen.« Sie sieht sich um, als könnte sich die Kommode auf sie stürzen. »Aber irgendwie übertreibst du langsam, findest du nicht? Sprechende Bilder, das ist ...« Ihr entfährt ein abwertendes Schnauben. »... schlimmer als das, was deine Mutter manchmal von sich gibt.«

»Es ist aber die Wahrheit!«, beharre ich energisch. »Er hat mit mir gesprochen! Das war keine Einbildung!« Oder doch? Meine Verunsicherung wächst.

Plötzlich wird Lorys Gesichtsausdruck ein wenig milder und sie seufzt, als wäre nicht das Wandbild vierhundert Jahre alt, sondern sie. »Weißt du, es ist wirklich schwer, nett zu dir zu sein.«

Bitte was? Unfähig, etwas zu erwidern, glotze ich sie an.

»Ich meine, ich habe ja auch ein bisschen Schiss. Aber bisher hat keiner von uns das angebliche Monster gesehen, und wir wohnen immerhin schon zwei Wochen hier. Okay, den Stall haben wir nicht betreten, der ist abgeschlossen, trotzdem. Es hat auch niemand mit 'nem Wandbild geredet. Gut, was erwarte ich, schließlich bist du die Tochter einer abergläubischen Tante. Vermutlich kannst du nicht mal was dafür.« Mit einer fließenden Handbewegung zieht meine Cousine ihr Handy aus der Tasche, wirft einen Blick darauf, murmelt: »Ach ja, das WLAN reicht ja nicht bis hier«, und lässt es wieder verschwinden, als hätte sie mir nicht gerade das Selbstbewusstsein zerquetscht.

Immer noch versuche ich, ihre Worte zu verarbeiten, die mich das sprechende Porträt kurzzeitig vergessen lassen. *Tochter einer abergläubischen Tante* klingt aus ihrer Sicht zwar gar nicht so böse, denn Mum ist ja wirklich ihre Tante. Trotzdem fühle ich mich wieder wie damals, als Finn mir vor der Hochzeit von Thea und Henry Schokoladencreme ins Innere meines beigefarbenen Rockes geschmiert hat. Ich habe ihn angezogen, ohne es zu bemerken. Im Trausaal hat mein Cousin mich dann auf den gut sichtbaren braunen Fleck an meinem Hinterteil aufmerksam gemacht. Und nicht nur mich. Die ganze Hochzeitsgesellschaft hat sich köstlich amüsiert und kramt die Story selbst heute noch, drei Jahre später, zu jeder Familienfeier raus. Dass es bloß Schokocreme war, hatte sich zwar schnell herumgesprochen, trotzdem wird Finn regelmäßig für seinen Einfallsreichtum gelobt. Dass ich weinend die Veranstaltung verlassen und mich für den Rest des Tages im Klo eingesperrt habe, gehört, wie mir von allen Seiten versichert wurde, zum Erwachsenwerden dazu und so ein kleiner Scherz bringt niemanden um. Ich solle mich nicht so haben. Dabei bin ich nicht nur wahnsinnig schlecht im Verzeihen, sondern warte auch bis heute auf eine Entschuldigung von Finn.

Lory legt diesen mitleidigen Blick von damals auf. Jenen, der ausdrückt, wie froh sie ist, nicht in meiner Haut zu stecken. »Eigentlich sollte ich dich zum Essen holen«, ergänzt sie resigniert. »Weil du auf den Anruf nicht reagiert hast.«

Anruf? Oh. Mein Handy ist immer nur auf Vibration eingestellt, weil mich die anderen Töne nerven. Und es lag auf der Bettdecke.

Unverwandt starre ich die Wand an, wo Balthasars Abbild reglos hängt und deprimiert guckt.

»Ich habe keinen Hunger«, murmele ich.

»Tja«, gibt meine Cousine zurück und betritt den Flur. Eines der Bodenbretter gibt ein unanständiges Geräusch von sich. »Dann interessiert dich bestimmt auch nicht, was Dad und Finn an der Wand in der Eingangshalle freigelegt haben.«

Ich wirbele herum. »Doch, klar! Was?«

Etwas huscht über ihr Gesicht. Ein Ausdruck, der ihre Überheblichkeit schlagartig weichen lässt. Und plötzlich verstehe ich, warum mein Verhalten sie wirklich verunsichert. Sie zweifelt die Geschichten um das Schloss gar nicht an, zumindest nicht anders als ich. Sie möchte es nicht glauben und sieht es trotzdem mit eigenen Augen.

Ihre Stimme zittert, als sie antwortet: »Den gleichen Spruch, den Opa gestern rausgehauen hat.«

Kapitel 8

Wenn hörbar wird, was nie gehört,
wenn Liebe weicht unerweichbar Herz,
des Meeres Brise weckt die Sehnsucht.
Doch ist's der Wälder Fürst allein,
zu welchem trägt die Asche hin.
Dann wird für einen einz'gen Tage,
sich öffnen das Tor zu der Ewigkeiten Pfade.«

Mit offenen Augen starre ich an die finstere Zimmerdecke, und schon wieder schaffen es nicht mal Decke und Kopfkissen, mir ein behagliches Gefühl zu vermitteln. Der Spruch aus der Eingangshalle steht jetzt nicht nur auf einem Zettel, der auf der Kommode liegt. Er hat sich außerdem unwiderruflich in mein Gehirn eingebrannt, so oft habe ich ihn gedanklich gedreht und gewendet, im hilflosen Versuch, seinen Sinn zu verstehen.

Was ist es überhaupt? Mum meint, das Schlossmotto. Als wäre das hier eine riesige Halloween-Mottoparty. Mit Kanapees und gruseligen Kostümen. Nein, unwahrscheinlich. Zumal ich im Internet nicht mal ansatzweise etwas darüber gefunden habe.

Seufzend richte ich mich auf, schüttele mein Kissen aus und lehne es zwischen mich und das Kopfteil. Laut meiner Handyuhr bleibt mir eine halbe Stunde bis Mitternacht, doch an Schlaf ist nicht zu denken. Nachdem ich Lory in den Haupttrakt gefolgt bin, um den Spruch zu sehen, habe ich mich zum Abendessen hinreißen lassen. Einerseits, um zu hören, was meine restliche Familie zu diesem Fund sagt. Und natürlich wegen des WLANs. Aber egal, wie viele Suchmaschinen ich befragt habe – offiziell existiert dieser Spruch nicht.

Es will mir nicht in den Kopf. Eine gesamte Schlosswand steht mit einem Spruch beschrieben, der nichts zu bedeuten hat? Dad, Henry und Finn denken genau das. Opa ist der festen Überzeugung, diesen Spruch noch nie gehört, geschweige denn selbst vorgetragen zu haben. Und Mum hat jetzt tatsächlich ihr Ouija-Brett geholt und für morgen Nacht eine Sitzung im Stall anberaumt. Woraufhin ein mittelschwerer Streit zwischen ihr und Dad entbrannt ist. Ich selbst habe mich diesmal komplett rausgehalten, habe auch niemandem weiter von meinem sprechenden Wandbild erzählt und war dankbar, dass Lory es nicht erwähnt hat.

Apropos sprechendes Wandbild: Der Graf schweigt mich weiterhin eisern an, egal, wie oft ich versucht habe, ihn im Laufe des Abends zum Reden zu bringen. Und langsam, aber sicher macht mich das sauer.

»Gleich ist Geisterstunde, spätestens dann könntest du mit mir zu reden«, pampe ich ihn an. Wie üblich erhalte ich keine Antwort.

»Wenn hörbar wird, was nie gehört …« Der erste Satz des Spruches könnte darauf abzielen, dass ich die Stimme des Grafen gehört habe, oder? Sicher bin ich mir natürlich nicht, aber da keiner der Berichte über das Schloss etwas von einem sprechenden Wandbild erwähnt, gehe ich davon aus, dass der Graf mit niemandem zuvor geredet hat. Umso mehr, weil er selbst meinte, dass es eigentlich nicht sein kann, dass ich ihn höre.

Für alles ab der zweiten Zeile finde ich keine Erklärung. Das *unerweichbar Herz* könnte ebenfalls Balthasar meinen, doch das werde ich nicht herausfinden, solange er sich nicht dazu herablässt, mit mir zu kommunizieren.

Erschöpft lasse ich mich zurück ins Kissen sinken und schließe die Augen, bin müde und aufgekratzt zugleich. Eigentlich sollte ich schlafen. Zumindest so lange, bis mein Kater mich wieder schreiend aus dem Schlaf reißt. Allerdings ist er den ganzen Abend erstaunlich still.

Zu still.

Ich reiße die Augen auf. Schalte das Licht an.

»Cap?« Meine Stimme zittert. »Wo bist du?«

Sein Futternapf steht einsam in einer Ecke, das Katzenklo in einer anderen. Rasch beuge ich mich nach unten, um einen Blick unters Bett zu werfen. Nichts.

Mein Herzschlag legt einen Zahn zu.

»Cappy? Wo steckst du?«

Siedend heiß wird mir bewusst, dass es keine anderen Versteckmöglichkeiten im Zimmer gibt. Und dass ich ihn schon seit Stunden nicht mehr gesehen habe. Mein Kater ist verschwunden.

Aber wieso? Und wohin?

Mit einem Satz stehe ich aufrecht vorm Bett.

Verdammt! Vorhin, als Lory hier war, habe ich so energisch versucht, sie und mich selbst davon zu überzeugen, dass ich nicht an Wahnvorstellungen leide, dass ich vergessen habe, die Tür zu schließen. Wie lange hat sie offen gestanden? Selbst wenn es bloß Sekunden waren – Katzen sind Meister darin, pfeilschnell und unbemerkt durch die kleinste Spalte zu schlüpfen.

»Shit!«

Panisch schließe ich meine Tür auf, taste nach dem Schalter für die Flurbeleuchtung.

Der vertraute Schimmelgeruch steigt mir in die Nase, uraltes, feuchtes Holz. Irgendwo knackt es in der Wand. Davon abgesehen bleibt es still.

»Capkin!«, wiederhole ich verzweifelt und pfeife leise in den Gang. Normalerweise hört er auf dieses Kommando, das ich ihm beigebracht habe, als er ein Freigänger war. Was er hier erst mal nicht werden soll, zumindest nicht, bis er sich eingewöhnt hat.

Kein Capkin lässt sich blicken, egal, wie lange ich in die Finsternis außerhalb des beleuchteten Bereiches starre.

Kurz entschlossen schlüpfe ich zurück in mein Zimmer, hole sein Trockenfutter aus meinem Schrank und ziehe mir einen übergroßen warmen Pullover sowie Schuhe an. Die Kette mit dem Amulett liegt nach wie vor auf meiner Brust.

Die Vorstellung, dass er irgendwo im Schloss herumläuft, behagt mir nicht. Ja, Katzen finden angeblich immer nach Hause. Aber er kennt sich hier nicht aus, und die Gefahr, dass er durch eines der vielen Löcher ins Freie schlüpft, ist groß.

Mein Hals schnürt sich zusammen, als eine schreckliche alte Erinnerung aufflammt. Bilder von Finn und seinen Kumpels … Bevor sich der Schmerz von damals melden kann, verdränge ich den Gedanken wieder. Es ist Vergangenheit.

»Cappy?«, rufe ich ins Dämmerlicht der nackten Glühbirne. Wenn er nach links gelaufen ist, gelangt er irgendwann zum Treppenhaus. Darüber kommt er entweder in den Wohnbereich der anderen oder in die beiden Etagen unter mir. Die andere Richtung des Ganges führt kurz nach meinem Bad in völlige Finsternis, weil es dort keine Lampen gibt. Keine Ahnung, wie es dort aussieht. Schimmelig und spinnig vermutlich, wie fast überall.

»Capkin, komm wieder her«, flehe ich ein weiteres Mal, doch selbst das permanente Rascheln mit der Futtertüte animiert ihn nicht, sich blicken zu lassen.

Okay. Ich atme tief durch und ziehe mein Handy aus der Bauchtasche meines Pullovers. »Das ist sehr unvernünftig.«

Vielleicht sollte ich meine Familie um Hilfe bitten. Andererseits: Wenigstens dieses kurze Gangstück kann ich absuchen. Das Monster treibt sich ja angeblich nur im Stall herum.

Gefährlich bleibt mein Vorhaben trotzdem. Eine der wichtigsten Lektionen von Schloss Düsterstein lautet nämlich, die drei Bodenbretterarten zu kennen: die hellen, die man bedenkenlos betreten kann, weil sie schon erneuert wurden; die quietschenden, die bloß nerven; und die morschen, die wie gammelige Rinde aussehen und von Witterung und Borkenkäfern zerfressen sind. Wie Onkel Henry es hochtrabend ausdrückt: »Selbst unter den widrigsten Umständen solltest du sie nicht mit der kleinen Zehe touchieren, sonst musst du Frakturen in Kauf nehmen.«

Während ich mich Schritt für Schritt aus dem Schein der Glühbirne schiebe, bin ich mir nicht sicher, was mir mehr Angst macht. Die Tatsache, dass die Bodenbretter im Handylicht alle gleich grau aussehen, sodass ich bei jedem einzelnen kurz die Zähne zusammenbeiße, bis ich sicher bin, dass es mich trägt. Die staubgedämpfte Stille, die mich umgibt, als ich mich in diesen Teil des Schlosses vorwage, den wahrscheinlich seit Jahrzehnten kein Mensch mehr betreten hat. Oder die Sorge um meinen Kater.

Die Mischung aus allem drückt mir arg gegen den Oberkörper.

Das nächste Bodenbrett klingt wie eine lang gezogene Blähung, als ich mein Gewicht darauf verlagere, und ich halte inne. Der sichere Teil des Ganges liegt schon viele Meter hinter mir.

»Cap«, flüstere ich. »Es wäre wirklich nett, wenn du dich jetzt zeigst.«

Er denkt nicht daran.

Bevor ich weitergehe, leuchte ich den Weg, so gut es geht, aus und fühle mich optisch an ein düsteres PC-Spiel mit Zombies erinnert, das Adrian mal gezockt hat. Im Spiel fand ich das überhaupt nicht gruselig. Jetzt ist der Gang selbst ohne Monster fürchterlich genug.

Vor allem dürfte ich mich mit ziemlicher Sicherheit direkt über dem Stall befinden, vielleicht sogar über der versiegelten Kammer. Meine Nackenhaare sträuben sich, und auch die Tatsache, dass sich eine ganze Etage dazwischen befindet, beruhigt mich kein bisschen.

Meine Beine wirken wie festgefroren. Etwas in mir schreit danach, umzudrehen und kreischend zurück in mein Zimmer zu rennen. Das Schlimme: Nicht mal das ist möglich, weil ich ja langsam und bedacht gehen muss, um nicht durchzubrechen.

Mit viel Mühe zwinge ich meinen Atem zur Ruhe. »Cap?« Meine Rufe werden schwächer.

Das Licht meines Handys reicht bis zur Wand am Ende des Ganges. Würde sich dort etwas mit Katzenaugen befinden, könnte ich es deutlich an der Reflexion erkennen. Doof nur, dass der Gang einen Knick macht, eine Kurve im rechten Winkel.

Während ich mit mir selbst hadere, ob ich mutig genug bin, um eine Ecke zu sehen, hinter der mich alles oder nichts erwarten könnte, ohne Möglichkeit, im Notfall fliehen zu können, steigt mir ein unangenehmer Geruch in die Nase.

Ich hebe mein Handy ein Stück und das Licht streift einen dunklen Haufen in der Ecke.

Die Hinterlassenschaft eines Tieres. Sehr frisch.

Normale Menschen freuen sich nicht über so etwas, aber mein Herz macht einen hoffnungsvollen Sprung. Sofern hier keine überdimensionalen Ratten ihr Unwesen treiben, kann das nur eines bedeuten.

»Cappy? Bist du hier?«

Mit angehaltenem Atem lausche ich, immer noch so weit von der Biegung entfernt, dass ich nicht sehen kann, was sich dahinter befindet. Irgendetwas hält mich zurück. Vielleicht die normale Scheu, an einem handylichtbeschienenen Lost Place in unbekannte Gänge zu sehen.

Da ertönt eine Stimme. »Ei, ein Fleck in düst'rem Eck. 's riechet, 's hat Geschmacke, mich dünkt, 's ist braun und nennt sich …«

Ich fahre zusammen wie eine fleischfressende Pflanze, wenn man sie mit dem Finger berührt. Die Stimme verstummt, während mein Kopf das fehlende Wort ergänzt und gleichzeitig migräneartig pocht.

Panisch weiche ich von der Biegung zurück, weil ich glaube, dass die Stimme von dort kommt. Ein Bodenbrett unter meinem linken Fuß knarzt, aber ich bin so in Alarmbereitschaft, dass ich es ignoriere.

Wer, zur Hölle, hat da gesprochen?

Ein männlicher Sprecher, definitiv, doch niemand, den ich kenne, auch nicht der Graf. Diese Stimme klang älter, markant und rau. Außerdem spricht derjenige in seltsamen Reimen.

»Atme den Duft, was fällt dir auf? Ein Tier war hier und 's kam was raus. Siebzehn.«

»Siebzehn?« Ich zittere vor Anspannung.

Statt einer Antwort beginnt die Stimme, zu summen.

Wer kann das sein? Mein eigener Herzschlag dröhnt in meinen Ohren. Alle anderen Personen befinden sich im Haupttrakt. Zumindest die lebenden. Ist er ein Geist? Spukt außer dem Grafen noch jemand im Schloss herum? Bloß wer?

In diesem Moment singt er die ersten Worte. Ich kenne das Lied. Weil er so kratzig und rauchig singt, klingt es dem Original verdammt ähnlich. AC/DC. *Highway to hell.*

Das wirft Fragen auf, mildert aber auch meine Angst, dafür ist es zu skurril. Wer immer da singt, ist offensichtlich AC/DC-Fan. Mein Dad ebenfalls. Das allein nimmt viel Grusel aus der Situation.

Warum bin ich eigentlich überrascht? Vorhin hat das Wandbild mit mir gesprochen. Irgendwo auf dem Gelände treibt ein fellloses Pferd sein Unwesen. Falls ich hier jetzt eine Geisterband finde, die für ihren nächsten Auftritt übt, wäre das vergleichsweise harmlos.

Langsam bewege ich mich vorwärts, will endlich um die Ecke sehen und wissen, wer da singt.

Als er zum vierten Mal wiederholt, dass er sich auf dem Weg zur Hölle befindet – ziemliche Ironie, falls er ein Geist ist –, erreiche ich die Biegung.

Meine Hände zittern. Soll ich wirklich um die Kurve sehen, unbewaffnet, wie ich bin? Abgesehen von der Tüte mit dem Katzenfutter. Ob ich damit potenziell gefährliche Geister vertreiben kann, bezweifele ich.

In diesen Gedanken versunken, bemerke ich, dass der Sänger verstummt ist. Er macht eine Pause, an der Stelle, wo im Original ein E-Gitarren-Solo einsetzt.

Vorsichtig schiele ich um die Ecke. Der Gang vor mir erstrahlt im weißlichen Handylicht und sieht aus wie der vorherige. Außerdem hängt die Luft voll mit meinen aufgeregten Atemwolken. Davon abgesehen ist er leer. Kein Geist, kein Mensch, kein Kater. Das kann ich mit Sicherheit beurteilen, weil ich bis zur abschließenden Wand sehen kann.

»Hallo?«, hauche ich in die Dunkelheit. Die weiße Atemwolke wird im Lichtschein so verstärkt, dass ich für einen Moment nichts mehr sehe.

In dieser Sekunde streift mich ein eisiger Lufthauch und sämtliche Härchen auf meiner Haut schießen in die Höhe. Als würde eine Packung Tiefkühlgemüse an mir vorüberlaufen. Trotz meines Pullovers wird mir kalt. Die wieder aufflammende Panik macht es nicht besser.

Ich kenne diesen Hauch, habe ihn letzte Nacht in meinem Zimmer und heute Morgen in der Küche gespürt.

Meinen ganzen Mut zusammennehmend, frage ich: »Wer bist du?«

Stille. Dann, irgendwo vor mir: »Du fragst mich, wer ich bin? Magst mir sagen vorher den Sinn? Dreiundvierzig.«

Auch wenn sich nach wie vor nichts rührt, sehe ich mich weiter in alle Richtungen um. Dass meine Gesellschaft ein Geist ist, daran scheint kein Zweifel mehr zu bestehen. Und das, obwohl bis Mitternacht laut meiner Handyanzeige mehrere Minuten Zeit bleiben. Die Exemplare dieses Schlosses halten sich wohl nicht an Aberglaube.

»Sich mit jemandem zu unterhalten, der unsichtbar ist, finde ich nicht besonders toll. Ein Name wäre ganz nett. Noch netter wäre natürlich ein Körper, aber ich weiß nicht, ob du damit dienen kannst«, versuche ich es.

»Woher willst' das wissen? Grab's Gesicht lieber wieder ins Kissen«, reimt er. Und dann: »Neunhundertunddrei.«

Denkt er sich diese Reime spontan aus? Falls ja, erklärt das ihre miese Qualität. »Sehr philosophisch«, lobe ich zynisch. »Aber mal im Ernst: Du bist ein Geist, oder? Und was sollen diese Zahlen?« Okay, die Frage bringt uns nicht weiter, doch sie kam mir gerade in den Sinn und ist raus, bevor ich mir eine bessere überlegen kann.

»Fragen über Fragen, was soll ich darauf sagen?« Der Reim-Geist stöhnt. »Ich zähle, weil ich muss, und das sehr oft zu meinem Verdruss.«

»Warum *musst* du zählen? Das ist nicht mal die richtige Reihenfolge.«

»Legt nicht der Mensch selbst die Reihenfolge fest? Muss Geist sich dran halten, bis es stresst?« Er summt weiter.

Stille. Viele hektische Herzschläge lang.

Dann ertönt so dicht neben mir ein Lachen, dass ich heftig zusammenfahre.

»Hör auf damit!«, fauche ich, als er noch lauter lacht. Ein schrulliges Opa-Lachen. »Das ist nicht lustig!«

»Die Lustigkeit bewerte nicht, zu erschrecken Lebende ist meine Pflicht. Ob Tag oder auch bei Nacht, alles liegt in meiner Macht und ist ganz nach mei'm Geschmack! Neunundneunzig.«

Macht? Klar. Eine Macht mit Faible für Musik aus den Siebzigern.

»Das reimt sich nicht. Kannst du überhaupt was schmecken?«

»Wer vermag das schon zu sagen? Nahrung ist Luxus, ein Geist hat keinen Magen. Was machst hier bloß zu dunkler Stunde? Drehst deines Lebens letzte Runde?«, haucht er irgendwo vor mir.

Ich schließe die Augen, atme tief durch.

Als ich sie wieder öffne, ist der Gang nicht mehr leer.

Kapitel 9

Auch wenn ich ihn die ganze Zeit schon gehört habe, ist es eine andere Hausnummer, ihn zu *sehen*.

Mir entfährt ein erschrockener Aufschrei.

Der Reimer ist wirklich ein Geist, weiß durchscheinend und alles andere als ein Bettlaken mit Löchern. Viel schräger: Er sieht exakt so aus, wie ich ihn mir anhand seiner Stimme vorgestellt habe. Ein alter Mann, vielleicht als Siebzig- oder Achtzigjähriger gestorben. Wirres, für sein Alter erstaunlich volles Haar, eine große, gebogene Nase und Wangen, die von vielen Lachfalten zerfurcht sind.

Seine Kleidung bringt mich noch mehr durcheinander als die Tatsache, dass ich einen Geist sehe. So durcheinander, dass ich sogar Capkin für eine Weile vergesse.

Seinem Äußeren sowie dem Musikgeschmack nach zu urteilen, stammt der Geist nicht aus dem siebzehnten Jahrhundert. Und gestorben ist er nicht im Bett, sondern auf einem Rock-Konzert.

Warum ich das glaube? Na ja, er trägt eine Lederweste mit einem Tribal-Aufdruck und ein Hemd. Weil die Weste offen steht, erkennt man eine Kette mit breitem Anhänger in Form eines silbrigen Kreuzes, dessen unteres Ende bis fast zu dem breiten Gürtel reicht, der eine schwarze Lederhose hält. Hauteng – was seinen knochigen Körperbau betont.

Die Gürtelschnalle zeigt, genau wie die Schnallen an den Stiefeletten, einen Adler mit ausgebreiteten Schwingen. Vermutlich war das Outfit mal komplett schwarz, doch in Geistergestalt schimmert es weiß und durchscheinend wie alles an ihm.

Während ich ganz darin vertieft bin, ihn anzustarren, hebt er den Arm und winkt freudestrahlend, als wären wir alte Bekannte, die sich am Bahnsteig treffen.

»Seht nur, diese Gänsehaut! Mach Klöß' dazu und Sauerkraut!«, höhnt er, auch wenn er meine durchaus vorhandene Gänsehaut unter meiner Kleidung gar nicht sehen kann.

Auf die Schnelle fällt mir keine passende Erwiderung ein, weil ich immer noch versuche, ihn in einen logischen Zusammenhang mit dem Schloss zu bringen.

Seine Ohrringe sind kleine Totenköpfe, und sein faltiger Hals ist tätowiert. Das gesamte Outfit stammt definitiv nicht aus dem Barock.

Gerade möchte ich fragen, ob er einer der im Laufe der Jahre hier Ermordeten ist, als eine weitere Stimme erklingt. Eine weibliche.

»Sauerkraut eignet sich nicht zu Klößen. Rotes Kraut ist eine bessere Wahl. Absalom, narre nicht dieses arme Kind«, sagt die Stimme.

Rotes Kraut? Und was ist ein Absalom? Klingt wie ein Abführmittel. Wer spricht da überhaupt? Noch ein Geist?

»Wie kannst du Schrapnell 's wagen, dies' schrecklich' Namen zu sagen? So, dreihundertzehn, darf ihn kein Lebender hör'n oder seh'n«, reimt der alte Geist. Absalom ist dann wohl sein Name.

»Habe ich morgen sowieso wieder vergessen«, kommentiere ich beiläufig. »Eigentlich jetzt schon.«

»Sie kann uns tatsächlich hören.« Die weibliche Stimme klingt erstaunt. Dann erscheint ein zweiter Geist direkt neben Absalom. Nicht plötzlich, eher fließend, als würde sich ihre Gestalt langsam aus Nebel formen.

Und ich? Bin kaum erschrocken, weil mir alles Vorherige schon genug den Atem geraubt hat.

»Liebes Kind, ängstige dich nicht vor uns«, bittet die Geisterfrau sanft. Das tue ich wirklich nicht mehr. Denn ihre Erscheinung ist noch weniger unheimlich als Absaloms.

Vor mir steht eine Dame, die meine Mutter sein könnte, sowohl vom Alter her als auch von der pummeligen Körperform. Ein Kopftuch hängt über halb langen, gewellten Haaren. Über einem bauschigen Rock trägt sie eine Schürze. Das Sinnbild einer Haushälterin. Einer freundlichen Geister-Haushälterin. Ich kann mir die einstigen roten Wangen in ihrem fülligen Gesicht vorstellen, auch wenn sie natürlich genauso weiß durchscheinend ist wie der reimende Rockergeist. Ihr Lächeln wirkt so mütterlich, dass ich den übermächtigen Drang verspüre, mich an ihre voluminöse Brust zu werfen und in Tränen auszubrechen. Weil mein Kater verschwunden ist. Weil da draußen ein Monsterpferd lauert. Weil ich nur mein normales, geisterfreies Leben wiederhaben möchte.

Natürlich werfe ich mich ihr nicht entgegen, denn selbst mein verwirrtes Gehirn hat begriffen, dass ich einfach durch sie hindurchplumpsen würde. Und weil es wenig Sinn ergibt, sich bei einem Geist über Geister auszuheulen.

»Hi, Metze«, grüßt Absalom und macht ein Rockerzeichen in ihre Richtung. Er macht es sogar korrekt, streckt nur den kleinen Finger sowie den Zeigefinger aus, nicht jedoch den Daumen. Adrian ist ein ziemlicher Emoji- und Handzeichen-Fanatiker und hat Dani und mir mal einen ganzen Abend lang den Unterschied erklärt. Streckt man nämlich noch den Daumen aus, ist es ein Zeichen aus der Gebärdensprache und bedeutet *ILY – I love you.*

»Ihr fallen fast die Augen aus, bescheren wir ihr einen Graus? Siebenhundertdrei.« Amüsiert über seinen eigenen Reim kichert er.

Rockerzeichen und Lederkluft? Aber Begriffe wie *Schrapnell* und Reime, die klingen wie aus einem Grundschulaufsatz? Ehrlich, dieser Geist ergibt keinen Sinn, egal, durch wie viele Gehirnwindungen ich ihn wandern lasse.

Und was ist eigentlich Metze? Klingt irgendwie mehr nach einem Schimpfwort als nach einem Namen.

»Ignoriere den alten Grantel«, bittet mich Metze oder wie auch immer. Im Gegensatz zu dem männlichen Geist passt sie optisch sehr gut in ein barockes Schloss. »Sein Verstand litt schon zu Lebzeiten unter seinem Alter. Nach seinem Tode wurde es nur schlimmer.«

Das erklärt einiges, wirft aber auch neue Fragen auf. Stammen beide doch aus demselben Zeitalter?

Der weibliche Geist redet weder in Reimen oder Zahlen und legt auch keinen Wert auf Höflichkeitsfloskeln wie der Graf. Das macht sie mir noch sympathischer.

»Man nennt mich Mechthild«, stellt sie sich vor. »Sage gern Metze zu mir, was kürzer ist. Meinen vollen Namen benutzte nur mein Mann, der leider … Das spielt keine Rolle.«

»Ich bin Ellie«, erwidere ich brav und frage mich sofort, was mit ihrem Mann ist. Oder war. Jetzt direkt nachzuhaken, fühlt sich falsch an.

»Kurzform für Elisabeth oder Eleonora?«, will Mechthild wissen. Ich überlege, ob ich ihren Namen aus der Nibelungen-Sage kenne, dann fällt mir ein, dass das Brunhild war.

»Äh, weder noch. Nur Ellie.«

»Klangvoller Name. Wie geschieht es nun, dass du uns zu hören vermagst?«, fragt sie.

»Man vermutet stark, mit Ohren. Hat ihre bisher nicht verloren«, reimt Absalom.

»Schweig doch!«, befiehlt Metze deutlich barscher, was mir eine ungefähre Ahnung davon gibt, dass sie auch anders kann. Vielleicht hat sie damals über andere Diener befehligt.

»Axel«, korrigiert Absalom reimlos.

»Albernes Gekäu! Höre auf mit diesem erdachten Namen!«, schimpft Metze.

Mich verwirrt diese Unterhaltung total.

»Bin nicht mehr, wer ich war. Darf mich nennen, wie es mir beliebt, fürwahr. Dreiundzwanzig.«

Absalom/Axel/Wie-Auch-Immer klingt jetzt ebenfalls gereizt. Definitiv führen die beiden diese Diskussion nicht zum ersten Mal.

Sie klingen wie Oma und Opa, die sich den ganzen Tag angiften und es trotzdem nicht böse meinen.

Metze ist so nett, mich einzuweihen. »Er hält Absalom für altmodisch und unaussprechlich. Moderne Menschen heißen Axel, meint er. Angeblich ist es eine neuzeitliche Version seines Namens, darum möchte er gern so genannt werden.«

»Weigerst du dich fortan, mich so zu benennen, sollst du im Fegefeuer brennen. Oder zähle bis fünfhundert und rückwärts in Dreierschritten«, droht Axel.

»Ah, das … ergibt Sinn.« Tut es das? Ich bin nicht sicher. Und ob Axel so modern ist, sei dahingestellt. Aus seiner Sicht vermutlich schon. »Also stammt ihr beide aus dem Barock?«

»Welch' Rock meinst du?«, bohrt Mechthild nach.

»Eure Zeitepoche. Das Schloss und ihr seid …« Ich breche ab. »Oh, tut mir leid. Die Zeitepoche wurde erst so genannt, nachdem ihr schon tot wart. Also wisst ihr überhaupt nicht, dass ihr im Barock gelebt habt? Das ist irgendwie komisch.«

Mechthild betrachtet mich mit großen Augen. »Du magst richtig liegen, Kind«, fährt sie fort, und es widerstrebt mir ein wenig, dass sie mich *Kind* nennt, auch wenn es lieb gemeint ist. »Einiges ging an uns vorbei in all den Jahren, die wir gezwungen waren, ohne Kontakt zu Lebenden zu verharren. Du bist die Erste, die dies ändert.«

»Euch hat vorher wirklich noch nie jemand gesehen und gehört?«, hake ich nach. »Wieso?«

»Wenn wir das wüssten. Absalom hat mir heute davon berichtet, dass sich der Herr dir offenbart hat.«

Das klingt … kirchlich. Aber ich glaube, zu wissen, wen sie meint. »Der Graf? Balthasar?«

Metze holt zischend Luft und bekreuzigt sich. Vielleicht, weil ich mich erdreiste, ihn beim Vornamen zu nennen.

Ich nehme das Handy in die andere Hand, weil mir langsam der Arm einschläft. »Also ist er mehr als dieses Gemälde in meinem Zimmer? Er ist ein Geist, wie ihr auch?«

Ein weiteres Mal bekreuzigt sich Metze und nickt.

»Gesehen habe ich ihn nicht. Nur mit ihm geredet – mehr oder weniger«, berichte ich, was Absalom offenbar längst weiß. Hat er uns belauscht?

»Der Herr redet nicht. Seit seinem Tode hat er sich nie wieder blicken lassen, auch nicht vor uns«, erwidert Metze. Ergeben und geradezu ängstlich senkt sie den Kopf. Ich könnte sie jetzt fragen, was er ihnen damals angetan hat und ob die Gerüchte stimmen, doch ich schätze, dafür ist es noch zu früh.

»Dass er nicht viel redet, ist mir aufgefallen. Aber fast vierhundert Jahren lang gar nicht?«

»So ein Duckmäuser wie er, das macht es uns manchmal recht schwer. Dreiundsiebzig«, erklärt Axel, der nicht mehr summt.

Duckmäuser? Oje, wenn wir uns weiter unterhalten, brauche ich echt ein Wörterbuch. *Barock – Moderne* oder so.

Metze nickt. »Der Herr meidet jeden. Darum glauben wir, dass du die Eine bist. Unsere Rettung.«

»Die Eine?«, wiederhole ich skeptisch. »Eigentlich suche ich nur meinen Kater. Er ist abgehauen und läuft vermutlich im Schloss umher.« Ich deute vage in den Gang. »Und wer ist überhaupt *uns*? Gibt es noch mehr von euch?«

Metze lächelt breit, ohne auf mein Katzenargument einzugehen. »Sehr wohl.«

Wenn hörbar wird, was nie gehört. Der erste Satz des Spruches hallt in Dauerschleife durch meinen Kopf. Zu gern möchte ich darüber nachdenken, möchte verstehen, warum immer eindeutiger zu sein scheint, dass *ich* damit gemeint bin. Was das bedeutet, was ich zu tun habe, wer diese Geister sind und aus welchem Grund sich der Graf nicht mal den anderen Geistern je wieder gezeigt hat. Außerdem, was es mit diesem verrückten Rockergeist auf sich hat und wie die Geister in Verbindung zu dem Monster stehen. Leider hat eine dumpfe Leere von meinem Kopf Besitz ergriffen und ich kann nichts tun, außer meine nebligen Bekanntschaften anzustarren. Und festzustellen, dass ich nicht ansatzweise weiß, was sich hinter diesen Mauern verbirgt.

Wie auf Kommando bricht Lärm los, der dafür sorgt, dass ich einen Satz nach vorne mache. Ein Bodenbrett gibt nach und mein linker Fuß bricht ein. Zum Glück steht mein rechter stabil, darum bleibt es bei einem unschönen Krachen und einem Schreck.

Für den Bruchteil einer Sekunde denke ich an Max oder ein anderes überdrehtes Familienmitglied, doch das kann ich schnell ausschließen. Mein neuer Besuch kommt nicht durch die Tür, sondern mitten durch die Wand.

Zunächst etwas kleines Haariges, das ich nur aufgrund seines permanenten Kläffens als Hund identifiziere. Ein Geisterhund.

Mit einer Geräuschkulisse, als wäre eine Treibjagd im Gang, schießt er einfach durch mich hindurch und springt Mechthild und Axel nacheinander am Bein empor. Geister untereinander können sich offenbar berühren.

Direkt hinterher, allerdings seitlich an mir vorbei, hüpft ein zweiter, relativ kleiner Geist. Unbewusst ziehe ich die Luft ein, als mir klar wird, dass es ein Mädchen ist, etwa im Alter meines Bruders. Ihre kurzen Zöpfe wippen hektisch über ihren Schultern, während sie dem Hund folgt und dabei immer wieder mit heller Stimme ein Wort ruft, das wie »Brief« klingt. Weil sie es unermüdlich wiederholt, wirkt es ebenfalls, als würde sie bellen.

Offenbar befinden sich immer noch nicht genügend Geister im Gang. Eine dritte Gestalt stolpert hinterher. Der mit Abstand größte Geist von allen.

Ich blinzele mehrfach, bis ich ihn in voller Größe erfasst habe, denn er ist wirklich riesig. Geschätzt mindestens ein Meter neunzig, was heute schon deutlich über dem Durchschnitt liegt. Für damalige Verhältnisse muss er ein Riese gewesen und dürfte durch keine Tür gekommen sein, ohne den Kopf einzuziehen. Das würde zumindest seine Haltung erklären, denn irgendwie wirkt er buckelig. Dazu schiebt er einen mächtigen Bauch vor sich her und hat in Gesamtheit etwas von einer Birne.

»Klara!«, meint Metze seufzend. Das dürfte dann wohl der Name des Mädchens sein.

Klara interessiert sich allerdings überhaupt nicht für sie oder ihren Verfolger. Übermütig hüpft sie weiter hinter dem Hund her. Und weil der jetzt auf mich aufmerksam geworden ist, springen beide um mich herum. Der Hund bellend, das Mädchen lachend.

»Klara!«, tadelt Metze. »Höre auf, Ronan zu narren!«

Neben ihr murmelt Axel: »Vier, fünf, sechs, Geister sind nicht mehr versteckt.«

Und ich stehe einfach nur da, sprachlos, überwältigt und umhopst. Keiner der Füße oder Pfoten verursacht Geräusche auf dem Boden, nicht mal jene des großen Geistes, dessen Name Ronan lautet und den ich mir gut in einer Mönchsrobe vorstellen könnte. Seine Frisur erinnert mich auf jeden Fall sehr an Martin Luther. Der übrigens nur wegen eines Gewitters zum Mönch wurde. Eines der wenigen Dinge, die ich aus dem Geschichtsunterricht behalten habe. Das und die Tatsache, dass sich Luther mal einen Degen in den Oberschenkel gerammt und während der folgenden Bettruhe Laute spielen gelernt hat.

Ob Ronan musikalisch veranlagt ist, kann ich nicht einschätzen. Abgesehen von seiner Frisur, hat er Ähnlichkeit mit einem Schäfer. Eine Weste kaschiert notdürftig seinen Bauch. Allerdings keine aus Leder wie bei Axel, sondern eine löchrige Version aus abgenutztem Leinen. Auch seine dunklen Hosen sind zerschlissen, wobei Hell und Dunkel nur Mutmaßungen anhand der verschiedenen Grau- und Weißtöne sind.

»Sind das jetzt alle Geister oder kommen noch mehr?«, will ich zögerlich wissen.

»Du kennst nun alle«, erwidert Metze.

Plötzlich hält Klara in ihrem Gehopse inne und deutet auf mich, als wäre ihr bisher gar nicht aufgefallen, dass ich da bin. »Ronan, sieh doch nur! Da steht sie!«, ruft sie erstaunt und hält sich eine Hand vor den Mund.

Ronan bekreuzigt sich, was mir das Gefühl gibt, direkt aus der Hölle zu stammen.

Die kleine Klara teilt seine Furcht offenbar nicht. Fröhlich sieht sie zu mir auf. Abgesehen davon, dass sie durchsichtig ist, wirkt sie wie ein normales Kind. Ihre riesigen Augen strahlen, aus ihren Zöpfen haben sich Strähnen gelöst und Rock sowie Oberteil hängen schief an ihrem zarten Körper.

Mein Herz schnürt sich bei dem Gedanken zusammen, dass sie in diesem jungen Alter aus dem Leben gerissen wurde. Woran sie wohl gestorben ist?

»Du bist die Lebende, die uns hören kann«, haucht sie.

»Hat sich in der Geisterwelt wohl herumgesprochen«, erwidere ich und sehe zu Absalom, der sich jetzt summend im Kreis dreht. Ich glaube, wieder *Highway to hell* zu erkennen.

Ungeschickt greift Ronan nach Klara, doch sie weicht mit einem Sprung zur Seite aus.

Derweil will der Hund an meinen Beinen hochklettern. Vielleicht spekuliert er auf das Katzenfutter, das ich nach wie vor in der Hand halte und schon ganz zerknetet habe. Natürlich findet er keinen Halt und sackt immer wieder, begleitet von eisigen Schauern, durch meine Schienbeine hindurch.

»Pief, ärgere die Lebende nicht«, schimpft Klara.

Pief und nicht *Brief* ist offensichtlich sein Name. Klaras struppiger Begleiter wirkt ziemlich … ich möchte nicht missgebildet sagen, dafür ist er viel zu niedlich. Aber der Unterkiefer sitzt schief unter dem Bart seiner Schnauze, wodurch permanent die Zunge heraushängt und silbrig-weißer Geisterhundesabber auf die Holzbretter tropft. Ein Ohr steht in die Höhe, das andere hängt herab, und sein Schwanz ist unnatürlich nach links gebogen. Vielleicht hatte er mal einen Unfall.

Ich tue so, als tätschele ich Pief den Kopf, was dieser mit einem begeisterten Schwanzwedeln dankt.

»Ich stelle vor«, erklärt Mechthild. »Ronan, einstiger Stallmeister des Schlosses. Absalom, Gärtner. Klara, nach dem Tode ihrer Mutter im Wochenbett in unserem Dienervolke aufgewachsen, danebst Küchenhund Pief. Und zuletzt meine Wenigkeit. Oberste Köchin.«

Mit offenem Mund versuche ich, mir alles zu merken.

»Da du nun die Eine sein könntest, die …« Es wirkt, als müsste sie plötzlich würgen.

»Die was?« Irritiert verfolge ich Metzes verzweifelte Versuche, weiterzusprechen, doch es ist, als hätte sie ihre Stimme verloren. Sie wechselt einen bedeutungsvollen Blick mit Axel.

»Wir dürfen nicht darüber reden«, flüstert Klara mir hinter vorgehaltener Hand zu.

»Über was dürft ihr nicht reden?«

»Über den Fluch. Es verschlägt uns die Sprache, sobald wir dies tun«, erklärt das Geistermädchen.

»Klara, schweig still!«, befiehlt Metze. »Dies' Gespräch ist nichts für Kinderohren!«

Klara zieht einen Flunsch, so bockig, dass sie überhaupt nicht wirkt wie eine junge Schlossbewohnerin. »Sind bald vierhundert Sommer nicht genug, um Erwachsenengespräche mitzuhören?«, quengelt sie.

»Dein Gemüt ist kindlich wie immer«, widerspricht Metze.

»Sieben Jahre, vierhundert Jahre, doch noch niemals auf der Bahre«, murmelt Axel ziemlich makaber.

»Der Fluch also. Lasst mich raten: Deswegen streift dieses Pferd-Reiter-Ding hier umher? Wegen eines Fluches?«, bohre ich weiter.

Metze sieht zu Axel, als würde sie sich nicht trauen, ohne seine Zustimmung etwas zu sagen. Er wirkt allerdings nicht, als hätte er was dagegen, sondern fängt wieder an, leise zu summen und sich dabei im Kreis zu drehen – ein paar Millimeter über dem Boden schwebend. Ich frage mich, ob er es war, der letzte Nacht in meinem Zimmer eisig-hauchig durch mich hindurchgeschwebt ist.

»Die Menschen munkeln, es sei der Herr des Schlosses, der nach seinem Tode keine Ruhe fand und auf seinem Pferde reitend nach dem Leben anderer Menschen trachtet«, wiederholt die Köchin das, was ich in den Zeitungsartikeln gelesen habe.

»Ist es nicht so?«

»Nicht alles entspricht der Wahrheit. Es gab einen Vorfall.«

Die Temperatur im Gang ist ohnehin nicht angenehm, in Anwesenheit der eisigen Geister erst recht nicht. Aber das letzte Wort lässt mich stärker erschauern, als Kälte es je könnte.

Wieder scheint Metze nicht weitersprechen zu können. Überhaupt wirkt sie nicht mehr ansatzweise so resolut wie eben.

»Du kannst mir nicht verraten, was das für ein Vorfall war, oder?«, frage ich enttäuscht.

Wieder unsichere Blicke. »Mein Kind, verzeihe mir, wenn ich nicht frei sprechen kann. Aufgrund dessen, was sich in unseren letzten Lebenstagen zugetragen hat, wurde ein Fluch verhängt, der das Untier an diese Mauern fesselte. Ein Fluch, der uns das Leben nahm und bis heute fortbesteht. Das Problem ist schlicht jenes, dass wir Teil des Fluches sind, wie auch Pferd und Reiter, deren Raserei sich durch die Jahrhunderte zieht. Um ihn zu brechen, bedarf es der Hilfe einer unbeteiligten Person.«

»Okay«, erwidere ich gedehnt. »Deswegen seid ihr Geister? Ihr alle und der Graf?«

Metze und Klara nicken, Ronan blickt mich aus traurigen Augen an. Da erst wird mir bewusst, dass er bisher kein einziges Wort gesprochen hat.

»Ich bin die unbeteiligte Person, aber ihr könnt mir nicht helfen, weil der Fluch euch den Mund verbietet?«

Wieder Nicken. Axel kichert ein bisschen. Na super. Das fängt ja gut an.

»Was zu tun ist, musst du selbst erforschen. Doch wir bitten dich inständig, es zu tun.« Alle Blicke sind auf mich gerichtet, sogar Piefs. »Hilf uns, den Bann des verfluchten Reiters zu lösen, damit wir unseren Frieden finden können.«

»Dieser Spruch in der Eingangshalle – ist das der Fluch?«, will ich wissen und sehe zu Axel, der immer lauter summt und sich immer energischer im Kreis dreht. Er ist wirklich nicht ganz dicht.

»Nicht der Fluch selbst. Er sagt, wie du vorgehen musst, um ihn zu lösen.«

»Also ein Gegenfluch? Eine Fluchlösung?«

»Wie immer du es benennen magst«, bestätigt Metze.

Das ist wenigstens ein Anfang. Andererseits sind die Infos so salbungsvoll in Reimen à la Axel verpackt, dass ich Tage benötigen werde, um herauszufinden, was genau ich tun muss.

»Okay. Ich schätze, ich brauche mehr Hintergrundinfos. Seid ihr alle gemeinsam gestorben? Bei diesem Vorfall?«

»Nein. Jedoch zeitnah«, presst Metze nach ein paar Sekunden heraus.

»Wie kommt es dann, dass Abs… Axel gar nicht gekleidet ist wie ihr anderen? Er sieht viel jünger aus. Kleidungsmäßig.« Auch wenn sich Metze konsequent weigert, seinen selbst erdachten Namen zu benutzen, tue ich ihm diesen Gefallen. Seinen echten kann ich mir nämlich nicht merken.

Grinsend fährt sich der Rockergeist durch sein wüstes Haar. »Oh, danke, menschlich' Kind. Weißt scheinbar doch, was Komplimente sind. Vierundachtzig.«

»Alter Narr.« Die Köchin verpasst ihm einen freundschaftlichen Klaps auf den Hinterkopf. »Der starrsinnige Grantel trachtet danach, der Zeit zu entgehen, darum ahmt er nach, was er im Schlosse siehet und höret. Sofern es ihm zusagt.«

Also hat einer der bisherigen Besitzer des Schlosses Hardrock gehört. Da wird er völlig aus dem Häuschen sein, sobald Dad seine Plattensammlung auspackt.

»Ihr könnt eure Kleidung anpassen, wie ihr möchtet?«, schlussfolgere ich. Bei jeder Frage betrachte ich die Geister der Reihe nach, außer Metze scheint keiner normale Antworten geben zu wollen.

»Was wir sehen, vermögen wir nachzuahmen, jedoch bedarf es eines guten Vorstellungsvermögens und durchgängiger Konzentration, um die Illusion aufrechtzuhalten. Der Einfachheit halber verweilen die Vernünftigen unter uns daher im Zustand unseres Todestages.« Sie wirft Axel einen Blick zu, den er ignoriert. »Mich dünkt, es tut seinem Geiste nicht gut, sich ständig dieses neumodische Zeug an den Leib zu kleistern. Abhalten lässt er sich davon nicht.«

Das fasziniert mich. Und irgendwie hege ich Zweifel daran, dass Axel wirklich so senil ist, wie Metze meint. Schließlich kontert er auf jede Aussage innerhalb von Sekunden mit einem Reim, der zwar meist eher schlecht als recht klingt, aber allein das muss man erst mal so spontan hinbekommen. Dazu die Zahlen, der korrekte Text eines Liedes in einer Sprache, die er gar nicht beherrscht sowie die ganze Zeit diese fremde Kleidung. Im Grunde ist er wohl ein Genie. Und Genies sind ja oft etwas extravagant. Darum kann ich mir ein fasziniertes »Cool« an dieser Stelle nicht verkneifen.

Auf einmal ist er wieder hellhörig. »Erkläre mir dies Wort, wenn möglich jetzt sofort. Fiel es zwar zahlreich in den letzten Tagen, so kann ich Deutungen hier nicht wagen. Zweihundertundfünf.«

Das wäre dann also die Bestätigung, dass wir die ganze Zeit von Geistern beobachtet werden. Zumindest von ihm. »Cool? Das bedeutet toll. Klasse. Großartig. Super. Such dir was aus.«

»Jaja, ich bin kein Narr, habe es verstanden, wunderbar«, gibt er unwirsch zurück. Dann verzieht sich sein Gesicht erneut zu einem Grinsen und er singt: »Dreifach hier, siebenfach dort. Überall fünf hoch zehn.«

O mein Gott.

Metze kichert. »Schon zu Lebzeiten hegte Absalom eine große Schwäche für Mathematik und Beschwörungsformeln. In des Schlosses Bibliothek …«

»Dreitausend!«, ruft der *Grantel* dazwischen, als würde er nicht wollen, dass Mechthild weiterspricht.

Prompt wechselt sie das Thema. »Ja, er ist ein alter Narr. Doch immerhin trug er mir zu, dass deine Ohren vermögen, uns zu hören.«

Ronan hat Klara jetzt zu fassen bekommen und zieht sie auf die Seite, während sie sich lachend gegen seinen Griff wehrt. Das nimmt Metze zum Anlass, mir zu erklären: »Ronan spricht nicht mehr. Schon vor seinem Tode bekam man nur das Nötigste aus ihm heraus. Seit dem Vorfall ist seine Stimme verstummt. Doch fürchte ihn nicht, er ist ein herzensguter Kerl.«

Daran zweifele ich gar nicht. Seine Augen sind gütig, mit einem Ausdruck, der in mir das Bedürfnis weckt, ihn in den Arm zu nehmen und zu trösten.

In diesem Moment weicht Klara mit einem Schlag das Lachen aus dem Gesicht. »Du sagtest, du suchst ein Katzentier«, haucht sie, als wäre ihr etwas Wichtiges eingefallen, und deutet auf ein fehlendes Bodenbrett ein Stück weiter vorn. »Vorhin kam eines hier vorbei. Ich sah es, wie es kletterte in dies' Loch.«

Meine Kehle wird staubtrocken. »Wo führt das hin?«, frage ich mit einer grauenhaften Befürchtung.

Metze holt erschrocken Luft. »Klara, Kind, warum sagtest du nicht bereits früher ein Wort?«

»Die Katze war einst überall, doch nun verschlug sie's in den Stall. Siebzehn«, beantwortet Axel meine Frage.

Und mir wird schrecklich heiß.

Kapitel 10

Ich beeile mich so sehr, dass ich mehrfach mit einem Fuß durch Bodenbretter breche und zusätzlich fast die Treppe runterschlage. Zum Glück passiert das nicht. Stattdessen krache ich in der Eingangshalle mit Lory zusammen.

Sie schreit auf.

»Was machst du hier?«, frage ich automatisch, obwohl die Situation Antwort genug ist. Meine Cousine steht vor der Wand, mit einer Handylampe bewaffnet, genau wie ich. Sie trägt einen Fleece-Mantel und Pantoffeln. Bei meinem Auftauchen reißt sie das Licht vom freigelegten Spruch.

»Ich? Was ist mit *dir*?«, kontert sie. Der Lichtschein, der mir jetzt direkt ins Gesicht strahlt, zittert.

Ich kneife die Augen zusammen. »Du guckst dir den Spruch an?«

»Und?« Sie klingt ertappt. Doch das ist nicht der passende Moment, um das Warum in Erfahrung zu bringen. Ich sollte auf den Punkt kommen.

»Ich muss in den Stall, sofort. Du hast gesagt, er sei abgeschlossen. Wer hat den Schlüssel?«

»Was willst du da?«, fragt sie mit schriller Stimme.

»Mein Kater ist dort! Ich muss ihn befreien, bevor …« Ja, bevor *was?* Ihn das Monster frisst?

Ich muss an die panischen Stimmen der Geister denken, nachdem Klara erwähnt hat, wohin Capkin verschwunden ist. Anschließend haben sie sich, einer nach dem anderen, in Luft aufgelöst. Zuletzt Metze, die mir mit bedauerndem Gesichtsausdruck erklärt hat, dass sie mir nicht helfen können, weil sie – ich kann es jetzt schon nicht mehr hören – Teil des Fluches sind. Bedauernswert. Mit ein paar schrägen, aber harmlosen Geistern an der Seite wäre es weniger unheimlich, nachts durch das Schloss zu streifen. Weil offenbar sogar Geister Pferd und Reiter fürchten, bin ich alles andere als zuversichtlich, dass meinem Kater im Stall nichts geschehen wird.

»Bitte!«, flehe ich. »Wenn du mir helfen kannst, in den Stall zu gelangen, tu es!«

Lory starrt mich an. Blinzelt. Hält ihr Handylicht nun seitlich auf den Boden gerichtet wie ich, sodass wir uns gegenseitig nur als graue Erscheinungen sehen. »Wie kommt eure Katze in den Stall?«

»Er ist aus meinem Zimmer abgehauen und im Gang in ein Loch gekrochen, das zum Stall führt«, erkläre ich ungeduldig.

»Bist du dir sicher?«

»Ja doch!« Immerhin hat es mir ein Geistermädchen verraten. Aber das erwähne ich lieber nicht, sonst kann ich ihre Hilfe vermutlich gleich vergessen.

»Ellie, was geht hier vor?«, haucht sie kleinlaut.

»Ich weiß es nicht«, erwidere ich ehrlich.

Für ein paar Sekunden sehen wir uns in die aufgerissenen Augen, die im Handylicht unheimlich glänzen. Schließlich atmet Lory tief ein. »Wir treffen uns bei den Mülltonnen. Ich besorge den Schlüssel.«

Erleichtert stoße ich die Luft aus, die ich unbemerkt angehalten hatte. »Danke!«

Aufgewühlte Herbstluft kriecht mir unter den Pullover und spiegelt mein inneres Befinden. Wind murmelt in den zerschlagenen Fenstern und Ritzen des Schlosses. Eine Haarsträhne kitzelt auf meiner Stirn.

Ich fühle mich wie vor einer Prüfung, für die ich nicht gelernt habe. Aufgeregt, mit Übelkeit, die mir den Magen abschnürt. Noch nicht direkt panisch, weil aktuell nichts Schlimmes passiert, und doch in angespannter Furcht vor dem Ungewissen. Nur dass mir hier mehr droht als eine schlechte Note.

Fröstelnd schiebe ich mein Handy in die Tasche, die Hände hinterher. Ich stehe zwischen zwei Müllcontainern, sichtgeschützt zwischen einer schwarzen und einer blauen Tonne, die so groß sind wie ich, und warte auf meine Cousine. Meine Gedanken rasen. Warum bin ich nicht einfach schreiend ins Schlafzimmer meiner Eltern geplatzt? Was hat Lory um diese Uhrzeit vor dem Spruch zu suchen gehabt? Warum fürchten sogar die Geister Pferd und Reiter? Wird meine Cousine mir wirklich den Schlüssel bringen? Geht es Capkin gut? Und warum hat man die Container so weit weg vom Haupteingang gestellt? Genau genommen stehen sie – und damit auch ich – auf halbem Weg zum Stall vor den Arkadenbögen des Nebentraktes, in dem sich mein Zimmer befindet.

Generell umspannen die etwa drei Meter hohen Bögen den gesamten Innenhof wie eine düstere Rüschenverzierung. Irgendwo links von mir befindet sich die Einfahrt, die früher von einem großen Tor verschlossen war. Darauf deuten zumindest die rostigen Angeln hin, die ich mir eingeprägt habe, weil mich ihr trostloses Aussehen bei unserer Ankunft an meinen emotionalen Zustand erinnert hat.

Jede Minute dehnt sich ins Endlose und ich frage mich, was Lory so lange treibt. Gleichzeitig lausche ich auf Geräusche und starre in die Nacht, bis mir die Augen schmerzen.

Okay, mal ganz nüchtern betrachtet: Alle bisherigen Unglücksfälle haben sich laut Zeitungsartikeln im Zusammenhang mit der mysteriösen Kammer im Stall ereignet. Ich möchte aber nicht in die Kammer, weil mein Kater sich nicht dort befinden kann, schließlich ist sie ja zugemauert. Was soll mir also passieren?

Leider spricht mein rasender Puls eine andere Sprache als mein Verstand. Um mich abzulenken, will ich die Klappe des Papiercontainers schließen, die offen steht – vermutlich durch den Wind aufgeweht.

Meine Finger berühren das kalte Plastik. Das dunkle Innere des Hausmülls steigt mir unangenehm in die Nase. Eine Mischung aus abgestorbenem Fuß und Buttersäure.

In diesem Moment lässt mich ein Geräusch zusammenfahren, als würden irgendwo im Innenhof Soldaten die Hacken zusammenknallen.

Mit angehaltenem Atem sehe ich mich um.

Vor mir liegt, finster und herbstlich, der kahle Innenhof. Die Haupteingangstür ist angelehnt, ein Lichtschein fällt von innen auf die Treppenstufen davor. Vermutlich die Ursache des Geräusches. Dafür spricht, dass das Licht wieder brennt.

Im Innenhof gibt es zwei Lampen mit Bewegungsmeldern. Eine über dem Haupteingang, die soeben wieder angegangen ist. Die zweite befindet sich über den Mülltonnen sowie einem rostigen Baucontainer für Schutt, der heute Morgen geliefert wurde, bis jetzt jedoch leer ist.

Der Boden im Umkreis von mehreren Metern ist hell erleuchtet, solange ich mich bewege. Alles außerhalb liegt in tiefer Schwärze, unsichtbar für meine Augen. Den verwilderten kleinen Garten in der Mitte erkenne ich nicht mehr, auch nicht den gemauerten Brunnen daneben.

Weil das Licht von oben fällt, werfen die Container kaum Schatten. Beunruhigend, weil ich mich so nicht mal unsichtbar machen kann, falls …

Ich schüttele den Kopf, um irrationale Gedanken zu vertreiben. Eine Weile herrscht Windstille, und weil ich mich nicht rühre, erlöschen einige Sekunden später beide Lampen.

Finsternis legt sich wie eine friedliche Decke auf meine Augen. Wieder versuche ich, meinen Atem zu beruhigen, der in weißen Wolken aufsteigt, und das Schloss zum ersten Mal bei Nacht zu betrachten.

In drei Zimmern im Haupttrakt brennt Licht. Die Erwachsenen sehen bestimmt fern, zumindest deutet das Flackern in einem der Fenster darauf hin. Max liegt wahrscheinlich schon im Bett.

Am Himmel sind keine Sterne sichtbar und die nächtliche Ruhe ist vollkommen. Für einen kurzen Moment empfinde ich fast so etwas wie Frieden mit dem Schloss und meiner neuen Heimat. Immerhin kann ich hier vermutlich zwanzig Kilometer in eine beliebige Richtung wandern, ohne einer Menschenseele zu begegnen. In Kiel undenkbar. Morgen werde ich die Umgebung erkunden, falls sich das Wetter hält und Mum keine neue Aufgabe für mich hat. Die Geologie dieser Gegend soll ziemlich interessant sein. Mal sehen, ob ich meiner Steinsammlung ein paar thüringische Exemplare hinzufügen kann.

Der Gedanke lässt mich lächeln, jedoch nur für einen Augenblick. Dann gefriert meine Miene, als wäre die Welt sowie alles an und in mir erstarrt.

Es liegt nicht an den Temperaturen.

Es liegt daran, dass ich nicht mehr allein bin.

Dort, vielleicht fünf Meter von mir entfernt, steht meine schlimmste Befürchtung. Steht einfach da und starrt mich an.

Pferd und Reiter. Reglos, abgesehen von einer Art Dampf, die vom Körper des Pferdes aufsteigt, als hätte es gerade warm geduscht.

Ich möchte schreien, doch meine Stimme ist fort. Möchte rennen, doch meine Beine sind taub.

Nichts an meinem Körper reagiert. So stehe ich einfach da, erstarrt, den Rücken gegen einen der Müllcontainer gepresst. Kann nichts tun, außer beobachten.

Zum ersten Mal sehe ich das Ding aus der Nähe. *Ding*, weil es eigentlich kaum etwas mit einem echten Pferd gemeinsam hat.

Wie ich schon von Weitem gesehen habe, besitzt es kein Fell. Seine Haut glänzt dunkel, beinahe fischig, als käme es frisch aus dem Wasser. Außerdem erkenne ich etwas wie ein … Pulsieren. Als würde ich den Adern seines Körpers bei ihrer Arbeit zusehen. Oder seinen Muskeln und Sehnen. Auf seiner Stirn trägt es ein graues Abzeichen.

Mein Magen dreht eine Pirouette. Die Augen scheinen nur aus schwarzen Pupillen zu bestehen und fixieren mich ohne zu blinzeln.

Sein Reiter hat das Gesicht ebenfalls in meine Richtung gedreht, jedoch mit geschlossenen Augen. Dessen Haut wirkt ziemlich grau. Tatsächlich geht seine Hüfte fließend ins Pferd über, wie beim letzten Mal.

Nach wie vor bin ich nicht in der Lage, mich zu rühren. Das Pferd macht einen Schritt auf mich zu, seine Hufe erzeugen ein knirschendes Geräusch auf dem Sandboden. Als es das Maul öffnet, steigt Nebel in die Luft. Außerdem rieche ich etwas, das mich an Schlick erinnert. Die modrige Mischung aus Algen, Fisch und Unrat, die im Kieler Hafen angespült wird.

In dieser Sekunde quietscht die Haupteingangstür. Mein Kopf schießt herum, wodurch über mir ein Klicken ertönt und die Lampe aufflammt. Für ein paar Wimpernschläge bin ich geblendet, erkenne nur Weiß.

Das Pferd befindet sich außerhalb des Lichtkegels. Unsichtbar für meine Augen.

»Ellie?«, ruft Lory.

Das Pferd gibt ein kehliges Rasseln von sich.

Immer noch kann ich nicht sehen, was es tut. Meine Cousine, die jetzt auf die steinerne Treppe tritt, mit Sicherheit ebenfalls nicht.

Ein Adrenalinstoß flutet meine Gliedmaßen. »Bleib, wo du bist!«, verlange ich.

Wieder knirscht Sand. Außerhalb des Lichtkegels, unsichtbar.

Lory tut, was ich sage. Sie muss die Panik in meiner Stimme gehört haben, ihr Blick schießt aufgewühlt zwischen mir und der Dunkelheit umher. »Was?«

»Komm nicht näher, dort ist etwas.«

Sie erwidert nichts. Und so stehen wir da, im Lichtschein, der uns Sicherheit geben sollte, doch genau das Gegenteil bewirkt. Weil er eine Sichtbarriere zwischen dem Monster und uns schafft. Weil es uns im Unklaren darüber lässt, was es tut oder wo exakt es sich befindet.

Mein Atem brennt in meiner Kehle. Sekunden verstreichen.

Endlich geht das Licht wieder aus.

Das Monster ist verschwunden.

Kapitel 11

Lory hat mich allein gelassen. Genau wie die Geister.

Atemlos und zitternd vor Angst stehe ich am doppelflügeligen Holztor zum Stall, breit und hoch genug, dass Kutschen, Pferde oder selbst ein Elefant hindurchpassen würden.

Der Schlüssel in meiner Hand ist groß und schwer. Meine Cousine hat ihn mir in die Hand gedrückt und ist panisch zurück ins Haupthaus gerannt. Ob sie Pferd und Reiter gesehen hat, bezweifele ich. Aus ihrer Perspektive dürfte das Wesen genauso unsichtbar gewesen sein, wie aus meiner.

»Keine Ahnung, was hier für ein kranker Mist abgeht, aber ich kann dir nicht helfen«, waren ihre Worte, bevor sie auf dem Absatz kehrtgemacht hat.

Nicht dass ich auch nur ansatzweise so etwas wie Mut spüre. Im Gegenteil. Mir ist nach Heulen zumute. Am liebsten wäre ich Lory gefolgt. Warum ausgerechnet der Stall?

Doch es geht um meinen Kater.

»Hab dich nicht so wegen diesem Vieh«, dröhnen mir Finns Worte im Ohr. Über vier Jahre ist es jetzt her. Damals habe ich mehrere Schläge kassiert. Dennoch: Was bei mir als blauer Fleck endete, hätte Capkin das Leben kosten können. Ich habe ihn gerettet. Und das würde ich jederzeit noch mal tun, Monster hin oder her.

Immer wieder werfe ich nervöse Blicke über die Schulter und hüpfe auf der Stelle, um das Licht aktiviert zu halten. Wenigstens hier draußen. Im Stall wird mich völlige Finsternis erwarten.

Der geschwungene Eisengriff des Tores ist perfekt auf meine Körpergröße abgestimmt. Zufällig entspreche ich mit meinen ein Meter siebenundsechzig exakt der Durchschnittsgröße des Barocks. Trotzdem benötige ich beide Hände und einiges an Kraftanstrengung, um ihn zu drücken, nachdem ich den Schlüssel im Schloss gedreht habe.

Das Tor ächzt, als hätte es einen Hexenschuss, während ich mich mit der Schulter dagegen stemme und gleichzeitig mein Handy aus der Tasche ziehe.

Hoffentlich hört mich niemand. So erleichtert ich einerseits über Begleitung wäre, so sehr fürchte ich Dads Moralpredigt über Unvernunft, wenn er hiervon erfährt.

Unwillkürlich halte ich die Luft an und betrete den Stall. Die Gefahr hängt förmlich in der Luft. Und auch wenn ich meinen Kater für wendig genug halte, einem Pferd zu entkommen, weiß ich doch nicht, wie gefährlich die Lage ist. Seit ich mit Geistern geredet habe, drohen mich die Legenden, zu erdrücken. Weil ich mittlerweile an gar nichts mehr zweifele.

Aus einem weiteren Grund fällt mir das Atmen plötzlich schwer. Die Luft riecht modrig und alt, die schwebenden Pilzsporen darin lassen sich förmlich auf der Zunge schmecken.

Ich aktiviere meine Handylampe.

Vor mir tut sich ein langer Gang zwischen gemauerten Boxen auf, die mit zufrieden kauenden Pferden darin früher deutlich freundlicher gewirkt haben dürften. Das Mauerwerk, ehemals weiß, starrt vor Dreck, Flecken und schmierigem Moos.

Dem ersten Anschein nach bin ich allein.

Verbissen um Ruhe bemüht, ziehe ich das Tor hinter mir zu. Das Monster stand eben noch im Innenhof, es sollte also nicht hier sein. Kann es durch Wände gehen wie die Geister? Ich habe keine Ahnung.

Unwillig schiebe ich mich Schritt für Schritt vorwärts.

Die verwahrlosten Pferdeboxen umfassen je etwa drei bis vier Meter. Jede ist an drei Seiten von besagtem gammeligem Mauerwerk umschlossen, von der Höhe her gerade so hoch, dass ich hineinspähen kann. Früher gab es vermutlich Eisenstangen an der offenen Seite, die verhindert haben, dass die Pferde in den Gang liefen. Zumindest deuten die Löcher in der obersten Steinreihe darauf hin. Lediglich in den kleinen Fenstern an der Stirnseite jeder Box befinden sich noch Gitter. Die Scheiben – sofern es je welche gegeben hat – fehlen.

Einzelne Boxen in unregelmäßigen Abständen besitzen Türen, die offenbar später eingesetzt wurden. Die Angeln sind rostig, doch das Holz wirkt gut erhalten. Irgendwann hatte man begonnen, den Stall zu restaurieren. Warum die Renovierungen nie abgeschlossen wurden, weiß ich ja.

Langsam schreite ich durch den Gang, flüstere vor jeder Box Capkins Namen und leuchte sie mit meinem Handy aus. Der Boden unter meinen Füßen ist grau gepflastert und mit alten Strohresten bedeckt – ich will gar nicht wissen, *wie* alt. Aus der Zeit des Grafen können sie unmöglich stammen. Hatte man später noch mal Pferde hier untergebracht? Vielleicht.

Mit jedem Schritt rast mein Herz schneller. Das hier ist so was von lebensmüde!

Während mich dieser Gedanke von innen zerfrisst, passiere ich sieben Boxen. Meine Sohlen klingen dumpf auf dem gepflasterten Untergrund, außerdem rutsche ich leicht auf dem Stroh. Da der Stall T-förmig angelegt ist, erreiche ich zügig die Kreuzung.

Noch weiß ich nicht, wo genau sich die mysteriöse Kammer befindet. Okay, sie ist zugemauert. Auf den ersten Blick werde ich sie nicht erkennen.

Ohne ersichtlichen Grund schießen meine Nackenhaare in die Senkrechte, als ich in den Quergang spähe. Mit einem Schlag spüre ich … ja, was eigentlich? Eine Art Bedrohung? Anders kann ich es nicht beschreiben. Dabei liegt auch dieser Teil des Stalles einsam und in grauer Stille vor mir.

Ein kalter Hauch streift meine Seite und ich schrecke heftig zusammen. Ein Geist? Atemlos lasse ich meine Handylampe kreisen, doch erkenne nichts.

»Zeig dich«, fordere ich, einerseits froh, nicht mehr allein zu sein. Andererseits ist es nicht besonders toll, eine unsichtbare Präsenz neben sich zu wissen. Ist es der verrückte Axel? Oder gar der Graf? Letzteres fände ich nicht ganz so beruhigend.

Ich erhalte keine Antwort.

Bevor ich mir weitere Gedanken darüber machen kann, höre ich ein ängstliches Miauen. Es kommt aus dem linken Teil des Querganges, ein Stück entfernt.

»Cap«, rufe ich sanft und setze einen Fuß in die entsprechende Richtung.

Langsam hebe ich das Handy, bis der zitternde Schein die Wand am Ende des Ganges trifft. Beziehungsweise die Pferdebox ohne Tür, die sich dort befindet.

Wieder miaut Capkin. Verzweifelt schwenke ich mein Handy.

Vielleicht hockt er in einer der Ecken, die mein Licht nicht erreicht. Was ich jedoch sehe: ein großes Loch in der Decke, durch das ein zerbrochener Balken in den Stall herabhängt. Vermutlich ist mein Kater auf diesem Weg hierhergelangt.

Meter für Meter schiebe ich mich auf die hinterste Box zu. Erst in der Öffnung halte ich inne, leuchte die Ecken aus und kann mich vor Erleichterung kaum auf den Beinen halten. »Cap!«

Tatsächlich! Da sitzt er, zusammengekauert, verunsichert, aber dem Anschein nach unverletzt. Empört starrt er ins Licht, was eine unheimliche Spiegelung in seinen Augen verursacht.

»Komm, ich hole dich …« Bevor ich mich bücken kann, erstarre ich. Schaffe es nicht mal, den Satz zu beenden. Weil mir in diesem Moment etwas ins Auge fällt.

Die hintere Wand der Box weist eine Besonderheit auf. Einige Steine stehen deutlich in Form eines Türbogens hervor. Steine, die offensichtlich später eingesetzt wurden, um einen Eingang zuzumauern. Welchen, darüber muss ich nicht nachdenken.

Ach, du Sch…

Die Temperatur meines gesamten Körpers scheint mit einem Schlag unter null zu sinken.

Der Eingang zur Kammer. Die Kammer, von der keiner weiß, was sich darin verbirgt.

Weil alle beim Versuch, sie zu öffnen, verunglückt sind.

Mit einem mehr als mulmigen Drücken im Bauch betrachte ich die Wand. Auf Augenhöhe befindet sich ein Wappen, das im siebzehnten Jahrhundert vermutlich noch bunt geleuchtet hat. Jetzt kann man nur mit viel Fantasie ein Bild erkennen. Abgesehen von ein paar fingernagelgroßen Flecken ist die Farbe völlig abgeblättert. Vielleicht war der Hintergrund einst weinrot, vielleicht braun. Die Oberkante des Wappens ist gerade, die Unterseite halbkreisförmig. Das Motiv in der Mitte zeigt ... Ja, gute Frage. Ich halte das Handy schräger, denn je dichter ich es vor die Wand halte, desto heller die Reflexion und desto schwerer fällt es mir, etwas zu erkennen.

Könnte ein Ziegenbock sein, der auf den Hinterhufen steht, oder ein Pony. Auf jeden Fall ein Tier, das den Rücken durchstreckt. Direkt darunter befindet sich das Abbild zweier gekreuzter Gegenstände, eventuell Schwerter. Rundherum winden sich Ranken. Definitiv handelt es sich nicht um das Schlosswappen. Keine Ahnung, wie ich es einordnen soll.

In meiner Kehle schwillt ein deutlicher Kloß.

»Wage es bloß nicht!«, fährt mich eine Stimme an.

Mit einem Schrei wirbele ich herum. Sehe niemanden. Mein Kater in der Ecke faucht leise.

Kälte. Frostige Luft um mich herum. Die Präsenz von vorhin. Es ist der Graf, er muss es sein.

Denn es war seine Stimme.

»Verschwinde hier, wenn dir dein Leben etwas wert ist!«, zischt er.

Nach wie vor sehe ich ihn nicht. Dafür erkenne ich jetzt den dunklen Pferdekörper am Ende des Ganges. Das Ungetüm starrt mich an.

Die Welt gefriert.

Ich möchte um Hilfe rufen, wegrennen, bis nach Kiel am besten. Irgendwas Hektisches, Unvernünftiges unternehmen. Tatsächlich tue ich nichts davon. Ich verharre still und wie erstarrt.

Das Wesen schnaubt gurgelnd, als würde sein Kopf unter Wasser stecken. Außerdem steigt wieder dieser Dampf von seinem Rücken auf.

Metze hat behauptet, es sei nicht der Graf. Warum habe ich dann gerade seine Stimme gehört?

Mein Arm fühlt sich an, als hätte ich sämtliche Muskeln verloren, dennoch zwinge ich mich, das Handy ein Stück höher zu halten.

Die Pferdeaugen starren ohne Blinzeln zu mir. Sein unheimlicher Reiter wirkt beinahe leblos. Beide Arme hängen herab, der Kopf zur Seite gekippt.

»Die Kammer interessiert mich nicht«, presse ich hervor. »Lass mich nur meine Katze mitnehmen, dann verschwinde ich.« Gezielt fixiere ich den Reiter, versuche angestrengt, sein Gesicht trotz der eingeschränkten Lichtverhältnisse mit dem Grafenporträt in meinem Zimmer abzugleichen. Nutzlos. Er besitzt nicht mal Haare. Und seine rot geränderten Augen wirken nicht weniger unheimlich als jene des Pferdes. Zumindest ist er menschlich, was natürlich keine Garantie dafür gibt, dass ich mich vernünftig mit ihm über die Weltwirtschaft unterhalten kann.

»Verstehst du mich? Balthasar von Düsterstein?«

Keine Reaktion.

Ausdruckslos hängt der Reiter auf dem Pferderücken. Als wäre er bloß das Anhängsel eines Monsters mit dem Willen des Pferdes. Schaurige Vorstellung. Doch was ist an diesem Ding nicht schaurig?

Moment mal. Wille eines Pferdes?

Weil meine Eltern es sich nicht leisten konnten, bin ich nie regelmäßig geritten, so wie Lory. Vor ein paar Jahren habe ich mit Dani in einem Reitstall ausgeholfen. Unsere Arbeit bestand meistens aus Misten, hin und wieder durften wir die Zuchtstuten putzen oder Reitunterricht nehmen. Darum kenne ich zumindest ein paar Grundlagen im Umgang mit Pferden.

Nur was soll ich damit anfangen? Das Vieh satteln und nach draußen führen? Was schon am Sattel scheitert. Und generell.

Trotzdem sind Tiere nicht böse. Ihr Verhalten hat immer einen Grund. Auch wenn ich jetzt ziemlich nach Mum klinge, aber: Irgendetwas möchte es, und wenn man ihm hilft, lässt es sich möglicherweise besänftigen. Wenn dieses Ding das Ergebnis des Fluches ist, dürfte der Gegenfluch nicht nur den Geistern helfen, sondern auch ihm.

Das Pferd beobachtet mich mit zuckenden Ohren, als würde es Insekten vertreiben. Seine Hufe trippeln nervös klackernd auf dem Pflaster.

Dann kommt es näher.

Panik. Ich stehe in einer Sackgasse. Der einzige Fluchtweg führt nach vorne, direkt am Monster vorbei.

Mein Blick huscht in die Ecke, leider kann ich nicht erkennen, ob Capkin noch dort sitzt. Seit Auftauchen des Pferdes ist er verstummt und ich halte den Lichtschein lieber nach vorne gerichtet, um zu sehen, was das Pferd tut.

Seine Bewegungen wirken lauernd, doch ruhig. Uns trennen höchstens zwei Meter und ich kann seinen fauligen Geruch wahrnehmen. Hier, wo die Luft ohnehin stickig und feucht in meiner Nase drückt, raubt es mir förmlich den Atem.

Es stoppt so dicht vor mir, dass ich es streicheln könnte – wenn ich das wollte. Natürlich will ich nicht!

Dampf steigt aus seinen großen Nüstern. Der ekelerregende Geruch wird stärker. Im Internet kursieren Videos, in denen Menschen Gammelfisch probieren und sich hinterher übergeben. Ich denke, ich habe jetzt eine ungefähre Vorstellung davon, wie dieser Fisch riecht.

»Ganz ruhig«, plappere ich, weil Reden mich ein wenig entspannt. »Was willst du?«

Das Tier richtet seine Ohren nach vorn. Angespannt sehe ich ein weiteres Mal zum Reiter, der jetzt einen seiner überlangen Arme hebt und mit dem Zeigefinger auf mich deutet. Ein sehniger grauer Finger.

Dann öffnet er den Mund und gibt ein knarzendes »Aaaargh-Aaahh« von sich.

Ein Ton, der mir ein Schaudern über den Rücken jagt, weil er kaum menschlich klingt. Eher, als würde er versuchen, mit verätzten Stimmbändern zu sprechen.

»Was meinst du?«

Das vor mir ist nicht der Graf, ganz sicher nicht.

»Aaaargh-Aaahh.«

»I-ich … ka-kann dich nicht verstehen, was …«

»Arghahhaaah!« Je öfters er es wiederholt, desto ungeduldiger wird er. Die Pferdeohren flattern vor und zurück, während es seine zerfetzte Mähne schüttelt.

Die Situation kippt so plötzlich, dass ich nicht mal in der Lage bin, nach hinten zu springen.

Mit einem panischen Satz rast mein Kater von seiner Ecke auf den zugemauerten Kammereingang zu. Das Monster reagiert blitzschnell und geht auf ihn los.

Bloß ich bin im Weg.

Der massige Körper stößt mich zur Seite. Ich spüre den pulsierenden Pferdekörper, höre sein rasselndes Schnauben.

Ein Gedanke beherrscht meinen Kopf: Das Ding ist kein Geist. Es kann mich verletzen.

Dann herrscht ein einziges Chaos. Hufe wirbeln. Ein aufgerissenes Pferdemaul, das nach meinem Kater schnappt. Capkin kreischt. Fell fliegt. Etwas Warmes tropft auf meine Hand. Mein Handy wird mir entrissen. In dem Moment, als es aufs Pflaster trifft, erlischt die Lampe.

Finsternis.

Gurgelndes Schnauben. Gestank. Völlig blind strauchele ich rückwärts. Die Boxenwand an meinem Rücken. Gestein, das in meine Wirbelsäule drückt. Ein schweres Gewicht presst mich dagegen. Stechender Schmerz in meinem Oberschenkel.

Der Pferdekörper löst sich von mir. Mit den Händen kralle ich mich gegen die Wand, Fingernägel scharren über Stein.

Wieder jault Capkin herzzerreißend.

»Aaaahhh-Gaaaah!«, schreit der Reiter.

Völlig gelähmt warte ich auf das Unvermeidliche.

Gerade als ich die Augen zusammenkneife und mir sicher bin, dass ich sterben werde, höre ich seine Stimme wieder.

Balthasar.

»Höllentier!«, ruft er von irgendwoher. »*Ich* bin es, nach dem du trachtest! Komm und hole mich!«

Unmittelbar vor mir bewegt sich etwas, der große Körper entfernt sich. Plötzlich kann ich mein Handy auf dem Boden erkennen, weil das Lämpchen leuchtet, das eine eingehende Nachricht oder irgendeine Systemmeldung mitteilt.

Am ganzen Körper zitternd, bücke ich mich danach und tippe auf dem Display herum, bis das Licht wieder angeht.

Ich bin allein in der Box. An meiner Hand klebt dunkle Flüssigkeit, ebenso an meiner Hose. Mein Kater ist verschwunden. Das Pferd steht im Gang, den Schweif mir zugewandt. Davor eine weiße Gestalt. Ich erkenne ihn sofort von dem Wandbild in meinem Zimmer wieder.

Er und der Reiter sind tatsächlich nicht dieselbe Person.

Im Licht leuchtet der neblige Körper des Grafen von Düsterstein.

Kapitel 12

Eigentlich ist es logisch, dass er nicht nur aus Ölfarbe besteht, sondern einen Geisterkörper besitzt wie die anderen. Nur hat er sich laut Metze noch nie in dieser Gestalt gezeigt.

Demnach bin nach mehr als vierhundert Jahren die Erste, die ihn sieht. Den ominösen, grausamen Grafen. Einstiger Herrscher über diese Mauern. Und ich habe null Plan, was ich von ihm und den Gerüchten über ihn halten soll.

Obwohl seine schmale Gestalt vor der furchteinflößenden Erscheinung des Monsterpferdes beinahe verschwindet, spüre ich die Autorität seiner Person als heftiges Prickeln am ganzen Körper. Nicht aus Angst. Es ist vielmehr dieses ergreifende Gefühl, wenn man etwas Beeindruckendes sieht. Dabei kann ich gar nicht viel von ihm erkennen. Mehr als einen sehr kurzen Blick in sein Gesicht erhasche ich nicht, bevor sich sechshundert Kilo Pferd vor ihn schieben. Trotzdem umgibt ihn eine Art Aura. Macht. Einfluss. Befehlsgewalt.

Ich lasse Luft aus meiner Lunge weichen, sobald ich merke, dass ich sie angehalten habe.

»Deichprinz, der du Leopolds Seele in dir vereinst«, spricht Balthasar das Pferd an. Leopold? Sein Onkel? Und was ist ein Deichprinz? Das Tier? »Worauf wartest du? Greife mich an!«

Er befiehlt es völlig angstfrei. Etwas Irdisches kann ihm in seiner Geisterform nichts anhaben. Doch gilt das auch für diese Bestie? Die Furcht der anderen Geister scheint er zumindest nicht zu teilen.

Während das Monster – Deichprinz ist ein viel zu edler Name für diese Horrorgestalt – auf den Grafen fixiert ist, wendet sich der Kopf des Reiters noch einmal in meine Richtung. Dabei dreht er den Nacken unnatürlich stark nach hinten, beinahe um hundertachtzig Grad. Mein Magen vollführt in etwa die gleiche Drehung, als ich es sehe.

Schließlich entscheidet sich das Monster für Balthasar und stürzt nach vorne. Hufe klappern über Pflaster. Erzürntes Schnauben wird von den Wänden der umliegenden Boxen reflektiert.

Gebannt verfolge ich, wie der Graf das Monster in eine der anderen Boxen lockt. Es ist rasend, gibt knurrende Laute von sich.

»Nimm dein Katzentier und mache dich von dannen!«, schreit Balthasar.

Endlich erwache ich aus meiner Starre. Das *Katzentier* ist in eine der benachbarten Boxen geflohen. Automatisch setzen sich meine Beine in Bewegung. Wenige Augenblicke später hebe ich Capkin vom Boden auf. Flüssigkeit verklebt seine Flanke. Er ist verletzt, doch darüber kann ich mir jetzt keine Gedanken machen. Seine Panik ignorierend, wegen der er mir seine Krallen in Pullover und Arme rammt, fliehe ich aus dem Stall.

Wo ich mich zum unzähligen Mal an diesem Tag zu Tode erschrecke.

»Ellie!«, ruft Mum aufgebracht, als ich mit ihr kollidiere. Sie trägt ein Nachthemd – eine altmodische Version mit Rüschen, in der ich mir auch Mechthild super vorstellen könnte. »Da bist du ja! Lory hat uns geholt, weil ...«

Hinter ihr erscheint Dad. Die Zornesröte auf seinen Wangen erkenne ich trotz der schlechten Lichtverhältnisse. »Was hast du im Stall zu suchen?« Im doppelten Handylicht, weil Mum ebenfalls ihres hält und unsere Lichtstrahlen sich überkreuzen, wirft sein Schnurrbart einen geradezu lächerlich riesigen Schatten auf den Innenhof. Als trüge er den Aufsatz eines Kehrbesens im Gesicht. Eines vor Zorn bebenden Besens.

»Ich äh ... Capkin, er ...« Entschuldigend hebe ich meinen zappelnden Kater vor mich. »Wir müssen hier weg!« Ich drücke ihn Mum in die Arme und mache mich daran, das Stalltor abzuschließen – nicht wissend, ob irdische Hürden etwas nützen. Der Lärm des tobenden Pferdes ist verstummt. Haben meine Eltern überhaupt was gehört?

»Ich glaube es einfach nicht!«, blafft Dad wütend. »Woher hast du den Stallschlüssel?«

»Weg von hier!«, dränge ich erneut und mache ein paar Schritte in Richtung Haupthaus. Mum folgt mir, was zum Teil sicher an Capkin liegt, der sich nach Leibeskräften wehrt.

»Könntest du mir bitte erklären, was du hier zu suchen hattest?«, fordert Dad erneut.

»Cappy retten. Alles Weitere erzähle ich euch drinnen!«, rufe ich über meine Schulter.

Er folgt uns widerwillig.

»Hast du einen Geist gesehen?«, will Mum wissen. Es klingt nicht nach einem Scherz.

»Auch«, erwidere ich ehrlich.

Dad stöhnt. »Könntet ihr euch bitte mal wie Erwachsene benehmen?«

Ganz und gar nicht erwachsen schießen mir Tränen in die Augen. Weil der Adrenalinschub abzuebben beginnt. Weil ich doch nur meinen Kater retten wollte. Weil ich gerade eine lebensgefährliche Begegnung hatte. Weil Dad mir nicht mal Zeit gibt, irgendwas zu erklären.

»Mir reicht's mit diesem Geistergefasel«, beschließt er grimmig, als wir den Haupteingang erreichen und ich im Schein der Lampe sehe, dass Capkins rechtes Hinterbein schlaff hinunterhängt. Dort, wo sein Fell von Blut verklebt ist. Die Flüssigkeit, die auch meine Kleidung und Hände verschmiert. Das Pferd hat ihn gebissen. »Morgen rufe ich die Tiefbaufirma an, die sollen diese alberne Kammer öffnen!«

»Was? Nein! Auf keinen Fall!«, flehe ich.

»O doch! Vielleicht beruhigt ihr euch dann endlich alle«, brummt Dad.

»Erik?« Mum hat Capkins Zustand ebenfalls bemerkt. »Wenn du jemanden anrufen willst, ruf den tierärztlichen Notdienst«, befiehlt sie für ihre Verhältnisse ungewöhnlich scharf.

Und mir bleibt nur übrig, die Kiefer aufeinanderzupressen und gegen die Tränen anzukämpfen.

Kapitel 13

Wann öffnen wir die Kammer, Papa?«, fragt Max am nächsten Morgen begeistert, als wir gemeinsam in der Küche einen Brunch zu uns nehmen. So hat es Thea zumindest genannt. Genau genommen ist es ein Topf Hühnerfrikassee und wir essen ihn deswegen, weil Onkel Henry vergessen hat, Brötchen zu holen, denn Dad hat heute eine Mittelschicht an der Talsperre und er wollte vorher was Ordentliches essen und, vermutlich der Hauptgrund, Oma war gestern Abend langweilig und irgendjemand muss die Unmengen an Reis und Hühnchen essen, die sie gekocht hat.

Meinen Teller habe ich bisher nicht angerührt. Mir ist schlecht. Wegen der Antwort, die Dad meinem Bruder gleich geben wird. Ich kenne sie bereits, denn ich habe das Telefonat mit der Tiefbaufirma belauscht.

»Übermorgen«, erwidert mein Vater und taucht seinen Löffel so gelassen in das Frikassee auf seinem Teller, als hätte er nicht soeben unser aller Todesurteil ausgesprochen. Dass es das ist, wenn wir wagen, die Kammer zu öffnen, daran besteht für mich seit letzter Nacht kein Zweifel mehr. Mein Kater hat keine Kralle an die Wand mit der zugemauerten Kammer gesetzt, und trotzdem hat das Monstervieh ihm den Hinterlauf zerbissen. *Zerbissen*, ja. Der Knochen ist gebrochen. Mum war nachts mit ihm beim Bereitschaftstierarzt. Jetzt liegt er mit eingegipstem Hinterlauf in meinem Zimmer. Meinen Oberschenkel ziert ein gewaltiger Bluterguss. Ich fühle mich schrecklich, nicht besser auf Capkin aufgepasst zu haben. Noch viel schlechter fühle ich mich, weil ich dadurch die Ereigniskette in Gang gesetzt habe, die uns alle das Leben kosten wird. Deichprinz und Leopold, wie der Graf sie genannt hat, werden uns töten, so wie alle vorherigen Schlossbesitzer, die es gewagt haben, die Kammer anzurühren.

Ich muss etwas sagen, muss Argumente finden, die gegen eine Öffnung sprechen, doch es gibt schlichtweg keine außer dieses eine, das Dad mir nicht glaubt. Eine Stunde lang habe ich ihn angefleht, den Termin wieder abzusagen, leider lässt er sich nicht beirren.

»Übermorgen?« Jetzt wird sogar Lory hellhörig, die sich gerade eine Tasse Cappuccino aus der silbernen De'Longhi-Maschine zieht. Ein bisschen wirkt sie dabei selbst wie ein Monster mit diesem riesigen pinken Handtuch, das um ihre frisch gewaschenen Haare gewickelt ist. »Wozu?«

»Damit endlich Ruhe ist«, gibt Dad zurück.

Ich ziehe den Kopf ein und wünsche mir, ich wäre eine Schildkröte. Dann könnte ich mich komplett in meinem Panzer verkriechen und nie wieder herauskommen.

»Aber die Todesfälle …«, haucht Lory. Ihre Gesichtsfarbe ist verdächtig blass und es interessiert sie nicht mal, dass ein Zipfel ihres Handtuchs in ihrer Stirn hängt und ganz bestimmt die Sicht behindert. Ich habe nicht gepetzt, dass sie mir den Stallschlüssel besorgt hat. Dass sie meine Eltern alarmiert hat, nehme ich ihr nicht krumm. Sie hat sich nicht getraut, mir zu folgen, und stattdessen Hilfe geholt. So hat es zumindest Mum erzählt, und auch wenn es mich sehr überrascht, habe ich aktuell keine Kraft, es anzuzweifeln.

»Jetzt fang du bitte nicht auch damit an. Das Schloss ist eine riesige, uralte Baustelle. Dass hier unvorsichtige Arbeiter ums Leben gekommen sind, hat nichts mit irgendwelchen Monstern zu tun.« Dad kneift sich in die Nasenwurzel und seufzt sein typisches Seufzen, das ich im Zusammenhang mit Max und mir längst kenne. Weil er sich manchmal für den bemitleidenswertesten Mann im ganzen Universum hält, so tollpatschig und kindisch, wie wir uns in seinen Augen verhalten.

Dad war ja nie der tiefenentspannteste Mensch, aber aktuell scheint er am Rande seiner Nervenkapazitäten zu stehen. Mum, die gute Seele, nimmt ihn wie immer in Schutz. Es sei der Umzug. Das und sein neuer Job. Dort muss er wahnsinnig viel Neues lernen mit sehr viel Verantwortung. Er überwacht die gesamte Technik der

Schleuse. Würde er einen Fehler machen, könnte er im schlechtesten Fall das Dorf Düsterstein überfluten.

»Kann man das nicht … Also, irgendwie anders …« Lory bricht ab und sieht Hilfe suchend zu mir. Zu mir! Was ist los mit ihr? Wo ist die herablassende Lory hin, die keine Gelegenheit verpasst, sich über mich lustig zu machen? Ich muss sie unbedingt fragen, was sie nachts am Spruch zu suchen hatte. Doch nicht hier.

Schweigend nippe ich an meinem Kräutertee, während sie sich schwungvoll auf die Eckbank neben mich fallen lässt. Auf ihrem Teller befindet sich ein winziges Häufchen Reis mit Soße, weil sie uns vor zehn Minuten verkündet hat, dass sie jetzt Vegetarierin ist. Seit gestern oder so.

»Ihr mit eurem Geisterhumbug«, tadelt Opa, der seinen Löffel auf ein Sudoku gelegt hat, während er den Stift in das Frikassee taucht.

»Ich will dabei sein!«, bettelt Max. »Darf ich zugucken, wenn die Bauarbeiter kommen, bitte, bitte!«

»Nein!« Obwohl Dad mit Sicherheit das Gleiche geantwortet hätte, kommt das Wort aus meinem Mund.

»Warum nicht? Finn kann mitkommen, oder, Papa?«

»Öhm«, ist Finns geistreiche Meinung dazu. Vermutlich hat er nicht mal mitbekommen, um was es geht. Er lümmelt in einem Marken-Kapuzenpullover auf dem Stuhl mir gegenüber und scrollt auf seinem Handy herum. Obwohl er schon die dritte Tasse Kaffee hat, wirkt er teilnahmslos und träge.

»Was war jetzt mit der Katze? Ist die am Leben?«, will er dann wissen, ohne aufzublicken. »Ist wie Schrödingers Katze.« Er lacht so sinnlos über seinen geschmacklosen Scherz, wie nur er es kann.

Hinter mir liegt eine schlaflose Nacht. Nach den Erlebnissen im Stall habe ich stundenlang auf Mums Heimkehr vom Tierarzt gewartet. Zeit, die ich damit verbracht habe, das Wandbild oder irgendeinen der anderen Geister zum Reden zu kriegen. Ohne Ergebnis. Weder weiß ich, wie die Auseinandersetzung zwischen Balthasar und dem Pferd ausgegangen ist, noch haben sich Metze, Axel oder die anderen ein weiteres Mal blicken lassen. Dementsprechend übermüdet und gereizt fühle ich mich.

»Ja, die Katze lebt«, zische ich und tauche meinen Löffel in die warme Pampe auf meinem Teller.

»Na, dann hat sich’s ja wenigstens gelohnt«, gibt er zurück.

»Finn!«, tadelt Lory. »Jetzt sei nicht so mies!«

Verwundert sehe ich auf.

»Was denn? Mitten in der Nacht wegen ’ner Katze in den Stall einbrechen, ist schon ziemlich hirnlos.« Schulterzuckend nippt er an seinem Kaffee, als wäre ich nicht anwesend.

»Etwas drastisch formuliert, aber die Meinung des Jungen ist nicht von der Hand zu weisen«, stimmt Onkel Henry zu.

Aua.

Krampfhaft starre ich die Reiskörner auf meinem Löffel an. Wie immer hat Oma sie viel zu lange kochen lassen, weshalb sie genauso matschig aussehen, wie ich mich fühle.

»Katzen finden immer nach Hause«, erklärt Opa. »1955, als mein Vater noch in der Metallindustrie gearbeitet hat, hatten wir einen schwarzen Kater, der ist mal …«

»Egon, wir kennen die Geschichte.« Oma stöhnt.

Opa wirft ihr einen verwunderten Blick zu. »Ja, aber man muss sich das vorstellen. Keiner hat bemerkt, dass er in den Lkw geklettert ist. Bis nach Düsseldorf ist er mitgefahren! Und dann …«

»Wir wissen es!« Omas Stimme klingt schärfer.

»Drei Monate später stand er wieder vor unserer Tür! Den ganzen Weg musste er …«

»Egon!«

»Charlotte!«

Lory zieht eine Augenbraue hoch. »Wenn ich ein Haustier hätte, würde ich es auch suchen gehen.«

Wieder muss ich ungläubig blinzeln. Lory nimmt mich in Schutz?

»Du bist genauso unnormal«, meint Finn. Thea, ihre eigene Mutter, mischt sich nicht ein. Tut sie generell nie. Streit unter Geschwistern sei normal, sagt sie immer. Die müssen das unter sich ausmachen.

»Wo bitte bin ich unnormal?« Lory klingt jetzt richtig giftig.

»Boah, Lo, chill!« Finn schnaubt.

»Chill selber!«, faucht meine Cousine und Oma zischt: »Nicht solche Ausdrücke vor dem Kleinen!«

Ich nehme einen großen Schluck Tee.

Bevor Max Oma erklären kann, dass *chillen* kein schlimmes Wort ist, taucht hinter Finn ein Geist auf. Einfach aus dem Nichts. Axel. Auf einem Bein stehend und winkend. »Welch Schande sieht mein Blick doch da, schlürft der Jüngling Kaffee gar! Verwehrt blieb er mei'm lebend Ich, erst Jahre später hatt's die Bohn' köstlich. Zweiundzwanzig.«

Und ich spucke meinen Tee vor Schreck direkt in Finns Gesicht.

»Ey, echt jetzt?«, brüllt dieser und springt von seinem Stuhl auf. »Du dämliche Kuh!«

»Da … da ist …«, stammele ich und starre zum Kühlschrank, vor dem Axel fröhlich auf der Stelle hüpft. Arthrose hat man als Geist also schon mal nicht. Wieder summt er eine Melodie, die ich vage AC/DC zuordne.

»Schätzchen, hast du dich verschluckt?«, fragt Thea mitleidig, während sie Finn die Küchenrolle reicht.

»Das Menschlein bekam 'ne Tee-Husche, ist immer noch die beste Tusche«, reimt Axel gut gelaunt vor sich hin.

Und keiner hört ihn. Niemand dreht sich um, nicht mal Mum mit ihrem sechsten Sinn. Lory mustert mich von der Seite und hat keinen Schimmer, womit der Kühlschrank meinen vorwurfsvollen Blick verdient hat.

»Trinken will halt gelernt sein. Danke, ey«, flucht Finn.

»Es ist doch nur ein Aufguss aus Kräutern«, beschwichtigt Onkel Henry, als käme Finn gerade aus einem Spa-Bereich.

»Und Spucke! Jetzt kann ich noch mal duschen.«

»Es tut mir leid, was willst du hören?«, brumme ich, während Hitze in meine Wangen kriecht. Allerdings nicht aus Scham. Ich habe keine Lust mehr, mich so herablassend von Finn behandeln zu lassen.

»Das Männchen ist so bleich vor Schrecken, hat's etwa 'nen Geist entdecken? Neunundachtzig.« Axel kichert.

»Entdeckt«, korrigiere ich automatisch. Am liebsten möchte ich den Geist auf der Stelle ausquetschen. Warum sie mich letzte Nacht im Stich gelassen haben. Wohin Monster und Graf verschwunden sind. Ob seine Zahnlücken der mangelnden Hygiene von früher zuzuschreiben sind.

»Was entdeckt?«, fragt mein Cousin.

Ich sehe ihm direkt in die Augen. »Ich rede mit Geistern.«

»Oh, wirklich?«, ruft Max aufgeregt.

»Mag sein. Doch wär der Reim hinüber und mein Leben etwas trüber«, dichtet der bekloppte Geist auf meinen Einwurf hin.

»Dein Leben ist schon lange hinüber«, murmele ich.

»Wie … Geist?« Lory sieht sich ängstlich um.

»Kannst sie nicht bekehren, auch nichts lehren. Siebenunddreißig.« Axel streckt einen Arm aus – mitten durch den Kühlschrank.

»Ja, dort steht er und hält eine Hand in die Butter. Sein Name ist Axel.« Gerade ist mir egal, was die anderen denken, vor allem Finn.

»Das kann nicht wahr sein.« Mein Vater stöhnt, während alle zum Kühlschrank starren.

Schimpfend verlässt Finn den Raum. Als er dabei mitten durch Axel läuft, hält er kurz inne, blickt sich um, geht dann jedoch weiter. Das kalte Schaudern – er muss es gespürt haben.

»Mich deucht, dass er nun schmollt, so wie er sich gerade trollt«, höhnt Axel.

»O Ellie, tatsächlich? Du kommunizierst mit Geistern?« Mum strahlt. Vielleicht hofft sie, dass ich mich endlich auf ihre Seite der Weltanschauung schlage. Dass es mehr gibt, als unser Verstand erfassen kann, habe ich mittlerweile akzeptiert. Dennoch bezweifele ich, dass ich das Monster mit Klangschalen vertreiben kann. Oder dass Weihwasser heilsam für Axels Verstand ist.

»Mein Spiritual-Lehrer hat immer gesagt, dass ich eine Affinität für das Aurenspüren besitze«, fährt Mum fort. »Bestimmt hast du das von mir geerbt.«

Lory glotzt sie ungläubig an. Dabei hat Mum tatsächlich einen Spiritual-Lehrer, bei dem sie in Kiel zweimal pro Woche Kurse besucht hat. Ob *Spirituelle Kinesiologie* ihr allerdings helfen kann, Axel zu sehen, ist fraglich.

»Auren? Mel, das ist ja wunderbar!«, ruft Tante Thea verzückt und lächelt so strahlend, dass man meinen könnte, ihr Mann wäre Zahnarzt. Dabei glaube ich nicht, dass sie auch nur ansatzweise weiß, was eine Aura ist.

Mum nickt begeistert. »Ja! Jahrelang dachte ich, etwas stimmt nicht mit mir, wenn ich in der Nähe mancher Menschen ein schlechtes Gefühl hatte, ohne sie zu kennen. Ein sechster Sinn erklärt vieles!«

Auch, dass ihr ein kleines Stück Hähnchen im Haar klebt? Das tut es nämlich. Selbst Axel glotzt fassungslos zu ihr herüber.

»Das Schloss wimmelt vor Präsenzen!« Euphorisch erhebt sie sich von der Eckbank und schließt die Augen. »Ellie hat recht, dort vorne sind sie besonders intensiv.«

»Am Kühlschrank?«, meint Dad entgeistert. »Die Schwingungen spüre sogar ich, weil das Ding die Energieversorgung einer ganzen Stadt sicherstellen könnte. Nichts für ungut, Thea. Es ist ein wunderbares Gerät.«

»O ja, finde ich auch.« Meine Tante lächelt.

»Unsinn, Mel! Ihr habt sie allesamt nicht beieinander«, grummelt Opa.

Mum geht nicht auf ihn ein. »Zufällig habe ich eine Liste gemacht.« Unter meinem fassungslosen Blick kehrt sie zum Tisch zurück und platziert einen Block vor sich, den sie mit Sicherheit die ganze Zeit über auf dem Schoß liegen hatte, um ihn im passenden Moment zu präsentieren.

»Was hast du vor?«, fragt Dad skeptisch.

»Eine Geisteraustreibung. Oder wenigstens eine Kontaktaufnahme. Einfach experimentell.«

Experimentell. Als würde sie einen Bunsenbrenner gegen die Stallwand werfen wollen.

»Was wir brauchen, sind Weihwasser und Räucherstäbchen«, ergänzt sie voller Überzeugung. »Leider sind die Eso-Läden in Thüringen nicht besonders dicht gesät. Der nächste ist vierzig Kilometer entfernt.«

»Weihwasser? Ist das nicht voll das Klischee?«, wirft Finn ein, der in diesem Moment inklusive neuem Pulli zurück in die Küche kommt. Ein weiteres Mal läuft er mitten durch Axel hindurch, der daraufhin ein empörtes »Ungeziemt' Verhalten! Kein Respekt mehr vor den Alten!« ausstößt.

Wieder hält mein Cousin inne und sieht sich um. »Irgendwie zieht es hier, ich glaube, die Fenster sind undicht.«

»Das ist die Präsenz«, erkläre ich grinsend.

»Du bist so sinnlos, echt!« Er verdreht die Augen.

»Siehe dir dies Elend an, das klein' Gemüt fängt's Streiten an!«, reimt Axel.

»Böse Geister suchen nicht ohne Grund ein Gebäude heim«, doziert Mum, als würde sich die Hälfte der Anwesenden nicht gerade verbal an die Gurgel gehen. »Manchmal hängen sie an lebenden Personen, was ich hier ausschließen kann. Manchmal sind es negative Schwingungen der neuen Bewohner, eine ungünstige Bauweise des Gebäudes, viel Ungeziefer oder etwas anderes. Obwohl, Ungeziefer ist eher selten eine Ursache. Meist ist es andersherum. Wo sich Geister aufhalten, findet man vermehrt Kakerlaken und Ratten.«

Oh, toll. Bedeutet das, wenn ich das Grafenporträt aus meinem Fenster werfe, verschwinden die Spinnen aus meinem Gang?

»Das müsste dann ja auf den Stall zutreffen«, meint Oma todernst. »Dort wurde das Monster am häufigsten gesichtet.«

»Pferdetier, ohne Manier«, wirft Axel ein und betrachtet sehnsüchtig die Kaffeemaschine, als überlegte er, sich einen Latte macchiato zu ziehen.

»Laut Dr. Bolzer kann ein Geist dunkle Auren verursachen, die bis zu vier Zentimeter dick werden können«, führt meine Mutter aus. Ich sehe zu Oma, die nach jedem zweiten Wort bekräftigend nickt, und dann weiter zu Dad, der sich seit Minuten kopfschüttelnd in den eigenen Nasenrücken kneift.

»Trotzdem ist Weihwasser übelstes Klischee«, wiederholt Finn und lässt sich zurück auf seinen Stuhl fallen. »Klingt nach Weihnachten.«

»Weihrauch ist Weihnachten, Weihwasser das mit dem Exorzisten«, korrigiere ich.

»Klugscheißer«, knurrt Finn.

»Wenn schon, Klugscheißerin«, sagt Lory und springt mir abermals zur Seite. Ich werfe ihr einen Blick zu, den sie lächelnd erwidert. Was passiert hier gerade?

Mein Cousin scheint sich das ebenfalls zu fragen. »Was geht mit dir, Bitch?«

Uff. Bei diesem Ausdruck fällt mir alles aus dem Gesicht.

Selbst Thea holt zischend Luft.

»Pitsch? Was soll das sein? Hatt' das Schrapnell dort zu viel Wein?«, reimt Axel und ich muss kurz auflachen.

Dummerweise bezieht Lory es auf das Gespräch. »Du findest das lustig? Echt jetzt?«

»Nein, nein, das war, ich … äh, der Geist hat … gerade was Lustiges gesagt.« Zerknirscht deute ich zu Axel, wohl wissend, dass sie mir das nicht abkaufen wird.

»Willst du mich verarschen?« Da ist er wieder. Ihr vertraut abfälliger Blick. Nur dass ich seit letzter Nacht noch eine andere Seite an ihr kenne. Ein winziges Band zwischen uns, das ich nicht sofort zerstören möchte.

»Ich wünschte, es wäre so«, erwidere ich ehrlich.

»Ist das Weibsbild deine Base? Beileid zu dieser Ekelblase. Siebenundsiebzig.« Der Rockergeist bekreuzigt sich und beginnt, sich im Kreis zu drehen.

Diesmal verkneife ich mir das Schmunzeln rechtzeitig. Allerdings muss ich ein paar Wörter nachschlagen, sobald ich die Gelegenheit dazu habe. *Base* bedeutet meines Wissens Cousine. Bei *Schrapnell* bin ich mir nicht sicher. Mit Sicherheit etwas Gemeines.

»Jetzt reicht es!« Mein Vater erhebt die Stimme. »Hört auf mit dem Gezanke! Ihr seid fast erwachsen, Herrgott!« Er deutet auf Finn, Lory und mich.

»Hä? Aber ich habe gar nicht …« Meine Cousine will protestieren, doch Dad hat sich schon an meinen Bruder gewandt.

»Maxim, du wirst unseren Wohnbereich nicht verlassen, wenn die Kammer geöffnet wird, hast du verstanden?«

»Das ist unfair!« Mein Bruder zieht einen Flunsch.

»Mel, entweder bekehrt ihr eure Geister bis übermorgen oder ein Vorschlaghammer wird das tun.«

Mir wird so kalt, als hätte *ich* Tee abbekommen, der meine Kleidung tränkt und langsam abkühlt.

»Aber …«, beginnt Mum empört, verstummt dann jedoch. Normalerweise lässt sie sich von Dad keine Vorschriften machen. Aktuell flößt er offenbar sogar ihr Respekt ein.

»Und lasst dieses ständige Aber!«, brummt mein Vater.

Was ist nur los mit ihm?

Selbst Thea und Henry sind unter seiner aufbrausenden Rede ganz still geworden und wagen es nicht mal, ihn darauf hinzuweisen, dass er unter anderem mit ihren Kindern schimpft, für die er gar keine Verantwortung trägt.

Mein Blick wandert zu Axel, der aufgehört hat, zu hüpfen. Was in ihm vorgeht, kann ich nicht deuten. Vielleicht macht ihm der Gedanke an die Kammeröffnung ebenfalls Sorgen, vielleicht denkt er bloß über seinen nächsten Reim nach. Schließlich zuckt er mit den Schultern. »Hört drauf, was der Vater spricht. Geister existieren nicht.«

Mit diesen Worten löst er sich in Luft auf.

Kapitel 14

Rede mit mir, sofort!«, blaffe ich Wandbild-Balthasar zum x-ten Mal an diesem Nachmittag an. »Sieh, was dieses Vieh angerichtet hat!« Ich deute zu meinem Bett, auf dem mich Capkin missmutig beobachtet. Um seinen Hals trägt er einen Kragen aus Plastik, damit er nicht am Gipsverband kauen kann. In erster Linie sorgt das Ding allerdings dafür, dass er im Minutentakt gegen Wände stößt.

Der Graf sieht aus wie immer – griesgrämig und blass.

Ich bin sauer. Weil uns die Zeit davonläuft. In nicht einmal achtundvierzig Stunden wird die Kammer geöffnet, und ich stehe weiterhin noch am Anfang. Der reimende Geist hat sich nach dem Frühstück nicht mehr blicken lassen, ebenso wenig die anderen Geister. Die mir, davon abgesehen, ohnehin keine Hilfe sind, weil sie ja über nichts reden können, was mit dem Fluch zu tun hat. Bleibt also nur Balthasar. Ob für ihn dasselbe gilt wie für die anderen, weiß ich nicht. Jedenfalls ist er aktuell meine einzige Hoffnung. Leider hält er es nicht für nötig, zu reden.

»Ich weiß, dass du mich hören kannst!«, behaupte ich. »Du musst mir helfen! Mein Vater wird die Kammer öffnen lassen! Wir befinden uns alle in großer Gefahr!«

Keine Ahnung, ob das den Grafen überhaupt interessiert. Die restlichen Geister möchten erlöst werden, doch was ist mit ihm?

Was mich zusätzlich wütend macht: dass Dad mich nicht ernst nimmt. Ja, er hört sich seit Jahren Mums spirituelle Geschichten an. Dass er alles anzweifelt, kann ich verstehen, schließlich ging es mir bisher nicht anders. Aber gerade deswegen müsste er eigentlich wissen, dass ich mir so etwas nicht aus den Fingern sauge. Ob ihm aufgefallen ist, dass ich zu einer jungen Frau herangewachsen bin, die nächstes Jahr volljährig wird? Die schon immer ruhiger war als die meisten Gleichaltrigen, weil ich nie auf Partys gegangen bin, nicht mal weiß, wie es sich anfühlt, besoffen zu sein, und sogar noch Jungfrau bin? Okay, das Letzte weiß er natürlich nicht. Aber solche Lügen würde ich mir nicht ausdenken.

Ich werde es Dad beweisen müssen. Und dafür brauche ich Hilfe.

Meine Augen brennen unter den heißen Tränen, die mir drohen, über die Wangen zu rinnen. So blinzelfrei wie möglich starre ich geradeaus, um es zu unterdrücken, während ich mich auf einen von drei Kartons setze, die auf meinem Fußboden verteilt stehen. Sie alle sind gefüllt mit Steinen, jeder einzelne liebevoll eingewickelt in Luftpolsterfolie und Zeitungspapier. Meine Mineraliensammlung, die Onkel Henry mir hochgetragen hat. Ein Stück Vertrautheit. Ich werde Stunden brauchen, um sie auszupacken. Doch so sehr ich mir wünsche, sie aufgereiht in einem Regal an der Wand zu sehen, so sehr fehlt mir aktuell die Kraft dazu.

»Glaub mir, Balthasar, ich kann sehr, sehr hartnäckig sein!«, drohe ich. »Antworte jetzt!«

»Solange du nicht vermagst, eine Anrede zu verwenden, die sich für dich geziemt, behalte ich mir das Recht vor, meinen Mund zu versiegeln«, kommt in diesem Moment eine Antwort.

Augenblicklich springe ich auf die Beine. Er ist es! Unsichtbar, doch zweifelsfrei die Stimme des Grafen.

»Wie soll ich dich denn anreden?«, frage ich mit klopfendem Herzen ans Wandbild gerichtet, weil es sonst niemanden gibt, den ich ansehen kann.

Er seufzt schwer. »Gesellschaftliche Konventionen scheinen dir nicht geläufig zu sein.«

»Fängst du schon wieder damit an? Dir ist aufgefallen, dass ich in einer anderen Zeit lebe? Ich bin lebendig. Du hängst tot an meiner Wand rum. Die sogenannten gesellschaftlichen Konventionen haben sich über die Jahre verändert. Also klär mich bitte auf.«

»Mir deucht, dass loses Mundwerk in jedweder Zeit unerwünscht ist. Danke mir lieber, dass du noch unter den Lebenden weilst.« Er klingt ungerührt.

Ich atme tief durch und versuche, mich etwas zu beruhigen. »Es tut mir leid«, entschuldige ich mich ehrlich. »Ich bin etwas aufgewühlt. Übermorgen wird mein Vater die Kammer öffnen lassen, und ich weiß nicht, wie ich ihn davon abhalten soll. Wenn das passiert, wird das Pferdemonster meine Familie töten, richtig?«

»Wahrscheinlich.«

Ich trete näher an das Bild. »Du musst mir helfen. Und mir Fragen beantworten.«

»Du scheinst unbelehrbar. Befehle führe ich nicht aus, schon gar nicht die deinen.«

Für mehrere Sekunden stehe ich einfach nur da und starre ihn fassungslos an. »Lieber Herr Graf von und zu Düsterstein, würden Euer Durchlaucht mir bitte erklären, wie ich mich Eurer Meinung nach zu verhalten habe, damit Ihr Euch herablasst, ordentlich mit mir zu reden?«, frage ich zynisch und krame jede überholte Höflichkeitsfloskel hervor, die mir auf die Schnelle einfällt.

»Schon besser.«

»Echt jetzt? Durchlaucht?«

»Durchlaucht, Erlaucht, was dir beliebt. In jedem Falle benötigt es ein *Euch*. Und um Herrgottswillen keinen Vornamen!«

»Wenn es *Euch* glücklich macht, lasse ich das Du weg. Aber: Durchlaucht? Ihr hängt als Bild an meiner Wand. Und seid nicht mal sehr viel älter als ich. Wann habt Ihr Selbstmord begangen? Mit Anfang zwanzig?« Mir wird bewusst, wie skurril und auch pietätlos es ist, danach zu fragen, darum beiße ich mir auf die Lippe.

Entsprechend bitter klingt seine Antwort. »Ich zählte zweiundzwanzig Sommer, als ich entschied, dies' triste Dasein zu beenden.«

»Dann seid Ihr fünf Jahre älter als ich.«

»Alter ist nicht von Bedeutung. Allein der Geist zeigt, welch' Stadium ein jeder hat erreicht.«

Ein paar Wimpernschläge lang kann ich ihn wieder nur anstarren. *Der Geist?* Klar weiß ich, was er meint, aber dieser Wortwitz ist zu offensichtlich.

»Es ist auch nicht sehr erwachsen, Leute zu Tode zu erschrecken.« Grimmig starre ich in seine leblosen Gemäldeaugen, die mich stahlgrau und kühl betrachten.

Zunächst befürchte ich, keine Antwort mehr zu bekommen. Nach vielen Sekunden folgt sie schließlich. »Was du siehst, ist nur ein Abbild.«

»Das ist mir klar. Auf die Art kann ich wenigstens so tun, als würde ich Euch ansehen. Wo seid Ihr denn tatsächlich?« Automatisch blicke ich mich um, doch da ist nur der schlafende Capkin auf meinem Bett.

»Ungebunden an irdisch' Fesseln steht es mir frei, zu sein, wo immer ich möchte«, entgegnet er unbestimmt.

»Aber du zeigst dich niemandem, richtig? Nicht mal den anderen Geistern. Warum dann mir? Warum bist du gestern im Stall aufgetaucht?«

Er zögert immer ein wenig, bevor er etwas erwidert, als müsste er sich seine Worte gut überlegen, vor allem, weil ich schon wieder ins Du rutsche. Vielleicht hat er das Reden auch in den letzten Jahrhunderten verlernt. »Von meinen verbliebenen Untertanen halte ich mich fern. Lebende sollten mich so oder so weder sehen noch hören können.«

»Außer mir.«

»Bei dir läuft dem Anschein nach einiges verkehrt.«

Ich ziehe einen Flunsch. »Ein Geist erklärte mir, dass ich ihn nicht verstehen dürfte. Und ich verstehe es. Das ist paradox. Aber danke, dass du mich gestern vor dem Monster gerettet hast.« Es soll unser Gespräch in nettere Bahnen lenken, irgendwie erreiche ich leider das Gegenteil.

»Ich tat es nicht aus freiem Willen«, knurrt er, geht diesmal wenigstens nicht auf fehlende Höflichkeitsfloskeln ein.

»Sondern?«

Wieder langes Schweigen. Als würde er mit sich selbst kämpfen. Schließlich entscheidet er sich für eine unerwartete Antwort. »Weil auch ich deine Hilfe benötige.«

Seine Stimme lokalisiert sich plötzlich hinter mir. Die ganze Zeit über habe ich das Porträt angestarrt, jetzt fahre ich herum.

Und sehe den Geist neben meinem Bett, gräulich-trüb wie der heutige Himmel vor dem Fenster. Balthasar von Düsterstein, zweifellos. Obwohl mir seine Gestalt im Stall nur kurz erschienen war, erkenne ich sein blasiertes Gesicht vom Porträt wieder.

Ich zucke zusammen. Sein bloßer Anblick jagt mir Gänsehaut über den Rücken. Weil er aussieht, wie er eben aussieht. Und ich ihn zum ersten Mal in voller Pracht mustern kann.

Seine Arme hat er hinterm Rücken verschränkt, die Beine hüftbreit auseinander gestellt. Standhaft, einnehmend, wie der Herrscher, der er ist. Also … war. Die Ähnlichkeit mit seinem gemalten Ich ist faszinierend. Dachte ich zunächst, sein übernächtigter Eindruck stammte bloß vom Alter der Leinwand, so kann ich jetzt eindeutig sagen: Nein. Der Graf sah und sieht wirklich so aus. Balthasar von Düsterstein ist blass. Extrem blass, selbst für einen Geist. Woran liegt das? Ich meine, immerhin ist er nur eine Nebelschwade. Doch das ist es nicht.

Seine Wangen- und Schläfenknochen stehen deutlich hervor. Die Schultern hängen, obwohl er bei seinem Tod definitiv noch kein Opfer von Büroarbeit gewesen sein konnte. Hauptschuld an der verstörenden Blässe tragen eindeutig seine Augen. Beziehungsweise die gesamte Partie um sie herum. Dunkle Ringe ziehen sich bis über die Wangen. In seinem Fall so schwarz, dass man von Weitem denken könnte, er besäße bloß leere Augenhöhlen. Wären da nicht seine stahlgrauen Iriden, die in unheimlich krassem Gegensatz zu den Schatten in seinem Gesicht leuchten.

Genau dieser helle LED-Blick zieht mich so in seinen schaurigen Bann, dass es mir erst viele Sekunden später gelingt, mich auf seine restliche Erscheinung zu konzentrieren. Vor allem auf seine Klamotten. Mir ist durchaus bewusst, dass es sich um die typische Barockkleidung Adliger handelt. Trotzdem sieht er damit aus, als wäre er einer Faschingsveranstaltung entsprungen.

Kurz gesagt wirkt er wie einer der Drei Musketiere. Abgesehen vom fehlenden Federhut. Der würde ihm allerdings deutlich besser stehen als diese alberne, gelockte Richterperücke. Ohne die dürfte er in etwa meine Größe haben, mit dem Ding überragt er mich um einige Zentimeter. Wenigstens sorgt sie dafür, dass sich meine Gänsehaut legt. Auch sein restlicher Kleidungsstil ist alles andere als respekteinflößend.

Balthasar trägt eine helle Manteljacke mit riesigen Knöpfen, die ihm bis zum Hinterteil reicht. Weil sie vorne offen steht, erkenne ich darunter eine reich verzierte Weste mit eingearbeiteten Blumenranken. Untenrum trägt er ein Beinkleid, das knapp unterm Knie zusammengebunden ist und in den gigantischsten weißen Strümpfen endet, die ich je gesehen habe. Wie eine Steigerungsform von Tennissocken in Sandalen. Sehr viel anders sehen die schwarzen Lackschuhe, in denen seine Füße stecken, nicht aus. Sogar mit Absatz.

Ach herrje. Also, ich bin ja der Meinung, dass jeder das tragen soll, was ihm gefällt. Über den Modegeschmack der damaligen Zeit lässt sich trotzdem streiten. Alles in allem ist er eine Kreuzung aus lustig und Panikattacke, weil schaurig.

»Ja, senke deinen Blick vor dem letzten Grafen von Henneberg«, höhnt er, was prompt dafür sorgt, dass ich den Kopf wieder hochreiße.

»Ich habe mir nur dein, äh … charmantes Schuhwerk angesehen.« Obwohl ich mir arg auf die Zunge beißen muss, erkennt Balthasar weder Lüge noch Kompliment.

»Euer Herr, Euer Durchlaucht, wie oft soll ich es wiederholen?«, grummelt er.

»Ach ja, sorry. Vergessen.« Ich seufze.

»Für deine Unverfrorenheit solltest du im Kerker schmoren.«

»Jetzt halt mal den Ball flach«, entgegne ich forsch, woraufhin er die Augen aufreißt. »Du bist seit fast vierhundert Jahren tot. Deine Grafschaft existiert schon lange nicht mehr. Du und diese an…« *Anderen Geister*, wollte ich sagen, dann fällt mir ein, dass er vielleicht noch missmutiger wird, wenn ich ihn mit seinen ehemaligen Bediensteten auf eine Stufe stelle. »Äh … Anschauliche Perücke auf deinem Kopf seid nicht mehr wert als meine Familie und ich. Wozu trägt man so was überhaupt? Damit siehst du aus wie Goethe. Und haben da nicht immer Flöhe und Mäuse drin gehaust, weil Hygiene zu eurer Zeit nicht so verbreitet war?«

Für einen Moment wirkt er wieder ziemlich beleidigt. Bei der Erwähnung des Dichters jedoch legt er den Kopf schief, was ihn jünger und weniger herrschsüchtig wirken lässt. Fast sympathisch. Die Mäuse und Flöhe ignoriert er, obwohl ich weiß, dass das stimmt. »Was soll ein Goethe sein?«

»Na, der Dichter. Johann Wolfgang von Goethe. Wart ihr Adligen nicht immer so bewandert in Kunst und Schriftstellerei?«

Bei ihm scheint nichts zu klingeln.

»Faust?«, ergänze ich. »Müssen wir in der Schule lesen. Oh, warte mal.« Angestrengt krame ich in meinem vergesslichen Gehirn nach einer Jahreszahl. »Ach herrje, du bist älter als Goethe! Der wurde erst 1749 geboren. Unglaublich! Ihr kennt keinen Kaffee, wisst nicht, wer Goethe ist. Gefühlt stammt ihr von einem anderen Planeten.«

»Mir ist und bleibt ein Rätsel, wovon du sprichst«, gibt er zurück.

»Mach dir nichts draus.« Ich winke ab und spüre Hitze in meinen Wangen. Auf mich wirkt er weder cholerisch noch grausam. »Lass uns zum Punkt kommen«, fahre ich nach einem Räuspern fort. »Ihr benötigt meine Hilfe, weil ich den Fluch brechen soll. So viel habe ich verstanden. Warum gerade ich? Weil euch sonst niemand sehen kann? Ist das nicht früher schon vorgekommen? Immerhin gibt es Zeitungsartikel über dieses Pferd-Reiter-Gespann.«

»Was verbirgst du unter deinem Obergewand?«, will er wissen, ohne auf meine Fragen einzugehen.

»Bitte was?« Instinktiv schlinge ich die Arme um meinen Oberkörper, als bestünde Gefahr, dass mir ein lüsterner Geist mein *Obergewand* – ein grünes Schlafshirt mit Runen, das Mum beim Waschen eingegangen ist und ihr deswegen nicht mehr passt – vom Leib reißt.

Das hat er offenbar nicht vor. »Am Band, das du um den Hals trägst.«

»Der Turmalin?« Erleichtert greife ich nach dem Lederband und ziehe es mitsamt Anhänger hervor, bis es sichtbar auf meinem Oberteil liegt.

»Das Amulett der Hexe.« Sein Satz ist ein einziger Hauch und er weicht zurück.

»Hexe? Welche Hexe?« Seine Unruhe überträgt sich auf mich und ich nestele fahrig an dem Anhänger herum.

»Dies dürfte die Erklärung sein.«

»Für was?«

»Schörle vermag es, Wahrnehmung und Aufmerksamkeit zu stärken«, sagt er nachdenklich. Der Graf verwendet den veralteten Namen für Turmalin, den ich nur dank meiner Leidenschaft für Mineralien kenne. *Schörle* stammt vom Ort Zschorlau im sächsischen Erzgebirge, weil das Gestein dort häufig vorkommt. »Man munkelt, er könne zu höheren Bewusstseinsebenen führen, was ich seit jeher einem Gerücht zuschrieb. Mir deucht jedoch, es könnt' die Wahrheit sein. Nun wird mir klar, wie das alte Weib so einiges bewirken konnte. Und wieso du es vermagst, uns zu sehen.«

»Weib? Du meinst die Hexe?«

Er geht nicht darauf ein. »Seit welchem Tage vermagst du mit uns Geistern Gespräche zu betreiben?«

»Seit, äh …« Mein erster Impuls ist es, *seit ich im Schloss bin* zu erwidern, dann wird mir bewusst, dass das nicht stimmt. »Seit ich den Anhänger trage. Ich habe ihn draußen bei der großen Eiche gefunden.« Meine Begeisterung weicht sehr schnell Zweifel. »Moment. Du willst mir nicht ernsthaft sagen, dass ich euch verstehe, weil ich den Turmalin trage?«

»So scheint es.«

Unbeabsichtigt entweicht mir ein kurzes, schnaubendes Lachen. »Im Ernst. Ich kenne mich mit Mineralien ziemlich gut aus und weiß, was man ihnen zuschreibt. Allerdings weiß ich auch, dass vieles davon bloß Aberglaube ist. Wobei, zu deiner Zeit war es normal, an Übersinnliches zu glauben.«

Beleidigt schüttelt er den Kopf, was, wie jede seiner Bewegungen, ziemlich steif wirkt. »Das mag auf die Proleten des niederen Volkes zutreffen. Ich selbst erlag selten närrischem Weibsgekäu.«

Ich ignoriere den diskriminierenden Ausdruck. »Jetzt auf einmal aber schon?«

»Denkst du, ich würde es für die Wahrheit halten, wenn ich es nicht mit eig'nem Auge sehen könnte?«

»Nehmen wir an, es stimmt. Dann könnte jeder, der die Kette trägt, euch Geister und das Pferd sehen?« Das enttäuscht mich ein bisschen. Mein Selbstbewusstsein hat sich gefreut, dass ich etwas Außergewöhnliches kann.

»Deichprinz ist für jedermanns Auge sichtbar«, erwidert Balthasar. »Für die Geister mag es zutreffen.« Er sagt es, als wäre er kein Teil davon.

»War Deichprinz dein Pferd?«

»Nein!«, widerspricht er energisch.

»Dann gehörte es Leopold? Deinem Onkel?«

Fast schon ängstlich sieht sich Balthasar im Raum um, als könnte uns außer dem dösenden Capkin jemand belauschen. Was nicht aus-

zuschließen ist, falls die anderen Geister durch die Wände streifen.
»Vor seinem Tode ja. Anschließend gehörte der Hengst seiner Frau, der Hexe. Jedoch schien er sich ihr nie zugehörig zu fühlen.«

»Leopold hatte eine Hexe zur Frau?«, frage ich fassungslos. Wobei wir auch hier wieder beim Aberglauben wären. Was ein Barockgraf als Hexe bezeichnet, könnte eine ganz normale Frau gewesen sein, die mit Wildkräutern Wunden geheilt hat.

»So war es.«

»Was ist passiert? Wie sind Pferd und Mensch zu diesem Monster verschmolzen?«

Balthasars Kiefer mahlen. Eindeutig ringt er mit sich selbst. Darf er mir auch nichts verraten? Oder steht ihm sein eigenes Ego im Weg?

»Mechthild meinte, dass sie nicht helfen können, weil sie Teil des Fluches sind. Was ist mit dir? Kannst du mir mehr darüber erzählen?« Ich formuliere meine Frage so lieb wie möglich, doch es hilft nicht.

Balthasar verengt die Augen und zischt: »Was wagt das Weibsbild, diese Gelegenheit mit ihrem kurzsichtigen Verstand zu gefährden? Welch' Dinge fielen noch aus ihrem vorlauten Mundwerk?«

»Hey!«, protestiere ich. »Rede nicht so abwertend über sie!«

»Ich rede über meine Untertanen, wie es mir beliebt!«

Okay. Kurzzeitig hatte ich tatsächlich Sympathie für ihn entwickelt. Leider zerschlägt er das hiermit wieder total.

»O nein! So kommen wir nicht weiter!«, widerspreche ich. »Sie hat mir nichts verraten, oder was glaubst du, warum ich mich mit dir abgebe? Außerdem ist sie schon lange nicht mehr deine Untertanin.«

Stille. Giftige Blicke schießen zwischen uns hin und her. Ein wenig bin ich selbst über meine deutlichen Worte überrascht. Mir ist klar, dass der Graf vermutlich sein Leben lang mit älteren Adligen diskutieren und sich behaupten musste. Er meint es vielleicht nicht mal böse. Trotzdem müssen wir dringend an seinem Tonfall arbeiten.

»Du bist auf mich angewiesen«, gibt er schließlich patzig zurück.

»Deswegen können wir wenigstens nett zueinander sein!« Es ist unverkennbar, dass er fassungslos über meine Dreistigkeit ist. Aber das ist mir egal, denn er benimmt sich genauso daneben. »Vielleicht würde es euch guttun, mal miteinander zu reden«, fahre ich fort. »Mechthild meint, dass keiner der anderen Geister seit vierhundert

Jahren was von dir gehört hat. Stellenweise wussten sie nicht mal, ob du überhaupt noch existierst.«

Wieder verfinstert sich seine Miene und mir wird langsam klar, dass diese Unterhaltung einem Spießrutenlauf gleicht. Da existieren so viele wunde Punkte, die ich nicht annähernd erahnen kann.

»So will ich es, und so soll es auch bleiben!«, kontert er verächtlich. »Es ist eine Schmach, hier mit dem niederen Fußvolke gefangen zu sein. Was soll ich mich mit der Dienerschaft abgeben?«

»Na ja, wenn man so lange tot ist wie du und hier sein Dasein fristen muss, ist ein bisschen Gesellschaft sicher nicht verkehrt. Ansprüche sollte man da nicht stellen. Mal abgesehen von verschiedenen Ständen – ich bin sicher, du würdest dich mit ihnen verstehen.«

Erwartungsgemäß stößt mein Vorschlag nicht auf Begeisterung. »Das Stroh in deinem Kopfe brennt ebenso klein wie jenes der anderen.«

»Danke.« Ich verdrehe die Augen. »Du Ekelpaket hältst dich für schrecklich intelligent.«

Wieder funkeln wir uns an. So abwertend er auch redet – irgendwie schaffe ich es nicht, ihn zu hassen. Da ist schließlich immer noch die Tatsache, dass er sich einst selbst umgebracht hat. Das widerspricht dem Eindruck, dass er so von sich überzeugt ist, wie er rüberkommt.

»Lass uns bitte nicht wie Kinder zanken, sondern uns aufs Wesentliche konzentrieren«, ergänze ich, um diesen Streit nicht aus dem Ruder laufen zu lassen. »Von den anderen Geistern habe ich nichts erfahren. Aber ohne Hinweise kann ich euch nicht helfen. Das Einzige, was Mechthild verraten hat, ist, dass du nicht für die Morde verantwortlich bist.«

Seine Wut verraucht, als er hört, dass das *närrische Weibsbild* ihn in Schutz genommen hat. Eine Entschuldigung kommt ihm trotzdem nicht über die Lippen. Ich nehme das so hin und fahre fort.

»Um den Fluch zu brechen, muss ich wissen, was ihn ausmacht. Was will das Monster?«

Balthasar betrachtet abwesend sein eigenes Porträt. »Mir ist es nicht gestattet, dir mehr als eine Winzigkeit an Hinweisen zu geben, da auch ich Teil des Fluches bin. Sicherlich kann ich dir berichten, was damals geschehen ist. Den Rest, bewahre uns Gott, muss dein Kleingeist eigenständig zusammenreimen.«

»Mein Kleingeist bekommt das sicher hin, mach dir da mal keine Sorgen.«

Er blickt mich wieder an. »Du fragst, was es will? Nun: mich.«

»Dich? Aber …« Eine Erinnerung an letzte Nacht flammt auf. *Ich bin es, nach dem du trachtest.* Das hat er zu dem Monster gesagt, um es von mir abzulenken. Nur: »Wieso?«

»Es ist mir nicht möglich, frei darüber zu reden«, erwidert er zerknirscht. »Zumindest nicht an diesem Ort.«

»In meinem Zimmer?«

»In den Mauern des Schlosses.«

Das verwirrt mich. »Und woanders?«

Er geht nicht auf meine Frage ein. Stattdessen setzt er sich in Bewegung, ganz langsam, Schritt für Schritt, auf mein Fenster zu. Dass seine Absatzschuhe dabei keinerlei Laut auf dem Parkett verursachen, ist skurril, skurriler sogar als die Nähe des gefürchteten Grafen, der eigentlich gar nicht so fürchterlich ist. Eher nervenraubend. Natürlich ist mir bewusst, dass das die Menschen, die unter ihm dienen mussten, anders gesehen haben. Für mich sind seine Drohungen bloß Sprücheklopfereien. Antun kann er mir nichts.

Hoffe ich.

Der Blick seiner markanten Augen richtet sich in die Ferne. Obwohl er einige Schritte von mir entfernt steht, sehe ich die plötzliche, tiefe Traurigkeit in seinem Gesicht, die er auch nicht mit abwertenden Befehlen kaschieren kann. Was hat dieser Mensch erlebt? Wie viel Abneigung muss er erfahren haben, um zu solch einem Ekel zu werden? Denn so ist es doch meistens. Die Erfahrungen verändern einen. Und wenn man erst mal einen Ruf weg hat, wird es ein Teufelskreis, und auf Verachtung folgt noch mehr Distanzierung.

»Wende deine Augen ab, du unverhohlen Weib«, verlangt er und reißt mich damit aus meinen wohlwollenden Gedanken. Er macht es einem wirklich nicht leicht.

»Lass endlich diesen Ausdruck sein«, erwidere ich gekränkt.

»Welch' Ausdruck meinst du?«

»Weib! Weibsbild!«

Unsicherheit flackert in seiner Miene. »Was gedenkst du auszusetzen an *Weib*? Als Fräulein mag ich dich nicht bezeichnen.«

»Was? Nein, bitte nicht Fräulein! Ich weiß, solche Begriffe waren zu deiner Zeit verbreitet. Heute empfindet man sie als Beleidigung. Wie wär's mit Frau?«

Balthasar wirkt verwundert über diesen Vorschlag. »Dann senke deinen Blick, Frau.«

Ich verziehe das Gesicht. »Okay, das ist auch nicht das Wahre.«

»Unentschlossen Frauenzimmer.«

Jetzt muss ich kichern. »Lassen wir das. Wie kann ich den Fluch nun brechen?«

Der Graf wendet sich erneut zum Fenster. Vermutlich hat er auf diese Weise früher schon über Probleme sinniert. Viele Atemzüge vergehen – meinerseits. Er atmet ja nicht. Glaube ich zumindest.

»Ob die Kürze der Zeit dir eine Lösung bietet, vermag ich nicht zu sagen«, antwortet er schließlich, ohne mich anzusehen. Als würde er zu der Landschaft draußen sprechen.

»Es muss möglich sein! Das Wohl meiner Familie steht auf dem Spiel!«

»Schweig!«, fährt er mich an und stöhnt. »Herrgott, vierhundert Jahr' verbracht ich in Stille, mied der Menschen wie Geister Gesellschaft. Nun weiß ich, warum. Dieses Geplapper lässt einem die Ohren bluten.«

»Hallo? Ich kann dir gern mal meine Mum schicken«, brumme ich. »Oder meine Cousine Lory. Der kannst du dann auch gleich ein paar barocke Modetipps geben.«

Er ignoriert meinen Einwurf. »Ja, ich habe Interesse daran, dass du diesen Fluch brichst, damit wir Geister endlich unsere Ruhe finden. Ob du jedoch deine Familie schützen kannst, obliegt allein deinen Fähigkeiten.«

»Dann erzähl mir mehr!«, flehe ich ungeduldig. »Ich tue mein Möglichstes, um den Fluch zu brechen. Und du dein Möglichstes, mich dabei zu unterstützen.« Herausfordernd trete ich neben ihn und hebe eine Hand zum Besiegeln des Deals. Auch wenn mir natürlich klar ist, dass er nicht wirklich einschlagen kann.

Entsprechend abwertend betrachtet Balthasar erst meine ausgestreckten Finger, dann mein Gesicht. »Ich greife nicht die Hand einer Ranglosen aus dem niederen Volke.«

»Reizend wie immer, der Herr«, gebe ich zynisch zurück. »Du kannst meine Hand ohnehin nicht nehmen. Haben wir trotzdem eine Vereinbarung?« Mit meinem zuckersüßesten Lächeln senke ich meine Hand wieder. Noch während er die Augen verengt und angestrengte Falten auf seiner Stirn erscheinen, schwöre ich, mir von diesem eingebildeten Schnösel nichts vorschreiben zu lassen.

»Triff mich um Mitternacht bei des Einhändigen Bank. Dort wirst du erfahren, was sich zugetragen hat.«

Dann ist Balthasar einfach verschwunden. Geräuschlos. Verabschiedungslos. Zurück bleibt seine Hochnäsigkeit in meinen Ohren, seine Kälte auf meiner Haut und die Frage, was zur Hölle die Bank des Einhändigen ist.

Kapitel 15

Kaum zu glauben, dass ich mich in diesem Schloss mal einsam gefühlt habe. Oder geglaubt hatte, keinen Anschluss zu finden.

Okay, unter neuen Freunden hatte ich mir etwas … Lebendigeres vorgestellt. Etwas, von dem mich weniger als ein paar Jahrhunderte Altersunterschied trennen. Aber gut. Immerhin ist da noch Lory. Niemals hätte ich gedacht, dass ausgerechnet sie freiwillig Kontakt zu mir sucht. Denn genau das tut sie. Kurz nach meinem Gespräch mit Balthasar klopft sie an meiner Zimmertür. Dem düster-grauen Himmel vor meinen Fenstern zum Trotz, erklärt meine Digitaluhr, dass es mitten am Tag ist, früher Nachmittag.

»Hi«, grüße ich unsicher und meine Cousine gibt ein ebenso unsicheres »Hii, ich wollte mal mit dir reden« zurück.

»Klar, komm rein.« Ich lasse sie eintreten. Für einen Moment ist mir mein Runenshirt peinlich, aber auch sie sieht zur Abwechslung mal übernächtigt und ungeschminkt aus. Es lässt sie viel nahbarer wirken.

»Machst du was für die Schule?«, fragt sie mit Blick auf einen Notizblock, der auf meiner Kommode liegt und an dem ich bis vor wenigen Sekunden gesessen habe.

»Nein, das … Ich wollte versuchen, mir eine Übersicht zu verschaffen. Der Spruch in der Eingangshalle, das Monster und so.«

Ihre Reaktion ist anders als erwartet. »Das habe ich auch versucht.« Vorsichtig nimmt sie auf der weinroten Tagesdecke Platz, die über meinem Bett liegt, und streichelt Capkin, der immer noch döst, den Rücken.

»Ehrlich?« Verblüfft bleibe vor dem Bett stehen.

Ihre Miene verfinstert sich. »Weißt du, meine Begeisterung über das hier hält sich in Grenzen. Alles – das Schloss, Thüringen, der Fluch. Du und deine Familie.«

»Ganz meinerseits«, brumme ich zurück.

Wir funkeln uns an, dann verändert sich der Ausdruck in Lorys Gesicht erneut, wird sanfter. »Nicht nur du hast alles verloren. Meine Freunde sind weg, unser geniales Haus. Stattdessen sitze ich für den Rest meiner Jugend in dieser Bruchbude fest, muss auf ein asoziales Gymnasium, wo man im Winter Jacken tragen muss, weil die Heizung nicht richtig funktioniert. Ja, guck nicht so, du wirst in dieselbe Klasse gehen. Ich bin in einer neuen Tanzgruppe, die nicht mal ordentlich Breakdance hinbekommt, muss an 'ner Reitschule reiten, wo die Pferde nicht ohne Ausbinder laufen. Und den Audi, den ich nach der Fahrschule bekommen sollte, kann ich auf den Ackerwegen hier auch vergessen. Hier gibt's nicht mal ein Café, wo ich mich mit Leuten treffen kann, falls unter diesen Waldbewohnern überhaupt jemand ist, mit dem ich einen Kaffee trinken möchte. Das nächste Nagelstudio ist siebzehn Kilometer weit weg! Ich muss jedes Mal Finn fragen, dass er mich fährt, das kotzt mich so was von an!«

Vom Augenaufreißen tut mein ganzes Gesicht weh. Ich habe keine Ahnung, was ihr Monolog in mir auslöst. Irgendwas zwischen Fassungslosigkeit und dem Bedürfnis, die unschuldigen *Waldbewohner* in Schutz zu nehmen. Auch wenn ich durchaus nachempfinden kann, wie es ihr geht, hält sich mein Mitleid angesichts ihrer Oberflächlichkeit arg in Grenzen. Lory redet von einem Audi, ich habe noch nicht mal mit der Fahrschule begonnen, weil sich meine Eltern die Stunden nicht leisten können. Wenigstens hat sie ihre Freunde zuerst genannt, darum beschließe ich, keine Diskussion vom Zaun zu brechen.

»So geht es mir auch«, gebe ich zu. »Also, nicht das mit der Reitschule und so, aber allgemein.«

»Was fehlt dir denn? Deine Nerdgruppe?«

Autsch.

Lory scheint zu merken, dass sie das nicht hätte sagen sollen. »Hey, sorry, das sollte nicht so rüberkommen, als … Ich weiß, wir waren nie beste Freundinnen, aber … Na ja, jetzt müssen wir irgendwie klarkommen.«

Ich blinzele. »Falls du gerade versuchst, was Nettes zu sagen – es gelingt dir nicht«, gebe ich zurück und kann mir ein schiefes Grinsen nicht verkneifen. Ihre Verlegenheit lässt den Anflug von Abneigung, den ich eben gespürt habe, verschwinden. Auch wenn ich befürchte, dass sie mich vergessen wird, sobald sie in unserer Klasse eine feste Clique gefunden hat.

Unsicher betrachtet sie Capkin, der sich streckt. »Es tut mir leid, was Finn gesagt hat. Er ist ein Arsch.«

»Manchmal.« Ich zucke mit den Schultern, will mir nicht anmerken lassen, wie sehr mich das aufwühlt.

»Wenn ich ein Haustier haben dürfte, würde ich alles tun, um es zu retten, falls es in Gefahr ist«, gesteht Lory.

»Haben *dürftest*? Ich dachte, eure Eltern erfüllen euch jeden Wunsch.«

Sie meidet meinen Blick. »Diesen nicht. Tiere machen Dreck, meint Mum. Und Finn ist auch kein großer Tierfreund.«

Ich schnaube. »Habe ich gemerkt.«

Jetzt hebt sie den Kopf, sieht mir forschend ins Gesicht. »Was ist damals passiert? Vor vier Jahren. Ich habe das nur so halb mitbekommen. Finn hatte Hausarrest, weil er irgendwelchen Mist mit seinen Kumpels gebaut hat.«

Etwas in mir zieht sich zusammen. Natürlich weiß ich ganz genau, von welchem Vorfall sie redet. Schließlich denke ich fast jeden Tag daran, vor allem, wenn ich Finn sehe. Es fällt mir schwer, darüber zu reden, insbesondere mit Lory. Trotzdem will ich es versuchen. Wie in Zeitlupe setze ich mich neben sie, meinen Kater als plüschigen Abstandshalter zwischen uns. »Es … war am Tag nach meinem dreizehnten Geburtstag. Als wir im Garten gefeiert haben. Ich weiß nicht, ob du dich erinnerst. Du warst krank, glaube ich, und nicht da. Nur Finn.«

»Ja, da hatte ich die schlimme Angina«, erwidert Lory tonlos und betrachtet Capkin, der mit seinem riesigen Trichter versucht, seine Flanke zu putzen.

»Zwei Jungs aus der Nachbarschaft waren mit ihren Eltern dabei. Ich kannte sie nur vom Sehen. Finn hat sich auf Anhieb super mit denen verstanden. Abends waren die drei eine ganze Weile verschwunden. Irgendwann kam dein Bruder zurück und meinte, sie hätten eine Geburtstagsüberraschung für mich. Also bin ich ihnen in die Gartenhütte der Nachbarn gefolgt und dort …« Ich stocke kurz, muss die Tränen unterdrücken, die bei der Erinnerung hochsteigen. »Da standen diese Nachbarjungs mit Stöcken, in der Ecke saß Capkin, damals fast noch ein Kitten. Sie hatten ihn mit blauer Farbe übergossen, weil sie der Meinung waren, ich würde mich über eine bunte Katze freuen. So weit vielleicht ganz lustig. Allerdings lief es dann aus dem Ruder. Der eine Typ, vierzehn Jahre war er damals, galt schon lange als gewalttätig. Die Eltern ließen ihn nicht therapieren, hatten selbst irgendwelche Probleme. Alkohol, finanziell, was weiß ich. An der Schule war er mehrfach in Schlägereien verwickelt. Jedenfalls war Capkin verständlicherweise verstört und wollte fliehen, während Finn unterwegs war, um mich zu holen. Also dachten die anderen, es wäre nützlich, ihn mit Stöcken zu malträtieren, um seine Flucht zu verhindern.«

Wieder fehlt mir einen Moment die Kraft, weiterzusprechen. Jahrelang habe ich versucht, die Details zu verdrängen. Den Hass auf diese Typen, als ich ihre blutigen Stöcke gesehen habe. Die Angst um Capkin, der reglos an der Wand lag. Jetzt sind die Bilder so intensiv zurück, als wäre ich wieder live dabei. Lory spürt es und nimmt mich wortlos in den Arm. Weil sie sich umständlich über meinen Kater beugen muss, protestiert er brummend und wendet uns demonstrativ das Hinterteil zu.

»Ich war so wütend, als ich das gesehen habe, dass ich auf den einen Jungen losgegangen bin«, fahre ich schließlich fort. »Ich habe ihm den Stock aus der Hand gerissen und zugeschlagen. Dann entstand eine Prügelei, bei der ich selbst einige Schläge kassiert habe. Die beiden Typen allerdings auch. Finn hat die ganze Zeit nur dagestanden und zugesehen. Am Ende wurden die Erwachsenen auf den Lärm aufmerksam. Wir bekamen alle Hausarrest, sogar ich. Aber weißt du, was das Schlimmste ist? Dass die drei Jungs einstimmig beteuerten, dass Capkin nur zufällig dort drin gewesen sei. Im Eifer des Gefechts sei ein Farbeimer auf ihn gefallen. Der hätte ihn angeblich k. o. gehauen und verletzt. Niemand hat mir geglaubt! Und Finn hat eiskalt gelogen, damit er keinen Ärger bekommt!«

Als ich geendet habe, lässt Lory mich los und führt beide Hände vor den Mund. Viele Sekunden lang ringt sie um Worte, in ihren Augen glitzert es feucht. »O fuck! Dieser Arsch! Wie kam er bloß auf so eine Idee?«, presst sie dann hervor.

»Angeblich hat der Nachbarsjunge ihn dazu angestiftet, meinte er später zu mir. Auch wäre er nur an der Sache mit der Farbe beteiligt gewesen, das mit den Stöcken ist passiert, als er mich geholt hat. Mag ja sein, trotzdem hat er zugesehen und nichts getan!«

»Nee, klar!«, faucht Lory und streichelt Capkin weiter, diesmal mit sehr energischen Strichen. »Dafür wird er büßen! Ich werde ihn …«

»Alles gut«, unterbreche ich sie. »Lass. Er war ein dummer Teenager. Keine Ahnung, ob er es bereut, aber ich habe damit abgeschlossen.« Das stimmt nicht. Vermutlich wird es mich bis in alle Ewigkeit beschäftigen.

»Tiere quälen, das geht gar nicht!«, echauffiert sich Lory weiter. »Am liebsten würd ich ihn in den Stall sperren, dann kann das Pferdemonster ihn bei lebendigem Leib fressen!«

So weh mir die Erinnerung nach wie vor tun, muss ich dennoch lächeln. Es ist die Art, wie sich Lory aufregt. Auch wenn es die Dinge nicht mehr rückgängig macht, so tröstet mich ihre Anteilnahme ein wenig.

»Wo du es gerade erwähnst: Kann es sein, dass du deswegen hier bist? Wegen des Monsters?«, frage ich und wechsele das Thema.

Sie hört auf, Capkin zu streicheln, woraufhin dieser ein erleichtertes Seufzen verlauten lässt. Sofort scheint die Temperatur im Raum zu sinken.

»Ja.« Die Stimme meiner Cousine wird rauer, leiser. »Ellie, ich habe es gesehen.«

»Oh.« Ich merke selbst, dass ich nicht annähernd so erschüttert klinge, wie ich sollte. Ich glaube sogar, dass ich grinse.

»Was gibt's da zu grinsen?«, murrt Lory prompt.

»Außer mir scheint es noch keiner aus unseren Familien gesehen zu haben«, gebe ich zurück. »Ohne die Zeitungsartikel würde ich glauben, dass ich spinne.«

Sie schüttelt den Kopf. »Tust du nicht. Oder wir spinnen beide.«

»Wo hast du es gesehen?«

»Im Innenhof, letzte Nacht, als es vor dir stand. Darum bin ich sofort wieder ins Haus und habe deine Eltern geweckt. Es tut mir leid, dass ich zu feige war und dir nicht gefolgt bin.«

»Kann ich verstehen. Was hattest du überhaupt beim Spruch zu suchen?«

»Dasselbe wie du, schätze ich. Ich will wissen, was hier abgeht.«

Da fällt mir ein Detail auf. »Du hast das Pferd erst gesehen, nachdem du versucht hast, den Spruch zu verstehen? Also glaubst du schon länger daran? Warum?«

»Wenn du jetzt wissen willst, ob ich Geister sehe: Nein, tue ich nicht. Aber allein die Todesfälle. Dann die Sache mit Opa. Und schließlich taucht derselbe Spruch noch mal auf. Wenn der nichts mit allem zu tun hat, esse ich jeden gammeligen Strohhalm aus dem Geisterstall. So was kritzelt man nicht zum Spaß in die Eingangshalle eines Schlosses.«

»Nein.« Ich schüttele den Kopf. Doch bevor ich ihr alles erzählen kann, was ich bisher in Erfahrung gebracht habe, höre ich es.

Lachen. Ein überdrehtes, hysterisches Lachen, das weder zu Lory noch mir gehört. Es ist Axels schrulliges Opalachen.

Das erspart mir einige Erklärungen.

Ich grinse. »Pass auf.«

Eine halbe Stunde später habe ich Lory in alles eingeweiht, was mir in den letzten Tagen passiert ist. Seitdem befindet sie sich in einem ähnlich resignierten Zustand wie ich vor zwei Tagen – erschlagen von so viel Unglaublichem, dass sie nichts mehr und gleichzeitig alles anzweifelt. Ihre Augen werden mit jeder Minute riesiger, was sehr witzig aussieht. Wie ein Fingertier, bloß ohne diesen skurrilen langen Finger. Ihre Finger dürften dagegen immer kürzer werden, wenn sie weiter so an ihren Nägeln kaut.

»Um uns herum stehen gerade ganz viele Tote?«, schlussfolgert sie eingeschüchtert.

»Tot, doch fidel und munter, bis einst die Welt geht unter. Siebenundzwanzig«, reimt Axel, der im Schneidersitz auf meiner Kommode sitz-schwebt und uns beobachtet. Ebenfalls im Raum befinden sich

Mechthild, Klara, Ronan und Pief, die uns beinahe ergriffen beobachten. Als wären wir tot und nicht sie.

»Wie gesagt, sie sind harmlos.« Obwohl Pief mit seinem verbogenen Gesicht ein bisschen aussieht wie ein kleines Monster. Aber ein knuffiges. Ich werde das Gefühl nicht los, dass Capkin seine Anwesenheit spürt. Dafür spricht, dass er sich mit gesträubtem Fell ans Kopfende des Bettes gekauert hat. »Beim Grafen bin ich nicht sicher. Nur zeigt der sich sowieso nicht, solange die anderen Geister in der Nähe sind.« Es wird Zeit, es ihr zu beweisen. Gleichzeitig will ich testen, ob der Graf mit seiner Vermutung, was den Turmalin angeht, recht hat. »Bitte erschrick nicht zu sehr. Man gewöhnt sich daran.« Vorsichtig reiche ich Lory die Kette mit dem Mineral.

Als sie danach greift, zittern ihre Finger. Wir streifen uns kurz, ihre Hand ist noch kälter als meine. Das will was heißen, schließlich gehöre ich zu den Personen, die mit Kuschelsocken schlafen. Sogar im Hochsommer.

Ängstlich betrachtet Lory den Turmalin, der im Licht der Wandlampe glänzt. Draußen schwindet das Tageslicht, obwohl Oma uns gerade erst einen Teller mit Zimtschnecken gebracht hat, der unangerührt neben Axel auf der Kommode steht. Seinem sehnsüchtigen Blick entnehme ich, dass er diesen Teil des Lebendigseins schmerzlich vermisst.

»Wir müssen es beide berühren, damit wir sie gemeinsam sehen können, denke ich.«

So wie wir dasitzen, jede von uns zwei Finger auf den Anhänger gelegt, fühle ich mich wie bei einer Geisterbeschwörung, die es im Grunde ja auch ist.

Meine Cousine schreit auf. Atmet hektisch, zittert am ganzen Körper, beruhigt sich erst nach Minuten. »Unglaublich«, kiekst sie mit bebender Stimme. »Ellie, das … ich kann sie wirklich sehen.«

»Und hören«, ergänzt Mechthild lächelnd. »Sei gegrüßt.«

»Soll ich die Schnepfe vertreiben? Kannste doch echt abschreiben. Dreihundertneunzig«, höhnt Axel, höflich wie immer.

»Hat der mich gerade *Schnepfe* genannt?« Lorys Tonfall schwankt zwischen Empörung und Angst.

»Das ist nicht auszuschließen«, sage ich lachend. »Axel ist speziell.«

»Sei gegrüßt, lebend' Dame.« Höflich macht Klara einen Knicks und hebt dabei ihr Kleidchen an. Ronan lächelt Lory schüchtern zu.

»Es ist uns eine Ehre«, ergänzt Metze und deutet ebenfalls eine Verbeugung an.

Ich genieße derweil Lorys Anblick. Sie wirkt tatsächlich geschmeichelt, gleichzeitig immer noch völlig überrumpelt. »Die ist niedlich«, meint sie und deutet auf Klara. »Die anderen sind … schräg.«

»Schräg trifft es. Du brauchst keine Angst vor ihnen zu haben.«

»Schau, was Geisterhand vermag, selbst am hellerlichten Tag!« Wie zur Bestätigung meiner Aussage vollführt Axel eine Hundertachtzig-Grad-Drehung und bleibt kopfüber in der Luft hängen. »Eim beck, end hänging an de Deck'. Achthundertundneunundsiebzig«, summt er. Ich kann nicht ansatzweise erkennen, um welches Lied es sich handelt. Möglicherweise weil er nach jedem zweiten Wort kichert. Oder weil er unterirdisches Englisch benutzt.

Die Kette mit dem Kreuz baumelt von seinem sehnigen Hals nach unten – beziehungsweise oben, vor seinem Gesicht, weil er ja falsch herum hängt. Das ist interessant. Auf Geister wirkt also Schwerkraft.

»Was zählst du?« Lory wendet sich an ihn.

»Zahlen. Eintausendundsiebenunddreißig.«

»Du zählst Zahlen, klar. Wozu?«

»Jede Nacht und jeden Tag, so lang und weit ich es vermag.«

»Aber … die Zahlen haben nicht mal eine Reihenfolge«, widerspricht Lory.

»Rede nicht von Dingen, die dir fernliegen. Parallel zähle ich der Reihen sieben.«

Eines muss man dem Rockergeist lassen – er schafft es, jede Situation aufzulockern. Schon wirkt meine Cousine deutlich entspannter.

»Liegen und sieben reimt sich nicht.« Sie schüttelt den Kopf. »Ist dir sehr langweilig?«

Wir ernten einen empörten Blick, während Axel es offenbar hochinteressant findet, auf dem Kopf stehend in den Spiegel meiner Kommode zu winken, obwohl kein Spiegelbild zu sehen ist. Von ihm jedenfalls nicht. Lorys und meine gespiegelten Ichs gucken unverwandt zurück.

»Vorhin stoppte ich gerade bei siebenundsiebzigtausenddreihundertneunundachtzig«, erklärt der Geist reimlos. »Jedoch musste ich vor zwei Wochen von vorne beginnen, weil ich mich verzählt hatte.«

Lorys Spiegelbild runzelt die Stirn. »Du *musstest* neu beginnen?«

Axel nickt. Todernster als sein Tod selbst. »Ordnung muss sein, nur so bleibt mein Herz rein.«

»Aber wozu?«

Wieder antwortet er ohne Reim, was mir das Gefühl gibt, dass tief unter seiner verrückten Oberfläche noch ein bisschen Verstand existiert. Verborgen unter Zahlenreihen, die jeden Einstellungstest erblassen lassen. »Irgendjemand muss dies doch tun, wenn es sonst keiner macht. Sechsunddreißig.«

»Jaah, das ist ein Argument«, erwidere ich gedehnt.

»Aufhören werde ich erst, wenn ich jene Zahlen erreicht habe, die vor mir nie ein lebend' Wesen benannt hat. Ach, was red ich alter Tor? Selbst dann werde ich weiterzählen. Hinfort und immer mehr. Bis jede unbenannte Zahl benannt wurde.«

»Du könntest die unbenannten Zahlen auch einfach so benennen, ohne erst bis dorthin zu zählen«, schlägt Lory vor.

Das scheint Axel zutiefst zu erschüttern. Mit einem Ruck schießt er von meiner Kommode zurück an die Decke über meinem Bett. Capkin zuckt zusammen und eckt mit dem Trichter ans Kopfteil meines Bettes. Zur Beruhigung lege ich meine Hand auf seinen Rücken.

»Was schlägst du Ausgeburt der Hölle vor? Überspringen soll ich, und zählen gleich bis vor? So reden kann doch nur ein Narr! Die armen Zahlen, Gott bewahr.« Und weil wir furchtbare Ausgeburten der Hölle so was Naives verlangt haben, bekreuzigt er sich auch noch.

»Äh, lassen wir das«, murmele ich. »Wir haben einen Fluch zu brechen.«

»Er ist ein alter Grantel«, ergänzt Metze schmunzelnd, während Klara wieder mit Pief im Kreis hopst und sorglos kichert. Ronan beobachtet uns wie ein stiller Wächter.

»Jetzt, da du mir glaubst, sollten wir zusammentragen, was wir wissen«, fahre ich an Lory gewandt fort und mustere meine Notizen, die vor uns auf dem Bett liegen. Neugierig tippelt Klara zu uns und schielt auf meine Wörter.

»Schade, dass ich nicht lesen kann. Das blieb leider nur dem Adel vorbehalten.« Diese Tatsache scheint sie aber nicht lange zu kümmern. Schon wendet sie sich Capkin zu und redet auf ihn ein. Dass er keine Angst vor Pief haben soll. Mein Kater starrt angespannt in die Luft.

Ganz oben auf dem karierten Blatt steht der Spruch aus der Eingangshalle. Jede Zeile habe ich nummeriert, um mir darunter ein paar Stichpunkte zu machen.

»Uns bleiben keine achtundvierzig Stunden mehr, um den Spruch zu entziffern. *Wenn hörbar wird, was nie gehört.* Das haben wir geklärt. Wir hören die Geister.« Ich sage absichtlich *wir*, weil ich Lory jetzt als Verbündete betrachte.

»*Wenn Liebe weicht unerweichbar Herz.* Dazu fällt mir nichts ein.«

Lory reagiert sofort. »Na, der Graf. War es nicht so, dass er nie eine Frau wollte? Er hat alle abblitzen lassen.«

»Gelesen habe ich das auch, aber …«

»Genau darüber habe ich letzte Nacht nachgedacht. Er war kaltherzig. Also besaß er ein unerweichbares Herz. Natürlich muss die Liebe es erweichen. Das ist in jedem Märchen so!« Ihre Augen glänzen schwärmerisch.

»Das hier ist kein Märchen«, gebe ich zu bedenken. »Wo sollen wir denn auf die Schnelle eine Partnerin für einen Geist herbekommen, den ohne Amulett niemand sehen oder hören kann? Innerhalb von nicht mal zwei Tagen? So kaltherzig kommt er mir außerdem gar nicht vor.«

Lory starrt mich an, als wäre ich furchtbar schwer von Begriff. »*Du* kannst ihn sehen.«

»Ja und?«

»Mit dir hat er geredet. Und du meintest, er wäre zu dir ganz nett gewesen.«

Ich verstehe immer noch nicht, worauf sie hinauswill. »Na ja, nett ist vielleicht etwas übertrieben, aber ich fand ihn nicht so schlimm, wie die Zeitungsartikel ihn beschreiben.« Ratlos sehe ich in die Runde, mustere die Mienen der Geister, die uns stumm beobachten. Ronan starrt auf einen ungewissen Punkt im Raum. Klara strahlt mich an, eine Hand auf Capkins Rücken, weshalb er sich intensiv das Fell putzt. Er dürfte wohl den kalten Hauch spüren.

Metze lächelt vor sich hin. Axel plappert irgendwas mit »Stinken« und »Versinken«.

»Dann ist es ganz klar!« Lory freut sich über irgendwas, das mir ganz und gar nicht klar ist. »Wie viel Erfahrung hast du mit Männern?«

»Ich?«

Sie nickt eifrig.

O nein, ich ahne Böses. »Äh, keine, glaube ich. Es sei denn, knappe Kampfkleidung in Online-Games zählt.«

»Zählt nicht, nein. Geister zocken keine Online-Games.«

Ach was. »Du willst, dass ich … *ich*«, wiederhole ich, in der Hoffnung, dass sie ihren Irrtum einsieht, »das Herz des Grafen erweiche? Wie denn?« Angespannt starre ich auf die Notizen, weil ich spüre, wie meine Wangen zu glühen beginnen. Entgegen meiner Erwartung bricht meine Cousine allerdings nicht in kindisches Kichern aus.

»Frag ihn, was er mag. Zeig Interesse. Hast du nicht erwähnt, dass er sich auch für Steine interessiert? Oder tanz mit ihm, das konnten damals doch alle.«

»*Ich* kann's nicht.«

»Da helfe ich dir. Oder YouTube.«

»Aber er ist ein Geist. Wie soll ich …? Dafür ist viel zu wenig Zeit!« Das kann sie unmöglich ernst meinen. Den Grafen zu verkuppeln – mit *mir* –, erscheint mir in etwa so realistisch wie die Wahrscheinlichkeit, das Monsterpferd mit einem Pferdeleckerli zu besänftigen.

»Wir müssen es probieren. Oder fällt dir was Besseres ein?«

Flehend wende ich mich an die Geister. »Dürft ihr dazu etwas verraten?«

Axels Verhalten lässt vom Delirium bis Schlafmangel jede Schlussfolgerung zu. Den Kopf nach unten hängend, sinkt er zu Boden, dreht sich dort einmal um sich selbst, bis er wieder aufrecht hängt. »Fragen über Fragen, darf ich's dir nicht sagen. Zweihundert.«

»Papperlapapp!«, schimpft Metze. »Mein Kind, mich dünkt, dies wär dein größter Test. Sein Herz aus Stein, sich schwerlich erweichen lässt. Oje, nun red ich auch in Reimen. Ob's in Wahrheit so ist, darf ich nicht sagen. Nein, ich korrigiere mich, ich *vermag* es nicht zu sagen. Auch wir können den Spruch nur teilweise verstehen. Jedoch ist die Idee deiner Base nicht schlecht.«

Axel dreht sich summend auf der Stelle. Klara schmachtet: »Oh, wahrlich? Veranstalten wir dafür einen Ball? Oh, bitte, bitte! Ich war schon so lange nicht tanzen! Nicht mehr, seit wir damals mit den Beiköchen in der Küche getanzt haben, als der Herr auf Reisen war!«

Sprachlos glotze ich von einem zum anderen. Und sehe die Lösung des Fluches vor meinem geistigen Auge in weite Ferne rücken. Der Reim spricht von Liebe. Ein Wort, das ich nicht mal in Gedanken anzukratzen wage. Erst recht nicht in Bezug auf den grummeligen Balthasar.

»Ihr sollt ja kein Liebespaar werden«, relativiert Lory. »Liebe ist ein weitläufiger Begriff. Vielleicht reicht es, wenn er Zuneigung für dich empfindet. Gute Freundschaft.«

»*Das* ist natürlich sehr viel einfacher«, murmele ich sarkastisch. »Wie auch immer ...« Ich unterbreche dieses Thema, weil es ohnehin zu nichts führt. »Machen wir weiter. *Des Meeres Brise weckt die Sehnsucht.* Das erscheint mir hier, mitten im Thüringer Wald, seltsam.«

»Stammtest du nicht aus Kiel? Sagt allein das nicht schon viel? Neunundachtzig, dreizehn, siebenund...« Axel nennt eine ungewöhnlich lange Reihe an Zahlen, während ich mir seine Worte auf der Zunge zergehen lasse. Ich komme von der Küste, ja, aber ... »Du meinst, ich bewege irgendwas in diesem Monster, weil ich vom Meer stamme? Das ist unlogisch. Müsste es dann nicht meiner gesamten Familie erscheinen? Nein, das ist es eher nicht. Lory, hast du eine Idee?«

Meine Cousine betrachtet gedankenverloren Klara, die jetzt Pief vor meinen Kater hebt und beruhigend auf beide einredet. Während Capkins Ausdruck einen neuen Rekord in Missmutigkeit aufstellt, tropft der struppige Pief mein Kopfkissen mit Geistersabber voll.

»Vielleicht.« Sie zwinkert verschwörerisch und zieht ihr Handy hervor.

»Nuckelavee – schottisches Horrorfabelwesen«, lese ich die Überschrift eines Artikels.

»Man spricht es *Nack 'l avi* aus«, korrigiert mich Lory.

»Nuckel, Nuckel? Ich trag Buckel«, ist Axels Erguss dazu.

»Nacklawiiii«, wiederhole ich gedehnt.

»Abgefahrene Scheiße, oder? Alles, was ich darüber gefunden habe, trifft auf das Monsterding zu«, erklärt Lory stolz und reicht mir ihr Handy. »Lies selbst.«

Die Screenshots zeigen je die Hälfte eines Internetartikels. Da steht:

Beim Nuckelavee (sprich: Nack 'l avi) handelt es sich um eine Figur aus der schottischen Sagenwelt. Er zählt zur Familie der Fuath, bösartigen gälischen Wassergeistern, und ist ein Wesen der keltischen Mythologie. Dieser gefürchtetste aller schottischen Elfen lebt hauptsächlich im Meer, wird jedoch verantwortlich gemacht für vernichtete Ernten, Epidemien und Dürren. Sein Atem soll Vieh erkranken und Pflanzen welk werden lassen.

Der Nuckelavee ähnelt einem Zentauren. In vielen Darstellungen erkennt man einen Reiter ohne Unterkörper, der mit dem Rücken des Pferdes verschmolzen zu sein scheint. Auch soll er kein Fell besitzen, dafür schwarzes Blut, das durch gelbliche Adern pulsiert.

Ihm wird eine Abneigung gegenüber fließendem Wasser nachgesagt. Um ihn loszuwerden, sollte man schlicht einen Fluss überqueren. Auch hegt er eine Aversion gegen das Verbrennen von Seetang. Das erzürnt ihn. Man findet ihn gelegentlich in Videospielen als Antagonist.

Sprachlos gebe ich meiner Cousine das Handy zurück.

»Passt ziemlich gut, oder?«, meint sie. »Zumindest die optische Beschreibung. Den Rest können wir ja nicht beurteilen.«

Langsam nicke ich, versuche, mir einen Reim auf das Gelesene zu machen. Gar nicht so einfach. »Den Gestank seines Atems kann ich bestätigen. Aber wie kommt ein schottisches Fabelwesen in ein Barockschloss mitten im Thüringer Wald?«

»Weiß ich auch nicht.« Lory legt das Handy neben sich. »Vielleicht hat jemand es nur nach dem Vorbild dieses Fabelwesens erschaffen. Es würde Sinn ergeben, was die Meeresbrise betrifft.«

»Mehr oder weniger. Weckt das Meer die Sehnsucht des Monsters? Oder ist sein Atem die Brise und weckt Sehnsucht bei anderen?« Klingt alles sehr weit hergeholt.

»Denkst, schottisch Wesen treibt sich durchs Gemäuer? s' hierherzubringen war sicher teuer. Dreiundneunzig«, summt Axel.

»Ja, das macht mich auch stutzig«, bestätigt Lory.

»Vielleicht finden wir dazu noch was raus.« Kurz schiele ich zum Porträt über dem Kamin. Vielleicht hört Balthasar unser Gespräch mit. Von meinem bevorstehenden nächtlichen Date mit ihm möchte ich niemandem erzählen, weil er davon sicher nicht begeistert wäre. Ich schätze, die anderen Geister sind der Grund, warum er mich nicht im Schloss treffen will. »Lassen wir das erst mal so stehen«, beschließe ich. »Als Nächstes kommt das mit dem Fürsten der Wälder. Adrian, mein Kumpel, hat mir 'ne Nachricht geschrieben, dass er dran ist, rauszufinden, was damit gemeint sein könnte. Dann die Asche. Ich gehe davon aus, dass hier die Asche der Geister gemeint ist.« Mit einer Handbewegung in den Raum fasse ich sie zusammen. »Oder des Pferdes und seines Reiters. Oder von allen zusammen. Wenn wir uns um sie alle kümmern, liegen wir definitiv nicht falsch. Wir sollten die Gruft untersuchen.«

»Die Gruft?«, quiekt Lory. »Da will ich auf keinen Fall hin!«

Wirklich? Sie sitzt in einem Raum voller Geister und macht sich in die Hose wegen eines Kellergewölbes?

»Wir können auch Finn beauftragen. Und Max. Wollten die beiden nicht sowieso dort runter?«, schlage ich vor, auch wenn ich das lieber selbst übernehmen würde. Allerdings ist die To-do-Liste lang und Hilfe kann nicht schaden. Selbst wenn Finn uns nicht glaubt, wird er ja wohl nachsehen können, ob dort ein paar Urnen rumstehen.

»Ich sag's ihm«, erwidert meine Cousine erleichtert.

»Okay. Der Rest ist logisch. Für einen Tag wird sich der Pfad zur Ewigkeit öffnen. Also der Weg ins Jenseits, wo die Geister ihren Frieden finden können. Oder das Monster. Oder alle.« Klingt easy, wenn man ignoriert, bei wie vielen Zeilen wir im Dunkeln tappen.

»Woher habt ihr plötzlich all dies Wissen? Bisher ließ Klugheit bei euch eher missen. Siebenundsiebzig«, lästert Axel.

»Tja, wir besitzen heutzutage so was wie Internet«, erklärt meine Cousine. »Darin findet man alles, vom Zeitungsartikel bis zum Kuchenrezept, Nachrichten, Modetipps …«

»Das weiß ich, keine Bange! Beobacht' Menschen schon sehr lange!«, unterbricht Axel sie pikiert.

»Wenn du so allwissend bist, dann kannst du dich bestimmt erinnern, wer die Fluchlösung in die Eingangshalle geschrieben hat?« Die Frage spukt mir schon den ganzen Tag hartnäckiger als ein Geist hinterher. Wenn ich den Verfasser kenne, gibt mir das vielleicht einen Hinweis auf die fehlenden Puzzleteile.

Ich betrachte ihn erwartungsvoll, während er mit einer Hand durch meine Kommode fährt, als würde er bewundern, wie stofflos sein Körper ist. Axels Schweigen dauert so lange, dass ich mich frage, ob er verstanden hat, was ich will. Schließlich schwebt er auf uns zu, neben mein Bett, bis er sich auf Augenhöhe mit uns befindet. Er hat jetzt aufgehört, sich zu drehen.

»Kluger Mann, weiser Mann, weil nicht bloß die Hexe zaubern kann. Dreißig, siebzehn, neunhunderteinundzwanzig«, sagt er mit gedämpfter Stimme.

Hexe. Da ist es wieder. »Darfst du mir einen Namen nennen?«

Ich erkenne keine Regung in seinem faltigen Gesicht, egal, wie intensiv ich es mustere. Nach ein paar Sekunden beginne ich, die Krähenfüße in seinen Augenwinkeln zu zählen. Wenn er nicht lacht, sind es fünf auf jeder Seite. Kaum dass ich zu diesem Ergebnis komme, vervielfacht sich die Menge, weil er plötzlich zu grinsen beginnt. Ein überzogenes, irres Lachen dröhnt aus seinem Mund. »Keiner ist weiser als meine Person, vielleicht war's der Axel, wer weiß das schon?« Wieder folgt eine ganze Zahlenreihe.

»Du hast das da hingeschrieben?«, frage ich ungläubig.

Erneut lacht er überdreht.

»Hab's nicht mit eig'nen Augen gesehn. Ist auch nicht wichtig, um's zu verstehn. Siebzig.«

Okay, er veräppelt uns bloß. Und mit diesem kryptischen Schlusswort lösen sich die Geister, einer nach dem anderen, einfach in Luft auf.

Kapitel 16

Von allen verrückten Dingen, die ich in meinem Leben getan habe, ist das hier mit Abstand das Verrückteste. Ich bin sowieso kein risikofreudiger Mensch. Zocken und Mineralien als Hobby sind beste Voraussetzungen dafür, friedlich und gesund ein hohes Alter zu erreichen. Doch selbst wenn ich plötzlich Fallschirmspringen oder Jagdwaffensammeln für mich entdeckt hätte, wäre ich damit besser aufgehoben als kurz vor Mitternacht in einem Fichtenwald, unterwegs zu einem Treffen mit einem Geist, während meine Familie mich schlafend in meinem Zimmer glaubt. Ach ja, nicht zu vergessen das Monsterpferd, das vielleicht ein Nuckelavee ist, irgendwo sein Unwesen treibt und mir begegnen könnte.

Ehrlich, was stimmt nicht mit mir?

Aufgeregt lasse ich mein leuchtendes Handy kreisen, um mich zu versichern, dass mich kein Reiter verfolgt. Oder ein Geist, der mir meinen bevorstehenden Tod in Reimen prophezeit. Oder eine neugierige Cousine, weil ich Lory nichts von diesem Ausflug erzählt habe. Allerdings musste sie mir versprechen, mein Handy orten zu lassen, falls ich morgen nicht zum Frühstück erscheinen sollte. Nachvollziehbar, dass es eine Diskussion nach sich gezogen hat. Irgendwie berührt mich das. Unser gemeinsamer Nachmittag hat etwas verändert. Mir kommt es vor, als hätte unsere Recherche uns zusammengeschweißt. Ihre Unterstützung macht mich zuversichtlich, dass wir diesen Fluch brechen werden, obwohl die Zeit furchtbar drängt. Lory ist bereits dabei, die restlichen Bausteine des Spruches zusammentragen. Was es wirklich mit der Meeresbrise auf sich hat. Wer der Fürst der Wälder ist und warum Balthasars Onkel Leopold Teil des

Monsters geworden ist. Außerdem wird sie alles tun, um unsere Mütter sowie Oma von ihrer geplanten Geisterbeschwörung vor der Stallkammer abzuhalten. Ich bete, dass es ihr gelingt.

Mein Kopf möchte unter all den neuen Fragen platzen. Dennoch lenkt mich alles nur kurzzeitig von der Aufgabe ab, die ich zu erfüllen habe. Die schwierigste.

In den nun verbliebenen gut vierundzwanzig Stunden muss ich versuchen, das Herz des Grafen zu gewinnen. Nicht zwingend liebesmäßig, aber wenigstens freundschaftlich. Vielleicht ist eine gemeinsame Nachtwanderung ja ein guter Ansatz.

Während ich mir mit trommelndem Herzen einen Weg zwischen den Bäumen hindurch bahne, frage ich mich, wie man nächtliche Wälder toll finden kann. Falls ich fensterlose Gänge mit morschen Brettern im Schloss als unheimlich empfand, habe ich meine Rechnung nicht mit der grauen Bedrohlichkeit der Bäume gemacht. Die im Licht fahlen Baumstämme wirken mit ihren schartigen Rinden wie starre Wächter und verwandeln meinen Weg in ein einziges Labyrinth.

Obwohl es aktuell nicht regnet, rieseln geräuschvoll Tropfen von den Zweigen auf meine Schultern. Zum Glück trage ich einen wasserdichten Anorak, der gut gefüttert ist und die nächtliche Kälte der aufziehenden Nebelschwaden abhält, die wie Minigeister zwischen Ästen und Stämmen hängen.

Irgendwo knackt etwas und ich hoffe, dass es bloß ein Waldtier ist. Wobei ich mal gehört habe, dass Wildschweine sehr aggressiv werden können. Trotzdem erscheint mir ein wutschäumender Keiler geradezu niedlich im Angesicht der viel größeren Gefahren, die irgendwo in der Nähe lauern.

Ich versuche, mich auf den Weg zu konzentrieren. Das ist auch zwingend notwendig. Der schmale Trampelpfad, dem ich folge, ist mit Farn und kahlen Büschen zugewuchert und kaum zu erkennen. Es gibt ein paar gängigere Wege in der Nähe, doch ich folge dem Pfad, den mir eine Wanderapp als kürzesten Weg zum vereinbarten Treffpunkt vorgeschlagen hat. Nachsehen kann ich aktuell leider nicht, denn wie überall in der Nähe prangt ein hämisches E in der Kopfzeile meines Handys. Ich muss mich also auf das verlassen, was ich mir mit meinem unterirdischen Orientierungssinn gemerkt habe.

Die Bank des Einhändigen, wo mich der Graf treffen will, war der Wanderapp glücklicherweise auch bekannt – sogar mit Hintergrundgeschichte – und liegt unweit von der Talsperre, an der Dad arbeitet und die es zu Balthasars Zeiten noch lange nicht gegeben hat. Eigentlich handelt es sich bei dieser Bank um eine alte Weggabelung, an der einst ein Witwer gesessen und Wanderer um Geld angebettelt hat. Tagein, tagaus soll er dort anzutreffen gewesen sein, unter einem seiner Ärmel bloß ein entstellter Stumpf statt einer Hand, weil kein geringerer als Balthasar von Düsterstein ihm diese abschlagen ließ. Darum schwebt mir jetzt die Frage im Kopf herum, was dieser Mann verbrochen hat. Keine Suchmaschine wusste eine Antwort darauf. Fest steht nur, dass man dort irgendwann eine Bank aufgestellt hat, damit der arme alte Mann nicht mehr im nassen Moos hocken musste. Ziemlich lächerlich, angesichts der Dinge, die man ihm vorher angetan hatte. Abgesehen von der Tatsache, wie makaber es ist, dass Balthasar mich an einer Bank treffen will, die nach einem Mann benannt wurde, den *er* verstümmelt hat!

Auch wenn ich mir sicher bin, dass seitdem etliche Bänke dort vermodert sind und neu aufgestellt wurden, läuft mir schon beim bloßen Gedanken an diesen Treffpunkt ein Schauder über den Rücken.

Der Fußmarsch vom Schloss aus beträgt eigentlich nur eine gute Viertelstunde, doch die düstere Atmosphäre der Nacht weckt das Gefühl in mir, dass ich seit Stunden durch Holz und Nadeln irre.

Meine eigenen Atemwölkchen vernebeln mir die Sicht. Wenigstens der Geruch des nassen Waldes ist angenehm und anders als alles, was ich von der Küste kenne. Dort dominiert immer eine Art salziger Beigeschmack, hier dagegen riecht alles so … grün. Wenn man Farben riechen könnte. Waldig, nadelig, irgendwas zwischen Weihnachten, feuchtem Keller und Heuhaufen.

Ich mag es wirklich. Was ich dagegen nicht mag, ist die Tatsache, dass ich bei jedem Schritt einsinke und meine Turnschuhe jetzt schon bis auf die Socken durchnässt sind. Höchste Zeit, mir stabile Wanderschuhe zu bestellen. Zumindest dämpft die Nadeldecke am regennassen Boden meine Schritte.

Ein weiteres, sehr nahes Knacken lässt Adrenalin durch meine Blutbahnen schießen. Es war nur ein Ast, der unter meinem Gewicht zerbrochen ist. Ganz kurz bin ich erleichtert, dann … noch ein Knacken, irgendwo hinter mir.

Ich wirbele herum. Halte mein Handy höher, um im zitternden Lichtschein etwas zu erkennen. Nichts. Bloß Schwärze zwischen hell erleuchteten Baumstämmen. Ein Horror-Palisadenzaun.

Tropfen rieseln auf meinen ausgestreckten Arm.

Verdammt, wieso fühle ich mich so beobachtet? Einbildung? Langsam drehe ich mich einmal um die eigene Achse, leuchte sogar nach oben, doch alles bleibt still.

Tief durchatmen. Das hier ist ein Wald. Hier leben unzählige Tiere. Bestimmt beobachtet mich das ein oder andere. Ein Hase vielleicht, ein scheuer Fuchs. Irgendetwas Harmloses, Flauschiges, Niedliches.

Weiter vorne lichtet sich der Wald und ich beeile mich, zwischen den Bäumen hervorzutreten.

Ich habe die Kreuzung erreicht.

Mit hektischem Atem, als wäre ich den gesamten Weg gerannt, stelle ich mich neben die stabile Bank vor einem dreiarmigen Wegweiser aus Holz und einer Infotafel, die von den Tieren des Waldes erzählt.

Hier hat er damals also gesessen, der Einhändige. Ein eigenartiger Ort, so mitten in der Nacht. Einsam, mit zuckenden Schatten vom Licht meines Handys.

Ich schalte die Taschenlampen-Funktion aus.

Gedämpfte Dunkelheit legt sich auf meine Augen. Trotzdem ist es vernünftig. Ohne Licht werde ich bald erkennen, was mir durch die blendende Helligkeit bisher verborgen blieb. Und noch viel wichtiger: Auch *ich* werde unsichtbarer. Tief ziehe ich die würzige Luft in meine Lunge, analysiere meine Umgebung, um mir die Wartezeit zu vertreiben.

Tropfen. Nässe. Drei Wegrichtungen, die sich in Schwärze verlieren. Steinchen, die unter meinen Sohlen knirschen und den Untergrund heller wirken lassen als den Boden des Waldes, obgleich weder Mond noch Sterne den Himmel erleuchten.

Mit jeder Sekunde gewöhnen sich meine Augen mehr an die Finsternis. Fünf Minuten bis Mitternacht, und ich stehe mitten im Thüringer Wald. Zwischen den Bäumen war der Pfad gut zu erkennen, jetzt deutet fast nichts darauf hin, woher ich gekommen bin. Sträucher und Nebelschwaden kaschieren den Rückweg.

Den Blick im Kreis schweifend, weil ich keine Ahnung habe, wo der Graf auftauchen wird, denke ich darüber nach, wie ich sein Herz erweichen könnte.

Selbstverständlich habe ich nicht vor, mit ihm zu flirten oder etwas in der Art. Das wäre ziemlich schräg, zumal er … na ja, eben tot ist. Irgendwie muss es mir gelingen, seine Gunst zu gewinnen. Nicht so beziehungsmäßig, davon verstehe ich absolut nichts. Später mal, nach dem Studium oder so, hätte ich natürlich gern eine Familie. Aktuell fühle ich mich nicht bereit dafür. Die meisten Jungs interessieren sich sowieso nicht für Nerds wie Dani und mich. Außer Adrian, aber wir drei sind eher so etwas wie Geschwister füreinander. Mit viel Glück lerne ich meinen Mann fürs Leben eines Tages in einem Multiplayer-Rollenspiel kennen. Soll es alles schon gegeben haben.

Für Balthasar muss ich mir definitiv etwas anderes einfallen lassen als ein gemeinsames Open-World-Game. Falls er überhaupt auftaucht und sich nicht nur einen fiesen Scherz mit mir erlaubt. Weil er auf meine Hilfe ebenso angewiesen ist wie ich auf seine, gehe ich allerdings davon aus, dass er kommen wird.

Wieder fahre ich zusammen, als es hinter mir im Unterholz knackt. Angespannt widerstehe ich dem Drang, mein Handy zu entsperren. Ganz kurz will ich mich mit dem Gedanken beruhigen, dass es Balthasar ist, der endlich eintrifft, doch das ist Unsinn. Es muss etwas Lebendiges sein, das sich dort durchs Dickicht bewegt, wenige Meter entfernt.

Mein Inneres verknotet sich vor Anspannung. Unbewusst greife ich nach einem Gegenstand in meiner Jackentasche. Ein Taschenmesser, das ich mir in einem naiven Moment aus Opas Sammlung stibitzt habe. Was auch immer mir das kleine Ding im Notfall nützen soll.

Mit zusammengekniffenen Augen starre ich den verzweigten Ästen entgegen, die sich wie magere Fingerchen nach mir ausstrecken. In diesem Moment schiebt sich eine weiße Gestalt hinter einem Baum hervor und ich kann einen Aufschrei nicht unterdrücken.

»Grüße dich, du … Schreie nicht so«, murrt Balthasar, tritt neben mir auf den Weg und sieht sich um, als wäre ich noch unsichtbarer als er. »Zu welchem Zwecke trägst du ein Messer?«

Oh. Vor lauter Angst halte ich es auf den verdutzten Grafen gerichtet. »Erschreck mich nicht so«, beschwere ich mich und lasse das nicht mal aufgeklappte Messer in der Tasche verschwinden. »Trotzdem schön, dass du da bist.«

»Wir waren verabredet, mein Erscheinen kommt nicht unerwartet«, gibt Balthasar zurück. »Darüber hinaus ist es unmöglich, mir in dieser Gestalt mit einem Messer Schaden zuzufügen.«

»Das weiß ich.«

Er trägt dieselbe Kleidung wie am Vormittag. Auch sein Gesicht wirkt unverändert ausgemergelt und übernächtigt. Zusätzlich glaube ich, Unsicherheit in seinen hellen Augen zu lesen.

»Unheimlich hier, oder?«, bemerke ich und versuche mich an Small Talk.

»Aus welchem Grunde empfindest du so?«

Ist das sein Ernst? »Es ist mitten in der Nacht, wir stehen allein in einem finsteren Wald. So beginnen Horrorfilme.« Ich seufze. »Du weißt nicht mal, was Horrorfilme sind. Egal. Ich bin kein Geist. Ich fürchte mich tatsächlich ein bisschen«, gestehe ich und bereue mein unnützes Geplapper sofort.

Unerwartet verständnisvoll erwidert er: »Die Wahl des Ortes war unumgänglich. Sofern es dir Unbehagen bereitet, entschuldige ich mich dafür in jedweder Form. Nur glaube mir, es existiert kein friedvollerer Ort auf dieser Welt als ein nächtlicher Wald in Einsamkeit.«

Damit hat er vermutlich sogar recht. Tausendmal gefährlicher wäre es, nachts allein durch Kiel zu wandern. Grundsätzlich. »Nicht wenn man weiß, dass in der Nähe ein Monster umherläuft. So oder so bevorzuge ich das Meer.«

»Fürchte nicht das untote Ross.«

»Warum soll ich es nicht fürchten?«, will ich wissen.

Sein Blick fängt meinen und urplötzlich keimt in mir der Eindruck, dass ich ihm vertrauen kann. Ein bisschen zumindest. »So weit entfernt von Stall und Kammer treibt es sich selten umher. Sollte es sich dennoch zeigen, bin ich derjenige, nach dessen Leben es trachtet.«

Das beruhigt mich nur ansatzweise. »Nach deinem Leben? Äh, entschuldige, wenn das unhöflich ist, aber du …«

»… hast dein Leben längst verloren«, beendet er meinen Satz, klingt jedoch nicht so vorwurfsvoll, wie ich erwartet hätte. »Dieser Umstand ist mir selbstverständlich bewusst.«

Geduldig warte ich, dass er fortfährt, doch er tut es nicht. Als das Schweigen zwischen uns unangenehm zu werden droht, hake ich nach: »Warum jagt es dich?«

Balthasars Blick wandert den Waldweg entlang. »Eine Frage, die ich dir heute Nacht beantworten will.«

Ich nicke gespannt.

Wieder spricht er nicht sofort weiter. Seine Aufmerksamkeit bleibt in die Ferne gerichtet, und als er fortfährt, hat er das Thema gewechselt. »Unheimlich, was Menschenhand hier angerichtet hat.«

»Was meinst du?«

Langsam schwebt er zu einem Baum neben der Bank und legt seine Hand an dessen Rinde. »Zu meiner Lebzeit war das hier das Einzige, das ich je als Zuhause zu bezeichnen vermochte.«

»Thüringen? Oder der Wald?« Mit angehaltenem Atem beobachte ich, wie er die Stirn gegen den Baum lehnt. Was gar nicht gehen dürfte, er müsste durch den Stamm hindurchfallen. Offensichtlich verharrt er absichtlich in dieser Position und wirkt dadurch endlos gebrochen. Voller Sehnsucht.

»Der Wald, die Stille der Natur.« Seine Worte gleichen einem Hauch.

Mitleid wabert durch mein Herz. »Ich mag die Natur auch sehr.«

O Mann. Small Talk kann ich wirklich gut. Nicht.

Balthasar löst seine Stirn wieder vom Baum, als wäre ihm eingefallen, welche Schwäche er mir gerade zeigt. »Die Jahre haben die Welt verändert, und das nicht zum Guten«, sagt er.

»Der Mensch unterwirft die Natur nach seinen Vorstellungen und Zwecken«, erwidere ich ernst.

Allmählich setzt sich der Graf in Bewegung, diesmal dem Weg folgend. Ich tue es ihm gleich. Wie dieses Bild wohl für Außenstehende wirkt? Ein einsames Mädchen nachts im Wald, Selbstgespräche führend. Hoffentlich begegnet uns niemand.

»Auch wenn ich mich nie blicken ließ, so verfolgte ich dennoch mit Unmut die Entwicklung um Schloss Düsterstein herum«, fährt der Graf fort. »Schon immer sah sich der Mensch als König der Welt.

Vor allem als unsterblich. Doch alles vergeht, und dies sage ich nicht, weil ich ein Geist bin.« Ob das ein Anflug von Humor sein soll, kann ich nicht beurteilen, da er keine Miene verzieht. »Eines kann ich dir nach so vielen Jahren, die ich auf dieser Erde gefangen bin, versichern: Der Mensch wird seines eigenen Endes Schöpfer sein. In nicht allzu ferner Zukunft.«

Ich bleibe stehen. Sehr erstaunt über die demütige Haltung des Grafen. »Ja, das denke ich auch. Der Klimawandel ist allgegenwärtig. Siehst du diese Markierungen an den Bäumen?« Ich deute auf die Zeichen, mit denen man kranke oder tote Exemplare gekennzeichnet hat. Meine Augen haben sich so gut an die Finsternis gewöhnt, dass ich die helle Farbe erkenne.

»Schädlinge, Dürre, Stürme fordern Opfer«, sagt er, bevor ich es ihm erklären kann.

»Genau«, erwidere ich überrascht.

Der Graf ignoriert, dass ich mitten auf dem Weg stehe, und schwebt einfach weiter. »Wie ich bereits sagte, beobachte ich seit meinem Tode die Entwicklung der Welt«, gibt er über seine Schulter zurück.

»War es nicht so, dass Geister nur dorthin können, wo sie zu Lebzeiten bereits gewesen sind? Das habe ich mal gesehen. In einem Film. Ein Film ist … Äh, wie beschreibe ich dir jetzt einen Film?«, plappere ich, während ich wieder aufschließe und mir wie ein Dienstmädchen vorkomme, das seinem Herren folgt.

»Neugier ist keine Tugend. Und ich *bin* zu Lebzeiten oft hier gewesen«, versetzt er und ich klappe meinen Mund wieder zu, der bereits die nächsten dreihundert Fragen aussprechen will. Leider ist meine Zunge oft schneller als mein Kopf.

Und so kommt es, dass ich nach einer kurzen Pause fortfahre: »Übrigens habe ich gelesen, dass unser Treffpunkt seinen Namen dir zu verdanken hat. Der einhändige Bettler wäre gar nicht einhändig ohne dich. Warum wolltest du dich überhaupt hier mit mir treffen?«

Ich muss das wissen. Auch wenn ich merke, dass es deutlich vorwurfsvoller klingt, als es sollte. Wenn ich sein Herz erweichen will, muss ich das vielleicht etwas weniger nervig anstellen.

Erstaunlicherweise bleibt Balthasar ruhig. »Dies ist eine der bemerkenswerten Entwicklungen des Volkes. Der Bildungsstand macht sich nicht mehr abhängig von Status und Wohlhaben. Echte Armut scheint es bei euch nicht zu geben. Und ihr tragt Wissen über Dinge in euch, die euch niemals bekannt sein dürften. Es ist dieser Interkette zuzuschreiben, richtig?«

Es dauert eine ganze Weile, bis ich die zwei Themen gedanklich getrennt habe, die er anspricht. Was hauptsächlich daran liegt, dass ich erst verstehen muss, was er mit diesem seltsamen Wort meint.

»Internet«, korrigiere ich schließlich lachend. »Ja, das Wissen dort ist beinahe unbegrenzt. Wenn es dich interessiert, erkläre ich dir das irgendwann mal ausführlich.« Ein ziemlich aufwendiges Unterfangen, wie ich fürchte, weil ich dafür keinerlei Vorwissen voraussetzen kann. Falls er es nicht ebenfalls beobachtet hat, dürfte Balthasar nicht mal wissen, was eine Steckdose ist. »Und das mit der Armut … Na ja, wie man es nimmt. In deinen Augen haben wir sie durchaus eingedämmt. Arme Menschen heute sind viel reicher als arme Menschen zu deiner Zeit. Die meisten haben ein Dach über dem Kopf, warme Kleidung und Essen.«

»Dann sollte man nicht von Armut sprechen.«

Irgendwie hat er auch diesmal recht. Die Probleme der heutigen Zeit sind oft nichtig im Vergleich zu jenen, mit denen sich der Graf herumschlagen musste. Dafür gibt es neue, nicht minder schlimme. Mir wird bewusst, wie interessant seine Sicht auf die Neuzeit ist, und dass wir viele Abende damit füllen könnten, uns auszutauschen. Leider müssen wir erst mal ein dringendes Problem lösen.

»Lass uns das ein anderes Mal besprechen. Deswegen bin ich nicht hier«, sage ich.

Auch er scheint den eigentlichen Grund unseres Treffens verdrängt zu haben. Sofort verschleiert sich sein stählerner Blick und er betrachtet den Weg vor unseren Füßen, während nur meine Schritte auf dem mit Pfützen übersäten Weg schmatzen.

Er kommt auf eine der noch unbeantworteten Fragen zurück: »Du wolltest wissen, aus welchem Grunde wir uns ausgerechnet hier treffen müssen. Wegen dem, was ich mir zuzuschreiben habe. Schreckliche Taten, die mich bis in die Ewigkeit verfolgen. Aus diesem Grund habe ich entschieden, mich von aller Welt zurückzuziehen. Vor allem von meinen Untertanen, die im Schloss verblieben sind.«

»Wegen dem einhändigen Bettler?«

»Was? Nein!«

Die Worte schweben zwischen uns wie stumpfe Klingen. Bergen unglaublich viele neue Fragen, die ich mir allesamt nicht zu stellen wage.

»Du bist die Ausnahme«, fährt er unaufgefordert fort. »Weil du diesen Fluch brechen könntest.«

Ein warmes Gefühl flutet meinen Bauch, dessen Herkunft ich mir nicht erklären kann.

»Darum bist du gezwungen, mir alles zu erzählen«, schlussfolgere ich. Weil er bereits den Mund öffnet, ergänze ich schnell: »Egal, was du mir sagen wirst, es bleibt unter uns, versprochen.«

Balthasar schließt den Mund wieder. Ein paar Minuten lang schweigen wir beide, ich mit tausend Fragen auf der Zunge und der Graf mit unergründlichem Gesichtsausdruck. Wir verlassen den Weg, folgen eine Weile längst vergessenen Pfaden quer durch die Bäume. Tatsächlich scheint sich der Geist hier gut auszukennen. Er zögert keine Sekunde, führt uns zielgerichtet weiter, auch wenn ich nicht weiß, ob wir überhaupt ein Ziel haben.

Nach einer Weile fängt er von sich aus wieder an, zu erzählen. »Dein Verstand ist klein und deine Sicht auf die Welt ungereift«, behauptet er. »Mag es zu eurer Zeit nicht mehr so sein, zu unserer war es unüblich, dass Ranghohe vor niederen Angestellten Schwäche zeigten.«

»Meine Sicht ist überhaupt nicht ungereift!«, widerspreche ich. Mit vor Hitze über diese Gemeinheit glühenden Wangen zwinge ich mich zu einem möglichst erwachsenen Ton. »Bei uns gibt es diese Hierarchien nicht mehr. Zumindest nicht hierzulande. Hör auf, mich in eine Schublade zu pressen, ich bin keines deiner Dienstmädchen und kann sehr wohl verstehen, was du meinst. Die anderen Geister sollen nicht mithören. Vor allem nicht der durchgeknallte Absalom, richtig? Aber wovon redest du eigentlich? Was sollen sie nicht hören?«

Die Antwort kommt wie ein Schlag ins Gesicht.

»Davon, dass ich die Schuld an ihrem Tode trage.«

Schweigen. In meinen Ohren dröhnt es. Wenn ich nicht will, dass er wieder komplett dichtmacht, muss ich mir meine nächsten Worte gut überlegen.

»Mechthild, Klara, Ronan, Absalom und der Hund – *du* hast sie getötet?«, hake ich so sanft wie möglich nach, obwohl mir klar ist, dass man so etwas nicht einfühlsam formulieren kann.

»Nicht direkt, aber dennoch, ja«, erwidert er kryptisch.

Uff. Und dann die Sache mit dem Einhändigen. Mir ist bewusst, dass das folgende Gespräch eine Herausforderung wird. Verständnis ist ein guter Ansatz und obwohl er mir gleich vielleicht einen schrecklichen Massenmord gesteht, so glaube ich doch, in seiner melancholischen Seele einen guten Grund dafür zu finden. Fest steht für mich schon jetzt, dass er nicht im Ansatz der grausame Herrscher ist, den alle in ihm sehen. Zumindest nicht mehr. Ganz im Gegenteil. Sich selbst für so lange Zeit ins Nichts zu verbannen, zeugt von einer Menge Reue. Was also sein unerweichbares Herz angeht – vielleicht schaffe ich es, diesen Teil des Fluches schon allein dadurch einer Lösung näherzubringen, indem ich ihm einfach zuhöre. Das tue ich natürlich nicht nur deswegen. Es interessiert mich wirklich.

Vor uns brechen die Baumreihen ab und ich nutze die Chance, die neue Umgebung zu betrachten, bevor ich mich allem stelle, was ich gleich über den Grafen und die Vergangenheit erfahren werde. Wir befinden uns am Rand eines Flussbettes, das viel zu breit ist für das winzige Rinnsal in der Mitte.

Einst muss der Fluss mehrere Meter breit gewesen sein, doch er ist zum Großteil vertrocknet. Disteln und andere Pflanzen haben sich ihren Weg durch die helle Erde gebahnt. Rund gewaschene Steine, die sich früher unter Wasser befunden haben, liegen glanzlos vor uns. Der Fluss existiert bloß noch als dünnes Band, das uns nicht mal bis zu den Knöcheln reichen würde. Der Stausee muss sich ganz in der Nähe befinden.

Balthasar setzt unseren Weg flussaufwärts am Ufer entlang fort.

»Erzähl es mir, bitte«, verlange ich, als er weiterhin schweigt. In der Ferne wird eine weiße Wand sichtbar, die sehr dichter Nebel sein könnte, doch ich weiß es besser.

Die Staumauer.

»Dir ist bekannt, dass es uns Geistern unmöglich ist, über Dinge zu sprechen, die mit der Lösung des Fluches im Zusammenhang stehen«, antwortet er.

»Ja, weil ihr Teil davon seid«, gebe ich zurück und werde mir bewusst, wie selbstverständlich es für mich geworden ist, über solche übernatürlichen Dinge zu reden.

»Es ist wie ein Widerstand im Halse, sobald ich etwas zu sagen versuche, was damit einhergeht«, erklärt er. »Mir ist vielleicht ein Weg bekannt, dies Problem zu umgehen. Ob es funktionieren wird, kann ich zum jetzigen Zeitpunkt schwerlich beurteilen.«

»Wie denn?« Mein Herz klopft schneller denn je, und das liegt nicht an dem Knacken zwischen den Bäumen hinter mir, das ich seit einer Weile ignoriere.

Der Graf starrt eisern zu Boden. Seine Kiefer mahlen, weil er offenbar mit sich selbst ringt. »Geister sind Energien. Erinnerungen und Seelen einstiger Leben. Sofern funktioniert, was ich ersinne, wirst du selbst sehen, was ich einst sah.«

Während ich warte, dass er weiterspricht, erreichen wir den Fuß der Staumauer. Schier endlos ragt sie vor uns in die Höhe, als befänden wir uns mitsamt dem Wald in einem sehr großen Gefängnis.

Wieder halten wir an. Balthasar scheint unsere Umgebung jetzt völlig auszublenden, konzentriert sich auf mich. Seine Augen durchbohren mich förmlich, auf unnahbare wie auch faszinierende Weise.

»Was hast du vor?«, frage ich verunsichert, während er ganz langsam näher schwebt. Uns trennt keine Armlänge mehr.

»Verrate niemals einer Menschenseele, was ich gleich tun werde«, befiehlt er ernst.

Ich nicke automatisch, ohne den Hauch einer Ahnung, was das hier werden soll. »Versprochen.«

Nach wie vor hält er meinen Blick gefangen. Weil er so weiß ist, kann ich trotz Dunkelheit alles an ihm erkennen. Fast ist es, als würde er leicht strahlen. Wie die Adventsbeleuchtung am Balkon unserer ehemaligen Wohnung, wenn die Batterien beinahe leer waren. Nur weniger gemütlich.

In seinem Gesichtsausdruck liegt etwas Abweisendes. Eine Mauer, größer als die Staumauer zu unserer Rechten, mit der er versucht, jede Emotion und jedes Gefühl krampfhaft auszusperren.

Er kommt dichter an mich heran und ich widerstehe dem Drang, zurückzuweichen.

Jetzt ist er mir so nah, dass es sich beinahe intim anfühlt. Zwischen uns wäre kein Platz für eine weitere Person. Mir steigt Hitze in die Wangen. Weil er mich so intensiv mustert. Und weil ich noch nie einer männlichen Person – ausgenommen Dad und Max – so nah war. Romantisch ist es allerdings nicht. Ich bin einfach nur aufgeregt und eingeschüchtert, denn ich weiß nicht, was gleich passieren wird.

Balthasar hebt seine Hände und legt sie mir auf die Schultern. Zumindest tut er so. Es ist ein Gefühl, als würde er zwei mit kaltem Wasser getränkte Waschlappen auf mir platzieren. Ich versuche, so wenig wie möglich zusammenzuzucken.

Dann schließt er die Augen und öffnet den Mund. Für einen verwirrenden Moment wirkt es, als wollte er mich küssen. Selbstverständlich hat er das nicht vor. Unsicher, wie ich mich verhalten soll, tue ich einfach gar nichts. Nur auf seine geschlossenen Lider starren und mir einmal mehr darüber bewusst werden, wie eingefallen seine Augenhöhlen und Wangen sind. Davon abgesehen könnte er attraktiv sein. Wie eines dieser mageren Männermodels für Eau de Toilette. Gut, die Richterperücke käme da sicher etwas eigenartig, aber sonst …

Oje. Meine Gedanken werden schon wieder wirr. Und meine Sinne irgendwie auch. Die Umrisse des Grafen wirken plötzlich unscharf. Als hätte ich meine Kontaktlinsen vergessen. Außerdem wabert er, wie mit dem Nebel vereint, der mittlerweile in dichten Fetzen zwischen den Bäumen hängt.

Balthasars Geisterqualm breitet sich aus, seine Konturen vergrößern sich, immer mehr und immer dichter um mich herum, bis ich selbst wie in einer Wolke stehe. Von den Gesichtszügen des Grafen mache ich nichts mehr aus. Ob er sich aufgelöst hat und mich formlos umschließt, oder ob seine Konturen inmitten dieser Nebelwolke noch existieren, kann ich nicht erkennen, macht aber auch keinen Unterschied.

Fakt ist, ich bin völlig von Weiß umgeben. Von weißem Nebel und Kälte, die jeden Zentimeter freier Haut mit winzigen Stichen piesackt.

Für ein paar Sekunden möchte ich in Panik verfallen, mich freistrampeln und weglaufen, was sogar möglich wäre, weil der Griff des Grafen auf meiner Schulter nutzlos ist.

Doch ich rühre mich nicht. Ganz still starre ich ins ewige Weiß vor meinen Augen, bis ich mir einbilde, Figuren darin zu erkennen.

Kapitel 17

Ich bilde mir die Figuren nicht ein.

Zuerst trüb und neblig, schärfen sie sich langsam. Der Nebel zieht sich zurück, verschwommenes Einheitsweiß offenbart Farben.

Sekunden später klärt sich mein Blick wieder. Ich stehe nicht mehr im Wald, es herrscht nicht mal mehr Nacht. Verblüfft keuche ich auf, als mir bewusst wird, dass ich mich im Innenhof des Schlosses befinde. Mitten am Tag. Ohne mich auch nur einen Meter bewegt zu haben.

Doch das Schloss ist nicht mehr, wie ich es kenne.

Es ist … lebendig. *Neu.*

Keine zerbrochenen Fensterscheiben, keine schwarzen Flecken an den Sandsteinwänden. Die Hennen auf den Wappen klar und bunt, die Holztüren nicht wurmstichig, der Sandboden gelb statt grau. Mehrere niedliche Tannenbäumchen zieren den kleinen Garten in der Mitte des Innenhofes. Grün, lebendig, mit Nadeln.

Geister sind Erinnerungen. Ich befinde mich in der Vergangenheit. In einer Erinnerung des Grafen.

Zunächst vermute ich, dass ich die Szene durch Balthasars Augen betrachte. Stattdessen bin ich körperlos. Den Grafen entdecke ich nicht. Trotzdem muss er sich irgendwo in der Nähe befinden, immerhin kann er sich nur an etwas erinnern, das er erlebt hat.

Während ich Ausschau nach ihm halte, sauge ich jedes Detail gierig in mich auf. Vereinzelte Wölkchen hängen über uns am Himmel. Davon abgesehen nichts, keine Kondensstreifen von vorüberziehenden Flugzeugen. Nur kräftiges Blau.

Ich tippe auf einen Sommertag. Entsprechend klar und warm dürfte die Luft sein. Doch das nehme ich nicht wahr, kann in der

Erinnerung weder fühlen noch riechen. Lediglich hören und sehen, als würde ich einen Fernsehfilm betrachten. Das reicht allerdings, um mich zu beeindrucken.

Was mir den Atem raubt, ist nicht bloß die jugendliche Optik des Schlosses. Es ist die Tatsache, dass das Gelände mit Leben gefüllt ist.

Der Innenhof summt vor Geschäftigkeit. Gerade durchquert ein Pferdekarren mit quietschenden Holzrädern das Eingangstor, das zwei Wachen an breiten Seilen aufgezogen haben. Beladen ist der Wagen mit Fässern und Fellen, außerdem Kohlköpfen. Zwei Frauen mit Hauben und schmutzigen Schürzen versuchen, ihr Gleichgewicht zu halten, während der Wagen auf die Mitte des Innenhofs zuschaukelt. Gleichzeitig sichern sie mit Händen und Knien die Waren.

Der Kutscher zieht meine Aufmerksamkeit auf sich. Ronan! Auf dem Bock sitzt der Stallmeister in lebender Gestalt. Unverkennbar, weil er exakt gleich aussieht wie als Geist, bloß in Farbe. Auch hier trägt er zerlumpte Kleidung aus Leinen, seine Mönchsfrisur und einen ernsten, aber gutmütigen Blick, während er die zwei stämmigen Pferde mit angezogenen Zügeln zum Halten bringt.

Die Frauen springen ab und zwei weitere Bedienstete eilen herbei, um den Karren zu entladen. Derweil steigt auch Ronan schwerfällig von seinem Bock.

Im selben Moment tritt eine rundliche Frau aus einem der zahlreichen Eingänge an der Seite des Schlosses. Auch sie kenne ich. Mechthild. Rotwangig, wie ich sie mir ausgemalt habe. Mit braunem Haar, das fast vollständig unter einer weißen Haube verborgen ist. Mit eiligen Schritten steuert sie auf Ronan zu und gibt ihm lächelnd Anweisungen. Er erwidert etwas, das ich aus der Ferne nicht verstehe. Verblüffend ist allein die Tatsache, dass er spricht. Metze hat es gesagt. Dass er seine Stimme erst später verloren hat. Während des Vorfalls. Was auch immer es sein würde, war zu diesem Zeitpunkt noch nicht passiert.

Mein Blick wandert weiter, über zwei junge Männer in meinem Alter, die Wasser in schweren Holzeimern aus dem damals intakten Brunnen ziehen. Weitere Männer transportieren die geschöpften Eimer in Richtung der offen stehenden Tür, durch die Metze gekommen ist. Ohne es zu sehen, weiß ich, dass auch hinter den Wänden Leben und Geschäftigkeit toben. Dass sich dies hier in voller Blüte-

zeit des Schlosses ereignet hat, als vielleicht ein Festmahl ausgerichtet wurde. Als die Fürsten von erfolgreicher Jagd zurückkehrten oder von einem Auslandsbesuch oder was immer sie damals so taten. Möglicherweise sah es hier aber auch jeden Tag so aus. Mit Knechten, die soeben die Pferde abspannen und zum Stall führen. Mit Kindern, die einem Ball nachjagen und dabei eine Dienerin in schlichtem Kleid, die einen Sack trägt, beinahe zu Fall bringen.

Und mit Balthasar von Düsterstein, der in diesem Moment aus dem Haupteingang tritt. In meiner Zeit ist das Sandsteingeländer der prächtigen Treppe schwarz und verwittert, die beiden sitzenden Löwenstatuen komplett verschwunden und die steinernen Stufen zum Teil herausgebrochen. In dieser Erinnerung ist alles neu und eine mehr als angemessene Tribüne für den Grafen, der, flankiert von zwei Männern in wirklich hässlichen Pluderhosen, nach draußen schreitet.

Die Lautstärke aller Anwesenden sinkt, als hätte jemand ein Radio leiser gedreht. Die meisten senden einen kurzen Gruß in Richtung der edlen Herren, die Frauen deuten einen Knicks an, egal, welche schweren Lasten sie gerade zu schleppen haben. Balthasar und seine Begleiter registrieren es mit stoischer Gleichgültigkeit.

Anschließend setzt die Dienerschaft ihre Tätigkeiten fort, jetzt eiliger, bedrückter als zuvor. Selbst die Kinder lachen leiser, während sie sich mit ihrem Ball vom Innenhof entfernen und in einer kleinen Tür links vom Haupteingang verschwinden.

Ehrfurcht ergreift mich, zugleich der übermächtige Drang, ebenfalls zu salutieren oder etwas ähnlich Albernes zu tun. Die Macht, die diese Männer ausstrahlen, legt sich wie eine Decke über die gesamte Anlage. Vor allem Balthasar beeindruckt mich. Obwohl ich ihn kenne, ihn mit respektlosen Kommentaren bedacht und mich über ihn lustig gemacht habe – seine lebende Gestalt ist eine völlig andere Hausnummer.

Er ist so alt, wie ich ihn kenne. Diese Erinnerung trennt demnach nicht viel Zeit von seinem selbst gewählten Tod. Blässe und dunkle Augenringe decken sich mit seiner Geistererscheinung. Dennoch strahlt er kühle Herrlichkeit aus. Ein Graf, der Gehorsam erwartet, der seine Untergebenen mit eiserner Hand regiert. Der niemanden in sein Herz lässt, weil es eine Schwäche wäre. Der nur geschäftliche Beziehungen kennt. Auf dessen Schultern eine Verantwortung lastet, die ich mir als Mädchen der Neuzeit nicht ansatzweise ausmalen kann.

Woher ich das plötzlich weiß, wird mir nicht sofort bewusst. Lese ich das aus seinem Gesicht? Von seiner prunkvoll verzierten Weste oder aus seiner starren Haltung?

Nein. Dies hier ist eine Erinnerung, etwas sehr Persönliches. Obwohl ich die Geschehnisse nicht aus Balthasars Perspektive verfolge, bin ich überzeugt, dass seine Emotionen durchaus eine Rolle spielen. Logisch. Erinnerungen sind immer vom eigenen Empfinden geprägt. Fast scheint mir, als könnte ich ihn *spüren*. Als wäre er in diesem Moment ein Teil von mir – beziehungsweise ich von ihm.

Genau das ist wahrscheinlich auch der Grund, warum ich etwas für die beiden Männer empfinde, die neben dem Grafen stehen, obwohl ich sie überhaupt nicht kenne.

Strenge spricht aus dem Gesicht des älteren Mannes, der Balthasars Vater sein dürfte, Karl von Düsterstein. Zumindest ähneln sie sich. Der gleiche schmale Körperbau, die gleichen tief liegenden Augen. Was am Grafen allerdings melancholisch wirkt, erinnert in seinem Fall einfach nur an jene Kaltherzigkeit, die immer im Zusammenhang mit Balthasar erwähnt wird. Auch besitzen seine Iriden nicht die stahlgraue Farbe, sondern sind dunkel.

Ich denke an die Zeitungsartikel, die Gerüchte um Balthasars Abstammung. Karl von Düsterstein und seine Frau waren kinderlos geblieben, bis im letzten Moment ein Baby auftauchte. Rein optisch kann ich eine Blutsverwandtschaft nicht anzweifeln. Warum tat es dann das damalige Volk?

Wie auch immer. Einer Sache bin ich mir in diesem Moment sicher: Dieser Mann trägt einen Großteil der Schuld daran, wieso Balthasar ist, wie er ist. Seine Kindheit war militärisch durchorganisierter Drill. Eine Erkenntnis, die ich ebenfalls Balthasars Gefühlen zuschreibe.

Der dritte Mann auf der Treppe trägt im Gegensatz zu beiden Grafen keine Perücke, dennoch handelt es sich um einen Edelmann. Vermutlich einen Berater. Seine Haare hat er so streng nach hinten gegelt, dass ich mich frage, was man seinerzeit dafür verwendet hat. Butter? Die Vorstellung, wie er sich Streichfett ins Haar schmiert, ist aber auch das einzig Amüsante an ihm. Vom Alter her um die Dreißig, scheint dieser Berater in seinem Leben nicht viel zu lachen. Seine Mundwinkel hängen herab, so oft und lange schon, dass sich deutliche Falten gebildet haben. Eine seiner Augenhöhlen ist leer, was ihm zusätzlich ein düsteres Aussehen verleiht.

Mit einem Schlag möchte ich einfach nur dort hinrennen und Balthasar befreien. Mit ihm in die Tiefen der Wälder verschwinden und nie zurückkehren.

»Euer Durchlaucht«, hallt in diesem Moment eine männliche Stimme über den Innenhof, so kraftvoll, dass sie mehrfach von den Wänden echot. »Mein Herr.«

Völlig vertieft in den Anblick der Männer, die wie unbeugsame Skulpturen auf der Treppe stehen, ist mir die drahtige Gestalt gar nicht aufgefallen, die jetzt auf die Stufen zu eilt. Ein Kerl mit einem fürchterlichen Topfschnitt und einer Art weinrotem Umhang, der bei jedem Schritt hinter ihm her weht. *Bote*, schießt mir durch den Kopf.

Vor der untersten Stufe geht er auf ein Knie und richtet sich wieder auf, nur den Kopf hält er weiter gesenkt. »Sie ist eingetroffen.«

Ohne Ahnung, wer *sie* ist, halte ich den Atem an, wie es der gesamte Innenhof tut. Die Aufmerksamkeit der meisten Anwesenden ruht jetzt auf dem Tor, durch das kurz zuvor die Pferdekutsche gefahren war. Noch immer steht es offen.

Alle Bediensteten haben ihre Arbeit eingestellt, was teilweise sehr merkwürdig wirkt. Zum Beispiel bei der jungen Dame, die drei gewaltige Kohlköpfe balanciert, über die sie kaum hinwegsehen kann. Oder bei Ronan, der neben Metze steht und die vordere Stange der Kutsche in beiden Händen hält, als würde er den Wagen eigenhändig weiterziehen wollen. Selbst Balthasar und seine zwei Begleiter sind seltsam erstarrt.

Wen erwarten sie? Wer ist eingetroffen?

Am liebsten hätte ich mich vorwärtsbewegt, um durch das Tor zu schielen, denn meine aktuelle Position ist ziemlich am Rand des Innenhofes angesiedelt. Leider kann ich mich nicht rühren, die Perspektive ist starr. Und ich körperlos.

Gedulden muss ich mich trotzdem nicht lange. Wenige Herzschläge später vernehme ich Hufgetrappel von außerhalb des Schlosses. Weil plötzlich Stille über dem Innenhof hängt, entsteht ein lauter Widerhall, als ein kastanienbraunes Pferd mit vermummtem Reiter – oder Reiterin, da *sie* – erscheint. Das Tier zieht einen zweirädrigen Karren hinter sich her, auf dem ein Sarg ruht.

Dann scheint es, als hätte ein Kommando die Reglosigkeit der Menschen mit einem Schlag beendet. Von einer Sekunde auf die andere bewegen sich alle weiter, tragen Dinge von links nach rechts, murmeln sich gehetzte Worte zu, verschwinden in Türen oder tauchen aus ebendiesen auf. Wie ein Film, der kurz durch eine Werbepause unterbrochen war und sich nun fortsetzt.

Während die Bediensteten mit scheinbar doppelter Geschwindigkeit arbeiten, tue ich, was auch der Graf und seine Begleiter tun: weiter reglos auf den Gast starren.

Das Pferd atmet schwer, sein dunkles Fell trägt Schweißflecken. Dennoch wirken seine Schritte ruhelos, als hätte es zu lange ohne Bewegung im Stall gestanden. Auch sonst macht es einen nervösen Eindruck. Es peitscht mit dem Schweif, während sein Reiter es durch die Menschen dirigiert, die Nüstern blähen sich. Jeder tänzelnde Schritt erzeugt ein klapperndes Knirschen auf dem Sandboden und verstärkt das ungute Gefühl in meinem Magen. Da ich von der Person auf seinem Rücken nicht viel erkennen kann, weil sie in einen grauen Umhang gewickelt ist, muss ich mich weiter auf das Tier konzentrieren. Das breite weiße Abzeichen auf seiner Stirn erinnert mich an etwas. Auch dieser nervöse Schritt, eine Mischung aus fehlendem Gleichgewicht und Unruhe. Der Zeitungsartikel berichtete von einem Hengst, der eines Tages am Schloss aufgetaucht ist. Könnte er das sein? Habe ich hier die lebendige Gestalt des unheimlichen Pferdes vor mir?

Die Reiterin selbst beantwortet meine ungestellte Frage.

»Ho, Deichprinz!«, ruft die eindeutig weibliche Person. Der Hengst, dessen Name mir wie eine heiße Klinge ins Herz schießt, gehorcht nicht sofort.

Seine Schritte werden kleiner, doch bis er zum Stehen kommt, hat er die Treppe vorm Haupteingang fast erreicht.

Es *ist* das Monsterpferd. Und der große Holzkasten auf dem Karren, der durch Lederriemen mit Sattel und Brustgeschirr verbunden ist, ist tatsächlich ein Sarg.

Hirnrissigerweise frage ich mich nur eines: Dieser untote Reiter, ist das eine Frau? Oder hat seine Monstergestalt etwas mit dem zu tun, was er zieht? Über beides kann ich aktuell bloß spekulieren.

Die Reiterin nimmt ihre Kapuze ab.

Hexe, zischt mein Inneres. Einmal mehr aufgrund der bisherigen Erzählungen des Grafen. Auch ihr Äußeres deckt sich mit meiner Vorstellung einer barocken Heilerin, die sich nicht ganz legaler Methoden bedient.

Ihr Alter würde ich auf um die sechzig Jahre schätzen, wobei das zur damaligen Zeit vor allem unter dem ärmeren Volk ein sehr stolzes Alter war. Ihre Nase ist warzenfrei, dafür trägt sie langes silbergraues Haar, das als unordentlicher Zopf auf ihre Kapuze fällt. Markant ist neben ihrem berechnenden Blick vor allem der seltsame Schmuck. Armreifen baumeln an beiden Handgelenken, allesamt aus hellem, ungleichmäßigem Material, das an Holz erinnert. Oder Knochen. Auch um den Hals trägt sie diverse Lederbänder mit Anhängern. Kleine Glasgefäße mit bunten Flüssigkeiten. Etwas, das aussieht wie eine Hasenpfote und natürlich, wie sollte es anders sein, der Turmalin, der seit ein paar Tagen an meinem Hals hängt. Seine wahre Trägerin mehr oder weniger leibhaftig vor mir zu sehen, raubt mir den Atem.

Das dort ist die Frau von Balthasars Onkel Leopold.

»Euer Durchlaucht, Karl von Düsterstein«, grüßt sie und ich finde, dass es hämisch klingt.

Balthasar neigt kurz den Kopf, seine Begleiter zeigen keinerlei Regung.

Die Antwort kommt vom Vater des Grafen. »Agatha, wehrte Schwägerin. Was führet Euch den ganzen entbehrungsreichen Weg quer durchs Lande in unser bescheidenes Zuhause?«, fragt er mindestens genauso hämisch. Dass sich die beiden nicht leiden können, klebt förmlich in der Luft.

»Der Tod Eures Bruders«, gibt sie knapp zurück und weist mit einer Hand hinter sich.

Der Sarg. Da drin liegt Leopold?

Mein Magen macht eine halbe Drehung bei der Vorstellung, dass sie den Leichnam ihres Mannes hinter sich herzieht. Seit Stunden oder Tagen – woher sie stammt, weiß ich ja nicht.

»Wir vernahmen die schreckliche Kunde.« Karl verzieht das Gesicht. Ich erkenne keine aufrichtige Anteilnahme, was ihn mir noch unsympathischer macht. Immerhin liegt dort sein toter Bruder.

»Sein Lebzeit Wille war, in dies' Schloss zurückzukehren«, fährt die Witwe fort. »Nachdem Ihr ihn damals seines wahren Platzes beraubtet, erfülle ich ihm nun wenigstens nach seinem Tode diesen Wunsch.«

Platz beraubt? Was meint sie damit?

»Ihr reist durchs ganze Land und verlangt ungefragt, Leopold in der fürstlichen Gruft zu beerdigen? Diesen Taugenichts?« Karl hat nun jede gespielte Höflichkeit fallen gelassen. Ich sehe, wie Balthasar unruhig wird. Sein Blick wandert von der Hexe zum Boden, zu seinem Vater und wieder zurück.

Wer außerdem immer ruheloser wird, ist das Pferd. Als würde sich mit jeder Minute eine unbändige Energie in seinen Muskeln anstauen, die es nur mit nervösem Tänzeln und Schnauben kontrollieren kann.

»Ja, das verlange ich. Im Tode werdet Ihr meinem Manne gewähren, was ihm zusteht.«

Es ist merkwürdig. Obwohl sie so zerbrechlich anmutet und nicht mal ihr Reittier unter Kontrolle hat, wirkt sie auf unberechenbare Art gefährlich. Ist es die bloße Dreistigkeit, die sie besitzt, einfach so eine

Forderung an die Herrscher dieses Schlosses zu stellen? Auch ohne gesellschaftliche Kenntnisse der damaligen Zeit bin ich überzeugt, dass ihr dieses Recht nicht zustand. Jeder Ansatz von Respekt fehlt. Vielmehr höre ich unterschwelligen Zorn.

Und etwas anderes.

Eigentlich glaube ich nicht an Zauberkräfte. Aber da ich mich gerade in der Erinnerung eines Geistes befinde, sollte ich lieber nicht ausschließen, dass diese Frau Fähigkeiten besitzt, die jedes logische Denken übersteigen.

Karl und der dritte Mann, dessen Name bisher nicht genannt wurde, wechseln einen spöttischen Blick. Balthasar scheint bei dieser Unterhaltung nicht nach seiner Meinung gefragt zu werden, was meinen Eindruck verstärkt, dass er nicht so viel zu sagen hatte, wie er sollte.

»Wagt es nicht, am Hofe Düsterstein Forderungen zu stellen, Weib«, knurrt Karl schließlich. In mir erstarrt etwas, wie es auch Agatha auf ihrem Pferd tut. Als sie wieder spricht, klingt jedes einzelne Wort wie ein Eiszapfen.

»Ich wage es. Ihr werdet ihm und mir diesen Wunsch erfüllen. Leopold ist heimgekehrt. Und er wird hierbleiben, für die Ewigkeit.«

»Was wollt Ihr tun, falls ich es verwehre?«, fragt Karl. »Lasst ihn doch verbrennen, den gammeligen Leichnam. Verstreut ihn ins Meer, wo er mit den Algen um die Wette stinken kann. Mehr war seine Existenz sowieso nicht wert.«

Autsch. Wie kann man dermaßen abfällig über seine Familie reden? Nicht mal über Finn würde ich so etwas sagen.

Die Alte streckt eine Hand aus. Ganz langsam, sodass der Umhang wie in Zeitlupe einen sehr sehnigen Arm freigibt. Während fünf oder sechs Reife gegeneinander klackern, legt das zukünftige Pferdeungetüm die Ohren an und schnaubt erneut.

»Seht Ihr das hier?« Umständlich deutet sie auf ihren Halsschmuck, gleichzeitig spreizt sie an der ausgestreckten Hand die Finger. »Tut, was ich sage. Andernfalls wird großes Unglück über dies' Schloss und seine Bewohner hereinbrechen.«

Ich halte den Atem an und spüre, dass Balthasar auf der Treppe es mir gleichtut.

»Was steht Euch im Sinne, altes Weib?« Karl gibt sich weiterhin überlegen, gleichzeitig blitzt Vorsicht in seinen Augen auf. Wenn ich mich richtig erinnere, war die Hexenverfolgung zu dieser Zeit noch in Gang. Vor einem Fluch fürchteten sich die Fürsten also ganz sicher. Zurecht, wie ich ja nun weiß.

»Mein geliebter Mann hinterließ mir nicht viel. Eurer Verbannung wegen waren wir der Armut verfallen. Was bleibt, ist allein dieser Hengst, der ihm die letzten Jahre nie von der Seite wich und ihn bis nach seinem Tode zu schützen weiß. Außerdem diese handgefertigte Kette mit Schörle. Schwarz wie die ew'ge Dunkelheit, die zu sehen mein lieber Mann nun verdammt ist. Beides wird ihn schützen und jedem Rache lehren, der es wagt, ihn erneut von seinem rechtmäßigen Platze auf diesem Anwesen zu vertreiben.«

Beim Wort *Schörle* rinnt mir ein heißer Schauder über den Rücken. Der Turmalin, die Kette, die sie alle als Kette der Hexe bezeichnen … Sie gehörte ihrem verstorbenen Mann? Leopold, der laut ihr auf Düsterstein hätte leben sollen? Wenn Karl, beziehungsweise Balthasar ihn vertrieben hat, war sein rechtmäßiger Platz etwa … die Herrschaft über das Schloss? Was war geschehen?

Einmal mehr bete ich, dass Lory mit ihrer Recherche Fortschritte macht, vor allem, was Leopold von Düsterstein betrifft.

Unbewusst möchte ich nach dem Anhänger auf meiner Brust greifen, doch dank Körperlosigkeit funktioniert es nicht. Obwohl ich trotzdem das Gefühl habe, das körperwarme Material unter der Senke meines Schlüsselbeins zu spüren. So, wie ich meinen Magen spüre. Verrückt.

»Seht an, das Weib möchte uns drohen. Mit einem Gaul und einer Halskette«, fasst Karl abwertend zusammen und sieht sich im Innenhof um, wo sämtliche Angestellte krampfhaft ihrer Tätigkeit nachgehen. In Wahrheit werfen sie immer wieder furchtsame Blicke auf Graf und Hexe.

»Vater«, schaltet sich in diesem Moment Balthasar ein. »Lasset uns einen Kompromiss finden. Ich möchte vermeiden, dass dem Hofe Unglück geschieht.«

»Du bist ein ebenso törichter Narr wie dies' Weib«, höhnt Karl. »Uns wird kein Unglück geschehen.«

Kurz wirkt der Graf betroffen, was ich angesichts dieser Gemeinheit durch seinen eigenen Vater gut verstehen kann. Dann strafft er die Schultern. »Ihr habt mir die Herrschaft übertragen. Somit obliegt mir hier das Sagen«, erklärt er mit unerwartet fester Stimme.

Karl wirkt gleichermaßen in die Ecke getrieben wie sauer. »Schön. Dann triff deine Entscheidung, o edler Herr über Düsterstein«, knurrt er.

Balthasar wendet sich wieder der Hexe zu. »Nun, Weib. Was haltet Ihr davon, zunächst Euer Pferd versorgen zu lassen und Euch ein paar Stunden auszuruhen? Hiermit lade ich Euch ein, mit uns zu Mittag zu speisen. Dabei werden wir besprechen, zu welcher Einigung wir kommen können.«

Agatha starrt ihn an. Viele Herzschläge lang, die Deichprinz damit verbringt, weiter auf der Stelle zu treten und mit dem Schweif zu schlagen, als wäre er über und über mit Fliegen bedeckt. Schließlich schwingt sie sich aus dem Sattel und nimmt die Zügel über den Kopf ihres Tieres.

Von einer Ecke des Hofes trabt ein Junge herbei, vielleicht zwölf Jahre alt. Ein Stallbursche vermutlich. Als er bei ihr angekommen ist, fällt mir zum ersten Mal auf, wie klein die Hexe ist. Sie reicht dem Hengst sowie dem schlaksigen Jungen kaum bis zur Schulter.

»Ich bezweifele, dass Ihr mit ihm umzugehen wisst. Habt Ihr keinen erfahrenen Mann für die Pferde?«, fragt sie angriffslustig, als der Bursche die Hand ausstreckt, um nach den Zügeln zu greifen.

Wie zur Bestätigung scheut der Hengst zurück und reißt den Kopf hoch.

»Was ist das für ein tollwütiger Gaul?«, flucht Karl von Düsterstein. »Soll ich meine Diener der Gefahr eines wahnsinnigen Tieres aussetzen wegen der Knochen meines nutzlosen Bruders, der ohnehin nicht mehr unter uns weilt?«

Langsam hebt Agatha ihren Blick. »Es täte Eurem Wohlbefinden gut.«

»Meinem Wohl…«, beginnt er, zu toben, aber Balthasar fällt ihm ins Wort.

»So soll Ronan übernehmen!«, befiehlt er laut an den kräftigen Mann gewandt, der nach wie vor neben der pferdelosen Kutsche steht und alles beobachtet. »Dies ist unser Stallmeister. Er versteht sich auf schwierige Rösser«, erklärt er.

Es erstaunt mich, dass er sich seinem Vater so widersetzt, wo er kurz zuvor recht unterwürfig gewirkt hat. Karl von Düsterstein ergeht es offenbar nicht anders. Doch so verdutzt er auch wirkt, kann er an dieser Stelle und in aller Öffentlichkeit nichts gegen den Grafen einwenden.

Der junge Stallbursche schlurft davon. Ronan setzt sich in Bewegung.

Und das ist der Moment, in dem die Erinnerung endet.

Kapitel 18

In die Realität zurückzukehren, ist auf mehrere Arten unangenehm. Einmal, weil ich mich plötzlich wieder in meinen klammen Klamotten befinde und die Nachtluft meine Wangen in kühlschrankkalte Klumpen verwandelt hat. Zum anderen, weil ich mich so in der Vergangenheit verloren habe, dass ich glaubte, ein Teil davon zu sein. Vor allem hätte ich gern gewusst, wie es weitergeht.

Schmerzhaft oder so ist es jedoch nicht. Das Bild des Schlossinnenhofs verschwindet hinter weißem Nebel, bevor ebenjener mich in die Dunkelheit des Waldes entlässt. Direkt vor den Grafen, der mich mit einer Mischung aus Verlegenheit und Neugier ansieht.

Ihn wieder in seiner Geisterform zu sehen, tut mir mehr weh, als es sollte.

»Es hat funktioniert«, hauche ich, weil ich keine peinliche Stille aufkommen lassen will. Immerhin war ich gerade gewissermaßen in seinem Kopf, was per se schon mal eine ziemliche persönliche Angelegenheit ist. Beinahe intimer als intime Dinge selbst.

Dieser Gedanke führt dazu, dass ich mein Gesicht abwende und die Kühlschrankkälte meiner Wangen ein wenig weicht.

»War es … haben sich dir meine Erinnerungen offenbart?«, fragt er vorsichtig.

»Ja, ich habe alles gesehen«, murmele ich ehrfürchtig.

Er tritt einen Schritt zurück und streckt eine Hand nach der Staumauer aus, vor der wir immer noch stehen.

Unsicher betrachte ich, wie seine Finger im Gestein verschwinden. Keine Ahnung, wieso er das tut. Es wirkt wie eine Verlegenheitshandlung.

Ich sage das Erste, das mir in den Sinn kommt: »Du bist nicht der grausame Herrscher, wie man behauptet. Es war dein Vater, Karl von Düsterstein.«

Lange starrt er einfach nur auf die Mauer, wo er nichts Interessantes sehen dürfte, außer vielleicht eine Kellerassel.

»Du hast deine Untertanen nie gequält. Er war es, richtig? Auch das mit dem einhändigen Bettler?« Ich möchte zu sehr daran glauben.

»Obwohl er das Erbe an mich weitergab, blieb es schwierig, gegen ihn zu bestehen«, gibt Balthasar zu, ohne mich anzusehen, was eine verschlüsselte Art ist, meinen Verdacht zu bestätigen.

Ich nicke verständnisvoll. »Ich habe deine Gefühle gespürt. Aber nur unterschwellig«, ergänze ich schnell, weil er das bestimmt nicht gern hört.

Wie erwartet, fange ich mir einen vorwurfsvollen Blick ein. Als wäre ich schuld daran, dass seine Erinnerungen mir nicht bloß Bilder gezeigt haben.

»Bei den eigenen Eltern bleibt man irgendwie immer ein Kind«, fahre ich fort. »Geht mir nicht anders. Mein Dad ist auch oft streng. Wenn er mit mir schimpft, möchte ich mich jedes Mal vergraben.«

Balthasars Augen vergrößern sich. »Streng? Was meine Beobachtungen mir zeigten, deutet auf wenig Erziehung hin. Eine Entwicklung, die über die Jahrzehnte hinweg zunimmt.«

»Ja, da gebe ich dir recht. Ich wollte nur andeuten, dass … Ich kann nachempfinden, wie du dich … Zumindest ansatzweise …« Hilfe, was für ein Gestammel! Nun bereue ich, es überhaupt angesprochen zu haben.

Wieder überrascht er mich.

»Sei dir meines Dankes gewiss«, meint er unerwartet sanft. »Manch Erwachsener erwartet, dass sich das eigene Kind nach den persönlichen Vorstellungen entwickelt. Weicht es davon ab, wird dies mit Härte bestraft. Zu meiner Zeit erbarmungsloser als am heutigen Tage. Vater erhob oft die Hand gegen meine Person, wenn ich mich in den Wald schlich, statt dem Tanzunterricht beizuwohnen. Oder wenn ich nicht genug aß. Ach, eigentlich erhob er die Hand sehr oft. Wenn es denn nur die Hand war.«

Ein fetter Knoten verschließt meinen Hals, als ich das höre. »Das tut mir leid, ehrlich«, gebe ich zurück. »Was war mit deiner Mutter?« Ich erinnere mich an den Artikel, dass sie früh gestorben ist.

Sein Blick verdunkelt sich und als er antwortet, schwingt Wehmut in seinen Worten mit. »Als sie noch lebte, war Vaters Verhalten nicht so schlimm. Er litt unter ihrem Tode, darum richtete sich die Verbitterung, die ihm seit jeher wie ein Dorn in der Brust saß, danach immer mehr gegen mich.«

»Du hattest aber nichts damit zu tun, oder? Mit ihrem Tod?« Die Frage ist gestellt, bevor mir auffällt, dass sie ziemlich dreist klingt.

Wider Erwarten schlägt Balthasar die Augen nieder. »Leider doch. Ihr Herz war nie besonders stark. Eines Nachts blieb es einfach stehen. Nach einem Tage, an dem ich ihr großen Kummer bereitete, weil ich mich dem Lehrmeister verweigerte.«

Das ist jetzt nicht wahr! »Hat man dir das etwa eingeredet? Dass du schuld an ihrem Tod bist?«

»Alles deutete darauf hin. Vater betonte es oft und ließ seine Wut an mir aus.« Balthasars Kiefer mahlen. Wieder starrt er die Staumauer an.

»Nein.« Ich schüttele den Kopf und strecke eine Hand aus, um seinen Arm zu berühren. Meine Fingerspitzen tauchen in Kälte und er zuckt zurück. »Das stimmt nicht. Herzen bleiben nicht stehen, weil man sich ärgert. Es gibt zwar wirklich das Phänomen des gebrochenen Herzens, weil sich großes seelisches Leid darauf auswirkt, aber in der Regel ist das Organ dann vorgeschädigt.«

»Woher willst du das wissen, bist du ein Bader?«, protestiert er.

»Internet und Biologieunterricht. Unser medizinisches Wissen ist viel größer als zu eurer Zeit.«

Endlich sieht er mich wieder an. Erstaunt, beinahe ehrfürchtig. Erkennt er etwa, dass ich doch kein so *töricht' Weib* bin, wie er dachte?

»Du glaubst, sie wäre auch ohne mein Zutun verstorben?«, bohrt er nach, und da ist es wieder – dieses warme Gefühl in der Bauchgegend, weil seine Worte Anerkennung bergen.

»Ganz bestimmt. Vielleicht nicht an diesem Tag. Aber zeitnah.« Natürlich geht mein medizinisches Wissen nicht so weit, dass ich mir da wirklich sicher bin. Sowohl im Biologie-Leistungskurs als auch im Erste-Hilfe-Kurs haben wir über Herzprobleme gesprochen, darum gehe ich davon aus. Es ändert ohnehin nichts mehr, außer dass sich Balthasar etwas besser fühlt. Und das allein ist es wert.

Viele Atemzüge vergehen, während mich der Graf ausgiebig mustert. Allmählich gewöhne ich mich an seine ausgefallene Kleidung, trotz Jackett und Richterperücke fühlt sich unser Gespräch immer mehr wie auf Augenhöhe an.

»Du hast es nicht freiwillig getan, das weiß ich«, ergänze ich. »Man hat dich in eine Rolle gepresst, die du nie wolltest. Logisch, dass man als junger Mensch dagegen rebelliert.«

»Ich musste es teuer bezahlen.«

»Viel zu teuer.« Mir fällt noch etwas ein. »War dein Vater wirklich dein leiblicher Vater? Ich habe da Gerüchte gelesen ...«

Bevor ich zu Ende sprechen kann, schnaubt er. »Das halbe Land zweifelte es an. Ein Bastard sei ich, eine Ausgeburt des Teufels. Manchmal bezeichnete selbst Vater mich so. Mir ist allerdings nichts dergleichen bekannt. Die Welt ist voll mit Neidern. Nach der langen Kinderlosigkeit meiner Eltern spekulierten andere auf ihr Erbe. Dass sie schlussendlich einen Sohn gebaren, war ihnen ein Dorn im Auge.«

»Obwohl du bestimmt nichts dagegen gehabt hättest.«

»Wohl wahr. Liebend gern hätte jemand anderes meinen Platz einnehmen können. Ein Herrscher war ich nie.«

»Aber an diesem Tag in dieser Erinnerung hast du nicht klein beigegeben. Du hast deinem Vater widersprochen.«

Balthasar greift sich an die Stirn, atmet tief durch und lässt die Hand wieder sinken. »Weil ich spürte, dass das Weib eine Kraft barg, die uns allen gefährlich werden konnte.«

»Kanntest du sie gar nicht? Sie war ja quasi deine Tante.«

»Nicht mal meinen Onkel kannte ich. Vater verbot jedes Geschwätz über ihn, befahl sogar, seine Gemälde zu verbrennen. Man verbannte ihn aus dem Schloss, noch bevor ich geboren wurde. Bis zu seinem Tode soll er im Norden des Landes gewohnt haben, am Meer, wo er auch sein Weib kennenlernte.«

»Am Meer?« Schlagartig klopft mein Herz schneller. *Des Meeres Brise ...*

Wenn der Hengst und die Hexe von dort stammen, dann wäre das die Erklärung, wie ein Fabelwesen aus dem Meer in den Thüringer Wald kam.

»Wo genau, vermag ich dir nicht zu sagen.«

»Warum wurde er verbannt?«, hake ich nach.

Der Geist seufzt schwer. »Da ich ihn, wie bereits erwähnt, nicht kannte, weiß ich nur, was man mir erzählte. Schon im Jugendalter soll er der Trunksucht verfallen sein. Auch litt er zunehmend an Wahnvorstellungen. Manche meinten, er sei vom Teufel besessen gewesen.«

»Ah ja.« Obwohl Balthasars Stimme beim letzten Satz rauchig geworden ist, macht mir diese abergläubische Behauptung keine Angst. Zumindest deckt es sich mit den Infos aus den Artikeln. »Denkst du das auch?«

Er zuckt mit den Schultern. »Ich hatte nie eine Meinung darüber. Bis zu diesem Tage seiner Wiederkehr als Toter existierte er schlichtweg nicht in meinem Leben. Dass er sich mit einer Hexe vermählt hat, die in ihrem Dorf ähnlich geächtet war, befeuerte Vaters Meinung selbstverständlich. Ich schätzte Agatha jedoch nie als wirklich bösartig ein. Vermutlich war sie verzweifelt, wollte um jeden Preis, dass ihr geliebter Ehemann seinen letzten Willen bekommt. Aus diesem Grund wusste ich damals auch nicht, was dagegensprach, ihn ihr zu erfüllen.«

»Hast du es getan?« Eigentlich brennt mir eine andere Frage auf der Seele. Nämlich jene, was Leopolds rechtmäßiger Platz im Schloss gewesen wäre. Ich schätze nicht, dass Balthasar es weiß, und bin noch nicht bereit, ihm von meinem Verdacht zu erzählen. Erst will ich mehr erfahren.

Balthasar antwortet nicht direkt. »Der Kummer um ihren verstorbenen Gatten wog so schwer, dass sie ihr Ziel regelrecht fanatisch verfolgte. Mir war bewusst, dass sie alles tun würde, um ihren Kopf durchzusetzen. Wenn wir uns weigerten, würde das böse Konsequenzen haben.«

Ich betrachte sein weißlich schimmerndes Gesicht, das mir nach der kurzen Zeit schon ungewöhnlich vertraut vorkommt. »Weil sie eine Hexe ist und euch verfluchen konnte? Was sie auch getan hat?«

»So geschah es.«

Ich kann mir ein Schnauben nicht verkneifen. Eigentlich klingt es so lächerlich. Und doch existiert dieser Fluch.

»Es kam zu einer tragischen Verkettung von Ereignissen«, fährt Balthasar bekümmert fort. Bevor ich nachhaken kann, tritt der Graf ein weiteres Mal ganz dicht an mich heran, hält meine Augen fest mit seinem Blick gefangen. »Bereit für weitere Erinnerungen?«

Sofort beginnt mein Herz, zu rasen. Ich nicke. Und wie ich das bin. Es dürfte längst tief in der Nacht sein. Mein Zeitgefühl ist verschwunden, doch ich bin so wach wie nie zuvor in meinem Leben.

»Dann mal los«, sagt Balthasar und es klingt beinahe neuzeitlich flapsig.

Kapitel 19

Als ich wieder sehen kann, erfasse ich meine Umgebung schneller als beim ersten Mal und weiß sofort, wo ich mich befinde. Nicht im Innenhof, sondern in einem Teil des Schlosses, den ich bisher nur einmal betreten habe und der mir doch unangenehm vertraut ist.

Wir stehen im Stall. Bei Tageslicht und ohne Schimmelschicht auf den gemauerten Umzäunungen der Boxen ein wundervoller Anblick.

Der Gang ist blitzblank gefegt. Die Boxen wurden frisch eingestreut und – aus irgendeinem Grund das, was mir am meisten den Atem raubt – mit jeweils einem Pferd besetzt, deren große dunkle Augen durch mich hindurchsehen, weil ich für sie nicht existiere. Die Geräuschkulisse wirkt beruhigend: eine Mischung aus mahlenden Kiefern und zufriedenem Schnauben, hinterlegt mit dem Rascheln von Hufen im Stroh. Was fehlt, ist der typische Geruch nach Pferd und Heu, weil ich in der Erinnerung des Grafen keinen Geruchssinn besitze. Das tut der Kulisse aber keinen Abbruch.

Über einer Eisenstange hängen kunstvoll verzierte Trensen aus Leder, die ich bewundere, bevor mir bewusst wird, dass ich nicht allein bin. Im hinteren Teil des Stalles, vor der Box, in der sich zu meiner Zeit der zugemauerte Eingang zur mysteriösen Kammer befindet, bemerke ich einen Tumult. Männerstimmen, die eindeutig streiten.

»Zerrt endlich diesen Gaul aus seinem Gatter!«, tobt der Vater des Grafen, dessen schnarrende Stimme ich sofort wiedererkenne. Wie die beiden Männer neben ihm – Balthasar und Ronan – steht er mit dem Rücken zu mir vor der Pferdebox. Darin, schnaubend und offenkundig nervös, befindet sich der Hengst der Hexe. Sämtliche andere

Pferde scheinen leiser kauen, wann immer ein Schlag seiner stampfenden Hufe ertönt. Als würden sie die Luft anhalten.

»Hat dem Stallburschen gestern zwei Rippen gebrochen. Eigenwilliges Tier. Niemand traut sich ran«, höre ich Ronan sagen. Seine gebückte Haltung wirkt unterwürfig. Seine Worte klingen tief und klar, wenn auch ein wenig gebrochen.

»Seit nunmehr drei vollen Tagen steht Deichprinz hinter Gittern. Ein Hengst von zwölf Sommern, der sein bisheriges Leben in Freiheit auf Koppeln verbrachte, glaubt man der Heilerin. Ihn länger eingesperrt zu lassen, wird lebensgefährlich sein.« Es ist nicht allein die Tatsache, wie Balthasar das Wort *Heilerin* ausspricht – mit gesenkter Stimme, als hätte er Angst, belauscht zu werden –, die mich schaudern lässt. Dieses Pferd hat einem Stallburschen die Rippen gebrochen?

Pferde sind Lauftiere und benötigen regelmäßige Bewegung. Wieso hat man ihn eingesperrt? Ausgerechnet der Vater des Grafen beantwortet meine stumme Frage.

»Das ist mir bewusst, Sohn! Meine Anweisung war, ihn auf die Wiese zu bringen. Doch keiner scheint in der Lage, den Gaul aus seinem Gatter zu holen.«

»Weigert sich, seinen Herrn zu verlassen«, ergänzt Ronan.

»Das ist Humbug«, erwidert der Graf, hält dann inne. »Der Leichnam befindet sich noch in der Kammer?«

Ungeduldig versuche ich, mich den Männern zu nähern, um zu sehen, was sich hinter dem Pferd befindet, leider ist die Perspektive erneut starr. So kann ich nur mutmaßen, dass der Schatten an der Wand eine dunkle Holztür darstellt. Hinter der man offensichtlich den toten Leopold lagert. Urgs.

Ronan nickt. »Wie Ihr befahlt.«

»Aber nun fängt er wirklich an, zu stinken, und wird uns das Ungeziefer anlocken«, flucht Karl von Düsterstein. »Vor Fliegen kann man hier der Gäule wegen sowieso kaum atmen. Dank der Gebeine meines verfluchten Bruders werden sich die Ratten bald stapeln. Ist denn keiner von euch fähig, einen einfachen Befehl auszuführen?«

Ronan zieht den Kopf noch ein wenig mehr ein. Obwohl er Karl von Düsterstein körperlich überlegen wäre, wirkt er verunsichert wie ein kleines Kind. Er tut mir unglaublich leid.

Balthasar macht sich an der Eisenstange zu schaffen, die die Box verschließt. Sofort dreht sich der Hengst im Kreis, wirft den Kopf hin und her, legt die Ohren an.

»Sehr schwieriges Tier«, kommentiert Ronan.

»Die Dreistigkeit der Hexe grämt mich mehr als genug. Von ihrem Gaul lasse ich mir keine Vorschriften machen!«, zetert Karl. »Holt Hengstkette und Nasenbremse, und schmeißt diesen Teufel hier raus! Wohin, ist mir egal. Zur Not gebt ihm eine Kugel! Anschließend verbrennt meinen nichtsnutzigen Bruder!«

Mit diesen Worten endet die Erinnerung. Nebel nimmt mich gefangen, trägt mich fort aus dem Stall, jedoch nicht zurück in den Wald. Balthasar zeigt mir nahtlos eine weitere Szene.

Der Geisterqualm entlässt mich wieder auf den Innenhof. Diesmal befinde ich mich direkt am Haupteingang, auf der Treppe, von wo aus ich einen perfekten Überblick habe.

Was mir im Treiben auf dem Sandboden zuerst auffällt: Klara! Das Geistermädchen – hier mit rosigen Wangen und wippenden blonden Zöpfchen – springt mit zwei anderen Kindern um einen bunten Holzkreisel, den sie an einer Schnur aufziehen. Um sie herum hüpft Pief, der Hund. Indes tragen ein paar Bedienstete Dinge aus Türen, um damit in anderen Eingängen zu verschwinden.

An den niedrigen Tannenbäumchen des Gartens in der Mitte macht sich eine schlaksige Gestalt zu schaffen. Ich muss zweimal hinsehen, um ihn zu erkennen, weil er keine Lederkluft trägt und wie alle anderen noch im Vollbesitz seiner Gesichtsfarbe ist: Absolom alias Axel!

Bewaffnet mit einer altertümlich anmutenden Heckenschere, zwackt er überstehende Äste in Form, was zugleich ungelenk wie geübt wirkt. Schon hier schien er ähnlich neben sich zu stehen wie zu meiner Zeit. Er summt ein Lied, wiegt den Kopf rhythmisch hin und her. Aus offensichtlichen Gründen schließe ich aus, dass es eine Hardrock-Melodie ist.

Während ich mich darüber freue, bekannte Gesichter zu entdecken, lenken Hufgeklapper und Männerschreie meinen Blick zum Stalleingang. Dort erscheint Karl von Düsterstein mit wehendem Mantel. Ein sehr, sehr zorniger Karl. Eigenhändig führt er Hengst Deichprinz neben sich. Wobei führen es nicht wirklich trifft.

Die beiden kämpfen.

»Verfluchter Gaul!«, brüllt Balthasars Vater und zerrt am Kopf des Tieres. Als beide ins Tageslicht treten, erkenne ich, dass etwas am Pferdemaul befestigt ist. Eine Konstruktion aus Holz und Stricken, die ich nur deshalb als Nasenbremse identifiziere, weil er das Wort vorhin erwähnt hat. Im Einsatz gesehen habe ich so etwas bisher nie, ich weiß allerdings, dass es zur Ruhigstellung von Pferden verwendet wird. Zusätzlich glänzt eine Kette auf dem dunklen Fell seines Kopfes, die ziemlich scharf wirkt.

Beides – Hengstkette wie Nasenbremse – scheinen nicht ansatzweise das zu bewirken, was sich Karl erhofft hat. Wie schon in der Box tänzelt das Tier mehr, als dass es läuft, wirft immer wieder den Kopf nach oben und entreißt dem Vater des Grafen damit beinahe die Werkzeuge, mit denen er ihn gefügig machen will.

Das Auftauchen der beiden sorgt dafür, dass die Anwesenden ihre Arbeit unterbrechen. Selbst die Kinder vergessen den Kreisel, der neben Deichprinz plötzlich das Einzige ist, das sich im Innenhof bewegt.

»Hör auf!« Karl verpasst dem Hengst einen Schlag mit dem Ellbogen gegen die Brust, woraufhin dieser nach ihm schnappen will. Durch die Nasenbremse gelingt es ihm jedoch nicht.

Neben mir fliegt die Tür zum Schloss auf und Balthasar stürzt heraus – ein Zeichen, dass beide Erinnerungen nicht unmittelbar nacheinander stattgefunden haben. Wie viel Zeit dazwischen liegt, kann ich nicht beurteilen.

»Vater, um Herrgotts Willen!« Der Graf eilt zum steinernen Geländer, also praktisch direkt durch mich hindurch, was ich nicht spüre.

Er ist heute noch edler gekleidet als sonst, in eine Art Paradeuniform, die wirkt wie aus hellem Gold gestickt. In seinem Gürtel steckt ein Gegenstand, der mich zusammenzucken lässt: eine Pistole. Nicht ungewöhnlich, dass Fürsten Waffen bei sich trugen. Wohin auch immer er in dieser Montur unterwegs war – die aktuellen Geschehnisse halten ihn davon ab. Ich kann das nahende Unglück förmlich in der Luft schmecken.

Karl wird ein Stück vom Hengst mitgezerrt, als dieser einen Galoppsprung aus dem Stand macht. Beide taumeln, fangen sich wieder. Deichprinz wiehert zornig, versucht, sich loszureißen.

Hinter beiden, im Tor zum Stall, erscheint Ronan. Aufgeregt will er zum Kopf des Tieres aufschließen, doch Deichprinz tritt aus. Der Stallmeister bremst erschrocken ab. Gerade rechtzeitig, um den Hufen zu entgehen.

»Dieser Narr!«, flucht Balthasar neben mir und meint ziemlich sicher seinen Vater. Offenbar war das hier nicht abgesprochen.

Der Hengst steigt. Die Nasenbremse fliegt davon.

Dann ist er nicht mehr zu halten. Hufe fliegen durch die Luft, einer erwischt Karl an der Schulter. Der wird nach hinten geschleudert, landet unsanft auf seinem Steiß. Dabei lässt er die Zügel los. Das Tier ist frei.

Eine weitere Person rennt aus dem Haupteingang. Agatha, die Heilerin. Ihr Pferd dreht sich um die eigene Achse, trampelt mehrmals haarscharf neben Karl auf den Boden.

Ich unterdrücke ein Keuchen.

Abermals steigt der Hengst, reißt die Vorderhufe hoch, landet wieder. Mit voller Wucht. Ein dumpfes Geräusch. Aus meiner Perspektive kann ich keine Details erkennen, bin mir trotzdem sicher, dass er Karl am Kopf getroffen hat.

Dann schießt Deichprinz los – zu meinem Entsetzen direkt auf Klara und die anderen spielenden Kinder zu. Der Hengst wirkt nicht aggressiv, vielmehr völlig verstört, außer sich vor Angst und Energieüberschuss.

Die Kinder rühren sich nicht. Statt zur Seite zu springen und den donnernden Hufen zu entgehen, sind sie wie erstarrt. Stehen da, starren mit riesigen Augen auf das zentnerschwere Tier, das in ihre Richtung rennt. Im letzten Moment weichen zwei der Kinder aus.

Nicht jedoch Klara und Pief.

Am liebsten möchte ich die Zeit anhalten. Sie schütteln, anschreien, anflehen, sich in Sicherheit zu bringen.

Wie immer kann ich nicht.

Zum Glück kann es jemand anders.

Eine Gestalt eilt über den Innenhof, kreischend, mit den Armen wedelnd, als würde sie kein sechshundert Kilo schweres Pferd, sondern eine Wespe verjagen wollen.

Mechthild.

Bei jedem Schritt weht ihre Schürze, flattert ihre Haube, wippt ihr ganzer Körper. Eine Superheldin in Küchenkleidung.

Leider erreicht der Hengst Klara zuerst.

Das Mädchen wird umgerannt, ein Vorderbein des Tieres kickt sie im Vorbeirennen zur Seite. Für den Moment kommt sie glimpflich davon. Pief schnappt nach dem Hinterlauf des Pferdes. Ob er ihn erwischt, erkenne ich nicht.

Gerade will ich aufatmen, als Deichprinz die schreiende Köchin bemerkt, die sich ihm von vorne nähert.

Er scheut aus vollem Galopp, springt schräg nach hinten, zurück in Richtung der kleinen Klara, die noch am Boden liegt.

Mechthild kreischt.

Im Blick des Pferdes legt sich ein Schalter um. Aus Angst wird Abwehr, aus Panik nackter Instinkt. Deichprinz geht auf die Köchin los, die Ohren angelegt, die Zähne gefletscht wie ein Raubtier.

Klara weint herzzerreißend.

Schlitternd kommt Mechthild zum Stehen, völlig überrumpelt, dass das Pferd nicht erneut scheut, sondern zum Angriff übergeht.

Mit zwei Sätzen ist es bei ihr, beißt sie in den Arm.

Blut spritzt auf den Sandboden.

Neben mir haut Balthasar eine Faust auf den Steinsockel, was mit Sicherheit schmerzhaft ist, doch nicht annähernd so schmerzhaft wie das, was Klara und Metze gerade erleiden.

Agatha schlägt beide Hände vor den Mund und rennt einfach los. Immer wieder ruft sie den Namen ihres Pferdes.

Auf einmal steht Axel neben der Köchin. Er trägt eine Harke bei sich, die er wahrscheinlich zuvor für die Gartenarbeit verwendet hat. Jetzt fuchtelt er damit durch die Luft, erwischt das Pferd am Kopf.

Mit einem schrillen Wiehern weicht es zurück, um kurz darauf erneut auf die beiden loszugehen.

Was zur Hölle stimmt mit diesem Pferd nicht? Es ist rasend vor Wut.

Ronan hat die ungleiche Truppe jetzt ebenfalls erreicht. Er greift nach den Zügeln, die haltlos durch die Luft wehen. Nach mehreren Versuchen erwischt er sie. Zerrt daran, was es noch schlimmer macht.

Der Hengst dreht sich im Kreis, keilt aus, schnappt, schnaubt zornig. Schweiß glänzt auf seiner dunklen Flanke.

Agatha ist stehen geblieben, viele Meter vom Gerangel entfernt. Offensichtlich traut sie sich nicht mal selbst an ihr Reittier. Überhaupt erscheint es mir unvorstellbar, dass diese zerbrechliche Frau den ganzen Weg von der Nordküste bis hierher auf ihm geritten ist. Sie murmelt vor sich hin, doch ich kann es nicht verstehen.

Deichprinz weicht zurück und zieht Ronan mit sich. Auch dieser Hüne von einem Mann kommt nicht gegen ihn an. Leider steuern beide schon wieder auf Klara zu, die nach wie vor am Boden liegt und ihr Bein hält.

Karl von Düsterstein rührt sich nicht mehr.

»Es reicht!«, entfährt es Balthasar. Im Augenwinkel sehe ich seine Hand zur Hüfte wandern.

Der Hengst reißt sich ein weiteres Mal los, tritt jetzt auch nach vorne aus und erwischt Ronan an der Brust. Seine Hinterhufe befinden sich keinen Meter von dem sitzenden Mädchen entfernt. Ich halte den Atem an.

Etwas Silbriges blitzt in der Hand des Grafen auf.

Die Waffe.

»Genug!«, ruft er.

Der Kopf der Heilerin wirbelt herum. Im selben Moment, als die Waffe explodiert. Direkt neben mir. Mir zerreißt es fast das Trommelfell.

Der Hengst kreischt. Ein Laut, der kaum an ein Pferd erinnert. Blut fetzt von seiner Brust aus durch die Luft, tränkt den Sand zu seinen Hufen, während er zusammenbricht und auf der Seite liegen bleibt.

Für mehrere grauenvolle Sekunden sehe ich seine Hufe zucken, sehe die panisch weißen Augen, das Rot in den Nüstern bei jedem seiner letzten Atemzüge.

Mechthild und Axel greifen sich an den Armen. Ronan sackt zu Boden, erschüttert vom Treffer an der Brust und dem Anblick des erschossenen Pferdes. Klara weint bitterlich.

Und Agatha geht in die Knie.

Mir war klar, dass das Monster irgendwann entstanden sein musste. Ebenso war mir klar, dass Ronan und die anderen sterben würden, schließlich kenne ich sie als Geister. Was ich hier sehe, lässt mich trotzdem in Schockstarre zurück. Und das nicht nur, weil ich mich ohnehin nicht rühren kann.

Balthasar hat vor meinen Augen ein Pferd erschossen. Ja, es ist durchgedreht. Es war lebensgefährlich für alle Anwesenden. Ich verstehe ihn. Er wollte seine Bediensteten schützen. Weil sein Vater den Hengst auf eigene Faust in den Innenhof gezerrt hat.

Apropos: Während Mechthild zu Klara stürmt und sie von dem Pferdekörper wegzieht, trabt Ronan zu Karl. Mit jeder verstreichenden Sekunde, die sein Körper reglos bleibt, wird mir bewusster, dass der Vorfall nicht nur ein Leben gekostet hat. Der Tritt gegen den Kopf hat gesessen. Mit dem Vater des Grafen habe ich allerdings deutlich weniger Mitleid als mit dem Tier, das bloß seinen Instinkten gefolgt ist.

Balthasar schiebt seine Pistole wieder in das Holster am Gürtel und wirkt plötzlich unglaublich erschöpft. Hadert sichtlich mit seiner eigenen Tat. Am liebsten würde ich ihm etwas Aufmunterndes sagen, aber das muss ich mir für später aufheben, wenn die Erinnerung vorbei ist.

In dieser eigenartigen Mischung aus geschockter Stille und aufgebrachten Rufen, zwischen regungslosen Körpern und dem Tumult von Personen, die aus Fenstern sehen und aus Türen eilen, erhebt sich die Heilerin langsam wieder vom Boden. Ihr ganzer Körper bebt, weil sie gerade das Einzige verloren hat, das ihr von ihrem Mann geblieben war. Schon ihre angespannte Haltung zeugt von unfassbarer Wut. Verzweiflung. Rachsucht. Sie wirkt unberechenbar, obwohl ihr Rücken krumm ist und sie zittert. Als befände sie sich in einer Art Blase, einer eigenen Welt. Als hätte sie eine Entscheidung getroffen.

Agatha dreht sich um, der Blick aus ihren dunklen Augen wandert hasserfüllt in unsere, also Balthasars, Richtung.

»Ihr!«, zischt sie und mein einziger Gedanke in diesem Moment ist, dass sie trotz aller Wut nach wie vor Höflichkeitsfloskeln benutzt. »Ihr habt ihn ermordet!«

Der Graf atmet tief durch, hält ihrem Blick jedoch stand, was ihn selbstsicherer wirken lässt, als ich es in seinen Gefühlen spüre. »Die Sicherheit meines Gefolges ging über das Leben dieses Tieres«, erwidert er nüchtern.

Damit gibt sich Agatha nicht zufrieden. Wieder nähert sie sich, bis sie am Fuß der Treppe steht und zu ihm aufblickt. Obwohl unsere unterschiedlichen Positionen die Überlegenheit des Grafen nochmals unterstreichen, graut mir vor ihren nächsten Worten.

Zunächst bleibt sie verhältnismäßig sachlich. »Mein geliebter Gatte nahm Deichprinz als Fohlen auf. Weil er seine Mutter verlor, zog er ihn per Hand groß. Er war für ihn wie ein Sohn, nachdem wir unser eigenes Baby vor so langer Zeit im Feuer verloren hatten. Schwierig im Umgang mit Fremden, ließ dieser Hengst meinen Leopold nie aus den Augen, begleitete ihn treu, sogar bis über den Tod hinaus.« Sie senkt ihre Stimme, doch selbst ihr Hauchen klingt wie Schwerthiebe. »Ihr hattet nicht das Recht, ihn zu töten!«

Ganz kurz spüre ich das Verlangen, ihr zu antworten. Dass sein Herr bloß noch ein Leichnam ist, der zu verwesen begonnen hat. Natürlich funktioniert auch das nicht. Dafür antwortet Balthasar. »Mein Mitgefühl sei Euch gewiss. Nur solltet Ihr ebenfalls verstehen, dass ich nicht das Leben meiner Angestellten aufs Spiel setzen konnte.«

Jetzt fällt ihre beherrschte Fassade und die nächsten Worte sind ein einziges Fauchen: »Ihr selbst tragt die Schuld daran! Ihr wusstet, dass Ihr nicht hättet versuchen dürfen, die beiden zu trennen!«

Das wirft sie leider dem Falschen vor. Ich bin mir sicher, dass der Graf nichts von den Plänen seines Vaters wusste.

»Seht Ihr nicht, dass der Verursacher seine gerechte Strafe bereits bekommen hat?«, fragt Balthasar und nickt mit dem Kopf in die Richtung, wo einige Bedienstete rund um Karl von Düsterstein knien. »Er hat mit dem Leben bezahlt«, bestätigt der Graf meine Vorahnung. Dabei bleibt er ganz ruhig. Als würde ihn der Tod seines eigenen Vaters kaum berühren. Vermutlich ist es so. Auch die Bediensteten wirken nicht allzu betroffen.

»Er hat es verdient, war er schließlich einer derjenigen, die Deichprinz das Leben nahmen«, zetert Agatha.

Einer derjenigen? Wie meint sie das? Das Leben nahm ihm ja bloß Balthasar.

Der scheint es ebenfalls nicht zu verstehen. »Was geschehen ist, lässt sich nicht mehr ändern«, erwidert er. »Es hätte weitere Leben gekostet, hätte ich nicht eingegriffen.«

Auch dieses Argument sorgt nicht dafür, Agatha zu überzeugen. Im Gegenteil. Sie wird immer rasender. »Was glaubt Ihr, wer Ihr seid?«, keift sie. »Zu richten über Leben und Tod! Euer lächerlicher, geklauter Adelstitel macht Euch nicht zu einem Gott!«

Geklaut?

»Ich sagte bereits, dass ich nicht aus freien Stücken handelte.« Balthasar klingt jetzt ebenfalls gereizt. »Stellt Euch vor, dieses Kind wäre das Eure.« Er deutet auf Klara, der immer noch Tränen an den Wangen hinabkullern. Pief leckt ihr die Hand.

Die Heilerin wirkt kurz, als hätte er sie geschlagen. Nach wenigen Sekunden fängt sie sich wieder. »Unvermeidbar«, erwidert sie gleichsam leise wie scharf. »Wenn das so ist, wird auch das Kommende unvermeidbar sein.«

Den letzten Satz spricht sie sehr laut aus. So laut, dass die Wände des Schlosses die Worte als Echo zurückwerfen und sämtliche Anwesenden ihre Aufmerksamkeit auf Agatha richten.

Diese wendet sich ab, schreitet auf das tote Pferd zu. Gemächlich, als hätte sie keinen Drang, je irgendwo anzukommen. Das Tempo einer alten Dame, die nichts mehr auf dieser Welt hält. Die alles, was sie liebte und wofür sie kämpfte, verloren hat. Nur einen Kampf hat sie noch auszutragen. Einen Kampf, in dem sie sich bereits als Gewinnerin sieht.

Ronan und Axel weichen zurück zu Mechthild, die nach wie vor die verwundete Klara im Arm hält. Pief presst sich an Ronans Bein. Sie alle beobachten, wie die Heilerin in aller Seelenruhe zu Deichprinz geht, sich bückt, ihm über die Stirn streicht. Eine Szene, die mich einerseits rührt, mir andererseits jedes Härchen im Nacken aufstellt. In ihrer Bewegung liegt eine Entschlossenheit, die mir den Hals umdreht. Dann ertönt ihre Stimme:

»Sieben nahmen deinen Tod in Kauf,
Durch Sieben nahm die Tragödie ihren Lauf.
Salz in der Lunge,
Sehnsucht im Blut,
Sollst nicht mehr trauern,
Nicht zügeln deine Wut.
Erhebe die Knochen, das leblos' Gebein,
Sollst mit dem Herren vereint wieder sein.
Lass büßen die Sünder für deinen sinnlosen Tod,
Sechsmal wird's färben den Boden blutrot.
Ruhen sollst erst, wenn's endlich vollbracht,
kost' es auch Wochen und unzähl'ge Nacht.«

Ihren Worten folgt eisige Stille. Wie ich starren alle auf das Pferd. Angespannt, in fürchterlicher Angst, ob es sich jeden Moment wieder bewegen wird.

In den Augen des Grafen lese ich die gleiche Verunsicherung. Zu diesem Zeitpunkt ahnt er nicht, dass sich dieser Fluch bewahrheiten wird.

Hier entsteht das Wesen, das einem Nuckelavee ähnelt. Der Hengst wird mit seinem Herren verschmelzen und bis in alle Ewigkeit die Schlossmauern unsicher machen. Als Gestalt aus einer Sage. Ein schottisches Fabelwesen, das plötzlich Sinn ergibt. Weil seine Schöpferin von der Küste stammt. Vielleicht kannte sie das Fabelwesen aus Geschichten. Ein Monster, das ins Meer gehört, für die Ewigkeit gefangen im Thüringer Wald.

Mein Blick wandert zu der Personengruppe, die ich als Geister kenne. Metzes Augen sind riesig. Und während sie noch grübeln, ob ihr letztes Stündlein geschlagen hat, weiß ich es längst. Klara wird nicht älter werden. Das Pferd wird sie holen. Sechs Leben: Klara, Metze, Absalom, Pief, Ronan und Balthasar. Nur der Siebte, Karl, muss nicht mehr getötet werden.

Balthasar legt beide Hände auf das steinerne Geländer und klammert die schmalen Finger so fest darum, dass seine Knöchel weiß werden.

Ihm ist bewusst, dass er gerade das Todesurteil seiner Bediensteten unterschrieben hat, statt sie zu retten. Inklusive seines eigenen.

Kapitel 20

Zurück im Wald hat Nieselregen eingesetzt. Gänsehaut überzieht meine Gliedmaßen und ich bezweifele, dass es allein am klammen Wetter liegt.

Balthasar lässt seine Hände sinken. Ich weiche zurück, starre ihn an, ohne den Hauch einer Ahnung, was ich sagen soll.

»Nun kennst du die Entstehung des unheilbringenden Hengstes und seines Reiters«, sagt er.

Mit dem Ärmel wische ich mir Regen aus dem Gesicht, doch es führt nur dazu, dass ich die Nässe verschmiere. »Diese Erinnerung, das … ich …«

»Sammele dich zunächst. Die Bilder sind nicht leicht zu bekommen aus dem Kopfe. Mir gelang es nicht mal mithilfe der Jahrhunderte. Du bist ein Kind des Meeres? Lass mich dir etwas zeigen, um dein Gemüt zu beruhigen.«

Irritiert von seinem Verständnis und gleichzeitig dankbar folge ich ihm die Staumauer entlang. »Was denn?«

»Du wirst sehen.«

Minuten später erreichen wir eine steinerne Treppe, die nach oben führt. Mit brennenden Oberschenkeln erklimme ich unzählige Stufen, immer zwei auf einmal nehmend, um mit dem Geist mitzuhalten. Ihm fällt es deutlicher leichter, schließlich kann er schweben.

Als wir oben ankommen, kann die Kühle der Nacht nicht verhindern, dass der Schweiß meine Klamotten an mir kleben lässt.

Was ich sehe, entschädigt allerdings für alles.

Mein Herz tanzt. Für einen winzigen Moment glaube ich, zu träumen, weil es nicht sein kann, dass wir mitten im Thüringer Wald plötzlich das Meer sehen. Tun wir natürlich nicht, wie mir dann wieder einfällt. Die Erinnerungen haben mich wirklich verwirrt. Wenn man an einer Staumauer emporklettert, befindet man sich logischerweise an einem Stausee. Dieser hier ist so gewaltig, dass sich das Ende der langen Seite in Dunkelheit verliert.

Balthasar hängt durchscheinend neben mir in der Luft und lässt den Blick ebenfalls schweifen.

Wir stehen an der schmalen Seite des Sees, auf einem asphaltierten Streifen, der einige Meter entfernt in einen Waldweg mündet. Links von uns befindet sich ein lang gezogenes Haus mit dunklen Fenstern, das zur Schleusenanlage gehört. Wahrscheinlich der neue Arbeitsplatz meines Vaters. Um diese Zeit natürlich verlassen.

Vor uns erkenne ich ein leeres Becken, vermutlich eine Art Überlauf. Dahinter beginnt das nachtschwarze Wasser, still und unheimlich glänzend, wie das Meer aus der Ferne. Etwa ab der Höhe, wo der Asphalt endet, sind beide Längsseiten des Stausees bewaldet, meterhohe Nadelbäume bergen tiefe Schwärze zwischen ihren Stämmen. Den Übergang zwischen Kiesweg und Wasser bilden ein Stück Wiese und Schilfgras.

»So vieles hat sich verändert in all der Zeit«, meint Balthasar bitter. »Durch Menschenhand geschaffene Ozeane inmitten meiner Ländereien.«

»Unglaublich, nicht?« Mein Atem vermischt sich mit seinem nebligen Körper, während ich einem gleichmäßigen Plätschern von irgendwoher lausche.

Balthasar schnaubt. »Ich vermag es nicht, Zerstörung der Natur als etwas Unglaubliches zu bezeichnen. Höchstens, weil's nicht zu glauben ist.«

»Danke, dass du mich hierhergebracht hast.« Keine Ahnung, wie ich beschreiben soll, was ich fühle. Natürlich ist es bloß ein künstlicher See. Trotzdem hat Balthasar mir damit ein winziges Stück Heimat geschenkt. Selbst der Geruch erinnert fern an die Küste, wenngleich der Duft des Waldes dominiert. *Des Meeres Brise weckt die Sehnsucht …* Das tut sie definitiv, vor allem bei mir. Ob dieser Stausee etwas mit dem Spruch in der Eingangshalle zu tun hat? Unwahrscheinlich, damals war an das hier nicht zu denken.

»Was verband dich mit dem Wald? Die Jagd?«, will ich dann wissen, weil das ja damals irgendwie das Hobby der meisten Adligen war.

Er nickt. »Einst gab es ein Jagdzimmer im Schloss, in dem du meine Trophäen hättest bewundern können. Dreißig Enden zählte mein größter Jagderfolg.« Während er das erzählt, bekommen seine Augen einen stolzen Glanz und auch seine Haltung wirkt aufrechter.

»Das äh … klingt ja toll«, erwidere ich zögerlich, in dem Wissen, dass ich mit jemandem rede, der stolz darauf ist, aus Spaß Tiere getötet zu haben. Aber zu seiner Zeit gehörte das dazu.

»Viel mehr jedoch faszinierten mich die lebenden Tiere«, fährt er fort und mein Herz wird leichter. »Die Ruhe vor den Menschen, die ich hier häufig fand. Der Gesang der Vögel, der nicht in den Ohren schmerzt wie jener der Sänger auf unseren Bällen.«

Darüber muss ich lächeln. »Was ist mit dem Jagdzimmer passiert?«

»Zu meinem Grame war die Sammlung vor vielen Sommern über Nacht verschwunden, wie überhaupt sämtliche Wertgegenstände meines Sitzes. Am schmerzhaftesten wog der Verlust meiner geliebten Mineralien.«

Es hat aufgehört, zu regnen, die Wolken über uns klaren auf. An einer Stelle erkennt man den Mondschein, verschwommen und formlos, dennoch ausreichend, um eine kunstvolle Spiegelung auf den See zu zeichnen. Wie flüssiges Glas. »Tut mir sehr leid, was mit deinen Sachen passiert ist«, meine ich ehrlich. »Und allgemein mit dem Schloss. Vielleicht kann ich dir etwas Trost spenden.«

»Spare dir dein Mitleid«, versetzt er patzig.

Irritiert richte ich meine Aufmerksamkeit wieder auf ihn, doch er starrt aufs Wasser. Was ist denn jetzt los? »Entschuldige. Das war nett gemeint. Ich besitze ebenfalls eine Mineraliensammlung, die ich dir zeigen kann.«

»Es benötigt keine Heucheleien. Meine Regierungszeit ist längst vergangen.«

»Heucheleien? Äh … was? Denkst du, ich bin nur höflich, weil du ein Graf bist?«

Sein finsterer Ausdruck bestätigt mir auch ohne Worte, dass ich richtig liege.

»So ist es nicht!«, widerspreche ich energisch. »Heutzutage kann man selbst entscheiden, zu wem man nett sein möchte.«

»Warum bist du es dann ausgerechnet zu mir?«

»Weil …«

… ich auf dich angewiesen bin? … ich einen Fluch lösen muss? … ich mich bei dir einschleimen will? Klingt alles katastrophal. Natürlich bin ich nicht der kommunikativste Mensch, doch Wortfindungsstörungen gehören eigentlich nicht zu meinen Problemen.

»… wir uns gegenseitig helfen wollten, schon vergessen?«, beende ich meinen Satz schließlich.

Kurz wirkt er so, als würde er wieder zu Protest ansetzen, dann seufzt er und schluckt es hinunter. Viele Sekunden vergehen, in denen nichts zu hören ist außer dem gedämpften Rascheln des Windes in den Baumkronen. Allmählich kriecht die Luftfeuchtigkeit unter meine Kleidung. Ich nehme es kaum wahr. Die Nähe des Geistergrafen und alles, was er mir zu erzählen hat, faszinieren mich viel zu sehr.

»Wie ergeht es deinem Katzentier?«, fragt er unvermittelt. Themenwechsel kann er wirklich gut. Dementsprechend antworte ich nicht sofort.

»Was? Ach ja, Capkin, sorry.«

»Porree?«

»Nicht Porree. Sorry. Ein modernes Wort in einer anderen Sprache. Es bedeutet ›Tut mir leid‹.«

Er wirkt nicht sehr erleuchtet. »Ihr benutzt Gemüsesorten für Entschuldigungen?«

Ich lache. »Nein. Mit S wie Suppe.«

»Porree-Suppe?«

Wieder muss ich lachen. »Lassen wir das. Mein Kater ist auf dem Weg der Besserung. Die Tierklinik hat sein Bein eingegipst.«

»Es gibt Krankenhäuser für Tiere? Weshalb dies?«

»Weil wir in einer anderen Zeit leben. Wir behandeln Tiere wie Familienmitglieder. Wenn sie krank sind, schaffen wir sie zum Arzt. Zumindest handeln die verantwortungsvollen Menschen so.«

Balthasar nickt langsam und betrachtet den Boden. »Diese Regelung sagt mir sehr zu.«

»Ehrlich?«

»Die Gesellschaft der Tiere ist jener des Menschen immer vorzuziehen«, antwortet er grimmig.

»O ja, das denke ich auch oft.«

»Meine friedlichsten Stunden erlebte ich in bloßer Gegenwart meiner Lieblingshündin Dore, die mich stets in den Wald begleitete.« Sein Blick richtet sich wieder in die wässrige Ferne vor uns und wirkt abwesend.

»Das kann ich mir gut vorstellen«, sage ich leise. »Tut mir leid. Der Verlust eines Tieres tut immer weh.«

Balthasar sieht mich an. Nachdenklich. Abwägend, als wäre er nicht sicher, ob er dieses Gespräch mit mir wirklich führen will. Ohne es zu merken, sind wir ziemlich nah zusammengerückt. »Ich wollte sie mit in den Tod nehmen, als ich mich erhängte, doch ich brachte es nicht über mich.«

»Du wolltest deine Hündin umbringen?« Das schockiert mich mehr als die Tatsache, dass er gerade erstmalig seinen Selbstmord erwähnt. Aber früher war es keine Seltenheit, dass Herrscher ihre Tiere mit ins Grab nahmen.

Dem Grafen scheint es unangenehm zu sein. »Wie bereits erwähnt: Mein Gewissen verweigerte es mir. Sie sollte nicht meine Fehler ausbaden. Auch wenn ich es im Nachhinein bereute, da ich aus der Einsamkeit meines Geisterdaseins heraus beobachten musste, wie sie fortan mit den restlichen Hunden im Zwinger lebte und dort jämmerlich dahinsiechte.«

»Denkst du, es hätte funktioniert? Dass sie jetzt bei dir wäre, wenn du es doch getan hättest?« Mein Herz pocht jedes Mal schneller, wenn ich solche Fragen stelle, weil ich nie weiß, wie er reagiert. Ganz besonders, wenn seine Kiefer so mahlen wie in diesem Moment.

»Ich hege arge Zweifel daran. Immerhin war Dore nie Teil des Fluches wie dieser Streuner, der Klara begleitet.«

»Also habe ich das richtig verstanden? Ihr Geister seid deswegen hier, weil ihr durch den Fluch gestorben seid? Weil die Hexe euch allen die Mitschuld am Tod ihres Pferdes gab?«

Er schüttelt den Kopf und sieht mir direkt in die Augen. »Die anderen starben durch den Fluch, ich nicht. Ich wollte ihn mit meinem Freitod brechen. Es bewirkte das Gegenteil.«

»Was ist passiert?«

Balthasar reicht mir beide Hände. »Bist du bereit für die nächsten Fragmente meiner Erinnerung?«

Ein paar Herzschläge lang betrachte ich die weißlichen Handflächen. Die Linien darauf sind trotz seiner Geistergestalt deutlich zu erkennen. Dank Mum weiß ich grob, was sie bedeuten. Die Lebenslinie, die sich am Daumenballen entlang zieht, ist beim Grafen sehr ausgeprägt, was nicht, wie irrtümlich oft angenommen, etwas über seine Lebensdauer aussagt. Vielmehr steht sie für die Vitalität, Lebenskraft, Gesundheit und so weiter.

Egal. Erwartungsvoll lege ich meine Hände in seine, so gut das bei einem Geist eben möglich ist. Auch wenn ich allmählich die Übermüdung spüre, diese Mischung aus Aufgekratztsein und brennenden Augen, will ich es durchziehen. »Ich bin bereit.«

»So siehe zu.«

Die Kälte seiner Gestalt wandert über meine Finger zu meinen Armen und durchdringt meinen gesamten Körper, bis sich meine Sicht erneut in Weiß auflöst.

Diesmal befinden wir uns in einem Raum, den ich nicht zuordnen kann. Die Aussicht vor den Fenstern ist anders als jene auf meiner Seite des Schlosses, was mich schlussfolgern lässt, dass es sich um eines von Balthasars Gemächer handelt, die im Westflügel lagen. Sein Arbeitszimmer vielleicht, denn ein breiter dunkler Schreibtisch nimmt einen Großteil des Platzes ein. Er sitzt in einem Stuhl davor, das Gesicht verzweifelt in den Händen vergraben.

Vor dem Tisch stehen zwei Männer. Den einen identifiziere ich als jenen Einäugigen, der sich in der ersten Erinnerung beim Grafen und seinem Vater befunden hat. Der andere ist mir unbekannt. Sie alle tragen diese skurrilen Perücken, außerdem bunt bestickte, glitzernde Westen und Kniestrümpfe, die in Sandalen enden.

»Mein Herr, leider muss ich Euch verkünden, dass man die Promenadenmischung soeben tot vor dem Stalltor aufgefunden hat. Den Verletzungen zufolge scheint es ein Pferd gewesen zu sein, doch keines der unsrigen befand sich zu jenem Zeitpunkt im Hofe.«

Eine graue Hündin, die neben dem Schreibtisch in einem geflochtenen Körbchen liegt, hebt den Kopf. Ein großer Jagdhund mit freundlichem Gesicht. Ich vermute, es ist Dore. Ihre Anwesenheit versetzt mir einen Stich.

»Kann man es sich anders erklären?«, will Balthasar wissen, ohne die Männer anzusehen. Langsam lässt er die Hände sinken, fixiert einen Stapel Pergament vor sich auf dem Tisch. Die Schatten unter seinen Augen haben sich seit der letzten Erinnerung extrem vertieft, außerdem wirkt seine Haut aschgrau. Nur seelische Probleme? Trauer um seinen Vater? Oder litt er dazu an einer nie entdeckten Krankheit, die er mit seinem Selbstmord mit ins Grab nahm? Erfahren werde ich es nie.

Die beiden Berater, oder was immer sie sind, wechseln einen besorgten Blick. »Unwahrscheinlich.«

Der Graf stöhnt. »Die Heilerin befindet sich im Turm?«

»Haben wir überprüft«, bestätigt der Mann, den ich bereits kenne. In seiner Hand hält er eine Art Mappe mit braunem Einband, an der er sich festklammert, als hinge sein Leben davon ab. »Festgekettet an der Wand, die Tür verriegelt, bloß das kleine vergitterte Fenster als Lichtquelle. Wie bereits die letzten zwei Tage.«

»Die sterblichen Überreste des Pferdes?«

»Wie jene eures Onkels und Vaters eingeäschert und in je einer Urne in der Gruft befindlich.«

Balthasars Kopf ruckt hoch und er lässt eine Hand flach auf den Tisch knallen. »Was? Sie befinden sich noch in der Gruft? Ich hatte befohlen, sie unzugänglich zu machen!«

»Aber Euer Durchlaucht. Es ist Asche und …«, stottert der einäugige Berater, bricht jedoch ab, als sich der Graf energisch erhebt.

»Bringt die Urne in die Kammer im Stall und mauert sie zu!«, befiehlt er herrisch. In dieser Sekunde hätte auch ich ihm ohne zu zögern gehorcht.

»Die Sattelkammer? Aber … erst gestern wurde sie grundgereinigt, nachdem man den Leichnam des Verstoßenen entfernt hatte. Der Leichensaft war … Wir haben das Zaumzeug wieder einsortiert.« Die Stimme des Beraters zittert.

Balthasars Körper ist steif vor Anspannung, als er aufsteht und um den Tisch herum schreitet. Kurz streicht er seiner Hündin über den Kopf. Ein Schwanzwedeln ihrerseits, der Hauch eines Lächelns, das seine Mundwinkel hebt, dann ist er wieder hinter seiner Mauer verschwunden.

»Es ist ein Befehl! Mauert diese teuflische Asche ein, bevor es weitere Todesfälle gibt!«

Erneut wechseln die Berater einen Blick. Ein bisschen verächtlich wirkt er, als zweifelten sie die geistige Zurechnungsfähigkeit ihres Herren an. Schließlich geben sie sich geschlagen. »So sei es. Wie verfahren wir mit dem getöteten Hund?«

»Verbrennt ihn. Und versiegelt seine Asche ebenfalls in der Kammer.«

Jetzt kann der Ältere seine Zweifel nicht mehr verbergen. Ihm entweicht ein Schnauben, das er zwar mit einem Räuspern zu übertönen versucht, doch Balthasar muss es, wie ich, gehört haben. »Die Asche einer Promenadenmischung aufbewahren? Eines Hundes, der einem Mädchen aus dem Dienervolke gehörte?«

Damit ist Klara gemeint.

»Ja«, erwidert der Graf bloß. Nichts weiter. Allerdings schneidet dieses Wort so eisig durch den Raum, dass selbst die starren Mienen einiger unheimlicher Wandporträts zu flackern scheinen.

Auch die Berater wagen keinen weiteren Widerspruch. »Zu Befehl, Herr«, murmeln sie gleichzeitig und deuten einen Knicks an.

Während sie sich auf den Weg zur Tür machen, schluckt der Nebel die Szene und entlässt mich zurück in den nasskalten Wald, wo der Graf mich intensiv betrachtet.

»Der kleine Hund war das erste Opfer«, erklärt er bitter. »Abgesehen von meinem Vater. Direkt nachdem die Hexe ihren Fluch sprach, ließ ich die Leichen von Ross und Reiter dem Feuer übergeben. Agatha selbst brachte man in den Westturm, wo wir sonst nur Diebe und Gewalttätige einsperrten. Dennoch kam es zwei Tage später zu jenem Vorfall mit dem Hund, von dem du soeben erfahren hast.«

Ich nicke wortlos, weil mir ein dicker Widerstand den Hals verstopft. Nach wie vor liegen meine Hände auf beziehungsweise in Balthasars, was nur geht, wenn ich meine Arme oben halte. Es fühlt sich nicht nach echtem Händchenhalten an, eher, als würde ich meine Finger in eine Tiefkühltruhe stecken.

»Zu diesem Zeitpunkt konnte man an Zufall glauben. Keiner hatte das Monster bisher gesehen. Bloß dieser Hund wurde eindeutig durch ein Pferd ins Jenseits geschickt, ohne dass es jemand beobachtete. Jedoch blieb es nicht bei diesem ersten Todesfall«, fährt der Graf düster fort. Während er es sagt, breitet sich ein weiteres Mal Nebel um mich herum aus.

Wieder befinde ich mich in seinem Arbeitszimmer, wieder sitzt Balthasar erschöpft in seinem Stuhl. Erstmalig ohne Perücke.

Seine echten Haare sind dunkelblond und zerzaust. Es scheint eigentlich unmöglich, trotzdem wirkt er noch eingefallener, noch magerer. Wie viel Zeit zwischen dieser Erinnerung und der vorherigen vergangen ist, kann ich nicht einschätzen. Seine Hündin liegt vor einem Kamin an der Wand gegenüber dem Fenster, wo ein Feuer flackert.

Diesmal steht bloß einer der Männer vor ihm. Der Einäugige.

»Nun also das Mädchen«, wiederholt Balthasar ganz leise etwas, das sein Berater kurz vorher gesagt haben dürfte. »Damit sind es bereits drei.«

Der Berater nickt. Jede Verachtung für irgendwelche Maßnahmen des Grafen scheint ihm vergangen zu sein. Auch sein Gesicht ist von sorgenvollen Nächten gezeichnet. »Der Hund, Stallmeister Ronan und die Ziehtochter der Köchin, Klara ihr Name.«

»Verbleiben weitere drei in höchster Gefahr«, schlussfolgert der Graf. »Die Köchin sowie der verwirrte Gärtner Absalom.«

»Und Ihr«, ergänzt der hochgewachsene Mann.

»Und meine Person«, bestätigt Balthasar. »Die Kammer ist noch fest verschlossen?«

»Versiegelt wie am ersten Tage. Kein Stein wurde herausgebrochen. Die Überreste sind eingemauert.«

»Niemand hat etwas bemerkt?«, bohrt der Graf nach.

Sein Berater betrachtet einen ungewissen Punkt vor dem Schreibtisch. »Keinerlei Sichtungen. Bloß die Toten sprechen dafür, dass Hufe und Bisse eines großen Tieres sie so zugerichtet haben.«

Ich kann sehen, wie Balthasar das Gesicht verzieht. »Und alles geschah in der Nähe des Stalles?«

»Sehr wohl. Den Stallmeister traf es in den Mauern, als er die Rösser fütterte. Das Kind unmittelbar vor der Tür beim Spiel.«

Es dauert einen Moment, ehe der Graf antwortet. In der Zwischenzeit verbirgt er seine Lippen hinter beiden Händen, kneift sich in die Nasenwurzel und betrachtet ein Tintenfass, in dem eine gewaltige schwarze Feder steckt. Als er wieder spricht, klingt seine Stimme gebrochen. »Befehle jenen beiden, die sich in Gefahr befinden, dass sie sich tunlichst vom Stalle entfernt halten. In nächster Zeit sollen sie innerhalb der Schlossmauern verbleiben und sich niemals allein von Ort zu Ort bewegen.«

»Natürlich«, willigt der Berater ein. »Was Euch angeht ...«

»Sorgt euch nicht um mich. Ich komme zurecht«, unterbricht Balthasar ihn patzig. Trotzdem spüre und sehe ich seine Furcht. In erster Linie sorgt er sich allerdings aufrichtig um seine Diener.

»Noch etwas.« Er ringt mit sich selbst.

Stille legt sich über den Raum. Die Stille eines bevorstehenden Befehls, der Konsequenzen hat. Eines tödlichen Befehls. Was ich nur deswegen ahne, weil ich das in seiner Erinnerung spüre. Unwillkürlich halte ich den Atem an, während Balthasar umso schneller atmet. Seine Hände zittern, auch wenn er sie mit aller Kraft um die Lehnen seines aufwendig geschnitzten Stuhls klammert.

»Verbrennt die Hexe. Heute noch. Vielleicht hat das Morden dann ein Ende.«

Der Nebel schluckt die Erinnerung so schnell wie nie zuvor. Mit einem Schlag stehe ich wieder in der realen Welt, wo Balthasar beide Hände sinken lässt und sich abwendet, bevor ich einen Blick in sein Gesicht erhasche. Meine Gedanken und Gefühle spielen verrückt. Er hat den Befehl gegeben, die alte Frau töten zu lassen. Grausam. Gleichzeitig wollte er damit andere Leben schützen. Aber sie verbrennen? Was klingt so mittelalterlich und grausam, im selben Augenblick ist mir ebenso bewusst wie ihm, dass es diesen Fluch wirklich gegeben hat und weiterhin gibt. Die Heilerin *war* eine Hexe. Weil sie dieses Monster erschaffen hat. Weil eben mehr in diesem Universum existiert, als ich immer wahrhaben wollte.

Doch rechtfertig das einen Mord?

Ich möchte darüber nicht urteilen. Balthasar kämpft sichtlich bis heute damit. Für ihn war es der letzte Ausweg.

»Wie sind sie gestorben? Klara und Ronan.«

Er atmet mehrmals tief durch, bis er sich wieder so weit gefangen hat, um mir zu antworten. Nach wie vor hat er mir den Rücken zugedreht. »Das Mädchen durch einen Huftritt gegen die Brust. Stallmeister Ronan wurde … die Kehle rausgerissen.«

Mein Magen rebelliert und eine Vorstellung brennt sich in meinen Kopf ein, die ich so schnell nicht vergessen werde. Das erklärt den Verlust von Ronans Stimme. Vielleicht nehmen wir viel mehr von unserer letzten leiblichen Form mit in den Tod, als wir ahnen.

»Niemand hat es beobachtet? Oder das Pferd gesehen?«

»Nicht zum damaligen Zeitpunkt. Sein wiederholtes Erscheinen begann erst, nachdem es nicht alles holen konnte, was es holen sollte.«

»Was meinst du damit?«, hauche ich.

Die Stille wirkt frostig. Meine Worte scheinen etwas in ihm zu bewegen, das ihn weiter in sein Schneckenhaus treibt. Schließlich geht er gar nicht auf meine Frage ein, sondern sagt: »Eine letzte Erinnerung möcht' ich dir noch offenbaren. Die Erinnerung an jene Hinrichtung, die ich damals befahl. Entscheide selbst, ob du sie zu sehen erträgst. In heutiger Zeit scheint ihr dem Tode nicht mehr besonders nah. Jedoch denke ich, es könnte wichtig sein für deine Aufgabe.«

Meine Aufgabe, die Fluchbrechung.

»Falls du damit meinst, dass wir uns nicht mehr zur Belustigung am Sonntagnachmittag öffentlich Hinrichtungen ansehen, dann gebe ich dir recht. Ich habe bisher nie einen Menschen sterben sehen.« Ich weiß auch nicht, ob ich das möchte. Andererseits bleibt mir keine Wahl, wenn ich so viele Puzzleteile wie möglich sammeln will. Auch wenn das bedeutet, dass ich gleich sehen werde, wie eine alte Dame verbrannt wird.

»Also schön«, presse ich hervor, als er nichts mehr erwidert. »Zeig es mir.«

Ganz langsam dreht sich Balthasar zu mir. In seiner Miene lese ich Unsicherheit und Vorsicht. Er senkt die Lider. »Sei dir bewusst, dass ich dich rausholen werde, sollte ich spüren, dass es zu viel für dein Gemüt wird.«

Ich nicke nur. Mehr geht nicht. Zitternd vor Anspannung lasse ich mich ein weiteres Mal von Balthasars Nebel aus der Wirklichkeit ziehen.

Zurück in eine Zeit, als Menschen ins Feuer geworfen wurden. Die Zeit der Hexenverbrennung.

Kapitel 21

Diesmal dauert es ein paar Sekunden, bis ich mich orientiert habe.

Wir stehen außerhalb der Schlossmauern. Hinter einem der Fenster wird sich in vielen Jahren mein Zimmer befinden. Auf den Koppeln entdecke ich kein einziges Pferd. Der Lustgarten existiert bereits, aber kleiner, als ich ihn kenne, und auch noch ohne die gewaltige Eiche, zu deren Fuß ich das Amulett der Hexe gefunden habe.

Stattdessen brennt an jener Stelle ein gewaltiges Feuer. In Erwartung von Wärme, die mir die Augen austrocknet, kneife ich die Lider zusammen. Weil es allerdings nur ein Abbild aus einer Erinnerung ist, strahlen die Flammen keine Hitze aus, obwohl sie dreimal höher schlagen, als ich groß bin. Genährt wird die Hitze durch einen Haufen aus glühendem Holz, Kohle und Reisig. Das Knacken des Brennmaterials mischt sich mit bedrücktem Stimmengemurmel, denn die Wiese hinter dem Schloss wimmelt vor Menschen.

Bedienstete aus dem Schloss, Edelleute in langen Kleidern und glänzenden Westen. Stallburschen mit dreckigen Hosen. Kinder, starr vor Schreck angesichts des Feuers. Mein Herz ziept, als mir bewusst wird, dass sich Klara bereits nicht mehr unter ihnen befindet.

Dafür steht Balthasar mit seinen beiden Beratern direkt neben mir. Sein verschlossener Blick ruht auf den Flammen, die sein Gesicht in flackerndes Orangerot tauchen, identisch mit der Farbe des Himmels. Man könnte annehmen, dass es sich um eine Party handelt. Ein Herbstfeuer, wo ein Bierwagen Getränke in Plastikbechern ausschenkt und Thüringer Bratwürste verkauft. Man *könnte* – würde man das besorgte Gemurmel der Anwesenden ignorieren, die angespannte Stimmung. Oder den Pfahl, der vor dem Feuer im Gras liegt und in diesem Moment von zwei breitschultrigen Männern aufgerichtet wird.

Unbewusst suche ich nach bekannten Gesichtern, doch obwohl Axel und Metze zu diesem Zeitpunkt noch gelebt haben dürften, entdecke ich sie nicht. Was entweder bedeutet, dass sie sich wie angeordnet im Schloss aufhalten oder dass ich sie in der Masse an Personen und der einsetzenden Dämmerung nicht erkenne. Nicht nur die Schlossbewohner haben sich hier versammelt, dafür befinden sich zu viele Menschen um mich herum. Mit Sicherheit sind andere Fürsten angereist, um diesem Schauspiel beizuwohnen. Eine Hinrichtung war sozusagen das damalige Fernsehprogramm, ein toller Spielfilm, den jeder gesehen haben musste. Selbst Kinder. Widerlich.

Mein Hals schnürt sich enger ob der bevorstehenden Grausamkeit. Egal, wie oft ich mir sage, dass so was damals normal war und dass es sich bei Agatha wirklich um eine Hexe gehandelt hat. Trotzdem will mich der Gedanke nicht loslassen, dass es sicher auch einen gewaltfreien Weg gegeben hätte.

Dafür ist es leider zu spät. Ich kann nichts tun, außer versuchen, das übermächtige Drücken im Bauch zu ignorieren, als ich ihre Schreie höre.

Schlagartig wird es ruhiger auf der Wiese. Alle Blicke richten sich in eine bestimmte Richtung. Auch jener des Grafen, der absolut unglücklich wirkt.

Ein schier endloser Schrei in Todesangst jagt durch die Luft. Der Schrei der Heilerin.

Jeder reckt den Hals, um etwas erkennen zu können, dort, am Tor zum Stall, wo jetzt weitere Gestalten erscheinen. Sechs oder sieben Männer, die jemanden in ihrer Mitte führen. Auch hier muss ich nicht hellsehen können, um zu wissen, dass sie es ist. Agatha.

Noch zerbrechlicher als sonst. Ausgezehrt.

Nichtsdestotrotz wehrt sie sich nach Leibeskräften gegen die Überzahl an Männer, die sie in Richtung Feuer schleppen. Durch ihre Gegenwehr kommt die Truppe langsam voran, immer wieder schubsen sie die alte Frau, zerren an ihr. Brüllen ihr Befehle zu, die in ihren angsterfüllten Schreien untergehen.

Am liebsten möchte ich aus diesem Albtraum fliehen. Die Heilerin dürfte im Alter meiner Oma sein, und wenn ich mir vorstelle, dass sie jetzt hier …

Nein. Die Zeiten sind vorbei. Das hier ist Vergangenheit. Leider stehe ich mittendrin, muss eine Szene erleben, wie man sie sonst höchstens aus historischen Dokus kennt. Und selbst dort nur nachgespielt mit Schauspielern und Effekten.

Ich sehe zum Grafen, als könnte er mir gut zureden, doch natürlich weiß Erinnerungs-Balthasar nicht, dass ich mich neben ihm befinde. Davon abgesehen wirkt er mit sich selbst beschäftigt. Seine Schultern beben, während man die Heilerin vorwärtsführt. Die Menge weicht zurück, gibt einen Durchgang frei und erst jetzt bemerke ich, dass wir quasi Logenplätze haben. Unsere Aussicht auf die Feuerstelle ist frei, die restlichen Zuschauer gruppieren sich links und rechts von uns.

Die Männer zerren Agatha nicht direkt zur Feuerstelle, sondern in unsere Richtung.

Balthasars ganzer Körper zittert. Verständlich. Immerhin ist er es, der gerade über Leben und Tod richtet. Anderen Herrschern mag das leichtgefallen sein, doch aus seiner Erinnerung spüre ich, wie sehr ihn diese Tat mitnimmt. Vielleicht ist es sogar seine erste selbst befohlene Hinrichtung. Je mehr ich sein Innenleben kennenlerne, desto schleierhafter wird mir, wie er je als grausamer Herrscher in die Geschichte eingehen konnte. Die Außenwirkungen seines herrischen Vaters müssen groß gewesen sein, ihre Taten und Befehle scheinen miteinander zu verschwimmen.

Das verstörte Gesicht der Hexe reißt mich aus meinen Gedanken, als die Wachen vor uns stehen bleiben und sich so um die alte Dame gruppieren, dass wir sie ungehindert betrachten können.

Je ein Mann hat ihre Arme gepackt, die zusätzlich in Ketten liegen, genau wie die Beine. Jede Kette wird von einem weiteren Mann gehalten. Sechs Männer für eine alte Dame. Übertrieben? Vielleicht. Doch sie hat dieses Monsterpferd erschaffen, menschliche Wachen sollten also zu Recht Respekt vor ihr haben.

Mit einem Knoten im Magen betrachte ich ihr Gesicht. Faltig ist es, grau und ausgemergelt von Tagen im Turm mit mangelhafter Ernährung. Gezeichnet von endloser Trauer. Das Gesicht einer

Witwe, die viel verloren hat. Ihren Mann, ihre Heimat, das Pferd. Alles, wofür es sich zu leben gelohnt hat. Die dünnen Haare kleben in fettigen Strähnen auf ihrem Kopf. Sie trägt keine Kapuze, auch nicht mehr den Mantel wie bei ihrer Ankunft. Stattdessen ist sie in dreckige Lumpen gewickelt, die wirken wie übergroße Putzlappen.

Ihre Augen fixieren Balthasar, und obwohl die Linsen trüb sind wie von beginnendem grauen Star, glüht ein Hass darin, der mir eine Gänsehaut über den Rücken schießen lässt. Ihr Geschrei ist für den Moment verstummt, dafür wirkt sie, als würde sie ihm am liebsten vor die Füße spucken.

Auf der Wiese wird es totenstill. Man hört nichts mehr außer dem Knistern der todbringenden Flammen.

»Agatha von Düsterstein, die diesen Titel bloß mittels ihres verstorbenen Mannes erhalten hat.« Der einäugige Berater verliest die Anklageschrift von einer Papierrolle. »Angeklagt seid Ihr Eurer Taten, des indirekten Mordes an Klara Walser sowie Ronan Linge und eines Hundes. Aufgrund der Schwere der Ereignisse wurde ein Prozess für entbehrlich erklärt. Die Verfluchung des ehrbaren Schlosses von Düsterstein, seines Grafen sowie mehrerer Bediensteter ist ein Verbrechen, für das keinerlei Gnade gewährt werden kann.«

Irgendwie erwarte ich, dass sie sich verteidigt, um Vergebung bittet, anbietet, den Fluch rückgängig zu machen – was auch immer. Doch sie schweigt mit aufeinandergepressten Lippen. Würde nicht ihr gesamter Körper so sehr beben, dass einzig die Männer und ihre Ketten sie aufrecht halten, könnte man denken, dass sie sich ihrer Lage überhaupt nicht bewusst ist.

Der Moment droht, mich zu zerfetzen. Einerseits möchte ich dieser so harmlos wirkenden Frau helfen, möchte die Wachen wegschubsen, Balthasar schütteln, ihn anflehen, die grausame Tat bleiben zu lassen. Andererseits spüre ich seine Angst vor dem Übernatürlichen und den Wunsch, der Nuckelavee könnte durch eine Hinrichtung gebannt werden.

Wider besseres Wissen.

»Der Teufel wohnt diesem Weib inne«, fährt der Berater laut genug fort, dass es selbst die hintersten Reihen verstehen dürften. »Ihre Gefangennahme hat das Unheil nicht abwenden können. Die sterblichen Überreste des Pferdes sowie Leopolds von Düsterstein wurden verbrannt und eingemauert. Trotz all dieser Maßnahmen geschahen drei weitere unerklärliche Todesfälle. Mit bloß sieben Sommern musste ein unschuldiges Mädchen sein Leben lassen.« In der seinen Worten folgenden Pause geht ein empörtes Raunen durch die Menge.

Agatha zeigt weder Regung noch Reue. Sie starrt weiter auf Balthasar, auch wenn dieser bisher gar nichts gesagt hat. Je länger sie ihn anstarrt, desto stärker spüre ich seine innere Unruhe.

Der Berater ergreift erneut das Wort. »Nur sei, wie üblich hier am Hofe, eine letzte Gelegenheit gewährt, Einspruch aus dem Volke zu erheben, sofern es jemanden danach drängt. Sind da Einwände, dieses Weib, das in seiner Heimat verschrien und ausgestoßen ist, dem Feuer zu übergeben?«

Das Gemurmel verstummt, und die folgende Stille drückt noch schwerer auf meine Ohren. Die fortschreitende Dämmerung durchsetzt die Gesichter aller Anwesenden mit tiefen Schatten und taucht sie in rötliches Licht, als wäre nicht die Heilerin des Teufels, sondern der Rest der Welt, der es wagt, ihr den Prozess zu machen.

Am liebsten möchte ich die Hand heben. Hätte ich einen Körper besessen, hätte ich es aus Reflex getan. So muss ich schweigen wie alle anderen.

Sekunden verstreichen, die sich wie Minuten anfühlen.

Niemand rührt sich.

»Nun«, schließt der Berater, als sich keine Hand hebt, keine Stimme nach Gnade verlangt. »Das nenne ich eindeutig.« Er wendet sich Balthasar zu. »Mein Herr, das Urteil gebührt Euch.«

Irrtümlich habe ich geglaubt, die Stille könnte nicht schwerer werden.

Sie kann.

Der Graf muss gewusst haben, dass er das Wort erhält, trotzdem spüre ich, wie seine Anspannung förmlich explodiert. Noch immer hoffe ich naiv auf ein Wunder, das nicht kommen wird. Weil das Urteil längst gesprochen wurde. Ich erwarte, dass Balthasar diese Tat rechtfertigt. Eine Art Erklärung ans Volk gibt. Stattdessen richtet er das Wort kurz und knapp an Agatha.

»Ein paar letzte Worte, Weib?«, presst er heraus.

Ich mustere ihr von Altersflecken bedecktes Gesicht. Offenkundig verbrachte sie viel Zeit unter freiem Himmel. In Ermangelung von Lichtschutzfaktor scheint sie etliche Sonnenbrände davongetragen zu haben, die ihre Haut ledern wirken lassen.

Haben ihre Schreie zuvor ein dumpfes Echo im angrenzenden Wald erzeugt, wirkt sie jetzt ganz ruhig. Beinahe gelassen fixiert sie den Grafen und nur das hasserfüllte Blitzen ihrer Augen sowie ihre hektische Atmung verraten ihre Emotionen.

Wie muss man sich fühlen, kurz vor der eigenen Hinrichtung? Wenn man genau weiß, dass das letzte Tageslicht, das man je sehen wird, soeben hinterm Horizont verschwindet? Vielleicht ist die tödliche Ruhe normal. Vielleicht resigniert der eigene Körper, wenn man begreift, dass es unausweichlich ist.

Oder sie hat ein Ass im Ärmel.

»Ihr habt keine Ahnung, was Ihr da tut«, zischt sie so leise, dass nicht alle auf der Wiese sie verstehen dürften, jedoch laut genug für uns. »Närrisch seid Ihr, anzunehmen, dass Euch mit Euren wenigen Sommern das Land gehört! Als Bastard nehmt ihr Euch heraus, über Leben zu richten, wie es Euch beliebt! Der Tod Eures Vaters traf den Richtigen! Nicht ihm gebührte dieser Platz. Mein geliebter Leopold allein sollte an Eurer Stelle stehen! Ihm stünden das Erbe und das Schloss zu, wäre er noch am Leben!«

»Leopold war ein Verstoßener«, gibt der Graf scheinbar ungerührt zurück. »Das hatte seine Gründe.«

»Welche Euch in Eurer endlosen Torheit wohl bekannt sind, nehme ich an?«, fragt sie herausfordernd.

Balthasar schweigt, allein das ist Antwort genug.

»Ich dachte es mir.« Die Heilerin seufzt in einer Mischung aus Vorwurf und Bedauern. »Solche Herrscher braucht das Land. Ohne jedwedes Wissen richten.«

Dieser Zynismus sorgt dafür, dass auch der Graf sie nun angreift. »Ihr Weib habt Menschenleben auf dem Gewissen!« Seine Stimme klingt eisig. »Das allein gibt Beweis genug, dass Ihr den Teufel mit Euch tragt! Auch Eurem Manne wohnte er inne, oder wie sonst soll es sein, dass er noch immer sein Unwesen treibt und Unschuldige mordet?«

Am liebsten wäre ich geschrumpft, so bedrohlich donnern die Worte aus seinem Mund. Mal davon abgesehen, dass er einen Scheiterhaufen auf seiner Seite hat.

Die Hexe scheint es überhaupt nicht zu berühren. Jetzt lacht sie sogar. Ein gepresstes, höhnisches Lachen. »Unschuldige! Glaubt Ihr Euch eigentlich selbst? Mein Gatte ist vereint mit seinem geliebten Deichprinz. Sie werden sich holen, was ich befohlen habe. Nicht eher werden sie ruhen, bis jeder von Euch, die nahmen, was mir lieb war, in der ewigen Hölle schmort! Es gibt kein Entrinnen!«

Obwohl ich längst weiß, dass ihre Prophezeiung eintreten wird, spüre ich Übelkeit.

»Bringt sie ins Feuer«, beschließt der Graf. Sein Befehl klingt entschlossen und man könnte keine Emotion herauslesen, wenn man nicht, wie ich, seine Gefühle in der Erinnerung spüren würde.

Sobald die Männer an der Heilerin zerren, um sie Richtung Feuer zu bugsieren, beginnt sie wieder, zu kreischen. »Ihr werdet es bereuen!«, tobt sie so hysterisch, dass sich ihre Stimme überschlägt. »Mein Tod wird nichts ändern! Sterben werdet Ihr! Dass Ihr meinem Mann geraubt habt, was ihm zustand; dass Ihr seinem Hengst das Leben geraubt habt, werdet Ihr mit dem Eurigen bezahlen! Erst wenn der letzte von Euch Mördern tot ist, werden Pferd und Reiter von Euch lassen!«

Schon haben die Männer mit ihr den Pfahl erreicht. Die ganze Zeit über schreit sie, den Blick fest auf uns, beziehungsweise Balthasar, gerichtet. Glühend vor Hass, was durch die Spiegelung der Flammen verstärkt wird.

Noch immer lässt sich der Graf nichts anmerken, während er mit allen anderen beobachtet, wie die Heilerin am Pfahl festgezurrt wird. Anschließend lassen die Männer ihn mit vereinten Kräften quälend langsam ins Feuer sinken.

Agatha schreit. Die Menschenmenge jubelt. Ich glaube meinen Ohren kaum, aber genau so ist es. Sie klatschen Beifall, während der Pfahl mit der alten Frau Richtung Feuer gesenkt wird.

Ihre Kleidung fängt Feuer.

Das Letzte, das ich wahrnehme, ist ein Blitzen an ihrem Hals, ein glatter Gegenstand, der ebenfalls kurz vom Schein des Feuers erhellt wird.

Das Turmalin-Amulett.

Die Schreie der alten Dame dröhnen in meinem Kopf und meine Haut scheint zu brennen, als würde ich mit ihr ins Feuer gehen. Gerade, als ich glaube, es nicht mehr ertragen zu können, holt Balthasar mich zurück in die Wirklichkeit.

Waldluft füllt meine Lunge, so plötzlich, dass ich aufkeuche. Klare, gleichzeitig regenschwere Luft. Mit einem Schlag weicht ein Druck von meiner Brust, als Feuer, Menschenmenge und Schreie in die Vergangenheit verschwinden.

Um Orientierung und Fassung kämpfend, taumele ich zurück.

»Geht es dir gut?« Balthasar beobachtet mich besorgt. Am liebsten möchte ich ihn anbrüllen, dass es mir natürlich nicht gut geht, weil ich gerade bei einer Hinrichtung zu Gast war. Dann wird mir klar, warum er mir diese Erinnerung zugemutet hat. Aus mehr als einem Grund. Einmal sollte ich die letzten Worte der Hexe hören. Darüber hinaus wollte er vermutlich, dass ich weiß, wie schwer ihm der Befehl zum Töten gefallen ist. Und mehr noch, es erklärt, wie das Amulett in die Erde gekommen ist. Es wurde mit der Hexe verbrannt, mit der Asche vergraben.

Eine Erkenntnis, die ich aus den Erinnerungen gezogen habe, stellt jedoch ein gewaltiges Problem dar: der Ort, an dem sich die Asche der Geister befindet. Neben dem Pferd mauerte man auch den getöteten Pief dort ein, darum vermute ich, tat man es später ebenso mit den weiteren Opfern.

Die Asche, die ich laut Fluchbrechung zum Fürst der Wälder tragen muss, befindet sich in der Kammer. Während ich alles dafür tun wollte, eine Öffnung dieser zu verhindern, werde ich nun nicht darum herumkommen, es zuzulassen.

Als ich mich wieder so weit gesammelt habe, dass ich reden kann, erwidere ich: »Es tut mir so leid.«

»Wovon sprichst du?«

Langsam schüttele ich den Kopf. »Alles, es … Dass du gezwungen warst, so etwas zu tun. Dass sie dir die Schuld gegeben hat. Dass du dachtest, du hättest den Fluch und die Morde zu verantworten.«

Der Graf senkt den Blick. »Das habe ich«, sagt er grimmig. »Durch meine Hand starb das Pferd. So begann alles.«

»Du hattest keine Wahl.« Allmählich beginne ich, zu verstehen. Warum er die anderen Geister meidet. Warum er all die Jahre mit niemandem gesprochen, sich niemandem gezeigt hat. Eventuell verstehe ich sogar langsam den Grund für seinen Selbstmord. Schuldgefühle.

»Vielleicht nicht an diesem Tage im Innenhof, als das Ross meine Dienerschaft angriff. Jedoch machte ich es durch alles, was ich tat, schlimmer.« Er sieht mich nicht an, seine Stimme trieft vor Schmerz.

»Du konntest es nicht wissen«, antworte ich leise. »Du hast gehofft, mit ihrem Tod würde der Fluch vergehen. Es war ein Versuch. Du hast es für die getan, die noch lebten, Mechthild und Absalom. Und für dich selbst.«

Sein Kopf schießt hoch. Er fixiert mich, hin- und hergerissen zwischen Kummer und Empörung über meine Aussage, die gar nicht so gemeint war, wie er sie versteht.

»Ich habe nicht für mich gehandelt! Mein eigenes Leben war mir schon immer gleichgültig!«

»Aber nicht das deiner Diener. Ich habe es gespürt! Ich weiß, was in dir vorging!«

Er presst die Kiefer aufeinander, als ihm unangenehm bewusst wird, dass ich nicht nur einen Einblick in seine Erinnerungen, sondern auch in seine Emotionen bekommen habe.

»Ist okay«, murmele ich in dem Versuch, es zu relativieren. »Damals durftest du keine Gefühle zeigen. Du warst der unantastbare und gnadenlose Herrscher. Doch das ist vorbei. Heute sieht man das lockerer. Heute dürfen auch Männer weinen.« Okay, der letzte Satz klingt ein wenig einfältig. Ausgerechnet den fängt Balthasar auf.

»Mir ist nicht nach Weinen. Weshalb geben sich Männer weibischem Zeug hin?«, murrt er.

»Wegen der Gleichberechtigung. Die ist zwar auch heute oft ein Wunschtraum, aber … Frauen und Männer begegnen sich mittlerweile auf Augenhöhe – zumindest sollte es hierzulande so sein. Egal. Du kannst mir vertrauen.«

Er wirkt nicht besonders überzeugt. »Mein Handeln war an Torheit kaum zu übertreffen.«

»Aber wieso? Die Hinrichtung war …«

»Ich spreche nicht von der Hinrichtung!«, fällt er mir energisch ins Wort.

»Wovon dann?«, frage ich verdutzt.

Schweigen. Etliche schwere Atemzüge, während der Graf unruhig seine Hände knetet, zum Himmel sieht, aufs Wasser, eigentlich überallhin, außer zu mir. Schließlich meint er: »Mein Freitod hat das Elend besiegelt.«

»Wieso?« Weil ich drei oder vier Armlängen von ihm entfernt stehe und das plötzlich unpassend erscheint, nähere ich mich ihm wieder. Ganz vorsichtig, als könnte jede Bewegung ihn verschrecken, als wäre er ein Hirsch mit Geweih statt ein Barockfürst mit Perücke.

Balthasar seufzt schwer, schließt die Augen, öffnet sie wieder. »Mochte Agatha eine Hexe und auf Rache aus sein, so hätte ihr Fluch geendet, sobald das Untier uns allen, die wir an seinem Tode beteiligt waren, das Leben geraubt hätte. Noch die Köchin, der Gärtner sowie ich und es hätte die Welt verlassen, um in die Ewigkeit einzugehen. Keiner wäre ihm je wieder begegnet. Jedoch, so kam es nicht. Zwei Tage nach der Hinrichtung der Heilerin machte sich Mechthild auf zum Kompost, um Küchenabfälle zu entsorgen. Sie kehrte nie zurück. Ein Dienstmädchen fand sie kurze Zeit später mit einer Platzwunde am Kopfe, die nur von Hufen stammen konnte. Sie verblutete.«

Ich verziehe das Gesicht.

»So war ich mir hernach sicher, dass die Hinrichtung keine Wirkung hatte. Agatha sollte recht behalten, dass ihr Tod nichts änderte. Was tat ich nun? Ich erlag der nichtsnutzigen Annahme, wenn ich dem Monster zuvorkäme und es meinen Tod nicht verursachen könnte, würde es endlich von der Rache ablassen und wenigstens Absalom verschonen. In derselben Nacht erhängte ich mich in meinem Schlafgemach.«

Eine Pause entsteht, in der Balthasar bekümmert grübelt und ich ihn mit offenem Mund anstarre.

»Mit Schrecken musste ich feststellen, dass ich am nächsten Morgen noch bei Bewusstsein war. Aber nicht mehr im Besitz meiner Gebeine, die am Strick baumelten. Vielmehr erwachte ich …«, er deutet einmal an sich hinab, »… in dieser Form.«

Wäre es nicht so traurig und schrecklich, könnte ich es amüsant finden, wie beiläufig er von seinem eigenen Tod erzählt. Als wäre es bloß eine Schürfwunde am Knie, die er mit einem feuchten Tuch ausgewischt hat.

»Dazu entdeckte ich, dass auch Ronan, das kleine Mädchen mit ihrem Hund sowie die Köchin noch immer durch das Schloss zogen. Eine Woche verging ohne Zwischenfall und obgleich ich meine neue Form verfluchte und die Lebenden und die Toten mied, so empfand ich doch Befriedigung, mein Ziel erreicht und wenigstens eine Seele gerettet zu haben. Wenngleich es bloß jene des verwirrten alten Mannes war, der ohnehin in absehbarer Zeit sein Ende gefunden hätte. Besser ein Leben als keines.«

»Aber auch ihn hat das Monster erwischt«, schlussfolgere ich.

»Das, und schlimmer noch«, bestätigt der Graf bitter. »Mit dem letzten Tode nahm der Fluch neue Ausmaße an. Trachtete das Pferd bisher gezielt nach dem Leben der Verfluchten, so erkannte es jetzt, dass es nie erfüllen konnte, was seine Herrin ihm auftrug.«

»Weil du schon tot warst«, hauche ich. »Es hatte den Auftrag, dich zu töten, was es nicht konnte, weil du ihm zuvorgekommen bist.«

Balthasar nickt bekümmert. »Fortan wurde es ruhelos, tauchte immer häufiger auf. Zumeist des Nachts im Stall, des Öfteren nun auch am Tage und im Innenhofe oder auf den Koppeln. Wieder und wieder verschreckte es Stallburschen, bis man Düsterstein bald nur noch als *Schloss des Monsters* kannte. Eine Nachfolge für mein Erbe gab es nicht, sodass es bald unbewohnt wurde. Kaum drei Jahre nach meinem Freitod wagte keine Menschenseele mehr, dieses Gelände zu betreten. Zu viele Gerüchte kursierten im Lande, die alle auf der Wahrheit beruhten.«

»Also fing das Pferd damals an, weitere Menschen zu töten?«

»Nicht sofort. Doch je mehr Zeit verstrich, die es mich nicht erwischen und seine Ruhe finden konnte, desto größer schwollen in ihm Unmut und Rachsucht. Auch die anderen Verfluchten fanden nie ihren Frieden, wie dir bekannt ist. Meinetwegen.«

»Ja«, bestätige ich geknickt. »Du glaubst also, dass ihr nur deswegen als Geister geblieben seid, weil sich der Fluch der Hexe durch deinen Freitod nicht erfüllen konnte?«

»So muss es sein. Andernfalls wären wir ins Jenseits gegangen und die Welt hätte ihre Ruhe gefunden, wie auch wir.«

Gedankenverloren betrachte ich die resignierte Haltung des Grafen. Sehe die Selbstvorwürfe in seinem Gesicht. Weil er die Menschen, die er hatte retten wollen, durch seinen Irrtum in noch größeres Verderben stürzte. »Ich behaupte mal, du hast recht. Es klingt logisch. Dann wird das ewig so weitergehen, wenn wir den Fluch nicht brechen.«

Er hebt den Blick, ich bin allerdings nicht sicher, ob hoffnungsvoll oder mich belächelnd.

»War es die Hexe, die die Fluchlösung in die Eingangshalle geschrieben hat?«

Balthasar schüttelt den Kopf. »Agatha kam erst am Tage ihres Todes aus dem Verlies, um in die Flammen zu gehen.«

»Du warst es auch nicht?«

»Nein. Vom Tage meines Freitodes an hielt ich mich von allem fern.«

»Mist.«

»Nicht auf dem Mist! Überwiegend in den Wänden meiner Gemächer, wo seit meinem Tode kaum einer hinging«, widerspricht der Graf empört.

»Was? Äh, nein. Ich habe nur geflucht«, gebe ich zurück.

»Fluchen geziemt sich nicht für eine Dame«, tadelt er und ich muss zweimal hinsehen, weil sein Gesicht so gar keine Regung zeigt, die auf einen Scherz hindeutet.

»Du meinst es wirklich ernst, ja?«, frage ich amüsiert.

»Natürlich. Hegst du Zweifel?«

Jetzt muss ich kichern und es tut unglaublich gut, weil ich dadurch merke, wie angespannt ich die ganze Zeit über war. Gleichzeitig fühle ich mich zuversichtlicher. »Weißt du, was? Wir erfüllen diesen Gegenfluch. Deine Erinnerungen waren sehr hilfreich. Denke ich.«

Irgendwo auf der Wasseroberfläche des Stausees kringelt sich das Wasser. Ganz leicht nur, vielleicht wegen Wasserbewohnern. Meine Knochen fühlen sich immer schwerer an. Für eine Nacht waren die Informationen ziemlich viel. Darüber hinaus dürfte die Dämmerung nicht mehr fern sein. Eine Sache möchte ich jedoch noch wissen. »Was geschah denn nun mit dem Einhändigen von der Bank?«

Balthasar seufzt, gleichzeitig wirkt er froh, dass ich dieses Thema anschneide und keines, das schon wieder mit seinen damaligen Fehltritten zu tun hat. »Vater empfand große Genugtuung dabei, das niedere Volk für seine Vergehen zu bestrafen. Auch vor Verstümmelungen schreckte er nicht zurück. Mehr als einmal ließ er Finger oder ganze Hände für Diebstahl abschneiden. Der Bettler kam des Öfteren zum Schloss, um an der Küche nach Abfällen zu flehen. Die Bediensteten hatten Mitleid, vor allem Mechthild, die dir bekannt ist. Vater sah das nicht gern. Nicht mal unsere Abfälle seien es wert, vom Abschaum der Gesellschaft verspeist zu werden. Als er den hungrigen Mann wiederholt auf dem Schlossgelände erwischte, ließ er ihm die Hand abschlagen. Er kam nie wieder zu uns.«

»Ich hasse ihn«, entfährt es mir.

»Vater? Ja, auch ich bin seit jeher zwiegespalten.« Balthasar beobachtet ebenfalls die Bewegungen auf dem Wasser. Einmal mehr spüre ich eine unerklärliche Zuneigung zu ihm. War ich anfangs angespannt im Umgang mit ihm, so habe ich meine Mission, sein Herz zu erweichen, beinahe völlig vergessen.

»Mach dir bitte keine Vorwürfe mehr. Vielleicht hast du den Fluch verschlimmert, aber die Schuld liegt bei deinem Vater. Er holte den Hengst auf den Innenhof, ohne vorher mit dir zu reden. Warum existiert eigentlich nur ihr als Geister, nicht aber die Menschen, die das Monster nach euch in den Tod gerissen hat?«

Der Graf hebt die Schultern. »Möglicherweise, weil sie kein Teil des Fluches waren.«

»Und dein Vater?«

»Sein Tod trat vor der Verhängung des Fluches ein. Seine Asche wurde der Gruft übergeben, seine Seele kehrte jedoch nie wieder. Glücklicherweise.«

Ob es wirklich so einfach ist? Da Karl niemandem je als Geist begegnet ist, muss es so sein. Außerdem fallen mir langsam die Augen zu, was das Denken erschwert.

»Danke für alles«, wiederhole ich aufrichtig und lächele ihn an.

Immer noch wirkt er distanziert, doch seine Mauer bröckelt. Seine Augen flackern unruhig, beinahe scheu. Schließlich nickt er. »Es ist spät geworden. Komm, ich begleite dich zurück zum Schloss.«

Kapitel 22

I bin der Fürst der Wälder«, lese ich vor und starre ungläubig auf den Text eines bayrischen Volksliedes in Mundart, den mein Handy anzeigt. Den Link hat mir Adrian geschickt.

»Laut diesem bayerisch-deutschen Wörterbuch ist ein Hase als Fürst gemeint. Wie sollen wir Asche zu einem Hasen tragen?«, grübelt Lory, die wiederum mit ihrem eigenen Handy beschäftigt ist.

»Gute Frage.« Seufzend lege ich mein Gerät auf die Sessellehne und ziehe die Decke, in die ich mich gewickelt habe, ein Stück höher. Wieder mal friere ich, weil ich völlig übermüdet bin. Nach meinem nächtlichen Ausflug mit Balthasar bin ich erst gegen vier Uhr morgens ins Bett gekommen. Nur um jetzt, am späten Vormittag, erneut mit Lory über den Spruch zu debattieren. Davor habe ich ihr alles erzählt, was Balthasar mir gezeigt hat. Fast alles. Seine Gefühle habe ich nicht erwähnt.

Außer uns beiden befindet sich bloß ein goldener meditierender Buddha im Wohnzimmer, der so groß ist wie der Sessel, in dem ich sitze. Schon in unserer Kieler Wohnung hat er neben dem Fernseher gesessen und einen beim Horrorfilm schauen mit vorwurfsvollem Blick gestraft.

Mum teilt das Schloss mit Thea gerade in chakrenkonforme Sektoren ein, die sie ihrer zukünftigen Bestimmung zuordnen. Ihre Ouija-Session im Stall haben sie für kommende Nacht angesetzt. Die letzte hat Lory durch das Vortäuschen schmerzhafter Regelbeschwerden verhindert. Was unsere Mütter dazu veranlasste, mehrere Stunden die Umzugskartons nach Mums Globuli-Sammlung zu durchwühlen. Jetzt ist Lory von nie vorhandenen Schmerzen geheilt, während Dad darüber flucht, dass man im Kartonchaos nun gar nichts mehr findet.

»Hier steht was über *Game of Thrones*, aber das ist bestimmt noch weniger hilfreich als das bayrische Volkslied«, murmelt meine Cousine. Sie lümmelt mit angezogenen Beinen auf dem Sofa.

Sekundenlang hören wir nichts außer dem Wind, der in den Fensterlaibungen singt, und dem Ticken einer hässlichen Uhr aus dem Schwarzwald mit klobigen Tannenzapfen als Pendel.

»Vermutlich nicht. Warum gibt es eigentlich ein bayrisch-deutsches Wörterbuch?« Mehr fällt mir dazu nicht ein. Mein Kopf ist Matsch. Ehrlich, wenn das mit der Schlaflosigkeit so weitergeht, bin ich bald blasser als die Geister. Oder toter. Apropos – dass sich keiner außer uns im Raum befindet, stimmt nicht ganz. Über dem Hochflorteppich dreht sich Axel langsam um die eigene Achse.

»Hilft euch nicht allwissend' Kasten? Gebt euch Müh, geht uns sonst allen zulasten«, murmelt er.

»Nun lasse sie doch in Ruhe machen«, tadelt Mechthild. Auch der Rest der Geister, abgesehen von Balthasar, hängt im Raum herum oder jagt sich – im Fall von Klara und Hund Pief – im wahrsten Sinn des Wortes über Tisch und Bänke. Gerade hüpft das Geistermädchen mitten durch einen Glastisch, der uns in unserer alten Wohnung als Esstisch gedient hat. Ronan steht mit der üblichen verzweifelten Miene davor.

Seit den Erinnerungen von letzter Nacht tut es mir im Herzen weh, sie tot und blass zu sehen.

»Der allwissende Kasten hat Grenzen«, grummele ich. Axel meint das Internet beziehungsweise unsere Handys. Natürlich habe ich *Fürst der Wälder* in die Suchmaschine eingegeben. Das Ergebnis waren mehrere Artikel darüber, wem der deutsche Wald gehört. Jetzt weiß ich zwar, dass es neben Privatwald auch Kommunalwald, Staatswald und Treuhandwald gibt, aber ich befürchte, das wird bei der Aufhebung des Fluches nicht behilflich sein.

Lory greift nach dem Amulett, das zwischen uns auf der Sessellehne liegt, um ebenfalls zu hören, was die Geister sagen.

»Könnt ihr uns mehr über Leopold erzählen?«, frage ich. »Von Trunksucht sprachen Graf und Zeitung.« Kurz halte ich inne, als mir bewusst wird, dass ich wie die Geister rede. Vielleicht besser so. Ich bezweifele, dass sie mit *Junkie* etwas anfangen könnten.

Metze wirkt nervös, Ronan wie immer eher traurig und Klara summt ein Kinderlied, das ich nicht kenne. Axels Mimik ist besonders seltsam. Mal flitzen seine Augen unter den buschigen Brauen unruhig in ihren Höhlen herum, im nächsten Moment wirkt er ungewöhnlich gefasst. »Leopold geschah Unrecht«, entgegnet er für seine Verhältnisse sehr ernst.

»Man hat ihn grundlos verbannt? War es Karl von Düsterstein? Wollte er ihn aus dem Weg räumen, um sich das Erbe zu sichern?«, plappere ich weiter.

Axels abwesendes Grinsen kehrt zurück und er beginnt, zu singen: »Das Leben fragt nicht, was ein jeder will. Die einen sind zu laut, drum werden die and'ren still. Wer verdient das Leben, wer den Tod? Manch einer möchte Blau, bekommen tut er Rot. Achtunddreißig. Was wahr geredet, nicht immer so geschieht. Manches Mal muss das Herz beantworten, was das Auge nicht sieht. Einhundertsieben.«

»Das äh … ist ein weiser Spruch«, erwidere ich, während ich ihn mir auf der Zunge zergehen lasse. Leider hilft er nicht. Oder doch? *Was wahr geredet, nicht immer so geschieht.* Klingt wie ein Spruch aus einem Poesiealbum.

Ich ahne, dass mir die Geister wieder nichts verraten dürfen, und Axel es auf kryptische Art trotzdem versucht. Erneut beschleicht mich das Gefühl, dass seine Reime nicht nur geistlos (Haha!) daher gedichtet sind. Vielleicht stimmt mein Verdacht. Leopold hätte der Erbe des Schlosses werden sollen. Sein Bruder Karl hat das verhindert, um selbst an die Macht zu kommen. Hört man nicht immer wieder von solchen Vorfällen in der Geschichte? Karl scheint es so geschickt angestellt zu haben, dass bisher niemand die Wahrheit erkannt hat.

Ich erzähle Lory von meinem Verdacht.

»Naheliegend«, meint sie und streicht sich eine zerzauste Haarsträhne hinters Ohr. Auch sie hat letzte Nacht nicht viel geschlafen, sondern recherchiert. Leider sind die Informationen im Internet begrenzt. Zwar hat sie herausgefunden, dass im Kirchenarchiv der Gemeinde noch alte Aufzeichnungen aus der Zeit des Grafen liegen, doch um dort nachzuforschen, bräuchten wir einen Termin, und die Zeit haben wir nicht mehr. »Leopold war zwei Jahre älter als Karl von Düsterstein«, erklärt sie mir. »Erbe wird der Erstgeborene. Sowohl

Karl als auch Balthasar hätten nie Graf werden dürfen. Bringt uns das weiter?«

»Keine Ahnung.« Resignierend greife ich nach der Tasse auf dem niedrigen Wohnzimmertisch. Kaffee. Obwohl mir der bittere Geschmack den Hals zuschnürt, muss das heute sein. »Waren Finn und Max in der Gruft?«

»Ja, aber da gibt es nichts mehr. Nur einen leeren steinernen Raum. Vermutlich wurden sämtliche Särge und Urnen geplündert.«

»Okay. Na ja, nach den Erinnerungen des Grafen finden wir die Asche sowieso nicht dort, sondern in der versiegelten Kammer im Stall. Von wo sie hoffentlich noch niemand entwendet hat«, gebe ich zurück.

»Wie kommst du mit deiner Aufgabe voran? Du weißt schon.« Lory zwinkert mir vielsagend zu. Wir beide wissen, dass sie die Sache mit dem Herzerweichen meint. Sie spricht es nicht aus, weil Balthasar jederzeit unsichtbar in der Wand stehen und uns belauschen könnte. Eine Eigenschaft, die ich gruseliger finde als alles andere an den Geistern. Es bedeutet nämlich, dass er mich beobachten kann. Selbst im Bad, beim Duschen und so.

Ich schüttele den Kopf. »Nicht so gut, denke ich.« Keinen Schimmer, welchen Eindruck Balthasar nach letzter Nacht von mir hat. Den des neugierigen Mädchens, das zu viel redet und trotzdem unsicher ist?

»Dann musst du dich heute ins Zeug legen«, meint Lory euphorisch.

»Wie denn?« Aktuell spüre ich wenig Elan, irgendjemandes Herz zu gewinnen oder mir Gedanken zu machen, wie das bei einem Geist funktionieren könnte. Sicher nicht mit Blumen und Pralinen.

»Sei kreativ! Was hättest du damals getan?«

»Damals? Im Barock? Einen Ball veranstaltet«, erwidere ich sarkastisch.

Es war nicht ernst gemeint, doch Klara bekommt riesige Augen und hüpft neben mich. »Einen richtigen, echten Ball? Mit Kleidern und Tanz? Oh, wir hatten ewig keinen mehr am Hofe! Nicht mal heimlich im alten Lagerraum der Küche.«

Verständlich.

»Können wir wirklich einen veranstalten? Bitte, bitte!« Sie klingt genau wie mein Bruder.

»Das geht leider nicht«, antworte ich und weiß gar nicht, wo ich anfangen soll, aufzuzählen, aus wie viel Tausend Gründen nicht.

»Du schaffst das, ich bin mir sicher.« Lory lächelt mich an. Noch immer ist es ungewohnt, gemeinsam zu rätseln und zu plaudern, als wären wir jahrelange Freundinnen. Trotzdem finde ich sie gar nicht mehr so übel.

»Danke für deine Zuversicht. Wenigstens eine, die an mich glaubt.« Ich selbst tue es nämlich nicht.

»Kein Ding. Ist schließlich nicht unser größtes Problem.« Sie seufzt.

Das stimmt leider. Lory redet von der Asche, die wir aus der Kammer besorgen müssen, ohne dabei zu sterben. Oder jemanden sterben zu lassen. Da wir null Vorstellungen haben, wie es dort drin aussieht oder was passieren wird, sobald die Tiefbaufirma den Eingang aufbricht, können wir nichts planen. Wir können lediglich versuchen, bis dahin den Rest des Spruches zu verstehen. Und das bereitet uns beiden heftiges Magendrücken.

»Konzentrier dich ganz auf deine Aufgabe«, sagt sie dann. »Ich kümmere mich weiter um den Rest. Warum das Meer die Sehnsucht weckt. Und wer dieser dämliche Fürst der Wälder ist.«

»Fürst der Wälder?« Finns Stimme lässt mich zusammenzucken. Weder Lory noch ich haben mitbekommen, dass er den Raum betreten hat. Zumal es das Wohnzimmer meiner Familie ist.

Lässig, mit einer Tasse Kaffee in der Hand, lehnt er im Türrahmen, als wäre er die ganze Zeit über dort gewesen. War er? Ich weiß es nicht.

»Finn, was für eine … Freude«, grüßt Lory ihn mit einer zynischen Pause. »Auch endlich ausgeschlafen?«

»Attraktive Menschen brauchen ihren Schlaf«, kontert ihr Stiefbruder und ich komme nicht umhin, die Augen zu verdrehen.

Wie immer schafft Axel es, mir die Situation zu versüßen. »Das Balg sich purer Schönheit glaubt, es allen and'ren so die Nerven raubt. Neunhundert.«

»Dann schlaf weiter, vielleicht klappt's noch mit der Attraktivität«, erwidert Lory schlagfertig.

Finn sieht sich im Raum um, als würde er erkennen, dass sich Klara direkt vor ihm aufgebaut hat und ihn bewundernd beäugt. »Tante Mechthild, warum trägt der Mann ein Tischtuch um den Hals?«

Ich pruste los. »Das ist ein Schal, Klara.«

Finn starrt mich an. »Was?«
»Ist ihm kalt?«, fragt das Mädchen.
»Nein, er will cool sein«, erwidere ich. Plötzlich stört mich überhaupt nicht mehr, was Finn von mir denken könnte. Die letzten vierundzwanzig Stunden haben einiges verändert. Ich weiß nun, dass Lory oft ebenso genervt von ihm ist wie ich. Außerdem scheint ein arroganter Stiefcousin lächerlich im Verhältnis zu unseren aktuellen Problemen.
»Hä, was laberst du? Wer ist Klara?« Finn kommt näher.
»Du bist gerade mitten durch sie hindurchgelaufen«, erkläre ich ruhig.
»Klara ist ein richtig cooles Mädchen. Und ein Geist«, ergänzt Lory.
»Sonst geht's euch gut, ja?« Für einen Moment genießen wir Finns Blick – eine Mischung aus Skepsis und dem Bedürfnis, uns Fieberthermometer in die Münder zu stecken.
»Klar.« Lory deutet mit einer großzügigen Geste um uns herum. »Wir sitzen hier mit unseren Geisterfreunden und rätseln, was es mit dem Spruch in der Eingangshalle auf sich hat. Das müssen wir sogar, denn wie du weißt, werden wir alle sterben, wenn wir das nicht schaffen, bis die Firma morgen die Kammer öffnet. Also bleiben uns bloß vierundzwanzig Stunden Zeit.« Sie sieht auf ihr Handy. »Einundzwanzig.«
»Gerade fragen wir uns, wer der Fürst der Wälder ist«, fahre ich fort. »Es ist kein Hase, so viel wissen wir. Und bayrisch scheint nicht überall als deutsche Sprache zu gelten.«
Die Kaffeetasse in Finns Hand schwankt verdächtig und ich frage mich, wie Mum reagieren wird, wenn ihren beigefarbenen Hochflorteppich ein hässlicher Kaffeefleck ziert. Wobei sie sich mit der Erklärung *Finn hat einen Geist gesehen* bestimmt zufriedengibt.
»Was zur Hölle habt ihr genommen?«, fragt er.
»Nun bleib bitte mal ernst«, verlangt Lory so sachlich, dass ich wieder kichern muss. »Wir haben hier einen Geist, der in Reimen und Zahlen redet und AC/DC in grottenschlechtem Englisch summt. Und du fragst *uns*, was wir genommen haben?«
»Übrigens, falls du einen kühlen Luftzug am Bein merkst, das ist der sabbernde Geisterhund, der springt nämlich gerade an dir hoch«, ergänze ich trocken.

»Jaah«, antwortet Finn gedehnt und wirkt plötzlich richtig kleinlaut. Noch nie habe ich ihn so erlebt. Weil sich Pief wirklich gerade die Seele aus dem untoten Leib winselt, um Streicheleinheiten zu bekommen. Finn zieht das Bein zurück. Seine nächsten Worte lassen mich den Atem anhalten. »Eine Eiche. Der Fürst der Wälder ist eine sehr alte Bezeichnung für den Eichenbaum.« Damit dreht er auf dem Absatz um und eilt aus dem Raum.

Kapitel 23

Als ich an diesem Nachmittag den unsanierten Westflügel ansteuere, habe ich ein Ziel, eine kleine Kiste mit Mineralien und einen Plan. Zumindest ein Stück Plan. Oder den Ansatz davon.

Finn hat uns vorhin wirklich überrascht. Lory ist ihm nachgerannt und hat ihn zur Rede gestellt, ob er sich sicher sei. Ein Praktikum in einem Forstbetrieb, das er letztes Jahr bei einem alten Förster absolviert hat, ist der Grund, warum er es wusste. Auch ohne das nachzuprüfen, sind wir überzeugt, dass er recht hat. Die Hexe wurde dort verbrannt, wo jetzt die gewaltige Eiche steht. Demnach müssen wir die Asche an diesen Ort bringen. Nun fehlen uns also noch zwei Bausteine. Die Frage, was es mit dem Meer und der Sehnsucht auf sich hat. Und das erweichte Herz. Eine Aufgabe für Lory, eine für mich.

Was ursprünglich als Scherz gemeint war, ist zum Plan geworden. Aktuell bin ich nur unsicher, wie ich ihn in die Tat umsetzen soll. Darum erst mal die Lage peilen.

Der Weg durch den Westflügel kommt mir endlos vor, weil ich jedes Brett einzeln auf Tragfähigkeit testen muss. Dieser Flur besitzt eigene Fenster, deshalb brauche ich kein Handylicht und meine Expedition erscheint mir grundlegend ungefährlicher als die letzte. Auch die Tatsache, dass das Monsterpferd bisher nur außerhalb des Gebäudes oder im Stall aufgetaucht ist, gibt mir Sicherheit.

Für viele Minuten ist außer dem hölzernen Knarzen unter meinen Füßen und Windgeräuschen in den kaputten Fenstern nichts zu hören. Die Hälfte des Flügels dürfte ich durchquert haben. Weil alle Türen verschlossen sind, kann ich keines der Zimmer betrachten.

Aufregung lässt meinen Bauch kribbeln und ich bin nicht sicher, was sie auslöst. Nur die Nervosität, ob mein Plan klappen wird? Ganz bestimmt.

Okay, ich sollte mir nichts vormachen. Mit Balthasar Zeit zu verbringen, gefällt mir. Mehr, als ich mir eingestehen will. Auch wenn es merkwürdig ist, einen seit vierhundert Jahren toten Grafen so zu bezeichnen, ist er eine Art Freund geworden. Mein engster Vertrauter in diesem neuen Leben, das mir nicht mehr so schlimm vorkommt, seit ich ihm und den anderen Geistern begegnet bin.

»Was sie plant, was sie plant, niemand ahnt! Siebzig!«

Um ein Haar hätte ich die Kiste fallen gelassen oder wäre vor Schreck durch ein morsches Bodenbrett getreten. Nur mit viel Körperbeherrschung schaffe ich es, dass nichts davon geschieht.

»Geht's ein bisschen einfühlsamer?«, fauche ich.

Axel hängt kopfüber an der Decke. Im Schneidersitz, sein breites Grinsen glänzend im trüben Licht des Regentages. Diesmal trägt er keine Lederkleidung, sondern etwas, das an Schultern und Oberschenkeln aussieht wie aufgeplusterte Kissen. Gestreift. Außerdem einen Hut mit einer gewaltigen Feder dran. Unwillkürlich muss ich an einen Dschinn denken.

»Verlangt Einfühlsamkeit von mir, bleibt dennoch selbst ein Trampeltier. Sieben und vier.«

Manchmal möchte ich diesen Geist umbringen. Leider geht das nicht, denn er ist schon tot. Ersatzweise werfe ich ihm einen vernichtenden Blick zu. »Ich versuche gerade, nicht durch den Boden zu brechen. Wäre wirklich nett, wenn du mich nicht zu Tode erschreckst. Was trägst du da eigentlich?«

Während ich mein Gleichgewicht wiedererlange, bringt er sich mit einer eleganten Halbdrehung in eine aufrechte Position. Allerdings immer noch in der Luft schwebend und im Schneidersitz, was ihn ein bisschen wirken lässt, als würde er meditieren. Dazu passt auch seine eigenartige Kleidung. Mum wäre begeistert. Also: Be*geist*ert von einem Geist. Mein Kopf denkt in Flachwitzen, na wunderbar.

»Ballkleid. Gefällt dir?«, fragt er reimlos.

»Sehr äh, hübsch«, erwidere ich.

Ob er keinen Sinn für Ironie besitzt oder meinen Unterton absichtlich ignoriert, kann ich nicht einschätzen, doch seine Antwort lautet: »Kann es gern bis abends tragen, dann kannst dich ganze Zeit dran laben. Neunhundertsiebzig.«

»Ist dir nicht warm?« Ehrlich, es sieht aus, als würde er ein Federbett tragen.

»Als Geist ist mir nicht schwitzig, ist das nicht witzig? Neunzehn.«

Das ist es tatsächlich. Nicht die Tatsache, dass er nicht schwitzt, aber die Art, wie er es sagt. »Woher weißt du überhaupt von dem Ball? Dass ich es wirklich versuchen will, habe ich nie gesagt. Nur als … Selbstgespräch. Oh.«

Axel grinst, kein bisschen schuldbewusst. »Wände haben Ohren und Geister sind für Wände geboren.«

»Na, dann muss ich euch ja keine Einladung mehr schicken.« Mit Axel als Begleitung setze ich meinen Weg fort.

»Ich weiß, ich weiß, mir ist schon ganz heiß.« Er kichert.

»Dir ist nicht heiß, hast du gerade selbst gesagt.«

»Woher das Gör will wissen, was Geister nicht vermissen?«

Ich schüttele den Kopf.

Weiter vorne steht eine zweiflügelige Tür offen, durch die Licht fällt. Staub tanzt in der Luft um einen Stuhl mit zerfetztem Stoff, der mitten im Gang steht. Ein merkwürdig einsamer Anblick, wie aus einem gruseligen Videospiel.

Sofort fühlt sich mein Herz veranlasst, penetrant gegen meinen Brustkorb zu hämmern. Nicht aus Angst, eher vor … Aufregung. Angestrengt rufe ich mir den Bauplan in Erinnerung, den Thea uns nach unserer Ankunft gezeigt hat. Irgendwo hier muss sich der Ballsaal befinden.

»Okay, Axel.« Ich drehe mich wieder zu ihm um. »Tu mir einen Gefallen und lass mich das hier allein durchziehen. Was ich vorhabe, hast du mitbekommen. Sag es bitte den anderen Geistern. Ihr seid eingeladen, in den elegantesten Gewändern, die ihr materialisieren könnt.« Ich deute auf seine Flaschengeistkleidung.

Für einen Moment wirkt der verrückte Geist beleidigt, weil ich ihn loswerden möchte. Sekunden später grinst er breit. »Erscheinen werden wir zum Feste, wird's schließlich nur mit uns das Beste. Dreiunddreißig.« Mit diesen Worten dreht er eine Pirouette und löst sich in Luft auf.

Statt aufgeregt nachzusehen, ob sich hinter der Tür wirklich der Ballsaal befindet, bleibe ich stehen und atme den schweren Geruch des Ganges ein, der an feuchtes Holz erinnert und sich ungesund in der Lunge anfühlt, obwohl durch die kaputten Scheiben frische Luft hereinströmt. Der Nieselregen, der draußen in endlosem Grau schon den ganzen Tag niedergeht, verstärkt den Eindruck noch, dass ich die Bodenbretter auswringen könnte, wenn ich nur fest genug drauftrete.

Auf einmal kann ich es kaum erwarten, den Saal zu betreten. Mit drei langen Schritten umrunde ich die offene Tür und gehe in den gigantischsten Raum hinein, den ich je gesehen habe.

Das letzte Mal einen barocken Ballsaal gesehen habe ich als Kind, weil meine Eltern uns ab und zu auf eine Führung durch Schlösser in Norddeutschland mitgenommen haben. Da Max damals noch Windeln getragen und seine Langeweile gern lautstark zum Ausdruck gebracht hat, sind sie sehr schnell davon abgekommen, uns an stille Orte zu schleppen. Als mein Bruder älter wurde, ist Mums Leidenschaft für Schlösser und Burgen etwas in den Hintergrund getreten. Bis sie zum ersten Mal von Schloss Düsterstein gehört hat. Nie werde ich das Glänzen in ihren Augen vergessen, als ihr Feuer wieder neu entfacht ist. Allerdings hätte ich nie gedacht, dass auch in mir ein Funke davon brennt.

Denn das tut er. Den Großteil steuern die Geister und Legenden dazu bei. Aber auch Kulissen wie diese ziehen mich in ihren Bann.

Der Saal ist riesig. Ernsthaft, hier drin könnte man den gesamten Lustgarten unterbringen, inklusive der gewaltigen, knorrigen Eiche und allen Büschen. Hätte ich nicht die letzten zwanzig Minuten damit verbracht, Brett für Brett durch das halbe Schloss hierher zu wandern, hätte ich angenommen, dass sich der Raum durch die gesamte Etage zieht.

Staunend bleibe ich in der Tür stehen und sauge jedes Detail gierig auf. Die Kiste in meinen Armen wiegt mit jeder Minute schwerer, doch ich nehme es kaum wahr.

Die Decke mit dem abgebröckelten Stuck liegt so hoch, dass ich eine Feuerwehrleiter bräuchte, um sie zu berühren. Was der Künstler dort oben verewigen wollte, ist genau das nicht gewesen: ewig. Man erkennt hellblaue Farbreste, dazwischen etwas wie Wolken und vergilbte Menschen mit Fratzengesichtern. Im siebzehnten Jahrhundert waren es vermutlich keine Fratzen. Jetzt, abgeplatzt, braun gefleckt und rissig, wirkt es so. Bei einer fülligen Frau direkt über mir entsteht zum Beispiel der Eindruck, sie würde aus zehn Mündern grinsen, die überall auf ihrem Gesicht verteilt sind. Unheimlich.

Mein Nacken knackt, als ich den Blick zu schnell von der Decke weg auf den restlichen Saal richte. Hohe Fenster, die sich über die gesamte Außenwand ziehen, tauchen die Tanzfläche in helles Tageslicht. Trotz des trüben Wetters sowie der speckigen Scheiben. Eine dicke Schmutzschicht verzerrt die Sicht, aber erstaunlicherweise sind die Fenster beinahe unversehrt. Offensichtlich hat man im Laufe der Zeit begonnen, den Saal zu restaurieren. Darauf deutet auch der Boden hin – in viereckigen Streifen angeordnetes Parkett. Verborgen unter so viel Staub und Dreck, dass die ursprünglichen Muster nur an wenigen Stellen durchschimmern. Trotzdem unterscheidet er sich von den Bretterböden in den Gängen. Definitiv ist das Parkett sehr edel. Oder war es zumindest mal. Bevor sich Generationen toter Insekten, Mäusekot und andere undefinierbare Dinge darauf verewigt haben.

Eine Seite des Ballsaales war einst komplett verspiegelt, doch die Scheiben liegen in Scherben am Boden. Die letzten Überreste an der Wand sind schwarz. Das ist gut, weil ich so nicht meinen eigenen dümmlichen Gesichtsausdruck sehen muss.

Als ich ehrfürchtig zur Fensterfront schreite, verursacht jeder Schritt meiner Sneakers ein dumpfes *Tonk*, kombiniert mit einem knarzenden Quietschen. Würde ich Absätze tragen, würde man es wahrscheinlich noch drei Räume weiter hören. Dennoch wirkt der Untergrund stabil und ich komme schneller voran als draußen im Gang. Vermutlich wurde der Saal schon bei seiner Erbauung stabiler angelegt wegen all der tanzenden Gäste, die sich hier amüsiert haben. Meine musikalischen Kenntnisse lassen zu wünschen übrig, aber ich glaube, mich zu erinnern, dass barocke Tänze ein bisschen an steife Hampelmänner erinnern.

Der Anblick eines barocken Festes müsste aus heutiger Sicht ziemlich witzig wirken. Trotzdem überkommt mich ein sentimentales

Gefühl bei der Vorstellung, wie dieser Saal einst vor Prunk geglänzt hat. Bunte Kleider, glitzernder Schmuck, schwer und unbezahlbar, Musik, Lachen. Das Kribbeln sich anbahnender Liebesbeziehungen oder Affären, wie es damals üblich war. Mit ein bisschen Fantasie glaube ich sogar, Musik zu hören. Laute, Fagott, Cello. Vielleicht Orgel. Und mittendrin der blasse, melancholische Graf …

Endlich habe ich den Saal durchquert und stehe vor einem der Erker, in die ebenfalls Fenster eingelassen sind. Dazwischen liegen die zerbrochenen Überreste einiger Stühle. Mehr als zersplitterte graue Hölzer und zerfressene Stofffetzen sind nicht übrig. Haben hier einst die Gäste Platz genommen, die des Tanzens müde waren? Oder die generell keine Lust dazu hatten? Wäre ich mit meinen zwei linken Füßen eine barocke Gräfin gewesen, hätte ich hier bestimmt viel Zeit zugebracht. Auf den Stühlen, abseits der Menge, wo ich die Tanzfläche gut im Blick gehabt hätte. Ich stehe nicht gern im Mittelpunkt und bezweifele, dass das vor vierhundert Jahren anders gewesen wäre.

Um zum Fenster zu gelangen, muss ich auf ein Podest treten. Die Bewegung löst ein lang gezogenes Knarzen aus. Sicherheitshalber stelle ich die Kiste mit den Mineralien ab und stützte mich aufs Fensterbrett, um mein Gewicht so gut es geht zu verteilen. Dann streife ich meinen Ärmel über die Hand und wische einen Kreis an der trüben Scheibe frei.

Mir stockt der Atem.

Von meinem Zimmer auf der anderen Seite des Schlosses aus sehe ich die Koppeln, den alten Garten und Wald, endlosen Thüringer Wald. Bäume sind hier ebenfalls erkennbar, davon abgesehen unterscheiden sich die Aussichten wie Tag und Nacht.

Schloss Düsterstein liegt am Rande einer Klippe. Auf der flachen Seite erstrecken sich sanft und gleichmäßig Bäume und Wald, in der Ferne unterbrochen von der Talsperre, an der mein Vater arbeitet.

Hier, direkt vorm Abgrund, scheint sich ganz Thüringen vor mir auszubreiten. Der Höhenunterschied verläuft steiler, die Sicht ist viel weiter möglich. Eindeutig besitzen die Gemächer des Grafen, die an den Saal anschließen, die beste Aussicht des gesamten Schlosses. Nicht dass der Blick aus meinem Zimmer langweilig wäre. Doch das hier hat etwas Flugzeugmäßiges. Als würde man aus dem Fenster einer Passagiermaschine sehen. Vor mir erstrecken sich Felder, helle, akkurat viereckige, dann wieder eierförmige. Dazwischen dunkle Wälder, vereinzelte Häuser sowie das Dorf Düsterstein. In der Ferne sanft dahinrollende Hügel, Straßen. Ein gewaltiger Flickenteppich. Der gefühlt endlos entfernte Horizont verschwindet in Nebelgrau, nichtsdestotrotz raubt mir das, was ich erkenne, den Atem und gibt mir eine ungefähre Vorstellung davon, wie unglaublich das alles bei schönem Wetter und klarer Sicht aussehen muss. Selbst jetzt ist es mit fast nichts zu vergleichen. Höchstens mit einem Hochglanzfoto aus einem Bildband, der die Erde von oben zeigt.

Beeindruckend. So beeindruckend, dass ich den unwillkürlichen Drang spüre, Dad anzubetteln, mich ins Dorf Düsterstein zu fahren, damit ich unseren Wohnsitz von Weitem bewundern und vor fremden Menschen damit protzen kann, dass ich hier leben darf. Bei unserer Anreise habe ich nicht viel für die Landschaft hinter meinem Tränenfilm übrig gehabt.

Plötzlich regt sich Stolz in mir. Stolz darüber, dass ich zu sehen bekomme, was einst nur edlen Herrschaften vorbehalten war.

Natürlich ist da nach wie vor Heimweh nach Kiel. Sorge um die Sache mit dem Monster. Und dennoch … Für ein paar Sekunden erlaube ich mir, Ruhe zu finden. Glücklich zu sein. Wäre ich eine Gräfin, wäre dieses Land mein Besitz. Jeder Strauch, jeder Kieselstein, jedes Dorf Teil meiner Ländereien.

Kein Wunder, dass die damaligen Grafen zu Größenwahn neigten. Muss man bei dieser Aussicht ja bekommen.

Minutenlang stehe ich einfach da und staune. So vertieft, dass ich gar nicht mitbekomme, dass ich nicht mehr allein bin. Wie auch? Man hört nicht mal seine Schritte.

»Eine erhabene Aussicht, nicht wahr?«

Ich zucke heftig zusammen, als Balthasar neben mir auftaucht. An dieses Geisterverhalten werde ich mich definitiv nie gewöhnen.

Während sich mein Puls nur langsam beruhigt, weil seine Nähe mein Herz auch ohne unerwartetes Erscheinen schneller pumpen lässt, werfe ich ihm einen vorwurfsvollen Blick zu.

Interessiert ihn wohl nicht besonders. Beide Arme hinterm Rücken verschränkt, starrt er aus dem Fenster. Ansonsten sieht er aus wie immer. Selbe Kleidung, selbe Perücke, selbe Augenringe. Vermutlich duscht er auch nie. Also – mit Sicherheit sogar. Wie Axel aber bereits erwähnte, ist Transpiration kein Geisterproblem.

Schließlich dreht er mir das Gesicht zu. »Sei gegrüßt, holde Dame.«

»Ach, sind wir jetzt von Weib abgekommen? Und hallo«, grüße ich zurück.

»Geht es dir gut? Nach letzter langer Nacht in Kälte?«, fragt er, ohne auf meinen Kommentar einzugehen. Seine Stimme klingt beinahe sanft und Hitze kriecht in meine Wangen.

»Passt schon. Vielleicht trag ich 'nen Schnupfen davon«, gebe ich so lässig wie möglich zurück.

Balthasar richtet seine Aufmerksamkeit wieder in die Ferne. »Einst begann mein Tag mit dieser Aussicht und endete auch mit ihr. Sie begleitete mich rund um die Uhr, jede Woche, jedes Jahr. Ich wurde ihrer nie überdrüssig. Selbst in der Ewigkeit des Todes verliere ich mich oft in bewaldeter Ferne.«

Ich spähe erneut durch mein Guckloch an der Scheibe, bemüht, mir meine nächsten Worte gut zu überlegen, immerhin ist das alles Teil meines Plans. Dass der Graf aufgetaucht ist, war quasi einkalkuliert oder zumindest meine Hoffnung.

»Kann ich gut verstehen. Es ist so viel anders als das, was ich bisher kannte. Trotzdem gefällt mir deine Heimat.«

Er geht nicht darauf ein, was ihn wieder ein bisschen überheblich wirken lässt. »Wie schreitet die Aufhebung des Fluches voran?«, will er stattdessen wissen.

»Mäßig. Zumindest wissen wir jetzt, dass mit *Fürst der Wälder* die Eiche hinterm Schloss gemeint ist. Aber sag mal: Die Asche der Verfluchten wurde in der Kammer eingemauert. Was ist mit deiner? Kammer oder Gruft?«

Er verengt die Augen und fixiert mich abweisend. Ich kann es ihm nicht verübeln, wer redet schon gern über seine eigenen sterblichen Überreste? Doch der Grund für seine verkniffene Miene ist ein anderer.

»In diesen Mauern bleiben meine Lippen versiegelt«, gibt er missmutig zurück.

»Warum? Kannst oder willst du nicht sprechen?«

Er sieht sich um, als müsste er prüfen, ob wir wirklich allein sind. Außer dem Echo unserer Stimmen bleibt die Tanzfläche leer. »Nach letzter Nacht dachte ich, es wäre dir klar.«

»Ich weiß ja, dass du nicht willst, dass die anderen Geister es hören, weil du dich schuldig …«

»Schweig, Herrgott noch eins!«, fährt er dazwischen.

Energisch breite ich die Hände aus. »Jetzt übertreib nicht! Sie sind schon lange nicht mehr deine Diener. Wäre es nicht an der Zeit, endlich die alten Klischees abzulegen? Dieses Denken in Ständen und Rängen?«

Er bleibt stumm.

»Du bist 'ne ganz schöne Diva, weißt du das?« Es sollte witzig gemeint sein, doch entweder teilt er meinen Humor nicht oder es scheitert am Wort *Diva*. Jedenfalls ernte ich einen beleidigten Blick. Darum trete ich vom Podest neben meine Kiste und probiere einen Themenwechsel. Ich hatte ohnehin geplant, nicht bloß mit Balthasar am Fenster zu stehen.

»Was anderes – du interessierst dich für Mineralien. Sieh mal. Ich dachte, es könnte dir gefallen, einen Teil meiner Sammlung zu sehen.«

Ohne eine Reaktion abzuwarten, bücke ich mich und klappe den Deckel der Kiste auf. Im Inneren warten die Steine sorgfältig eingepackt auf das deckenhohe Regal, das Dad bauen will, sobald er die Zeit dafür findet. Beschriftet habe ich sie nicht, darum hole ich wahllos ein paar in Knallfolie gerollte Päckchen heraus, um sie am Rand des Podestes zu platzieren und nacheinander auszuwickeln.

Wie erhofft nehmen die Augen des Grafen einen gierigen Ausdruck an, als ich ihm das erste Exemplar unter die Nase halte. Ein faustgroßer Amethyst in tiefem Violett, gesprenkelt mit weißen Einschlüssen wie Schnee.

»Einer meiner Lieblingsminerale. Kennst du sicher auch.« Ich drehe ihn einmal hin und her, wie auf einer Präsentationsveranstaltung.

»Welch beeindruckendes Exemplar«, staunt Balthasar, hockt sich zu mir und streckt eine Hand danach aus. Natürlich gleiten seine Finger einfach durch das violette Material sowie meine Handfläche hindurch. Enttäuscht lässt er die Hand wieder sinken. »In meiner Sammlung befand sich einst einer seiner Art, der mir bis zur Hüfte reichte«, erzählt er mit geknickter Miene. »Mein ganzer Stolz. Ich frage mich, was aus jenem gewaltigen Steine geworden ist. Zwei Männer trugen ihn vor vielen Jahren davon. Diebe.«

»Wow. Bis zur Hüfte?«

Balthasar nickt. »Ihn zu beschaffen, gestaltete sich sehr schwierig.«

»Das ist heute einfacher. Sie sind für jeden erhältlich. Vorausgesetzt, man hat genug Geld für so einen Giganten. Ansonsten kann man einen kleinen kaufen.« Mit beiden Händen halte ich den Amethyst vor sein Gesicht.

Balthasars Augen glänzen. Generell scheint der Anblick des Minerals ihn zu berühren. Wahrscheinlich hat er seit Jahrhunderten keinen mehr gesehen. »Darüber hinaus besaßen wir zahlreiche Kelche, die man aus Amethyst fertigte«, erinnert er sich weiter. »Halfen sie schließlich gegen Trunksucht.«

»Du glaubst da doch nicht etwa dran?«

Amethyst soll gegen Läuse, Spinnen oder Hautunreinheit helfen. Aber weder konnte meine üppige Mineralsammlung die Akne bekämpfen, unter der ich mit vierzehn litt, noch fallen die Spinnen reglos von der Wand, wenn ich dieses Exemplar in den Gang lege. Und dass ich nicht besoffen werde, weil ich Wein aus einem violetten Steinkelch trinke, glaube ich erst recht nicht.

»Es hat selten funktioniert«, gibt Balthasar zu.

»Selten? Eher nie, oder?«

»Nur, wenn die getrunkene Menge gering genug war.«

»Ach was.« Lachend lege ich den Stein zurück aufs Podest und greife nach dem nächsten Folienbündel. Ein blau-weiß marmoriertes Exemplar, kaum halb so groß wie ein Hühnerei, purzelt in meine Hand. »Sodalith«, erkläre ich. »Der ist ziemlich selten. Opa hat ihn mir aus einem Urlaub in der Steiermark mitgebracht. Gekauft natürlich, nicht gefunden. Obwohl es die dort gibt.« Ich bin voll in meinem Element. Selbst wenn der Graf das meiste davon bestimmt weiß.

Oder auch nicht.

»Wie nanntest du es?« Balthasar mustert den Stein interessiert. Wieder streckt er einen Finger danach aus, verharrt diesmal kurz davor, so nah, dass sein kühler Hauch mich streift.

Meine Wirbelsäule beginnt, zu prickeln. »Sodalith. Hattet ihr einen anderen Namen dafür?«

Er schüttelt den Kopf. »Dieses Mineral ist mir gänzlich unbekannt.«

»Oh. Ja, warte, das kann sein.« Um ein Haar hätte ich *Halt mal* ergänzt und ihm den Stein in die Hand gedrückt. Stattdessen lege ich ihn aufs Podest und fische nach einem kleinen Lexikon, das sich ebenfalls in der Kiste befindet. Nach wenigen Sekunden habe ich die benötigte Seite aufgeschlagen. »Erstmals 1812 gefunden.«

»Das war nach meiner Lebzeit«, stellt der Graf unnötigerweise fest.

»Cool. Lass uns doch mal sehen, was ich dir noch Unbekanntes zeigen kann.«

Mit Feuereifer wickele ich ein Gestein nach dem anderen aus. Balthasar wirkt die ganze Zeit über hoch interessiert. Selbst von der Luftpolsterfolie ist er begeistert – okay, wer nicht? Mindestens eine Stunde lang debattieren wir über die Fundorte von Jade, die Farbgebung von Breckzienjaspis und Sternzeichen, die von Karneol besonders beeinflusst werden. Außerdem fragen wir uns, ob jeder gewöhnliche Turmalin dafür sorgen würde, dass ich den Grafen sehe, oder ob es nur durch jenes Exemplar der Hexe möglich ist. Testen können wir es leider nicht, weil sich der Turmalin meiner Sammlung in einer anderen Kiste befindet.

Als das gesamte Podest aussieht wie ein bunt gefleckter Dalmatiner und ich ein Folienbläschen nach dem anderen für Balthasar platzen lasse, sehe ich ihn zum ersten Mal aufrichtig lächeln. Ein schiefes Lächeln, bei dem ein Mundwinkel höher steht als der andere. Einmal lacht er sogar kurz auf. Diese Gefühlsregung lässt ihn jünger wirken, erstmals seinem Alter entsprechend. Selbst die Schatten unter seinen Augen scheinen ein wenig zu verblassen.

Es ist der Moment, in dem ich aufhöre, die Folie zu zerdrücken und ihn mit angehaltenem Atem anstarre. Unangemessen und unbeabsichtigt.

Sein Lachen versiegt so schnell, wie es gekommen ist.

»Ich … Tut mir leid, ich wollte nicht …« Was? Gucken wie ein Suppenhuhn?

Er verzieht die Lippen zu schmalen Linien.

Rasch setze ich nach: »Es freut mich, dass ich dir eine Freude machen konnte. Wenn du möchtest, lasse ich dir die Steine hier, dann kannst du sie jederzeit ungestört bewundern. Und wenn das Schloss fertig restauriert ist, sorge ich dafür, dass es wieder ein eigenes Zimmer für Mineralien gibt, in denen sie ausgestellt werden. Du kannst mir sogar verraten, wie das bei dir damals ausgesehen hat, dann versuchen wir, das so herzurichten. Und noch etwas: Bevor wir hierhergezogen sind, habe ich mich über die Minerale der Region belesen. Es gibt ein bis heute sehr unbekanntes Gestein, das hier in der Umgebung vor wenigen Jahren gefunden wurde. Man nennt es Gottlobit, nach einem Berg. Ein ziemlich alberner Name, aber es interessiert mich und ich dachte mir, ich könnte mal ein bisschen die Gegend absuchen. Vielleicht stoße ich auf ein Exemplar. Wenn du möchtest, begleite mich …«

Ich verstumme, weil er sich plötzlich erhoben hat und wieder zum Fenster wendet. Da bemerke ich meinen Irrtum.

»Du wirst nicht mehr da sein«, spreche ich die Tatsache aus, die mich trauriger macht, als sie es sollte. »Wenn alles klappt, dann … wirst du morgen mit den anderen ins Jenseits gehen.«

Weil mit der Öffnung der Kammer, wenn die Asche der Verfluchten zugänglich ist, alles endet. Unsere gemeinsame Zeit, die Zeit mit den Geistern.

Balthasar schweigt eisern.

Derweil schiebe ich die Steine zu einem Haufen zusammen, nur um ihn nicht anzusehen. Oder zu riskieren, dass er sieht, wie ich plötzlich mit den Tränen kämpfe.

Was stimmt nicht mit mir? Wieso bin ich so melancholisch, obwohl ich genau das will: die Geister erlösen. Pferd und Reiter in die Ewigkeit befördern. Meine Familie retten. Doch irgendetwas hat sich verändert, seit ich in Balthasars Erinnerungen war. Seit letzter Nacht.

Der Graf kommt mir nicht mehr so unnahbar vor. Nun, da ich seine Gefühle kenne, die wahre Vergangenheit, existiert eine Verbindung zwischen uns. Und nicht nur das. Die Mineralien. Unsere Vorliebe für menschenleere Orte. Die Verbindung zur Natur. Auch wenn das hier gewissermaßen alles zu meinem Plan gehört, sein Herz zu erweichen, wie es der Spruch verlangt, so macht es unglaublich viel Spaß, mich mit ihm über eine Leidenschaft auszutauschen, über die ich noch nie mit einem halbwegs Gleichaltrigen reden konnte.

Das Leben ist unfair. Ich habe ihn eben erst kennengelernt. Eine zarte Brücke geschlagen, die irgendwann so etwas wie Freundschaft werden könnte. Nun verlangt das Schicksal von mir, ihn schon wieder gehen zu lassen. Morgen. Ihn und die anderen Geister, die mir in so kurzer Zeit ans Herz gewachsen sind.

Jenes krampft sich zusammen.

Der Preis ist viel zu hoch.

Mit zitternden Händen schiebe ich die Kiste beiseite und richte mich wieder auf. Steif und langsam, als wäre ich hundert Jahre alt. Balthasar steht wenige Schritte entfernt von mir. Seine Arme hat er hinterm Rücken verschränkt und beobachtet mich fast sehnsüchtig. In diesem Moment wirkt er unglaublich verletzlich, gar nicht wie ein ehemaliger Schlossherr.

»Ich bedanke mich für dein Angebot, auch wenn mir vergönnt bleibt, es anzunehmen«, meint er und senkt den Kopf. »Verzeihe mir, dass ich dir kürzlich geringes Geistesvermögen unterstellte. In deinem Kopfe scheinen mehr Wissen und Leidenschaft zu stecken, als zu Anfang vermutet.«

Darüber muss ich erneut lachen und das drückende Gefühl in der Brust lässt nach. »Geistesvermögen? Komplimente hast du echt drauf. Trotzdem danke«, witzele ich. Anschließend werde ich wieder ernst. »Meine Cousine und ich haben etwas herausgefunden.« Ich habe lange überlegt, ob ich es ihm sagen soll, doch es erscheint mir falsch, es zu verheimlichen. »Dein Onkel Leopold war der wahre Erbe von Düsterstein.«

Das scheint ihn zu überraschen. »Was sprichst du da? Dem Erstgeborenen gebührt das Anrecht auf das Erbe. Dies war mein Vater.«

»Nein. Lory hat es recherchiert. Leopold war zwei Jahre älter als Karl. Was mich zu der Vermutung führt, dass er weder trunksüchtig noch geisteskrank war. Seine Verbannung vom Schloss dürfte einen anderen Grund gehabt haben.«

Ich kann Balthasars Hirn förmlich arbeiten sehen, was mich zu der sinnfreien Frage bringt, wieso ich durch ihn hindurchsehen, aber nicht sein Inneres sehen kann. Die Organe und so. Wobei … Eigentlich bin ich froh, dass Geister nicht *so* transparent gebaut sind.

»Wagst du, zu behaupten, Leopold wurde einzig deswegen verbannt, weil Vater das Erbe wollte?« Kurz wirkt er sauer auf mich, so etwas zu behaupten. Dann scheint er sich zu besinnen, über wen wir hier reden, und ändert seinen Ton. »Mir ist nicht bewusst, wie zuverlässig jene Quelle ist, von der du dies beziehst. Jedoch kann ich es nicht verneinen. Leopold war und ist ein Geheimnis, das mit diesem Schloss gestorben ist.«

»Es ändert ohnehin nichts mehr«, sage ich. »Doch es erklärt das Verlangen der Hexe. Sein rechtmäßiger Platz wäre wirklich hier gewesen. Und du hättest nie die Verantwortung tragen müssen, die dein Vater dir auferlegt hat.«

Die Kiefer des Grafen mahlen, während er verbissen aus dem Fenster starrt und meine Worte verarbeitet. Dass seine Jugend nur durch den Betrug seines Vaters zerstört wurde. Sein ganzes Leben.

Da ich ihm die Laune jetzt sowieso verdorben habe, ist vermutlich der perfekte Zeitpunkt für die nächste Frage gekommen.

»Eines noch: Bist du bereit, dich mit deinen Bediensteten zu versöhnen? Ich finde, du solltest diesen Zwiespalt zwischen euch beenden. Sie haben dir nichts getan. Du ihnen auch nicht. Wenn es ihnen schlecht ging, lag es an deinem Vater und Dingen, die du nicht wissen konntest.«

Der Graf mustert mich. Lange, die Lippen fest aufeinandergepresst, als hätte ich ihm vorgeschlagen, eine Handvoll Heuschrecken zu essen.

Gerade bin ich der Überzeugung, zu weit gegangen zu sein, als er den Mund öffnet, kurz verharrt und dann fragt: »Was hast du im Sinne?«

»Ich veranstalte einen Ball. Genau hier.«

»Verlierst du jetzt den Verstand?«

Ich grinse. »Mag sein. Aber das Risiko nehme ich in Kauf. Ballsaal. Heute Abend neun Uhr. Bring gute Laune mit. Oder wenigstens …« Ziellos deute ich nach unten. »Schuhwerk, in dem du dir keine Blasen reibst. Oder … ach, vergiss es. Sei einfach da.«

Ihm scheint nicht mal aufzufallen, wie hibbelig ich plötzlich bin. Er rührt sich keinen Millimeter, so wie er einst das Strammstehen gelernt haben dürfte. Lange sieht er mir in die Augen, bis sein stahlgrauer Blick unangenehm wird. »Gesellschaftliche Veranstaltungen waren mir bereits zu Lebzeiten zuwider.«

Mein Herz macht einen traurigen Stolperer. »Das weiß ich. Diesmal wird es anders, das verspreche ich. Es werden nur Freunde da sein. Menschen, die dich wirklich mögen.«

Balthasar schnaubt. Und so fixieren wir uns, abschätzend, misstrauisch. Gleichzeitig in einem seltsamen Einvernehmen, das seit einigen Stunden zwischen uns existiert und die Jahrhunderte überbrückt.

Schließlich nickt er wortlos und löst sich in Luft auf.

Kapitel 24

Vielleicht hat der Graf recht. Vielleicht verliere ich den Verstand. Anders kann ich mir zumindest nicht erklären, warum ich den restlichen Tag mit Scheuereimer, Besen und Allzweckreiniger den Staub im Ballsaal um ein paar Zentimeter reduziere, bis mir jeder Muskel im Körper schmerzt, meine aufgeweichte Haut an den Fingern schrumpelig wird und meine Augen von den Baustrahlern brennen, die ich an beiden Enden des Raumes aufgestellt habe, um nach Anbruch der Dämmerung etwas zu sehen.

Dabei putze ich in ungefähr so gern, wie ich mich an Schultagen morgens um halb sechs aus meiner kuschelig-körperwarmen Bettdecke schäle.

Lory hat mir geholfen, eine provisorische Musikanlage aus Bluetooth-Lautsprechern aufzubauen, während ich Staubwolken vom Boden aufwirbele, die aussehen wie Miniatur-Atompilze. Das beschert uns abwechselnd einen heftigen Hustenanfall nach dem anderen, bis ich fürchte, der Staub könnte wirklich radioaktiv sein.

Beim Zusammenstellen einer Playlist mit barocker Musik kommen wir aus dem Kichern nicht mehr raus. Dazu bringt meine Cousine mir die Grundzüge des damaligen Tanzstiles bei. Die YouTube-Videos, die uns als Vorlage dienen, erinnern an etwas, das einem Kindergarten entsprungen sein könnte. Zumindest besteht das Gehopse überwiegend aus einer Abfolge von Hüpfen und Im-Kreis-Drehen, teilweise mit den Händen hinterm Rücken. Was auf den ersten Blick einen lächerlichen Eindruck macht, ist allerdings schrecklich kompliziert.

Na ja. Ich muss nicht zwingend tanzen. Es reicht, wenn die Geister es tun und ihren Spaß haben. Und Lory und Max, denn sowohl meine

Cousine als auch mein Bruder sollen und wollen mich begleiten, obwohl sie einen Großteil der Anwesenden nicht mal sehen können. Es sei denn, wir teilen uns das Amulett. Was schwierig werden dürfte, wenn wir uns alle bewegen.

Max einzuweihen, hat mich Überwindung gekostet, und er musste schwören, niemandem aus unserer Familie etwas zu verraten. Es beruhigt mein Gewissen aber ein bisschen, dass er zumindest grob weiß, was in diesen Mauern vor sich geht.

Als ich nach dem Abendessen für eine Stunde in mein Bett falle und sich Capkin an mich kuschelt, fühle ich mich wie eine Seegurke oder etwas ähnlich Schwabbliges ohne Knochen. Erschöpft kraule ich meinen Kater hinter seinem Trichter.

»Drück uns die Daumen, Cappy. Heute Nacht müssen wir den Fluch brechen.«

Meine Augen werden schwer. Keine Ahnung, ich den Ball überleben soll. Hoffentlich tut die Aufregung ihr Übriges, mich später wachzuhalten.

Tut sie.

»Verdammt, bin ich nervös!« Meine Unterlippe blutet schon, so fest beiße ich darauf herum.

»Jetzt mach dir nicht ins Hemd, er kommt sicher.« Lory pikt mich mit dem Ellbogen in die Seite.

»Wer denn? Der böse Graf?« Max hüpft auf der Stelle, sodass ich Angst bekomme, er könnte durch den morschen Boden des Westflügels brechen. Es ist ohnehin riskant, dass wir alle drei dicht nebeneinander vorm Eingang zum Ballsaal stehen. Auf Holzdielen, die niemand auf Sicherheit überprüft hat, zumindest nicht in den letzten zwanzig Jahren. Onkel Henry würde einen Nervenzusammenbruch bekommen, wenn er es wüsste.

Stattdessen denkt unsere Familie, dass wir in meinem Zimmer Karten spielen. In Wahrheit warten mein Bruder und meine Cousine ungeduldig darauf, dass ich endlich die Tür öffne und wir unseren heimlichen Geisterball beginnen.

Neun Uhr abends, wie vereinbart. Hoffentlich nehmen die Geister meine Einladung an.

Warum ich so aufgeregt bin? Zum einen weiß ich nicht, wie Balthasar auf dieses Zusammentreffen mit seinen Angestellten reagieren wird. Ein weiterer Grund für meine Aufregung ist wenig rational. Ich war noch nie auf einem Ball, kann weder tanzen noch singen. Dabei ist das hier keine echte Party. Wir erwarten ja nicht mal lebendige Gäste. Am allermeisten jedoch graut mir vor der Möglichkeit, dass sich der Graf gar nicht blicken lässt.

Einen konkreten Plan, wie der Ball ablaufen soll, habe ich nicht. Der Nachmittag ist im Flug vergangen. Putzen, schlafen, umziehen und mit Lory ein paar Tanzschritte proben, die ich allesamt schon wieder vergessen habe.

»Der Graf ist nicht der Böse«, erklärt Lory meinem Bruder. »Er ist nicht der unheimliche Reiter.«

Ich bin dankbar, dass sie ihm antwortet. Mein eigener Hals ist gerade ziemlich eng.

Max wirkt ein bisschen enttäuscht. Auf seinem T-Shirt prangt ein durchgestrichener Geist, ein Fanshirt seiner Lieblingsserie, das wie ein Vorsatz für diesen Abend wirkt.

Im Gegensatz zu ihm sind Lory und ich elegant gekleidet. Meine Cousine in ein grünes Wollkleid, das ihren schmalen Körper betont und knapp unter den Knien in schwarz glänzende Stiefel übergeht. Die Haare hat sie hochgesteckt und ihre Lippen glänzen hellrosa. Insgesamt wirkt ihr Look gleichzeitig lässig wie auch vornehm. Man könnte meinen, sie hätte sich in zwei Minuten so hergerichtet. In Wahrheit hat sie bestimmt eine Stunde im Bad gestanden. Ein ziemlicher Aufwand dafür, dass sie auf dieser Party außer Max und mir nur ein paar Tote treffen wird.

Ganz so aufwendig ist mein Outfit nicht. Im Gegensatz zu meiner Kleidung der letzten Tage – Jogginghose und übergroße Pullover – fühle ich mich dennoch öffentlichkeitstauglich. Abgesehen von der einzigen eng anliegenden Jeans, die ich in dem Umzugskarton finden konnte, den Dad mir heute Morgen aufs Zimmer gebracht hat, trage ich ein schwarzes Oberteil mit kleinen Glitzersteinen in Form einer Rose. Der Stoff ist relativ dick und es besitzt lange Ärmel, wie auch Lorys Kleid, weil sich die Temperatur in diesem Teil des Schlosses kaum von draußen unterscheidet. Dazu habe ich mir einen hohen Zopf gebunden, die Seiten geflochten und die kleinen silbernen Runen-Ohrstecker angelegt, die Mum mir zum Geburtstag geschenkt hat.

»Gehst du jetzt rein oder soll ich?«, drängt Lory, als ich mich immer noch nicht rühre. »Das hier wird langsam schwer.« Sie hebt einen blauen Stoffbeutel.

»Was hast du da drin?«

Sie lächelt verschwörerisch. »Was zum Lockerwerden. Eine Flasche Sekt. Aus Mums Vorrat geklaut.« Den letzten Satz flüstert sie.

»Boah! Krass, Alter«, haucht Max.

»Nicht für dich«, zische ich, während ich meine Cousine überrumpelt anstarre. Sie will Sekt mit mir trinken? So war das eigentlich nicht geplant. Bei unseren Zockerabenden haben Dani, Adrian und ich manchmal Radler getrunken. Von Familienfeiern weiß ich, dass ein halbes Glas Sekt ausreicht, um meine Beine weich zu machen. Andererseits ist das Folgende angetrunken bestimmt leichter zu bewältigen. Vor allem das Tanzen. Und die Begegnung mit Balthasar.

»Danke«, sage ich nur und lächele Lory aufrichtig an.

»Für den Sekt?«

»Für deine Unterstützung. Bei allem.«

»Eine Wahl habe ich ja nicht«, gibt sie zurück, doch es klingt nicht hämisch. »Wer weiß außerdem, wann ich in diesem Kaff das nächste Mal die Chance auf eine Party bekomme?« Wir lächeln uns erneut an und mir wird bewusst, wie vertraut es sich mittlerweile anfühlt. Auch wenn ein Teil von mir immer noch fürchtet, dass Lory mich wieder ignorieren wird, wenn sie neue Freunde findet, möchte ich das zarte Band der Freundschaft zwischen uns nicht durch Zweifel zerstören.

Ein letztes Mal atme ich tief durch. »Okay, Leute. Drücken wir die Daumen, dass uns keiner erwischt.«

Zwar ist das, was wir vorhaben, kein Verbrechen. Das Schlimmste, was passieren könnte, wäre, dass jemand sieht, wie wir zu dritt zu alberner Musik im Kreis hopsen. Trotzdem würden wir in Erklärungsnot geraten und ich weiß nicht, wie begeistert Dad in seiner aktuellen Gefühlslage sein würde, wenn er erfährt, dass wir heimlich durchs Schloss stromern. In einsturzgefährdeten Bereichen. Darum bin ich froh, dass die Fenster des Saales ausschließlich zur Außenseite des

Hofes zeigen, wo hoffentlich keiner den Schein der Baustrahler sehen wird. Die Musik sollten wir auch nicht zu laut drehen.

»Auf zum Geistertanz«, flüstert Max und seine Augen glänzen beinahe fiebrig vor Begeisterung.

»Okay, Ghostbuster.« Ich lege eine Hand auf seine Schulter. »Ich hoffe, du kannst tanzen.«

Kann er nicht. Das Rhythmusgefühl, mit dem Dad auf Familienfeiern Mum übers Parkett schwingt, ist definitiv nicht erblich. Egal.

Lass ihn da sein, flehe ich in Gedanken und greife nach der Türklinke. Ich fühle mich wie auf einem Abschlussball, bei dem mir jeder auf die Füße sieht. An meiner alten Schule musste die zwölfte Klasse den Ball traditionell eröffnen. Was bedeutet, dass der Umzug auch sein Gutes hat, weil mir das erspart bleibt. Die Schultraditionen in Thüringen sind hoffentlich anders.

»Nun mach schon«, drängt Lory.

Endlich öffne ich die Tür.

Das schräge Licht der Baustrahler taucht den Saal in wundervolles gelbes Licht, als wäre er mit flüssigem Gold ausgekleidet. Von der Lichtexplosion mal abgesehen, herrscht Totenstille, was mal wieder eine makabre Bezeichnung ist, doch gerade deswegen auf vielerlei Arten passend.

»Boah, Alter!«, entfährt es Max.

Im Gegensatz zu ihm und Lory birgt der Raum für mich einen weiteren atemberaubenden Anblick.

Die Geister. Gekleidet in eindrucksvolle Gewänder. Mir klappt der Mund auf.

Plötzlich wirken Axels aufgeplusterte Kissendinger weniger lächerlich. Für den Ballsaal sind sie wie geschaffen. Metze hat sich die Haare zu einem komplizierten Dutt hochgesteckt und mit Spangen verziert. Vermutlich hat sie diese Frisur nur mithilfe ihrer Gedankenkraft geformt, dennoch sieht es wirklich hübsch aus. Als wäre sie keine Köchin, sondern die Gräfin selbst. Auch das weite, rüschenbesetzte Kleid mutet adlig an. Ronan trägt einen Frack, in dem er ebenfalls nicht mehr aussieht wie jemand, der Stroh in Pferdeboxen schaufelt oder Hufe auskratzt.

Die Geister säumen einen Gang von der Tür ausgehend Richtung Raummitte. Ganz still stehen sie, den Rücken durchgedrückt, die Arme an die Seiten gepresst. Metze und Klara links, Ronan und Axel rechts. Selbst Pief sitzt gehorsam daneben. Ein Empfangskomitee der besonderen Art.

Unwillkürlich frage ich mich, ob ihnen das Tragen solcher Kleidung zu Lebzeiten überhaupt erlaubt war. Unwahrscheinlich. Umso mehr freue ich mich, dass sie wenigstens jetzt tragen können, was sie wollen.

Nur eine Sache versetzt meiner Freude einen Dämpfer: Der Graf fehlt. Doch meine Enttäuschung hält nicht lange an, dann gehen die Geister synchron in eine tiefe Verbeugung. Automatisch neige ich den Kopf und murmele eine scheue Begrüßung. Lory und Max drängen sich neben mich, nicht wissend, warum ich erneut stehen geblieben bin.

Schon beenden die Geister diesen Moment der Ehre und richten sich auf. Eigentlich erwarte ich, dass sie sich jetzt wieder normal verhalten. Im Raum umherwandern, hopsen, schweben, singen oder so. Doch sie verharren in zwei Reihen, sogar Axel.

»Ich wollte ihm eine hübsche Schleife umbinden«, erklärt mir Klara erfreut und deutet auf Pief. »Leider ging das nicht, weil sich ein Hund keine Schleife vorstellen kann. Aber wir können so tun, als ob er eine trüge. Oh, seht, da ist der Junge mit dem leuchtenden Spielzeug im Zimmer!« Jetzt meint sie meinen Bruder. »Ach, ich wünschte, ich könnte mit ihm gemeinsam Unfug treiben!«

Auch wenn ihre Aussage bedeutet, dass die Geister nicht nur mich, sondern ebenso den Rest meiner Familie stalken, wünsche ich mir, die beiden könnten wenigstens ein Mal miteinander spielen wie zwei normale Gleichaltrige.

»Die Geister grüßen euch«, übersetze ich für meine beiden Begleiter.

»Sind die wirklich alle hier?« Begeistert lässt Max seinen Blick durch den Saal schweifen.

»Nur der Graf fehlt«, erkläre ich. »Und nun sag Hallo, bloß weil du sie nicht siehst, sind sie trotzdem anwesend.« Kurz überlege ich, ihm für einen Moment das Amulett zu überreichen. Dann beschließe ich, dass es seinem Seelenfrieden zuträglicher ist, wenn sie für ihn unsichtbar bleiben. Vor allem Axel, der gerade obszöne Gesten in unsere Richtung macht.

»Hi, Geister.« Mein Bruder grüßt gehorsam einem Teil des Saales, in dem sich niemand befindet. Lory winkt verunsichert.

Zehn Minuten später spielt mein Laptop das erste Lied von der Barock-Playlist. Zwanzig Stücke, die lediglich aus Instrumentengedudel bestehen, meiner Meinung nach alle gleich klingen und in etwa so sehr meinem Geschmack entsprechen wie gebratene Leber. Zum Glück gibt es, extra für Axel als Überraschung, noch andere Lieder auf besagter Playlist.

Die Akustik im Ballsaal ist beeindruckend. So winzig meine Bluetooth-Lautsprecher sind und obwohl ich sie nicht lauter gedreht habe als unbedingt erforderlich, füllt sich die Luft klangvoll mit Musik. Lory und Max wirken angesichts des Musikstils zwar auch ein bisschen, als hätten sie Zitronensaft getrunken, nichtsdestotrotz besitzt die Kulisse etwas Erhabenes, das mich bis in die Zehenspitzen erfüllt. Nicht zuletzt, weil die Augen der Geister glänzen, während sie ein paar erste zögerliche Tanzschritte wagen. Seit mehr als vierhundert Jahren.

Wenn doch nur Balthasar hier wäre. Mir ist bewusst, dass ich das deswegen schlimm finden sollte, weil mir keine Chance mehr bleibt, sein Herz zu erweichen. In Wahrheit macht es mich einfach nur traurig. Der Graf hat mich versetzt.

»Hier, für dich.« Lory reicht mir ein gefülltes Sektglas. Ein zweites hält sie selbst in der Hand, während wir auf das Podest vor einem der Fenster treten. Am Boden in der Nähe befindet sich eine morsche Stelle von der Größe eines Pkws, die ich notdürftig mit ein paar neongelben Wollfäden aus Omas Strickkörbchen abgesperrt habe, damit alle Lebenden einen Bogen darum machen.

»Auf ein hoffentlich bald monster- und geisterfreies Schloss.« Meine Cousine prostet mir zu.

Wir stoßen an.

»Monsterfrei würde schon reichen«, erwidere ich und nippe am Glas. Sofort kriecht das weiche Gefühl des Alkohols in meine Beine. »Die Geister sind gar nicht so übel.« Ich nehme das Amulett unter meinem Oberteil hervor und halte es zwischen uns, sodass sie es ebenfalls berühren kann.

Ihre Augen weiten sich, als sie erkennt, was ich die ganze Zeit über beobachte.

Ronan dreht sich langsam mit Metze im Kreis, wobei die Haltung des Stallmeisters steif ist und seine Schritte kleiner und tippeliger als der Rhythmus vorgibt. Seine Tanzkünste entsprechen in etwa meinen eigenen. Klara und Pief hüpfen um Max herum, der verunsichert mitten im Raum steht. Sicher spürt er die kalten Luftstöße.

Das erste Lied endet und ein zweites setzt ein, das für mich absolut identisch klingt. Die Geister jedoch ändern wie auf Kommando ihre Tanzschritte. Weniger Drehungen, dafür mehr Hopsen und Hände in die Hüften stemmen.

Wie immer sieht Absalom am verrücktesten aus. Bei jedem Hopser wirft er den Kopf in den Nacken, die Arme zur Seite. Immer, wenn er abspringt, flötet er eine Zahl. Mit einem schiefen »Dreiundneunzig!« schwebt er im Kreis rotierend auf uns zu.

Vor Lory und mir unterbricht er seinen Tanz und verbeugt sich abermals, woraufhin meine Cousine vor Schreck beinahe ihr Sektglas fallen gelassen hätte.

Während sie ein paar Tropfen von ihrer Hand leckt, die bei der hektischen Bewegung über den Glasrand geschwappt sind, verbeugt sich der alte Geist so tief, dass mich die Feder seines Hutes am Bauch gekitzelt hätte, wenn ... ja, wenn er nicht so gespensterhaft wäre.

Eine Hand im Rücken, die andere mir entgegengestreckt, sagt er: »Die Dame bitte ich um diesen Tanz, ich schwör, ich kann's, auch wenn ich nicht heiß Franz.«

Darüber muss ich herzhaft lachen. Auch über Axels Miene, die gezwungen steif wirkt, was gar nicht zu ihm passt.

»Wer ist Franz?«, will Lory wissen, die zwar beinahe ihr Glas fortgeschmissen hätte, es jedoch irgendwie fertigbringt, weiter das Amulett zu berühren.

Ich schmunzele. »Hat er sich nur ausgedacht, damit es sich reimt.«

Der Geist richtet sich wieder auf und sieht mich dermaßen blasiert an, dass selbst Lory kichern muss.

»Du weißt schon, dass ich deine Hand gar nicht nehmen kann?«, frage ich an ihn gewandt und fahre zum Beweis einmal mit dem Sektglas durch seinen Arm hindurch. »Abgesehen davon bin ich miserabel im Tanzen. Du kannst aber meine Cousine mitnehmen, die macht das professionell.«

»Was? Nein! Ich äh …«, stammelt sie verstört.

»Los, das macht bestimmt Spaß! Wer bekommt schon die Gelegenheit, mit einem Geist zu tanzen?«, frage ich in dem Versuch, sie zu überzeugen.

»Nicht mein Musikgeschmack! Ich habe keine Ahnung, welche Tanzschritte man da machen muss.« Sie redet sich raus.

Ich ziehe eine Augenbraue hoch. »Du hast mir die Schritte vorhin gezeigt.«

Lory wirft mir einen finsteren Blick zu, den ich mit einem breiten Grinsen erwidere. Keine Ahnung, ob es am Alkohol liegt, der alles locker-leicht macht. Viel habe ich noch nicht getrunken. Trotzdem kribbelt mein Körper vor Freude über diese Veranstaltung. Klaras vergnügtes Quietschen. Max' unbeholfenes Hüpfen, weil er jetzt entschieden hat, sich irgendwie zur Musik durch den Raum zu bewegen. Metze, die nach wie vor mit Ronan tanzt und deren Wangen mit Sicherheit errötet wären, wenn sie noch ihre lebende Gestalt besessen hätte. Um alle herum springt Pief, schwanzwedelnd, mit schief heraushängender Zunge.

Ob es unhöflich ist, eine Aufforderung zum Tanz abzulehnen, weiß ich nicht, doch ich schätze, Axel ist nicht der nachtragende Typ.

»Sie beherrscht nicht mal den Tanz?«, höhnt er. »Ich ahnt', es fehlt ihr gar an Eleganz. Vierhunderteinundneunzig.«

»*Ich* bin die, die nicht tanzen kann«, erkläre ich dem Geist amüsiert. »Lory möchte einfach nur nicht mit einem toten Opa tanzen.«

Abfällig mustert er meine Cousine. »Ihr schlagt die Einladung aus? Dann schert euch nach Haus!« Damit dreht er eine Pirouette und schwebt so arrogant zurück auf die Tanzfläche, dass ich ihn mir sehr gut in Absatzschuhen und mit langen Haaren vorstellen könnte, die er sich in den Nacken wirft, um uns zu zeigen, was wir verpassen.

Das dritte Lied setzt ein, noch flotter als die bisherigen. Axel hat die arme Mechthild ausgewählt, um sie mit sich im Kreis zu wirbeln. Klara tanzt jetzt mit Ronan, was mehr Stolpern als alles andere ist. Pief springt aufgeregt an ihren Beinen hoch.

Kurz entschlossen leert Lory ihr Getränk in einem Zug und stellt das leere Glas aufs Fensterbrett. »Hab es mir anders überlegt.« Damit geht sie zu Max und beginnt, sich mit ihm zu drehen.

Ich dagegen habe unglaublichen Spaß daran, die anderen vom Podest aus zu beobachten. Meine Cousine und mein Bruder tanzen ständig durch die Geister. Immer wieder müssen sie sich schütteln, weil ein kalter Schauder sie erwischt. Während ich ihre strahlenden Gesichter sehe, spüre ich so etwas wie Frieden. Lory tanzt extrem lieb mit Max und zeigt ihm geduldig die Schritte. Vielleicht sollte ich solche Veranstaltungen öfters organisieren.

Ah, Mist. Da ist er wieder, dieser Gedanke, der mich traurig stimmt. Morgen sind sie alle nicht mehr da. Falls doch, dann, weil ich versagt habe. Ich möchte sie nicht gehen lassen. Leider muss ich.

Das Ziepen in meinem Magen droht, mir den Spaß zu verderben, während die Tanzenden vor Vergnügen kichern und quieken und ihre Silhouetten im Licht der Baustrahler durch den Raum wirbeln – zumindest bei Lory und Max. Der Rest besitzt keine Schatten.

Mühsam verdränge ich die negativen Gedanken. Das hier soll ein lustiger Abend werden, ich möchte ihn genießen. Und mich vielleicht auf die Tanzfläche zu den anderen gesellen.

Oh.

Tief in Grübeleien versunken, habe ich gar nicht mitbekommen, dass sich die Geister nicht mehr rühren. Ihre Blicke sind zur Tür gerichtet. Lory und Max drehen sich weiter, sie wissen nicht, was unsichtbar um sie herum geschieht.

Das Glas in meiner Hand beginnt, zu zittern, als ich die neblige Gestalt am Eingang des Saales wahrnehme. Der Geist, der die Aufmerksamkeit der anderen auf sich gezogen hat. Der dafür sorgt, dass seine ehemaligen Diener wie auf Kommando synchron auf die Knie gehen, selbst Klara.

Balthasar von Düsterstein.

Ohne es bewusst wahrzunehmen, drücke ich den Rücken durch, verspüre ebenfalls das Bedürfnis, mich zu verbeugen. Gleichzeitig bin ich wie eingefroren.

Wie lange steht er da schon und beobachtet uns?

Lory und mein Bruder haben jetzt ebenfalls aufgehört, zu tanzen und sehen verwundert zwischen mir und der zweiflügeligen Tür hin und her. Keine Ahnung, wie mein Gesicht in diesem Moment aussieht.

Die Tür haben wir geschlossen und das ist sie auch noch. Der Graf ist einfach hindurchgeglitten. Nun steht er da, reglos und stumm, die Arme hinter dem Rücken verschränkt. Er sieht direkt zu mir, als würden alle anderen nicht existieren.

Gänsehaut explodiert an meinem gesamten Körper.

»Ist er da?«, zischt Lory.

»Wer? Der Graf?«, quietscht Max. »Wo? Wo? Wo?«

Ich nicke kaum merklich.

Der Graf hat meine Einladung angenommen. Und auch wenn er offenbar ein Verfechter des Mottos ist, dass die Prominenz später kommt, steht er schlussendlich doch vor uns. Damit habe ich nicht mehr gerechnet. Die Enttäuschung über sein Fehlen hat ein Loch in mich gerissen, das sich jetzt im Bruchteil einer Sekunde schließt.

An seine Stelle tritt ein süßliches Kribbeln – ich kenne es nur deswegen, weil ich vor ein paar Jahren mal schrecklich verliebt in einen bekannten Gamer auf YouTube gewesen bin. Schmetterlinge im Bauch.

Kapitel 25

Man kann förmlich in der Luft schmecken, wie die Stimmung umschlägt. Eben fröhlich und unbeschwert, strahlen die Geister plötzlich Verunsicherung aus, die wie eine dunkle Gewitterwolke über allen hängt.

Die Musik läuft weiter, obwohl keiner mehr tanzt. Alle starren Balthasar an, erschrocken, beinahe ängstlich, schließlich halten sie ihn immer noch für den gnadenlosen Herrscher, der er nie war. Natürlich habe ich probiert, sie vom Gegenteil zu überzeugen, doch beweisen muss er es ihnen selbst.

Sogar Max, der selbst ernannte Ghostbuster, wirkt, als würde er jeden Moment zu mir rennen, um sich hinter mir zu verstecken. Die Blöße gibt er sich dann allerdings nicht. Tapfer bleibt er neben Lory stehen, die mit unsicherem Blick zur Tür starrt, auch wenn beide den Grafen gar nicht sehen können.

Bin ich hier die Einzige, die sich über Balthasars Anwesenheit freut? Die nicht befürchtet, dass er gleich einen Gürtel von seiner Pluderhose zieht und jemanden verprügelt? Scheint so.

Apropos Kleidung – einen Gürtel trägt er gar nicht. Genau genommen sieht aus wie immer. Aber das ist okay, immerhin wirkt seine übliche Kleidung schon elegant und angemessen für einen Ball. Ganz kurz befällt mich der Gedanke, dass er sich damals in diesen Klamotten erhängt hat.

Ich schüttele den Kopf, um die Vorstellung zu vertreiben, wie er in glitzerbestickter Weste und Kniestrümpfen von der Decke baumelt, rufe »Huhu!« und winke ihm zu.

Die anderen Geister erheben sich aus ihrem Kniefall und nehmen dieselbe Position ein wie bei unserer Begrüßung vorhin. Zwei Reihen, tief verbeugt. Max und Lory schließen sich unwissend an, zumindest neigen sie die Köpfe, als würden sie die Macht im Raum spüren.

Da ich alle sehen kann, birgt der Moment für mich etwas wirklich Eindrucksvolles. So eindrucksvoll, dass mir ein Schauder über die Wirbelsäule prickelt, während mein Herzschlag den flotten Takt des Liedes überholt. Ein Herrscher und seine Untertanen. Graf und Diener. Ein Aufeinandertreffen wie in den Erinnerungen, die er mir gezeigt hat. Nur dass dies hier kein Fernsehprogramm aus einem anderen Jahrhundert ist, sondern live in diesem Moment geschieht. Ein veralteter Märchenfilm, zum Leben erwacht. Fehlt nur noch, dass Balthasar gleich das Aschenputtel, das die Fußböden schrubbt, zum Tanz auffordert.

Halt, was denke ich da? Mit aller Macht versuche ich, mich auf etwas Unverfängliches zu konzentrieren, doch mein Hirn spinnt weiter seine Fäden und zeigt mir ein Bild, wie ich selbst vorhin hier geputzt habe. Und wie er langsam auf mich zusteuert.

Das letzte Bild existiert nicht nur in meinem Kopf. Balthasar hat sich tatsächlich in Bewegung gesetzt und schreitet gemächlich durch die Reihen seiner Gefolgschaft, deren Unterwürfigkeit er geradezu gleichgültig zur Kenntnis nimmt.

Ich spüre mein eigenes nervöses Lächeln. Warum, zur Hölle, bin ich plötzlich so durch den Wind?

Vielleicht, weil Balthasar nichts um sich herum wahrzunehmen scheint. Außer mich. Sein Blick klebt geradezu an meinem Gesicht und er kommt immer näher, gelassen, so wie er als einstiger Fürst wohl durch diesen Saal geschritten ist.

Meine Cousine und mein Bruder starren mich an, fragen sich vermutlich, wieso ich wirke, als hätte ich einen Geist gesehen – haha.

Was habe ich mir hierbei bloß gedacht? Die ganze Aktion kommt mir mit einem Mal absolut albern vor. Einen Ball planen und nicht mal tanzen können. Geister einladen, damit sie sich miteinander versöhnen, aber nicht mal in der Lage sein, das Wort zu ergreifen. Ein Herz erweichen wollen, obwohl ich noch nie eine Beziehung geführt habe und bisher erst zwei Personen als richtige Freunde bezeichnen kann.

Mein Kopf tobt weiter, während der Graf vor dem Podest stehen bleibt, auf dem ich mich befinde. Dadurch wirkt er ein wenig kleiner als ich, selbst mit Perücke.

Reglos verfolge ich, wie er eine Hand über die Schulter hebt und mit einer lässigen Geste »Nun tanzet weiter!« befiehlt. Nicht an mich gewandt, sondern an die restlichen Geister, die sich daraufhin, einer nach dem anderen, zögerlich aus ihrer angespannten Haltung lösen. Axel ist der Erste, der sich wieder im Takt zur Musik dreht. Zunächst wie in Zeitlupe und nicht annähernd so ambitioniert und leichtfüßig wie gerade eben noch. Mit jedem weiteren Schritt gewinnt er allerdings an Schwung. Einige Atemzüge später wirkt es, als wäre der Tanz der Geister nie unterbrochen worden und Balthasar niemals aufgetaucht.

Ist er aber. Um jetzt fast mein gesamtes Sichtfeld einzunehmen, weswegen ich die anderen bloß im Augenwinkel über seine Schultern hinweg wahrnehme. Und ein bisschen durch ihn hindurch, wenn ich mich konzentriere.

Lory und Max stehen noch immer reglos da und beobachten mich. Mit einem gereckten Daumen signalisiere ich ihnen, dass alles okay ist.

Verdammt, ich bekomme meine Nervosität nicht in den Griff. Dabei habe ich doch schon einige Stunden unter vier Augen mit ihm verbracht. Jetzt, in Gesellschaft der anderen, mache ich mir plötzlich ins Hemd? Unlogisch. Trotzdem kann ich nicht verhindern, mich zu fragen, was ich tun soll, wenn Balthasar mich zum Tanz auffordert. Wegrennen? Einen fürchterlichen Wadenkrampf vortäuschen?

Andererseits: Warum sollte er tanzen wollen? Er selbst war nie der gesellige Typ. Wie ich gerade, hat er die Zeit meist am Rand des Geschehens verbracht. Vielleicht sogar genau hier, auf dem Podest. Die Fenster und seine Ländereien im Rücken, den Blick melancholisch auf die Tanzenden gerichtet, ein Getränk in der Hand.

Wieder schweifen meine Gedanken ab und ich zwinge mich zurück in die Gegenwart. »Sei gegrüßt«, hauche ich. »Es ist schön, dass du gekommen bist.«

Kurz mahlen seine Kiefer, dann zuckt sein linker Mundwinkel. Aus der Ferne fallen seine schmalen Lippen kaum auf, vor allem nicht, weil sie in dieser Form blass sind wie alles andere an ihm. So nah, wie er vor mir steht, erkenne ich jedes Detail. »Zum Balle zu laden, gebührt lediglich dem Schlossherrn, niemandem sonst«, erklärt er.

Ist das sein Ernst? Ich meine, weder ist er in der Lage, einen Stift für liebevolle Einladungskarten zu halten, noch eine Anzeige in der Regionalzeitung aufzugeben, weil er halt einfach tot ist. Anscheinend hat er das nach wie vor nicht eingesehen. Ich spare mir, ihn daran zu erinnern, weil es bloß wieder eine sinnlose Diskussion entfachen würde. Darum erwidere ich höflich: »Beim nächsten Mal bist du dran, versprochen.«

Balthasar neigt den Kopf und kneift die Augen zusammen, als würden ihn die Baustrahler blenden. Was sie nicht tun, sie sind zur Decke ausgerichtet. »Dir obliegt nicht die Befugnis, darüber zu entscheiden«, knurrt er.

Hinter seinem Rücken verdreht Axel die Augen.

»Ich wollte nur nett sein«, entgegne ich. »Sieh mal, was ich organisiert habe. Ich habe den Saal gereinigt und sogar Musik aus eurer Zeit aufgelegt. Davon abgesehen ist der Schlossherr aktuell mein Onkel Henry.«

»Nett«, wiederholt er spöttisch. Eindeutig liegt ihm mehr auf der Zunge, doch er verkneift es sich.

»Ja, nett«, betone ich ebenfalls. »Wir können auch moderne Musik hören, wenn ihr Lust auf Abwechslung habt.«

Der Graf zuckt nicht mal mit der Augenbraue. »Wie vermagst du es, dass ich Musik höre, so gänzlich ohne Orchester?«, will er wissen.

Jetzt muss ich grinsen. »Siehst du diese schwarzen Würfel dort?« Ich deute auf die Lautsprecher. »Mein allwissendes Gerät namens Laptop kann Musik spielen, und die überträgt es an die Würfel. Über die … Luft sozusagen.« Oje. Eigentlich verstehe ich das Prinzip von Bluetooth-Übertragung nicht mal selbst. In Physik bin ich eine Niete. Wie soll ich es dann einem Barockgrafen erklären?

Erwartungsgemäß wirkt er, als hätte ich gerade regenbogenfarbene Lichtblitze aus meinen Händen geschossen. »Ist es Magie?«

»Nein.« Seine Verwunderung bringt mich zum Lachen, was unglaublich guttut. »Keine Magie. Neumodische Technik. Kann ich dir irgendwann mal genauer erläutern.« Oder ihm YouTube-Dokus zeigen.

Sein Gesichtsausdruck bleibt zweifelnd und ich wechsele das Thema, um keine unangenehme Stille aufkommen zu lassen.

»Was ist? Möchtest du nicht tanzen?«

Kurz wirkt er überrascht, fängt sich aber sofort. »Auch diese Frage zu stellen, ist dir nicht erlaubt.«

»Du hast ja heute wieder super Laune.« Ich schnaube. »War außerdem nur ein Angebo… Oh. Missverständnis! Ich meinte, dass *du* tanzen kannst. Allein, nicht mit mir, weil ich gar nicht …«

Ich beiße mir auf die Zunge. *Weil ich gar nicht tanzen kann* wäre das Ende des Satzes gewesen, doch der Blick des Grafen lässt mich verstummen. Balthasars Augen sind nicht mehr verengt, sondern beinahe rund und grau wie der Herbsthimmel bei Tageslicht. Hat er eben noch herablassend gewirkt, so ist davon nichts geblieben. Dafür liegt jetzt etwas anderes in seiner Miene, das ich gar nicht von ihm kenne.

Unsicherheit.

Als hätte ich ihn auf eine Idee gebracht, die ihm nicht behagt. Mein Magen schlägt einen Salto, der prickelt wie ein Brausebonbon. Falls Mägen Brausebonbon-Saltos schlagen können.

»Ja«, sagt er. Nur dieses winzige Wörtchen. Seine Stimme ist dünn geworden, leiser als die Musik. Trotzdem kommt es mir vor, als hätte er es durch ein Megafon gerufen.

»Wie war noch gleich der vorherige Teil dieses Gesprächs gewesen?«, hake ich nach und stelle erschrocken fest, dass meine Stimme genauso schwach klingt wie seine. Mein Herz spürt genau, auf was sich sein *Ja* bezieht. Dass er meine Einladung zum Tanz, die es eigentlich nie gegeben hat, annimmt.

Nein, bestimmt nicht. Wieso sollte er das tun?

»Tanzt ihr jetzt wie so'n ekliges Liebespaar?«, ruft Max. Er steht neben Lory auf der Tanzfläche und macht eine Geste, als müsste er kotzen. Meine Cousine haut ihm gegen die Schulter.

»Halt die Klappe und tanz weiter«, knurre ich ihm zu.

Die anderen Geister wippen und hüpfen unbeschwert, als würden wir gar nicht existieren. Lory zieht meinen Bruder wieder mit sich.

Das hält ihn nicht davon ab, über die Schulter zu rufen: »Hey, Gruselgraf! Willst du uns wirklich alle umbringen?«

»Max! Hatten wir das nicht geklärt?«, fauche ich. Den Begriff des Fremdschämens kenne ich dank ihm schon länger, doch gerade erreicht er ein neues Ausmaß.

»Nervensäge!«, kommentiert jetzt auch Lory. »Lass die beiden in Ruhe und zeig mir lieber, ob du den Tanzschritt kapiert hast!«

»Danke«, murmele ich, als sich mein Bruder wieder auf seine Füße konzentriert. Natürlich hat er den Tanzschritt nicht verstanden, aber meine Cousine gibt sich sichtlich Mühe, ihn mit weiteren Erläuterungen von uns abzulenken.

Ich konzentriere mich wieder auf Balthasar und spüre, wie meine Wangen glühen. Er wirkt ebenfalls nervös. Was mir ein wenig Mut macht.

»Entschuldige bitte meinen Bruder, er hat gern die große Klappe. Wir haben ihm erklärt, dass du keine Schuld an den Todesfällen trägst, trotzdem findet er es offenbar spannender, weiter daran zu glauben, dass es so war«, sage ich zerknirscht und muss mich beherrschen, das Sektglas locker zu halten. Angespannt, wie ich bin, besteht durchaus Gefahr, dass ich es mit der bloßen Hand zerdrücke. Na ja, mit einer Schnittwunde an den Fingern hätte ich wenigstens eine gute Ausrede, um den Saal zu verlassen und mir ein Pflaster …

Hilfe, mein Kopfchaos geht mir mächtig auf den Keks.

»Dass dein Bruder mich fürchtet, ist für mich nichts Ungewöhnliches«, unterbricht Balthasar meine wirre Gedankenkette.

»Er fürchtet dich ja nicht wirklich. Er tut nur so, denke ich.«

»Furcht ist nützlich, um zu regieren, was sich anders nicht regieren lässt.«

Ich blinzele und kann dem Themenwechsel nur schwer folgen. »Du willst meinen Bruder regieren?«

»Ich rede von der Vergangenheit.«

»Also meinst du, ohne Angst hätten sie dich nicht respektiert?«

Er nickt und kontrolliert kurz, ob uns die Tanzenden belauschen. »Das Volk lernte mich als Bastard kennen. Das allein reichte den meisten, um mein Anrecht auf das Erbe zu bezweifeln. In diesem Punkte bin ich Vater hernach dankbar, hat er schließlich dafür gesorgt, dass man unsere Herrschaft als gnadenlos ansah. So behelligte mich niemand mit Befehlsverweigerung. Ich selbst wäre nicht zu solcher Gnadenlosigkeit imstande gewesen.«

»Aber war es nicht auch das, was dich einsam gemacht hat?« So direkt wollte ich es nicht ansprechen – wie so oft ist mein Mund schneller als mein Hirn.

Balthasars Blick schießt zurück zu mir und wieder glänzt Verachtung darin. Jedoch nur kurz, dann seufzt er schwer und lässt die Schultern sinken. »Einsamkeit ist nicht die schlimmste Last, die man im Leben tragen kann. Nicht, wenn die Menschheit stumpfsinnig und die Gespräche belanglos bleiben.«

Ja, auch das kommt mir bekannt vor. Mit ein Grund, warum ich so wenig Freunde habe. Small Talk liegt mir einfach nicht. Ich mag keine oberflächlichen Bekanntschaften. Lieber ein paar wenige Menschen, denen man vertrauen kann. Umso dankbarer bin ich für Dani und Adrian und vielleicht, nur vielleicht, auch für Lory. Balthasar hatte so etwas nie. Obwohl seine Berater immer um ihn herum waren, so bezweifele ich, dass er ihnen von seinen Sorgen und Ängsten erzählen konnte.

Während ich beobachte, wie Klaras mit Ranken besticktes Geisterkleid um ihre Beine flattert und sie sich, quietschend vor Vergnügen, um Max dreht, wird mir unangenehm bewusst, wie lange ich schon wieder schweige.

»Balthasar«, beginne ich kurz entschlossen und sehe ihn erneut an. »Darum dieser Ball. Ich wollte, dass du etwas Spaß haben kannst. Ganz ohne Zwänge, weil deine Fesseln von früher nicht mehr existieren. Du hast keine gesellschaftlichen Pflichten mehr zu erfüllen. Sieh sie dir an.« Ich deute mit der Hand zu den Geistern. Axel winkt uns zu und ich erwidere es. »Sie sind wirklich in Ordnung. Und sie haben Freude hieran. Wie lange habt ihr nicht mehr getanzt?«

»Lange«, flüstert der Graf. »Viel zu lange. Ich danke dir.«

»Gern.« Ich muss lächeln, während das Kribbeln in meinem Magen neue Ausmaße erreicht. »Schließe dich ihnen an. Im Tod wie im Tanz seid ihr alle gleich.« Oje, was bin ich? Simplicissimus? Kein Wunder, dass ich Max' *Boah, Alter* seit Kurzem noch schlimmer finde als sonst.

Im nächsten Moment macht Balthasar einen eleganten Seitwärtsschritt, der ihn wieder frontal in mein Sichtfeld bringt. »Genug geredet. Kommen wir auf dein Angebot zurück.«

Meine Kehle schnürt sich zusammen.

Sein Gesichtsausdruck bleibt hochmütig, gleichzeitig gleitet ein unsicheres Zittern über seine Lippen. Und dann, als wäre das alles hier ein eingeübtes Stück, beugt er sich schwungvoll vornüber und zeichnet mit der Hand einen Halbkreis in der Luft. In exakt der Sekunde, als das aktuelle Musikstück endet und die Pause eintritt, die mein Laptop benötigt, um zum nächsten Lied der Playlist zu hüpfen.

Sämtliche Geister unterbrechen ihren Tanz und sehen zu uns herüber. Ungläubig, genau wie ich.

Balthasar verbeugt sich. Vor mir! Der unnahbare Graf. Den ich eigentlich kaum kenne und der mir in so kurzer Zeit schon so ans Herz gewachsen ist, wie selten ein Mensch zuvor.

Genau dieser Augenblick macht mir bewusst, *wie* vertraut es sich zwischen uns anfühlt. Als würden wir seit Jahren regelmäßig Kaffee trinken gehen, um anschließend am Kieler Strand Schiffe zu beobachten. Das klingt kitschig und ausgeleiert, und doch kommt es mir so vor. Weil wir uns im Inneren, glaube ich, ziemlich ähneln.

Noch immer schweigt die Musik. Balthasar richtet sich ein Stück auf und sieht mich an. »Da sie keine Anstalten mehr gemacht hat: Darf *ich* die Dame sodann um den ersten Tanz bitten?«, fragt er so höflich und scheu, dass ich nicht in der Lage bin, die Frage, die mir spontan auf die Zunge hüpft (»Welche Dame?«), laut auszusprechen. Stattdessen entweicht mir ein ersticktes »Äh …«.

Ich kann förmlich spüren, wie den restlichen Geistern die Münder aufklappen.

Der Graf hebt eine Hand, die Handfläche zeigt nach oben. Eine Aufforderung, meine in seine zu legen und vom Podest zu steigen. Was zur Hölle geht hier gerade ab? Der Graf bittet mich zum Tanz!

Metze seufzt gerührt. Axel tut, als würde er sich übergeben. Klara klatscht erfreut in die kleinen Hände.

Und ich? Tja. Mein Herz tobt. Meine Finger zittern. Dann geht mein Verstand komplett in den Stand-by-Modus und ich kippe mir den restlichen Sekt schwungvoll in die Kehle. Das Glas stelle ich hinter mich aufs Fensterbrett, bevor ich meine rechte Hand über Balthasars lege. So, wie ich es auch im Wald getan habe, als er mich in seine Erinnerungen mitgenommen hat.

Er tritt an meine Seite. Dicht genug, dass wir uns berühren. Ich spüre seine Kälte, die sich aktuell kaum von meiner eigenen schweißkalten Haut unterscheidet. Darum kommt mir seine Nähe gar nicht so frostig vor wie sonst. Eher ist es ein Gefühl, wie wenn man in der Dusche das Wasser anstellt und im ersten Augenblick nicht sagen kann, ob es eisig kalt oder brennend heiß ist. Der wohlige Schwindel des Alkohols tut sein Übriges, meinen Kopf auszuschalten. Zum Glück, auch wenn es unvernünftig ist. Anders würde ich das hier nicht überleben.

Die Musik setzt wieder ein. Erneut ein instrumental basiertes Lied. Vielleicht ein wenig langsamer vom Rhythmus her. So oder so: Ich habe null Ahnung, wie ich mich dazu bewegen soll. Alles, was Lory mir gezeigt hat, wurde in einem Teil meines Gehirns archiviert, der hinter dickem Nebel liegt. Für den Moment bin ich viel zu sehr mit anderen komplizierten Dingen beschäftigt. Die schmachtenden Blicke der anderen ignorieren, zum Beispiel. Oder vom Podest zu treten, ohne mich dabei zu überschlagen. Wir erinnern uns: Auffangen kann der Graf mich nämlich nicht.

Irgendwie gelingt es mir, ihm unversehrt auf die Tanzfläche zu folgen. Weil Balthasar, genau wie ich, seine Hand auf Schulterhöhe hält, müssen wir äußerlich wie ein Tanzpaar wirken, das weiß, was es tut.

Super! Dann sollten wir schnell ein paar Fotos für Social Media machen, bevor ich mir die Beine verknote. Andererseits: Als die Geister auf einen harschen Wink des Grafen hin wieder anfangen, umherzuhopsen, rede ich mir ein, dass das nicht so schwer sein kann. Die Gefahr, Balthasar schmerzhaft auf die Füße zu treten, besteht zumindest nicht.

Ein Stück abseits von allen anderen, sodass wir ausreichend Bewegungsfreiheit haben, schwenkt der Graf in einer halben Drehbewegung zu mir herum. Dabei verlieren unsere Hände kurzzeitig den Beinahe-Kontakt. Sofort bringen wir sie wieder in Position.

Und ich weiß endgültig nicht mehr, was ich sagen soll. Oder wie Atmen geht.

»Eigentlich ist es ganz einfach«, erklärt Balthasar sanft und ich brauche zwei, drei Wimpernschläge, bevor mir klar wird, dass er das Tanzen meint. Irgendwie bin ich noch damit beschäftigt, sein Gesicht zu betrachten, das mir nie so nah war. Also, während der Erinnerungen schon, aber da habe ich ihn ja nicht lange angesehen. Vielleicht bilde ich es mir nur ein, vielleicht trage ich mittlerweile auch so etwas wie eine rosarote Brille. Seine schmalen Wangenknochen erscheinen mir ganz und gar nicht mehr ausgemergelt oder unheimlich. Selbst die Augenringe, obwohl unverändert vorhanden, passen eigentlich zu ihm, seinen schmalen Lippen, diesem kleinen Grübchen, das sich bildet, wenn er ein wenig schief lächelt, so wie jetzt …

Lächelt? Grübchen?

Ja, er lächelt mich tatsächlich an. Auf eine zurückhaltende Art, die mir den Verstand benebelt, als würde er ein furchtbar penetrantes, aber wohlriechendes Parfüm verströmen. Apropos: Heißt es nicht immer, dass der Körpergeruch das ist, was andere Menschen anziehend auf uns wirken lässt? Nun, für meine Vorlieben scheint das wohl kein Kriterium zu sein. Denn, Überraschung, Balthasar besitzt keinen Geruch.

Auch sonst bin ich sehr überrascht von meinem Beuteschema. Nicht, dass ich mir bisher große Gedanken über das andere Geschlecht gemacht hätte. Trotzdem hätte ich angenommen, dass der Mann meiner Träume wenigstens ein bisschen … na ja, lebendig sein sollte. Oder so was wie eine Hautfarbe besitzen.

»Ellie, alles in Ordnung?«

Dass der Graf meinen Namen sagt, holt mich einerseits in die Wirklichkeit zurück, andererseits sorgt es dafür, dass sich mein Herzschlag noch weiter beschleunigt. Was stimmt nicht mit mir? Was denke ich hier die ganze Zeit? Ich bin so was von durcheinander.

»Ja, äh … Ich … Kannst du mir die Schrittfolge zeigen? Oder mich führen? So gut es eben geht.« Zur Untermalung wedele ich ein paarmal mit meiner Hand durch seinen Arm hindurch.

Noch immer wirkt er auf scheue Art amüsiert. »Ein Weib in deinem Alter, das nicht fähig ist zu tanzen«, lästert er.

»Wie alt sehe ich denn aus?«

Seine Antwort ist ein weiteres Lächeln, und nun wird es schmalzig. Denn es ist nicht nur das angedeutete, schüchterne Lächeln von eben, sondern ein Strahlen, das sein gesamtes Gesicht erhellt, sogar seine Augen, so richtig mit Lachfalten. Etwas, das ich bei ihm noch nie gesehen habe. »Eure Welt ist eine andere, ihr habt vergessen, was wirklich von Bedeutung ist«, meint er tiefgründig und hebt eine Hand etwas an.

Automatisch tue ich es ihm gleich. »Du hast selbst nicht gern getanzt.«

»Mag sein. Aber ich vermochte es zu können.« Wie zum Beweis führt er eine Schrittfolge vor, die ich sofort wieder vergessen habe. »Folge mir«, verlangt er.

Ich ziehe eine Augenbraue hoch, rühre mich trotzdem nicht.

»Los, zeige mir deine Leichtigkeit.«

Welche Leichtigkeit? Meine Kunst, am Boden zu kleben wie ein nasses Kissen?

»Du hältst Tanzen also für wirklich wichtig?«, brumme ich. »Bisher bin ich ganz gut ohne ausgekommen.«

»Ihr habt verlernt, in den richtigen Momenten zu schweigen«, behauptet Balthasar und aus einem zickigen Reflex möchte ich protestieren. Dann bemerke ich, dass er immer noch so wundervoll strahlt. Deswegen tue ich ihm den Gefallen und bleibe still. Zumindest kurz.

»Folge meinen Händen, meinen Füßen. Tue, was du siehst bei mir. Lasse dein Herz tanzen, deine Seele, deinen Geist.«

Uff, jetzt klingt er verdächtig nach Mum. Mal sehen, ob er gleich mit Kreide einen Elementarzirkel auf den Boden zeichnet.

»Ich soll meinen *Geist* tanzen lassen?«

Darauf bekomme ich keine Antwort. Konzentriert bemühe ich mich, seinen Bewegungen zu folgen. Das Schwierige ist, dass ich ja nicht nur auf die Schrittfolge seiner Füße achten, sondern auch noch aufpassen muss, dass meine Hände auf gleicher Höhe mit seinen bleiben. Wir tanzen sozusagen mit allen vier Gliedmaßen.

Der Graf vollführt einen Hopser rückwärts und ich stolpere hinterher. Da wir uns nicht berühren, ist es ein bisschen, als würde ich mit mir selbst tanzen, angeleitet von einem Online-Tutorial. Nicht die beste Art, zu lernen. Je mehr ich mich darauf versteife, zu tun, was er tut, komme ich mir vor wie ein Stück Holz. Meine Leichtigkeit geht gegen null. Und meine Seele tanzt ganz sicher auch nicht. Die überlegt gerade, aus dem Fenster zu springen.

Bald tritt Balthasar zur Seite, sodass sich nur noch jeweils eine unserer Hände nah sind. Im ersten Moment frage ich mich, warum.

Dann sehe ich, dass die anderen Paare es uns gleichtun. Mechthild und Axel, Klara und Ronan. Anscheinend gehört es zum Tanz dazu.

Während wir uns weiter drehen, erhasche ich Blicke auf Lory und Max. Beide tanzen ebenfalls, spähen jedoch zu uns beziehungsweise zu mir. Was sie sehen, scheint sie zu amüsieren. Na toll.

»Du musst üben«, bestätigt der Graf prompt.

Ach was.

Für die nächsten Lieder verliere ich völlig mein Zeitgefühl. Scheinbar endlos drehe ich mich, hüpfe, folge Balthasars Händen und Füßen, bis meine Waden brennen und meine Kehle ausgetrocknet ist. Andauernd springt Pief um uns herum und hätte mich aus meinem kläglichen bisschen Takt gerissen, wenn nicht auch er einfach durch meine Beine hindurchgleiten könnte.

Und unglaublich, aber wahr: Es macht mir Spaß. Über die Tanzfläche zu wirbeln, ist irgendwie witzig. Jeder legt einen etwas anderen Stil an den Tag. Keine Ahnung, ob irgendwer korrekt tanzt und ob es überhaupt eine offiziell anerkannte Reihenfolge für dieses Gehopse gibt. Es spielt keine Rolle. So skurril und gleichzeitig fabelhaft ist die Atmosphäre. Als würde eine Magie von diesem Saal ausgehen, die mich alles vergessen lässt. Dass die meisten Anwesenden tot sind. Dass uns Jahrhunderte an Musikgeschmack trennen. Dass irgendwo ein Monsterpferd darauf wartet, meine Familie zu töten. Und dass ich all das hier eigentlich nur tue, weil ich einen Fluch brechen muss, den ich mittlerweile gar nicht mehr brechen will.

In diesen Minuten, die wir durch den Saal schwingen, sind wir alle gleich, ob Mensch, ob Geist. Ohne Vergangenheit, ohne Zukunft. Was zählt, ist die Bewegung, die Musik. Und Balthasars geradezu liebevolles Lächeln, das meine Gedanken in flauschige Watte packt. Es spielt nicht mal mehr eine Rolle, dass mein Taktgefühl auch zehn Lieder später so miserabel ist wie am Anfang. Nacheinander tanze ich mit allen anderen. Sogar mit Axel, der mich bei jedem falschen Schritt ansieht, als wäre ich die schleimige Schicht am Boden einer Mülltonne.

Am leichtesten fällt es mir mit Max, dessen Tanzstil mir von der ein oder anderen Familienfeier vertraut ist. Auch Ronan bewegt sich ähnlich hölzern. Lory applaudiert uns mit einem Lachanfall. Alles verschwimmt zu einem endlosen Meer. Die Musik, die Gesichter meiner Tanzgefährten, meine eigenen schmerzenden Muskeln, die ich morgen bestimmt bereuen werde. Aktuell ist mein Körper leicht, geradezu euphorisch in ewiger Bewegung.

Noch etwas, das meine Laune in unerreichte Höhen schnellen lässt, ist die Tatsache, dass sich sogar Balthasar zu einem Tanz mit Klara hinreißen lässt. Zuvor hat er ausschließlich mit mir getanzt und sich ansonsten in die Ecke des Saales verkrümelt, wo der Boden morsch ist und ich ihm nicht folgen kann. Als das Mädchen jedoch zu ihm schwebt und ihm kokett eine kleine Hand reicht, lässt er sich von ihr zurück auf die Tanzfläche ziehen.

Im Vorbeitanzen schicke ich ihm ein strahlendes Lächeln, das er ein wenig zerknirscht erwidert. Die Geister applaudieren ihm erfreut. Ich stimme mit ein und selbst Max und Lory folgen, obwohl sie den Grund nicht kennen.

Mit einer schwungvollen Geste verbeugt sich Balthasar vor der kichernden Klara, bevor er ihre Hand an Ronan weiterreicht und mich wieder von Axel erlöst.

Als meine barocke Playlist endet, muss es längst nach Mitternacht sein. Wir tanzen im Schein der Baulampen, der das Weiß der Geister deutlicher leuchten lässt als jedes Tageslicht und die Szene dadurch noch magischer macht. Das und das Licht meines Laptops, auf dem sich bunte Kreise im Takt zur Musik drehen.

»Was ist das?« Balthasars Stimme reißt mich aus meinen Gedanken. In der Stille seit dem letzten Lied standen wir uns reglos gegenüber, jetzt beginnt die nächste Playlist. Genau davon redet der Graf.

»Yeah!«, ruft Axel, springt ausgelassen in die Luft und schickt mir, ein paar Loopings über unseren Köpfen drehend, Luftküsse. »Das Weib ist doch genial! Hat Geschmack, zumindest das eine Mal! Siebenunddreißig!«

Ich grinse. »Gern geschehen, du komischer Geist!«

Wie schon gesagt, habe ich nicht bloß barocke Musik mitgebracht. Während Balthasar die Stirn runzelt, geht Axel über uns richtig ab. »Thunder!«, brüllt er, genau wie der Sänger, wirbelt unter der Decke entlang und macht die Luft zu seiner Tanzfläche.

»Moderne Musik«, erkläre ich dem Grafen. »Für eure Verhältnisse. Für mich ist das ein Oldie. Aber zur Abwechslung mal nichts, das älter ist als fünfzig Jahre.«

»Wie soll man zu so etwas tanzen?«, fragt er wenig überzeugt.

»Frag den da.« Ich unterdrücke einen Lachkrampf, weil der verrückte Geist über uns jetzt auf dem Kopf steht und mit beiden Armen wedelt wie eine demolierte Windmühle.

»Sich wild und ziellos schütteln?« Klara macht es gleich mal nach.

»Zum Beispiel«, bestätige ich. »Vielleicht noch mit den Haaren wirbeln. Auf jeden Fall genau mein Stil.«

Während die anderen Geister es Klara gleichtun und auch meine Cousine und mein Bruder wieder loslegen, verschränkt Balthasar die Arme. »Zu so etwas tanze ich nicht.«

»Ach komm, hab dich nicht so.« Ich tue, als würde ich ihn in die Seite stupsen. »Probier es doch mal. Wenigstens bin ich dann nicht mehr die Einzige, deren Tanzversuche kläglich aussehen.« Wenn ich vorhin das Stück Holz war, beobachte ich jetzt einen ganzen Wald.

Leider beiße ich auf Granit. »Amüsiere dich mit den anderen. Für mich ist es ohnehin Zeit, zu gehen«, versetzt er grimmig.

Bevor ich aus Reflex »Was hast du denn noch vor?« fragen kann, dreht er sich auf dem Absatz um und eilt Richtung Ausgang.

»Warte!«, rufe ich und renne hinterher. Kurz entschlossen stürme ich durch ihn hindurch, eine eisige Dusche, doch deutlich einfacher, als erst einen Bogen um ihn herum zu laufen. Vor ihm angekommen, drehe ich mich um und hebe beide Hände. Tatsächlich bleibt er stehen. Ein Erfolg, weil er ja wiederum auch durch mich hindurch schweben und wir dieses Spiel bis in alle Ewigkeiten spielen könnten. Andererseits könnte er sich einfach in Luft auflösen, was mich auf den Gedanken bringt, dass er gar nicht ernsthaft vorhat, zu gehen. Das verwirrt mich.

Er mustert mich erwartungsvoll, während die anderen neugierig die Hälse nach uns recken.

»Geh nicht«, bitte ich inständig.

»Wieso nicht? Ich folgte deiner Einladung. Ich tanzte mit, genügt dir das nicht?«

Ich zucke zusammen, weil seine Frage mich verletzt, auch wenn ich nicht mal erklären kann, wieso. Vermutlich liegt es an seinem harten Tonfall.

Eine Antwort habe ich nicht. Zumindest keine rationale. Über seine milchige Schulter hinweg mustere ich die Dunkelheit vor den Fenstern, wo sich bei Tageslicht der Thüringer Wald erstreckt wie eine endlose Decke aus Brokkoli. Jetzt hat die Nacht alles geschluckt. Für eine Sekunde schließe ich die Augen, um sie kurz darauf zu öffnen. »Wenn du willst, lege ich wieder barocke Musik auf.«

»Das ist mir gleichgültig.«

»Dann sag mir, wie ich dich zum Bleiben kriege.«

»Überlasse mir bitte meine eigene Entscheidung, wann ich gehen möchte«, erwidert er und es klingt resigniert.

»Wenn du unbedingt gehen willst, geh. Ich würde mich einfach freuen, wenn du bleibst. Denn genau genommen habe ich das alles hier nur für dich gemacht.« So, jetzt ist es raus. Falls er es vorher noch nicht kapiert hat.

Offensichtlich nicht, so wie sich seine Augen plötzlich weiten.

Ich möchte wirklich aufrichtig, dass er bleibt. Nicht, weil ich den Fluch brechen muss. Nicht aus Pflicht, nicht aus Langeweile. Sondern einfach, weil ich ihn mag. Einen Geist, den ich kaum kenne. Einen sauertöpfischen Grafen aus dem Barock, mit dem mich nichts verbindet, außer unser Wohnort und eine Vorliebe für Mineralien.

Nach einer gefühlten Ewigkeit seufzt er. Lässt die Arme sinken und die Schultern. Dann erscheint ein winziges Lächeln auf seinen Lippen.

Es ist absurd. Und vermutlich ziemlich bekloppt. Ein seit vierhundert Jahren Toter hat mir den Kopf verdreht wie noch nie ein Lebender zuvor.

Kapitel 26

Wo willst du hin?« Meine Erleichterung darüber, dass Balthasar doch nicht abhaut, schlägt in Verwunderung um, weil er nicht, wie gedacht, zurück auf die Tanzfläche geht.

»Folge mir, ich zeige dir etwas.« Er nickt in Richtung einer Ecke des Saales an der Fensterfront. Da er keine Antwort abwartet, bleibt mir nichts anderes übrig, als ihm zu folgen.

Die restlichen Gäste geben sich voll und ganz dem schrägsten Tanz hin, den ich je gesehen habe. Und das will echt was heißen, wo die Tänze davor schon mehr Hampelmann als alles andere waren. Zu AC/DC kreieren sie etwas völlig Neues. Arme wedeln, Körper schütteln und dazu die Hops-Elemente von zuvor. Eine Mischung aus sehr dringend aufs Klo müssen und heftigem Schüttelfrost. Lediglich bei Lory sieht es professionell aus, auch wenn sie schwer damit beschäftigt ist, mich zu beobachten.

»Warte«, bitte ich Balthasar, als er genau auf die Ecke des Raumes zusteuert, deren Boden morsch ist. »Da kann ich nicht lang.«

Der Graf lässt sich nicht irritieren. Ungerührt schwebt er durch meine provisorische Abgrenzung des kritischen Bereichs auf eine zweiflügelige Tür zu, die die Fensterfront unterbricht. Sie fällt kaum auf, weil auch sie bloß aus unzähligen aneinandergereihten Fensterchen besteht, die durch schmale Ränder voneinander abgetrennt sind. Eine recht filigrane Konstruktion. Umso mehr wundert es mich, dass sie halbwegs unversehrt ist. Lediglich ein paar der Scheiben sind zersplittert und notdürftig mit Brettern zugenagelt. Die Tür ist mir schon früher aufgefallen, ebenso wie die Tatsache, dass sie auf einen steinernen Balkon hinausführt. Genauer konnte ich es mir bisher jedoch nicht ansehen, weil der schwarz gefärbte Boden davor meinen Überlebensinstinkt aktiviert.

Der Graf schwebt einfach durch die Tür hindurch nach draußen. Kurz darauf erscheint sein Kopf erneut, um zu sehen, wo ich bleibe.

»Dir ist klar, dass ich nicht durchsichtig bin?«, erinnere ich ihn.

»Dann verpasst du was.«

»Was denn?«

»Schreite langsam voran und nutze diesen Hauptbalken«, erklärt er mir und deutet auf die entsprechende Stelle am Boden.

Skeptisch schiebe ich mich unter meiner Absperrung hindurch und tue, was er sagt. Bei jedem Schritt setze ich mein Gewicht ganz vorsichtig auf. Manchmal knarrt das Holz, dann zucke ich zusammen und widerstehe dem Reflex, nach hinten zu springen. Endlich erreiche ich unbeschadet die Tür, wo noch immer Balthasars Kopf hervorlugt wie ein skurriler Türklopfer, bloß ohne Metallring im Mund.

Wie eine Ertrinkende klammere ich mich an den rostigen Griff der Tür. Eisig fühlt er sich an und rau, außerdem rechne ich fest damit, dass er nicht nachgeben wird. Ein Irrtum.

Nach drei Anläufen schaffe ich es tatsächlich, die Tür aufzustemmen. Wahrscheinlich wurden die Scharniere seit Jahrzehnten weder bewegt noch geölt. Dementsprechend bin ich etwas außer Atem, als ich endlich zu Balthasar auf den Balkon trete. Darum, und weil ich nach wie vor aufgeregt bin. Außerdem frage ich mich, wie stabil der steinerne Boden unter meinen Füßen und einer zentimeterdicken Schicht aus gammeligen Blättern und Schlamm tatsächlich ist. Probeweise klopfe ich mit dem Fuß auf den Untergrund und schiebe etwas Morast beiseite. Dem ersten Anschein nach wirkt alles intakt. Nur vorne, direkt an der breiten steinernen Rüstung, wo Balthasar steht, kann ich im Schein der Baustrahler einige Risse erkennen. Na ja, ich muss mich ja nicht zwingend dagegen lehnen.

Der Türflügel hinter mir steht so weit offen, dass ich mich mit einem beherzten Sprung jederzeit zurück ins Innere des Saales befördern könnte – um dort ebenfalls auf morschem Boden zu landen. Super.

Kalter Wind erfasst meine Haare. Vom Tanzen bin ich ganz aufgeheizt und obwohl es auch im Inneren des Saales kalt ist, fühlt sich die Luft hier draußen deutlich kühler an. Ich ziehe die Ärmel meines Oberteils, die ich hochgekrempelt hatte, wieder nach unten.

Während ich mich Stück für Stück auf Balthasar zubewege, lasse ich meinen Blick über die Landschaft gleiten. Die Aussicht ist dieselbe wie innen aus den Fenstern heraus, doch hier draußen, in der regennassen, würzigen Herbstluft, wirken der schwarze Wald, der Hang und die Lichter der Dörfer am Horizont geradezu magisch.

Über uns kann man erkennen, wo sich der Mond befindet, wenngleich sein Licht nur gedämpft die Wolken durchdringt.

Balthasar hat sich von mir abgewandt. Gedankenverloren lehnt er an der Brüstung und betrachtet ebenfalls die Landschaft. Wobei *lehnen* mal wieder relativ ist, seine Haltung wirkt zumindest so. Er würde einfach vornüber durchs Geländer kippen, würde er sich wirklich auf seine Unterarme stützen.

Der Geruch nach feuchtem Nadelwald schlägt mir entgegen, als ich neben ihn trete. Zwischen uns wäre Platz für eine weitere Person und ich kann nicht sagen, wieso ich diesen Sicherheitsabstand einhalte, nachdem wir die letzte Stunde mehr oder weniger Hand in Hand getanzt haben.

»Krasse Aussicht«, staune ich auf der Suche nach einem Gesprächsthema. »Man könnte meinen, von hier das halbe Land überblicken zu können.« Hätte ich am Horizont den Kieler Fernsehturm entdeckt, hätte mich selbst das nicht gewundert. In Wahrheit verschwimmt der Horizont in Schwärze, daran kann auch das schwache Mondlicht nichts ändern.

»Gras Aussicht?«, sinniert Balthasar, ohne die Augen von der ungewissen Ferne zu lösen. Die Musik dringt hier draußen nur leise zu uns heran. »Dein Ausdruck ergibt in meinen Ohren keinerlei Sinn.«

»Krass. Mit K. Bedeutet beeindruckend.«

Er nickt abwesend und ich mustere sein Profil. Das Licht der Baustrahler streift seinen nebligen Körper und lässt ihn leuchten, als würde er von innen heraus fluoreszieren wie die Sterne, die an meiner alten Zimmerdecke gehangen haben. Nur um das klarzustellen: Dafür ist man nie zu alt.

Die Knochen an seiner Schläfe und Wange treten deutlich hervor, wann immer er redet oder mit den Kiefern mahlt, so wie jetzt. Seine

Nase wirkt ein bisschen zu groß, genau wie bei mir. Es passt zu ihm. Die Rüschen an seinen Ärmeln hängen ungeordnet über seinen auf der Brüstung verschränkten Händen und auch seine Weste ist hier und da eingebeult. Alles zusammen macht ihn weniger perfekt. Weniger abgehoben. Adelstitel hin oder her, er war und ist ein normaler Mensch – zumindest der Schatten dieses Menschen. Nach wie vor habe ich keinen Schimmer, wieso wir hier draußen stehen. Um Luft zu schnappen? Wohl kaum. Er braucht keine Luft und mir ist einfach nur kalt.

Er scheint meine Gedanken zu lesen. »Geh ruhig wieder zu den anderen. Ich werde noch ein wenig bleiben, so wie einst üblich.« Seine Stimme ist sanft.

Was mich veranlasst, wieder in sein Gesicht zu sehen. »Du hast hier viel Zeit verbracht, richtig? Bei Bällen früher.«

Er lacht kurz und freudlos. »Die überwiegende Zeit, sobald meine Pflichttänze hinter mir lagen.«

»Du hattest Pflichttänze? Mit … wem musstest du damals denn so tanzen?«

Wieso rutscht mir so eine Frage heraus? Und warum stelle ich sie auf die Art, als wären wir verheiratet und ich schrecklich eifersüchtig?

»Zumeist Fürstentöchter, die ich zur Frau nehmen sollte. Damen, die sich selbst als Mätressen sahen und auf einen Platz zu Hofe spekulierten. Endlose Reihen turmhoher Frisuren, gepuderter Haut und aufgesetzte, in unendlichem Perfektionismus eingeübte Lächeln.«

Mir entgeht nicht, wie bitter er dabei klingt. »Aber keine ist dir hier raus gefolgt, richtig?«, frage ich kühn.

Er hebt eine Augenbraue. »Du.«

»Ich war kein Pflichttanz. Und eine Mätresse bin ich schon gar nicht.«

Er lacht, dann wird er sofort wieder ernst. »Manch einer zeigte ich diese Aussicht, doch am Ende interessierte die meisten bloß, was sich im Innern des Schlosses barg.«

»Gold und Prunk«, schlussfolgere ich.

»So war es.« Wieder wendet er den Blick in die Ferne.

»Viele denken, Reichtum macht glücklich«, sage ich.

»Deine Base ist eine jener Damen, die einen lieblosen Bund fürs Leben eingehen würden, nur um einen Titel vorm Namen zu tragen«, behauptet Balthasar.

Jetzt muss ich lachen. »Lory? Das dachte ich auch lange Zeit. Tatsächlich ist sie sehr eitel, aber seit wir gemeinsam diesen Fluch brechen wollen, komme ich gut mit ihr klar. Vielleicht waren manche Frauen von damals im Grunde auch ganz nett.« Ich weiß selbst nicht, warum ich das sage. Möglicherweise, um von mir abzulenken.

»Das mag auf Einzelne zutreffen«, erwidert er. »Auf dich jedoch nicht.« Er mustert mein Gesicht, bis jeder Zentimeter meiner Haut zu glühen scheint.

»Willst du behaupten, dass ich nicht nett bin?« Okay, die Frage klingt extrem kindisch. Leider ist sie ausgesprochen, bevor mein Verstand Einwände dagegen erheben kann.

»Ich rede von der Oberflächlichkeit. Dein Herz ist groß«, lautet seine Antwort und eben jenes in meiner Brust durchfährt ein warmer Schauder.

Immer noch starre ich das trübe Mondlicht an. Ein kleiner Schimmer lugt jetzt hinter der Wolkendecke hervor. Weil sich meine Augen an die Dunkelheit gewöhnt haben, kommt er mir blendend hell vor. »Ist es das? Groß, meine ich. Ich bin nicht sicher.« Dann spreche ich erneut meine Gedanken aus. »Ich habe nicht viele Freunde. Generell bin ich lieber allein als ständig in Gesellschaft. Ich mag die Ruhe der Natur, die Gesellschaft der Tiere …« Ich breche ab. Fahre zu Balthasar herum, der jetzt direkt neben mir steht, ohne den von mir zuvor geschaffenen Sicherheitsabstand. Wegen des kalten Windes kann ich seine Geisterkälte nicht von der Umgebungsluft unterscheiden. In seinem Gesicht liegt ein merkwürdiger Ausdruck. Forschend, sogar ein wenig verständnisvoll.

»Das ist mir schon eine Weile bewusst. Wir sind uns in vielen Dingen ähnlich«, erwidert er ruhig, und da ist es wieder: sein schiefes Lächeln, bei dem nur ein Mundwinkel involviert ist und das ihn so unglaublich verschmitzt wirken lässt.

»Ach, ja?« Meine Stimme erstickt nach diesen zwei Worten. Wir starren uns einfach nur an, bis die Stille unangenehm wird. Abgesehen davon, dass ich nicht tot bin, kein Fürstentum regiere und auch keine geschmacklose Perücke trage, hat er recht. Und genau das lässt wieder dieses warme Gefühl in meinem Magen aufflammen, das schon den ganzen Abend über nie wirklich verschwunden ist.

Sein Blick wird intensiver. »Was geht dir durch den Kopfe?«, will er wissen und ich lasse die Luft, die ich angehalten habe, entweichen.

»Ach, nichts Bedeutendes, ich … Äh … Ich habe mich nur gefragt, ob du wohl deine Perücke absetzen magst. Weil das heute nicht mehr so … verbreitet ist, weißt du?« Oje.

Balthasar blinzelt. Noch mal. Und noch mal. Viel zu oft in viel zu kurzer Zeit. Als ich schon gar nicht mehr mit einer Antwort rechne und wenn, dann mit einer patzigen, greift er sich an den Perückenansatz.

Ohne mich aus den Augen zu lassen, führt er beide Daumen unter die künstlichen Haare und hebt sie an, bevor sie sich, einfach so, in Luft auflösen.

Eigentlich hätte er sie sofort verschwinden lassen können, ohne sie erst hochzuheben. Vielleicht wollte er mich schonend auf den Anblick *oben ohne* vorbereiten. In einer der Erinnerungen habe ich ihn schon mal so gesehen. Live ist es trotzdem unerwartet anders.

Nicht nur, dass er kleiner wirkt, kaum größer als ich. Dazu sieht er deutlich weniger grafenmäßig aus. Unadeliger. Wie ein normaler junger Mann. Also, ein normaler, toter, durchsichtiger Mann.

Balthasars Haare sind etwa fingerlang und platt gedrückt. Vorne hängen sie ihm in die Stirn, seitlich über den Ohren. Ich bin mir ziemlich sicher, dass er sie spontan fluffig und wie geföhnt wirken lassen könnte, aber anscheinend bin ich gerade die Einzige, die daran einen Gedanken verschwendet. Definitiv verändert die fehlende Perücke sein gesamtes Erscheinungsbild.

Ich blinzele, weil mir diese Tatsache so abgedroschen vorkommt, dass es lächerlich ist. Ein Kleidungsstück oder ein Accessoire macht keinen anderen Menschen aus jemandem. Trotzdem kommt es mir so vor. Auf positive Art.

»Du solltest sie weglassen. Immer«, empfehle ich.

Sofort verfinstert sich seine Miene. »Dies künstlich' Haar ist ein Teil von mir, habe ich doch mehr Stunden mit als ohne verlebt.«

»Es war auch nur ein Vorschlag.« Für die Geister ist es mit ständiger Konzentration verbunden, einen anderen Zustand ihres Aussehens als jenen bei ihrem Tod aufrechtzuerhalten. *Wie* anstrengend das sein muss, kann ich allerdings nur mutmaßen. Vergleichbar mit Gewichten stemmen oder eher wie bei einer komplizierten Matheaufgabe? Zu gern würde ich diese Frage stellen, doch ich verkneife sie mir.

»Du sprichst möglicherweise wahres Wort«, sagt er zu meiner Überraschung. »Betrachtet man es direkter, war dieses Haar Teil eines Titels, den ich mit dem Tode abgelegt habe und der mir womöglich nie rechtmäßig gehörte. Der Graf Balthasar von Düsterstein wandelt nicht mehr im Reich der Lebenden. Mag der Tod vielen als Erlösung gelten, so ist er dies vielleicht tatsächlich. Mich erlöste er von meiner Rolle. Bin ich nun bloß noch ein minder Mensch? Lege ich die Herrschaft über dieses Schloss, die Befehlsgewalt über diese Diener, die im Saale tanzen, nun gänzlich ab? Ich sollte wohl.«

Mir klappt der Mund auf und ich versuche, aus seiner Miene zu ergründen, ob er scherzt. Nein, er wirkt entschlossen.

»So war das nicht gemeint«, lenke ich ein, auch wenn er im Grunde genau das sagt, was ich die ganze Zeit denke. »Ich möchte nicht deinen Titel kleinreden. Ich dachte nur, vielleicht tut es dir gut.«

Plötzlich wirken seine Augen unnatürlich glasig. Fast als würde er … weinen? Kurz schließt er die Lider. Als er sie wieder öffnet, ist der Eindruck verschwunden. »Als ich den Freitod wählte, tat ich dies ohne mein künstlich Haar.«

Oh. Er muss sich also gar nicht konzentrieren. Ohne Perücke ist sozusagen sein natürlicher Nach-Todes-Zustand. Das bedeutet, er hat diese Fassade die ganze Zeit über aufrechterhalten, so wie Axel seine Rockerkleidung.

Aus irgendeinem Grund gibt mir dieses Perückengespräch den Mut, etwas direkter zu werden. »Ich mag dich auch ohne deinen Titel.«

Er mustert mich ausgiebig, das spüre ich, obwohl ich das Gesicht zur Seite gedreht habe, damit er meine roten Wangen nicht sieht. Mit Sicherheit leuchten sie fröhlich durch die Dunkelheit.

Es vergeht eine Ewigkeit, zumindest kommt es mir so vor.

Als er schließlich antwortet, schlagen seine Worte mein Herz entzwei. »Was wir tun, ist ein Spiel. Nichts ehrlich Gemeintes. Mir ist bewusst, was du vorhast, und dass es nötig ist, darum spiele ich mit.«

»Was?« Mit offenem Mund fahre ich herum. Jetzt ist er es, der in die Ferne starrt, seine Gesichtsmuskeln angespannt. »Was meinst du? Welches Spiel?«

»*Wenn Liebe weicht unerweichbar Herz*«, zitiert er den Fluch. »Mir ist ebenso klar wie dir, weshalb ich hier bin. Wieso du dich mit mir abgibst.«

Das klingt bitterer als alles, was ich je von ihm gehört habe. Gleichzeitig hackt jeder Buchstabe die zwei Teile, in die mein Herz malträtiert wurde, noch einmal in winzige Stückchen. Aus zwei Gründen. Einmal, weil er recht hat. Genau deswegen habe ich mich bemüht, mit ihm auszukommen. Der zweite Grund ist schmerzhafter.

»Du wusstest es und bist trotzdem gekommen?«, krächze ich.

Er nickt. »Mir blieb keine Wahl. Der Fluch muss gebrochen werden.«

Ich weiß nicht mehr, was ich sagen soll. Mir fällt nichts ein, das nicht absolut kindisch oder verzweifelt klingen würde.

In meinem Bauch öffnet sich ein schreckliches Riesenloch, verschlingt sämtliche Schmetterlinge und jedes wundervolle Gefühl dieses Abends. Zurück bleiben Kälte und Leere.

Der Graf ist nur wegen der Auflösung des Fluches hier. Nicht meinetwegen, nicht weil ich es geschafft habe, zu ihm durchzudringen. Einfach nur, weil er erlöst werden möchte. »Denkst du denn, es funktioniert?«, stelle ich die pragmatische Frage, um bloß nichts von meiner demolierten Gefühlswelt preiszugeben. Leider klingt meine Stimme viel zu quietschend.

Balthasars Miene nimmt einen merkwürdigen Ausdruck an. Weder mürrisch noch sauer noch fröhlich. »Du bist anders als die anderen«, erwidert er schließlich, was in meinen Augen keine passende Antwort auf meine Frage ist.

»Okay«, gebe ich gedehnt zurück. »Das sagen viele. Lory zum Beispiel. Ein Großteil meiner alten Klasse. Und meine Eltern eigentlich auch, obwohl sie ja nicht mal selbst normal sind.«

»Für Zeit lang habe ich wirklich geglaubt … Gehofft …« Er verstummt, und was immer er sagen wollte – sein Blick bricht regelrecht. Als wäre er den jahrhundertelangen Kampf nach all der Zeit müde.

Ihn so zu sehen, tut mir fast körperlich weh. »Hör mal …« Ich möchte ihm sagen, dass das mit dem Fluch zwar der ursprüngliche Grund war, wieso ich ihm nähergekommen bin, ich ihn aber auch ohne diese Herzerweichungssache mag. Dass sich die Dinge verändert haben. Dass mir klar geworden ist, dass mich längst nicht nur der Fluch in seine Nähe zieht. Mir fehlen die passenden Worte.

»Nun, das war es dann wohl«, fährt er fort, jetzt auf bittere Art mit fester Stimme. »Gib dir keine Mühe mehr, der Fluch wird sich nicht lösen. Mein Herz zu erweichen, ist ein nutzloses Unterfangen.«

»Warte mal! Hör mir bitte zu, ich …«

»Schweig!«, faucht er so harsch, dass ich zusammenzucke. Wann ist dieses Gespräch in eine so falsche Richtung abgedriftet?

»Warum bist du plötzlich so …« Ich starte einen neuen Versuch, doch er lässt mich nicht ausreden.

»Spare dir deine Worte. Wäre ich dir bloß nie erschienen! Die Ewigkeit habe ich längst akzeptiert. Meinetwegen sterbt alle des Monsters Tode!«

Vor allem der letzte Satz versetzt mir einen heftigen Schlag in den Magen. Unfähig, etwas darauf zu erwidern, starre ich ihn an. Ein Geist und eine Lebende, getrennt durch den Tod und fast vierhundert Jahre, in denen sich die gesamte Welt verändert hat.

Ich muss ihn aufhalten. Muss ihm die Wahrheit sagen. Dass er mir nach so kurzer Zeit extrem wichtig geworden ist, auch wenn es vielleicht nur ein pubertätsbedingtes Gefühlschaos ist. Und dass wir das mit dem Fluch schon irgendwie schaffen werden.

Aber langsam, ganz langsam, sickert etwas in mein Bewusstsein. Er sagte, ich bräuchte mir keine Mühe mehr zu geben, sein Herz würde sich nicht erweichen lassen. Das bedeutet, egal, was mein naives kleines Herz auch für ihn zu empfinden glaubt – ihm geht es nicht so.

Ein Teil von mir resigniert.

Balthasar wendet sich ab und ich unternehme nichts, um ihn aufzuhalten. Wie paralysiert sehe ich zu, wie er durch die Tür ins Innere des Saales gleitet.

Die Nachtluft rupft kleine Haarsträhnen aus meiner Frisur und weht sie mir ins Gesicht. So stehe ich da, fröstelnd, in Dunkelheit, was mein Inneres gerade treffend beschreibt.

Im Saal verstummt die Musik. Ein kurzer Moment der Stille, als wäre die Zeit nach Balthasars Abgang gefroren.

Dann bricht ein höllisches Chaos los.

Kapitel 27

Lärm, Schreie. Schläge auf den Boden. Ein großer Schatten, den ich hinter den Scheiben nur verschwommen ausmachen kann.

Ein paar Sekunden lang betrachte ich es wie einen Kinofilm, weil ich nicht verstehe, was plötzlich geschieht.

Wieder Schreie. Lory?

Dann ein bestialisch verzerrtes Pferdewiehern.

Mit einem Schlag bin ich zurück in der Realität und funktioniere. Reiße die Tür zum Saal auf. Kann nicht glauben, was ich sehe.

Pferd und Reiter sind hier! Im Schloss!

Ein kurzer Blick zum zweiflügeligen Eingang – er hängt zerborsten und schief in den Angeln, das Pferd muss ihn durchbrochen haben.

Die Tanzenden sind panisch auseinandergestoben, ein Teil der Geister befindet sich vor den Fenstern, die restlichen an der gegenüberliegenden Wand. Lory steht mitten im Raum und schreit, als das Ungetüm direkt in ihre Richtung galoppiert. Hufe donnern über Parkett, ein dröhnendes Geräusch.

Max, der eben noch neben meiner Cousine gestanden hat, rennt in meine Richtung. Das Pferd wendet, lässt Lory links liegen.

Es jagt meinen Bruder!

Der hechtet durch den Raum, seinen Verfolger dicht auf den Fersen. Die Pferdeaugen glühen vor Entschlossenheit.

Eine weiße Gestalt schießt aus dem Nichts auf ihn zu. Axel! Unablässig Zahlen schreiend, stürzt er sich auf den Reiter, gleitet mitten durch ihn hindurch. Sofort startet er eine weitere nutzlose Attacke.

Ob sich Balthasar noch im Raum befindet, kann ich auf die Schnelle nicht erkennen. Zu viel Chaos.

Ein lautes »Nein!« entweicht meiner Kehle, weil Max direkt auf die morsche abgesperrte Stelle zurennt, hinter der ich stehe. Das Unglück ist abzusehen.

Ich halte den Atem an. Max reißt meine provisorische Wollfaden-Abgrenzung einfach nieder. Mit dem nächsten Sprung erwischt er ein gammeliges Brett. Bricht mit dem rechten Fuß ein und stürzt bäuchlings zu Boden.

Aus Reflex mache ich einen Satz auf ihn zu, doch das Pferd hat uns erreicht. Hufe, dampfender Atem, Gestank. Der widerliche nackte Körper des Untiers, der verzerrte Mund des garstigen Reiters, der einst Leopold war.

Im selben Moment, als ich neben Max auf die Knie gehe, er hilflos schreit und sich das Monster über uns aufbäumt, gibt der Boden unter uns mit einem fürchterlichen Krachen nach.

Holz splittert, etwas erwischt meinen Arm. In letzter Sekunde greife ich Max' Hand, die mir sofort wieder entrissen wird. Der Pferdekörper knallt gegen mich. Ich spüre Schweifhaare und Wärme.

Wir rauschen nach unten, eine Etage tiefer in völlige Dunkelheit. Schrilles Pferdewiehern, Max' und meine eigenen Schreie, ein Schlag gegen meinen Kopf.

Ich knalle schmerzhaft auf, nur um gleich darauf noch einmal durch den Boden zu brechen, als unser geballtes Gewicht auch diese Etage überfordert. Weiter rauschen wir ins Nichts, ein Klumpen aus Haaren, Hufen, Gliedmaßen.

Ein weiterer Schlag auf festen Untergrund, tobendes Monsterknurren. Etwas landet auf mir und presst die Luft aus meiner Lunge.

Dann schluckt Schwärze mein Bewusstsein.

Als ich wieder zu mir komme, ergibt nichts einen Sinn. Weder der intensive Schmerz, der meinen ganzen Körper zu besetzen scheint, am stärksten meinen linken Arm. Auch nicht, dass die Dunkelheit einfach nicht weicht, egal, ob ich meine Augen öffne oder nicht.

Der Sturz … Hat es ihn gegeben oder war das ein Traum? Hat der Ball stattgefunden? Bin ich wirklich mit Max und dem Monster durch den Boden gebrochen? Falls ja, kann ich von den beiden zumindest nichts spüren oder hören.

Ich bin allein.

»Max!«

Stille.

Panik flutet meinen Körper mit neuer Energie. Ein Griff an meinen Kopf beweist mir, dass ich den Ball nicht bloß geträumt habe. Noch immer führen zwei geflochtene Strähnen zu meinen Ohren, auch wenn sich viele Haare gelöst haben.

Ein kläglicher Versuch, mich aufzurichten, endet mit einem heftigen Stechen im Rücken. Trotzdem stemme ich mich auf alle viere, was sich ebenfalls schwierig gestaltet. Nur mein rechter Arm ist wirklich belastbar, der andere verstaucht oder geprellt. Da ich kein besonders sportlicher Mensch bin und im schlimmsten Fall eines von fünf Leben in einem Videospiel verliere, kann ich die Symptome nicht deuten. Fest steht, es tut verdammt weh. Also bleibt mir nichts anderes übrig, als mich kriechend über den feuchtkalten Boden zu bewegen, in der Hoffnung, eine Tür oder irgendwas zu finden, das mir Orientierung gibt.

Vermutlich bin ich von der zweiten in die unterste Etage gestürzt. In diesem Teil des Schlosses war ich noch nie, ich weiß nur, dass es der verwahrloseste ist.

Ein frostiger Hauch streift meine Wangen und ich krächze ein hoffnungsvolles »Balthasar? Axel?«, erhalte jedoch keine Antwort. Verwirrt greife ich mir an den Hals.

Der nächste Schock: Das Amulett fehlt!

Ich muss es beim Sturz verloren haben. Auch mein Oberteil scheint an der Schulter eingerissen, zumindest fühlt es sich so an. Eine neue Welle bringt Angst mit sich wie schäumende Gischt. In der völligen Dunkelheit brauche ich gar nicht nach der Kette zu tasten. Möglicherweise befindet sie sich nicht mal auf dieser Etage. Sollte ich sie nicht wiederfinden, werde ich die Geister nie wiedersehen, den Fluch niemals brechen …

Okay, ganz ruhig. Ich versuche, meinen Atem zu verlangsamen und das Gedankenkarussell auszuschalten. Erst mal muss ich hier raus. Irgendwie ist auch der Reiter mit Max nach draußen gelangt.

Ich krieche weiter auf allen vieren, weil mir schwindelig ist und ich Bedenken habe, in der tiefen Finsternis wieder Gleichgewicht und Orientierung zu verlieren.

Wie spät ist es eigentlich? Keine Ahnung, wie lange ich bewusstlos war. Mein Handy habe ich grandioser Weise in meinem Zimmer gelassen, weil es mir auf einem Ball mit Geistern nutzlos erschien.

Lory hat alles mitbekommen. Geht es ihr gut? Hat sie gesehen, beziehungsweise kann sie abschätzen, wohin ich gefallen bin? Kann sie mir helfen?

Endlich ertaste ich vor mir eine Wand mit krümeligem Putz. Ein weiterer Versuch, mich aufzurichten, gelingt besser, weil ich mich abstützen kann und die grauenvolle Sorge um meinen Bruder jeden Schmerz in den Hintergrund drängt.

Spinnweben, Dreck und feuchte Stellen streifen meine Finger und ich bin froh, nicht zu sehen, was ich da vor mir habe. Viele weitere Minuten vergehen, in denen ich jeden Anflug von Ekel verdränge und mich an der Wand entlangtaste.

Da, eine Aussparung in der Wand. Mit den Händen taste ich über Holz. Das muss eine Tür sein.

Das Türblatt fehlt. Ich kann einfach hindurchgehen.

Gerade will ich das tun, als ich Schritte in der Nähe höre. Dort! Ein tanzendes Licht, das mich einen langen Gang mit vernagelten Fenstern erkennen lässt.

»Hilfe!«, rufe ich sofort. »Ich bin hier!« In diesem Moment ist mir völlig egal, dass es riskant sein könnte, auf mich aufmerksam zu machen, ohne dass ich weiß, wer dort durchs Schloss läuft. Da das Monsterpferd aber vermutlich keine Taschenlampe bei sich trägt, kann ich das Risiko wohl eingehen.

Die Schritte halten inne, wechseln dann ihre Richtung und kommen mitsamt Licht auf mich zu.

»Ellie?« Es ist Lory.

»Ja!«, rufe ich erleichtert.

Handylicht blendet mich, ich erkenne grobe Umrisse der Gestalt, die auf mich zu stürmt und mich umarmt.

»Lory, zum Glück! Geht es dir gut?« Ein wenig verunsichert erwidere ich ihre ungewohnte Zuneigungsbekundung. Ich bin so schrecklich froh, sie zu sehen.

»Mir ist nichts passiert. Was ist mit dir? Du bist … dreckig.«

»Mein Arm hat was abbekommen, aber halb so wild. Was ist mit Max?«

»Wir müssen uns beeilen! Hier, deine Jacke und dein Handy!«

Irritiert von ihrer Hektik kombiniert mit Organisationstalent streife ich meine Jacke über und taste nach dem Handy in der Tasche. Es tut gut, etwas Warmes anzuziehen.

»Geht das mit deinem Arm?«, fragt sie, als ich mich sehr umständlich in die Ärmel schäle.

»Es muss. Was ist passiert?«

Lory packt meine unversehrte Hand und zerrt mich Richtung Ausgang. »Sie haben es getan. Und wir dummen Kühe haben vor lauter Ball nicht mehr daran gedacht. Es muss ihn wütend gemacht haben.«

»Wer hat was getan? Und wer ist warum wütend?« Liegt es an meinem Sturz oder spricht sie in Rätseln?

Ihr Gesicht wirkt im Lichtschein unheimlich wie besorgt, während wir weiter durch den verdreckten Gang stürmen. Ihre Haare gleichen dem Inhalt einer dieser alten Pferdeboxen.

»Unsere Mütter. Sie haben ihre Session im Stall abgehalten, während wir getanzt haben.«

»Oh.« Das erklärt auch, wer wütend ist. Das Pferd natürlich. Ich lasse mich von ihr weiterziehen, durch einen langen steinernen Raum mit hoher Decke. Vermutlich ein ehemaliger Vorratsraum, jetzt leer stehend. »Warum hat es dann uns im Ballsaal attackiert und nicht unsere Mütter?«

»Keine Ahnung. Aber es hat deinen Bruder.«

Mein Hals schnürt sich zu, als wir durch eine weitere Tür ins Freie treten. Der Innenhof ist hell erleuchtet. Alle Außenlampen brennen, außerdem hat jemand drei Baustrahler auf dem Sandboden verteilt, deren Kabel ins Innere des Schlosses führen.

Bevor wir die Lichtkegel erreichen, halte ich meine Cousine an der Hand zurück. »Lory, das Amulett ist weg. Ich muss es beim Sturz verloren haben.« Wie zur Bestätigung hebe ich meinen verletzten Arm ans Schlüsselbein, lasse ihn aber sofort wieder sinken, als ich ihre erschütterte Miene sehe.

»Was? Nein! Das darf nicht wahr sein! Ich hatte gehofft, dass die Geister uns helfen können.« Ihre Fassungslosigkeit hält nur wenige Herzschläge an. Schon hat sie sich gefasst, zuckt mit den Schultern und erwidert geradezu leichthin: »Wir werden ihn finden.«

Ungläubig lasse ich mich nach draußen ziehen. Ihre Zuversicht beeindruckt mich. Kaum dass wir in den Schein der nächsten Lampe treten, schallt ein erleichterter Ruf durch den Innenhof.

»Du hast sie gefunden, o Lory, du gutes Mädchen!« Mum wirft sich gefühlt aus dem Nichts um meinen Hals. Immer noch bin ich leicht benebelt und kann nichts feststellen, außer dass ihre Aussage klingt, als wäre meine Cousine ein Hund, der gerade erfolgreich Apportieren gelernt hat.

Mein Rücken protestiert heftig unter der Umarmung. Zum Glück löst sie sich gleich wieder von mir. Sie ist nicht allein. Auch Thea und Oma umringen uns. »Geht es dir gut?« Mums Augen sind gerötet. Sie hat geweint. Sofort spüre ich das Bedürfnis, sie zu trösten. Für den Moment bin ich allerdings zu gelähmt.

»Passt schon. Was ist …?«

»Es tut mir so leid!« Erneut wirft sie sich mir entgegen. Ich halte sie einfach fest, während sie an meine Schulter schluchzt: »Alles ist meine Schuld! Ich hätte das niemals tun dürfen! Eine Ouija-Séance vor der verfluchten Kammer, was habe ich mir nur dabei gedacht? Wie konnte ich glauben, das Monster sei guten Herzens? Wir haben es gesehen, als es über den Hof ins Schloss gestürmt ist. Lory sagt, es hat Max geholt!«

»Es ist nicht deine Schuld«, erwidere ich automatisch.

»Doch! Ich habe es geweckt und jetzt hat es meinen armen Jungen!«

Thea und Oma beobachten uns mitleidig und kreidebleich.

»Du hast es nicht geweckt. Es ist schon die ganze Zeit da. Lory und ich haben es in den letzten Tagen mehrmals gesehen«, beteuere ich.

Mum löst sich von mir und betrachtet mich ungläubig. Jetzt glänzen ihre Wangen vor Nässe. »Wirklich? Aber … es war so wütend. Wieso habt ihr nie was gesagt?«

»Es ist immer wütend.« Lory schnaubt und wendet sich dann an Thea. »Machen wir es wie vereinbart? Habt ihr alles vorbereitet?«

»Henry und Erik sind unterwegs zur Talsperre«, erwidert meine Tante. »Finn holt gerade den Wagen. Mel und ich suchen mit ihm die Feldwege ab. Charlotte und Egon warten hier, falls das Monster zurückkommt. Sie haben Küchenmesser.«

Küchenmesser? Gegen das Pferdemonster? Mit offenem Mund lausche ich dem durchorganisierten Suchaufgebot, das Lory offenkundig mit dem Rest meiner Familie auf die Beine gestellt hat, während ich sabbernd im verlassenen Teil des Schlosses herumlag.

Als hätte Thea es mit ihren Worten beschworen, rauscht ein schwarz glänzender Geländewagen durchs geöffnete Tor in den Innenhof. Henrys Auto, das heute zum ersten Mal das tun wird, wofür es gebaut wurde. Sand und Kies knirschen unter den Reifen, die mir bis zur Hüfte reichen, als der Wagen neben uns zum Stehen kommt und Finn die Scheibe runterlässt. »Seid ihr so weit? Ellie, geht's dir gut?«

Was passiert hier gerade? Mit riesigen Augen starre ich Finn an, der ungewohnt blass und ernst und … nett wirkt. Er trägt eine Jogginghose und einen dunklen Fleece-Pullover, als wäre er überraschend aus dem Bett gerissen worden.

Habe ich mir beim Sturz den Kopf gestoßen? Bin ich in einer Parallelwelt gelandet, in der meine Familie diskussionsfrei zusammenarbeitet? Es wird noch abgefahrener. Mein Cousin steigt aus, kommt auf mich zu und nimmt mich in den Arm. »Ob du es glaubst oder nicht, ich habe mir Sorgen um dich gemacht«, murmelt er.

Wer ist dieser Mensch und was hat er mit Finn gemacht?

»Hi. Äh. Kann ich auch mitfahren?«, frage ich überrumpelt.

Lory schüttelt den Kopf. »Du kommst mit mir.« Sie befreit mich aus Finns Griff und deutet zu einem Teil des Hofes, den ich aus unserer Position unter einem der Arkadenbögen kaum einsehen kann.

Erst als ich ein paar Schritte nach vorne gehe, entdecke ich sie. Angebunden an das Außengeländer des Brunnens warten zwei Pferde, eines weiß, das andere braun. Bei ihrem Anblick setzt mein Herz für einen Schlag aus, bevor ich erkenne, dass es sich wirklich bloß um normale Pferde handelt. Keine Monster.

»Woher …«

»Vom Stall, wo ich reite«, beantwortet Lory meine Frage, bevor ich sie zu Ende stellen kann. »Ist gleich um die Ecke. Ein winziger Stall, wo die besten Reiter nur A-Niveau beherrschen. Aber die Pferde sind voll cute. Ich habe zwei geborgt.«

Wie bitte? Wie lange war ich bewusstlos? Dem dunkelblauen Schein am Himmel nach zu urteilen, graut der Morgen bald.

Mein Gehirn hinkt dem Informationsfluss leicht hinterher. Was mir allerdings sofort klar ist: *Geborgt* sind diese Pferde nicht. Zumindest nicht mit Erlaubnis.

Meine durchgestylte, nie in Probleme verwickelte Cousine wird mir immer fremder und sympathischer zugleich.

»Du kannst doch reiten, oder?«, will sie wissen, als wäre diese Sportart eine Selbstverständlichkeit.

Wie mechanisch folge ich ihr zu den Tieren, während Mum, Thea und Finn in den Wagen steigen und mit durchdrehenden Reifen vom Gelände fahren. Oma wünscht uns viel Glück und verspricht, dass sie gleich Mondsaat mit einem Mantra segnen wird, um uns Kraft zu schicken, bevor sie zum Haupteingang des Schlosses eilt. In einem der Fenster brennt Licht, vermutlich, weil Opa auf sie wartet.

Was die Geister wohl gerade treiben? Uns beobachten?

Während ich dem braunen Pferd über den Hals streiche und es losbinde, muss ich vor allem an Balthasar denken. Daran, wie unschön wir auseinandergegangen sind. Ich fürchte, er wird sich nicht mehr blicken lassen, Amulett hin oder her.

»Ellie?«, wiederholt Lory und reicht mir einen Helm, an dem etwas befestigt ist. Stirnlampen. Einen zweiten in identischer Ausführung hat sie bereits aufgesetzt.

»Was? Ja, Reiten. Oje. Das habe ich schon seit Jahren nicht mehr gemacht.«

»Hey, hör mal. Alles wird gut.« Mit einem miesen Gefühl der Leere im Bauch betrachte ich meine Cousine. Sie lächelt zuversichtlich, doch die Haut um ihre Augen wirkt ungewohnt faltig. Als wäre sie über Nacht stark gealtert. Sorge, Schlafmangel, Angst. Ich teile alles.

Aktuell hege ich wenig Hoffnung. Max' Verschwinden, das letzte Gespräch mit dem Grafen und das verlorene Amulett rauben mir jede Zuversicht. Trotzdem ringe ich mir ein Lächeln ab. »Hoffen wir es.«

Anschließend schiebe ich meinen linken Fuß in einen der Steigbügel und ziehe mich umständlich mit einem Arm auf den Rücken des Pferdes. Meine Cousine schwingt sich deutlich eleganter nach oben.

»Wohin reiten wir?« Die schwankenden Bewegungen des Tieres unter mir sind gewöhnungsbedürftig. Die Reitstunden in meinem Leben reichen nicht aus, um mir ein Gefühl von Sicherheit im Sattel zu geben. Ich hoffe, Lory hat mir ein braves Pferd gegeben.

»Richtung Talsperre. Dort gibt es große Waldstücke, die mit dem Auto nicht zugänglich sind.«

»Warum die Talsperre? Balthasar meinte, das Pferd entfernt sich nicht vom Schloss.«

»Ich habe da so eine Ahnung. Die Meeresbrise und die Sehnsucht, weißt du? Als du ohnmächtig warst, habe ich es mit Max vom Hof galoppieren sehen.«

Obwohl ihre Antwort eigentlich tausend neue Fragen aufwirft, nimmt Lory mein Nicken als Zeichen der Zustimmung und wendet den Schimmel. Während wir durch den Innenhof traben – sie vorneweg und ich, kaum in der Lage, Reiterhilfen zu geben, willenlos hinterher. Wie ein kleines Kind, das zum ersten Mal auf einem Pony sitzt. Das ist der Moment, wo mein Selbstbewusstsein einen Tiefpunkt erreicht. Einst dachte ich, mir wäre eine große Funktion bei der Aufhebung dieses Fluches zugedacht, weil ich die Geister hören und sehen kann. Doch es lag bloß am Amulett. Jeder andere hätte es ebenso gut gekonnt.

Unsere Pferde fallen in einen gleichmäßigen Galopp, kaum dass das Schloss hinter uns liegt. Ihre Hufe knirschen auf dem Waldweg, dem wir folgen. Es fällt mir schwer, mein Gleichgewicht zu halten. Immerhin war ich bis vor einigen Minuten noch bewusstlos und kann meinen linken Arm nicht richtig benutzen. Mein Steißbein knallt bei jedem Sprung des Tieres unangenehm in den Sattel. Dazu hüpft der Schein unserer Helmlampen wie Irrlichter vor uns her.

Lorys zerzaustes Haar wippt in ihrem Nacken. Sie ist viel geeigneter für diese Sache. Ihre Entschlossenheit, ihre Zuversicht … während ich nur eine Art Anhang bin. Nicht in der Lage, einen Spruch zu entschlüsseln, meinen Bruder zu beschützen, das Herz des Grafen zu erweichen oder mich ordentlich auf einem Pferd zu halten.

Tränen steigen mir in die Augen und ich bin froh über den kühlen Gegenwind, der mit Nadelduft und Nieselregen getränkt ist. Feuchtigkeit setzt sich wie ein Film auf meine Haut und verbirgt die Nässe meiner Augen.

»Alles okay bei dir da hinten?«, ruft Lory über die Schulter.

Meine Antwort lässt ein paar Sekunden auf sich warten, weil ich mich zusammenreißen muss, nicht aufzuschluchzen. »Ja, alles gut«, gebe ich schließlich zurück und blinzele die Tränen weg. Ich muss mich beherrschen. Selbstmitleid hilft niemandem. Schon gar nicht Max.

Lory scheint sich auszukennen. Wenn sich der Reitstall nicht weit vom Schloss befindet, reitet sie hier vielleicht regelmäßig aus.

Ein bisschen empfinde ich Mitleid mit den Pferden, weil wir bei schlechten Lichtverhältnissen über die hart geschotterten Waldwege galoppieren. Obendrein tut mir meine Wirbelsäule leid. Doch das Tempo ist notwendig.

Die Bäume, an denen wir vorbeischießen, schimmern gelb im Lampenschein. Abgesehen von den Hufschlägen sowie dem Schnauben der Pferde herrscht tiefe Stille im Wald. Eine wahrhaft gespenstische Szene. Allgemein fühle ich mich seltsam unwirklich. Als wäre ich in Wahrheit noch ohnmächtig und das alles hier bloß ein realistischer Fiebertraum.

Mein Zeitgefühl geht völlig verloren, während wir durch den Wald reiten. Zielsicher führt Lory uns über diverse Weggabelungen. Als sich vor uns endlich die weißliche Staumauer erhebt, atmen unsere Pferde schwer und ihr Schweiß dampft in der kühlen Luft.

»Hier entlang!«, ruft meine Cousine und lenkt ihr Pferd scharf nach rechts. Meines folgt ohne mein Zutun. Für einen kurzen Moment befürchte ich, sie will die Treppenstufen hoch, doch wir reiten daran vorbei und folgen einem sanft ansteigenden Weg, bis endlich die glatte Wasseroberfläche neben uns auftaucht.

Lory stoppt ihr Pferd und meines bremst automatisch mit. »Mach die Lampe aus«, rät sie mir und löscht ihre eigene. Ich tue es ihr gleich. Einige Sekunden vergehen, bis ich mich wieder orientieren kann.

Die Atmosphäre hier ist merkwürdiger als im Wald, weil das Wasser glänzt, ohne dass eine Lichtquelle erkennbar wäre. Der Himmel ist bewölkt, der Mond schon lange nicht mehr sichtbar, dennoch scheinen Wolken wie auch Wasser zu schimmern. Wir befinden uns in jener Stunde zwischen Nacht und Tag, wo der Sonnenaufgang noch nicht eingesetzt hat und man das nahende Tageslicht bereits in der Luft spürt. Außer dem schweren Atmen der Pferde ist nichts zu hören. Ich selbst atme ebenso schnell von der Anstrengung, meinen demolierten Körper im Sattel zu halten.

Von Dad und Henry, die ebenfalls an der Talsperre suchen, fehlt jede Spur, aber das muss nichts heißen. Der See ist groß, und im Gegensatz zu uns müssen sie sich an die befestigten Wege halten.

»Weiter!« Lory treibt unsere Pferde wieder zu einem flotten Trab. Mittlerweile sind die Sichtverhältnisse besser und ich fühle mich wohler ohne Lampenschein, weil der Lichtkegel alles außerhalb unsichtbar gemacht hat.

Wir reiten parallel zum Wasser, während meine Cousine immer wieder den Kopf dreht, um Wald und Stausee nach Bewegungen abzusuchen. Ich tue es ihr gleich.

Hoffentlich kommen wir nicht zu spät. Wie lange ist Max nun schon in der Gewalt des finsteren Reiters? Viel zu lange, das kann ich auch ohne Zeitgefühl feststellen.

Angespannt umrunden wir die halbe Talsperre, halten uns jetzt weiter im Wald, dort, wo uns kein Weg mehr die Richtung weist. Dennoch laufen die Tiere zielsicher zwischen den Stämmen.

Unterdessen lauschen wir in die Dämmerung, kneifen die Augen zusammen auf der Suche nach Max und dem Monsterpferd. Es ist groß und kann sich unmöglich lautlos fortbewegen. Das Problem ist, dass unsere eigenen Pferde ebenfalls Hufgetrappel erzeugen und wir die Schritte des Monsters erst bemerken würden, wenn es schon sehr nah ist.

Die Route rund um die Talsperre dürfte eine Strecke von fünfzehn oder zwanzig Kilometer sein. Auf kürzestem Weg, den wir jedoch nicht nehmen. Wir bewegen uns im Zickzack vorwärts.

Zum Glück ist der Trab unserer Pferde ausdauernd und wir kommen zügig voran.

»Max?«, rufen wir mehrfach. Mit jeder Minute wandelt sich das Grau zwischen den Bäumen in Tageslicht und wir können weitere Details erkennen. Der Morgen erhebt sich neblig und trüb. Die Stimmung wird immer geisterhafter. Selbst auf dem Stausee hängen Nebelfetzen wie faserige Watte.

Einmal glaube ich, in der Ferne die Stimmen von Mum und Thea zu hören, die ebenfalls nach meinem Bruder rufen. Die meiste Zeit jedoch schweigt uns der Wald an.

Als wir den Stausee etwa zur Hälfte umrundet haben, werden unsere Pferde nervös. Die Ohren nach vorne gerichtet, scheuen sie plötzlich zur Seite.

Panisch greife ich die Zügel kürzer. Auch Lorys Pferd tänzelt rückwärts, stößt mit dem Hinterteil gegen uns. Die Tiere schnauben nervös. Selbst meine Cousine bekommt Mühe, ihres zu beruhigen. Automatisch überträgt sich die Unruhe unserer Vierbeiner auf mich. Einmal, weil ich mich von einem durchdrehenden Pferd stürzen sehe. Darüber hinaus auch, weil mir natürlich klar ist, dass die Sinne der Tiere viel schärfer sind als unsere und sie vom Fuchs bis zum Monsterpferd alles wahrnehmen können.

»Ganz ruhig«, murmelt Lory in dem Versuch, unsere Gefährten zu beruhigen. »Was ist los?«

»Sei mal kurz leise«, bitte ich, denn mir ist, als würde ich jetzt, da die Hufgeräusche verstummt sind, etwas hören. Mit dieser angespannten Nervosität, die ausdrückt, dass sie jede Sekunde explosionsartig lospreschen könnten, halten die Pferde inne.

Da höre ich es wieder. Eine Art unterdrücktes Wimmern. Meine Cousine registriert es offenbar ebenfalls. Wir wechseln einen erschrockenen Blick.

»Das kommt vom See«, hauche ich.

Plötzlich warte ich nicht mehr darauf, dass Lory wieder die Führung übernimmt. Von der Hoffnung getrieben, meinen Bruder zu finden, drücke ich meinem Pferd die Schenkel gegen die Seiten, um es anzutreiben. Widerwillig gehorcht es, legt die kurze Distanz zurück, bis sich die Bäume zum unbefestigten Ufer öffnen.

Lory reitet mir nach, allerdings nur bis zum Waldrand. Dort verweigern beide Pferde jeden weiteren Schritt. Meines, von dem ich nicht mal den Namen kenne, schnaubt. Tänzelt auf der Stelle.

Mein Blick wandert zum Wasser. Die neblige Landschaft wirkt wie ein Schwarz-Weiß-Foto.

Das Wimmern erklingt zum zweiten Mal.

Zunächst hätte ich es für das Geräusch eines Tieres gehalten, jetzt wird mir klar, dass es menschlich ist.

»Max?« Hektisch sehe ich mich um, suche die Wasserkante ab, den Weg, die Bäume am Rand. Kann nichts erkennen.

»Dort.« Lory deutet zum See.

Da fällt es mir auf. Eine Unebenheit auf der sonst glatten Oberfläche. Ein heller Hügel, besorgniserregend reglos.

»Max!«, schreie ich, ohne zu wissen, ob er es wirklich ist, weil es sich mehrere Meter weit draußen auf dem Wasser befindet. Schon bin ich vom Pferd gesprungen, drücke Lory meine Zügel in die Hand und stürze zum Ufer.

»Ellie, warte!« Sie schwingt sich ebenfalls aus dem Sattel und versucht, die nervösen Tiere zu beschwichtigen. »Sollen wir nicht Hilfe holen? Unsere Eltern müssen in der Nähe sein!«

»Hier kommt man nicht mit dem Auto hin! Wir können nicht warten, bis sie hergelaufen sind!« Mein erster Fuß steckt schon bis zum Knöchel im Schlamm. Kleine Wellen schwappen mir entgegen. Ich streife meine Turnschuhe sowie die Jacke ab und lasse alles am Ufer zurück.

»Du kannst nicht einfach ...« Auf einmal wirkt meine Cousine ganz und gar nicht mehr selbstsicher. Dafür überschattet die Sorge um Max bei mir nun jede Unsicherheit.

Ich lasse mich nicht aufhalten. Nicht von Lory, nicht von dem eiskalten Wasser, das mir die Waden zu erfrieren droht. Nicht von der leisen Stimme in meinem Kopf, die mich fragt, ob ich völlig bescheuert bin.

Vorwärtskommen ist schwierig in all dem Wasser und Schlick, die meine Beine nach unten zu ziehen drohen. Darüber hinaus brennt mein ganzer Körper wie unter tausend Nadelstichen. Meine Zähne klappern jetzt schon.

»Bitte sei vorsichtig!«, ruft meine Cousine mir nach.

Ohne auf ihren Ratschlag zu achten, weil ich gar nicht weiß, wie man vorsichtig sein kann, wenn man bei knapp zweistelligen Temperaturen in einen Stausee steigt, bahne ich mir meinen Weg. Halb schwimmend, halb strampelnd. Das Wasser reicht mir bis zur Brust, immer steiler fällt der Untergrund ab. Schließlich bleibt mir nichts anderes übrig, als zu schwimmen, die reglose Erhebung vor mir fest im Blick. Das Atmen fällt mir schwer, so heftig dringt die Wassertemperatur in meine Brust, droht, sie abzuschnüren. Meine Gliedmaßen werden taub.

Zu einer anderen Zeit, unter anderen Umständen und wärmeren Temperaturen hätte es etwas Friedliches an sich, in der Farblosigkeit des Morgens zu schwimmen. Doch nicht jetzt und hier.

Immer stärker bohrt sich die Temperatur des Stausees erbarmungslos in meine Venen. Mein Körper schreit danach, aufzugehen und wie ein Stein auf den Grund zu sinken, aber das Adrenalin drängt mich weiter. Ganz kurz ploppt in meinen Gedanken der Hinweis auf, dass das, worauf ich zuschwimme, auch etwas anderes als Max sein kann. Das will ich mir nicht ausmalen.

Was hinter mir geschieht, nehme ich nicht mehr wahr. Mit jedem Meter, den ich mich vom Ufer entferne, wird mein Verstand so frostig wie das Wasser, das mich umgibt.

Meine Füße haben schon lange den Kontakt zum Grund verloren. Wellen schwappen kreisförmig von mir weg, jeder Schwimmzug verursacht ein plätscherndes Geräusch. Alles an und in mir brennt. Es fühlt sich an, als hätte ich einen gewaltigen Krampf. Eisiges Wasser kämpft gegen die Hitze meines tobenden Herzens, will es zum Schweigen bringen, abschnüren.

Zwei Meter bis zu Max.

Er ist es definitiv, ich erkenne jetzt seine dunkelblonden Haare und den Aufdruck seines Shirts.

Ein einziges Wort hämmert durch meinen Kopf.

Reglos. Er rührt sich nicht.

Bitte sei am Leben. Bitte!

Vor zwei Minuten hat er noch gewimmert, oder?

Ich greife nach ihm, doch durch die Schwimmbewegung treibt er ein Stück davon und meine tauben Finger verfehlen ihn knapp. Ich muss dichter heran, ein weiterer Zug. Meine eigenen Atemwolken vernebeln mir die Sicht, ebenso wie die diesigen Fetzen über dem Wasser. Zusätzlich zwingt der Nieselregen mich immer wieder zum Blinzeln.

Lory ruft etwas, das ich nicht verstehe, weil mir das Plätschern meiner ruckartigen Bewegungen das Gehör raubt und mein Bewusstsein immer mehr im Schmerz der Kälte verschleiert.

Gerade als meine vollgesogene Kleidung mich nach unten zu ziehen droht, bekomme ich meinen Bruder zu fassen. Verzweifelt kralle ich meine tauben Finger in seinen Arm, ziehe ihn zu mir heran. Sein Körper ist warm! Nicht so warm, wie er sein sollte, doch auch nicht so, als würde er schon längere Zeit hier treiben.

Ich drehe ihn herum, um sein Gesicht zu sehen. Max' Mund steht offen, aber das ist es nicht, was mir die Kehle zuschnürt. Blut rinnt aus einer Platzwunde an seiner Stirn, direkt unter dem Haaransatz. Durch das Wasser wird es verdünnt und wirkt deutlich mehr, als es vermutlich ist. Wie viel, kann ich deshalb nicht beurteilen.

»Max.« Meine Stimme droht zu brechen. »Hörst du mich? Bitte komm zu dir!« Allein werde ich seinen reglosen Körper unmöglich zum Ufer ziehen können.

Während ich mich mit einem Arm langsam in die andere Richtung wuchte, presse ich seinen kleinen Körper an mich und versuche, seinen Kopf über Wasser zu halten. Schüttele ihn, in der Hoffnung, ein Lebenszeichen zu bekommen. Leider hat mich der Weg durchs Wasser große Anstrengung gekostet. Meine Atemwolken verbergen, ob Max ebenfalls Luft holt.

Wieder ruft Lory irgendwas. Ihre Worte kommen nicht bei mir an.

Dann, endlich, ein Keuchen.

Max würgt, hustet, sein ganzer Körper bebt in meinen Armen. Er spuckt Wasser, röchelt.

»Max!« Vor Erleichterung weicht jede Spannung aus meinen Muskeln und es fällt mir immer schwerer, uns beide über Wasser zu halten.

»Ellie?« Benebelt öffnet er die Augen, sieht mich an, scheint mich aber kaum wahrzunehmen. Als wäre er schrecklich müde. »Mir ist so kalt.« Er flüstert nur.

»Ich weiß, ich weiß.« Am liebsten hätte ich ihn fest an mich gepresst und nie wieder losgelassen. Dabei besitze ich selbst kaum noch Körperwärme, die ich ihm schenken kann. Außerdem brauche ich mindestens einen Arm, um zu verhindern, dass wir untergehen. Dabei ignoriere ich den Schmerz im linken. »Kannst du schwimmen?«

Allmählich wird sein Blick klarer, doch nach wie vor resigniert. »Er ist da draußen«, wimmert er.

»Du meinst das Monster? Nein, das sind echte Pferde. Wir sind geritten, um dich zu suchen«, beruhige ich ihn.

Mit einem weiteren hilflosen Laut schüttelt er den Kopf.

»Hat es dich ins Wasser gezerrt?«

Bei der Erinnerung zuckt Max heftig zusammen und wimmert erneut. Das ist Antwort genug. Der Grund dafür ist mir schleierhaft, allerdings spielt das jetzt keine Rolle.

»Komm.« Ich möchte ihn animieren, mir zu folgen. Er rührt sich nicht.

»Ellie, ich … mein Bein.«

»Was ist mit deinem Bein?« Im Dunkel des Wassers kann ich nichts erkennen.

»Es tut so weh.«

Vorsichtig taste ich danach. Bis zu den Knien wirkt alles normal, darunter … Max schreit auf, als ich sein rechtes Schienbein berühre. Etwas stimmt damit ganz und gar nicht, das fühle ich sogar mit meinen tauben Fingern und durch den Jeansstoff.

»Es scheint gebrochen zu sein.« Die Diagnose ist keine Kunst, da ist ein Knick, der dort definitiv nicht sein sollte.

»Er hat mich getreten, als ich fliehen wollte.« Max schluchzt. »Ellie, wir werden sterben!«

»Nein«, erwidere ich überzeugter, als ich es bin. »Werden wir nicht. Du kannst bis zum nächsten Waldweg auf meinem Pferd reiten und wir rufen Mum und Dad an, damit sie uns abholen. Vorher müssen wir nur aus dem Wasser raus.«

»Nein!«, widerspricht er panisch und krallt beide Hände in meine Arme, was ziemlich wehtut, zumindest an jenem Arm, der verletzt ist.

»Es sind ganz normale, harmlose Pferde«, versichere ich erneut, im Glauben, dass das sein Hauptproblem ist.

In diesem Moment schreit Lory. Ein panischer, lang gezogener Laut. Erst da komme ich auf Idee, meinen Blick zum Ufer zu wenden.

Ich hätte es lassen sollen.

Das blanke Grauen schießt mir durch die Brust. Das Pferdemonster ist da.

Lory hat alles Mühe, die lebenden Pferde zu halten. Der Schimmel steigt, wiehert schrill. Das Monster schenkt ihnen keine Beachtung. Geradezu seelenruhig schreitet es aufs Wasser zu, den Blick fest auf Max und mich geheftet. Die Vorderhufe befinden sich bereits im Wasser.

Max bricht in hemmungsloses Weinen aus.

Voller Angst versuche ich, ein Stück vorwärtszukommen, doch mit nur einem Arm und meinem Bruder im Schlepptau gestaltet es sich mühselig. Stattdessen schlucke ich Wasser und auch das Innere meiner Kehle beginnt, vor Kälte zu brennen.

»Ellie!«, kreischt Lory.

Das finstere Pferd befindet sich bis zur Brust im Wasser. Gleich wird es zu uns schwimmen. Und dann? Wird es Max und mich in die Tiefe reißen?

Es scheint aussichtslos, wir kommen nicht weg.

Max strampelt, rammt mir ein Knie gegen den Oberschenkel.

Wasser spritzt mir in die Augen. Schwärze kratzt am Rand meines Sichtfeldes. Jetzt kann uns nur ein Wunder das Leben retten.

Noch höchstens fünf Meter zwischen dem Pferd und uns. Sein Atem dampft mit seinem Körper um die Wette, als wäre es sehr lange galoppiert. Aus irgendeiner Ironie des Universums heraus färbt sich in genau diesem Moment der Horizont rosa und wirft einen geradezu kitschigen Schein auf die nass glänzende Haut des Pferdes.

Ich presse Max' Gesicht an meine Brust. Er soll nichts mehr sehen. Meine eigenen Augen schließe ich ebenfalls und stelle jede Schwimmbewegung ein. Lieber untergehen, als den Hufen zum Opfer fallen.

Eiseskälte umfängt mein Kinn, meine Wangen, meinen Verstand. Innerlich schließe ich mit allem ab.

Doch wir bekommen unser Wunder.

Zunächst glaube ich an eine Illusion, Einbildung im Angesicht meiner Todesangst. Ein Luftzug streift mein Gesicht, der definitiv nicht natürlichen Ursprungs ist. Kurz bevor meine Ohren im Wasser versinken, höre ich die Stimme, von der ich nicht erwartet hätte, sie je wieder zu hören.

»Leopold, du widerwärtiger Bastard!«, ruft Balthasar.

Ich reiße die Augen auf. Strampele, um Luft zu bekommen.

Über uns schwebt er. Der Geistergraf.

Das schummrige Licht des Morgens streift Lackschuhe mit Schnalle und Absatz, Kniestrümpfe, die in eine Pluderhose übergehen. Arme, die geöffnet sind, als würde er mich umarmen wollen. Schließlich sein Kopf. Perückenlos wie beim letzten Mal, als ich ihn gesehen habe.

Wie kann das sein? Selbst wenn er wirklich gekommen ist – ohne Amulett dürfte ich ihn nicht sehen oder hören. Dennoch hängt er in der Luft, weißlich-neblig, als hätte sich mein eigener Atem zu ihm geformt.

Ganz kurz wendet er uns seinen Blick zu, streckt eine Hand aus. Automatisch will ich nach seinen Fingern greifen, während wir beide für einen Moment vergessen, dass es unmöglich ist.

»Du hast das Amulett verloren und kannst mich trotzdem sehen«, schlussfolgert er und ein kleines Lächeln umspielt seine Lippen. Er weiß es? War er die ganze Zeit über in meiner Nähe?

»Das ist unmöglich«, keuche ich.

»Nichts ist unmöglich«, erwidert er und erzeugt in meinem Kopf die Assoziation eines alten Werbespots.

»Aber wie …?«

»Es war nie das Amulett, ist dir das nicht bewusst? Der Turmalin hilft den Ungläubigen, doch jene, die von ganzem Herzen zu sehen wünschen, werden sehen.«

Klingt ziemlich kirchlich.

»Von Anfang an warst du diejenige, die diesen Fluch brechen sollte. So benötigst du sichtbar nicht die Macht der Schörle, uns Geister wahrzunehmen, sofern dein Herz es wirklich wünscht.«

»Warum ging es dann bisher nicht?«, presse ich atemlos hervor. Das Paddeln fällt mir immer schwerer.

»Zweifel an dir selbst. Gerade bleiben nur Angst und Wut, nur Hoffnung und Gebete«, gibt er ungeduldig zurück.

Fassungslos starre ich ihn an, wissend, dass keine Zeit bleibt, mir jetzt weiter den Kopf darüber zu zerbrechen.

»Schwimmt«, befiehlt der Graf uns, dann nähert er sich dem Pferd. »Du trachtest nicht den jungen Menschen nach«, ruft er laut. »Ich bin es, den du willst! Komme her und hole mich!« Mit diesen Worten schießt er Richtung Ufer.

Für einen Moment scheinen Pferd und Reiter unsicher, ob sie sich lieber dem Geist oder der deutlich sichereren Beute – uns – widmen sollen.

Mit neuer Hoffnung erfüllt, registriere ich, wie der Reiter ein gurgelndes Geräusch von sich gibt. Schließlich wuchtet das Pferd seinen massigen Körper herum, weg von Max und mir.

Ein weiteres Mal hat Balthasar mich gerettet. Also, fast. Von jetzt an liegt es an uns.

»Max.« So sanft wie möglich streiche ich eine Haarsträhne aus seiner Stirn, die nass und blutig an seiner Haut klebt. »Du bist ein Ghostbuster. Wir alle sind das jetzt. Wir werden dieses Vieh erledigen, ich verspreche es dir.« Mein eigenes Versprechen dreht einen Knoten in meinen Magen, weil ich mir bewusst bin, dass ich keinen Schimmer habe, ob es sich erfüllen wird.

Wenigstens scheint es meinen Bruder zu überzeugen. Er nickt, dreht sich ächzend auf die Seite und versucht, mit seinen drei unverletzten Gliedmaßen zu paddeln.

»Ich kann … meinen Körper kaum spüren«, japst er.

»Geht mir genauso. Wir schaffen das, komm.« Ich lasse ihn vor mir schwimmen, um im Notfall eingreifen zu können. Doch er kämpft sich tapfer vorwärts. Am Ufer hat Lory es zwischenzeitlich geschafft, die Pferde unter Kontrolle zu bringen. Von Grauen erfüllt beobachtet sie das unheimliche Pferd, das sich einige Meter von ihr entfernt aus dem Wasser stemmt. Vor ihm tanzt Balthasar durch die Luft. In der Tat wirkt es wie Tanzen. Beinahe hämisch. Ob Lory das sehen kann, bezweifele ich.

Viel zu viel Zeit vergeht, während Max und ich uns zentimeterweise vorwärts kämpfen. Meine Lunge droht, zu explodieren, mein Bruder keucht. In unserem durchgefrorenen Zustand werden wir nicht mehr lange durchhalten.

Endlich streifen meine Schuhspitzen festen Grund. Ein weiterer Schwimmzug und ich kann wieder stehen. Noch ist Laufen unendlich anstrengend. Wenigstens kann ich jetzt beide Hände benutzen, um Max zu stützen.

Lory will uns entgegenlaufen, nur verweigern die Pferde, die sie am Zügel hält, jeden Schritt nach vorne.

Völlig erschöpft quäle ich mich an Land, umklammere weiterhin meinen taumelnden Bruder. Dass ich uns beide aufrecht halten kann, verdanke ich dem schlammigen Boden, in dem meine Füße versinken. Jeder Schritt ein Schmatzen, doch es verhindert, dass ich umkippe.

Lorys aufgerissene Augen begegnen meinen. Blonde Haare kleben in verschwitzten Strähnen auf ihrer Stirn und dem türkisfarbenen Anorak.

Das Wasser reicht uns jetzt bloß noch bis zu den Knöcheln. Max' Jeans klebt an seiner Haut und offenbart seine Verletzung. Das unterste Drittel seines Schienbeines weist einen unnatürlichen Knick auf. Gehen ohne Unterstützung wird unmöglich sein.

Das gibt mir den Rest. Plötzlich scheint mich das Gewicht meiner nassen Kleidung nach unten zu ziehen. Meine tauben Füße, der Schlamm, in dem meine Zehen stecken. Die pochenden Schmerzen meines linken Armes, auf den ich in den letzten Minuten keine Rücksicht genommen habe.

Ich taumele, lasse Max los, ohne es zu wollen. Zum Glück ist Lory in dieser Sekunde bei uns, packt seinen Arm, als ich es nicht mehr kann.

»Wir müssen weg hier!«, ruft sie.

»Geht gleich wieder«, stöhne ich. Meine Knie geben nach und ich sinke auf alle viere. Weicher Schlamm umschließt meine Finger. Mein ganzer Körper bebt und zittert vor Kälte.

Meine Cousine führt Max zu dem Schimmel. In der Zwischenzeit quäle ich mich in meine Schuhe und streife meine Jacke über. Die erhoffte Wärme bleibt aus. Kein Wunder. Wo keine Körperwärme ist, kann auch keine reflektiert werden. Ich habe keine Ahnung, wie ich wieder auf die Beine kommen soll. Meine Kraft ist verschwunden, kein Muskel will mehr meinen Befehlen gehorchen.

»Ellie.« Es ist nicht Lorys Stimme, auch nicht die meines Bruders.

Balthasar hockt neben mir und betrachtet mich sorgenvoll. Im ersten Moment glaube ich, mein Zustand wäre die Ursache für seinen Kummer. Doch …

»Ich vermag es nicht mehr, zu helfen. Er wird gleich wieder hier sein. Etwas zieht ihn hierher.« Seine Berührung streift mich eisig an der Schulter, was ich als Warnung verstehe, ohne erklären zu können, wieso.

»Was?«, keuche ich mit belegter Stimme.

Lory wirft mir einen irritierten Blick zu. Max und sie kämpfen damit, ihn in den Sattel zu bekommen.

»Es tut mir leid.« Balthasar senkt den Kopf. Im Schein des Morgens wirkt selbst sein Geisterkörper leicht rosafarben, was ich an jedem anderen Tag amüsant gefunden hätte.

Irgendwo im Wald kracht etwas. Ich weiß genau, was sich dort seinen Weg bahnt. Paradoxerweise fühle ich keine Angst – ich habe keine Kraft mehr dazu.

»Beeilt euch!«, rufe ich Lory zu.

Meine Cousine starrt erst mich an, dann den Wald. Eindeutig kann sie den Grafen weder sehen noch hören. Mein Herz klopft wieder schneller und gibt es mir genug neue Energie, um mich zurück auf die Beine zu stemmen. Ich darf jetzt nicht aufgeben.

»Danke«, sage ich und schenke dem Grafen ein Lächeln. »Dass du wieder da bist.«

»Sollte ich nicht?«

»Nach unserem letzten Gespräch, da …« Ich möchte sagen, dass ich Angst hatte, er wäre wütend auf mich. Vielleicht ist er das sogar, vielleicht tut er all das hier nur für die Auflösung des Fluches und nicht für mich. Aber im Moment spielt es keine Rolle. Wir müssen uns und vor allem Max in Sicherheit bringen. Reden können wir später. Oder nie. Eventuell muss ich einfach akzeptieren, dass der Graf und ich niemals Freunde werden.

Unabhängig davon habe ich neuen Mut gefunden. Es könnte nämlich sein, dass ich das mit der Auflösung des Fluches doch hinbekomme.

»Lory, ich verstehe es endlich«, verkünde ich, während ich zu den Pferden renne, um ihr mit Max zu helfen. »Das mit der Meeresbrise und der Sehnsucht.«

Im Wald brechen Zweige unter Hufen. Sehr nah.

Lory haucht ein nervöses »Hoo, ruhig« zu dem Schimmel. Ein Wiehern ertönt, ängstlich und schrill.

»Ein Nuckelavee gehört ins Meer«, fahre ich fort, ohne auf eine Antwort zu warten. »Es wollte gar nicht Max, sondern mich. Weil die Sehnsucht nach dem Meer auch in mir stark ist. Darum ist es im Ballsaal gewesen, statt sich auf Mum und Thea zu stürzen. Vielleicht hat er bloß durch Zufall im Sturz meinen Bruder erwischt. Oder er wusste, dass ich folgen würde, wenn er ihn entführt. Es wird vom Stausee angezogen, weil es einem Meer hier im Wald am nächsten kommt. Frühere Mordfälle geschahen ausnahmslos auf dem Schlossgelände. Max dagegen wollte er in den Stausee zerren. Er riecht das Meer in mir.«

Meine Cousine sieht mich verständnislos an. Max probiert derweil, seinen unverletzten Fuß in den Steigbügel zu bringen. »Bist du sicher? Er hätte dich doch schon im Innenhof jagen können.«

»Heute Nacht hat die Sehnsucht in Deichprinz ihren Höhepunkt erreicht. Weil heute die Zeit für die Lösung des Fluches gekommen ist. Vermutlich wird er alles tun, um irgendeinen von uns wieder ins Wasser zu zerren. Verstehst du? Es hängt alles zusammen. *Des Meeres Brise weckt die Sehnsucht, so soll für* diesen einen *Tage* …«

»Okay, okay, gehen wir davon aus, dass du recht hast«, gibt Lory ungeduldig zurück.

»Habe ich. Weil sich ein weiterer Teil des Fluches heute erfüllt hat. Ich kann den Grafen sehen. Ganz ohne Amulett.«

»*Wenn hörbar wird, was nie gehört*«, wiederholt Lory. »Mit Amulett kann es jeder. Doch noch nie hat es jemand ohne geschafft.«

Ich nicke. »Darum ist heute der Tag, an dem wir die Asche zur Eiche tragen müssen.«

»Könnte stimmen. Und jetzt weg hier!«

Wieder wiehern unsere Pferde, tänzeln nervös auf der Stelle, weshalb es Max trotz unserer Unterstützung bisher nicht auf den Pferderücken geschafft hat.

Dann stellen sich mir alle Nackenhaare auf. Weil unsere Pferde eine Antwort bekommen, ein deutlich tieferes Wiehern, fast wie ein Knurren. Dicht hinter uns.

Mit aller Kraft stemmen Lory und ich Max hoch und ignorieren, dass er vor Schmerzen jammert. Die Pferde scheuen schon wieder, werfen hektisch die Köpfe umher, sodass Lory kaum fähig ist, die Zügel zu halten. Wenigstens Max sitzt jetzt oben und krallt sich mit beiden Händen am Sattel fest. Unkoordiniert stolpern wir den zurückweichenden Pferden hinterher, während das fremde Hufgetrappel näher kommt.

Es gestaltet sich schwierig, überhaupt an die Seite eines der Tiere zu gelangen, während beide immer weiter nach hinten tänzeln und Lory mit sich zerren. Mehr als einmal rempelt mich der Schimmel zur Seite und nur dem Schicksal verdanke ich es, dass meine Füße bisher nicht zerquetscht wurden. Max weint, jede hektische Bewegung des Tieres führt dazu, dass sein gebrochenes Bein gegen den lose baumelnden Steigbügel stößt.

Ein Krachen ertönt hinter uns, Hufe, die Äste zermalmen. Lory schreit die Pferde an. Ihre Nerven liegen blank.

Plötzlich ist der Graf wieder bei mir. Ich fahre herum.

Das Monsterpferd tritt aus dem Schatten der Bäume ans glänzende Ufer. Das Wasser strahlt von gelb bis tiefrot in sämtlichen Farben des Regenbogens, ebenso wie der Himmel über uns. Der Nebel hat sich gelichtet, dennoch ist der Großteil des Himmels mit tiefgrauen Wolken bedeckt, aus denen es zu nieseln beginnt.

»Steig auf«, zische ich Lory zu. Das Ungetüm kommt näher, langsam und lauernd, wie ein Raubtier kurz vorm Sprung. Leopold hebt eine Hand und deutet mit einem skurril langen Finger in unsere Richtung. »Lory!«, befehle ich erneut. »Steig! Auf! Das! Pferd!«

Endlich erwacht sie aus ihrer Starre. Im selben Moment, als sie sich am Sattel nach oben zieht, will ich es ihr gleichtun. Weil Max bereits oben sitzt, muss ich mich irgendwie hinter den Sattel quetschen. Mühsam drücke ich mich vom Boden ab, finde keinen Halt und baumele sinnlos an der Seite des Pferdes. Lory hat es geschafft, sie wendet ihr Tier, beziehungsweise tut es das aus Angst von allein.

Der Graf schießt auf das Monster zu, versucht, es abzulenken. Ohne Erfolg. Hat der Reiter verstanden, dass wir bessere Ziele sind als ein Geistergraf?

Die Panik in mir explodiert.

Meine Finger rutschen ab, als mein Pferd einen plötzlichen Satz zur Seite macht. Ich stürze zu Boden. Schmerz schießt durch meinen Rücken. Beide Pferde preschen davon.

Max hängt schief im Sattel, klammert sich mit aller Macht fest. Dahinter Lorys Pferd.

Wiehern, Krach, Schreie.

Dann das Monsterpferd über mir, seine geblähten roten Nüstern, aus denen der vertraute Gestank sprüht. Irgendwas zwischen Mülleimer in der Sonne und altem Fisch.

Der Blick der unnatürlich großen Pferdeaugen trifft mich. Ich wage nicht mehr, zu atmen. Mein Körper ist wie paralysiert. Eigentlich warte ich nur darauf, von mahlenden Hufen zertrampelt zu werden.

Wider Erwarten geschieht das nicht.

Die Hufe landen direkt neben mir. Unerwartet werde ich hochgerissen, schmerzhaft mit den Füßen über den Untergrund geschliffen. Leopold hat mich gepackt. Über mir Baumkronen, vor mir die fellfreie Haut ohne Körperwärme. Schilfgras, das mir ins Gesicht peitscht, Schlamm, der in alle Richtungen geschleudert wird. Und immer noch die Kälte von Balthasar, weil er mir nicht von der Seite weicht. Wasser spritzt auf.

Dann plötzlich ein weiterer, warmer Pferdekörper neben mir. Das braune Pferd, auf dem Lory sitzt. Das Monster knurrt. Meine Cousine zerrt von der anderen Seite an mir.

»Lass sie los, du Vieh!«, schreit sie, während sie versucht, mich zu befreien. Tatsächlich löst sich der Griff um mein Handgelenk. Ich krache zu Boden.

Den Schmerz meines Sturzes ignorierend, drehe ich mich auf die Seite. Nur wenige Meter von mir entfernt rammt Deichprinz Lorys Pferd, das daraufhin strauchelnd auf die Seite knallt. Meine Cousine versucht, sich an der Mähne festzukrallen, wird aber ebenfalls zu Boden geschleudert. In diesem Fall ihr Glück. Der Braune stemmt sich nämlich wieder hoch und steigt auf die Hinterbeine. Der finstere Hengst tut es ihm gleich. Für einen kurzen Moment liefern sich beide einen Kampf mit den Vorderbeinen in der Luft. Das lebende Pferd wird dabei immer weiter Richtung Wasser gedrängt. Schon versinken seine Hinterbeine im Schlick.

Ich halte nach Max Ausschau, entdecke sein Pferd einige Meter entfernt mitten auf dem Weg. Dafür, dass mein Bruder noch nie im Sattel saß, hält er sich tapfer. Das Tier kann sich indes nicht entscheiden, ob es fliehen oder in der Nähe seines Stallgenossen bleiben soll.

Der Adrenalinstoß sorgt dafür, dass ich zurück auf die Beine springe und zu Lory eile, während ihr Pferd ins Wasser gedrängt wird. Schon ist es bis zum Bauch im Stausee versunken und strampelt panisch.

Ich ziehe sie hoch. Auf den ersten Blick scheint sie unverletzt, bloß ein wenig benebelt.

»Scheiße!«, brüllt sie, starrt jedoch nicht mich an, sondern einen ungewissen Punkt hinter mir.

Wieder fahre ich herum, sehe das Monster in unsere Richtung waten. Das Pferd im Wasser paddelt um sein Leben, bloß sein Kopf befindet sich noch an der Oberfläche. Trotzdem scheinen Leopold und sein Hengst beschlossen zu haben, dass wir Mädchen interessanter sind.

Im stummen Einverständnis rennen wir los, in die Richtung, wo Max mit dem anderen Pferd kämpft. Wir kommen keine fünf Meter weit. Immer wieder rutschen meine Füße auf dem gekiesten Boden weg. Meine nach wie vor halb tauben Beine lassen mich straucheln. Lory wimmert.

Etwas bekommt meine Jacke zu fassen, reißt mich nach hinten. Ich pralle gegen die widerwärtige Flanke des Untieres.

»Verpiss dich!«, schreie ich, stemme mich gegen das Monster, das mich mit den Zähnen gepackt hat, schlage mit Fäusten auf seinen Körper ein. Mit schmatzenden Schritten, immer wenn sich seine Hufe aus dem Schlamm heben und ein hufeisenförmiges Loch hinterlassen, zerrt es mich Richtung Wasser. Knurrt mich aus zwei Kehlen an.

Lory springt mir zur Hilfe, wirft sich gegen die Seite des Pferdes. Auch zu zweit haben wir keine Chance. Verzweiflung und Angst benebeln mich, gleichzeitig bin ich mir meiner eigenen Machtlosigkeit bewusst. Wenn uns dieses Ding töten will, wird es das schaffen.

Es tötet uns nicht.

Von einem Atemzug auf den anderen gehen meine Faustschläge ins Leere. Gerade als ich innerlich kapituliere, öffnet Deichprinz sein Maul, lässt mich einfach los. Weicht zurück, einen Schritt nach dem anderen. Wirft den Kopf hoch, wittert.

Verblüfft rappele ich mich auf die Knie. In diesem Moment öffnet der Reiter zum ersten Mal seine Augen. Kurz nur, vielleicht eine Sekunde, bevor er sie wieder schließt. Es reicht, um mir einen heftigen Stich in die Brust zu versetzen. Immer noch steht das Pferdemaul offen, immer noch schnaubt es rasselnd und dampfig.

Meine Cousine klammert sich ängstlich an mich.

Dann galoppiert das Monster einfach davon.

Kapitel 28

»Wo will er hin?« Lory sieht in Richtung Wald, wo der Nuckelavee verschwunden ist. Bloß das Krachen von Zweigen verrät, dass er sich mit hoher Geschwindigkeit entfernt.

»Keine Ahnung.«

Balthasar schwebt neben uns, betrachtet mich besorgt. »Ich fürchte, die Kammer steht offen.«

»Was?«, keuche ich.

»Was was?«, fragt Lory.

»Balthasar sagt, sie haben die Kammer geöffnet!«

Lory schielt auf ihr Handy. »Gut möglich. Die Firma wollte so früh wie möglich anfangen.«

Die wenigen Sekunden der Erleichterung wandeln sich erneut in Hektik. »Wir müssen zurück!«, rufe ich.

Lorys Blick fällt hinter uns, wo sich das braune Pferd aus dem Wasser gekämpft hat. Widerstandslos lässt es sich von Lory am Zügel nehmen. Auch sein Artgenosse mit Max auf dem Rücken hat sich beruhigt und nähert sich.

»Das tut mir jetzt wirklich leid, aber wir brauchen euch noch«, erklärt Lory den Tieren.

Kurz darauf sitzen wir endlich alle erneut im Sattel. Lory mit Max auf dem weißen Pferd, ich wieder auf dem braunen.

Gemeinsam nehmen wir die Verfolgung auf, wenn auch in einem deutlich langsameren Galopp als erhofft. Beide Tiere sind fix und fertig, das braune zusätzlich klatschnass. Genau wie ich.

Mit jedem Meter, den wir zurücklegen, fühle ich mich mehr wie in einem Westernfilm. Einem Grusel-Western ohne Revolver, weil der uns wenig nützen würde gegen ein Monster, das bereits tot ist.

»Es befindet sich unweit des trockenen Flussbettes!«, ruft Balthasar, der über den Baumkronen schwebt, den Weg des Monsters verfolgt und uns auf dem Laufenden hält.

»Wir werden nicht vor ihm am Schloss sein«, schlussfolgert Lory besorgt.

Nein, mit Sicherheit nicht. Diverse Horrorszenarien trommeln durch meinen Kopf. Das Monsterpferd, rasend vor Wut über die Kammeröffnung, wie es sich auf die Mitarbeiter der Baufirma stürzt, wie es meine Großeltern zerfleischt, wie wir sie nur noch tot vorfinden …

Zeit. Wir brauchen Zeit.

Das dumpfe Pochen der Panik droht, mich zu ersticken. Ich wende mich an Balthasar. »Du meintest, er erreicht bald das Flussbett?«

Flussbett … In meiner Erinnerung leuchtet etwas auf. Was habe ich über den Nuckelavee gelesen? Diese eine Tatsache, die mir so unwichtig und lächerlich zugleich erschienen ist. Dass er zwar stehende Gewässer sowie das Meer liebt, jedoch Angst vor fließendem Wasser hat? Zu doof, dass dieser Fluss nahezu ausgetrocknet ist.

Mir kommt eine Idee.

»Kannst du ihn ablenken?«, bitte ich Balthasar. »Verwirren oder ausbremsen, uns noch ein paar Sekunden Zeit verschaffen?«

Ohne eine Antwort rauscht der Geist davon. Gleichzeitig fische ich das Handy aus meiner Tasche. Mit etwas Mühe schaffe ich es auch, einhändig die entsprechende Kurzwahltaste zu drücken.

»Was tust du?«, will Lory wissen, doch ich ignoriere sie, weil mein Anruf nach dem ersten Klingeln angenommen wird.

»Dad? Seid ihr noch in der Nähe des Stausees? Bitte, bitte mach, was ich dir jetzt sage und frag nicht nach dem Grund! Nur dieses eine Mal, okay? Wir brauchen Wasser! Was? Nein, erkläre ich dir später! Gibt es so etwas wie eine Schleuse, die du öffnen kannst? Von der Talsperre, meine ich? Vertrau mir, bitte! Kannst du es?«

Ich lege auf und schicke ein Stoßgebet zum Himmel, dass mein Vater diesmal nicht an mir zweifelt. Tatsächlich befinden er und Henry sich unweit des Technikgebäudes, weil sie Schreie gehört haben. Unsere Schreie.

Nun muss Dad nur die technischen Möglichkeiten haben, zu tun, was ich von ihm verlange. Bis dahin bleibt mir nichts anderes übrig, als Lory zu folgen. Und nicht zu sterben.

Die meiste Zeit galoppieren wir querfeldein, was eine schrecklich holprige Angelegenheit ist. Ständig peitschen uns Zweige ins Gesicht, unsere Pferde stolpern über Wurzeln. Mehr als einmal sehe ich uns stürzen. Zusätzlich ist mir immer noch grausam kalt.

Wir schneiden einen Feldweg, brechen erneut durch Bäume.

»Lory, langsam!«, rufe ich und meine Cousine lässt ihr Pferd in einen schnellen Trab fallen.

»Wir verlieren ihn!«

»Im Idealfall nicht.«

Dann höre ich es: Rauschen. Tobendes, lautes Rauschen einer großen Menge Wasser. Wasser, das sich seinen Weg durch ein stillgelegtes Flussbett bahnt, das nur noch als Überlauf dient. Mein Herzschlag explodiert vor Begeisterung. Dad hat es geschafft!

»Was geht da ab?«, keucht Lory verwirrt.

»Dad hat den Grundablass geöffnet!« Ich deute nach vorn. Der Tagesanbruch ist nun so weit fortgeschritten, dass man das Flussbett durch die Bäume hindurch erkennt. Es ist gefüllt mit strömendem Wasser. Was ich ebenfalls sehe, ist das verstörte Monsterpferd, das auf unserer Seite des Flusses am Ufer umhertänzelt und einen Übergang sucht.

Es funktioniert! Hätte ich es nicht im Internet gelesen und würde es mit eigenen Augen sehen, könnte ich es nicht glauben.

»Er ist wasserscheu?«, fragt Lory ungläubig.

»Frag nicht, ich habe auch keine Ahnung, wieso.« Ich lache und es tut so gut, nach der letzten Stunde einen kleinen Sieg errungen zu haben.

»Woher wusstest du das?«

»Hast du mir selbst vorgelesen«, meine ich schulterzuckend, als unsere Pferde den Fluss jetzt ebenfalls erreicht haben.

Während Deichprinz diesmal kein Interesse an uns zeigt, weil sein Wunsch, zum Schloss zu gelangen, wohl überwiegt, kommen wir unbeschadet in einigen Metern Entfernung vorbei. Im Gegensatz zu ihm zögern unsere Pferde zwar kurz, springen dann aber bereitwillig ins Wasser. Der Fluss ist nur wenige Meter breit und das Wasser kaum einen halben Meter tief, sodass wir problemlos auf die andere Seite gelangen.

Wütendes Knurren folgt uns, doch das Monster bleibt zurück. Dafür schließt Balthasar wieder zu uns auf.

Wir haben es abgehängt – wenn auch nur für kurze Zeit, bis es entweder einen anderen Übergang gefunden hat oder das Wasser versiegt, weil Dad nicht die ganze Schleuse leerlassen kann. Für den Moment bleibt uns ein Vorsprung. Hoffentlich ausreichend.

Als wir über den Innenhof des Schlosses traben, triefen unsere Pferde vor Wasser und Schweiß. Lory lenkt uns direkt zum Stall, neben einen Kleintransporter mit der Aufschrift *Hoch- und Tiefbau Michel*, an dem sich gerade ein Mann im Blaumann zu schaffen macht.

Kaum dass sich unser Hufgetrappel an den Schlosswänden bricht, stürmt Oma aus dem Haupteingang. Sie wirkt schrecklich besorgt, doch ihre Miene erhellt sich, sobald sie sieht, dass wir Max vom Pferd helfen, der kaum noch die Augen offen halten kann. Geschweige denn sich selbst auf den Beinen. Beinahe gleichzeitig braust Finn mit dem Geländewagen durch die Einfahrt. Bevor er komplett zum Stehen kommt, springen Mum und Thea heraus.

»Es geht euch gut, dem Himmel sei Dank!«, ruft Mum und eilt auf uns zu.

»Gut gehen ist so relativ«, meint Lory seufzend. »Könnte schlimmer sein.«

Ja, zum Beispiel könnten wir jetzt als Wasserleichen auf dem Grund eines Stausees liegen. Das spreche ich aber lieber nicht aus, die Sorgenfalten auf Theas Stirn sind ohnehin schon so tief, dass kein Beautysalon der Welt sie je wieder ausbügeln kann.

Mum umarmt Max, sobald er einbeinig auf festem Boden steht.

»Ihr seid ja klatschnass!«, keucht Oma. »Ich hole Tücher und trockene Sachen!« Sie rennt zurück zur Tür.

»Erik hat uns angerufen, dass ihr auf dem Rückweg seid«, erklärt meine Tante. »Was ist passiert?«

»Das müssen wir euch später erzählen«, sage ich mit Blick auf den Handwerker, der uns ungläubig anstarrt. Er dürfte im Alter meines Vaters sein, allerdings sind seine Haare ziemlich staubig, was ihn älter wirken lässt. Bei unserer Ankunft war er dabei, Werkzeuge aus dem Auto zu holen, doch aktuell steht er einfach nur da. Ein Brecheisen rutscht ihm aus der Hand und landet neben seinem Fuß, was er nicht mal zu registrieren scheint.

»Wir müssen uns beeilen.« Lory kommt ohne Umschweife zur Sache. »Das Monsterpferd ist auf dem Weg hierher. Ist die Kammer offen?«

Ich sehe zum Handwerker, der sich offenbar nicht angesprochen fühlt. Im selben Moment tritt ein zweiter, dunkelhaariger Mann aus dem Stall. »Wo bleibst du mit …« Unser zerstörtes Aussehen lässt ihn verstummen.

Sein Kollege mit den staubigen Haaren erwacht aus seiner Starre. »Der Zugang ist frei«, bestätigt er uns, und dann: »Was geht hier ab?«

»Bringt Max in Sicherheit«, bitte ich die anderen. »Lory und ich werden den Fluch brechen. Mum, Finn, Thea, haltet euch bereit – vielleicht brauchen wir euch.«

Spätestens jetzt hat sich auch der Rest meiner Familie dem Club der ratlos glotzenden Karpfen angeschlossen.

»Sie sollten sich lieber in Sicherheit bringen«, wendet sich Lory an die Bauarbeiter.

Der staubige Mann zieht beide Augenbrauen hoch. »Was wird hier gespielt?«

»Was ziemlich Lebensgefährliches«, erwidert Lory ungerührt. »Kennen Sie nicht die Legenden um dieses Schloss?«

»Den Monsterquatsch?«

»Genau. Wenn Sie nicht möchten, dass Sie vom *Monsterquatsch* zerfetzt werden, packen Sie jetzt lieber Ihr Werkzeug zusammen und verlassen dieses Gelände.«

»Bitte was?« Der Mann wirft einen schnellen Blick auf das Brecheisen am Boden. Vielleicht wägt er ab, ob er sich damit im Notfall gegen den *Monsterquatsch* verteidigen könnte. Oder gegen ein schnippisches Teenagermädchen.

»Äh, was halten Sie davon, wenn Sie und Ihr Kollege mit reinkommen?«, lenkt Thea ein. »Wir haben Kaffee gekocht. Dabei können wir ja auch das … weitere Vorgehen besprechen.«

Dieser deutlich diplomatischere Vorschlag trifft schon eher die Zustimmung des Tiefbauers. Gemeinsam mit Thea wenden er und sein Kollege sich Richtung Schloss. Im selben Moment stürmt Oma mit einem Stapel Kleidung im Arm wieder nach draußen.

»Hier. Keine Ahnung, welchem von euch Mädchen das gehört, ich habe es aus dem Trockner genommen. Zieht es an.«

Lory und ich wechseln einen unsicheren Blick. Dann entscheiden wir wortlos, dass es wohl wirklich besser wäre, uns aus den klebrigen Sachen zu schälen.

Mithilfe von Oma, die eine große Wolldecke vor uns hält, haben wir in zwei Minuten unsere Klamotten gegen trockene Pullover und Jeans gewechselt, was sich unglaublich gut anfühlt. Trotzdem hätte ich nichts dagegen einzuwenden, mich unter eine heiße Dusche zu stellen, nach der meine Haut aussieht wie bei einem schweren Sonnenbrand. Leider bleibt dafür keine Zeit.

»Jetzt aber los«, drängt Lory.

Oma will mit Max zum Haus, doch bevor sie ihn stützen kann, nimmt er noch einmal meine Hand.

Darin befindet sich etwas Glattes. »Das brauchst du bestimmt«, meint er mit schwacher Stimme und ringt sich tapfer ein Lächeln ab. Nach wie vor wirkt sein schmales Gesicht extrem blass.

»Das Amulett?« Verblüfft betrachte ich den Turmalin in meiner Handfläche. Das Lederband ist zerrissen.

»Ich wollte mich an irgendwas festhalten, als wir durch den Boden gestürzt sind. Dabei muss ich es erwischt haben. Tut mir leid.« Er senkt den Blick. »Aber der Graf ist megacool!«

»Du warst großartig«, widerspreche ich. »Jedes andere Kind wäre gestorben vor Angst.« Ich drücke ihn ein letztes Mal. Dann reiche ich den Stein an Lory weiter, ehe Oma Max zum Haus führt. »Hier. Du brauchst es dringender als ich.«

Verblüfft nimmt sie ihn an sich, während ich auch ohne sehen kann, dass Balthasar neben mich schwebt. In den letzten Minuten war er verschwunden. Jetzt hat er Begleitung dabei. Metze, Klara, Ronan und Pief gesellen sich nervös zu uns. Bloß Axel fehlt.

»Er folgt«, beantwortet Metze meine unausgesprochene Frage. »Ist derzeit beschäftigt.«

Beschäftigt? Mit was? Vermutlich nicht mit der Steuererklärung. Ich stelle die Frage nicht laut, sondern betrete stattdessen gemeinsam mit Balthasar und Lory den Stall. Mum, Finn und die Geister warten davor.

Die bevorstehende Fluchlösung droht, meinen Kopf zu zersprengen, während Lory und ich zwischen den alten Pferdeboxen hindurcheilen und unsere Augen gegen die Bauleuchten abschirmen, die

die Baufirma hier aufgestellt hat. Drei Stück stehen im Gang verteilt, weitere zwei im hinteren Teil.

In der Luft hängt der übliche Geruch nach schimmeligem Stroh. An der Wand lehnt Mums Ouija-Brett, das halb so groß ist wie ich. Daneben stehen ein paar erloschene Kerzen und zwei massive Schalen.

»Ellie!« Lory greift nach meiner Hand. Instinktiv halte ich die Luft an.

Die Kammer an der Rückwand liegt frei. Rechts und links daneben türmen sich herausgebrochene Steine. Der Eingang ist so schmal, dass keine zwei Leute nebeneinander durchpassen.

»Warte bitte hier«, verlange ich von meiner Cousine. Ich möchte sie nicht unnötig in Gefahr bringen.

Sie nickt zögerlich. Ihr Gesicht wirkt eingefallen und ist schmutzig. Die letzten Stunden haben uns alles abverlangt. Und noch ist es nicht vorbei.

»Sei vorsichtig«, haucht sie, bevor ich meine Hand aus ihrer löse und todesmutig durch die Öffnung marschiere. Dank des Turmalins erkennt sie, dass ich nicht allein bin. Der Graf ist bei mir. So dicht, dass ich seinen kühlen Luftzug nicht von jenem unterscheiden kann, der von vorne aus der Kammer strömt.

Meine Gedanken drehen Pirouetten. Egal, was mich in dieser Kammer erwartet – gleich muss alles sehr schnell gehen. Stück für Stück rufe ich mir ins Gedächtnis, was ich tun muss. Die Asche zur Eiche tragen … Das ist vermutlich erst mal die Hauptsache.

Ein bisschen komme ich mir vor wie eine Archäologin, die vor laufender Kamera einen historischen Fundort inspiziert. Die Luft ist so kalt und modrig wie im restlichen Stall.

Weil einer der Baustrahler mitten im Eingang platziert wurde, wird die Kammer von meinem stark vergrößerten Schatten verdunkelt. Um mir selbst freie Sicht zu gewähren, presse ich mich so dicht wie möglich an die Wand.

Dann betrete ich sie. Die legendäre Kammer, zugemauert vor fast vierhundert Jahren. Die Kammer, wegen der so viele Menschen ihr Leben lassen mussten. Beziehungsweise wegen des Monsters, das sie beschützt.

Mein Hals fühlt sich an, als hätte ich einen Ast verschluckt. Einen sehr breiten. Mit Dornen.

Trotz Balthasars Erinnerungen weiß ich nicht, in welchem Zustand man Pferd und Reiter hier drin eingemauert hat, darum rechne ich mit allem. Uralte Pferdeknochen oder Asche, etwas Mumienartiges wie Ötzi, eklige Brühe auf dem Boden …

Ich entdecke nichts dergleichen. Vor meinen Füßen liegen eine große Bohrmaschine, außerdem eine Kabeltrommel und eine Art Meißel. Davon abgesehen ist der Boden kahl.

Die Kammer ist deutlich größer, als ich angenommen habe, beinahe wie mein altes Zimmer in Kiel. Nur dass die Decke hier niedriger hängt. Hüpfen könnte ich definitiv nicht. Rostige Haken an den grauen Steinwänden deuten darauf hin, dass hier einst das Sattelzeug für die Pferde gehangen hat.

Das einzig Spektakuläre ist ein steinernes Podest auf der gegenüberliegenden Seite, das etwa auf Brusthöhe endet. Darauf aufgereiht befinden sich neun längliche Behältnisse in unterschiedlichen Größen.

Urnen.

Ich weiß genau, was sich darin befindet. Die Asche der Geister sowie Pferd und Reiter. Hier platziert, um irgendwann gefunden und erlöst zu werden.

Wartende Asche.

Mein Inneres dreht Kreise, während ich näher an die Gefäße trete, um zu erkennen, wem sie gehören. Auf jedem befindet sich ein Schild mit eingraviertem Namen unter einer dicken Staubschicht. Mit zitternden Fingern wische ich wahllos einen ersten Namen frei. *Klara* steht in geschwungenen Lettern auf silbernem Untergrund. Mein Herz verknotet sich. Zusätzlich drückt mir die modrige Kellerluft auf die Lunge.

Die Urnen selbst sind nicht schwarz, wie auf den ersten Blick vermutet, sondern bronzefarben, jedoch so verschmutzt, dass sie dunkler wirken.

»Ellie?«, erklingt Lorys schwache Stimme hinter mir. »Was siehst du?«

Wortlos schwebt der Graf neben mich.

Neun Leben, komprimiert auf eine Größe, die in je eine Teetasse passen könnte. Staub. Ohne Seele, ohne Erinnerung. Eines dieser Gefäße gehört ihm.

Übelkeit kriecht durch meine Eingeweide, als ich von der Tatsache übermannt werde, dass wir alle irgendwann so enden. Meine Familie, meine Freunde, ich selbst.

»Im Tod sind alle Menschen gleich.« Balthasar spricht genau das aus, was mir gerade durch den Kopf geht.

Nun könnte ich etwas erwidern wie »Ich hab's dir doch die ganze Zeit gesagt«, aber ich verkneife es mir.

»Die Urnen der Geister«, antworte ich stattdessen meiner Cousine und beginne, nach und nach alle Schilder freizuwischen. Selbst Pief hat ein eigenes Gefäß bekommen, das kleinste von allen.

»Ich schätze, wir brauchen Hilfe beim Tragen.«

»Ich hole die anderen«, gibt sie von draußen zurück.

»Meine Überreste wurden entgegen der Tradition eingeäschert«, erklärt Balthasar abwesend, als ich das nächste Namensschild säubere. Im Gegensatz zu den vorherigen weist diese Urne goldene Beschläge auf. Außerdem ist der Deckel filigran verziert. Dennoch. Es ist der einzige Unterschied zu seiner Dienerschaft. Der Inhalt bleibt Asche.

»Wie kam es?«

Er senkt den Kopf. »Ich befahl es. Ein weiterer Versuch, uns vom Fluch zu befreien, der scheiterte. Auch ließ ich mich nicht in der Gruft beerdigen, sondern hier, eingemauert mit allen anderen am Fluche Beteiligten.«

»Dann hast du deinen Selbstmord angekündigt?« Ich hoffe, mich verhört zu haben.

Balthasar zuckt mit den Schultern, ohne mich anzusehen. »Bediensteten stand es nicht zu, Befehle zu hinterfragen. Ein Gutes hatte es. Im Laufe der Jahre habe ich viele Personen hier ein- und ausgehen sehen. Die Knochen in jenen Gräbern der Gruft wurden geschändet. In der Kammer blieben wir unversehrt.«

»Logisch, mit eurem Monster-Wachhund.« Es sollte ein Scherz sein, doch ich merke selbst, wie lahm er klingt.

Während ich die vorletzten beiden Namen freilege – *Graf Leopold von Düsterstein* und *Deichprinz* –, sickert eine ernüchternde Erkenntnis in mein Inneres. Das war's. Hier und jetzt enden meine Versuche, den Fluch zu brechen. Die Asche der Toten steht vor mir. Und auch wenn ich nicht damit gerechnet hätte, ganze neun Gefäße irgendwohin schleppen zu müssen, von denen jedes fast so lang ist wie mein Unterarm, so wäre das trotzdem mein geringstes Problem. Viel schlimmer ist, dass ich Balthasars Herz nicht erweicht habe. Und dass der finstere Hengst bald eintreffen wird.

Eine Urne ist noch übrig, doch ich kann mir nicht erklären, wessen. Alle Geister sowie das Monster sind komplett. Da auch diese ähnlich verziert ist wie Balthasars, keimt in mir ein Verdacht, der sich bestätigt, als ich das Schild freilege.

»Deinen Vater haben sie auch verbrannt?« Die Frage platzt aus mir heraus.

»Ebenfalls auf meinen Befehl hin«, bestätigt der Graf. »Immerhin war er ebenso anwesend, als der Fluch verhängt wurde. Mir war es sicherer so.«

Nachdenklich mustere ich den Schriftzug *Karl von Düsterstein – 25.03.1609 bis 11.07.1660*. Aus heutiger Sicht erscheint der Aberglaube skurril. Leichen verbrennen, in der Hoffnung, ihre Asche wäre weniger gefährlich als ihre Knochen. Schräg.

Ich lasse meine Arme sinken und versuche, mir meinen inneren Kampf nicht anmerken zu lassen. Dass ich fürchte, dass wir es nicht schaffen werden. »Dann tragen wir sie mal zur Eiche.«

Während Lory neben mich tritt und die Urnen ebenfalls in Augenschein nimmt, entsteht im Eingang ein kleines Gerangel. Mum schiebt Finn unsanft beiseite und quetscht sich zu uns in die Kammer. Weiter hinten höre ich Dads Stimme.

»Jeder nimmt eine oder zwei«, weise ich sie an.

»Die Geister warten draußen«, erklärt Lory. »Mit Sicherheit müssen ihre Seelen anwesend sein, wenn wir sie erlösen. Und das Pferd wird bestimmt nicht mehr lange auf sich warten lassen.«

»Schätze ich auch«, erwidere ich mit einem mulmigen Gefühl, während ich beobachte, wie Mum, Dad, Finn und Henry nacheinander Urnen an sich nehmen. Dad lächelt mir stolz zu. Unter seinen Augen liegen tiefe Schatten und er wirkt ein wenig zerknirscht. Als wäre es ihm unangenehm, dass er jemals an mir gezweifelt hat. Wortlos klemmt er sich zwei Urnen unter den Arm, bevor sie alle, angeführt von Lory, die Kammer verlassen.

Am Ende bleibt nur ein Gefäß übrig. Karl von Düstersteins. Balthasar und ich sind wieder mit ihm allein.

»Was soll das werden?«, fragt der Graf, als ich mir die Überreste seines Vaters umständlich unter den unverletzten Arm klemme. Das Gefäß ist leichter als erwartet, doch so komisch geformt, dass man es nirgends greifen kann und beide Hände benötigt, um es zu tragen. Oder einen Arm.

»Willst du ihn hier stehen lassen?«

Balthasar sieht mich an, blinzelt, schnaubt. »Seine Seele schmort schon lange in der Hölle«, schimpft er dann. »Wie oft wünschte ich, der Fluch hätte ihn getroffen. Selbst darum kam er herum. Starb, bevor die Hexe ihr Urteil sprechen konnte! Was du hältst, ist nur Asche. Dreck eines Mannes, der ein schwarzes Herz in seiner Brust barg.«

Langsam schüttele ich den Kopf. »Mag sein, aber es ergibt auch nicht viel Sinn, ihn hier stehen zu lassen.«

»Also schön«, brummt Balthasar. »Du bist ohnehin stur wie ein alter Mann.«

Darüber muss ich lachen. »Apropos: Absalom war nie so ein Narr, wie alle dachten, richtig?« Ein Gedanke, der mir schon länger im Kopf umherspukt. Jetzt ist vermutlich die letzte Gelegenheit, in Erfahrung zu bringen, ob der Graf davon weiß.

Er mustert mich ein paar Sekunden, als würde er überlegen, ob er es verraten sollte. »Schon zu Lebzeit hat er seine wahren Fähigkeiten gern getarnt.«

»Wahre Fähigkeiten?«

»Absalom verfügte über ähnliche Macht wie die Heilerin, die diesen Fluch über uns brachte. Was mir selbst erst nach meinem eigenen Tode bewusst wurde.«

Ich muss aufpassen, Karls Urne nicht fallenzulassen. »Absalom ist ein Hexer? Oder Zauberer? Oder wie auch immer der korrekte Begriff dafür ist?«

»Er verstand sich vorzüglich auf Heilkräuter, Sprüche zum Weihen von Orten und derlei Kram.«

Unglaublich. Und doch passt es. Meine Theorie, dass man nicht ständig spontan in Reimen reden kann. Dass dazu einiges an geistigen Fähigkeiten gehört.

»Er war es, der die ganze Zeit verhindert hat, dass das Monster ins Innere des Schlosses gelangt«, ergänzt der Graf.

»Aber wie kam das Pferd dann gestern in den Ballsaal?«

»Das Tanzen muss ihn abgelenkt haben. Magische Fähigkeiten sind nicht unendlich. Ich schätze, die Zahlen hatten damit zu tun.«

»Die Zahlen? Wie …? Und wenn er Agatha ebenbürtig war, wieso konnte er den Fluch dann nicht längst brechen?«

»Weil er selbst Teil davon ist. Wenigstens konnte er den Gegenfluch verhängen, um dies in Zukunft irgendwann möglich zu machen.«

»Der Spruch in der Halle stammt doch von Absalom?« Ich fasse es nicht. Der alte Geist hat mir dieses Rätsel aufgegeben? Er wusste die ganze Zeit haargenau, was ich zu tun hatte? Ohne Urne unterm Arm hätte ich mir die Hand vor die Stirn geschlagen.

Balthasar nickt. »Wenn ich mich auch nie wieder blicken ließ, so habe ich es dennoch verfolgt. Vor seinem eigenen Tode, als ihm klar war, dass er früher oder später ebenfalls dem Monster zum Opfer fallen würde, wies er an, die Worte in die Halle schreiben zu lassen. In der Hoffnung, die richtige Person würde sie lesen und uns befreien können.«

»Warum hast du mir das nicht früher erzählt?« Mein Vorwurf prallt an ihm ab.

»Du hast im Wald nur gefragt, ob es die Hexe oder ich waren«, erwidert er sachlich.

»Das ist nicht dein Ernst! Es hätte so vieles vereinfacht!«

Er schüttelt den Kopf. »Hätte es nicht. Der Alte konnte dir, wie wir alle, keine Hilfe geben.«

»Weil er Teil des Fluches ist, ja. Das habe ich verstanden«, erwidere ich gekränkt. »Trotzdem hättest du es mir sagen sollen!«

»Was hätte es bewirkt? Im schlimmsten Falle hätte es deine Aufmerksamkeit davon abgelenkt, eigenständig auf die Lösung zu kommen.«

Mein erster Impuls ist es, das abzustreiten. Aber er hat recht. Vermutlich hätte ich die ganze Zeit versucht, Axel auszuquetschen, statt mir selbst Gedanken zu machen. Außerdem hat der alte Geist es mir bereits indirekt verraten. Also, eigentlich sogar sehr direkt. Ich habe es nur nicht geglaubt. Darum atme ich tief durch und hake das Thema ab.

»Sei's drum. Übrigens: Ich habe es am See schon gesagt, ich glaube, es ist untergegangen. Danke, dass du zurückgekommen bist.«

»Wohin?«

»Zu …« … *mir.* Das zweite Wort traue ich mich nicht, auszusprechen. »Na ja, einfach zu uns. Um uns zu helfen, auch wenn ich dich enttäuscht habe.«

»Enttäuscht? Wie meinst du das?«

Um ihm nicht in die Augen sehen zu müssen, wische ich Staub von Karls Urnendeckel, bis mein Pullover ganz klebrig ist. »Die Sache mit dem Herzerweichen, ich … Ja, anfangs ging es mir bloß darum. Doch schon nach den paar Stunden im Wald habe ich gemerkt, dass ich deine Gesellschaft wirklich mag.«

Er sieht mich intensiv an. So intensiv, dass ich mir wünsche, ich hätte nie mit dem Thema angefangen. Als er wieder spricht, klingt er so sanft, wie ich es noch nie bei ihm erlebt habe. »Du hast mich nicht enttäuscht. Du hast mich gerettet.«

Gerade will ich mich zum Ausgang wenden, als ich erneut innehalte. »Gerettet?«, quietsche ich. Es ist wirklich ein Quietschen. Angestrengt suche ich nach etwas Geistreichem in meinem Kopf, nur ist da nichts mehr. Bloß wattige Leere und ein Schwindelgefühl, als hätte ich Kreislaufprobleme. Manchmal habe ich die tatsächlich. Wenn ich zu schnell aus der Hocke aufstehe, zum Beispiel. Oder wenn ich mich bei Hitze zu sehr anstrenge. Aktuell kann ich beides ausschließen. Und ich bezweifele, dass man meinen jetzigen Schwindel mit Flüssigkeitsausgleich oder wechselwarmem Duschen beheben kann.

Balthasar tritt dicht neben mich. »Wie auch ich zweifelst du zu oft an deinem Wert. Du hast mir gezeigt, dass …« Ohne weiterzusprechen, hebt er eine Hand und berührt meine Wange. Ein kalter Hauch lässt meine Haut prickeln. Was mir entgegenkommt, so wie mein Gesicht gerade glüht. Die Situation könnte romantisch sein – würden wir nicht in einer Art Gruft stehen. Nichtsdestotrotz wird mir in diesem Moment bewusst, dass ich es geschafft habe. Dass ich sein Herz erweichen konnte. Auf irgendeine Art.

Leider kommt er nicht mehr dazu, mir zu sagen, was ich ihm gezeigt habe, denn noch bevor er den Satz zu Ende sprechen kann, hören wir den Schrei.

Kapitel 29

Es ist nicht bloß eine Person, die schreit. Auch wenn die Geräusche gedämpft zu uns in die Kammer dringen, identifiziere ich eindeutig Thea und Lory. Vermutlich sogar noch weitere Familienmitglieder – wie gesagt, die steinernen Wände schlucken den Großteil der Schreie. Allein die Tatsache, *dass* wir sie hören, ist beunruhigend genug. Immerhin muss sich meine Familie längst auf der Rückseite des Schlosses befinden.

Der Graf und ich wechseln einen Blick. Er lässt die Hand sinken. Dann hetzen wir nach draußen.

Meine Lunge bläht sich in der frischen Luft, wodurch mir erst bewusst wird, wie stickig und modrig es in der Kammer war. Der Nebel des Morgens hat sich gelichtet, aber nach wie vor wirken die Wolken, als könnten sie jeden Augenblick auf uns herabsinken. Wenigstens bleibt es für den Moment trocken.

Wortlos renne ich hinter Balthasar her durch ein Tor neben dem Stall zur Rückseite des Schlosses. Dorthin, wo sich die Eiche befindet. Agathas Todesort.

Mit jedem Schritt wiegt die Urne schwerer in meinem Arm, was nicht am Gewicht selbst liegt, sondern am Wissen um den Inhalt. Und an den Fragen, die meinen Kopf zu zerdrücken drohen.

Was müssen wir mit der Asche machen? Sie bloß auskippen? Was passiert dann? Verschwinden die Geister einfach? Ertönt ein leises *Plopp* und alles ist vorbei? Jede Frage schnürt meinen Hals enger, macht meine Beine schwerer.

Meine Schuhe patschen durch nasses Gras, als wir über den Rasen eilen. Rechts von uns liegen die Pferdekoppeln, dahinter die Bäume, grau im trüben Tageslicht, als wären auch sie übergroße Geister, die uns beobachten.

Meine gesamte Familie steht vor der Eiche versammelt. Mir gefriert das Blut in den Adern. Lediglich meine Großeltern und Max scheinen sich mit den Bauarbeitern im Schloss zu befinden. Ängstlich pressen sie sich an- und hintereinander. Mein Dad und Onkel Henry ganz vorn, ebenso Lory, die eine Hand ausstreckt. Was sie hält, kann ich nicht erkennen.

Neben ihnen schweben die schimmernden Geister. Metze, Ronan, Klara und Pief, deren Umrisse im Tageslicht blass leuchten. Vor ihnen allen, tobend vor Wut, steht Deichprinz. Noch sind wir zehn bis fünfzehn Meter entfernt. Meiner brennende Lunge zum Trotz gebe ich alles.

Plötzlich beginnt das Monster, zu kreischen. Kein Wiehern, kein menschlicher Schrei. Irgendwas dazwischen und nicht von dieser Welt. Er steigt, wirbelt mit den Vorderhufen in Richtung meiner Familie, die die Urnen hinter sich schützt. Etwas scheint es zurückzuhalten.

Lory tritt einen weiteren Schritt nach vorne und ignoriert Finn, der sie am Arm packen will. Jetzt sind wir nah genug, dass ich erkenne, was sie ihm entgegenstreckt. Das Amulett der Hexe. Ich vermute, sie denken, dass die Kette sie schützt. Und obwohl es tatsächlich so wirkt, weiß ich es besser. Weil ich *ihn* in diesem Moment sehe. Obgleich der Situation macht mein Herz einen kleinen Hüpfer. Einfach weil er wieder da ist.

Axel.

Der verrückte Absalom, der gerade nicht reimt, dafür unablässig Zahlen murmelt. Er steht zwischen dem rasenden Monster und meiner Familie. Warum ich mir so sicher bin, dass er Deichprinz davon abhält, sich auf meine Familie zu stürzen? Weil es so sein muss, nach dem, was Balthasar mir erzählt hat. Weil er ihn auch vom Schloss ferngehalten hat. Weil er eine Art Zauberer ist.

Leider gibt es einen Grund dafür, warum ich ihn erst erkenne, als uns bloß noch wenige Meter vom Geschehen trennen. Mein Magen, kurz zuvor kribbelnd und beschwingt, krampft sich zu einem winzigen Ball zusammen. Axel ist blass. Extrem blass, selbst für einen Geist. So durchscheinend, dass seine Konturen verschwimmen. Es dauert einen Moment, bis ich überhaupt deuten kann, dass er uns den Rücken zugewandt hat. Außerdem umgibt ihn eine Art … Aura. Um es mit Mums Worten zu bezeichnen. Ein heller Schimmer, der seinen Nebelkörper umwabert. Kleine Fetzen glimmenden Lichts.

Beide Arme in die Höhe gereckt, fließen Zahlenreihen aus seinem Mund. Seine Stimme klingt heiser, als würde er das schon sehr lange tun. Er unterbricht sie nur für einen einzigen Hinweis an uns: »Lange werde ich Deichprinz nicht mehr fernhalten können! Vierhundertdreiund…« Er verliert sich wieder in Zahlen.

Endlich bei den anderen angekommen, kann ich die Luft vor der Pferdenase flimmern sehen. Als würde große Hitze herrschen. Eine Barriere, die mit dem Monster wandert, wann immer es seine Hufe nach links oder rechts setzt. Der Streifen wird mit jeder verstreichenden Sekunde schmaler. Noch schätze ich ihn auf einen Meter Breite. Doch Axels Kräfte scheinen zu schwinden.

»Ellie!«, ruft Mum. Was dummerweise dazu führt, dass das Monster seine Aufmerksamkeit ebenfalls auf uns richtet. Bedrohlich langsam dreht es sich herum, ein knurrendes Gurgeln dringt aus seiner Kehle. Es fletscht die teilweise schwarzen Zähne. Die Pferdeohren pressen sich flach an den Kopf, was es wie ein attackierendes Raubtier wirken lässt.

Dann macht es einen gewaltigen Satz in unsere Richtung.

Balthasar schießt vor mich. Die flirrende Wand ändert erneut ihre Position. Nach zwei Galoppsprüngen kommt der Hengst schlitternd zum Stehen. Grashalme fliegen. Lory kreischt.

»Mach dich von dannen!«, brüllt der Graf und ich bin kurz irritiert, wie freundlich das klingt, obwohl er schreit.

Das Monster hält nicht viel von Höflichkeit. Rasend vor Wut fuchtelt der Reiter mit den Armen durch die Luft. Sein Kopf mit den geschlossenen Augen rollt wie im Wahn auf seinen Schultern.

Die Erinnerung an seine Augen flackert auf. Vorhin hat er sie kurz geöffnet. Ein Anblick, den ich immer noch zuzuordnen versuche.

»Uns passiert nichts!«, rufe ich dem Grafen zu, der dasteht, als würde er gleich ein Kamehameha aus seinen gestreckten Händen schießen. Weil meine Worte daran nichts ändern, lege ich allein die restlichen Schritte bis zur Eiche zurück. Axel wird bald die Kraft ausgehen. Die Barriere wird brechen. Wenn das passiert, muss die Asche am Baum sein. In der Hoffnung, dass die Fluchlösung damit bereits vollzogen ist.

Meine Familie gibt den Weg frei, als ich mit der letzten Urne vor die Eiche trete. Ohne bewusst darüber nachzudenken, lasse ich mich auf die Knie fallen und stelle Karls Urne neben die anderen vor den Stamm. Aus meiner Position wirkt der Baum noch mächtiger als sonst. Und was ist das für ein merkwürdiger Ton, der von seinem Stamm auszugehen scheint? Ein Summen, das meinen Oberkörper erfüllt, und dazu ein leises Klingeln …

»Ellie?« Mum ist neben mich getreten. »Dein Handy klingelt.«

»Oh.« Dann wohl doch kein summender Baum. Ich wühle in meiner Tasche nach dem vibrierenden Gerät.

»Hi, Dani, es ist gerade echt ungünstig, kannst du … Was?«

Mit offenem Mund lausche ich dem, was meine Freundin mir zu sagen hat. Sie und Adrian haben die halbe Nacht über Leopold von Düsterstein recherchiert. Nach höchstens einer Minute beende ich das Gespräch.

Keiner fragt mich, wieso ich plötzlich blasser bin als die Geister. Ob Danis Info eine Rolle spielt, weiß ich nicht. Zeit, ausgiebig darüber nachzudenken, bleibt mir keine.

Gebannt starre ich die Urnen an, die wie makabre Deko um den Baum herum stehen, als enthielten sie nicht die Überreste von Menschen, sondern wären Blumenvasen. Nichts passiert.

»*Wenn hörbar wird, was nie gehört*«, murmelt Lory hinter mir, und Balthasar ergänzt: »*Wenn Liebe weicht unerweichbar Herz.*«

»*Des Meeres Brise weckt die Sehnsucht*«, fahre ich fort.

Dann noch mal Lory: »*Doch ist's der Wälder Fürst allein, zu welchem trägt die Asche hin.*«

Langsam erhebe ich mich und lege eine Hand auf den Stamm der Eiche. Die schartige Rinde bohrt sich in meine Handfläche. Als könnte ich den Baum erpressen, etwas zu tun, das uns hilft. Ich bin die Richtige, der Tag ist der richtige, Balthasars Herz ist erweicht. Die Asche ist beim Fürst der Wälder. Was fehlt, verdammt? Sollen wir die Asche in Form einer Rune nach Mums Anweisung ausstreuen?

»Mein Schutz wird zerfallen.« Axel keucht. Seine Worte klingen zittrig, seine Gestalt wabert immer unsteter, auch die Aura ist verschwunden. Das Flirren, sein Schutzwall, ist kaum mehr sichtbar. Die kleine Klara wimmert angsterfüllt.

Uns bleiben bloß Sekunden.

Ungeduldig löse ich meine Hand vom Baum und presse sie mir gegen die Schläfe. Dabei starre ich am Baum empor. Warte auf eine Veränderung. Hoffe. Flehe. Keinen Schimmer, was ich erwarte. Dass die Eiche in Flammen aufgeht? Dass Engel vom Himmel gleiten, glänzend und singend?

Nichts davon geschieht. Die Erde dreht sich einfach weiter.

Ein Fluch liegt mir auf der Zunge. Doch dann, kurz bevor ich ihn aussprechen kann, schreit Mum auf.

Ich fahre herum, sehe Axel zusammenbrechen. Bei meiner Bewegung stoße ich versehentlich eine der Urnen um. Der Deckel fällt ab und Asche ergießt sich über den Rasen.

Dann verändert sich alles.

Ein Windzug erhebt sich, streicht von hinten über meinen Nacken. Wirbelt meine Haare, die in einem gefühlt anderen Leben zu einer hübschen Flechtfrisur drapiert waren, von meiner Schulter.

Das Licht … Im ersten Augenblick wirkt es, als würde sich eine Wolke vor die Sonne schieben, was aber nicht sein kann, da gar keine Sonne scheint.

Dämmerung.

Eigentlich kann es nicht sein. Wir dürften nicht mal die Mittagsstunde erreicht haben. Dennoch … Der Himmel verdunkelt sich, wie im Zeitraffer verliert er an Helligkeit. Wolken versinken in Schwärze, so schnell, dass meinen Augen kaum Zeit bleibt, sich daran zu gewöhnen. Der Baum, der Lustgarten, das Schloss – alles ertrinkt in Nacht.

Ich keuche. Meine Familie keucht, selbst die Geister. Das hier ist keine Einbildung. Sie alle drehen sich um die eigene Achse, starren nach oben, versuchen, zu begreifen, was passiert.

Ich muss es ausgelöst haben. In jenem Moment, als ich die Urne umgestoßen habe.

»*Dann wird für einen einz'gen Tage …*« Lory beginnt, die restlichen Urnen wahllos am Fuß des Baumes auszukippen.

»*… sich öffnen das Tor zu der Ewigkeit Pfade*«, beende ich den Spruch, während ich ihr gemeinsam mit Finn helfe.

Ist es das, was hier passiert? Das Tor zur Ewigkeit, das sich öffnet?

Als sich keine Asche mehr in den Gefäßen befindet, geht ein Beben durch die Erde. Erschrocken taumele ich gegen den Baumstamm. Finn sucht ebenfalls Halt am Baum, Mum und Lory stützen sich gegenseitig. Was der Rest meiner Familie tut, kann ich nicht sehen.

Blätter rieseln neben mir zu Boden, herbstliche Eichenblätter, wie sie schon zu Dutzenden braune Flecken auf dem Gras bilden, geformt wie längliche Katzenpfoten mit zu vielen Zehen.

Klara stößt einen spitzen Schrei aus, oder vielleicht ist es auch Metze, ich kann ihre panischen Stimmen nicht auseinanderhalten. Pief bellt. Dann packt mich jemand am Arm und zerrt mich ein Stück vom Baum weg. Dad.

Ich kann nicht reagieren, bin überrumpelt von allem, was um uns herum geschieht. Wie gebannt betrachte ich die anderen, ihre Gesichter grau im nächtlichen Schein. Sie starren mich an. Alle, Geister wie Menschen. Halt, nein, sie starren nicht *mich* an. Sie starren auf die Eiche.

Ich fahre wieder herum. Mein Atem stockt. Erstaunlich, dass das noch geht, gefühlt atme ich schon den ganzen Morgen lang nicht mehr.

Der Baum glitzert! Der Fürst der Wälder erwacht zum Leben.

Thea schluchzt. Doch das, was wir sehen, ist eigentlich nicht zum Weinen. Es ist wunderschön. Etwas unheimlich vielleicht, wenn man bedenkt, dass ich die Eiche mal für einen gewöhnlichen Baum gehalten habe. Allerdings sind wir ja auch umgeben von einer Handvoll untoter Nebelschwaden und einem sabbernden Monster, also ist ein funkelnder Baum zur Abwechslung mal etwas wirklich Angenehmes.

Ausgehend vom Fuß des Stammes steigt ein silberner Schimmer auf, als würde ein unsichtbares Tintenfass die Eiche von unten nach oben mit Silberfarbe überziehen. Als würde der Baum von innen heraus leuchten. Innerhalb von Sekunden erreicht der Silberschimmer die ersten Äste, überzieht auch diese, dann die Zweige, jeden einzelnen, bis hin zu jedem vom Herbst bisher verschonten Blatt.

Als der gesamte Baum funkelt, verebbt das Grummeln im Boden und es wird ruhig. Die ganze Umgebung, mehr noch, die ganze Welt scheint stillzustehen, während wir alle – und damit meine ich sogar Deichprinz mit seinem Reiter – auf einen silbernen Baum starren.

Den jahrhundertealten Baum aus dem Fluch. Gepflanzt am Todesort der Hexe.

Fürst der Wälder. Ein wahrlich treffender Titel für dieses Wunder.

Ein Knarzen fährt durch den Baum, als würde er sich nach einem langen Schlaf strecken. Dabei rieseln ein paar Blätter nach unten. Sobald sie den Boden berühren, werden sie wieder braun und glitzerlos. Auf einmal beginnt die Asche aus den geöffneten Urnen ebenfalls, zu glitzern. Nicht silbern, wie der Baum, sondern dunkler. Bronzefarben. Noch immer rührt sich keiner.

Erneut weht ein Windzug um uns herum, erfasst die leichten Partikel und hebt sie in die Luft, bis sich die gesamten Überreste der Geister in der Luft befinden. Allesamt folgen sie in unsichtbarem Strom einem gemeinsamen Ziel: die Krone der Eiche, wo sie sich verteilen. Bronzefarbene Punkte auf silbernem Grund. Ein Schauspiel, das mich so sehr in seinen Bann zieht, dass ich Lorys Schrei zunächst gar nicht registriere. Auch nicht, wie Mum zischend Luft einzieht. Oder dass Finn »Scheiße« murmelt. Erst mit Verzögerung dringen die Reaktionen meiner Familie zu mir durch.

Als ich es endlich kapiere, graut mir fürchterlich davor, mich ein weiteres Mal umzudrehen. Dorthin zu sehen, wo die anderen jetzt ebenfalls hinstarren.

Was ich erkenne, schockiert und verwirrt mich gleichermaßen. Im Gras vor dem Monster liegt Axels reglose Gestalt. Nur: Sein Körper schimmert nicht mehr weiß, nicht mehr durchsichtig. Die Lederkluft ist verschwunden, weil er seine Konzentration anderweitig benötigt hat. Stattdessen trägt er schlichte Pluderhosen, außerdem eine dunkle Weste. Mehr kann ich nicht ausmachen, da er auf dem Bauch liegt, das Gesicht im Gras.

Hinter ihm steht Balthasar. Die Kleidung beigefarben.

»Was …?« Mir entfährt ein Keuchen.

Absalom und der Graf sind nicht länger durchsichtig. Auch die anderen nicht. Metze, Ronan, Klara, selbst Pief, der im Gras sitzt – sie sind keine Geister mehr.

Mir bleibt allerdings keine Gelegenheit, einen Gedanken daran zu verschwenden, wie das möglich ist oder was es zu bedeuten hat. Weil mir das wirklich Schlimme bewusst wird: Die Kräfte des alten

Geistes sind erschöpft. Er ist zusammengebrochen, sein Schutzwall verschwunden. Und noch schlimmer: Mit stofflichen Körpern sind die Geister verletzlich!

Mein Verstand schaltet sich ab. Ich sprinte los. Im selben Moment weicht der Graf zurück, betrachtet erstaunt seine eigenen Hände.

Im Vorbeirennen versucht Mechthild, mich zu packen. Sie berührt mich, schafft es aber nicht, meinen Arm zu greifen.

Berührung. Das Wörtchen hämmert durch meinen Kopf. Tatsächlich war es eine. Der Beweis für meine Theorie, dass die Geister angreifbar geworden sind.

Meine Schritte trommeln über Gras. Noch trennen mich wenige Meter von Balthasar und Deichprinz, der jetzt die Zähne fletscht, als würde er grinsen. Als würde er ganz genau wissen, dass ihn nichts mehr stoppen kann.

Hinter mir entsteht Tumult. Rufe. Meine Familie, die mich vielleicht ebenfalls aufhalten oder mir folgen will. Vor mir setzt das Monster zum Sprung an.

Der Graf scheint nur langsam zu begreifen, wie verletzlich er plötzlich ist. Habe ich das mit der Fluchlösung erreicht? Falls ja, ist alles, was folgen wird, meine Schuld.

Hufe graben sich in Erde. Balthasar wirbelt herum und rennt ebenfalls los. Viel zu spät.

Pferdezähne packen seine Schulter, reißen ihn zu Boden. Weil der Graf ihm zwischen die Vorderbeine stürzt, kommt auch das Pferd ins Straucheln, knickt ein, rauscht mit dem Vorderleib ins Gras. Balthasar unter ihm.

Mein eigener Schrei erscheint mir seltsam fremd. Als würde er von außerhalb meines Körpers stammen. Endlich erreiche ich die beiden. Ohne nachzudenken, schlage ich auf die Kruppe des Pferdes ein, werfe mich dagegen, versuche, es von Balthasar zu schieben, bevor es seine Zähne erneut in ihm vergraben kann.

Leopold fuchtelt mit den Armen in meine Richtung. Ich sehe in die hasserfüllten Augen des Hengstes, höre ein Zischen. Verzerrte Worte, vielleicht in meiner Sprache, vielleicht auch nicht.

»Ellie!«, kreischt Mum hinter mir wie am Spieß.

Ein Schlag erwischt mich am Ohr, schleudert mich ins Gras. Neben mir Balthasar. Über uns Hufe, stinkende Nüstern. Ich greife nach der Hand, die der Graf mir entgegenhält. Wir ziehen uns aneinander, um den Hufen ausweichen.

Widerstand. Körperwärme. Balthasars Körperwärme! Keine Zeit, darüber nachzudenken.

Plötzlich sind da weitere Fäuste, die auf das Monster einschlagen, es von uns schieben, an seinem Schweif reißen, bis es schrill wiehernd ein weiteres Mal steigt.

Der Graf kapiert zuerst, dass wir frei sind, und zieht mich mit sich außer Reichweite der um sich schlagenden Pferdebeine.

Wieder schreit jemand.

Eine rundliche Gestalt purzelt neben uns ins Gras. Ronan. Er und meine Familie prügeln auf das Monsterpferd ein. Einzig Metze steht mit Klara abseits neben Axels reglosem Körper und hält das Mädchen fest, das aussieht, als würde sie sich am liebsten ebenfalls in den Kampf stürzen.

Ich reiße den Blick von der Szene los, als jemand die Arme um mich legt. Balthasar zieht mich enger an sich, umarmt mich kurz, allerdings nicht liebevoll, sondern um mich davon abzuhalten, eine Dummheit zu begehen. Eisern stemme ich mich gegen ihn. Sein aufgebrachter Atem streift mein Gesicht. Warmer Atem.

Das sorgt dafür, dass ich meinen Widerstand aufgebe und ihm in die Augen sehe. »Was geht hier vor?«, keuche ich. Hat es etwas damit zu tun, dass das Tor zum Totenreich geöffnet wurde? In Mexiko gibt es einen Feiertag für die Toten, die für einen Tag wieder zu ihren Familien kommen sollen. Geschieht hier Ähnliches?

»Eine Erklärung habe auch ich nicht«, erwidert Balthasar und greift erneut meine Hand, als würde er mich jetzt, da wir uns endlich berühren können, nie wieder loslassen wollen. »Doch vielleicht soll es genau so sein.«

»Was soll wie sein?«

»Die Lösung des Fluches ist möglicherweise bloß seine Vervollständigung. So, wie es von Beginn an sein sollte.« Balthasar wirkt verbittert und es dauert einen Moment, ehe seine Worte Sinn in meinem Kopf ergeben.

»Du meinst, dass du stofflich geworden bist, damit das Monster dich töten kann?«

Sein finsterer Blick ist Antwort genug.

»Nein! Auch wenn du plötzlich wieder einen Körper besitzt, bist du trotzdem immer noch tot.«

Der Graf erwidert nichts. Gemeinsam stolpern wir ein Stück zurück, wenden uns dann dem Monster zu, das wild um sich schlägt und tritt, um sich gegen meine Familie zu wehren. Onkel Henry liegt jetzt ebenfalls am Boden. Ein Schlag mit dem Hinterbein erwischt Finn am Oberschenkel. Dieser jault auf, ein markerschütternder Laut, der mehrmals als Echo von der Schlossmauer und den Wäldern hinter dem Lustgarten reflektiert wird.

»Er wird sie alle töten!«, jammere ich. »Was haben wir nur übersehen?«

Es ist schwierig, mich mit all der Panik auf die Fakten zu konzentrieren. Ich habe die Asche zum Fürst der Wälder getragen, der nach wie vor wie eine Einladung glitzert. *Dann wird für einen einz'gen Tage sich öffnen das Tor zu der Ewigkeiten Pfade …*

Trotzdem sind sie noch hier. Haben keine Erlösung gefunden. An was scheitert es? Danis Informationen prasseln durch mein Gehirn, doch ich bin nach wie vor zu aufgewühlt, um etwas damit anfangen zu können.

Leopold und Deichprinz drängen weiter in unsere Richtung. Noch immer ziehen ihre Instinkte sie zu Balthasar. Lediglich die vereinten Kräfte meiner Familie bremsen das Monster. Lory und Mum zerren an den Armen des Reiters, Dad und Ronan hängen an seinem Hals. Leider schleudert er sie einen nach dem anderen von sich.

Mein Blick wandert zum Grafen, der das Grauen fassungslos beobachtet. Was würde passieren, wenn er in diesem Zustand zwischen die Pferdezähne gerät? Das Monster kann ihn unmöglich noch mal umbringen.

Besagtes schüttelt sich, stößt meinen Vater und Ronan weg. Jetzt hängen nur noch Mum und Lory an ihm. Die beiden sind zu schwach.

Die Pferdeaugen fixieren uns, besser gesagt Balthasar. Wieder setzt sich Deichprinz in Bewegung, schleift die beiden Frauen einfach mit sich. Lory weint, Mum murmelt die ganze Zeit etwas. Wahrscheinlich ein letzter Versuch, an das Gute im Herzen des Monsters zu appellieren, an das sie stetig geglaubt hat.

»Lauf!«, schreit Balthasar und stößt mich von sich. »Es will mich! Gebt ihm, was es verlangt!«

Ich sehe seine entschlossene, gleichzeitig panische Miene, während ich mich stolpernd fange.

»Nein!«, brülle ich.

Mum und Lory stürzen zu Boden, als das Pferd zum Sprung ansetzt. Das Pferdemaul öffnet sich so unnatürlich weit, wie ich es noch nie bei einem lebenden Pferd beobachtet habe. Raubtiergleich zielt es auf Balthasars Hals.

Zähne graben sich in die Halsschlagader des Grafen, als Leopold und sein Hengst bekommen, was sie wollen.

Ich sehe den Reiter, sehe sein grauenvolles, ausdrucksloses Gesicht mit den geschlossenen Augen. Noch während ich sie betrachte, als er den Grafen zu Boden reißt, öffnen sie sich erneut.

Stahlgraue Augen, wie jene des Grafen. Endlich kapiere ich es. Doch zu spät. Es hat den Grafen längst erwischt.

Balthasar. Den unnahbaren Herrscher, dem ich mich genähert habe. Wieder einmal wird mir intensiv bewusst, dass ich noch nie einen Menschen so sehr gemocht habe wie ihn. Und dass dieser Mensch in dieser Sekunde vor meinen Augen vernichtet wird. Mich zerfetzt es in eine Million Scherben.

Mum betrachtet die Szene so erschüttert, dass ich überzeugt bin, dass auch sie die Geister jetzt, in ihrer körperlichen Gestalt, sehen kann.

Ein endloser Schrei droht, meine Kehle zu sprengen, als das Knäuel aus Monster und Graf zu Boden geht.

Das war's. Wir sind gescheitert.

»Dreizehn!«

Axel …

Der Gedanke an den alten Geist schießt wie ein glühender Pfeil durch meine Brust. Seine schlaksige Gestalt liegt noch immer im Gras. Doch nicht er ist es, der die Zahl gerufen hat. Es war Lory.

»Siebenundneunzig. Zwei. Fünfhundertfünfzehn!« Obwohl sie am Boden hockt und leicht benebelt wirkt, sind die Zahlen verständlich.

Was?

»Zehn. Zweitausendvierundachtzig!«, ruft sie unablässig weiter.

»Fünfzehn!« Das war Balthasar. Röchelnd, während das Pferd ihm die Zähne in den Hals gräbt.

Onkel Henry und Dad rappeln sich hoch und blicken fassungslos zu Lory, als könnten sie sich nicht entscheiden, was schlimmer ist. Dass wir Zeugen werden, wie jemand von einem Monsterpferd gefressen wird oder dass ihre Tochter beziehungsweise Nichte plötzlich Zahlen deliriert. Mich beschleicht das Gefühl, dass sie das nicht grundlos tut.

Mechthild fällt ebenfalls ein, dann auch Klara, die ausschließlich Zahlen bis zehn verwendet. Es gibt kein erkennbares System, alle reden durcheinander, mit scheinbar willkürlichen Reihenfolgen. Genau wie Axel es immer getan hat. Ronan bleibt als Einziger still. Dass sein Körper wieder greifbar ist, scheint nichts am Verlust seiner Stimme zu ändern.

»Zwölf«, ergänzt Mum zögernd, die Henry hilft, Finn außer Reichweite des Pferdes zu schleppen. Eigenständig gehen kann er offensichtlich nicht mehr.

»Dreitausend«, falle auch ich ein. Zahlen, immer mehr Zahlen, bis unsere Stimmen zu einem Singsang verschwimmen, der stark an eine finstere Zeremonie erinnert. Nur was beschwören wir?

Finn macht als Letzter mit, wofür Lory ihm einen so anerkennenden Blick zuwirft, als hätte er das entscheidende Ergebnis genannt, um den landesweiten Mathewettbewerb zu gewinnen. Meine Befürchtung ist jedoch, dass wir hierfür keine Medaille bekommen werden. Vermutlich nicht mal so eine alberne Urkunde, auf der unsere Namen falsch geschrieben sind.

Aber wir bewirken etwas.

Sämtliche Härchen auf meiner Haut richten sich auf. Unser Zahlensingsang hallt immer lauter über die Wiese und wird von den Schlossmauern reflektiert, als wären wir nicht bloß eine Handvoll Personen, sondern fünfzig. Euphorie flutet meine Knochen, denn ich sehe, wie Deichprinz von Balthasar ablässt. Mürrisch schüttelt er den Kopf, knurrt, jault, als würden unsere Stimmen ihm körperliche Schmerzen zufügen. Der Reiter wirkt, als hätte er sehr fest auf ein Stück Holz gebissen.

Da verstehe ich es. Die Zahlen waren nie bloß der Zeitvertreib eines gelangweilten Geistes. Sie waren eine Art Zauberformel. »Manches Mal muss das Herz beantworten, was das Auge nicht sieht«, hat Axel gemeint.

Was sagt mein Herz?

Die Klagelaute des Monsters werden von unseren Zahlen verschluckt und es weicht weiter zurück. Automatisch setze ich mich in Bewegung Richtung Graf. Er presst eine Hand gegen seinen Hals und scheint Mühe zu haben, sich aufzurichten.

»Ganz vorsichtig«, sage ich, gehe neben ihm auf die Knie und ziehe seinen Arm weg, um mir seinen Hals genauer anzusehen. Kein schöner Anblick. Eine klaffende, dunkle Wunde, bei der irgendwie das Blut fehlt. So richtig lebendig ist er also tatsächlich nicht. Trotzdem scheint ihn die Verletzung zu beeinträchtigen.

Sobald das Monster sieht, dass ich Balthasar helfen will, schiebt es sich erneut näher heran. Was das es sichtlich Anstrengung kostet, beinahe, als würde das Pferd gegen starken Wind angehen.

Meine Familie ist jetzt wieder auf den Beinen. Finn in ihrer Mitte, gestützt von allen Seiten, drängen sie sich aneinander. Metze, Klara und Ronan befinden sich ebenfalls bei ihnen. Ein eigenartiger kleiner Chor mit einem noch eigenartigeren Liedtext.

Axels Körper am Boden regt sich. Die Zahlen scheinen ihm Kraft zu geben. Mühsam richtet er sich auf, nach wie vor in schlichter Barockkleidung statt in Lederkluft. Wenigstens: Er steht.

»Here comes Axel again«, intoniert er in furchtbarem Englisch. »Schön macht ihr das, immer weiter so, wir brauchen mehr Zahlen«, lobt er uns reimlos. Generell klingt er so zurechnungsfähig wie noch nie, und genau das facht den kleinen Hoffnungsfunken in meiner Brust an.

Balthasar umklammert meine Hand, als könnte nur ich ihn auf dieser Welt halten. Das Monster befindet sich wenige Schritte von uns entfernt. Die geöffneten stahlgrauen Augen des Reiters glühen vor Zorn. Kein Schutz trennt das Monster von uns, lediglich der Zahlensingsang scheint es zu verwirren. Vielleicht liegt es auch an Axel, dass das Tier nicht wieder angreift. Der alte Geist hält die Augen geschlossen, scheint sich angestrengt auf irgendetwas zu konzentrieren. Diesmal überlässt er es meiner Familie, Metze, Klara und Ronan, mit den Zahlen fortzufahren, was sie auch tun.

»Vertrau auf dein Bauchgefühl«, flüstert mir der Graf in diesem Moment zu, als könnte er meine Gedanken lesen. »Es hat dich nie betrogen.« Ein Lächeln umspielt seine Lippen.

Ich sehe ihn an, bin ebenfalls wieder verstummt. Tatsächlich kämpfe ich mit mir selbst. Denn ich weiß jetzt sehr genau, was mein Herz und Bauchgefühl mir zu sagen versuchen. »Lass mich mit ihm reden«, bitte ich und lasse Balthasars Hand los. Während er am Boden bleibt, richte ich mich auf, trete zwischen ihn und das Monster und lasse endlich zu, dass sich das Chaos in meinem Kopf ordnet. Der faulige Atem des schnaubenden Pferdes streift mein Gesicht.

»Leopold«, spreche ich ihn so ruhig wie möglich an. Meine Stimme überschlägt sich trotzdem bei jedem Vokal. »Und Deichprinz. Wir kommen, um euch zu erlösen. Um zu *helfen.*«

Kurz warte ich auf eine Reaktion. Sie bleibt aus. Wenigstens strampelt das Pferd nicht mehr mit den Hufen durch die Luft. Ich fahre fort.

»Vertraut mir. Ihr werdet zu einem besseren Ort gehen, Ruhe finden und nicht mehr leiden müssen.«

Die Antwort ist ein Knurren.

Mein Herzschlag dröhnt in meinen Ohren, während es auf der Wiese stiller wird. Meine Familie und die ehemaligen Geister hören nicht auf, Zahlen zu murmeln, doch sie flüstern jetzt bloß.

Ich atme tief durch, schließe die Augen, um meine Nerven zu beruhigen. Alle Punkte aus der Fluchlösung sind erfüllt. Fast alle. Das Problem muss immer noch das erweichte Herz sein. Ein Gedanke pocht bereits seit Minuten hinter meiner Schläfe: Es ging nie um Balthasar. Wie ich darauf komme? Weil sein Herz nie unerweichbar war. Im Gegenteil. Seit ich ihn besser kenne, weiß ich, dass er sogar sehr mitfühlend ist.

Nein, es geht um das Monster. *Sein* Herz muss ich erweichen.

Die Blicke aller Anwesenden brennen sich spürbar in meine Haut.

»Leopold«, wiederhole ich geduldig seinen Namen, als würde ich versuchen, eine Fremdsprache zu lernen. Monsterisch oder so. »Hier an dieser Eiche starb deine geliebte Frau. Auch dein Pferd fiel einer Reihe unglücklicher Ereignisse zum Opfer.«

Plötzlich sind Tier und Reiter ganz still, nur die Pferdeohren zucken aufmerksam in meine Richtung, als würde der Hengst jedes Wort verstehen. »Ich weiß, dass ihr keine bösen Absichten hattet. Ihr wolltet bloß vereint sein. Und den Platz erhalten, der euch zustand.«

Hinter mir ruft Mum: »Ja, genau! Geister meinen es nie böse!«

»Dieses Schloss hätte dir gehören sollen«, sage ich und Mum murmelt weiter Zahlen. »Karl war nicht der rechtmäßige Erbe. Du wärst es gewesen. Aber weißt du, was? Dort drüben steht deine Asche und ich werde dafür sorgen, dass sie für immer auf Schloss Düsterstein bleibt. Alle Besucher sollen deinen Namen erfahren, und dass du der wahre Graf von Düsterstein bist.«

Balthasars Blick zerschneidet mich, das spüre ich, ohne ihn anzusehen. Wenn er jetzt schon nicht fassen kann, was ich zu sagen habe, dann sollte er gleich noch besser aufpassen.

»Deine Familie wird vereint sein«, erkläre ich Leopold weiter, der nun wirkt, als würde er mit sich selbst ringen. Der starre Blick des Reiters rast wild umher, außerdem zuckt sein Körper auf eigenartige Weise, während das Pferd gleichzeitig auf der Stelle trippelt und den Kopf ruckartig in alle Richtungen wirft. Meine Worte bewegen ihn, das werte ich als gutes Zeichen.

»Mit Familie meine ich dich, Leopold, dein treues Ross Deichprinz, deine Frau Agatha und … deinen Sohn.«

Das letzte Wort lässt die Welt erstarren. Als es raus ist, gefriert jede Bewegung des Monsterpferdes. Seine Augen richten sich so fest auf mein Gesicht, als wollte es in meinen Kopf eindringen. Davon abgesehen herrscht absolute Stille. Meine Familie und die Geister murmeln keine Zahlen mehr, halten den Atem an, ich ebenfalls. Auch Balthasar rührt sich keinen Millimeter. Er steht schräg hinter mir, starrt mich einfach an, fassungslos, ungläubig. Ich kann es ihm nicht verübeln.

Erneut schließe ich kurz die Augen, atme durch, während mein Herzschlag den Takt deutlich erhöht. Der wichtigste Satz fehlt noch. »Leopold, das hier …« Ich deute zu Balthasar. »… ist dein Sohn.«

»Was?«, kommt es vielstimmig von meiner Familie.

»Wie bitte?« Der Graf wählt die eindeutig vornehmere Nachfrage.

Und das genervte »Endlich hat das Weib es kapiert« stammt natürlich von Axel, der plötzlich zu meiner anderen Seite auftaucht und dafür sorgt, dass ich zusammenzucke. Immer noch wirkt er furchtbar blass, trotz körperlicher Gestalt.

»Ich bin nicht sein Sohn!«, protestiert Balthasar.

»Doch, bist du«, widerspreche ich. »Darum diese ganzen Gerüchte über das Baby, das wie aus dem Nichts aufgetaucht ist, um Karl von Düstersteins Nachfolger zu werden. Das Volk hatte recht, wenn es behauptete, du seist adoptiert. Warst du. Oder besser gesagt: geklaut.«

Der Graf schüttelt den Kopf, wirkt, als wäre ihm übel. Irgendwie tut er mir wahnsinnig leid, weil ich sein Selbstbild so über den Haufen werfen muss. Alles, was er seit jeher für die Wahrheit gehalten hat. Es geht nicht anders. Das Monster muss es wissen. Muss erfahren, dass es all die Jahrhunderte Jagd auf seinen eigenen Sohn gemacht hat. Dass sein Hass auf ihn, der Hass der Heilerin, unberechtigt war. Denn das ist die logische Konsequenz.

»Agatha, die Hexe, die diesen Fluch verhängt hat, war deine Mutter. Und du warst durchaus der rechtmäßige Erbe des Schlosses.«

Jemand holt zischend Luft, vielleicht Lory, vielleicht Mum oder alle gleichzeitig.

Balthasar schüttelt weiterhin den Kopf. Sein Blick wird trüber, beinahe hilflos. »Das kann nicht sein.«

Zu gern hätte ich es ihm schonender beigebracht, aber die Zeit drängt. »Meine Freundin Dani hat es recherchiert. 1638, im selben Jahr, mehr noch, im selben Monat, als man hier im Schloss deine Geburt verkündete, verlor oben an der Küste ein einsiedlerisches Paar sein Neugeborenes in einem Feuer, das seine Hütte zerstörte. Dieses Paar trug ebenfalls den Namen von Düsterstein.« Ganz kurz werfe ich dem Pferd-Reiter-Gespann einen Blick zu, als würde ich auf seine Zustimmung warten, doch beide sind wie schockgefrostet. »Dani hat alle Hebel in Bewegung gesetzt und telefonisch in diversen Kirchenarchiven bis in den Norden nachgeforscht. Es handelte sich tatsächlich um Agatha und Leopold von Düsterstein. Sie wurden an diesem Tag für eine Weile obdachlos. Nach dem Feuer bezogen sie eine Hütte weit abseits jeder Zivilisation und es entstanden allerlei Gerüchte über die beiden. Dass sie des Teufels seien. Dass sie schwarze Magie beherrschten. Dass sie das Feuer selbst versehentlich bei einem Experiment gelegt hätten. Kinder gebar die Frau danach nie wieder. Vielleicht wurde sie im Feuer verletzt und konnte nicht mehr. Vielleicht hat sie diesen Verlust auch einfach nicht verkraftet. Die Quellen sind sich da nicht einig, aber es spielt keine Rolle. Wichtiger ist die Wahrheit, die nie ans Licht kam. Das Baby starb nicht. Und das Feuer war auch kein Versehen, es wurde gelegt. Weil Karl von Düsterstein erfahren hat, dass seinem Bruder ein Kind geschenkt wurde, ihm selbst jedoch nicht. Sogar die Zeitungsartikel haben es angedeutet, weil sie stellenweise davon sprachen, dass eine Hexe das Baby an den Hof gebracht haben soll. So war es tatsächlich, wenn auch indirekt.«

Balthasar öffnet den Mund, schließt ihn wieder. Schließlich stottert er: »Das … Du willst behaupten, mein Vater ließ das Feuer legen? Um es so darzustellen, als sei das Baby in den Flammen umgekommen? Stattdessen haben sie es entführt?«

Er sagt *das Baby*, als würde er nicht über sich selbst reden. Vielleicht ist es normal, solche Dinge von sich zu schieben. Vielleicht kann man es mit etwas Distanz besser verarbeiten.

»Tut mir leid, dass du es auf diese Art erfahren musst. Bis eben wusste ich es selbst nicht. Als ich am See zum ersten Mal seine Augen gesehen habe …« Ich deute zum Gesicht des Reiters, der uns unverwandt anstarrt. »Es sind *deine* Augen. Danis Anruf hat meinen Verdacht bestätigt. Verstehst du? Es ging nie um dein Herz, das erweicht werden musste. Es ging um seines.« Das Monsterpferd wird von einer immer stärker werdenden Unruhe befallen. Allmählich scheinen meine Worte auch bei ihm Wirkung zu entfalten.

Natürlich sind sämtliche Behauptungen nur Thesen. Dinge, die ich mir zusammengereimt habe. Doch es muss stimmen, solche Zufälle kann es nicht geben. Es erklärt vieles. Und außerdem wirkt Axel recht zufrieden mit mir. Er ist um einiges älter als Balthasar, hat womöglich Dinge mitbekommen, von denen der Graf nichts weiß. Dinge, die der alte Geist über seinen Tod hinaus verschweigen musste, weil er sie des Fluches wegen nie aussprechen konnte.

Balthasar hebt beide Hände und schlägt sie in Zeitlupe vor den Mund. Dann taumelt er einen Schritt zurück, den Blick starr auf das Monster gerichtet, dessen Reiter sein Vater sein soll. Dieser wiederum wirkt immer ruheloser. Hufe stampfen dumpf auf Gras, Nüstern schnauben, die fellfreie Haut zuckt, als wäre sie mit Fliegen bedeckt.

»Nun, Leopold.« Ich wende mich wieder an unseren vierbeinigen Feind, der vielleicht gar keiner ist. »Lass mich die Asche deines Sohnes mit deiner und Agathas vereinen.«

Ich betrachte ihn intensiv, während er immer weniger bei der Sache zu sein scheint. Der Reiter fuchtelt mit den Händen in der Luft herum, als würde er ein seltsames Instrument spielen. Das Pferd knurrt und geifert. Im ersten Moment hielt ich diese Unruhe für ein gutes Zeichen, habe geglaubt, ihn mit meinen Worten zu berühren und besänftigen. Habe ich auch. Jedoch nur einen Teil von ihm.

»Dachte ich es mir«, murmele ich mehr zu mir selbst. Und dann, lauter: »Er ist noch immer nicht zufrieden. Auch das hat seinen Grund.«

Das Monster macht einen Schritt auf mich zu.

»Karl.« Ich spreche den Namen überdeutlich aus. »Karl von Düsterstein. Ich weiß, dass auch du dich hinter diesem Monster verbirgst.«

Das Pferd stoppt, keine Armlänge von mir entfernt. Es jault oder knurrt jetzt nicht mehr.

Balthasar fragt schon wieder »Wie bitte?«, diesmal deutlich angespannter. Jemand quietscht, ich glaube, es ist Klara. Und einer der Männer murmelt: »O nee, oder?«

Ich befinde mich auf dem richtigen Weg, es muss so sein.

»Ihr seid nicht zwei Wesen, ihr seid drei. Der Hengst, dein Bruder Leopold und du. Als die Heilerin damals den Fluch sprach, warst du ebenfalls im Innenhof. Dein Leben erlosch im selben Augenblick, als unmittelbar neben dir dieses Monster erschaffen wurde. Durch einen unglücklichen Zufall, den, wie ich glaube, selbst Agatha nicht eingeplant hat, vermischten sich eure Seelen. Deine und jene deines Bruders. Leopold von Düsterstein war nie das bösartige Wesen, als das dieses Monster all die Jahrhunderte aufgetreten ist. Es trachtete Balthasar nach dem Leben, so wie es ihm aufgetragen wurde, aber nicht mehr. All die weiteren Toten, all die Wut, die Ruhelosigkeit – das ging auf dein Konto, Karl von Düsterstein.« Ich erkläre meine Gedanken nicht wegen des Monsters laut, denn es dürfte wissen, was ich sage. Im Grunde erkläre ich es allen weiteren Anwesenden. »Euer Herz ist seit jeher unerweichbar. Und bevor wir das nicht ändern, werdet Ihr, werden wir alle keinen Frieden finden.«

Mit einer kurzen Pause versichere ich mich, dass alle, die sich auf der Lichtung befinden, es verstehen. Der Gesichtsausdruck meiner Mum ist völlig entgleist. Lory strahlt mich ziemlich stolz und ehrfürchtig an. Selbst Finn wirkt beeindruckt.

»Mir ist nicht klar, was solche Verbitterung in Euch hervorgerufen hat. War es, weil Ihr der Zweitgeborene wart? Jenes Kind, dem in Adelshäusern allgemein weniger Aufmerksamkeit zuteilwird? Darum habt Ihr mit Eurem Bruder gebrochen, ihn verstoßen, ihn bloßgestellt. Ihm sein Kind geraubt.« Man kann richtig sehen, wie Karl unter meinen Worten schrumpft. Ich treffe genau ins Schwarze. »All die Jahre habt Ihr geglaubt, durch diese Taten ans Ziel zu gelangen, endlich das Ansehen und den Ruhm zu erlangen, der Euch in Euren Augen zustand. Ihr dachtet, es würde Euch glücklich machen. Doch das tat es nie, richtig? Euer Leben lang begleiteten Euch der Hass Eurer Untertanen, das Misstrauen des Volkes, die Abscheu Eures eigenen Sohnes. Dass Ihr ihm schließlich das Erbe übergeben musstet, weil es das Gesetz nun einmal so vorsah und ihr wusstet, dass er

als Leopolds Sohn der rechtmäßige Erbe war, fuchste Euch noch viel mehr, weswegen Ihr ihn immer schlecht behandelt habt.«

Ganz unauffällig tritt Balthasar neben mich. Zittrig und eine Hand an den Hals gelegt. Mit der freien Hand greift er nach meiner. Mein Herz macht einen kleinen Hüpfer.

»Ihr habt Fehler gemacht, Karl von Düsterstein. Euer Leben lang. Doch es ist nicht zu spät, um es zu ändern. Auch Eure Asche wartet darauf, mit allen anderen Geistern in die Erlösung zu gehen. Eure Untertanen sind nach wie vor hier.« Ich deute auf Metze und die anderen. »Wie auch Euer Bruder, mit dem Ihr über Jahrhunderte einen Körper und ein Pferd teilen musstet. Ich denke, Ihr habt lange genug Buße getan.«

An dieser Stelle hole ich tief Luft, denn alles, was nun folgt, entscheidet, ob mein Plan gelingt oder nicht. Dafür müssen die anderen Geister nämlich über ihren nicht mehr vorhandenen Schatten springen.

Auffordernd drücke ich Balthasars Hand. »Eure Familie, Eure Diener, wir alle verzeihen Euch Eure Taten. Auch Ihr sollt Erlösung finden.«

Meinen Worten folgt Stille. Alle, Geister wie Lebende, starren erschüttert in meine Richtung. Selbst Axel hat ein einzelnes Auge geöffnet und mustert mich skeptisch.

Kommt schon, denke ich.

»Auch wenn ich Euch mein Leben lang fürchtete, so gebe ich ihr recht«, ergreift endlich Balthasar das Wort. Sprechen strengt ihn sichtlich an. »Ihr wart mir trotzdem ein Vater. Meine Vergebung habt Ihr.«

Erleichtert atme ich aus.

»Uns alle erwartet am Ende des Lebens unser Tod.« Mechthild schließt sich an und ich spüre, dass sie im Namen aller restlichen Geister spricht. »Mein Mann ging mir durch einen Arbeitsunfall voraus. Lange schob ich die Schuld daran Euch zu, achtetet Ihr schließlich nie auf den Schutz Eurer Diener. Jedoch ergibt es wenig Sinn, jemandem seine Taten über sein Lebensende hinaus nachzutragen. Menschen sind nicht fehlerfrei. Auch wir vergeben Euch.«

»Die Toten macht es nicht wieder lebendig.« Das ist Mum. Sie tut etwas, das an einen Hofknicks erinnert. »Ihr musstet endlos leiden, da Ihr diese Gestalt ertragen habt. Auch wir, die wir Euer geliebtes Schloss nun zu unserem Besitz zählen, verzeihen Euch, was Ihr getan habt.«

Bilde ich mir das nur ein oder versucht sie gerade, so förmlich wie möglich zu reden? Wie auch immer, ob das ganze Verzeihen aufrichtig ist, sei sowieso dahingestellt. Trotzdem scheinen sie alle ihren Frieden mit Karl geschlossen zu haben, sogar Balthasar, der allgemein tiefenentspannt wirkt. Am Blutverlust kann es nicht liegen. Trotz Wunde verliert er keines.

Nun bin wohl ich wieder an der Reihe. »Ihr habt die anderen gehört. Selbstverständlich wird auch Eure Urne einen Ehrenplatz im Schloss bekommen. Von unseren Plänen, das Gebäude umzubauen und ein Hotel zu errichten, habt Ihr sicher gehört. Menschen aus allen Landen werden in diesen Zimmern schlafen. Hunderte, Tausende. Mehr als Düsterstein zu Euren Zeiten gesehen hat. Sie alle werden Euren Namen in der Eingangshalle lesen, werden Eure Urne sehen und erfahren, dass Ihr einst Herrscher dieser Gemäuer wart. Jeder, der hier auszieht, wird Euren Namen und jenen Eures Bruders mitnehmen.«

Thea murmelt ein protestierendes »Ähm, warte mal«, doch zum Glück tritt Lory ihr vielsagend auf den Fuß und sie verstummt.

Angespannt warte ich auf Karls Reaktion. Der nun ziemlich verfinsterte Blick des Reiters mustert mich. Noch immer macht er keine Anstalten, weiter auf uns zuzugehen. Sekunden vergehen, sehr viele. Der Graf bewegt seine Finger, weshalb ich überhaupt erst registriere, wie fest ich ihn umklammert halte. Gefühlt ist seine warme Hand gerade das Einzige, das mich davon abhält, mir vor Anspannung die Haare zu raufen.

Schließlich senkt der Reiter die Schultern, seine Arme baumeln kraftlos zu beiden Seiten herab. Seinem Mund entweicht ein röchelndes Seufzen. Die Ohren des Pferdes, eben noch flach nach hinten gepresst, richten sich auf, kippen leicht zur Seite, wie bei einem dösenden Tier.

»Aaahh«, knarzt Karl, was ich als Zustimmung werte. Auf jeden Fall klingt es nicht bedrohlich.

»Gut«, erwidere ich erleichtert. »Dann ist es nun an der Zeit, ins Jenseits zu gehen.«

Nur wie? Ich wende mich der Eiche zu, wodurch der Graf ebenfalls gezwungen ist, sich umzudrehen. Der Baum leuchtet nach wie vor in silberfarbenem Schimmer. Die Asche der Geister hängt als bronzener Glitter zwischen den Blättern der Krone.

»So denn«, erklärt Axel, als hätte er die ganze Zeit auf mein Stichwort gewartet. »Lasset ihn uns gehen, den Highway to hell!« Den englischen Teil ruft er so laut, dass er auf dem gesamten Schlossgelände zu hören sein muss. Nur einen Herzschlag später verstehe ich auch, weshalb.

Es ist ein Liedtitel. So höhnisch passend für die Situation.

Und ein Kommando.

Kapitel 30

Musik. Definitiv höre ich plötzlich Musik.

Der Graf neben mir hebt den Kopf und sieht sich um, darum weiß ich, dass ich es mir nicht einbilde. Auf dieser Seite des Schlosses sind die meisten Fensterscheiben zerschlagen. Und obwohl sich der Ballsaal auf der anderen Seite befindet, kommt mir sofort in den Sinn, dass jemand die Playlist auf meinem Laptop aktiviert haben muss. Eine Art musikalischer Donner hat eingesetzt. Nichts anderes als Axels Lieblingsband schallt aus dem Schloss.

»I'm on the highway to hell!«, brüllt dieser jetzt und beginnt, vor unseren ungläubigen Blicken zu tanzen. Das heißt, *tanzen* ist relativ. Was ist das Gegenteil von grazil? Ungrazil? Wie ein Bauarbeiter mit Presslufthammer. Abgesehen davon versucht er sich an einer Art Headbanging. Was allein mangels langer Haare eher an einen wilden Anfall erinnert.

Wer hat die Musik eingeschaltet? Stehen meine Großeltern irgendwo dort im Schloss an einem Mischpult? Und welchen Sinn hat das Ganze?

Indes schreitet Axel langsam auf Deichprinz zu. Nicht mehr tanzend, nicht mehr headbangend, geradezu seriös. »Jahrhunderte hast du gejagt, die Rache wuchs. Jedoch wer hätt' geahnt, dass jemand wusst' um dein Gemüt. Drum urteile nicht verfrüht. Die Zahlen nie ein Zufall waren, ich wusst's, eh wir zum Himmel fahren – der Fluch dich fesseln wird nicht länger. Totgesagte nicht immer leben länger.«

Noch während ich damit beschäftigt bin, den Inhalt dieses Reimes zu entschlüsseln, schnippt Axel mit den Fingern, als wären wir Diener, die ihm glänzende Schalen mit exotischen Früchten auftragen sollen.

Da fällt mir auf, dass die Glitzerpunkte nicht mehr nur den Baum bedecken. Sie schweben jetzt überall in der Luft, was vor dem dunklen Himmel an Sterne erinnert. Immer weiter breiten sie sich aus, schwirren auf uns zu, erfüllen die Wiese zwischen Schloss und Lustgarten. Ein Meer aus Glühwürmchen, nur dass es keine sind. Es ist die Asche der Geister, die auf magische Art bronzefarben glitzert. Nach und nach suchen sich die Leuchtpunkte ihre Ziele: die Geister, wie sollte es auch anders sein? Und natürlich Hengst mit Reiter, in dessen Brust zwei Herzen schlagen.

Ist es endlich geschafft? Habe ich beide Herzen erweichen können, oder fehlt noch jenes des Tieres? Ich könnte es mit einer Möhre versuchen …

Balthasar reißt mich aus meinen sinnlosen Gedanken, indem er mir seine Hand entzieht. Glitzer umschwebt auch ihn, was ihn magisch wirken lässt. Bestimmt handelt es sich um seine eigene Asche, während um jeden der anderen Geister ebenfalls die eigene kreist, am meisten um das Monsterpferd. Logisch, bei ihm sind es ganze drei Urnen.

Wind rauscht um die Baumwipfel und fährt unter meinen Pullover. Irgendwo in weiter Ferne hupt ein Auto, was ich selbst über die Musik hinweg höre.

»Es wird Zeit, zu gehen«, beschließt Axel und deutet mit einem knochigen Finger zum Baum.

Schon wieder traue ich meinen Augen kaum.

Das silberne Glänzen hat sich vervielfacht. Grell wie nie zuvor, als würde vor unseren Augen ein Blitz einschlagen, öffnet sich ein Spalt im Stamm. Inklusive Luftzug und Tosen in meinen Ohren. Die Äste scheinen, zu brennen. Nicht orange-rot wie normales Feuer, sondern ebenfalls silbern. So wunderschön, dass ich kurz überlege, mein Handy zu zücken und ein Video zu drehen. Allerdings bin ich zu gelähmt von diesem Schauspiel. Noch gelähmter werde ich, als ich verstehe, was unweigerlich folgen wird. Das, worauf wir die gesamte Zeit hingearbeitet haben und was mir trotzdem Tränen in die Augen schießen lässt.

Endlich ist der Fluch gebrochen. Doch es geht viel zu schnell. Verdammt, erst vor wenigen Stunden habe ich gemeinsam mit den

Geistern getanzt. Wir haben uns gerade erst kennengelernt. Ich weiß nicht mal Klaras Lieblingsfarbe. Ronans Lieblingsessen. Ob Metze leibliche Kinder hatte. Es darf nicht schon vorbei sein.

Leider ist es das. Piefs kleine Gestalt, jetzt graubraun, wie ich ihn aus der Erinnerung kenne, und ebenfalls mit Glitzer bedeckt, winselt. Metze seufzt schwer.

Die Geister werden uns verlassen, ihre Seelen endlich erlöst. Die Eiche ist ihr Tor ins Jenseits.

Klara geht zuerst. Gern hätte ich mich noch verabschiedet, sie wenigstens einmal umarmt, leider wirkt das kleine Mädchen bereits auf glückselige Art weggetreten. Der Glitzer ihrer Asche hat sie ganz umfangen und hebt sie in die Luft, wo sie heller glüht, je höher sie steigt. Mit jeder Sekunde verschwimmen ihre Konturen, während sich die Partikel zu drehen beginnen. Schneller und schneller, als hätte jemand einen Stöpsel im Himmel gezogen und damit einen Strudel ausgelöst wie in einer Badewanne.

Bald hat sie den Baum erreicht. Ohne Abschiedswort, ohne Blick zurück. Ich bin überzeugt, dass sie es gar nicht mehr kann. Weil sie schon halb *drüben* ist. Dort, wo sie hingehört. Wo sie seit fast vierhundert Jahren sein sollte.

Mein Herz wird schwer.

Metze schluchzt erneut, auch ihr bleibt keine Gelegenheit, sich von dem Mädchen zu verabschieden, das ihre Ziehtochter ist, wie ich aus einer von Balthasars Erinnerungen weiß. Bei ihr ist das aber nicht nötig, schließlich wird sie gleich folgen.

Ein letztes Mal glüht Klaras Asche auf, dann verschmilzt sie mit dem Licht im Baum. Sie ist ins Jenseits gegangen. Erlöst. Endlich.

Dennoch fühle ich Trauer, als wäre sie in diesem Moment gestorben und nicht schon vor Ewigkeiten. Mit einem schweren Schlucken wende ich mich den restlichen Geistern zu.

Metze wirkt jetzt seltsam abwesend, was mich zu der Annahme bringt, dass sie die Nächste ist. Friedlich und ohne Angst erstrahlt auch ihr Körper in bronzefarbenem Glitzer, verschwimmt und schwebt schließlich auf den Baum zu. Zum zweiten Mal bricht ein Stück meines Herzens ab und verschwindet mit der Köchin im Jenseits.

Dann ist Ronan an der Reihe. Während ich seinen Übergang beobachte, wird mir mehr als schmerzlich bewusst, was die Geister mir in den letzten Tagen gegeben haben. Nachdem ich alles verloren hatte – mein altes Leben, meine Heimat und meine Freude –, haben sie mir Halt gegeben. Einen Sinn, ein Ziel. Und oft auch merkwürdigen Humor.

Mein Sichtfeld verschwimmt. Hektisch versuche ich, die Tränen wegzublinzeln, aber es gelingt mir nicht. Ein warmes Rinnsal rollt über meine linke Wange.

Bevor seine Umrisse verschwinden, wendet sich der Stallmeister noch einmal zu mir um, schenkt mir einen traurigen Blick, den ich am liebsten ebenso traurig erwidern möchte. Doch ich zwinge mich zu einem Lächeln und forme *Lebwohl* mit den Lippen.

Schon jetzt weiß ich, dass mich der Verlust der Geister im Laufe des Tages überwältigen wird. Dann werde ich heulen wie ein Schlosshund, einsam und, im wahrsten Sinn des Wortes, von allen guten Geistern verlassen.

Apropos Schlosshund: Auf Ronan folgt der kleine Pief, schließlich das Monster. Sein massiger Körper wird in die Luft gehoben. Erleichterung strömt durch meine Adern, als seine Form von Glitzer geschluckt wird und es als bronzefarbener Klumpen mit dem Licht im Baum verschmilzt. Dann ist es fort. Das legendäre Monster, das all die Jahre dieses Schloss tyrannisiert hat. Das etliche Menschenleben auf dem Gewissen und so viel Furcht verbreitet hat.

Vorbei. Endlich.

Am Ende sind zwei übrig. Balthasar und Axel. Da ich überzeugt bin, dass der alte Geist etwas damit zu tun hat, den Übergang ins Reich der Toten offen zu halten, muss der Graf der Nächste sein. Das wird mir so schlagartig bewusst wie die Tatsache, dass ich ihn nicht einfach gehen lassen kann, ohne mich zu verabschieden. Wenn ich es schon bei den anderen nicht konnte, so will ich es wenigstens bei ihm nicht versäumen.

Als ich mich zu ihm umdrehe, befürchte ich, den gleichen abwesenden Blick zu finden wie bei den anderen. Aber noch sind seine Augen klar. Der Glitzer lässt seine Haut leuchten, hat ihn jedoch bisher nicht komplett umhüllt. Im Hintergrund wummert nach wie vor die völlig unpassende Musik. Als würde man Ballermann-Hits auf einer Beerdigung spielen.

»Danke dir für alles, Menschenkind«, verabschiedet sich Balthasar lächelnd. »Wir sehen uns wieder.«

Das war alles? Nur diese Worte? Ich bin mir nicht sicher, was ich erwartet habe. Auf jeden Fall mehr als einen freundschaftlichen Händedruck.

»Das dauert aber hoffentlich noch ein paar Jahre«, erwidere ich schwach. »Wer weiß, ob ich dich dort drüben überhaupt finde. Ich meine, sieben Milliarden Menschen Weltbevölkerung. Aktuell. Plus alle vergangenen Generationen. Keine Ahnung, wie viele Seelen sich dort über die Jahrmillionen angesammelt haben.«

Was rede ich da? Fällt mir nichts Sinnvolleres ein? Tatsächlich nicht. Am liebsten möchte ich mich an seine Beine werfen. Vor wenigen Minuten habe ich mich darüber gefreut, seine Hand halten, ihn endlich greifen zu können. Gestern habe ich mit ihm getanzt, war glücklich, dass er sich geöffnet hat. Und jetzt? Wird er mich verlassen. Für immer. Das ist so unfair!

Balthasar beobachtet mich geduldig. Dann greift er nach meiner Hand, zieht mich ein Stück zu sich und umfasst auch die andere. Meine Finger in seinen zittern, während sein Gesicht hinter meinem Tränenfilm verschwimmt.

»Manchmal verändern sich Menschen allein dadurch, dass jemand existiert, der an sie glaubt«, flüstert er salbungsvoll und klingt dabei ein bisschen wie ein Poesiealbum. Das sage ich natürlich nicht laut, mir verstopft ohnehin ein sehr breiter Widerstand den Hals. »*Du* hast an mich geglaubt«, ergänzt er, und da ist es wieder: sein schiefes Lächeln. Weil er nach wie vor von Leuchtpunkten umgeben ist, wirkt er wie ein Heiliger. Das heißt, wenn man die makabre Tatsache ignoriert, dass das Partikel seiner eigenen Asche sind.

Schniefend blinzele ich ein paar Tränen weg. »Es ändert nichts, oder? Du wirst trotzdem gehen.« Ja, es klingt unangebracht egoistisch. Dass er und die anderen Geister Frieden finden, war schließlich Sinn der Sache. Dennoch ist da diese Stimme in mir, die ihn am liebsten auf Knien anflehen würde, zu bleiben.

Er lächelt bitter. Ein eindeutiges Zeichen, dass ihm dieser Abschied ebenso schwerfällt wie mir. »Oh, glaube mir, es hat alles geändert.« Kurz huscht sein Blick zu meiner Familie, die ihn in seiner festen Gestalt alle sehen und hören. Ich will mich gar nicht umdrehen, will ihre schmachtenden oder mitleidigen Gesichter nicht sehen. Will nicht sehen, wie Mum ihr Handy in der Hand hält, um den Übergang der Geister zu dokumentieren. Das tut sie wirklich, davon bin ich überzeugt. Vermutlich wird außer Dunkelheit und leuchtenden Lichtpunkten nur nichts darauf zu erkennen sein. Kein Medium der Welt wird ihr das als real abkaufen. Vor allem nicht wegen der immer noch dröhnenden Hard-Rock-Musik im Hintergrund.

Plötzlich spüre ich Balthasars Berührung. Er hat meine linke Hand losgelassen, um stattdessen knapp unter meinem Auge auf meine Wange zu tippen. Als er die Finger zurückzieht, glitzert eine Träne darauf. Ein winziger, durchsichtiger Tropfen nur, doch ich bin so gerührt von dieser zärtlichen Geste, dass ich nichts tun kann, als ehrfürchtig darauf zu starren.

»Märchen hielt ich allzeit bloß für Kinderkram«, fährt er flüsternd fort. »So vieles hielt ich für unmöglich. Dass der Fluch gebrochen werden kann. Dass mir ein Mensch begegnet, dem ich wichtig bin, nicht nur aufgrund meines Ansehens oder Goldes. Jedoch, es gab einen. Vorhin wollte ich dir etwas sagen, als wir unterbrochen wurden. Du hast mir gezeigt, dass Märchen Wirklichkeit werden können.«

Hinter uns stöhnt Axel genervt, aber es ist mir egal. Dem Grafen wohl ebenfalls. Wobei – langsam sollte ich mich endgültig von dieser Anrede verabschieden. Er ist bloß ein junger Mann, der trotz seines Wohlstandes kein einfaches Leben hinter sich hat. Der nie wirklich geliebt wurde. Vielleicht hätte er Liebe erfahren, wäre er seinen richtigen Eltern nicht als Baby entrissen worden. Stattdessen hat er viel zu jung eine immense Verantwortung tragen müssen. Eine Verantwortung, die von da an sein Lebensinhalt sein musste. Das alles hat ihn zu jenem gemacht, der er ist. Dabei hat er die ganze Zeit nur jemanden gebraucht, der zu ihm hält. Seinetwegen als Person und nicht wegen seines Titels.

Was sich anhört wie aus einer Telenovela, ist das ganze Geheimnis. Auch wenn ich sein Herz nie hätte erweichen müssen. Zumindest nicht, um den Fluch zu lösen. Und ich denke, endlich ist das auch ihm klar.

»Danke für alles.« Er ringt sich ein weiteres Lächeln ab.

»Nun küsse sie doch einfach«, drängt Axel, einfühlsam wie immer.

Mein erster Impuls ist Protest, weil ich keinen großen Wert darauf lege, vor meinen Eltern zu knutschen. Mal ganz davon abgesehen, dass ich mir unsicher bin, ob ich gut küssen kann. Und generell. Von was reden wir hier eigentlich? Will er das überhaupt? Will ich es?

Natürlich will ich.

Balthasars bloßer Anblick wühlt mich auf. So sehr, dass ich das wundervolle Prickeln in meinem Körper gar nicht mehr als Schmetterlinge bezeichnen kann. Eher als flambierte Hummeln. Und genau dieses Gefühl, diese warme Explosion in meinem Magen, hebelt für den Moment alle Peinlichkeits- und Schamgefühle aus.

Nichtsdestotrotz bin ich unendlich dankbar, als sich das Meer aus Leuchtpunkten um uns herum verdichtet. Keine Ahnung, ob es am beginnenden Übergang liegt oder ob es das Werk des alten Geistes ist. Jedenfalls bilden die glühwürmchenartigen Lichter eine Art magischen Kokon um uns herum und schotten uns von den Umstehenden ab. Für wenige Sekunden existieren bloß noch Balthasar und ich vor diesem Hintergrund, den kein Spielfilm der Welt kitschiger darstellen könnte.

Weil er ebenso zu spüren scheint, dass die Zeit drängt, redet er gleich weiter, was ein bisschen unromantisch ist, sich aber leider auch nicht ändern lässt. »So viele Jahre habe ich in diesem Schloss verbracht, dass es sich anfühlte, als würde die Zeit niemals enden. Nie habe ich mir etwas sehnlicher gewünscht, als endlich durch dieses Tor zu schreiten und meine Ruhe zu finden. Mein elendes Dasein in diesen Mauern zu beenden, das sich viel zu oft wie Gefangenschaft anfühlte. Der Tod schien mir immer eine wundervolle Erlösung und mein Herz verzehrte sich danach. Nun jedoch, da meine Zeit gekommen ist, wird selbiges so schwer. Was gäbe ich für ein bisschen mehr Zeit hier auf Erden. Mit dir. Jetzt, wo die Grenzen zwischen Diesseits und Jenseits für wenige Stunden verschwimmen und wir uns sogar berühren können.«

Ein bisschen klingt er gerade, als würde er mir vorm Traualtar sein Ehegelübde vortragen. Was nicht hilfreich ist, um die Situation aufzulockern. Im Gegenteil. Jetzt bin ich wirklich kurz davor, in Tränen auszubrechen. Oder halt … nicht bloß kurz davor. Ich weine ja schon die ganze Zeit.

»Vergieße keine Tränen über diesen Verlust«, bittet Balthasar, als die Feuchtigkeit in meinen Augen ungehindert überläuft und zwei salzige Rinnsale über mein Gesicht fließen.

»Doch«, schniefe ich trotzig. Ist schließlich längst passiert.

»Wir sind uns begegnet, obwohl es niemals hätte passieren dürfen. Das ist alles, was zählt. So hatte selbst dieser Fluch sein Gutes, waren all die tristen Jahre des Wartens nicht umsonst. Für diese wenigen Tage, diese kurze Zeit mit dir, hat sich alles gelohnt. Wir beide hätten uns nie begegnen dürfen. Zwei Menschen aus zwei unterschiedlichen Zeiten. Dennoch stehen wir heute voreinander, vereint durch den wohl gewaltigsten aller Zufälle. Oder war es Schicksal? Womöglich. Ich glaubte stets an Bestimmungen.«

Das klingt … wow. Rührend. Extrem rührend. Vor Liebe und Schmerz droht mein Inneres, überzulaufen. Ein kühler Schauder durchfährt mich, ausgehend von der Stelle, an der Balthasars Fingerspitze erneut mein Gesicht berührt. Gleichzeitig ist da dieses angenehme Prickeln.

Als er den Finger wieder löst und mir vor die Augen hält, schwimmt obenauf eine weitere Träne, ein winziger halbierter Ball, glitzernd im Licht des uns umgebenden Sternenmeers. Es scheint, als würde ihn meine Träne faszinieren.

»Noch nie hat jemand um mich geweint«, bestätigt er meine Vermutung und betrachtet den Salzwassertropfen, als wäre er ein Diamant. »Obgleich ich Auslöser so vieler Tränen im Volke war. Immer weinte man wegen mir, niemals um mich.«

Macht das einen Unterschied? Ich bin mir nicht sicher. Wahrscheinlich schon. »Ist ja auch traurig, dass du einfach abhaust«, schniefe ich.

»Wir sehen uns wieder«, verspricht er erneut.

»Ja, toll. Dann bin ich aber alt und runzlig, wie Absalom.«

Dieser schnaubt ein protestierendes »Achte deine Worte, sie sind mir nicht einerlei! Ich reiße euch sonst gleich entzwei!«

Balthasar lacht. »Vielleicht sind wir auf der anderen Seite alle wieder jung. Selbst wenn nicht – was zählt, ist nur das Innere. Das

Herz. Und deines ist so liebevoll und tapfer, dass meines ihm für immer verfallen ist.«

»Du klingst wie ein altes Gedicht«, murmele ich. »Aber sind wir mal ehrlich: Dieser ganze Schönheit-spielt-keine-Rolle-Kram wird uns doch nur eingeredet, um diejenigen, die nicht dem Ideal entsprechen, zu trösten. Sämtliche soziale Medien zeigen das Gegenteil. Bildbearbeitung, retuschierte, makellose Gesichter, gebleachte Zähne ...«

Ich verstumme, weil er die Hälfte nicht versteht und das jetzt ohnehin keine Rolle spielt. Weil ich einfach nur aus Nervosität vor mich hin plappere. Trotzdem: Ist doch so. Wenn Balthasar in siebzig Jahren oder wie lange auch immer ich brauchen werde, um ihm zu folgen, genauso zwanzigjährig aussieht wie jetzt, hat er sicher kein Interesse mehr an mir alter Schrapnelle.

Er lässt sich nicht irritieren. Noch immer betrachtet er gerührt meine Träne auf seiner Fingerkuppe. Ein Anblick, der mein Herz förmlich zerdrückt.

Als er sie lange genug begutachtet hat, widmet er sich wieder dem Rest von mir. Mit der tränenfreien Hand greift er in meinen Nacken und zieht mich ganz sanft zu sich. Dabei wirkt er unsicher, weil er mit solchen Situationen wohl ähnlich wenig Erfahrung hat wie ich.

»Warum musste ich erst sterben, um leben zu können? Warum musste mein Herz erstarren, um zu erfahren, was Liebe ist? Und wieso müssen wir Lebewohl sagen, nur damit unsere Seelen Frieden finden? Die Welt ist nicht gerecht.« Er seufzt schwer, dann fährt er fort. »Was immer aus uns werden sollte, ich möchte, dass du diesen Moment nie vergisst«, flüstert er so dicht vor meinem Gesicht, dass ich seinen Atemzug spüre. Er ist warm, vielleicht nicht ganz so, wie man es von einem lebendigen Menschen erwarten würde, doch auch lange nicht so kühl wie seine Geistergestalt.

»Werde ich nicht«, hauche ich mit schwacher Stimme zurück, während mein Nacken unter seiner Berührung förmlich explodiert. »Niemals werde ich irgendwas vergessen, was mit euch Geistern zu tun hat. Ganz besonders nicht das hier.«

Wieder lächelt er schief. Seine Augen strahlen. Dann überbrückt er die letzten Zentimeter Abstand. Sein Oberkörper berührt nun meinen, seine Hand meinen Nacken. Die andere schwebt neben meinem Ohr, noch immer mit der Träne obenauf.

Endlich senkt er seine Lippen auf meine und küsst mich.

Tja, was soll ich sagen? Der einzige Gedanke, der in diesem Augenblick in meinem nutzlosen Gehirn umherhüpft, ist der, dass es sich verdammt gut anfühlt, einen Geist zu küssen. Auch wenn ich natürlich keine Vorstellung hatte, wie es sein würde. Und mir ein Vergleich zu jemand Lebendigerem fehlt.

Der lauwarme Hauch seiner Lippen reißt mich regelrecht von den Füßen. Mein gesamter Körper wird von einem Schwindel gepackt, der alles verschwimmen lässt. Oben, unten, vorne, hinten. Kreuz und quer strudele ich auf dieser verrückten, imaginären Achterbahnfahrt durch Lichtpunkte. Alles dreht sich auf so wundervoll berauschende Art. Mein Herz schafft keinen vernünftigen Schlag mehr. Es stolpert, flattert, rast, dreht völlig durch. Letztes Jahr wurden bei Opa Herzrhythmusstörungen diagnostiziert und ich frage mich, ob sich das ähnlich anfühlt. Falls ja, sollte ich vielleicht zeitnah einen Kardiologen aufsuchen.

Unser Kuss dauert nur wenige Sekunden, aber als sich Balthasar wieder von mir löst, habe ich das Gefühl, dass er sich für immer eingebrannt hat. In meinen Nacken, meine Lippen, mein Herz.

Ich wünschte, es wäre so.

Schließlich löst er seine Hand von mir, um sich ins eigene Gesicht zu greifen. Da bemerke ich das dünne Rinnsal auf seiner linken Wange. Ganz schwach glitzert der schmale Streifen im Licht. Am unteren Ende hat sich ein Tropfen gebildet. Direkt neben seinem Mund. Auch diese Träne fängt er mit einem Finger auf, sodass er nun zwei Tränen hält.

»Sagtest du nicht, auch Männer dürfen in eurer Zeit weinen?« Er schmunzelt. »Ein Geist und eine Lebende trauern um dieselbe Sache«, sagt er mit flatternder Stimme. »Um die Zeit. Welche sie nicht hatten. Was verloren, ist verloren, wird nie wiederkehren. Lasse dir jedoch raten: Genieße dein Leben, es wird dir nur einmal geschenkt. Atme die frische Luft, schwer von Regen oder würzig von heißen Sommernächten. Spüre die Wärme der Sonne im Gesicht, erwidere jedes Lächeln. Für Jahrhunderte war ich verdammt, über all das nachzudenken, was mir als Geist verwehrt blieb. Was ich verloren habe. Was ich zu Lebzeiten nie zu schätzen wusste. Zugleich habe ich auch etwas gewonnen.«

Mit diesen Worten führt er unsere Tränen zusammen.

Ich halte die Luft an, während ich es beobachte. Normalerweise müssten sich beide Tropfen zu einem einzigen, größeren vereinen. Ganz unspektakulär. Wasser mit etwas Salz. In Wahrheit passiert mehr als nur das.

Mein Glaube an Wunder oder Übernatürliches war lange Zeit begrenzt, aber mein rationales Denken ist in den letzten Tagen so stark ins Wanken gekommen, dass mich das, was ich sehe, kaum wundert.

Im selben Moment, als sich beide Tränen vereinen, beginnt die neue, größere Träne, zu leuchten. So hell, dass ich einen Punkt auf Balthasars Daumen fixieren muss. Spontan denke ich an den grellen Punkt, der beim Schweißen entsteht und in den man nicht direkt hineinsehen soll, weil es schlecht für die Augen ist. Das hier kommt mir ähnlich vor.

Nach wenigen Sekunden erlischt der Schein. Gleichzeitig ziehen sich auch die Leuchtpunkte um uns herum wieder zusammen, umhüllen jetzt bloß noch Balthasar.

Alle anderen starren nach wie vor zu uns herüber. In den letzten Minuten hatte ich ihre Anwesenheit beinahe vergessen. Balthasar hält seinen Blick weiter fest auf mich gerichtet, als würde niemand außer uns in diesem Universum existieren. Seine Hände sind zu Fäusten geschlossen und ich kann die Tränen nicht mehr sehen. Dann nimmt er meine rechte Hand und öffnet sie vorsichtig, aber drängend, um etwas hineinzulegen.

»Leb wohl«, haucht er, lässt mich anschließend endgültig los.

Alle Stellen meines Körpers, an denen er mich berührt hat, scheinen noch mal aufzuglühen – meine Lippen, meine Hände, mein Nacken, meine Wangen. Als hätte ich an all diesen Stellen eisig kalte Kühlakkus aufgelegt und sie dann entfernt, bevor die Haut dort im Anschluss nachheizt.

Meine Unterlippe bebt, als ich beobachte, wie Balthasars Augen jetzt den gleichen glasigen Ausdruck annehmen wie jene der anderen Geister, ehe sie ins Jenseits gegangen sind. Die leuchtende Asche umhüllt ihn immer dichter.

Dann wendet er sich ab und geht. Mir ist bewusst, dass er sich längst im Dämmerzustand befindet und es nichts bringen würde, mich jetzt noch an seine Beine zu klammern wie eine menschliche Eisenkugel. Langsam, aber zielstrebig schwebt er in Richtung Baum. Lässt mich zurück. Für immer.

Als er mit dem Licht im Stamm verschmilzt, sinke ich auf die Knie und breche heftig in Tränen aus.

Epilog

Acht Monate später

Kluge Sprüche behaupten, dass Zeit alle Wunden heilt. Dass alles irgendwann weniger schwer wird. Was unsere körperlichen Wunden betrifft, mag das stimmen. Mein geprellter Arm, Finns gebrochener Oberschenkel, Capkins und Max' Beine – all das ist geheilt. Bezogen auf die seelischen Wunden, glaube ich, dass das nur funktioniert, solange man die Erinnerung an das Geschehene verdrängt, sich mit anderen Dingen beschäftigt. Wirklich leichter wird es nie.

Doch das Leben geht weiter und im Grunde bleibt einem auch keine andere Wahl. Mit den richtigen Menschen an der Seite schafft man es irgendwie. Man atmet weiter, bis die Tränen getrocknet sind. Mit etwas Glück kann man nach einer Weile lächelnd auf das zurückblicken, was mal war. Es als wundervollen Teil des Lebens betrachten, eine schöne Erinnerung, die für immer einen Platz im Herzen haben wird.

Melancholisch beobachte ich mich selbst im Spiegel und stelle mal wieder fest, dass Kleider überhaupt nicht zu mir passen. Vor allem keine grauen Businesskleider, in denen ich aussehe wie eine getarnte Geheimagentin.

Mum wollte, dass ich es trage, darum tue ich ihr den Gefallen. Der Anlass ist schließlich ein besonderer.

Heute findet die Eröffnungsfeier statt. Ab heute gilt unser Schloss offiziell als Hotel. Hotel Düsterstein, das Barockschloss, in dem es spukt. *Die Vorzüge zweier Zeitepochen vereint! Genug von Urlauben in anderen Ländern? Wie wäre es mit einem Urlaub in einem anderen Jahrhundert? Kommen Sie mit uns auf Zeitreise und begegnen Sie dabei vielleicht sogar dem ein oder anderen Geist!*

Ich kenne den Slogan, den Onkel Henry in sämtliche Tageszeitungen drucken ließ und der in diversen Online-Anzeigen prangt, auswendig.

In einer halben Stunde wird der Innenhof von Besucherinnen und Besuchern aus dem ganzen Land geflutet sein. Gäste, Presseleute, Landräte und andere halb bekannte Politikerinnen und Politiker. All diese Menschen wollen Henrys Eröffnungsrede hören, wollen sehen, was aus dem verfluchten Geisterschloss geworden ist. Das Interesse ist so groß, dass die insgesamt dreißig Gästezimmer, die bisher fertiggestellt wurden, für die nächsten vier Monate komplett ausgebucht sind.

Könnte auch daran liegen, dass wir in letzter Zeit allgemein ziemliches Aufsehen erregt haben, denn natürlich ist die Nacht, in der die Geister erlöst wurden, nicht unbemerkt geblieben. Eine Sternwarte in der Nähe hat Aufzeichnungen der Lichter sowie der glühenden Eiche veröffentlicht und zwei oder drei Geistheiler wollen besondere Schwingungen gespürt haben. Oder sie hatten einfach ein Glas Wein zu viel.

Egal. Welche Gründe auch immer die Leute hierherlocken, ich freue mich für meine Familie. Freue mich für Mum, dass ihr Traum in Erfüllung geht. Für Max, dass er jetzt, acht Monate nach dem Vorfall, mit den Kindern der Gäste durch den Lustgarten toben und mit wahren Geistergeschichten protzen kann. Geschichten, die die meisten ihm nicht glauben werden, aber was spielt das für eine Rolle?

Dank der Aufmerksamkeit, die das Schloss in den letzten Jahren und Monaten auf sich gezogen hat, haben sich ein paar spendable Förderer gefunden und das Bauvorhaben zügig vorangetrieben. Während die ersten Gäste heute Abend ihre Zimmer im Ostflügel beziehen, können die Arbeiten im Westflügel fortgeführt werden. Der Ballsaal ist bereits restauriert und wird bald für größere Veranstaltungen zur Verfügung stehen. Die Stuckarbeiten und Malereien an der Decke wurden liebevoll in ihrem Ursprungszustand zurückversetzt, der Boden aufbereitet und eine Soundanlage an den Wänden installiert, die man vermutlich in ganz Thüringen hören kann. Bald schon sind dort monatliche Barock-Events geplant, Bälle, Märkte, und, und, und. Mum und Thea toben sich planungsmäßig gerade so richtig aus.

Nervös versuche ich, meine Haare zu etwas hochzustecken, das man als Frisur bezeichnen kann, aber meine Finger zittern vor Aufregung. Schließlich entscheide ich mich für einen strengen Zopf. Nicht, dass ich für jemanden schön sein will. Abgesehen von den tausend Besuchern, die mir ziemlich egal sind, werden zwei Personen anreisen, die mir die Welt bedeuten. Die ich seit einem Dreivierteljahr nicht gesehen habe. Dani und Adrian, meine besten Freunde.

Tatsächlich konnte ich ein paar Kontakte an meiner neuen Schule knüpfen. Nicht zuletzt dank Lory, die wie eine Schwester für mich geworden ist. Manchmal zicken wir uns an oder werfen uns unschöne Dinge an den Kopf, doch die Streitereien nehmen ab. Jeden Mittwoch gehen wir sogar gemeinsam zum Reitunterricht.

Dani und Adrian fehlen mir trotzdem. Deswegen bin ich wortwörtlich vor Freude im Viereck gehüpft, als Mum mir verkündet hat, sie würde sich darum kümmern, dass die beiden Zugtickets und Zimmer für volle zwei Wochen bekommen.

Dementsprechend klebt ein breites Grinsen in meinem Gesicht, das meine lieblose Frisur aufwertet. Neu motiviert tänzele ich zu meinem Mineralienregal, das die gesamte Wand zwischen künstlichem Kamin und Tür überzieht. Das Mineralienzimmer, das ich dem Grafen versprochen hatte, befindet sich noch im Ausbau. Aus einem der Fächer ziehe ich ein Holzkistchen.

Capkin blinzelt müde, als ich zurück zum Bett hopse und mich neben ihn fallen lasse. Zwar hinkt er leicht auf einem Hinterbein, was laut Arzt so bleiben wird. Das hält ihn allerdings nicht davon ab, durch die Etage zu toben, auf der jetzt auch meine Eltern und Max wohnen. Um seinen Hals hängt ein wunderschönes schwarzes Halsband, das nicht nur schick aussieht, sondern mit seinem eingebauten GPS-Tracker ebenso nützlich ist. Ein Geschenk von Finn. Damit ich ihn finde, falls er ein zweites Mal im Schloss verloren geht. Übergeben hatte er es mir mit den Worten: »Eigentlich bist du richtig cool, Cousinchen. Und ich war ein megagroßer Arsch.«

Lächelnd nehme ich den Inhalt aus dem Kästchen in meiner Hand: eine feine silberne Kette, an der ein Gläschen befestigt ist. Darin befindet sich eine glänzende Kugel. Perlmuttfarben schimmernd. Ein winziges rundes Wunder, in keinem Geschäft der Welt erhältlich. Eine verewigte Träne. Meine und jene eines barocken Geistergrafen, zu einer einzigen Perle verschmolzen und verhärtet, bevor Balthasar sie mir bei unserem Abschied in die Hand gedrückt hat. Salzwasser zweier Menschen, die sich niemals hätten begegnen sollen. Schon irgendwie verrückt.

Keine Ahnung, was das Ding wert wäre, falls ich jemanden davon überzeugen könnte, dass es echt ist. Daran dürfte es scheitern, doch das macht nichts. Für kein Geld der Welt würde ich die Träne verkaufen. Schließlich ist sie das Einzige, das mir von ihm geblieben ist …

Wehmütig lege ich die Kette um meinen Hals und schließe das Kästchen. Ein weiterer Gegenstand befindet sich darin. Ein orangebraunes Mineral. Ein Gottlobit, den ich leider ohne Balthasar suchen musste. Aber vielleicht sieht er es ja trotzdem.

Wehmütig werfe ich einen Blick auf das Porträt über meinem Kamin. Die grauen Augen des Grafen verfolgen mich, Tag und Nacht, wann immer ich mich in meinem Zimmer aufhalte. Als könnte er mich dadurch vom Jenseits aus beobachten. Manchmal, wenn er mir besonders fehlt, klammere ich mich an diesen Gedanken, rede mit meinem Wandbild wie damals, als alles begonnen hat. Als er noch hier war …

Mein Herz wird schwer. Verdammt schwer.

Wenn jemand stirbt, der uns am Herzen liegt, dann wissen wir nicht, wie sich die Welt jemals weiterdrehen soll. Wie wir unser Leben fortführen können. Wir glauben nicht daran, dass dieser unsagbare Schmerz jemals nachlässt. Doch dieses Jahr werde ich volljährig. Ich habe so viel vor mir. Balthasar hätte nicht gewollt, dass ich seinetwegen zum Trauerkloß mutiere.

Fakt ist: Ich vermisse ihn schmerzhaft. Nach wie vor und mit Sicherheit bis in alle Zeit. Sie alle, auch die anderen Geister, doch ihn ganz besonders. Es fühlt sich an, als wäre er gestorben, bevor wir uns richtig kennenlernen konnten. Also, natürlich ist es ja wirklich so. Obwohl er schon von Beginn an tot war. Nun ist er fort. Für immer. Und ich muss lernen, ohne ihn in diesem Schloss zu leben. Je mehr die Trauer nachlässt, desto mehr erkenne ich, was für ein Geschenk unsere Begegnung war. Was für ein Wunder. Wie diese Träne.

»Was ist jetzt, lahme Nase? Das ist nicht nur 'ne Phrase. Dein Getrödel ist ätzend und für die Gäste auch verletzend.«

Der Reim reißt mich aus meinen finsteren Gedanken und bringt mich zum Lächeln. Weil wenigstens *er* geblieben ist. Selbst wenn er noch genauso schlimm nervt wie eh und je.

Grinsend drehe ich mich um. Unter meiner Decke über dem Bett schwebt er, kopfüber, sich langsam um die eigene Achse drehend. Summend, albern lachend. Gekleidet in etwas, das vermutlich elegant und barock aussehen soll, mich allerdings verdächtig an einen Schlafanzug mit orientalischen Mustern erinnert, der an den unpraktischsten Stellen ausgestopft ist.

Axel alias Absalom.

Er ist noch hier. Er ganz allein. Und er redet nach wie vor überwiegend in Reimen. Nur die Zahlen lässt er weg, seit das Monster ins Jenseits gegangen ist. Seine Form der Beschwörung, eine Art Konzentrationszauber beziehungsweise Kraftansammlung, wie er mir erklärt hat. Auf diese Art hat er das Monster vom Schloss ferngehalten und uns beschützt. Bis zu dieser einen Nacht, der Nacht des Balls, als er durch meine Musik so berauscht und abgelenkt war, dass Deichprinz die Barriere durchbrechen konnte. Nun muss er das Schloss nicht mehr schützen. Höchstens vor sich selbst und seinen eigenen Narreteien – wie er es ausdrückt.

»Geht sofort los«, antworte ich und winke Porträt-Balthasar zum Abschied. Das tue ich immer, wenn ich mein Zimmer verlasse. Auch wenn es vielleicht albern ist.

Axel verdreht die Augen. »In Minuten wie diesen stellen sich die Fragen, ob's richtig gewesen, dem Jenseits zu entsagen.«

»Das ist nur eine Frage, nicht mehrere«, kritisiere ich.

»Dann reimt es sich aber nicht.«

»Muss sich denn alles reimen?«

»Muss es immer, wird sonst schlimmer.«

Kichernd werfe ich eine Packung Taschentücher mitten durch ihn hindurch.

»Respektloses Gör, verschaffst dir auch so kein Gehör«, schimpft der alte Geist.

Ich erwidere nichts, sondern beobachte bloß lächelnd, wie er sich in eine aufrechte Position dreht und so tut, als würde er sein Schlafanzugsimitat glatt streichen. In der *Nacht der Erlösung*, wie wir sie gern bezeichnen, war er es, der mit seiner Kraft dafür gesorgt hat, dass die Geister ins Jenseits gehen konnten. Sein Spruch brachte den anderen Erlösung. Nur er selbst konnte nicht gehen, wie er uns erklärt hat. Weil es sein eigener Zauber war, den er nicht auf sich anwenden konnte. Darum muss er bleiben. Nicht, dass ihn das stören würde. Er hat die Gegenwart ja schon immer geliebt. Nach wie vor beeindrucken mich seine Fähigkeiten, die ich damals für absoluten Humbug gehalten habe. Doch Axel war nie der demente, verrückte Kerl, als der er gern auftritt. Alle Tassen hat er zwar wirklich nicht im Schrank. Hatte er nie und wird er nie haben. Gleichzeitig ist er einfach nur genial, hat den Zauber der Heilerin gelöst und verhindert, dass noch mehr Menschen dem Monster zum Opfer fallen. Jahrhundertelang hat er das Schloss und seine Bewohner geschützt.

Jetzt benutzt er seine Kräfte ausschließlich, um uns zu ärgern. Licht manipulieren, neblige Täuschungen vorgaukeln, wenn man etwas sucht. Löcher im Boden vortäuschen und sich köstlich amüsieren, wenn die ahnungslosen Lebenden umständlich Slalom laufen, obwohl sie es gar nicht müssten. Er sei schließlich Absalom, ruft er dann und amüsiert sich tierisch über sein Wortspiel.

Auf jeden Fall wird Axel eine der Hauptattraktionen des Schlosses werden, auch wenn jeder außer mir das Amulett benötigt, um ihn zu sehen. Dieses bewahrt Lory auf. Nach allem, was sie getan hat, um mir und den Geistern zu helfen, wollte ich, dass sie es bekommt. Und so sind wir beide, sehr zu Axels Leidwesen, seine einzigen Gesprächspartner.

»Hast du taube Ohren? Die Fans dürfen nicht warten, verteile Autogramme als Karten.« Er spricht es wie *Fehns* aus und ich verzichte darauf, ihm klarzumachen, dass er keine Autogrammkarte der Welt unterschreiben wird, weil er immer noch ein Geist ist – seit sich der Übergang ins Jenseits geschlossen hat, auch wieder ein körperloser. Ihm ist das allerdings ziemlich egal. Seit Wochen verfolgt er unser Fernsehprogramm und weiß nun viel zu viele Dinge, die ein Barockgeist eigentlich nicht wissen dürfte. Seine musikalischen Vorlieben haben sich um etliche Bands erweitert. Apropos: Die Musikeinlage am Tag der Erlösung war ein Werk meines Opas, mit dem Axel schon länger vorher kommuniziert hat. Vom Tag unserer Ankunft an. Und an dem Tag, als wir den Spruch in der Halle entdeckt haben. Wie das möglich war? Durch Opas Hörgerät. Axel hat es irgendwie vollbracht, Sprache durch Schwingungen zu übertragen. Direkt in sein Ohr. Während Opa uns also weisgemacht hat, dass er unser Geistergelaber total lächerlich findet, hat er die ganze Zeit selbst Axels Befehle befolgt. Ob bewusst oder unbewusst, sei mal dahingestellt. An jenem Tag hat er auf jeden Fall mit Max' Hilfe meine Musikanlage bedient. Allerdings nicht, wie ich dachte, um Axels Zauber zu bündeln oder etwas in der Art. Nein, der alte Geist legte einfach Wert auf musikalische Untermalung beim Übergang der anderen ins Jenseits. Es gab also schlichtweg keinen Sinn.

Typisch Axel.

Ich öffne meine Tür und nicke ihm zu, doch er ignoriert das Angebot und schwebt eitel durch die Wand daneben.

Dann eben nicht. Lächelnd schließe ich ab und wende mich dem menschenleeren Gang zu, der sich noch heute füllen wird. Auch er hat sich verändert. Die Bodenbretter sind nicht mehr morsch und baufällig, die Wände nicht mehr schimmelbefleckt. Und die Spinnenpopulation ist deutlich geschrumpft.

Elektronische Kerzenhalter mit Glühbirnen in Optik flackernder Flammen spicken die Zwischenräume zwischen den einzelnen Türen und tauchen den Flur in warmes, tanzendes Licht. Hier und da stehen Stühle mit geschwungenen Beinen und rotem Samt auf jetzt dunkel gebeiztem Boden. Nicht weit von meinem Zimmer entfernt liegt die restaurierte Treppe, die nach unten führt. Ihr Ende mündet unweit des Stalles, in dem die geheime Kammer noch immer offen steht, damit die Gäste sie besichtigen können. Ein Teil der Urnen befindet sich wieder auf dem Podest, neben eingerahmten Zeitungsartikeln über das Monster von Düsterstein.

Drei Urnen befinden sich jedoch in der Eingangshalle, hinter Sicherheitsglas, so drapiert, dass sie das Erste sind, das bei Betreten des Schlosses ins Auge fällt: Balthasar, Leopold und Karl. Die Herren des Schlosses, ob rechtmäßig oder nicht. Für die Gäste sollen sie gleichwertig sein. Wir werden ihre Geschichte mit unserer Geisterführung in die Welt tragen – eine Führung mit Hintergrundwissen zum Schloss, die wir zeitnah anbieten wollen und die ich gemeinsam mit Axel leiten möchte. Quasi als Zeugin mit Infos aus erster Hand. Und einem Geist, der seine Existenz währenddessen gern beweisen darf.

Ach ja, übrigens gehören jetzt auch zwei Pferde zum Stall. Richtig echte, mit Fell und ohne Gruselreiter. Die beiden, mit deren Hilfe wir Max gesucht haben und Deichprinz entkommen waren, befinden sich wieder beim benachbarten Reitstall. Dafür besitzt Lory jetzt eine große Fuchsstute. Und ein dickes schwarzes Pony, das eigentlich nur als Beistellpferd dienen soll. Inoffiziell hat Max es zu seinem Eigentum erklärt, auch wenn er nicht mal reiten kann. Mum hat ihn letzte Woche zum Reitunterricht angemeldet und ich glaube, es könnte seine neue Leidenschaft werden.

»Was nun?« Axel holt mich erneut in die Wirklichkeit zurück, wo ich sinnlos im Gang stehe und ins Leere starre. »Erst drängeln, mich bemängeln. Dann bloß starren ohne Sinn – wollten wir nicht woanders hin?«

Ich drehe ihm den Kopf zu. Für seine Verhältnisse wirkt seine Haltung normal. Er steht aufrecht, hüpft oder singt nicht und hängt auch nicht kopfüber. Stattdessen hat er den Rücken durchgedrückt und die Arme im Kreuz verschränkt. Ganz eindeutig ist er ebenso aufgeregt wie ich.

»Sag bloß, du bist nervös?«

Er schnaubt. »Nö.«

Ah, kein Reim. Allein das bestätigt meine Vermutung.

»Na dann.« Ich lache. »Auf in den neuen Lebensabschnitt dieses Kabuffs!« Wenn der alte Geist falsch gesprochenes Englisch benutzt, darf ich ihm ja wohl auch altmodische Worte klauen.

Axel erwidert nichts mehr.

Entschlossen richte ich den Blick nach vorne, eine Hand an der verewigten Träne auf meinem Brustbein. Balthasar wird für immer in meinem Herzen bleiben, so viel steht fest. Und auch, wenn ich noch lange an seinem Verlust knabbern werde, ist es an der Zeit, nach vorne zu sehen. Und wie sollte das besser gehen, als damit, in seine Fußstapfen zu treten? Sein Schloss, alles, was ihm gehört hat, würdevoll zu repräsentieren und dafür zu sorgen, dass er unvergessen bleibt?

Irgendwann werden wir uns wiedersehen. Doch nicht heute und hoffentlich auch nicht in den nächsten sechzig oder siebzig Jahren. Erst mal möchte ich dieses Leben leben.

Ein letztes Mal atme ich tief durch. Dann schreite ich energisch durch den Gang, durch Schloss Düsterstein, mein neues Zuhause. Das Schloss des letzten Grafen Balthasars von Düsterstein.

ENDE

Danksagung

Bücher bedeuten viel mehr als reine Fiktion, egal ob beim Schreiben oder Lesen. Für eine Weile lebt man in der Geschichte, fiebert, hofft, freut sich mit den Charakteren, schließt mit manchen sogar Freundschaft. Bücher können Halt geben, Lektionen erteilen und neue Sichten vermitteln. Manchmal vermögen sie es sogar, zu retten.
Ellie und die Geister sind zu einem Zeitpunkt großer Selbstzweifel in mein Leben getreten. Sie haben mir gezeigt, dass man Träume niemals aufgeben darf – dann geschehen nämlich wundervolle Dinge. Eines dieser Wunder hältst du hier in deinen Händen. Alleine wäre das allerdings niemals möglich gewesen. Darum danke ich:

Dem wundervollen Drachenmond Verlag, vor allem Astrid. Dank dir dürfen die Geister mit Drachenflügeln schweben. Habt ihr schon mal Geister mit Drachenflügeln gesehen? Ziemlich cool, oder?

Mira, weil das Lektorat mit dir unglaublich viel Spaß gemacht hat.

Christin für das geniale Cover und den Farbschnitt sowie Sarah für das Korrektorat.

Julia, Jenny, Andy und Sophie für das Testlesen.
Sarah für grafische Unterstützung bei meinen Werbe-Ideen.

Maria, weil du bei jedem Nervenzusammenbruch aufmunternde Worte findest.

Romy, weil unsere gemeinsame Schreib- und Zeichenliebe der Beginn von allem war.

Vati, weil du meine Kindheit mit deiner Musik geprägt und mich auf die Idee eines Geistes mit Vorliebe für Hard Rock gebracht hast.

Sofia und Maxim für die Namenspatenschaften von Lory, Agatha und Max.

Zum Schluss danke ich DIR, liebe Leserin, lieber Leser, dass du mit nach Düsterstein gereist bist. Ich hoffe, du hattest genau so viel Spaß mit den Geistern wie ich beim Schreiben. Wenn es dir gefallen hat und du mehr über weitere Projekte wissen möchtest, besuch mich gerne auf Social Media: »jenny.rubus« (Instagram). Über Feedback freue ich mich immer sehr.

Roukeiya Peters

Seelenverrat

ISBN: 978-3-95991-791-9

Softcover mit Farbschnitt

Hexenseelen sterben nicht

Die junge Hexe Felicity tritt als Seelentransporteurin in die Fußstapfen ihrer Mutter. Neben der Herstellung von Elixieren, die in ihrem Café verkauft werden, kümmert sie sich darum, dass die verstorbenen Hexen und Hexer ihren Platz im Jenseits einnehmen. Dies ermöglichen besondere Bücher, die Felicity herstellt, um die Seelen der Verstorbenen zum Wunschort zu transportieren.

Als der Hexer Niclas auftaucht und Felicity beschuldigt, die Seele seines Onkels ohne seine Zustimmung in den Tod befördert zu haben, kann die Hexe dies nicht auf sich sitzen lassen. Doch das Buch von Kaspar Eisenmann ist unauffindbar und Felicity ahnt, dass sie in ein böses Spiel verwickelt wurde …

Summend saß Felicity an ihrem Schreibtisch und mischte das Blut von Clemens Lehmann mit den Fingernägeln, die sie zuvor im Mörser zerkleinert hatte. Sie hielt das Reagenzglas in die Höhe und schwenkte es im Kreis, stellte es dann in den Halter und griff nach einer weißen Dose.

»Das wollte ich ungern tun, Clemens«, sagte sie. » Aber Sie wollen es anscheinend nicht anders.«

Mit einem *Plopp* öffnete sie den Deckel und ein blaues lebloses Auge sah der jungen Frau im schwarzen Kittel entgegen. Mit ihren Latexhandschuhen griff sie nach dem Körperteil und hielt es über das Gemisch.

»Nur eine Träne, mehr wollen wir nicht«, nuschelte sie sich selbst zu.

Ihre grünen Augen glühten, und durch ihre Finger fuhr ein Kribbeln. Magie, die die letzte Träne von Herrn Lehmann hervorlockte. Die durchsichtige Flüssigkeit fiel in das Blut. Dampf stieg zischend empor und verflüchtigte sich im Raum, der nichts barg außer Schränke mit gläsernen Behältnissen, gefüllt mit unterschiedlichsten farbigen Flüssigkeiten – Felicitys Arbeitsplatz. Die hellen Farben an den Wänden und auf dem Boden strahlten Sterilität aus, ihr Schreibtisch glich eher dem Abklatsch einer metallischen Bahre. Von oben drang leises Stimmengewirr zu der Hexe, das sie die meiste Zeit ausblendete.

»Tadaa«, flüsterte sie und legte das Auge wieder zurück.

Das blutige Gemisch, das aus den Überresten von Clemens Lehmann bestand, blubberte leise vor sich hin und war bereit für den Seelentransport. Anhand der Reaktion der Flüssigkeit wusste Felicity, dass es glücken würde.

Das goldene Buch lag schon parat und glänzte im Licht der Deckenlampe. Sie hatte sich alle Mühe gegeben. Das tat sie immer. Ein Klopfen riss ihren Blick vom Buch.

Ihre Cousine stand im Türrahmen und lächelte schmal. Ihre glatten braunen Haare reichten ihr bis zur Taille. »Seine Familie ist da.«

Die Hexe nickte. »Haben sie den Tee getrunken?«

»Alle mit dem üblichen Schuss. Nur sein Bruder hat verzichtet.«

Es gehörte zu ihrem Seelentransportservice, den Angehörigen einen Tee mit einer gewissen Nuance anzubieten. Selbstverständlich kein gewöhnlicher Alkohol, für so etwas war sich die Hexe zu schade. Die Trauernden durften sich aussuchen, mit welchem Tropfen ihr Tee angereichert wurde. Ob Sehnsucht, Liebe, Hoffnung oder Frieden, es war so gut wie alles möglich. Normalerweise wählten die Angehörigen Letzteres. Allerdings hatte Felicity auch schon einige Partnerinnen und Partner betreut, die sich von der Sehnsucht mitreißen lassen wollten. Hierbei achteten sie speziell auf die Dosierung. Was beim Frieden nicht genug sein konnte, war bei der Sehnsucht besonders gefährlich.

»Danke, Lexi«, antwortete Felicity und zog ihre Handschuhe aus. Sie hängte ihren Kittel an einen der Haken nahe der Tür und befreite ihre roten Haare aus dem Zopf. Glatt fielen sie über ihre Schulter.

Lexi seufzte und sah auf den Schreibtisch. »Ich bin so froh, dass ich diesen Teil unseres Familienerbes nicht weiterführen muss und du das übernimmst.«

Felicity lächelte. »Tante Darcy war nie scharf darauf, mit Toten zu arbeiten. Ich schätze, diese Einstellung hast du von ihr.«

Lexi lachte. »Eindeutig. Verglichen mit ihr war Tante Cathina dafür geboren. So auch du.«

Felicitys Mutter Cathina liebte ihre Arbeit. Doch genauso hatte sie sich danach gesehnt, mit ihrer Freundin Elsie und ihrem treuen Besen eine Weltreise anzutreten.

In der Vergangenheit hatte sich Feli von ihrer Mutter einiges abgeguckt, den Umgang mit Trauernden in die Wiege gelegt bekommen und das Ritual zum Transport von klein auf gelernt. Was bei vielen Leuten für Unbehagen sorgte, war für Felicity Normalität. Sie hatte keine Angst vor dem Tod. Es war eher die Furcht vor der Trennung und der Trauer, jedoch nicht die Sorge davor, was nach dem Ableben passierte. Das Leben danach wurde geformt, und man musste darauf vertrauen, dass die eigenen Wünsche von Seelentransporteuren wie Felicity umgesetzt wurden. Diese Verantwortung trug die Hexe mit Stolz.

Sie zupfte sich ihren schwarzen Rock und Pullover zurecht und griff nach dem goldenen Buch und dem Reagenzglas, in dem das Gemisch vor sich hin zischte.

»Ach was. Ich habe es nun mal gelernt.« Sie winkte ab und schnipste mit den Fingern.

In Windeseile zerbrach der Raum in einzelne Teile, als wäre er ein riesiger Spiegel.

Lexi und Felicity standen in Dunkelheit da, bis sich vier neue Wände um sie herum aus dem Boden emporhoben. Drei Türen bildeten sich. Eine, die zu ihrem Café *Spellman's* führte, eine weitere zum Seelenarchiv und eine zum Warteraum für die Trauergesellschaft. In Sekunden rollte sich der weiße Marmorboden unter ihnen aus und ein runder Holztisch schälte sich aus der Erde. Auf ihm ein breiter Buchständer aus Eiche, neben ihm eine schwarze Halterung aus Eisen, in die Feli das Reagenzglas steckte. Behutsam schlug sie das Buch auf und legte es auf den Ständer.

Farbrollen schwebten an den Wänden auf und ab, um den Raum in Weiß anzustreichen. Die Decke puzzelte sich zusammen und ein schwarzer Kronleuchter drang durch sie hindurch. Schwankend kam er zum Stillstand. Der Geruch von Weihrauch verbreitete sich sanft.

Lexi verfolgte das Geschehen. Langsam schüttelte sie den Kopf und sah zu Felicity hinüber. »Manchmal frage ich mich, ob ich eine richtige Hexe bin.« Sie blickte zum Buch. »Ich wäre zu alldem nicht in der Lage. Mutter Alwina hat dich wirklich mit ihrer Macht gesegnet, Feli.«

»So viel sie mir zusprechen mag«, erwiderte Felicity automatisch.

»So viel sie dir zusprechen mag.« Lexi sah zur geschlossenen Tür. »Ich werde die Angehörigen holen. Die Wirkung des Tees sollte eingesetzt haben.«

»Ich danke dir.« Feli zögerte und drehte sich zu ihrer Cousine, die bereits auf die Tür zusteuerte und sich umdrehte, als sie ihren Namen sagte. »Du bist eine wunderbare Hexe. Die Talente jeder Hexe und jedes Hexers liegen in unterschiedlichen Bereichen. Mutter Alwina wusste, dass das nötig sein wird. Wenn wir zu allem fähig wären, würde es doch schnell langweilig werden, oder?« Sie lächelte die Frau an, die für sie mehr eine Schwester als eine Cousine war.

Lexi nickte. »Danke, Feli.« Sie griff nach dem Türknauf, hielt jedoch inne. »Hast du meine Nachricht gelesen?«

Felicity erstarrte. Sie presste die Lippen zusammen und musterte ihr Gegenüber. Sie hatte gehofft, dass es sich erledigt hatte. Dass es ein Irrtum war, sich jemand ein Scherz erlaubt hatte. Einen äußerst makaberen, aber dennoch. Sie hatte sich selbst zum Narren gehalten. »Es ist kein guter Moment, darüber zu sprechen.«

Lexi seufzte. »Warum habe ich das Gefühl, dass es keinen guten Moment gibt?«

»Weil du weißt, dass deine Vorgehensweise ungewöhnlich ist.«

»Und du dich immer penibel an alles hältst.« Sie warf es ihr vor, als wäre es etwas Negatives, doch Felicity war es wichtig. Es ging hier schließlich um Hexenseelen.

»Du weißt, dass das alles hier kein Scherz ist. Wie respektlos wäre es, wenn ich das Protokoll nicht ernst nehmen würde?« Felicity schluckte. Schließlich schüttelte sie den Kopf. »Hör zu, Lexi. Ich will mich nicht streiten. Du wirst deine Gründe haben, aber du weißt auch, dass ich mich auf jede Seele, die ich transportiere, einlassen möchte. Und jetzt geht es um Clemens Lehmann, okay?«

Lexi nickte steif. »Ich hole seine Angehörigen.«

Trauer benebelte den Raum. Das Gefühl zupfte an ihren Gliedern, doch Feli blieb zum Wohl von Herrn Lehmanns Familie stark. Wie immer sagte sie ein paar nette Worte zu dem Hexer und sah in die traurigen Gesichter seiner Angehörigen.

Seine Frau trug einen dunklen Schleier, vermutlich um ihre Augen zu verdecken, und schniefte immer wieder in ein Stofftaschentuch.

Die Hexe nahm das Reagenzglas in die Hand und stellte sich vor das aufgeschlagene Buch, zwischen der Familie und ihr nur noch der kleine Holztisch.

»So kehrt Clemens Lehmann heute zurück in Mutter Alwinas Hände, wo er für immer ein heiliges Leben führen wird.«

»So viel sie ihm zusprechen mag«, murmelte die Trauergesellschaft, und Feli neigte das Glas, um die Überreste des Hexers über das Buch fließen zu lassen.

»*Hyan un mati … hyan un mati*«, wisperte Felicity wie ein Mantra, während die rote Flüssigkeit dampfend in die Buchseiten drang und schließlich makelloses cremefarbenes Papier hinterließ.

Die Hexe visierte das Buch an und spiegelte die Seiten vor ihrem inneren Auge. Sie sah wieder zu der Familie hoch.

Frau Lehmann, ihre Tochter, so alt wie Feli selbst, und der Bruder des Verstorbenen hielten die Luft an und blickten ihr flehend in die Augen. Obwohl die Hexe allen Angehörigen vorhersagte, dass der Transport immer gelang, schien sich das Gerücht zu halten, dass Mutter Alwina einige Seelen von sich stieß.

Im Laufe der Zeit entwickelten die Seelentransporteure ein besseres Gefühl dafür, wie die Beschaffenheit des Elixiers sein musste, um die Seele heil zum Wunschort zu bringen. Es gab einige Horrorgeschichten aus dem Mittelalter, in denen der Geist des Verstorbenen aus dem Buch gedrungen war und ruhelos durch die Gegend spazierte. Gleichwohl hielt sich das Gerücht, dass die Seelen Körper übernahmen, sodass ein Exorzismus durchgeführt werden musste. Feli wusste allerdings nicht, ob es mehr der Fantasie der Hexengemeinschaft entsprang, als dass es der Wirklichkeit entsprach.

Felicitys Sichtfeld verschwamm leicht, in ihrem Kopf spürte sie einen Druck. Sie atmete ein, schloss die Augen und atmete aus. Sie gestattete der fremden Seele einen letzten Augenblick in der Lebendwelt. Ihre Lider öffneten sich, und es fühlte sich an, als säße sie in ihrem eigenen Körper in der zweiten Reihe. Es machte Feli keine Angst, weil sie wusste, dass sie nur ein Wort davon entfernt war, wieder die Kontrolle zu gewinnen. Die Hexe lächelte die Trauergemeinschaft mitfühlend an, wusste, dass sie nun die Augen des Verstobenen in ihren eigenen erblickten. Als sie ihre Lippen öffnete, drang eine tiefe Stimme aus ihr.

»Meine Lieben. Ich kann es kaum glauben, dass die Zeit gekommen ist, doch in meinem Jenseits lässt es sich gut leben. Mutter Alwina, so viel sie mir zusprechen mag, war gütig zu mir. Ich habe alles, was ich brauche. Ich werde euch vermissen, aber trauert nicht lang um mich. Die Sonne strahlt mich an, die Wellen rauschen und«, ein fremdes Lachen donnerte durch Felicitys Kehle, »eine Bloody Mary steht an der Strandbar für mich bereit. Die Seelenfrau hat exzellente Arbeit geleistet, ihr solltet gutes Trinkgeld geben.« Es mündete in einem traurigen Lachen. »Doch nun wird es Zeit. Für euch, zu leben, für mich, den Frieden zu genießen. Passt auf euch auf.«

Felicity schloss ihre Augen und trat wieder in die erste Reihe. Ihr Kehlkopf wurde wieder zu ihrem, sie schluckte und atmete durch, bevor sie abermals zu den Angehörigen sah, die sich umarmten und die Tränen wegtupften.

Frau Lehmann nahm ihren Schleier ab, kam um den Tisch herum und drückte Feli fest. »Sie sind ein Schatz, wissen Sie das? Danke.« Ihre braunen Haare waren in einem strengen Dutt gefangen, ihre Wangenknochen wirkten ungewöhnlich hoch und ließen sie ernst erscheinen. Doch auf ihrem Gesicht lag pure Dankbarkeit, auch wenn die Trauer wie Nebelschwaden in ihren Augen hing.

»Sehr gern, Frau Lehmann. Lassen Sie uns Ihren Mann gemeinsam in das Seelenarchiv bringen.« Die Hexe trat einen Schritt zurück.

Wie gerufen, erschien Lexi im Türrahmen. Zwischen ihnen eine Schwere, die Feli kaum aushielt. Doch in der Regel wurde die Beisetzung im Archiv von zwei Menschen bezeugt. Wenn im *Spellman's* allerdings der Besen tanzte, kam es vor, dass Feli allein mit den Familien war. Sobald der Vorgang ausschließlich von ihr bestätigt wurde, war es ihr wichtig, dass die Kameras einwandfrei funktionierten. Neben diesen gab es Schutzzauber, um die Bücher in Sicherheit zu wissen. Die Familien sollten das Gefühl bekommen, dass die Seelenbücher ihrer Liebsten in guten Händen waren.

Langsam stiegen sie die massiven Holzstufen hinunter. Felicity und ihre Cousine griffen jeweils nach einer Laterne aus schwarzem Edelstahl. Das Innenleben erinnerte an ein Dutzend Glühwürmchen, die der Gruppe neben dem schummrigen Kerzenlicht Helligkeit spendeten.

Die gespenstige Atmosphäre legte sich wie eine schwere Decke um ihren Körper. Manch einer würde in dieser dunklen Bibliothek Angst verspüren, doch Feli fühlte vor allem Respekt und Ehrfurcht.

Das Seelenarchiv lag metertief im Erdreich und lief unter einer Straße im Kölner Stadtteil Sülz entlang, die sich einige Kilometer lang erstreckte. Das Archiv nahm knapp einen Viertel der Straßenlänge ein und gehörte damit zu den kleineren Instituten, doch es war damit nicht weniger beliebt. Insgesamt barg das Archiv achtundzwanzig Flure, an jedem Eingang stand ein anderthalb Meter hoher Kerzenständer. Der Saal endete mit einer riesigen Statue von Mutter Alwina, deren Hände über die Regale ragten, als würde sie die Seelen hüten.

Die Wände aus Sandstein waren erschreckend hoch, und an der Decke erkannte Feli ein eindrucksvolles Gewölbe, das sie an eine gotische Kirche erinnerte. Es war deutlich, dass mit Magie ausgeholfen wurde, um diese gewaltige Illusion aufrechtzuerhalten. Bei genauer Betrachtung entdeckte man steinerne Gargoyles in eingelassenen Nischen, die von den an der Wand angebrachten Fackeln sanft angeleuchtet wurden. Das Feuer war seit dem Bestand des Archivs kalt gezaubert, sodass es keinen Schaden verursachen konnte.

Die Schritte der Gruppe hallten im Archiv wider, während sie auf die Statue zusteuerten.

»Hat Mutter Alwina ihm eine gute Position zugesprochen?«, fragte die Witwe brüchig.

Feli blickte zu ihr hinüber. Im Licht sah ihre Haut noch blasser aus, tiefe Schatten lagen unter ihren Augen. Ihre Tochter und ihr Schwager waren dicht an sie gedrängt.

»Sein Platz ist im Flur vierundzwanzig«, gab Felicity preis.

Frau Lehmann atmete erleichtert auf und nickte. »So viel sie ihm zusprechen mag.«

Und sie hatte ihm viel zugesprochen. Je näher man der Statue kam, umso mehr Ansehen hatte der Hexer oder die Hexe in den Augen der Mutter. Für die Hinterbliebenen bedeutete es die Sicherheit, dass sie sich im Jenseits um ihre Liebsten kümmerte und dass die Gebete dieser gehört wurden, da sie näher an Mutter Alwina lagen.

Ein Zauber mit Lavendel, Gewürznelke, Teesatz, selbstverständlich aus schwarzem Tee, einem Tropfen Blut und Eisenhut entschied über die Zahl des Flurs.

Es war einer der Gründe, warum die Arbeit eines Seelentransporteurs eine äußerst angesehene war. Feli war vielen Leuten begegnet, die der Meinung waren, dass sie einen direkten Draht zu Mutter Alwina hatte. Die Hexe belächelte dies stets und versuchte es herunterzuspielen. Doch die Menschen fassten es als falsche Bescheidenheit auf.

»Hier wären wir«, kündigte Felicity an und betrat den Flur. Die massiven Buchregale verschluckten das meiste Licht, sodass nur noch ein kreisförmiger Schein von der Laterne ihren Weg durch den schmalen Gang offenbarte.

Die Witwe blieb stehen und sah auf einen freien Buchständer. »Hier ist es schön«, sagte sie und suchte die Zustimmung ihrer Familie. »Oder?«

»Ich denke, es würde ihm hier gefallen«, stimmte Herr Lehmanns Bruder zu. Die Tochter nickte wortlos und wischte sich eine Träne von der Wange.

»In Ordnung.« Felicity strich über das goldene Buch, auf dessen Einband in Schwarz der Name *Clemens Lehmann* eingestickt war.

»Möge Mutter Alwina seine Seele in Frieden ruhen lassen.«

Ein leises Schluchzen erklang im Saal und ein zustimmendes Murmeln folgte. Sanft stellte Felicity das Seelenbuch auf den gläsernen Buchständer und knipste die eingelassene Lampe direkt darüber an, sodass das Buch im Schein glänzte.

An einer Regalseite war eine Halterung für die Laterne befestigt, in die die Hexe diese platzierte. Sie nickte den Angehörigen zu und schritt an ihnen vorbei zu Lexi, die respektvoll Abstand hielt, um der Trauergemeinschaft genug Privatsphäre zu geben. Als sich Feli neben sie stellte, stupste ihre Cousine sie leicht mit der Schulter an und schenkte ihr ein stolzes Lächeln, in ihren Augen lag eine Entschuldigung für etwas, was noch für Ärger sorgen würde.

Felicity lächelte flüchtig, doch das mulmige Gefühl in ihrem Bauch verschwand nicht.

Nachdem die Angehörigen ihren Blumengruß abgelegt und sich in Ruhe von der Seele verabschiedet hatten, verließen sie das Seelenarchiv und ließen die Ehrfurcht hinter sich. Die Witwe bedankte sich und legte beim Verlassen des Gebäudes ein Kuvert in den Kummer- und Dankeskasten.

Felicity nahm es und steckte das Trinkgeld oben im Café in die Spendenkasse für *Magie für Kinder*.

»Kaffee?«, riss Lexi sie aus ihren Gedanken.

Felicity öffnete die Augen. »Kaffee klingt gut.«

Ihre Cousine drückte ihr eine dampfende Tasse in die Hand. »Schwarz, wie du ihn am liebsten magst.«

Feli nickte. »Danke.« Sie nippte daran, während Lexi den Raum musterte. Es war wieder das übliche Arbeitszimmer.

»*Mun kursi*«, sprach Felicity, und ein Stuhl erschien neben ihrem. Mit einer Handbewegung bedeutete sie Lexi, sich zu setzen. »Also, was ist los? Erklär es mir noch einmal.«

Ihre Cousine warf sich ihr braunes Haar zurück und sah sie ernst an. »Es geht um Kaspar Eisenmann. Seine Familie möchte ihn nicht begleiten. Sein Neffe wohnt seit einigen Monaten in London und kommt für seine Beisetzung nicht zurück.«

Felicity zog die Augenbrauen hoch. »Das sind nur zwei Stunden Flug.«

Lexi zuckte mit den Schultern. »Anscheinend hatten sie keine besonders enge Beziehung. Er hat keine weitere Familie. Der Neffe bittet darum, dass er ohne Anteilnahme beigesetzt wird.«

Feli verschränkte die Arme vor der Brust. Nichts Ungewöhnliches, aber warum ging der Neffe über Lexi und nicht den gewohnten Weg über die Pathologie oder kontaktierte sie direkt? »In welchem Krankenhaus liegt er? Ich werde mit ihnen sprechen. Das ist das Angebot, das ich dir machen kann.«

Lexi presste die Lippen zusammen und sah sie verzweifelt an.

Die Hexe verengte die Augen. »Was?« Ihre Cousine hob ihre Tasche an und Feli stand auf. »Du willst mir jetzt nicht sagen …« Wütend schnaubte sie und hob ihren Finger hoch. »Sag mir nicht …«

Sie schüttelte den Kopf und ging ein paar Schritte, um Abstand zu gewinnen. Als Lexi eine kleine Kühlbox aus ihrer Stofftasche rausnahm und eine weiße Schatulle entblößte, malmte Feli mit den Zähnen.

»Das ist nicht dein verdammter Ernst, Lexi! Den ganzen Tag trägst du das mit dir herum? In diesem Gefäß? Wir haben nicht mal abgemacht, dass ich das übernehme.« Sie riss ihr die Schatulle aus den Händen, die kaum noch Kälte aussandte, und stellte sie in den Kühlschrank.

»Es tut mir leid, Felicity«, erwiderte Lexi kleinlaut.

»Das sollte es.«

Die Hexe sah auf die geschlossene Kühlschranktür. Ihre Gedanken rasten. Wenn sie diese Überreste heute nicht verarbeitete, dann bekam dieser Hexer möglicherweise nicht den Transport, den er verdiente. Seine Körperteile waren bereits nicht mehr kühl genug, und Felicity könnte Lexi den Hals dafür umdrehen, doch stattdessen schloss sie für einen Moment die Augen und atmete durch. Sie kniff sich in den Nasenrücken.

»Woher hast du sie?«, fragte sie gefährlich leise, immer noch dem Kühlschrank zugewandt.

»Aus der Pathologie. Sie haben sie mir direkt überreicht.«

…

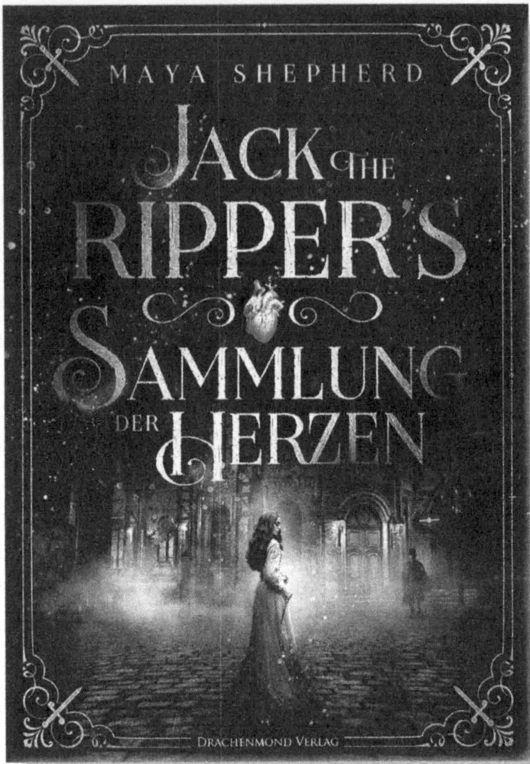

Maya Shepherd

Jack the Ripper's Sammlung der Herzen

ISBN: 978-3-95991-750-6, exklusive Schmuckausgabe
ISBN: 978-3-95991-751-3, Softcover mit Farbschnitt

Mein Name ist Mary Jane Kelly, den meisten dürfte ich jedoch besser bekannt sein als das fünfte Opfer des berüchtigten Serienmörders Jack the Ripper. Nach meinem Tod fand meine Seele keinen Frieden, sondern wurde von meinem Mörder mit dunkler Magie festgehalten. Er will mir und all seinen anderen Opfern die Möglichkeit geben, für Gerechtigkeit zu sorgen und Rache an all jenen zu nehmen, die uns im Leben unrecht taten.

Doch schon bald muss ich erkennen, dass meine vermeintliche Freiheit nichts als eine Illusion ist, solang Jack the Ripper im Besitz meines Herzens ist. Für ihn bin ich nicht mehr als eine Schachfigur, die er nach Belieben lenken kann, um seinem Ziel näher zu kommen, die Königin zu stürzen. Zusammen mit Inspektor Abberline versuche ich hinter die Identität des Rippers zu kommen, um weiteres Blutvergießen zu verhindern. Jemand, der bereits tot ist, hat schließlich nichts mehr zu verlieren, oder?